場景設定創意辭海

225個故事舞台，創作靈感一翻就來

暢銷作家兼寫作指導 安琪拉・艾克曼、貝嘉・帕莉西
王華懋、呂雅昕、林巍翰、黃詩婷、鄭玉凱 合譯

Contents

田園篇

用比喻性詞彙深化設定　038

設定常見的陷阱　048

針對田園區設定應該考量的事　059

Contents

田園篇・學校

田園篇・自然與地形

Contents

Contents

都會篇・基本設定

Contents

場景設定創意辭海

田園篇

創造產生感情連結的設定

在能夠料理出一道好故事的食譜中，富含許多關鍵性的材料，像是吸引讀者目光的主角、令人捏把冷汗的情節、讓讀者和故事情節中的人物產生情感上的羈絆、牽動人心的衝突等。有許多本來應是優秀的作品，卻因爲疏忽了「設定」這項元素的重要性，使嘔心瀝血的作品受到冷落。不論怎樣的故事都需要設定場景：失序狀態王國裡的一個角落（《魔戒》裡的中土大陸）、雜亂的太空船裡的一個房間（《異形》中的諾斯托羅莫號）、毫無活力的小鎮（阿拉巴馬州虛構的小鎮梅岡城）等都是。無論規模大或小，熟悉或陌生，場景的設計都必須特別而令人印象深刻。就好像作者能夠獨自在場景中漫步一樣，用讓人難忘的手法，將場景深深刻畫在讀者的心裡，作家有責任讓故事舞台更加完整。

任何一位讀者，應該都有對於某本書中的設定心神嚮往的經驗。不論書中的場景是眞實存在或杜撰，讀者都能體驗到彷彿置身其中的感覺，或者油然升起一股「好想去那裡看看」的眞切期盼。每一位作家，應該都期待自己能夠創作出在故事結尾時可以喚起讀者一股「鄉愁」的作品，讓讀者產生一種想要踏上那塊土地的願望。然而具體來說，該如何設定才能達到這種目的呢？怎樣才能讓故事裡的場景也能像書中人物一樣吸引人呢？

首先需要特別注意的是，故事裡的「地點」並非單純準備一個舞台。每一個充滿活力的設定，都是深思熟慮後的抉擇。那些「地點」對故事裡的人物來說充滿著意義，是能夠喚

醒特定的感情，包含個人的煩惱和悲傷以及能夠帶來成長機會的地方。由此可見，出生的故鄉、自己的房間、學校、職場、公共遊樂設施和旅行地點等地方，對於故事中人物的人格形塑和成長，都具有相當重要的功能。設定的地點和經常出入此處的故事人物之間，有著堅實的情感聯繫。

如果設定場景做得好，所產生的感情連結也能在讀者身上起作用。霍格華茲魔法與巫術學院（《哈利波特》系列）、《鬼店》裡的全景飯店、《飄》裡的塔拉莊園等設定，雖然都是作者用來刺激讀者情緒的創作手法，讀者的心中卻也會產生情感投射。運用象徵和多感官的描寫方式，建構出特別的氣氛和刻意產生紛爭的手法，作者能夠帶領讀者步步深入故事，讓讀者和登場人物合為一體，體驗角色的人生。

讀者在閱讀時所期待的，其實是能一頭栽進書中的世界，而當闔上書本回到現實的瞬間，還能感受到心頭一震，這種深度的閱讀經驗。讓讀者享受這種閱讀經驗是作家的工作。最有效的方法就是讓設定充滿動態感，創作出規模宏大而有趣的故事。

不要擔心，這件事並不像你想的這麼困難。

產生衝突的設定

若是能讓多元的要素在故事裡毫無衝突地完美結合在一起，就是個讓人讚嘆的設定。讓我們舉「衝突」這個故事裡不可或缺的元素爲例來探討。**故事裡的「衝突」**是指，登場人物爲了完成某項目標所遭遇的困難和辛勞。妨礙自己克服弱點向前邁進的物理性障礙、朋友之間的不愉快或心理障礙（依存症或喪失自信等）都屬此類。

如果描寫得好，這種衝突會讓讀者產生**緊張感**。現實生活中，當我們緊張時會感到不安或是腹部鼓脹，讀者和我們也擁有同樣的感受，也就是說，緊張感會喚起感情。爲了不要讓讀者中途分心，任何場面都需要緊張感：喧鬧的酒吧，登場人物打開冰箱後發現，最後一塊派被吃掉了。衝突的規模大小不是重點，是騷亂的環境也好，看似平靜的場面也罷，從衝突的結果中孕育出來的緊繃感，是維持讀者關心的重要元素。

爲了達到更好的效果，衝突需要以不同的強度反覆出現在故事裡。順著故事發展來安排衝突，聽起來好像有點困難，但在實際操作上，這些困難自然會在你的設定中找到出路。

物理性的障礙

「心理的衝突」是種低調不張揚的衝突，但在故事當中也有清楚而具體的障礙出現在

劇中人物面前，阻礙他們去完成自己的任務。所謂的設定，就是在故事中安排讓讀者能夠接受的障礙物。J．R．R．托爾金是創造障礙的箇中高手，爲了在故事的出場人物之間創造衝突，他經常活用「中土大陸」這項元素。在電影《魔戒首部曲：魔戒現身》裡，前往末日火山途中，佛羅多一行人必須跨越紅角山，然而阻擋在他們前面的障礙是一場超自然的暴風雪。崩壞的岩石、被雪掩埋的道路等狀況都讓一行人想打退堂鼓。紅角山的存在不只阻礙了主角一行人去摧毀魔戒，還造成同伴之間針對下一步該怎麼走產生分歧的意見，成爲引發團隊內部衝突的原因。

創作時必須謹記，並非所有的衝突都會危及生命，如果劇情中每一幕都攸關生死，具有強大的破壞性，那麼故事將不只流於通俗，還會讓視聽者習慣這種頻繁出現的緊張感，導致故事失去張力。故事中輕度的障礙卻能夠讓主角對任務、對同伴或對自己的信念產生疑惑，這是相當好用的小規模衝突。

讓我們再拿托爾金的作品爲例，在《哈比人：意外旅程》裡，比爾博和同伴在前往孤山的路上遇到重重困難，讓一行人火氣都很大，好不容易找到的路又被魔法溪流擋道。當大夥想要過河時，肥胖的龐伯卻落河溺水，陷入無可救藥的昏睡狀態。屋漏偏逢連夜雨，大家只好抬著他走上好幾個星期。在令人洩氣的情況下又碰上麻煩事，升高了團體內部的緊張感，成員們對於完成共同的目標失去了信心。

利用山川等地形作爲障礙物是常見的手法，當然我們也可以在都市裡找出構成障礙的要素。例如下班路上遇到的塞車、上鎖的房門、主角想要去案發現場確認時，現場卻已經遭到警方圍上封鎖線不准任何人進入等，這些都是能增加緊張感的具體障礙。因此，若能在自己

的設定裡順理成章的布局，且沒有任何矛盾之處，故事就會具有說服力，是創造衝突的好方法。

反映不堪回首的物件

現實生活中，每個人心裡總有些煩惱。這些煩惱的原因來自過去的經驗所引起的特殊癖好、過度敏感和恐懼症。故事裡的角色也和一般人一樣，各有各的問題，許多人都有在校成績不佳、在暗巷裡遭人襲擊或受過家暴的經驗，這些都可以透過設定帶出來。我們可以重現這些不堪回首的記憶來引發衝突。因爲藉由喚起劇中人物最無能爲力的回憶，能讓不願回首的記憶鮮活起來，湧現難以克制的情緒。

如果我們再次造訪那些曾經引起悲慘往事的現場，事情可能會變得更加不可收拾。有的回憶太過恐怖，有些事件太過殘酷，都會喚醒深埋在心底的意識。劇中主角將陷入心靈衝突的漩渦中，甚至採取本能反應。

《第一滴血》主角約翰·藍波過去是一名士兵和俘虜。他壓抑自己在越戰受到的心理創傷，爲了融入經歷越戰後的美國生活而備嘗艱辛。和心胸狹隘的治安警察悲劇性相遇之際，藍波遭到逮捕。在辦理手續時，他受到局裡其他員警的言語暴力，身體遭到壓制，警察還企圖用剃刀強行刮掉他的鬍子。說巧不巧，這把剃刀和北越軍人對他進行嚴刑拷打時所使用的剛好是同一類型。當下的情境和過去心理的創傷碰撞，成爲壓倒駱駝的最後一根稻草，失控的藍波擊倒了逮捕他的警員和局裡的其他人後走向逃亡之路。因爲這個事件，藍波融入社會

生活的夢想成爲泡影，也才有電影接下來的劇情發展。

雖然藍波對過去悲慘回憶採取的反應充滿戲劇性，但只要將他的處境和受過的酷刑放在一起考量，道理就說得通了。有些故事裡的人物雖然不會採取這麼戲劇性的行爲，但不變的是，他們都有必須解決的人生課題，和身邊的人發生激烈衝突或是傷了對自己而言重要人物的心，都屬這類課題。逃避不願面對的記憶，延後爲了達成目標應該接受的治療、和外界完全隔離，在腦中將過去的種種置換爲幻想的世界、爲了隱藏自己的過去而撒謊，像這樣將劇中人物拉回痛苦的過去所產生衝突的手法，有許多種表達方式。

我們必須深刻地認識自己設計出來的人物，才能在面臨上述情境時，了解是什麼事件觸動了主角，他又該採取怎樣的行爲來應對。完整的設定，是劇情走向複雜化的基石。完整掌握劇中人物的成長背景以及構成人格骨幹的重要事件，是創作者的義務。關於登場人物的塑造，請參考《性格類語詞典・正向篇》和《性格類語詞典・負面篇》（尚未出版中譯本）。

身邊的麻煩製造者

登場人物活在一個人人都有缺點、不完美的世界裡。故事裡的衝突，想當然耳，大部分與人際關係有關。在做設定時，許多爭端也幾乎是由「人」所引起。例如在高級的服飾店裡，傲慢的店員刁難穿著清涼的客人（《麻雀變鳳凰》）、汪洋中的一條漁船裡，船員彼此不合，衝突一觸即發（《天搖地動》）、和小島上矮小卻凶暴的原住民族扯上關係（《格列佛遊記》）等，這些能夠想到的設定中，「衝突」也隨手可得。

如果需要製造一點衝突的場面，我們可以想想，有哪些人物一定會出現在那個場合。其中，會爲主角帶來麻煩的是誰？周邊的登場人物該爲難主角到什麼程度？當我們去思考，如何將登場人物導向複雜化的設定時，事前研擬一下計畫會有不少幫助。

這裡要提醒一下，當我們在思考設定以及那些在衝突事件上搧風點火的人時，應注意不要在手法上陷入老掉牙的窠臼裡。舉例來說，酒吧一般都是醉鬼的聚集地。這裡會發生的事件，大多是由以下這些人所引起的：想偷喝酒被抓包的未成年人、不喜歡被異性搭訕的火爆女吧台手，還有百般無聊，跑進內場看看有沒有發生什麼新鮮事的保全人員。有時只要腦筋急轉彎一下，就能找到使主角發愁的「最佳配角」。爲此，本書提供在不同場景裡出現的人物列表。讀者可以使用這張列表，思考自己設定的場景中有那些人來來去去，他們出場的目的和主角又會擦出什麼火花呢？

家庭崩壞的設定

衝突容易發生在人多的地方，當情緒激動時，發生的可能性更是大幅增加。綜合這兩點來看，說它們是爲家庭衝突相關設定上，提供了充分的理由也不爲過。

世上沒有完美的家庭，不管怎樣的家庭都有潛在的（讓家庭的「機能」無法順利運作的）問題。這些讓家庭機能無法順利運轉（以結果來說就是發生衝突）的事物，會清楚地反映在家庭成員共同生活的場所。因此在描寫關係緊張的家庭時，應該選擇些「地基」最不穩的地方。家族成員因爲在地方上的教會、附近的披薩店、餐廳、後院、閣樓等地發生過不愉

快的回憶，因此這些地點都能營造出會產生衝突的氛圍。

在做家庭崩壞的設定時，作家會將想挑明的問題點和家庭中的疑難雜症合併，使其成爲傳遞關於家人中重要情報的手段。

布里亞娜輕聲地關上大門後，站在玄關一會兒。室內暖爐的火並沒點上，家中一片死寂。嘆了口氣後，她一邊踱步抖下長靴上的雪——不是將雪抖在一塵不染的地板上，而是小心地抖落在墊子上——一邊將皮箱放在沙發旁。如果父親知道她沒有和家裡連絡就跑回來的話，不知道會發多大的脾氣。對父親來說，沒有一件事是不重要的。然而，這次她不用去傷腦筋如何在宴會或歡迎會上全身而退，就踏進家門了。也因爲如此，讓她有時間去思考，該如何開口談自己的事。

她慢慢地環顧室內，發現這三個月來什麼都沒有改變。她贏得的滑雪獎牌也一如既往，像海軍士兵一樣，在暖爐上每隔幾公分並排在一起。左邊牆壁上，是哥哥布萊斯得到的獎狀、比賽中演奏的照片和茱莉亞學院的錄取通知。哥哥的功績以幾何學的方式在牆上陳列。布里亞娜的那面牆，同樣也貼滿了她邁向成功的照片和輝煌經歷——被任命爲滑雪隊隊長、大迴轉的成績刷新了州紀錄、奧運選手預選賽時，衝向終點的那一刻。

她退後一步，看了看整面牆，發現上面連一張和家人去露營、生日派對以及家庭旅行的照片都沒有。她緊咬著嘴唇，用大拇指敲著大腿。暖爐上飄來灰燼冷卻的味道。水晶雕像、皮革家具的表層是那麼的光滑而沒有眞實感……就像這個空間一樣，彷彿是雜誌的封面。整個屋子冷冰冰的。

聽到車庫傳來開門聲音，她似乎鬆了一口氣。她撫平襯衫皺折，深吸一口氣。「嗯！乾淨俐落地處理這件事吧。」

如何呢？從以上這段文字敘述的細節裡，讀者應該可以收集到許多關於這個家庭的資訊才對。一塵不染的地板、水晶製的小玩意、以幾何方式並排的相框，都讓客廳散發一種冰冷的感覺。擺設在室內的相片，主題也都是讚揚個人的事蹟。我們可以推知，這裡的住民並非感情豐富而溫暖的人，他們在乎的只有體面和成功。

以上這些內容都可透過設定描寫傳達出來。我們只要把焦點放在對主角來說重要的細節上，就能清楚勾勒出具體的畫面，以及隱藏在表面下微露端倪的衝突。

走到家庭崩壞這一步之前，可分爲兩條路線來進行。首先會出現刁難對方和持續而故意的冷嘲熱諷。進一步採取或許要花一輩子的時間，才有可能彌補的毀滅性態度或行爲，來解決家庭中的衝突。如果是爲了配合個人做設定，可以採用加強自己的弱點，讓情緒表面化的方式。其中又以讓登場人物想起過去慘痛的回憶爲最佳手段。此外，也可善用家族成員齊聚一堂時來搧風點火。爲了發展故事情節，我們首先要去調查登場人物的過去，找出有意義的衝突。要提高緊張感或將事件複雜化時，不妨試試看家人這項設定。

建構氣氛的設定

找出設定的固定元素是很簡單的事。倫敦就是倫敦，不增也不減，難道不是這樣嗎？雖然地點是固定不變的，但若在可以改變的地方下點功夫，也可以讓城市呈現出截然不同的風貌。只是變更時間、天氣、季節或說故事的人（旁白），今天和昨天就會有很大的不同。「氣氛」能夠爲設定帶來絕大的影響力。

氣氛可以定義爲：作品中孕育出的情感印象。也就是讀者在閱讀時產生的情緒。一個場面的氣氛能讓讀者對接下來會發生的事做好心理準備，是故事構成中重要的一環。

舉《驚魂記》這部電影來說吧。樹木稀疏的荒涼小丘上，兀自矗立的貝茲旅館，帶給觀衆的第一印象就是「不舒服」。陰暗而單調的外觀，不透光的玻璃，讓人無法一窺旅館內部的樣子。貝茲旅館登場的一幕煽動了觀衆的不安，讓人們本能地察覺到在這裡將會發生些不祥之事。這正是希區．考克將作品的設定帶出來時產生的氣氛。

不管是電影或小說，爲了要讓閱聽者入戲，都需要清楚交代時間和地點，大多數的作者會讓設定在故事進行不久後建構完成。透過設定來傳達故事的氣氛是一種方便的手段。當我們在描寫一個畫面時，應該於事前就構思好想要營造出何種氣氛。若能如此，之後在創作時只需要選擇能夠加強氣氛的技巧就足夠了。

天氣與季節——促發情感的裝置

只要能善用天氣，將可輕而易舉的創造出作品所希望傳達出來的氣氛。人的情緒和天氣之間存在某種自動的連結，就像雨天時會感到憂鬱，晴天時覺得幸福且充滿朝氣，起霧的日子則覺得心頭被什麼壓住一樣。因爲天氣能夠用來預測大部分的情緒反應，因此是用來促使某種特定氣氛發生的有效方法。

古代遺跡的老朽牆壁，沐浴在陽光下朝天空延展。用手輕輕地觸碰時，還可以感受到一陣暖意。飽經了幾個世紀的風吹雨打，岩石表面因磨損而顯得光滑，金魚草和矢車草在微風吹拂下，不停地點著頭。過長的野草，則緊抱著岩石被磨得光滑的部位不放。

使用謹慎選擇過後的天氣，能呈現穩定而平靜的效果。在上面這段文字裡沒有陳述已見的登場人物，畫面中輕柔的微風、陽光、溫暖的岩石等，都能提供讀者一種安定的感覺。只是做天氣的描寫，就已經能夠創造出影響讀者的氣氛。如果那個場景中有登場人物出現的話，便可輕易地形塑人物形象。天氣對登場人物帶來的情感反應，若能明確地傳達給讀者，它將成爲讀者引發自身感情的導火線，讓讀者體驗作者意圖傳達的氣氛。

當馬克一腳踏進遺跡內部時，遠方響起了轟隆轟隆的雷鳴聲。乾燥的雨衣因爲汗水的緣故黏在身體上。雖然希望能有一陣微風，但身邊凝滯的空氣包圍著他，讓他備感沉重。

遺跡的表面有著古風的十字架，因爲刻得很深，邊緣部分彷彿被刀削過，看起來非常鋒利。馬克不假思索地想伸手摸摸距離自己最近的一塊石頭，不料才剛要動作，頭上又是一陣尖銳的雷鳴聲，嚇得他向後退了一步。深呼吸後，他將雙手插入口袋，小心翼翼地走著，一邊避開那些不祥的岩石，一邊緩步向前。

在上面這段文字裡，透過雷聲和凝重的空氣，預示著一場即將襲來的暴風雨。文字雖少，已經足夠讓場面營造出一種迫近的危機感。馬克對天氣的反應，應該是讀者解讀這段文字最大的提示。他感到不安和躊躇，似乎沒有興趣踏進這個遺跡裡。我們藉由讓讀者察覺他的不安，來設定氣氛。

「季節」和天氣有著密不可分的關係。季節對天氣造成的影響雖然各地不同，但秋日的紅葉和夏天漫長的酷暑日，皆爲一般人普遍接受的印象。善用這種季節的自然特性，可以爲一個畫面或整個故事的氣氛定調，是非常有用的設定。讓我們來看看華盛頓·歐文的《沉睡谷傳奇》裡的一節。

伊克巴踩著輕鬆的步伐，映在他眼中的盡是令人感到愉悅的秋日風情，每一個會帶來豐富味覺饗宴的視覺景觀都讓他停下腳步。到處都是蘋果，有的在枝枒上結實累累，壓得樹木都快喘不過氣、有的裝在籃子和木桶裡要往市場送，還有些堆成一座小山等著榨汁。再往前走就會出現一片廣袤的玉米田。我們可以從繁茂的葉間窺見那些金黃色狀似耳朵的傢伙，它們可做成美味的蛋糕和湯品。在玉米根部附近生長的南瓜體型碩大，倒向面陽那一邊。用它

們做成的派，說有多美味就有多美味。

秋天在歐文的故事中是最適合的季節，因爲它可以帶給讀者一種安全的假象。秋天能給心裡帶來許多愉快的回憶：涼爽的氣候、豐富的食物、室內溫暖的爐火等都是。但是我們很容易忘記，秋天也是提醒我們年關將近的一種訊號。再過不久，世界就會覆蓋在極度寒冷和暴風雪之中，無頭騎士將襲擊沉睡谷和毫無防備的伊克巴。

當我們在設定故事中的季節時，應該思考劇情中反覆出現的主題或想法，以及怎樣的季節適合用來強化情緒。以冬天爲例，它時常用來象徵死亡、結束、荒蕪與絕望。春天則伴隨著新鮮和再生，是描寫新的開始或得到再次挑戰機會的堅強靠山。青春時代、純眞、涉及長大成人主題的故事則時常選擇夏天作爲背景。故事中的焦點放在心理層面或等待變化發生時，通常會以秋天這個象徵「準備」的季節爲背景。

不管是哪一個季節，都能呈現許多事物的樣態。經過謹愼選擇的氣候因素能夠增強作者想表達的氣氛，讀者也能在心中預備好接下來可能會發生的事情。經過認眞思考後決定的季節，一定能成爲創作時強而有力的道具。然而當我們在描寫季節或天氣時，有些地方需要特別注意，得三思而後行。

不管是針對故事裡的任何一項要素都應注意，不要在執筆時洋洋灑灑下筆千言或進行過度細緻的描寫，否則很容易淪爲泡沫劇之流，讓讀者感到厭煩。許多關於創作的技巧，都是在拿捏得恰到好處的情況下才能產生令人滿意的效果。如果要描寫一個炎炎夏日，沒有必要將無精打采的植物、熱浪、喘不過氣的狗兒、從毛孔中噴發出來的汗水等全部放進內容裡。

愼選細節加以描述，除此之外就不必費神，讀者也會感謝你的「自制」之舉。

陷入固定的表現方式，是另一個在描寫天氣或季節時容易犯的毛病。像從爐子裡散發出來的氣味、身體感受到濕毛巾般的濕氣、讓人以爲置身夢中的幻麗雪景等，都屬於這種類型。當我們進行故事創作時，首先浮現在我們腦海中的慣用表現、放在特定場合中立即可用的陳腔濫調，都是我們的敵人。這些慣用語句只能讓作者虛應故事，證明這個作家沒有欲望和能力去思索新的表現形式。

想要在描寫時保持新鮮感，有一個妥當的作法，就是牢記主要登場人物的性格、經歷和思考方式。如果能透過登場人物的視角來描寫天氣，一定可以寫出與故事相符而特別的內容。舉例來說，陽光通常和幸福的心情、勇往直前的精神結合在一起。但是對於經歷過世界毀滅，生活在地下世界的主角而言，陽光或許只會帶給他一種感傷的情緒。另外，雨天通常容易引起悲傷或絕望的情緒，但對於喜歡孤獨、性格內向的登場人物來說，或許這是能讓他產生正能量的天候。每個登場人物的性格都各不相同，如果能找到符合人物的氣候，就無須擔心落入陳腔濫調或慣用表現的泥淖裡。

最後關於將天氣帶入場景還有一點要提醒大家，身爲作家，我們容易依賴炎熱、寒冷、太陽、雨、風等自然現象。能夠活用在場景設定的選項其實相當豐富，從樸實的露水或冰霜，到沙塵暴或暴風雪等大事件都能爲我們所用。在很多時候，選擇一般人都知道的表現形式確實有其道理。但是我們所選擇的天氣因素眞的符合當下的場面嗎？對此我們應該去探尋所有的可能性。可供選擇的全列表，我們放在線上執筆書庫「One Stop For Writers」（https://onestopforwriters.com/）裡的「天氣與地球現象類語辭典」Weather and Earthly

Phenomenon Thesaurus中，請自行參閱。另外關於在場景中可以使用的象徵用法（限於特定季節或非限定特定季節雙方都有），也放在同一個網頁裡「象徵類語辭典」（Symbolism Thesaurus）中，請多加使用。

利用光與影來打點舞台

如果想在家中創造浪漫的夜間氣氛，我們該怎麼做呢？我想你首先會關掉電燈吧。這個小小的動作，是營造出讓人感到放鬆，容易進入情境的重要步驟。現實生活中，光的質和量會對人們的心理帶來影響。同樣的道理，善用光與影也能調節故事中的登場人物和讀者雙方的氣氛。

每個人都有在白天經常去造訪的地方吧，然而一進入夜晚，同樣的地方卻可能產生完全不同於日間的樣貌。只是改變光的量和質，而不更動設定，就可以改變此地的氣氛。讓我們舉L·M·蒙哥瑪麗在《清秀佳人》系列中不時登場的樺樹道做個例子。

> 這是一條狹窄又曲折的小路，直通向長丘上貝爾家的森林。穿過一大片彷若綠寶石色的帷幕，陽光像通過篩子一般灑落下來。這個地方就像鑽石的核心地帶，完美無瑕。

讀者應該很容易想像這個樹蔭的畫面吧。陽光帶著綠意，場面使讀者產生快活而明亮的印象。雖然文中並沒有指出明確的季節，但透過對光的描寫，我們可以推知季節應該落在春

末夏初之際。

然而換作是想法不同的登場人物，在稍晚的時刻經過同一個地點時，印象就會大異其趣。讓我們看看系列作第三部裡，長大後的安妮經過樺樹道時的樣子。

穿過樺樹道和柳池，返家途中的安妮感到一種未曾有過的孤獨感。她已經好久沒有走這條路回家了。籠罩著暗紫色的夜晚，四周盡是花香——這讓她的心情更加沉重了。

在上面的文字裡，暗紫色的光和讓安妮感到孤獨與煩悶的香氣結合在一起，場面中帶出了從前未曾有過的抑鬱。

人類對光有一種本能（野性）的反應，光線充足的地方使人感到安全卸下防備。陰暗的地方則會對身心帶來負擔，讓人感到憂鬱。當我們在設定場面的氣氛時，別忘了在光上下功夫。光的亮度如何、光源在哪、光線是強烈或柔和、是讓人感到愉悅的光抑或讓人睜不開眼睛的光、這裡是沒有遮蔽物，光線充足，還是陰暗無光的地方呢？

爲了設計出我們希望傳達的氣氛，上述這些提問都可以成爲我們設定光應該照在哪裡的方針。

合適的敘事者

當我們在拼湊設定氣氛這張拼圖時，光是其中重要的一片。然而光的效果會受到故事敘事者的觀點而改變。讓我們再將焦點拉回《哈比人：意外旅程》中的比爾博・巴金斯身上。旅途中比爾博遭遇到許多危難，有一次他摔落迷霧山脈，頭部受到重擊喪失意識。等到他恢復意識時，發現周圍一片黑暗，雖然他的眼睛是張開的，卻無法確認自己是否眞的醒過來了。比爾博受到巨大的衝擊，面對這種悽慘的情況，他只能冷靜下來，不論花多少時間都必須把自己給喚醒才行。

擁有舒適的環境、豐富的飲食和視野良好的住屋等，都是哈比人比爾博所看重的事，設定上讓他接受這種反差性大的衝擊，應該是所有讀者都能接受的。在故事開頭，托爾金就已經爲登場人物搭建好舞台，讓讀者能夠充分掌握比爾博這個角色，所以當他身處於黑暗洞窟時的強烈情緒反應，自然也就在讀者的預期之內了。

然而，設定和氣氛眞正有意思的地方還在於，它完全取決於登場人物如何表現來決定。同樣的場景設定，若我們以咕嚕的角度來看，就會有不同的體會。我們可以從咕嚕有一雙像燈泡一樣的雙眼，和從遠處就可以監視比爾博一舉一動中了解，他一定在這個洞窟裡生活了很長一段時間。洞窟裡的黑暗和寂靜對他而言並非絕望，而是極爲平常的生活環境。咕嚕是這個地方的主人，待在這兒讓他感到自信與安心，這和由比爾博的視野帶出的氣氛有著天差地別的不同。

一個設定裡存在著兩種不同的視點意味著，可以由故事的敘事者和（掌握觀點的）登場

人物來帶出場景的氣氛，還能成爲提供**對比**性描寫的實際範例。故事中作者的觀點經常由兩位登場人物或兩件事物，透過其組織或場所的迥異性來呈現。《飢餓遊戲》裡的第十二區，如果沒有都城的富庶來做對比，很難想像那裡會是一個充滿絕望與黑暗的地方。霍格華茲正因爲有水蠟樹街來做比較，才顯得那裡是一個幸福的地方。作家們總是試圖傳遞一些訊息，爲了讓重點更容易凸顯出來，在做設定時會時常使用對比的手法。

表現方法的重要性

作家使用的表現方法是傳達氣氛的另一種方式。讓我們讀一讀以下這段文章，並注意其中所使用的文字。

> 陽光穿透雲層灑落下來，曬得墓碑閃閃發光，並爲墓地帶來暖意。寶拉穩健地走在凹凸不平的路面上，足音消失在青草地裡。充滿薰衣草香氣的微風輕拂過寶拉的皮膚，在墓石之間輕聲呢喃。她面露微笑，做了個深呼吸。

雖然場景在墓地裡，但氣氛卻顯現出難得的平穩。這種平靜感可以透過精準的選字來達成——曬暖墓石的日光、吸收主角腳步聲的草地、墓碑之間清風的呢喃和有放鬆效果的薰衣草香等。這樣的描寫可以傳達出登場人物的心理狀態，爲墓地帶來安定感。

文字的長度和流暢性也會增強氣氛。上面的句子長而流暢，正如作家想帶出來的感覺一

樣，帶給讀者一種緩慢、像對話般輕鬆的印象。這種長句在傳達充足感、懷古、沉思等低耗能的感情時很有用。另一方面，短句子則適合用來傳達恐懼、不安、憤怒、焦躁、興奮等高耗能情感傳達。表現方法具有改變設定氣氛的效果，讓我們改變表現方式，再看一次前面那段文字。

寶拉上氣不接下氣地疾行過滿是岩石的墓地，一個不小心摔倒在傾頹的墓碑之間，被石材尖銳的邊緣割傷小腿。陽光直射到她的眸子裡，使她的眼睛瞇成一條線。一邊擦拭滲出的汗水，她一邊向身後瞥了一眼。雖然沒有任何人追上來，但他們絕不可能善罷甘休。突然一陣煙氣熏人的強風向她襲來，某種燃燒的氣味嗆得她喘不過氣，身體失去了重心。

透過新的辭彙，先前墓地明亮的氣氛突然消失得無影無蹤。這次寶拉沒有在墓地裡漫步，而是疾行而過。太陽光強烈而具攻擊性，微風也變成摻雜異味的強風。這段文字並不流暢，每個句子都切得很短，剛好符合寶拉緊迫的狀態。帶給讀者唐突緊張的感受。

表現方法是建構特定氣氛的樂器。創作時可以相互組合，將作者希望讀者體驗的情感表達出來。下次執筆時不妨試試改變辭彙、句子的長度和流暢度。

埋在故事裡的伏筆

當作者希望傳達某些訊息給讀者時，並不需要大費筆墨。現場的氣氛並不爲「一定會在

這發生什麼」背書，有時也會出現「從現在開始才要發生」的情形。

伏筆是作者用來提示讀者，接下來將會發生什麼事的文學技巧。將伏筆和恐懼、興奮、不安和感謝等情感連結在一起時，會帶來更好的效果。因此伏筆和氣氛相互配合的例子不勝枚舉。將情感和特定的場所建立關連性不是一件難事，在設定氣氛時逐步爲接下來會發生的事情鋪路，是做設定時的最佳手法。

電影是利用視覺效果來設定伏筆的最佳媒體。例如《魔鬼終結者》的最後一個畫面以烏雲密布、令人感到不安的天空做結束。這一幕預示了核子戰爭的爆發，莎拉‧康納抱著覺悟和責任感，接受自己將改變未來的命運。此景況爲這部電影的結尾氛圍定了調。

文學上我們可以在《傲慢與偏見》裡找到優秀的範例，讓我們看看伊莉莎白首次造訪達西的彭伯里莊園時見到的景象。

> 這是一棟建築在高台上又大又雄偉的石造建築，屋子後方是長滿茂密樹林的小丘的脊部……伊莉莎白雀躍不已。她從沒看過如此美麗的自然風光，或者說如此不受世俗氣息干擾的自然美景。在場的每個人都不禁讚嘆起來，心頭感到暖暖的。一瞬間，「若能成爲這個莊園的女主人，將是一件多麼美好的事啊！」的想法浮現在伊莉莎白腦中。

前面這一小節中，作家讓我們一窺伊莉莎白的未來。伊莉莎白雖然拒絕過達西的求婚，但近日發生的事情讓她有機會重新以正面的角度來認識這個男人。接著，透過造訪達西家的這一幕，珍‧奧斯汀創造了一個絕佳的機會，讓讀者預測之後會發生什麼事。對伊麗莎白來

說，彭伯里莊園是個歡愉的驚喜。她對莊園表現出來的態度，也反映了對達西看法的改變。故事最後，面向未來伊莉莎白克服了過往的「傲慢」與「偏見」，完成了自我的成長。兩個人之間產生一種充滿希望的氣氛。

引導故事進行的設定

當作家執筆之際，擺在心中的第一順位永遠是「故事」內容。作者必須自問：「目前的內容能推進故事的發展嗎？」「這個場面、相互之間的關係、這一節、支線劇情、筆下的登場人物是否朝著設定的目標前進呢？」保持各個事件之間適當的運行軌道和距離，是促進登場人物以及故事內容發展的動力。故事必須是測定自己創作內容的計量器。

登場人物的心靈成長、衝突和故事全體的結構等，都能決定故事的方向性，其中也包含一些本能性的元素在裡面。設定能夠爲劇情和登場人物帶來自然性（非人爲因素）的影響，對於推進故事的發展也會起到作用。能善加利用的話，設定能將故事帶往正確的方向，並成爲故事發展的動力。

從基本需求來看，登場人物是不是少了點什麼？

每個故事的內容雖然不同，卻都有相似的普世價值。找到眞愛、保護家庭、獲得榮耀和名聲等都可作爲故事主角的目標。這些目標是登場人物和眞實世界裡的人所共有的，深植於我們普遍的需求之中。

心理學家馬斯洛的「**需求層次理論**」裡說到，這些需求都是屬於人類根本性的東西，它

能促使人類（或登場人物）採取行動。需求可以分爲生理的需要、安全需要、社交需要、尊重需要和自我實現需要等五個層面。人類只有在滿足了這五種需求後，才會產生眞正的幸福和滿足感。其中若有一項不足或遭人橫奪，登場人物就會採取行動將它奪回，因此人類的基本需求是推進故事發展強而有力的工具。

我們來看看《超人特攻隊》裡，曾經是超級英雄的巴鮑伯吧。故事剛開始時，他隱姓埋名，像一個普通的男人在郊區過生活，然而他其實打從心底不喜歡這種生活方式。雖然過著富裕的生活，但自己的潛在能力完全沒有發揮的餘地，自我實現需要沒有得到滿足。因此當能讓他發揮特異功能的邀約出現時，他不假思索就答應了。這個邀約不但對他的工作和家庭生活帶來許多衝突，並促成故事中反派角色的登場。如果巴鮑伯在完成任務後選擇功成身退，在郊區過著循規蹈矩的生活，就不會有接下來的故事發生了。

這是操作登場人物的需求，作爲設定的一項手法。如果每件事都順心如意，故事裡的登場人物和現實中處在同一個條件下生活的人們一樣，只會去享受無可挑剔的舒適生活而已。如果放著他們不管，他們將是無所作爲的。作家爲了讓故事裡的人物朝著設定的方向前進，必須調整狀況，鞭策他們動起來才行。

在決定故事和場面的設定時，我們需要考慮到登場人物的需求。他們有哪些需求沒有被滿足呢？有沒有什麼地方可以凸顯這些不足，讓登場人物採取行動呢？如果所有的面向都已滿足，我們可以反向操作，看看能從登場人物身上拿走些什麼，讓他們的情感產生動搖，把他們推向新的方向。將登場人物丟進對他們的需求產生影響的場所，是將作品導向創作者所期待的方向的手段。

關於人類基本的需求和更進一步的資訊，以及如何讓登場人物產生「幹勁」的方法，在《性格類語辭典．正向篇》裡有詳細的內容。

試煉：你筆下的登場人物及不及格？

主角的旅程正在緩步前行，透過故事中的各種事件和周邊的互動，主角越來越了解自己的動機、欲望、優點、缺點。當解決了一件事情時，自信與能力也會增加，並朝著目標又邁進一步。然而隨著新事物的出現，懷疑與不安也會如影隨形而至。

主角的旅程中一定存在著試煉。我是誰？我在追求什麼？爲了找出這些問題的答案，我們需要不斷地發出質疑。試煉中也包含著失敗的可能性，這是最吸引讀者目光的地方。如果讀者對主角是否能夠達成任務抱持疑問，表示他已經入戲了。我能完成目標嗎？如果敵人太強大，是不是放棄比較好？我做出的選擇是正確的嗎？明哲保身的選項是不是比較妥當？爲了避免故事的發展太容易就被人猜到，我們也需要給登場人物失敗的機會，提供這種機會最好的方法莫過於試煉了。

在《軍官與紳士》裡，沙克和候補軍官的同袍需要接受通過障礙物的訓練。雖然這項訓練對他來說並不困難，但他暗自在心裡許下要樹立新紀錄的目標。沙克最大的缺點是不健康的自尊心，爲此他對周遭的事物態度冷漠，不但協調性差，還很自私，這是他（爲了達成一直沒有被滿足的需求）成爲團體中一份子所必須克服的心理障礙。劇情中有好幾次，他都有機會改變自己的作法，轉而和周遭的人進入一種相互依存的狀態。但是直到故事進入尾聲

時，他才終於實現了這個目標。當沙克眼看就可以在通過障礙物的項目上創下新紀錄時，卻發現不擅於爬牆的同袍，又在同一個地方卡關了。這時他放棄了樹立新紀錄的念頭，幫助同袍翻過牆壁，一起邁向終點。在這項考驗登場人物的障礙物測驗設定中，沙克雖然經常失敗，但從故事的結局來看卻營造得非常成功。

然而，設定並非僅限於不斷地提供試煉而已。能夠爲主角帶來證明自己能力機會的人、物或狀況也包含在設定內。如果今天的登場人物是一直努力想克服酒精依存症的人，可以試著將他放在酒吧、結婚典禮或運動相關活動等酒精類飲料供應源源不絕的地方。如果某個人物只是表面裝作想要克服某些症狀時，又可以將他放在哪裡呢？

反省的機會

試煉對登場人物而言是必要的，試煉中蘊含著緊張感。經歷過試煉的人不只登場人物本身，讀者也共享了故事情節中的壓力。爲了不讓讀者感到冷場，緊張感雖然在故事中扮演了重要的元素，但沒有間斷的緊張感又會讓讀者感到厭煩。因此對於讀者或登場人物來說，喘口氣和適度的休息是有其必要的。

休息能夠讓登場人物在通過試煉之後，有一個回過頭來檢視自己的機會。克服困難後，主角會沉浸在成功的氛圍裡，在往前邁進、朝向達成目標的過程中，獲得面對更大挑戰的自信。相反的，如果主角在試煉中失敗，則可以讓登場人物得到發現錯誤、找到需要補強之處以及面對下一次挑戰，應該做出哪些改變的機會。透過反省，主角在接受失敗後可以選擇放

棄或捲土重來，抑或面對下一個到來的挑戰繼續努力。

沉思內省的設定，會因爲主角的特質和作品的種類而有所不同。一般來說，這類場面大都會選擇簡單、安靜的地方，例如自己的房間、營火前或鄉村小路上（兜風）。這些環境都能夠讓登場人物在面對下一個試煉前，集中精神去思考一些重要的事情。但是安靜的場所並非對每位登場人物都能帶來效果，如果主角是一位喜歡和大伙打成一片，從人群中獲得能量的外向人物，對他來說能夠好好想事情的時刻，可能是待在熱鬧的派對裡或走在人擠人的路上時。還有些登場人物會選擇和他人深入討論，或找三五好友來腦力激盪，想些點子來解決問題，這時適合的場所就會變成附近的公寓或在餐廳裡邊喝咖啡邊討論。

此外希望大家能夠記住一點，當登場人物想對自己做刨根究底的探索時，一般都會選擇安全的場所。經歷過痛徹心扉的事件後，可能會對特殊的設定產生負面情感的連結。同樣的，積極向前的心情也會和令人感到安全放心的場所產生連結。在描寫反省的場面時，可以使用些令人感動的事情來做收尾。例如出場人物覺得最幸福的回憶發生在哪呢？待在哪裡才能讓他感到安心？有沒有一個地方是登場人物會再次造訪，並和過去建立的豐功偉業產生連結呢？如果我們能夠回答這些問題，就可以列出一張登場人物在深思時可用的設定清單了。如果能夠進一步將選定的場所，配合登場人物的特性進行客製化的情境安排，不只能夠增加場面的感情，創造一個獨特的故事，更能讓讀者產生一種眞實感。

用比喻性詞彙深化設定

只要是在固定的時間和場所裡，設定就可以在故事中發揮強大的效果。設定不但能引導故事的發展，在引起讀者的情感反應、帶來衝突以及建構適當的氣氛上也相當有效。但是，這只限於純熟的使用設定時才會發生。

在打草稿時，作家通常使用如下面這段簡潔的文字來傳達設定。

寒冷、多霧的午後發生的事。

不過，讓我們拿狄更斯的《小氣財神》做個例子，來看看簡單的一個設定可以完成多麼豐富的創作。

史克魯奇爺爺正在會計事務所裡忙得不可開交。外頭寒風刺骨，濃霧瀰漫，眞讓人吃不消。事務所裡可以聽見室外的人們喘著氣走來走去的聲音。行人不時用手擊胸、用力踩著人行道上的鋪石來取暖。城裡的鐘剛敲過，雖然才過三點，天空卻已暗了下來——今天其實沒有放晴過。隔壁辦公室的窗邊，燭光像是搖曳在黃褐色的空氣裡，用手就可以碰觸到的紅點。濃霧從縫隙及鑰匙孔湧進屋裡，室外濃霧瀰漫。雖然事務所所在的這條巷道非常狹窄，

但對面的屋子看起來卻像霧中的幻影。

這段設定相當細緻，幾乎所有古典的文體都較現代的故事敘事來得更爲嚴謹，名作讓我們見識到這些有效的比喻詞彙，拿到今天仍然適用。透過這些感覺性的細節，狄更斯使用直喻和隱喻，爲樸素的市郊帶來深度、質感和觸感。他創造出一種水晶般的明晰，將讀者定格在這個場景裡，事件隨著閱讀的推進自然地發生，這可說是狄更斯的技藝之美、厲害之處。寫作技巧能凸顯場面中重要的事物和象徵，還可以一併提供希望傳遞給讀者的幽默感。

使用比喻性詞彙能帶來許多優點，讓我們趕緊來看看比喻性詞彙的例子和提高設定描寫的方法吧。

直喻和隱喻

比喻性詞彙指的是，當我們提到某件事時所使用的詞語，其實意在言外，指涉另一件事。也就是說，這類字彙不能只照著字面的意義來解讀。在譬喻性詞彙中，最常見的是**直喻**和**隱喻**。兩者唯一的不同在於，直喻使用的表現方法是「～的樣子」「像～」。隱喻則不同，它用Ｂ來取代Ａ，選擇斷定的「是」做表現手法。讓我們來看看例子。

水像墨汁一樣黑。（直喻）

沒有月光的照射，水就變成墨汁了。（隱喻）

再舉一個例子來看，

烏群（發出的聲音），聽起來就像憤怒的群眾（發出的聲音）。（直喻）

烏群是失去理智的憤怒群眾。（隱喻）

直喻或隱喻都是選擇精煉的語彙來做鮮明的比喻，在做設定時，能將自己想描繪的意象傳達出來。我們可以從下面兩個例子來看，如何使用隱喻確立一個畫面的氣氛。

數學大樓的走廊綿延數英里，就像一條用來遊行的大道，而我則是道路上的小丑。就算被手肘用力地撞到或遭到推擠，我還是笑笑地穿行其間。換做是其他人應該早就躲到廁所裡偷偷哭泣了吧，然而，我卻必須裝作將這一切都當成可笑之事。

讓我們來看看同一個設定，用不同的比喻帶出來的感覺：

我是數學大樓和科學大樓垂直線上的一個動點，輕快地在走廊上滑行。搭在引導我們前往自己位置的線上移動時，我會向其他動點點點頭，問候一聲「早安」。

兩個例子的時間和地點都是固定的。時間是一般的上課日，地點則為數學大樓。但是透過使用的比喻不同，我們能夠清楚發現一些事情。拿前面的例子來說，設定裡的登場人物以

直喻來表達自己的心情。對這個女孩來說，這裡不是個幸福的地方。後面這個例子中，作者則顯得輕鬆自在。她使用隱喻將數學大樓的走廊比喻爲垂直線，學生們是線上的動點。掌握觀點的登場人物應該相當喜歡數學，我們可以知道這裡對她來說是一個舒適的地方。

在做設定時，使用隱喻或直喻的好處多多。透過比喻，讀者不但可以構思出心中的形象，作者也能從中提供關於設定和登場人物的重要資訊。

利用象徵來強調主題

直喻和隱喻用來表現兩個相異事物的相似之處，象徵則賦予單詞、句子或物體字面以上的意義。作家可以透過普遍的象徵或個人的象徵，來傳達重要的主題，或強調情緒、想法和信念。

普遍的象徵是廣泛地普及於現實生活中的認識與信念，同時也適用於小說的世界裡。例如人們都認爲老師是處處爲孩子著想，值得信賴的人物、白色是純潔的象徵等，象徵的用法相當多元。作家若能活用普遍的象徵，就能用較少的筆墨表達具有普遍性的意義、感情和氣氛。透過描寫一個畫面，就可以傳達更豐富的內容。

個人的象徵中雖然也包含著社會一般普遍認知的信念在內，但主要還是和掌握故事視角的登場人物較有關連性。舉例來說，燕麥片或許是糧食收成不足那年，冬季每天的食物來源，從登場人物的視角來看，它就是貧困的象徵。對於孩童時期只要做了壞事，就會送給對方蒲公英請求原諒的登場人物來說，「贈送蒲公英」這件事就象徵著寬恕。個人的象徵不但

具有威力，如果作家能夠善加利用，還能讓讀者理解象徵背後蘊含的特殊意義。當登場人物的感情逐漸明朗時，因爲讀者早已察覺到情感背後的原因，會體驗到一種滿足感。

我們必須了解，象徵背後的意義一般都不會清楚地表達出來，和直喻及隱喻相較，它比較難以捉摸。作家經常使用一般日常生活中的東西來做象徵，將其帶入故事裡，讓讀者本能地察覺到象徵的存在。例如當我們即將讀完史蒂芬．金的《末日逼近》時，讀者可能不容易注意到「原來愛碧嘉老媽象徵摩西啊」。然而如果是一位熟悉《聖經》內容的讀者，可能已經在潛意識裡將兩者做連結了。這種找到正確解答的感覺——和故事的深層產生連結，一種豁然開朗的感覺——是讀者無法自拔的地方。

母題——大規模的象徵

每一位作家都希望讀者能和自己的作品產生連帶感，因此幾乎每位作家在創作故事時，透過故事內容傳達出來的重要信息或思想都包含著**主題**（thema）。有的主題在草稿階段就被作者有意識地編入故事裡，有些則是在創作中自然出現的。不論主題的出現是哪一種方式，都有助於讓故事的某一部分傳達出整體的訊息和思考方式，在多數情況下，主題還支撐著故事中反覆出現的象徵。在故事裡反覆出現的象徵，稱之爲**母題**（motif）

拿《哈利波特》系列爲例，蛇是作爲補強善惡對立這一主題的母題。產生許多黑巫師的史萊哲林學院的象徵物就是蛇；佛地魔的寵物納吉尼也是一條巨蛇。除此之外，故事裡會使用「爬說嘴」（蛇語）的都是邪惡魔法師。羅琳不斷使用蛇來當作惡的象徵，讓讀者能夠自

動將其和哈利波特故事中的黑暗面做連結，形成一種固定的形象。

母題在作者向讀者闡明主題上，扮演著相當重要的角色，因此需要謹慎選擇。因爲設定裡蘊含著多種可能性，所以是產生母題最合適的地方。在貝蒂·史密斯《布魯克林有棵樹》裡登場的天堂樹和《頑童歷險記》中的密西西比河都是圍繞著自然景物的母題。在設定裡，簡單的事物也可能成爲母題。在《阿甘正傳》中，看似無意間飄落的羽毛，其實是命運的象徵。季節、服裝、動物和氣候現象等也可能成爲故事裡的母題。無論如何，在故事中反覆出現，能夠補強整體主題的東西都可用來當作母題。

之前提到過，主題可以由計畫中產生，也可以從偶然中誕生。如果我們事前就確定主題，可以透過設定本身或設定中的某樣事物，試著去找出哪些場所可以用來強化自己的想法。然後，別忘了把自己選定的母題放在整個故事裡最顯眼的地方。

如果主題是在寫作中自然產生出來的，也可以使用和事前就知道主題一樣的方式，找出強化自己想法的場所，然後在其上加入故事的母題。如此一來也可以達到隨時強化主題的目的。可以用來當作母題的事物或想法，以及該如何使用母題來強化主題的方法，我們都放在線上執筆書庫「One Stop for Writers」裡的「象徵和母題類語辭典」（Symbolism and Motifs Thesaurus）中，請各位參閱。

誇飾法

作爲作家，最重要的是娛樂讀者，以及分享資訊、說服別人、將某件事弄個水落石出，

去滿足自己設下的目的。如果我們要清楚說明一段文字或一個場面的主旨，最適合的方式莫過於**誇飾法**了。就如下面這段文字所述，誇飾法可以定義爲用來強調「誇張度」的技巧。

> 受到世界末日的影響，宿舍裡馬西的房間變得慘不忍睹。他的床上有著成堆的鞋子和衣服，地板上散落著穀物棒的包裝袋和碎屑。堆放在水槽裡僞裝成骯髒的盤子、其實是細菌實驗的結果，四周飄散著一股酸味。

上面這段文字裡，在幾處使用了誇飾法來描述並非事實的內容。馬西的房間並不是世界末日的現場，放在水槽裡的應該是昨天沒洗的盤子，而非失敗的科學實驗。讀者當然知道不能照著字面來理解文章內容，但作者還是能明確地傳遞訊息給讀者（馬西是個懶人）。使用誇飾法能夠讓故事裡的主角明顯帶有幽默感，讓作者順利達成描寫目的。

誇飾法可以用在滑稽的地方外，也適用於嚴肅的主題。

> 太陽滑落至西側山頂後方，這個昏暗的空間彷彿吞噬了所有的聲音，和樹木根部斑駁的影子合爲一體。風突然靜止下來，老鷹收起尖銳的鳴叫聲。葉間的小動物們也沉靜了下來，我的背脊不禁一震。我放下成堆的小樹枝，開始生火。

前一段文字裡，影子在塑造空間上其實沒有起到太大的作用，影子也不可能吸收周遭的聲音。但是作者誇大了影子的黑暗，將它和突如其來的安靜無聲產生連結。作者一方面去強

調這個環境的怪異之處，同時也讓讀者產生緊張和不安感，再次達到作者的目的。

當我們在做設定描寫時，可以利用誇飾法來強調某些要素，以達成清楚呈現某種特定的狀況。然而在使用誇飾法時也有需要注意的地方，就和所有的譬喻手法一樣，如果太過頻繁地使用，就可能淪爲肥皀劇，讓原本預期的設定功虧一簣。希望大家記住，「少量」使用誇飾法是寫作成功的訣竅。

擬人法——將生命的氣息注入無生命之物

爲無生命之物加上人類特質的**擬人法**（比喻手法的一種），是進一步提高設定水準，最有效的方法之一。如果善加利用，能夠爲死氣沉沉的東西加上動作和感情。讓我們透過下面這段包含懸崖上樸素房子的設定，來了解擬人法的效果。

> 在懸崖邊上，有一棟油漆剝落、遮雨窗壞掉的老房子。

這段文字雖然交代了房子的地點，卻缺乏變化。爲了讓房子有活力，我們試著爲它加上人類的動作。

> 房子蹲踞在斷崖的邊上，經歷過多年強風吹拂，輪廓顯得有些扭曲。

是不是不太一樣了呢？這段文字讓房子產生了個性。當我們描寫它蹲踞在懸崖邊上力抗強風時，房子的形象較第一段文字來得更加清晰了。然而還有許多可以改進的地方。

房子蹲踞在斷崖的邊上，經歷過多年強風吹拂，輪廓顯得有些扭曲。因為砂礫不斷地磨蝕著它的肌膚，讓人可以看見油漆下方的牆板。從未關上的窗戶就像鬆垮的下顎，垂向一邊。

替房子加上皮膚和下顎，不但可以提高視覺效果，藉由帶入人類動作細節的描述，還能增加感情元素。讀者都了解砂礫在皮膚上摩擦的感覺，鬆垮的下顎容易讓人聯想到疾病或高齡。可以從這些細節中，產生悲傷或哀愁的感覺。作者藉由將房子擬人化，能夠設想出希望讀者在閱讀時產生的情感。

擬人法最大的優點就是能夠激發出任何情感，當作家希望創作出符合期待的形象時不妨使用擬人法。只要稍加改變，寒酸的小房子就能變得截然不同。

房子直挺挺地聳立在斷崖的最高處，朝著瘦弱的樹群耀武揚威。剛上過油漆的壁面就像剔透的肌膚，閃閃發光。窗戶亮晶晶的，房子眼睛眨也不眨地，直盯著萬里無雲的晴空。

這裡的房子和剛才出現過的很不一樣，它乾乾淨淨，受到良好的照顧，雄赳赳氣昂昂。我們可以從眼睛眨也不眨和「耀武揚威」知道，這是一間高傲的房子。從它那裡我們只能感

受到和溫暖、舒適完全相反的事物。

從前面的例文可以知道，擬人法在替單薄的設定注入活力上相當有效。替沒有生命的東西加上人類的特質後，能讓讀者產生親近感。透過這個寫作技巧，作家可以在設定中植入自己的感情，讓這種情感體驗貫穿整個場景，邀請讀者進入作者筆下的世界。

設定常見的陷阱

前面說過，設定是能夠讓文章更上層樓的有用工具，並介紹了許多寫作技巧。雖然任何元素都可以拿到創作中使用，但在設定上還是有許多需要注意的地方。讓我們看看執筆時應該如何避免這些麻煩。

沒有重點的描寫

作家很容易在設定描寫時洋洋灑灑寫太多，這正是設定常被攻擊、遭受池魚之殃的理由之一，也是當今年輕人不喜歡閱讀古典作品的重要原因。過去，在文章中做綿長細膩的描寫是很普遍的現象，但是時代早就不同了。拿幾本已經超過著作財產權保護年限的作品來讀一讀，我不禁懷疑，這些作品中有哪些至今仍能受到出版商青睞。

雖然作家可能不喜歡像銷售員一樣推銷商品，然而實際上這也是作者的份內之事。作家應該寫出讀者想看的作品，因此有必要去了解讓一本書成功的背後推手（讀者）的事。現在已經不是珍．奧斯汀和狄更斯那個年代了，現代的讀者很習慣事件突然發生，也就是說，他們喜歡有「抓到重點」的東西。要讓讀者沉浸在你筆下的世界，就不能在設定描寫上拖泥帶水。

那麼該怎麼做，才能避開冗長乏味的敘事呢？解決方法既簡單又複雜。當我們要描寫一個場景時，試著將眞正需要的細節刪減到不能再刪爲止。唯有當作家明確地把握住，自己想在設定裡完成什麼的時候，他才有辦法去實踐這個方法。想要建構氣氛嗎？希望促成某種特定的感情產生嗎？伏筆該設在哪裡？爲之後發生的事搭好橋了嗎？如何讓主角的個性更明確？先決定想透過描寫達成的目標後，再配合這個目標去找適合的細節。當你確定已經放進充分的內容，能讓讀者了解故事之後，我們再往下一步走。

時序混亂

我們很容易將設定僅僅作爲故事發生的「地點」來看，然而「時間」在設定裡也扮演著重要的角色。幾乎所有故事推演時都是橫跨日、月或年的時間，因此很容易讓讀者在閱讀時產生時序上的混亂，不知道劇情中到底經過了多長的時間。如果故事的內容像寫日記一樣附上日期，或者是在故事中出現報紙，又或者在故事中出現（某些節日的）倒數計時活動的話，就能讓讀者掌握故事裡時間的流動了。事實上很多時候，作者會選擇不動聲色的方式來提醒讀者，故事中「時間」走到哪。這個並不困難，只需要在設定時放進某些元素就可以做到。

如果故事橫跨的時間幅度較長，或是從一個時序轉移到另一個時序時，可以使用分章、節的方式來處理。在故事中使用季節、月份、節日或氣候等，可以有效地讓讀者知道究竟經過了多長的時間，以及今夕是何年。我們看到《清秀佳人》第二十七章的場面設定在冬天，

到了第二十八章的開頭卻出現以下的內容。

四月底的某個夜晚，結束教堂的女性集會活動，返家途中瑪莉拉想到，春天的到來，不會因爲你是青春洋溢的年輕人或年老孤寂者而有差別，這使她心中雀躍不已。她知道寒冷的冬天快要結束了。

這裡，作家透過月份和季節，而非直白地宣布「現在是四月」的方式，避免了俗氣的表現手法。此外，利用從冬天進入春天時，每個人都有的雀躍心情，替涉及時間變化的文字注入情感的元素。讓敘述時間的文字不再平鋪直敘，完成了華麗的變身。這段文字是將設定所觸及的事情和章節段落做連結，有效地將時間的流動傳達給讀者的例子。

分章節，用在時間跨度較大的故事中是很好的作法，然而對於時間跨度小的故事來說，就不太合適了。在故事的時間只經過一天或一小時的狀況下，很難在內容裡加入季節性的描寫。我們可以想想，在這種相對來說短時間的情況下，該如何呈現時間的經過。舉例來說，不妨讓登場人物來等待重要的通知：

溫暖的陽光從外頭穿過窗户射進等待室裡，錢卓拉在光線中慌慌張張地來回走動，腳都痠疼了。然而，沒有人爲她帶來任何消息，也沒有人來關心她。才一會兒時間，窗外的雲已延展開來，將剩餘的一點溫暖也給遮蔽住了。她無奈地彎下腰，一顆心像溜溜球一樣上下晃啊晃的，傷痕累累。但是從表面來看，她唯一的動作只有用手指不斷地敲打木製椅的扶手而

已。

在上面這段文字裡，透過描寫天氣也能表現時間的經過。從天候一點一點地在發生變化可以得知，時間不疾不徐地流動著，或許經過了一或二個小時，時段可能在午後或早晨。有時也會像這樣不直接點明時刻，而用天氣來表示時間經過。

我們也可以透過光線的變化來表達時間的流動。如果將場面設定在早晨，不妨試著描述，當太陽從地平線稍稍露臉開始，到日正當中時的變化過程。月亮和夜空的位置變化也可以用同樣的方式來嘗試。如果故事發生在午後，則可以使用太陽光的質和亮度，以及影子的變動來表現時間的經過。

除了使用上述的手法之外，我們也可以找找看，哪些日常行爲可以用來暗示時間的進行。孩子們上下學、早晚的交通尖峰時段，或者是在淋浴、吃完早餐後進行一天的生活等等，這些都是能向讀者傳達時間進行的日常行爲。

使用得當的閃回和夢境

閃回（flashback）和夢境這兩種故事中常出現的手法，因爲諸多理由常受到嚴厲的批評。遭受批評的原因很簡單，因爲兩者都是將讀者硬生生地從現在進行的故事中抽離出來，帶入不同的情境裡。使用這種技巧需要擔負流失讀者的風險。爲了迴避這種風險，一定要將話題再重新拉回讀者最關心的地方才行。閃回和夢境應盡可能地精簡。

遺憾的是，背景裡跟閃回和夢境有關的冗長描述，通常都和設定有關。因爲當閃回和夢境出現時，通常會變更既有的設定。爲了要讓讀者知道自己究竟在哪裡，必須花費相當的筆墨才行。結果就是作家的說明過於冗長，給人一種臃腫的印象。

要解決這個問題，作家必須將設定描寫盡量做到精簡，還要能夠吸引讀者的注意力，用精煉的文字達到最大的效果。如果不想讓讀者產生混亂，還需要找出設定和兩者之間最低限度的關連性。爲了達成自己寫作的目的，除了將焦點放在必要的設定上，同時還需要確認，能夠引起預期情感的角色是否有達到效果。總的來說就是，作家應專注在重要的細節上，然後將閃回和夢境迅速且得要領地傳達給讀者，之後再回到原來的劇情裡。

遊走於現在和過去之間讓讀者弄不清頭緒，是閃回技法的另一個困難之處。身爲作家一定不願看到，故事中的事件讓讀者不知道自己身處何處，產生困擾。讓故事能夠清楚明白的方法之一是，閃回內的設定必須和原來的設定之間大異其趣才行。在閃回的設定裡，選擇完全不同的場所，能有效地讓讀者掌握變化。如果這個方式在自己的故事裡行不通，我們可以再從天氣、季節和時間等事物裡找找，看看哪些是閃回場景裡能夠改變的選項。

此外，閃回的場景如果是設定在年代久遠的從前，故事裡登場人物的容貌一定會和現在很不一樣，那個時代流行的事物和文化，以及其他和時代相關的細節都是作家應該多用心的地方。但我們還是要謹記，不要在主幹情節以外的地方浪費太多筆墨。不論做什麼描寫，作家應該選擇對登場人物和閃回中的事件有意義的事物。

當我們在描寫夢境（特別是重複出現的夢）時，如果事前就能勾勒出清楚的輪廓，則可以使故事容易讓人理解。夢境有不同的類型，有些和現實沒有兩樣，有些則模糊曖昧。在

表現夢境上，可以試著使用誇飾法，透過誇張的描寫，讓畫面鮮活起來。抑或讓夢境的內容更加墜入五里迷霧之中。若能善用寫作夢境的技巧，能讓讀者體驗到故事裡呈現出的不同風貌，使讀者不至於發生混亂。

場景描寫該用「文字敘述」還是「畫面呈現」呢？

當你剛開始踏進寫作這行不久時，應該聽過「用『畫面呈現』（show）的表現手法，優於『文字敘述』（tell）」這種話吧。在大部分的情況下，「畫面呈現」的確是優於「文字敘述」。因為「畫面呈現」能夠帶來這些好處：透過感受性強的細節能帶領讀者入戲、喚起讀者的感情、在不妨礙情節進行下，用現在進行中的故事就能達到資訊共享的目的。而「文字敘述」的優勢則在於，當遇到需要快速帶過的場景時，不用刻意去放慢劇情的速度來配合。在做設定描寫時，「文字敘述」和「畫面呈現」各有擅場，但作者該如何判斷這兩者的最佳使用時機呢？

適合用「畫面呈現」的場合

醞釀氣氛或情感時

在設定中創造氣氛和感情的目的，不外是要讓讀者入戲。也就是作者想讓讀者感受到他要呈現的東西。然而設定只靠「文字敘述」（「幼稚園裡沒有人」），往往力有未逮，而

「畫面呈現」則可輕鬆完成。

牆壁是粉紅色的。降下的百葉窗讓衣櫃、換衣桌上的尿布、設定爲靜音模式的手機和躺在地毯中央——這個距離是剛剛學會走路的寶寶，可以從嬰兒床投下東西的距離——的奶嘴，都染上一層憂鬱的灰色。莎拉站在入口處，眼睛連眨都沒眨一下，盯著那個令人厭煩的奶嘴。因爲太過害羞，她沒能拜託人將它取過來。事實上所有人都已經回家了，想找人幫忙也不可能。

像這段文字想要喚起某種特定的情緒或在設定中帶出某種氣氛時，「畫面呈現」就是一種有效的方式。

在設定中描寫具有獨創性或不熟悉的事物時

作者一定不樂見讀者迷失在自己筆下故事的場景裡，也不想讓讀者爲了要確認故事的內容，花許多時間重讀之前的情節吧！爲了避免這種事情發生，許多（特別是奇幻或科幻領域的）作家容易耗費過多筆墨在自己獨創的世界裡，但這樣反而會讓讀者望而卻步。

不論是熟悉的場面或原創性的場面，作者都應該給予讀者一個清晰的視覺形象，這時「畫面呈現」就顯現出它的必要性了。在實際操作上，我們應該先描繪出一個整體的框架，然後至始至終聚焦於其中的一個點。例如當我們在描寫宇宙中的前哨基地時，基地和地球之間的距離以及大氣的成分，在那裡和人類共同生活的外星人等都不用太過拘泥於描述。當

然，我們應該要給出一個全體、綜合性的印象，在那之後就只需要專注在讓讀者明白故事內容的小規模細節就可以了。例如關於時代，我們可以聚焦於荒廢的構造、路上杳無人煙的狀況等，就可以點明。另外若要在不熟悉的設定中描寫困難的要素，其中一個方法就是比喻法，以幾句話來創造適當的印象。

清楚背景的情況下

背景有時會以巨型訊息集合體的方式登場，這成為讓讀者倒胃，及拖延故事進度的原因，但作為故事構成元素之一的背景，遭到這樣的批評是不公平的。因為在這些資訊中，還是有讓讀者能夠去理解，登場人物為何會採取某些行為的動機和訊息。在大部分的情況下，用「畫面呈現」背景遠比「文字敘述」的方式來得有效。設定是讓登場人物將他從過去而來的重要情報公諸於世的好方法。

要描寫面臨巨變前夕的設定時

如果設定正面臨變化的時刻，作家要提供一幅清晰的圖像，讓讀者能夠去想像變化前、後的改變。《飢餓遊戲二部曲：星火燎原》中，第十二區遭到毀壞。如果小說作者蘇珊・柯林斯沒有事前做好清楚的設定，讀者大概也不會為這個結果感到那麼震驚。為了讓故事中的事件在讀者身上發揮最大的效果，讓不斷在更新中的設定在大改變前、後用「畫面呈現」的方式來表達是有其必要的。

建構重要設定的基礎時

某些設定對登場人物而言，相較於其他設定更爲關鍵。例如這裡是登場人物經歷過某段感情的地方，又或者這裡住著某位小說中舉足輕重的角色。上述的情況下，主角可能會花很長一段時間在特定的地點待上一段時間。故事裡如果有這樣的場所，作者爲了要對讀者做出細膩而經過深思的介紹時，與其透過「文字敘述」，「畫面呈現」是更有效果的選項。如果在今後的劇情發展中主角頻頻造訪這個地方，最開始的邂逅就顯得相當重要了，必須下工夫來描寫才行。在之後的故事裡，只要設定沒有出現太大的變化，只需用簡潔的短文就可以用「文字敘述」的方式來帶出登場人物的所在位置了。

鋪陳伏筆時

鋪陳伏筆時使用「畫面呈現」的手法，是將發生在故事後半部事件的提示嵌入設定裡最好的方式。天氣、光影、象徵和不同場景裡的小道具等，都可以用來暗示即將發生的重大事件。因爲不希望讀者漏看這些重點，作者需要謹愼地做選擇。在這裡使用「畫面呈現」的手法可以將感情和氣氛注入描寫的景物裡，較「文字敘述」的方式更爲合適，對讀者來說也可產生有意義而深刻的印象。

適合用「文字敘述」的場合

場面中有「迅速的動作」時

當劇情進入格鬥或追蹤等高潮起伏的畫面時，周遭的事物都快速地移動著，此時可不希望複雜的設定描寫拖累了故事的節奏吧。像這種時候，作者只需要描寫設定的基礎部分即可，然後將注意力全神貫注在正在發生的事件上，不要模糊了焦點。伴隨著動作而來，最低限度、不可或缺的描寫方式該採「文字敘述」或「畫面呈現」，則可依當下的畫面來做調整。

某些掌握故事視點的出場人物適合「文字敘述」

別忘了，故事的進行需要透過敘事者的視角來詮釋。如果今天敘事者是一位常常「想太多」，又喋喋不休、講話沒重點的人，那我們可以稍微花點時間，透過「畫面呈現」的手法來處理。然而，如果敘事者是一位不太關心周遭環境，現實而有效率的人物，那設定對他而言也不是那麼需要。這時採用「文字敘述」的方式，更符合敘事者的性格。因爲讀者在閱讀中已經熟知敘事者是這樣一號人物，人物的地基早已搭建完成了。

希望帶來特定的效果時

就像「這是最好的時代，也是最壞的時代」這句話，使用字彙做傳達的「文字敘述」是能夠牽動人心，使人留下深刻印象的方法。作家經常用「文字敘述」來表達某種訴求。在描

寫設定時當然也可以使用相同的手法。雖然持平而論，使用「文字敘述」後，多少還是需要用「畫面呈現」來讓內容「豐腴」點。讓我們用以下這段文字來想想看，如果這是出現在一本書、一個章節或一個場面正要開始（或結束）時，有什麼感覺呢？

那棟房子一定被什麼不乾淨的東西給纏上了。
這眞是有生以來最糟糕的一場生日派對。
然後我就在雞舍裡醒來了。

這段文字與其說是敘述，不如說是建立一種風格。文中用最基本的方式確立場面，然後顯示出登場人物、敘述者和作家似乎還想再多說點什麼。這樣的文字敘述當然有其發揮功能的場合，但是要讓它眞正產生作用的話，還需要加上明確的目的性才行。

這一節談到這裡，我們知道在做描寫設定時，大多數的情形下使用「畫面呈現」會是比較好的選項。「畫面呈現」能夠創造出多元而具眞實感的環境，建立情感的羈絆，將讀者進一步帶入故事的深處。話雖如此，「文字敘述」在某些場合還是有其不可被取代的重要性。因此就像本文中強調的，我們要理解，在一個場面裡設定應該扮演怎樣的角色，然後就能看清該選擇「畫面呈現」或「文字敘述」作爲表現手法。

針對田園區設定應該考量的事

都市和自然的環境在本質上很不一樣，寫作時兩者都有需要面對的不同課題。如何在作品中呈現這類的描寫呢？這一章我們將焦點鎖定在田園的設定上，找出可以使用在小說創作時有效的描述方式。

認眞調查作爲寫作對象的自然環境

如果要描寫再熟悉不過的室外風景，要慮應故事是很容易做到的。山、森林、湖泊和健行步道等，這些東西我們都不陌生，可能某些人就是長年生活和成長於周遭充滿這些元素的環境裡。身爲作家，我們對於山岳地帶的設定或許胸有成竹。然而，你知道自己筆下的山是屬於哪一種類型的嗎？如果是一位出生在美國東部阿帕拉契山脈地區的人，要以當地爲舞台創作小說，應該是沒有什麼困難。但如果今天是要以加拿大落磯山脈或瑞士的阿爾卑斯山脈爲舞台，創作時仍然沿用阿帕拉契的寫作模式，不會格格不入嗎？

自然的風貌不只地形一樣，還包含當地的原生植物、棲息於此的動物、晝夜的長度、氣溫的變化和季節遞嬗等，需要納入考慮的事物還不少，且根據所在的區域不同，上述的事物又會呈現出大異其趣的風貌。光是瀑布的類型就有十種以上。你想描寫的是呈階梯狀流動的

瀑布、穿梭於山間窪地的瀑布，還是分割成好幾個細流的瀑布呢？同樣的，雖然短吻鱷常見於佛羅里達的河岸邊，卻不會出現在加拿大的河邊。

如果你要以世界上實際存在的某個地點作爲故事的舞台，在創作設定時應該保持當地自然環境的眞實性和一貫性，並對該區域認眞地進行縝密的調查。我們應該避免因爲對細節的忽視（筆下的世界和實際上有出入），讓實際生活在該區域的人對你的作品敬而遠之的尷尬結果。

增加主動性的行爲

讀者很難接受長段落的一個原因是，他們看不到文中有任何的「動靜」。當作家花了大篇幅來描述一棟建築物土地上的矮木時，這段文字將毫無吸引力可言。這種沒有生氣的段落會拖累故事的節奏，讀起來枯燥乏味。作者應該盡量避免這種情況發生。

爲了避開這個誤區，讓我們試著透過登場人物的行動，爲停滯的畫面帶進動感吧！如果今天是在室內，我們可以透過簡單地加進登場人物製作布朗尼、拆開信件、餵狗或整理食材等動作來豐富畫面。當然，我們並非要用這些看似平凡的舉動來塞滿整個畫面，而應該視這些動作爲畫面中不可缺少的「配角」。如果不這麼做的話，反而可能讓讀者感到枯燥無味。另外，像是撕開狗飼料袋或將蛋打進盆裡等小動作，可以用來截斷過長的文字敘述，創作時也可以將它們零星地嵌入文字裡。

如果今天動作發生的設定是在充滿自然現象的室外，寫作將更爲容易些。因爲我們可以

活用自然中流動的風、潺潺的水、浮動的雲、變化的影子和附近的動物及昆蟲來豐富畫面。哪怕只是簡短地觸及這些事物，都可能為死氣沉沉的文字內容帶來動感。看看以下這段文章：

到家時，天色已經完全暗了下來。狂風吹拂撥弄著我的髮絲，我搔了搔頭皮，凝視著自己的家，靜靜地站在寒冷中。檯燈點亮了窗邊，煙囪的炊煙帶著燉菜的香味。從屋外來看，這棟房子讓人覺得穩定而舒適，彷彿在歡迎人們進來坐坐。

這段文字裡並沒有什麼特別之處。主角還站在屋外的庭院中，凝視著自己的房子。然而我們卻可以在文章裡感受到細微的動作：強風弄亂了她的頭髮、點上的燈，連煙囪都很有戲。滲進天空裡的裊裊炊煙這一幕，很吸引人不是嗎？這些有點微不足道的細節加總起來，能為安靜的畫面帶來活力，帶出設定想呈現的氣氛。在看似平凡之處帶入動作，讓讀者的雙眼彷彿發生了錯覺。透過增加主動性的行為，能為靜止的畫面捎來生命的氣息，是一個優秀的表現技法。

使用對比來呈現多角度的描寫

像沼澤、森林、海洋等大規模的自然景觀或地形，常讓人在執筆時發愁。它們的「巨大」是作家難以掌握的因素之一。要描寫這種接近無限的遼闊時，對比法是最佳的表現形

式，我們可以使用前景或附近較小的物體來做比較和取得平衡感。

這裡的平原並不像人們說的那麼平坦，有著細微的傾斜和起伏。吹過草原的疾風掀起陣陣漣漪，就像色彩繽紛的桌布被風吹得啪啪作響。眼前的這片大地究竟會延伸到哪兒去呢？將手放在眉毛上，我望向孤立的楊樹，望過我們的倉庫，將視線延伸到看不到盡頭的平原遠方。雖然我們的倉庫是個龐然大物，但在這片大草原上，它看起來只像一間室外廁所。平原有著它迷人的景致，但我不禁認爲這麼大的地方，上帝是不是有點做過頭了。

我們雖然可以用文字來表達平原的廣闊無垠，但如果將它拿來和較小的東西做比較，一樣可以將規模的大小傳達給讀者，還能讓人產生一種鮮明的印象。

創造意外

寫作不能永遠使用那一招半式打天下，哪怕寫得正順手時也一樣。有時要找一個合適的辭彙就能讓人筋疲力盡。因此很多人會選擇那些立即浮現在腦海裡的詞彙來應付過去，但就像是天氣或季節等這些自己經歷過的事物，會讓人很容易去依賴普遍而典型的表現手法。我們應該期許自己屏除這些了無新意的表現手法，去發掘符合自己故事裡和登場人物的新鮮事物。

一般來說，教會是帶給登場人物力量和心靈皈依之處，然而對一位受到罪惡感所苦的人

來說，教會或許是一個令他避之唯恐不及的地方。對那些被強迫來參加教會活動的人而言，教會則是一個窮極無聊的空間。如果登場人物是一位詐欺犯，教會對他而言就不是提升內心世界的場所，而是遍地機會的寶庫。教會容易讓人想到虔誠的信徒，同時也是為了逃避被惡靈騷擾的男童的避風港（《靈異第六感》），許多意外的人物都可能是教會的訪客。

當我們在選擇不同場面的設定時，不要想到什麼就用什麼。我們應該一邊考量登場人物、自己希望創造的氣氛和故事的進行方式，一邊思考如何將多元的事件穿插進故事裡。

對所有的設定一視同仁

作家不可能對所有的設定都做到公平對待。我們都會在自己有興趣、美麗或具有重要價值的地方多花一些時間。相反的，像浴室、牧草地和小學校園中的遊戲場等每天都看得見的地方則不受青睞。因為這些地方太過平凡無奇，讀者也都很熟悉，經常被認為不用多費筆墨來做說明。作家是會在這些地方打馬虎眼，或是完全無視於它們的存在。

然而實際上，每一個設定都有屬於它的價值。我們可以將任何空間放進場面裡。只要細心觀察一件事物，必定可以發現它的特殊之處。張貼在家中壁紙的狀態或房間裡的味道，都能帶出某種氣氛，或簡單地變身為故事裡的伏筆。

因此，當你下次看到描寫平凡的場所或是乍看之下很無趣的場所時，不妨放慢閱讀速度，想想看這個地方有什麼吸引人之處。在這個場面裡加點什麼，就能產生吸引敘事者的目光呢？透過客製化的設定，能夠讓登場人物的不同面向更加鮮明呈現。閱讀至此，讓我們回

顧一下本書到目前為止提供的寫作技巧。然後想想，什麼事物是只需要稍微觸及就可以讓場景充滿活力、增強印象又具有意義的呢？

田園篇

基本設定

二手零件商品店
Salvage Yard

關連場景 都會篇——修車廠

視覺
・為了避免遭竊而在高牆上以有刺鐵絲網圍成柵欄
・在門口的工作人員
・滿是塵埃的地面
・用來放置收集起來的輪胎、胎圈的階梯式層架
・整排窗戶骯髒或引擎蓋掀起來的損壞汽車
・引擎中探出電線或水管
・側面用噴漆噴寫號碼的車輛（車子、卡車、公車、計程車、露營車）
・瓦礫四散的地面（鬆掉的螺絲、火星塞、破損的塑膠或金屬碎片）
・沒有把手的門
・凹陷而無法關上的門
・化為碎片的前車窗
・車內各式各樣零件（座椅、方向盤、儀表板）已被取下的車子
・生鏽的塗裝或掀開的車頂
・伸手在工具箱裡找零件（傳動器、整流器、保險桿、引擎水管、遮陽膜、鏡子）的人們或工作人員
・無法回收零件而必須解體，因此堆積成山的燃燒後車輛或嚴重損毀車輛
・分門別類（依製造商或型號、生產國家）的車輛放置處
・用來搬運零件的手推車
・生鏽的堆高機
・蜿蜒穿過成堆金屬廢棄物間隙的道路
・用來收集碎片或玻璃的生鏽大甕
・拖吊車
・堆積如山的回收橡膠車胎
・機械（破碎機、打包機、切斷機、皮帶式運輸帶、運貨卡車、平板拖車、起重機、磁鐵式起重機）
・在小型拖車裡打造的辦公室
・被鍊住的看門狗
・保全人員
・投射光照明
・大型機具或焚化爐所冒出的煙
・微微照亮金屬或玻璃的陽光
・捲起飛沙塵土的風

聽覺
・槌子敲打的聲音
・嘎吱作響的金屬
・金屬互相摩擦
・進行特別難拆除的零件解體時，工作人員口出惡言或發出呻吟
・發動引擎時發出的噪音
・打開引擎蓋時嘎吱作響
・將工具放進工具箱裡的聲音
・大型機具馬達急速提高回轉速度而發出嗡嗡聲
・卡車倒車時發出的警告聲
・發出咻一聲的油壓起重機或吊車
・在腳邊啪啪作響的玻璃或塑膠
・由廣播音響傳來的聲音
・風咻地吹過敞開的門或沒有前車窗的車子
・喀鏘喀鏘作響的狗鍊
・吠叫的狗
・由車輛收音機傳來的音樂
・用手機講話的人們
・老鼠或小動物在廢棄零件間穿梭發出的聲音

嗅覺
・機油
・潤滑油
・汽油
・泥土
・汽車廢氣
・生鏽的金屬
・車子內裝腐朽的發泡材質或布料發霉的臭味
・橡膠

味覺
・遭受汙染的空氣中飄盪著有刺激性氣味的煙
・塵埃

觸覺
・生鏽的金屬
・滑溜的潤滑油
・在狹窄的地方工作，因此撞到手指關節
・被銳利的邊緣割傷
・探出身子時被金屬的滾燙引擎蓋燙傷皮膚

- 舊車的座椅還留有些微的反彈力道及彈性
- 手推車沿著場內胎痕緩步前進
- 帶著非常厚的工作手套，感覺變得遲鈍
- 沉重的工具箱
- 為了鬆開螺帽或螺絲而施加壓力
- 滿是塵埃的表面
- 為了伸手處理車台而滑進車下
- 散落在腳邊的破裂玻璃
- 為了拿必要的零件而在工作時緊繃的肌肉

引領故事發展的情境與事件

- 稀有的車輛零件遭竊
- 失火或有害液體外漏
- 破壞行為（前車窗被打得粉碎、門板出現凹痕）
- 原本在下方支撐重量、或者堆積的車輛移動而掉落至地面
- 土地持有者將此場所作為犯罪交易之處
- 找不到必要的零件，但沒有多餘的錢可買新的
- 被生鏽的金屬割傷、但尚未接種最新的破傷風疫苗
- 在車廂中發現犯罪痕跡或屍體
- 夜晚時在場內徘徊，被看門犬襲擊
- 販售處在偏遠地區，其持有者將其使用於違法行為
- 將二手零件商品店當成喝酒場所的孩子們
- 為了尋求刺激而在深夜前來，結果目擊犯罪現場（殺人、棄屍、毒品交易）
- 發現與自己車子很像的嚴重損毀車輛而感到狐疑

登場人物

- 車迷
- 機械檢查員
- 預算不足的車輛持有人
- 販售處的員工

編劇小技巧

設定時的重點與提示

二手零件商品店經常見於工業地區，專門經手處理車輛零件。車輛持有者或改造者會來造訪，根據重量或數量支付金額、買走零件。另外，也有請員工支付費用回收零件的人。不可將廢車零件販售處及廢棄物場混淆。雖然在放置的東西裡尋找可以購買的東西這點很像，但廢棄物場裡小至波浪金屬或小型鋁碎片，大到單車、汽車、飛機、解體的建築物材料，只要是金屬物品都可以處理的場所。

例文

可娜帶我去了汽車墳墓。風兒發出呻吟穿過了沒有車門的車體、由掀開的車頂上滑翔般前進，在場內的，只有我們兩人寂靜無聲。腳步異常沉重。我想看，卻也不想看。大量車子被拉到堆積的輪胎及胎圈上，我們從旁邊走過。引擎蓋對照耀此處的太陽致敬、沒看見引擎，而腸子般的水管從當中掉了出來。看見前方閃閃發亮的藍色塗裝，我心中一驚。那是我們的CAMRY。駕駛座似乎整個都爛了，消防員還得用油壓裝置來截斷車體。因太陽而發熱流出的汗水被冷汗取代，可娜和我悲痛地對望。那應該是短短一瞬間發生的事情吧——原先明明還和喬治搭著收音機唱著走音的曲子，沒想到下一秒就盯著醫院的天花板、被醫師詢問妹妹的事。

運用的寫作技巧

擬人法、象徵

創造效果

醞釀氣氛、告知背景

工作室
Workshop

關連場景
地下室、車庫、工具間

視覺

・放置製作中物品的長木桌
・堆疊在地板上、或者立靠在牆壁上的成堆板材
・（放了工具、黏著劑、捲尺、鉛筆、水平儀、T型尺的）作業桌
・放在地墊上的椅子
・有吊鉤可用來掛工具的吊掛用板
・圓鋸機或鑽床等大型機具
・放了電動工具（電鑽、研磨機、圓鋸）的金屬櫃
・老舊的業務用吸塵器
・放了螺絲和釘子的老舊咖啡罐
・有抽屜的紅色收納用手推車，當中放了各種工具（槌子、螺絲起子套組、插座等、電鑽刀片、鉗子、銼刀、夾子、焊接工具）
・C型夾
・放了噴漆或水封材料的塑膠箱
・無線式工具及電池
・填充劑
・垃圾桶
・掉在地板上的木屑
・抽風機
・收音機
・明亮的電燈
・放在瓶子裡的鉛筆
・捲曲的金屬屑
・貼了分類標籤的收納容器，放在滿是灰塵的置物架上
・貼在牆壁上的N次貼
・滲入地板的潤滑劑痕跡
・四濺後乾掉的油漆
・掛在釘子上的膠帶（絕緣膠帶、布膠帶、塗裝用紙膠帶）
・護目鏡及手套
・焊接裝置
・滿是染漬的布塊
・掃把與畚箕
・較高的塑膠桶中放了軟木塞
・廢棄的咖啡杯及裝水的寶特瓶
・凳子
・堆積擺放、沾滿油汙的箱子
・架上並排放置裝了液體的容器
・油罐及潤滑油的瓶子
・放在地板上的紅色倒油罐

聽覺

・機械運作聲響（發出如呻吟聲的鑽床馬達、將木材削為薄片的研磨機金屬聲、切著2x4木材的圓鋸尖銳聲）
・拖著腳在地上沙沙走過的腳步聲
・吸塵器吸進碎片的聲音
・槌子敲擊聲
・某個人把沾附在木材上的木屑吹掉的吐氣聲
・收音機播出的音樂
・哼歌
・砂紙研磨木材、或者劃過金屬時發出的尖銳刺耳聲
・槌子沒敲到正確位置時罵了一聲
・「喀噠喀噠」敲打的板子或「啪噠啪噠」擺動的紙張
・椅子往後拉時椅輪發出的聲音
・掃把硬毛掃在地上的聲音
・噴罐「咻——」一聲噴出噴漆
・在保麗龍箱或瓶中啪噠啪噠滴落的油或其他液體
・切斷板子時，部分木材「碰」地一聲敲到地板
・發出「嘰嘰」聲、需要上油的金屬零件
・開關抽屜的聲音
・在工具箱裡找需要的東西時，裡面的金屬「喀鏘喀鏘」的聲音
・從紙巾捲上拉下廚房紙巾的聲音
・丟垃圾時紙屑在垃圾桶中發出「咚咚」聲

嗅覺

・黏著劑
・保護漆
・剛切好的木材
・顏料的難聞氣味
・過熱馬達
・油
・潤滑油
・丙酮
・燃燒的木材
・黃油
・金屬
・削落的木屑

味覺

・在設定中，除了登場人物帶進這個場景的東西（口香糖、薄荷糖、口紅、香菸等），可能沒什麼特別的東西跟味覺有關，像這

種不會描寫到味覺的場景，可以專心描寫其他四種感覺。

觸覺

・工作桌上沙沙的木屑
・顏料的斑點
・黏呼呼的黏著劑和封水膠
・電動工具的振動
・內側溫度較高的保護面罩及防塵口罩
・噴到皮膚的火花
・從鼻梁滑落的護目鏡
・堆積在眉毛上的汗水、在厚手套中溫熱手的汗水
・碎片突地刺進肌膚的疼痛
・用砂紙打磨，粗糙的表面逐漸變得平滑
・透過髒汙的護目鏡看東西
・由於不斷重複相同動作，引發肌肉疲勞（一直用槌子敲打東西、打磨某東西的表面、揮動斧頭）
・灰塵跑進鼻子裡引起發癢、好像要打噴嚏
・沾附在手臂毛髮上的木屑

引領故事發展的情境與事件

・過熱的電動工具、或者短路造成火災
・空氣中飄盪化學藥品、由於不夠通風造成暈眩感
・笨拙的客人不小心撞到桌腳造成破壞
・因電動工具引發災難，受急診室照顧
・接下超過自己能力的工作
・開始製作新東西前，不斷告知應該先完成其他東西的伴侶
・和賴著說想「幫忙」的孩子們一起工作
・由於配線錯誤而觸電，周遭沒有可幫忙的人
・家族成員占據自己的工作場所

登場人物

・（如果工作的一環包含開放工作室時）顧客
・家人
・朋友或鄰居
・工作室主人

編劇小技巧

設定時的重點與提示

工作室會有其主人興趣相關之工具、材料和機器。也許是爲了在家裡動手進行小工作、或製作飛機模型、木工、製作刀具，或有其他目的等，要先理解自己的登場人物是因何理由使用工作室。另外由內部是否收拾整齊等，也會多方得知登場人物的性格，因此要列入考量。是否所有工具都放在固定的場所、經過一番整理？或者是架上擺得一團混亂、需要的時候找不到，登場人物感到很煩躁？工具是否有好好進行保養、或者是如何運作的呢？室內是否有打掃；或者是到處散落著咖啡杯、啤酒空瓶、食物包裝紙等宛如黑洞？爲了說明工作室及其主人角色，最好選擇能凸顯登場人物性格各方面的細節。

例文

上午的陽光射進了小小的窗戶——亮度雖然足以確認空氣中飛舞的無數塵埃，卻不足以讓我數清艾迪的釘子數量。但只要搖搖那喀噠作響的罐子，就知道非去一趟居家用品量販店不可了。木片淹沒了地板、角落塞著已生鏽的庭院工具、機械零件則在當中堆積如山，我瞪著這片地雷區。爲什麼艾迪在工作室裡塞滿了雜七雜八的東西，卻連只是要釘個門的釘子都不多放幾個在手邊？

運用的寫作技巧

光與影、隱喻法

創造效果

賦予登場人物特徵、強化情緒

工具間
Tool Shed

關連場景 後院、地下室、車庫、工作室

視覺

- 空氣中飄揚的塵埃
- 髒汙的窗戶或拼板、由屋頂橫梁裂縫中射進的光線
- 工作台
- 立在牆角的草皮用工具（耙、鏟子、鍬、大型槌子、打洞機、掃把、斧頭、園藝剪刀）
- 堆積的顏料罐
- 塗裝工具（各種尺寸的刷子、金屬盛盤、抹刀、塗油漆時用來鋪蓋的東西、紙膠帶）
- 除草機
- 工具箱與放在外面的工具（槌子、鋸子、銼刀、水平儀、捲尺、扳手、螺絲起子、棘輪扳手、插座套組）
- 老舊的單車
- 折疊式椅子
- 鏈鋸
- 園藝工具（鋤頭、手套、有些骯髒的防曬帽、耙）
- 骯髒的花盆
- 庭院用水管
- 捲成圓形的水管或延長線
- 冬季用雪鏈或備胎
- 裝了草皮肥料或盆栽用土的袋子
- 裝了各種小東西的咖啡罐或玻璃密閉容器（釘子、螺帽、螺栓、螺絲、鉤子、磁鐵、墊片）
- 油罐或油桶
- 電動工具（研磨機、圓鋸、桌上型圓鋸、電鑽）
- 刨木台
- 製作至各種階段的物品
- 之後要修理的東西
- 砂紙
- 護目鏡或手套
- 木工用膠水
- 鑽頭
- 裝有粒狀飼料的袋子
- 捲成一捲放置一旁的鐵絲網
- 尺
- 油性清潔劑
- 廚房紙巾
- 放有箱子或罐子的架子
- 鉛筆
- 擺頭式電扇
- 髒汙或破裂的窗戶
- 蜘蛛網及蜘蛛
- 老鼠屎
- 老鼠或花栗鼠
- 窗台上的蒼蠅屍體
- 滿出來的垃圾桶
- 細小碎片四散的地板（泥土、木糠、刨下來的木屑、吹進來的葉子、割下來的草）

聽覺

- 在拼木地板上行走的沉重腳步聲
- 在嘎吱作響地板上拖肥料袋子的聲音
- 發出嘎吱聲的門板鉸鏈
- 在窗戶附近嗡嗡飛舞的蜜蜂或蒼蠅
- 移動箱子時拖擦的聲音
- 將螺絲或釘子分類時喀鏘作響的金屬
- 鏘一聲掉落地面的釘子
- 找不到目標物品而感到煩躁，口出惡言或碎唸的聲音
- 要移動沉重物品時發出的低呻吟聲
- 在狹窄空間中拖著腳步行走而發出的聲音
- 因為灰塵而咳嗽
- 齧齒類動物啪噠啪噠的腳步聲
- 如同覆蓋建築物般聳立的樹木的樹枝掃過屋頂的聲音
- 引擎啟動聲
- 屋簷下呼嘯風聲
- 敲打槌子的聲音
- 用手動鋸子鋸東西的聲音
- 轉開鎖很緊的螺絲時發出的金屬聲響
- 鏈鋸插上電源後轟然作響
- 往花盆裡倒土的聲音
- 發出喀鏘喀鏘的金屬鏈
- 電動圓鋸刺耳的聲音
- 以一定節奏的刷刷聲用砂紙磨著木材
- 電風扇嗡嗡作響
- 拖著腳走過滿是塵埃的地面
- 疊在一起的重物歪倒，東西碰地掉到地上
- 掃過屋頂的樹枝
- 松果掉落、或者松葉沙沙打在金

・屬屋頂上
・夏季暴風雨時雷雨大作

嗅覺

・塵埃
・沾附在除草機刀片上、或者草皮上被割斷的草
・肥料
・生鏽的工具或釘子
・曝曬的金屬
・油
・潤滑油
・汽油
・塗料
・泥土

味覺

・在設定中，除了登場人物帶進這個場景的東西（口香糖、薄荷糖、口紅、香菸等），可能沒什麼特別的東西跟味覺有關，像這種不會描寫到味覺的場景，可以專心描寫其他四種感覺。

觸覺

・抬起角落的肥料或粒狀飼料袋
・將手伸進裝了釘子的罐子或容器，被釘子刺到
・硬式工作手套
・滴進眼睛的汗水
・被放在一邊的東西絆倒
・沾附在手上的泥土
・灌入喉頭的塵埃
・由敞開的窗戶吹進的風
・工具滑溜的把手
・一邊注意不要弄倒堆得很不穩的箱子或罐子，一邊試圖拿目標物品
・沾到臉上的蜘蛛網
・沾到手指的潤滑油
・打開電動工具的開關瞬間的振動
・為了打開緊閉的罐子而用力

引領故事發展的情境與事件

・高齡的近親過世，必須整理塞滿各種堆積物品的倉庫
・找到目標工具，但動起來非常遲鈍或已經壞了
・老鼠入侵而使建材全毀，或發現種子的袋子破了洞
・由於屋頂漏水導致高價或特別訂製的備用品毀壞
・找不到要找的東西
・想做其他事情，但必須處理庭院的工作
・與逃進自己工具倉庫中的危險人物相遇
・工具被偷
・找了老半天才想起工具是鄰居借走沒還，白白浪費時間
・去拿工具，卻發現上面沾了凝固的血跡
・有必須修理的東西，卻不知適當的方法

登場人物

・屋主
・孩童

編劇小技巧

設定時的重點與提示

人們用來收藏工具或草皮工具的工具間，通常是非常小的建築物。當然也有占地較廣、可放置（用來組裝東西、製作園藝或彩繪玻璃等興趣物品的）裝置、或者有作業空間的寬闊小屋。小屋當中散落的東西，通常表示一家當中的某個人特殊的在意事項，也可能成為隱藏犯罪證據的場所，或者不想讓家人看到的東西，又或是包含禁忌或違法行為的私人隱藏事宜，也可用來作為可一個人享樂而隱藏起來的場所。工具間表面上可能看起來只是東西四處亂放的地方，但也可用來收藏希望放在手邊，但又不想讓人看見的東西。

例文

爸爸說電車套組就放在工具間的深處，我那古老單車的旁邊，我也覺得為了小姪子把它組起來比較好。但站在門口時我瞬間失去了笑臉。我因為常被命令來拿掃把和六角扳手或飼料袋，來過好幾次這小屋。但在夜晚來訪，現在黑暗緊抓牆壁不放、自放了飼料的木桶上垂下，將所有東西抹為黑暗。吸到的空氣滿是塵埃，陣風推動樹枝刮過馬口鐵屋頂瞬間，發出刺耳聲的同時，我旋即轉身離開那裡。只好叫大衛忍受一下玩拼圖了。

運用的寫作技巧

對比、光與影、天氣

創造效果

醞釀氣氛、營造緊張感與糾結的心情

4畫

火災現場
House Fire

關連場景
都會篇——救護車、禁止進入的公寓、消防隊、破舊公寓

視覺

- 從門底下流到外頭的煙霧已經拔升到天花板了
- 被煤燻黑翻騰的煙霧和燃燒的化學物品
- 順著牆壁擴大到天花板的火焰
- 火勢將窗簾燒出一個一個洞
- 像波浪般在地板擴散的火勢
- 破裂的窗戶
- 屋頂的梁柱崩落
- 可燃性物質爆炸，火焰變得更加炫目
- 木材燒成焦黑
- 室內煙霧瀰漫
- 空氣中飄盪著旋轉的火花
- 灰塵緩緩下降
- 發泡塗料
- 窗簾被燒成不成型的碎片
- 電力系統的一部分（電線、燈泡、插頭）發生短路
- 地毯有多處遇熱融化
- 塑膠遇熱縮小融化
- 捲曲的木材
- 樓梯的扶手上的格子已燒成火柱
- 金屬被火燒得非常炙熱
- 家具被火海包圍
- 櫥櫃傾倒，火花四濺
- 照明燈具從天花板上掉下來
- 爬行在地板上的人，痛苦地呼吸著
- 揹著氧氣筒的消防隊
- 像著火處灑水
- 牢靠的消防水帶（水呈霧狀噴出，化為水蒸氣，然後進行滅火）
- 塑膠融化後成為火滴，從物體表面流下
- 晃動的橘光
- 引首盼望的消防隊員，從一片煙霧瀰漫中邁著大步趕過來，輪廓漸漸清晰可辨
- 木材和家具只剩下燒得焦黑的部分
- 玻璃被燒成粉末

聽覺

- 火焰發出「啪吱啪吱」的聲音
- 東西被火燒著時發出「噗啊」的聲音
- 塑膠被火燒融後，「咻」一聲化為液體，流到水槽裡
- 木材遇熱收縮時發出的摩擦聲
- 求救的呼喊聲
- 玻璃破裂的聲音
- 屋頂崩落的聲音
- 地板發出「咪西咪西」的聲音
- 被困住的人發出的聲音（激烈的敲門聲、朝向窗外呼喊、哭泣、痛苦地喘息、止不住的咳嗽）
- 門和樓梯搖晃時發出的聲音
- 桌腳燒焦變短，桌子發出巨大的聲響後轟然倒下
- 液體發出「咻」和「吱」的聲音，同時化為水蒸氣
- 消防隊員破門而入後，用力踩著瓦礫堆向前進
- 裝著液體的瓶子發生爆炸
- 火災警報器鈴聲大作
- 室外響起警報聲
- 劈開牆壁的斧頭
- 切割金屬的聲音
- 相片框的玻璃破裂，發出「波滋」的聲音

嗅覺

- 在燃燒的不同階段，煙會帶出不同的味道。一開始是牆壁和家具被燃燒後，散發出嗆人的氣味。然後是塑膠製品刺激鼻喉，帶有強烈化學物質的氣味。隨著火勢擴大，不同的氣味相互混雜，空氣中的毒性不斷提高，對肺部造成很大的傷害。

味覺

- 煙灰
- 有黏度的痰
- 不時將身體探出窗外吸收新鮮空氣

觸覺

- 跨過滿是碎片，崎嶇不平的地面
- 玻璃或木材的碎片割傷腳部
- 燒傷的疼痛感
- 感覺身體要燃燒起來的炙熱
- 被燒腫的手心帶有種光滑感
- 痛苦地用毛巾或襯衫壓住口鼻

- 為了保護雙手，用襯衫緊緊包裹住
- 在地板上爬行時，膝蓋瘀血了
- 撞到家具
- 直嗆鼻喉的煙霧
- 用肩膀使力撞開鎖上的門
- 樓梯變滑，使人摔倒
- 懷中的孩子失去意識，體重沉甸甸地壓下來
- 用濕毛巾或布包裹住心愛的人，手上感到濕毛巾的清涼
- 刺痛的鼻喉
- 喉嚨如撕裂般痛苦，有如氣喘般痛苦的呼吸
- 因為止不住咳嗽，一邊壓著胸口一邊屈起身體
- 微弱地敲著門
- 眼淚流在滿是煙灰的臉上
- 出汗使手部滑滑的
- 極度疲憊
- 火花彈進衣服裡，引發一陣疼痛
- 逐漸失去意識，喪失知覺
- 破壞窗戶時，肌膚受傷帶來的疼痛

引領故事發展的情境與事件

- 門把過熱，無法碰觸
- 出口被東西擋住
- 因為家中正在裝潢，助長了火勢（可燃性化學物質或催化劑）
- 吸進煙霧對身體造成傷害，視線變得不清
- 火災現場，孩子和寵物驚恐地找地方躲了起來
- 客人來訪時發生火災（住在街上的親人、來參加睡衣派對的人）
- 無法確定所有的人是否都安全逃出來了
- 家族成員中有年長者、重症患者和長臥不起的人
- 止痛藥、安眠藥和酒精使危機處理反應能力下降
- 消防車發生故障或裝備不全，導致消防隊員姍姍來遲
- 對於自己不小心引起的火災感到十分愧疚
- 發現起火原因是遭人縱火

登場人物

- 消防隊員
- 屋主和他的親人
- 急救人員
- 警察

編劇小技巧

設定時的重點與提示

火災發生時現場滿是煙霧，不管你對這個地方有多麼熟悉，想要確認自己的方向都有困難。吸進煙霧會影響大腦思考，無論是喚起記憶或想設法解決問題都相當不容易。有時安全的道路就在眼前，但因爲視線受到阻礙，火災現場的人卻難以發現。面對流竄的煙和滿地的瓦礫，登場人物該採取什麼行動呢？行動關係到個人的體力和意志力。如果前來救援的人遲遲沒有出現，存活的可能性就全賴登場人物是否能夠活用大腦來解決問題了。

例文

爲了不讓火焰在黑暗中發現我，我把自己藏在房間的角落。我緊緊抱著泰迪熊，它塑膠製的鼻子深埋在我的胸口。房間的另外一邊，擺放在架子上的玩偶開始變形。捲曲的絨毛不斷縮小，最後化爲粉末。那些望向我的臉龐變得哀傷起來，笑容消失了，塑膠的淚水爬在臉上。我顫抖著將臉埋進泰迪熊的絨毛。我躲在奶奶家罩上亞麻布的衣櫃裡，像是在玩躲貓貓，盼望著有誰能夠找到我。

運用的寫作技巧

多種感覺的描寫、擬人法

創造效果

伏筆、強化情緒、營造緊張感與糾結的心情

牛仔競賽
Rodeo

關連場景

田園篇——穀舍、鄉間小路、農場、牧場

都會篇——老舊小貨車、運動賽事觀眾席

視覺

・階梯式並排的長椅或被觀眾席包圍的泥土競技場
・區隔競技場與觀眾席的金屬柵欄
・想把騎乘者甩下來的野馬或公牛
・在安置好的木桶間奔馳的繞桶競賽
・騎著馬追逐小牛或公牛，以繩子套住牠的人
・追牛扳倒（騎乘於馬匹上飛跳至牛前，將牛扳倒在地的競賽）
・在競技場泥土上灑水的灑水車
・高掛的旗幟
・踢地面時揚起的沙塵
・身著傳統服裝、襯衫胸口有編號的參加者（牛仔帽、牛仔靴、扣領襯衫、皮帶扣、頭巾、牛仔褲或馬靴）
・身上有烙印或打標的家畜
・有編號的圍欄或馬房
・在圍欄中的家畜
・擔任保護競技者角色的牛仔小丑沒注意公牛狀況，或者踩進空桶裡
・數位計時板
・貼在競技場外圍的廣告
・乾草捆
・被小貨車或馬用拖車占據的停車場
・活動廁所
・舞廳
・家畜表演
・聚集攤位或店家的展示區
・牛仔機
・出現身著西部服裝的孩子們，比賽套索或以繩子套住公牛的中場休息表演

聽覺

・場內播放的鄉村音樂
・由擴音器傳來播報員的聲音
・人們尖叫歡呼
・掌聲
・瓦斯喇叭或牛鈴
・嘎吱打開、碰一聲關上的閘門
・馬蹄轟然聲響
・悲悽鳴叫的小牛
・馬嘶聲
・牛隻粗重鼻息聲
・在空中咻一聲快速飛過的套索
・告知競技結束的警鈴
・叮叮噹噹的馬具
・嗡嗡飛舞的蒼蠅
・馬尾咻地擺動
・在金屬製的觀眾席上喀鏘喀鏘走過的馬靴
・牛仔小丑為了使動物分心而大叫
・販賣輕食的女孩們吵架

嗅覺

・塵埃
・馬
・乾草
・皮革
・汗
・動物糞便
・在牛仔大會上販賣的食物

味覺

・塵埃
・啤酒
・汽水
・水
・爆米花
・棉花糖
・火雞腿
・肋排
・香腸
・玉米脆片
・墨西哥捲餅
・薯條
・派
・BBQ三明治
・漢堡
・辣醬
・披薩
・美式熱狗
・炸麵條蛋糕
・甜甜圈
・冰淇淋
・肉桂捲
・炸的東西（雞肉及小蝦、培根、起司條、醃小黃瓜）

觸覺

・衝入喉頭的塵埃
・流過背後的汗

- 日曬
- 汗水濡濕而黏在頭上的頭髮
- 刺刺的牛仔帽
- 濡濕的手帕
- 沒有靠背的金屬製觀眾席
- 吃著很難處理的食物而黏膩的手
- 將手放在金屬製的堅硬扶手上
- 由於公牛或野馬想甩掉騎乘者而造成振動或衝擊
- 騎乘的馬匹以最快速度奔馳
- 以一定節奏甩著套索後丟出
- 為了躲開咚一聲踩向地面的公牛蹄而滾開
- 騎著馬繞行木桶彎曲前進
- 手上拿著粗糙的繩索
- 由於太陽而升溫的皮革
- 馬的鬃毛掃過指尖
- 在頭上嗡嗡飛舞的蒼蠅
- 完整包覆手的沉重皮革手套

引領故事發展的情境與事件

- 被公牛或馬踩到
- 馬匹差點在腳才勾上去之時就要奔出
- 被去勢公牛撞擊
- 頭朝下墜落、失去意識
- 被踢到頭
- 出場比賽而與技術高超的對手對立
- 自己的馬步行困難
- 由於裝備器具不妥善而產生妨礙（牽繩或繩子鬆開斷了、馬鞍下有刺）
- 反對裁判結果
- 無法在賽場上發揮本領
- 被教練或資助者施以壓力
- 被粉絲追逐因而分心
- 由於向賭場借錢而承受壓力
- 吃太多牛仔競賽中的油膩食物因而不舒服
- 喝太多酒而下了錯誤判斷
- 在人群中與自己的孩子走失
- 動物逃跑
- 馴獸師對待動物的方式非常糟糕

登場人物

- 播報員
- 牛仔（男或女）
- 計時員
- 裁判
- 計者
- 牛仔小丑
- 販賣員
- 觀眾

編劇小技巧

設定時的重點與提示

牛仔競賽有在寬闊競技場舉辦的大型活動，甚至會由電視轉播至全國；也有在小城鎮舉辦的小型活動。若是在地方舉辦的，通常比賽項目及店家也不會很多；但若是大型活動，則可能會有家畜販賣、業者展示、各種店家、舞蹈、表演、帳篷馬車或繞桶競賽、多樣化的餐飲店等，整體活動內容豐富。另外也要記得，牛仔競賽舉辦的地點，也會使活動的具體方式及規則、獎項等有所不同。

例文

吉娜一邊等著小牛被放出來，一邊彎著身子坐在馬鞍上，試著讓呼吸平順些。她的馬就像是聽不見那由擴音器傳出的超大聲響實況播報，也像是完全聞不到鄰近周遭其他動物麝香般，宛如石像一動也不動。吉娜腳下可以感受到蘭薩姆的肌肉，與其說是肉體，不如說是鋼鐵，而牠正豎起耳朵絲毫不為所動。稍微鬆開握著的韁繩，心也覺得安穩些。就在此時，小牛飛奔而出。

運用的寫作技巧

多種感覺的描寫、直喻法

創造效果

醞釀氣氛、營造緊張感與糾結的心情

打獵小屋
Hunting Cabin

關連場景
森林、健行步道、湖泊、山、野外廁所、河川

視覺

・沿著外牆攀爬的長草或野草
・營火台
・在戶外的廁所
・周圍四散著木片的薪材堆及樹根
・蓋起來的井
・小河流附近泥巴地殘留動物腳印
・在小屋用地中來回嗅聞、生活於該地區的動物（熊、鹿、駝鹿、松雞、松鼠、狐狸）
・在附近長著樹叢及樹林
・在圓木縫隙間填補泥土建成的小型建築物
・通往扭曲大門、已大半腐朽的樓梯
・被枯枝葉片覆蓋而下垂的屋簷
・屋簷下已遭拋棄的鳥巢
・因為老舊而要用肩膀才能撞開的大門
・吊掛在生鏽吊鉤上，凹了個洞的提燈或油燈
・塞滿焦黑薪材的火爐或暖爐
・覆蓋塵埃的爐具
・厚木材地板
・門邊老舊的槍架
・粗糙合板製棚架
・作為寢室使用的閣樓房間
・快壞掉的木板凳
・髒兮兮的窗戶
・四散於地面的老鼠屎
・塵埃
・門板下方有啃嚙痕跡
・地板上有洞或補強材料縫隙，尺寸約可容小動物入侵
・被蜘蛛網覆蓋的馬口鐵杯或凹陷的水壺
・蒼蠅屍體或蜷成一團的黃蜂殘留在窗台上
・快速竄過地板、穿過縫隙跑出去的老鼠

聽覺

・風吹葉片沙沙作響
・由牆壁裂縫或煙囪「咻」的吹進來的風
・小屋地板下傳來動物在枯葉中爬行的聲音
・地板嘎吱作響
・關不緊的窗戶或門板被風吹而晃動的聲音
・在外徘徊尋找食物、用鼻子噴氣發出聲音的大型動物
・鳥叫聲
・蚊子的聲音
・猛禽類高叫聲
・野狼或草原狼在深夜發出高亢聲音呼叫
・貓頭鷹「呼——呼——」叫著
・踩著靴子在嘎吱作響的地板上咚咚行走
・大門前陽台上枯葉被風吹動的聲音
・在小屋側面或屋頂上磨蹭的樹枝聲音
・啪啪作響的營火
・將懷中收集來的薪材「匡啷」一聲丟進暖爐裡
・鬆開的門板磨擦地板的聲音
・湯在爐子上沸騰的聲音
・床鋪嘎吱作響
・暖爐門板的鉸鏈嘎吱作響

嗅覺

・潮濕的木材
・營火
・煤屑或灰
・腐朽
・老鼠屎
・霉臭味泥土
・咖啡

味覺

・用營火烹調的肉類
・乾燥的肉或水果
・新鮮採集的堅果或莓類
・遠距外出用的糧食（綜合堅果、營養棒、蘇打餅乾、花生）
・水桶或附近小河流的水味

觸覺

・勾到手的野玫瑰或樹枝
・腐爛的階梯隱約有反彈力道
・蜘蛛網碰到臉部而感到搔癢
・粗糙的塵埃
・粗圓木牆壁
・凹凸不平的地板
・揮動斧頭砍圓木時的衝擊力道
・為了打開扭曲的門板而硬是用肩

膀撞開
- 火燄的溫暖
- 冬天夜晚在室外極為寒冷的廁所
- 幾乎凍結的冰冷井水
- 直接坐在搖搖晃晃或歪一邊的凳子上
- 一碰就化為煙塵的腐朽木材
- 刻在牆壁上的名字或日期
- 由縫隙穿進小屋的冷風
- 被蚊子叮

引領故事發展的情境與事件

- 不認識的人擅自住進小屋
- 十幾歲的孩子在小屋裡開派對而造成損害
- 動物入侵而破壞了小屋
- 建築物下方或當中有老鼠或其他齧齒類動物築巢
- 未前往小屋的期間，有暴風雨或降雪導致屋簷受損
- 沒熄火便就寢，結果釀成火災
- 聽見外頭有大型動物徘徊的聲音
- 找到充滿暴力性或者令人不安圖片的日記
- 門外傳來腳步聲
- 已經接近體溫過低，但卻找不到任何可以生火的東西
- 逃至集合場所的打獵小屋卻被發現
- 在爐子或暖爐的餘燼當中發現人骨
- 發現地板下藏了什麼東西
- 將儲藏的東西放在小屋之後離去，下次再來時東西卻不見了
- 由於緊急事件必須使用小屋，但卻無法進入（門上掛了鎖頭、窗戶上了門）

登場人物

- 來露營的人
- 健行經過的人
- 獵人
- 偷渡者

編劇小技巧

設定時的重點與提示

打獵小屋通常遠離城鎮、爲空屋狀態。若每次前往沒有進行保養、或者沒有緊閉門戶，很容易就會汙損。可能成爲十幾歲孩子開派對的地方、戀人的秘密會合場所、流浪者的短期住處、連續殺人犯藏身處等，產生各種與原先使用目的不同的可能性。在同一個故事當中，單一小屋也可能對不同人物具有不同的意義。也可藉由在設定上添加意外的展開，來使小屋具有多種用途。

例文

月亮的銀色光輝射進骯髒的窗户，勉強照亮了壞掉的板凳與粗糙成型的桌子，讓我至少沒被絆倒。我將搜括來的薪材，放在石造暖爐旁。從河面已結冰層的河流裡爬出來的疲憊感直滲進骨頭裡，讓我兩手發顫。抓起暖爐那兒放的火柴盒，手還是止不住的顫抖，讓人不禁懷疑這樣是否能成功點燃火柴。但打火機和我身上所有東西，都已隨著雪上摩托車沉進河底。我咬緊牙關、集中精神緊握著火柴棒。再不點火的話，我就要凍死了。

運用的寫作技巧

光與影、天氣

創造效果

告知背景、營造緊張感與糾結的心情

生日派對
Birthday Party

視覺

・停了許多車子的私人道路
・綁在信箱上的氣球
・貼在牆壁上或掛在燈上的裝飾品
・派對帽
・散在桌面上的紙花
・綁著緞帶包得很誇張的禮物
・彩色信封
・禮物包裹的緩衝紙屑從袋子裡飛出來
・搭配主題的紙製品及桌巾
・橫幅布條
・生日蛋糕
・餅乾或布朗尼
・放了零食（洋芋片、椒鹽脆餅、一口大小的水果、紅蘿蔔棒、方形起司、蘇打餅乾）的大碗或大盤子
・放在後院的兒童用充氣玩具
・水或水槍玩具
・皮納塔（塞滿零食的紙球，供人在派對上打破使零食掉出）
・敞開的門
・跑進跑出的孩子們
・散亂的玩具
・背景中打開的電視光源
・跳來跳去的孩子們
・享用飲食及交談的爸媽們
・皺成一團的包裝紙及拆開後擱置一旁的箱子
・勾在某人頭上或衣服上的緞帶
・滿出來的垃圾桶
・吧台上被任意擱置、吃一半的蛋糕或融化的冰淇淋
・散亂的廚房（空食品容器、放在吧台上用來分裝的器具、灑出來的食物、還有一半的紙盒果汁或者水瓶、等著要放進流理台或洗碗機的堆積如山骯髒盤子）
・玻璃門上的指紋汙垢
・周遭水滴四濺、有溶冰積水、放在地板上的保冷盒
・用簽字筆寫上名字的塑膠杯
・四散於地板上的垃圾（吸管外袋、撕破的包裝紙一角、餅乾屑、化為碎屑的洋芋片）
・微風翻飛著裝飾品
・嘴邊沾滿冰淇淋的孩子，與拿著紙巾幫他們擦拭的父母

關連場景
田園篇——後院、孩童房、廚房、露台、樹屋
都會篇——麵包店

聽覺

・大門門鈴響起
・大聲出來迎接的孩子
・孩子的笑聲
・大人的談話聲
・門「碰」一聲關上
・「啪噠啪噠」的腳步聲
・拉砲等的噪音或哨聲
・紙類裝飾品翻飛聲
・播放的音樂或電視聲音
・後院傳來叫聲
・爭論玩具或電玩的孩子們
・歌聲
・「呼！」一聲吹熄蠟燭
・嘴裡塞滿食物邊講話的孩子們
・塑膠叉子或紙盤摩擦的聲音
・沙沙撕紙聲
・打開禮物時發出開心的聲音
・用機械「咻——」地幫充氣玩具（泳圈等）打氣
・電子類玩具雜音
・用棒子「砰！」一聲打皮納塔（裡面放滿零食、玩具及紙花的紙球）
・打破皮納塔、裡面掉出零食後的歡呼聲
・派對遊戲熱烈進行中的喧鬧聲
・吸了氦氣講話的聲音
・氣球「碰！」地一聲破了
・到了回家時間，哭泣、抵抗的孩子們

嗅覺

・烤好的蛋糕及餅乾
・剛打掃過的氣味
・香氛蠟燭或芳香劑
・其他室內相關特定氣味（香菸的煙味、狗或貓、乾燥花芳香劑）
・渾身是汗的孩子們
・咖啡
・劃過的火柴
・吹熄的蠟燭

味覺

・過甜的糖霜
・濕答答、或者乾掉的生日蛋糕或其他點心
・鹹味洋芋片

・放在禮物盒裡的零食
・冰品
・有塗蠟層味道的飲料杯
・果汁
・水
・汽水
・咖啡
・放在蛋糕上的塑膠裝飾品

觸覺

・由敞開的門窗吹進的微風
・冷暖氣機吹出的冷風或熱風
・堅固的塑膠餐盤
・拿起一片新蛋糕的蛋糕刀
・黏答答的糖霜
・冰涼的飲品
・桌上的蛋糕屑
・正在融解中的柔軟冰品
・彈性十足的氣球
・四散各處的紙花質感
・派對帽的鬆緊繩卡在脖子上
・頭上歪了一邊的派對帽
・為了猜裡面的東西而搖著禮物
・有光澤的包裝紙
・保冷盒附近溶化的冰
・果汁被吸空而縮起來的紙盒
・寶特瓶上的水滴
・躁動的孩子們撞成一團

引領故事發展的情境與事件

・孩子們受傷或者對食物產生過敏反應
・孩子們為了玩具吵架
・沒被招待的人非常傷心
・為了開個豪華的派對而造成金錢上的負擔
・對禮物、生日活動、食物、參加紀念品等感到不滿的孩子們
・夥伴間發展成霸凌
・由於走歪的球或單車，使車輛出現凹痕或傷痕
・其他爸媽對於派對的樣子感到不高興（某人的爸媽只顧吸菸或喝酒、或看到放映不太恰當的電影）
・興趣是探問他人隱私、洩漏他人秘密的爸媽們
・充氣玩具壞了
・計算錯誤導致應該給出席者的禮物袋不夠
・請來家裡的表演者很奇怪、缺乏專業素養、或者做出不適合現場的舉動

登場人物

・孩童
・表演者（小丑、公主、海盜、魔術師、貌似名人的人）
・爸媽
・親戚或家族的朋友

編劇小技巧

設定時的重點與提示

如果自己有小孩，應該就很明白生日派對沒有什麼標準可言。可能會在家裡開，也可能會在遊樂場、保齡球場、電影院或者遊樂園等公共設施舉辦。客人可能是五個人也可能是五十個人。另外，可能會有宛如結婚典禮一般，決定主題、縝密計畫；也有簡單任其進行的形式。這個活動原本應該是要取決於當天生日的少年少女的意願，但很遺憾的，近年來通常是滿足主辦者個人的意願。

例文

閃電穿過空中的那瞬間，被水打濕的孩子們慌慌張張的離開泳池、奔進家裡。雷聲轟隆大作，女孩們四處滴著水大叫。裝飾品因爲濕氣而下垂。木板地上形成了六個水灘。亞妮臉上啪噠啪噠流著泳池水形成的淚珠，兩手按在窗邊、凝視著看來就要下雨的天空。而我正在腦中快速思考，得找出方法拯救她的生日派對才行。

運用的寫作技巧

多種感覺的描寫、天氣

創造效果

醞釀氣氛、強化情緒

地下室
Basement

關連場景
閣樓房間、地下儲藏室
秘密通道、工作室

視覺

- 向下通往暗處、有多處擦傷的木製階梯
- 地上生鏽的排水溝
- 線掛著電燈泡
- 配電盤
- 靠牆擱置、有損傷的洗衣機及乾衣機
- 老舊的片狀柔衣精及滿是各色線頭的垃圾桶
- 擺放洗衣用清潔劑及去染漬劑的棚架
- 有些骯髒且窗台上有蒼蠅屍體的窗戶
- 老舊箱子及收藏物品（裝飾品、紀念品、書、衣物、收集品）
- 收集回收物品的容器
- 預定之後要打磨或修理、或與室內不搭的醜陋家具
- 收納棚架（放滿罐頭、儲備糧食、電燈泡盒、衛生紙、廚房紙巾、其他大量家庭用品）
- 洗衣用的桶子或流理槽
- 大量舊衣
- 堆積如山的箱子後形成黑暗的角落
- 亂糟糟擺在一起的油漆罐
- 在角落織網、或者在地板排水溝中爬行的蜘蛛
- 外露的橫梁或起毛的隔熱材料
- 洗衣機及烘乾機前鋪著骯髒的地墊
- 焚化爐或粗糙的熱水槽
- 過去用來補修家中、捲起來收藏的預備用地毯或亞麻地板
- 控制面板
- 橫在挑高天花板上的水管
- 灰塵
- 牆壁潮濕處
- 發霉
- 壞掉的燈
- 餐具櫥
- 燙馬
- 裝了舊照片的箱子
- 露營用具或運動用品
- 孩童遊樂場（玩具、毯子、大紙箱蓋的房子、畫架及繪畫工具、躺在水泥上的遙控車）

聽覺

- 頭上隱約傳來人聲或腳步聲
- 烘乾機中傳來拉鍊撞到金屬部位的聲音
- 發出低沉聲音的洗衣機
- 發出嘎吱聲的樓梯
- 在地板上拉紙箱時勾到地板刮傷處的雜音
- 焚化爐點火發出很大的喀一聲
- 焚化爐停止、發出喀鏘喀鏘聲後金屬逐漸冷卻
- 樓上有人在洗手間沖水後，在水管中咕嚕嚕流過
- 無法確定來源的拉動聲或嘎吱聲
- 木頭橫梁發出嘎吱聲
- 烘乾機發出「嗶——」的警示聲
- 烘乾機門板或洗衣機蓋子發出啪的聲音
- 關掉電燈就迅速啪噠啪噠跑上樓的腳步聲
- 飛蛾在電燈泡周圍飛繞的聲音

嗅覺

- 霉臭味
- 食物發霉或建築發霉
- 有香味的片狀柔衣精或洗衣劑
- 漂白水
- 清潔劑或打掃用品
- 剛從乾衣機拿出的溫暖衣物
- 從洗衣機拿出的潮濕衣物
- 潮濕的箱子
- 腐蝕
- 金屬或水泥刺鼻味
- 下水道蓋發出惡臭

味覺

- 在設定中，除了登場人物帶進這個場景的東西（口香糖、薄荷糖、口紅、香菸等），可能沒什麼特別的東西跟味覺有關，像這種不會描寫到味覺的場景，可以專心描寫其他四種感覺。

觸覺

- 在樓梯上為了取得平衡而扶著冰冷的牆壁
- 老舊階梯尚存些許彈性
- 不穩的扶手

・電燈的細電線
・撞到箱子
・滿是灰塵的紙箱
・搬到地下室或從地下室拿出來的箱子重量
・裝滿洗好衣物的沉重洗衣籃
・打算從棚架高處取下什麼東西卻搞得滿臉灰
・折疊好的溫暖洗滌物
・潮濕的洗滌衣物的濕氣
・肌膚感受到冷空氣
・冰冷的水泥牆
・在黑暗中拖著腳走以免撞到東西
・沾到蜘蛛網
・肌膚碰到絕緣體而感發癢
・赤腳沾到塵埃或沙粒
・擦掉洗衣機溢出的清潔劑顆粒

引領故事發展的情境與事件

・走向黑暗的恐怖、燒壞的電燈
・鎖頭很麻煩、門卻關上了，被鎖在裡面
・為了躲避侵入者或憤怒的哥哥
・洗衣機裡的東西溢出
・發現受困的動物或有齧齒類居住在地下室
・下水道氾濫
・控制面板正上方的水管破裂
・龍捲風或暴風雨侵襲搖晃家宅、藏身於黑暗中
・為了拿很重要的東西而前往地下室，卻發現已經被配偶丟掉
・貴重的收藏品在不知情時已因漏水或發霉而全毀
・地基出現了可能威脅房屋穩定性的龜裂

登場人物

・屋主
・修理工人

編劇小技巧

設定時的重點與提示

地下室可以是令人不舒服的空間，也可以是待起來很舒適的地方，就看作家本人要如何描寫。有許多人將此房間作爲普通收藏物品的空間，也可活用於娛樂方面。即使如此，大部分的地下室都是沒有光線、低且狹窄的未完成空間。這樣的場所，會有眼睛看不到的場所或縫隙，是其他房間沒有的，因此正適合成爲藏東西的地方。

例文

我試著按了樓梯上方的開關，卻沒有燈亮起。爸大聲說著：「工具箱就在你媽塞滿水果罐頭的那個架子正下方，快去拿來！」我試著在腦中想出畫面。但在下了樓梯後的黑暗中，只前進了幾步。我努力不要想著那啪啪作響晃動且大咳著的洗衣機，就像是個品嘗美食的怪物，吞下口水、踩著嘎吱作響的樓梯往下。

運用的寫作技巧

多種感覺的描寫、擬人法、直喻法

創造效果

醞釀氣氛、營造緊張感與糾結的心情

地下儲藏室

Root Cellar

關連場景　地下室、農場、家庭菜園

視覺

・通往地下的上開式門板，裝設於野草茂密的山坡斜面上
・排水或換氣用的管子露出地面、上頭套著網子
・水泥外框及通往地下的樓梯
・樓梯下有第二道門
・水泥磚牆、有排水溝的紅磚或水泥地板、或是泥土地板
・陳列著玻璃瓶（櫻桃、桃子、果醬、醃小黃瓜、番茄、洋梨）的木架
・裝了根莖類或水果（馬鈴薯、紅蘿蔔、甜菜根、櫻桃蘿蔔、白蘿蔔、高麗菜、櫛瓜、洋蔥、蘋果、洋梨）的容器或木箱
・放了乾燥豆類的水桶
・已做保存處理的肉類或香腸被串成一圈
・蓋子上草草寫著日期、有點灰塵的旋蓋玻璃瓶
・罐頭糧食
・溫度計或濕度計
・地板上乾燥的土塊

聽覺

・狹窄空間中的回聲
・長靴在凹凸不平地面上拖行的聲音
・換氣口前端由於風灌進來而發出陰風慘慘的聲音
・馬鈴薯「咚」的一聲掉在地上
・乾掉的洋蔥皮如紙張般沙沙作響
・將玻璃瓶放到棚架上時互相碰撞的聲音
・由架上拿下籃子或木箱，放在地上的摩擦聲響
・「碰」一聲把裝豆子的沉重水桶放到地上
・（若沒有電燈）「啪」地打開或關上手電筒
・在密閉空間中可聽見自己的呼吸聲
・門板鉸鏈嘎吱作響
・長靴「咚咚」踩著樓梯
・水果瓶「喀鏘」一聲打破
・打算進去而轉開換氣口，卻聽到老鼠或小動物發出的聲音
・有動物嗅聞露出地面的換氣管而形成回音
・被風吹而嘎吱作響的門板

嗅覺

・潮濕泥土
・冰冷水泥
・成熟蘋果
・霉臭味空氣
・木箱底層腐爛的番茄
・開始發酵的水果
・食物發霉
・破掉的醃小黃瓜罐發出醋及蒔蘿的香氣
・醃燻或辛香料（若有保存肉類）

味覺

・沉重泥土氣味的空氣
・爽脆的蘋果
・未熟洋梨的沙沙口感
・罐頭桃子或櫻桃的甜甜糖漿

觸覺

・從溫暖的室外進到涼颼颼的地下儲藏室而感到寒意
・腳邊碰到固結的泥土地板
・粗糙的籃子
・冰冷的玻璃瓶
・風吹進敞開的門時起雞皮疙瘩
・表皮光滑的洋蔥
・量大而沉重的蘋果
・坑坑巴巴的乾皺馬鈴薯皮
・冰冷玻璃瓶的沉重感
・發芽的馬鈴薯
・外觀難看的高麗菜
・不新鮮的水果或蔬菜外皮皺巴巴
・積了些灰塵的蔬菜
・太熟而有些軟掉的水果
・枯萎而爛掉的綠色菜葉（蘿蔔上面的部分、葉、莖）
・尋找要用的瓶子而握緊手電筒讀著標籤上的文字
・飛蛾朝著手上的光線而來、碰到肌膚
・從大量馬鈴薯或蘋果中慎重挑出爛掉的那個，並丟進袋子裡

引領故事發展的情境與事件

・大型動物硬是闖進地下儲藏室
・食糧耗盡卻補給不及（天候嚴苛的邊陲地區）

・不合當季的天氣（熱流、寒流）造成食糧凍結或腐壞
・洪水沖進地下儲藏室使儲藏品全毀或滿是泥汙
・小動物（松鼠、浣熊）跑進鬆開的網子或換氣口的管道中
・不小心被關在地下儲藏室中
・由於沒蓋好玻璃瓶旋蓋，導致當中物品損傷或碰地飛出
・踩到腐壞的食物滑倒，失去意識
・在自己的儲藏室中，找到被遺忘的藏匿物
・留意到自己的儲藏品被某人偷走
・自己的作物或保存不當的肉類發霉、有致命危險不能食用
・嗅到腐壞物氣味的螞蟻一路尋來，通過換氣管侵入並占領儲藏室

登場人物

・屋主及其家人

編劇小技巧

設定時的重點與提示

地下儲藏室可能只是在地面上挖個洞，也可能是在山丘側面打造的保管室，又或者是現存地下室的一部分。建築物可能是以泥土或石頭建造，但以木材或水泥作爲外框架的情況也不在少數。爲了使糧食不腐壞，必須控制當中的水分、溫度、空氣流動平衡狀態。應該也有人會把這個空間作爲惡劣天候時的緊急避難處。現今地下儲藏室已不如以往普遍，但若是在電力供應不均或者沒有通電的地區，爲了使肉類或其他容易受損的物品不致腐壞，地下儲藏室就是必須的建築物。

例文

通往地下儲藏室的門板已嚴重鬆開，像是殭屍拖著腳般在樓梯最上方蹭著。按下電燈開關，電燈泡亮了起來，卻無法照到房間最深暗處。我邊找著桃子、急忙走往架子。真是的，爲什麼老是這樣呢？奶奶叫我來這裡的時候，一定都是需要很裡面的東西。我努力不去想蜘蛛和老鼠的事，走過各種保存食品。在暗淡的光線中，瓶子裡看起來不像只裝了果醬，說是放了眼珠和內臟也不奇怪。忽地有什麼東西擦過手，我忍不住大叫一聲倏地後退。定睛一看，原來是擺盪的蜘蛛網沾到手上。在牛仔褲上擦了擦手、我抓了杏子的瓶子一溜煙地離開了。奶奶要是想要桃子，自己來就好啦。

運用的寫作技巧

光與影、多種感覺的描寫、直喻法

創造效果

營造緊張感與糾結的心情

6畫

地區派對
Block Party

關連場景
田園篇——車庫、露台
都會篇——小鎮街道

視覺

‧相鄰或建在死巷周邊的家家戶戶
‧水泥步道
‧綁在信箱上的氣球
‧因交通管制而放置的路障或三角錐
‧桌子沿著路邊擺放成排，放有裝了砂鍋菜的盤子、或者放在電鍋裡的食物
‧保溫盤上的食物
‧烤著漢堡或熱狗的鐵盤
‧烤肉用的鐵盤散發出熱氣
‧在大鍋裡煮著玉米
‧堆滿飲料的保冷箱（汽水、瓶裝水、啤酒、小孩子的鋁箔包飲料）
‧冰塊掉到地面上成為水灘
‧用紙盤吃東西的人們
‧以一定間隔距離設置的垃圾桶
‧來訪的附近居民（站著談話、坐在乾草堆或草地椅上、排隊拿取食物）
‧在草地上坐在同一張鋪巾的家人
‧在馬路上玩球、滑板車或騎單車的孩子們
‧氣球城堡（充氣玩具）
‧大家隨意聚集在附近的籃球框架下玩耍
‧套圈圈
‧將球丟進有洞板子的遊戲
‧進出家中的人們
‧坐在嬰兒車上、或父母親在一旁草地上，玩耍的嬰兒
‧綁著牽繩、因天氣炎熱而氣喘吁吁的狗
‧蒼蠅在食物周圍飛動

聽覺

‧音響流洩的音樂
‧笑聲或人聲
‧孩子們的叫聲
‧打開汽水罐的聲音
‧奔跑的腳步聲
‧腳下發出劈哩啪啦的葉子或松果
‧把皺巴巴的垃圾丟進垃圾桶裡的聲音
‧掉落的紙巾飛過馬路，持有者一腳踩住它的聲音
‧用鋁箔蓋在食物上或拿起來的聲音
‧發出「滋滋」聲的鐵板
‧門「碰」一聲關上
‧發出「嘰」聲的單車輪
‧樹木晃動作響
‧椅子摩擦步道的聲音
‧小嬰兒哭聲
‧「咚」一聲掉在草地上的馬蹄鐵
‧美式足球的球在柏油上彈跳的聲音
‧狗吠叫聲
‧住在附近的主辦者來告知事情或對來參加一事表達謝意
‧微風掀動桌巾的聲音
‧蒼蠅或蚊子嗡嗡飛
‧冰淇淋車的音樂

嗅覺

‧鐵板上飄來的煙
‧烹調中的食物
‧渾身是汗的孩子們
‧盛開的花
‧炎熱的馬路
‧食物或飲料
‧除蟲劑
‧香菸
‧剛割過的草皮
‧乾草堆
‧煮好的玉米
‧口中有啤酒或洋蔥臭味

味覺

‧漢堡
‧熱狗
‧香腸
‧雞翅膀
‧烤肉醬
‧番茄醬
‧洋芋片
‧馬鈴薯沙拉
‧通心粉沙拉
‧千層麵
‧砂鍋菜
‧水果沙拉
‧切好的西瓜
‧檸檬水
‧汽水
‧水
‧咖啡

・啤酒
・果汁
・布朗尼
・餅乾
・蛋糕
・派

觸覺

・吹拂肌膚的熱風
・太陽熱度
・溫暖的塑膠椅
・腳頂著折疊椅的布料
・從高度較接近地面的椅子上撐起身體站起來
・手上拿著冰涼寶特瓶或罐子
・濕淋淋的飲料容器
・滴到手腕上的冰冷水滴
・踩到狗屎或掉落的食物
・由於鐵板熱度而流汗
・馬蹄鐵的金屬重量
・凹凹凸的美式足球
・試著讓膝上的薄塑膠盤取得平衡
・薄紙巾
・以濕紙巾擦拭孩子的臉
・打蚊子
・喝太多而開始手腳不規矩的鄰居

引領故事發展的情境與事件

・腐壞的食物及飲水
・孩子受傷（跑太快而受傷、靠鐵板太近而燙傷、從樓梯跌落）
・貶低他人烹調技術
・自己因鐵板燙傷
・被馬蹄鐵或美式足球打到頭
・嬰兒的便便跑出尿布、沾到衣服
・天氣太糟影響活動
・抱怨他人責罵
・在人前顯露出夫婦不和
・喝太多而毫無顧忌的說話
・發現鄰居用下流的眼神看著別人老婆
・由於喝酒而與鄰居吵架越演越烈
・隨意糾纏他人卻演變成性方向，鄰居或嫉妒的配偶感到憤怒
・孩子迷路
・孩子被誘拐
・藉活動機會而增加的竊盜案件

登場人物

・嬰兒
・騎車的騎士
・孩童
・情侶
・家族
・附近住戶
・帶著狗散步的人
・跑者或慢跑的人

編劇小技巧

設定時的重點與提示

地區派對通常是在馬路某處、或者附近又或以城鎮及市鎮規模舉辦。可能只橫跨三家房屋左右，也可能完整使用市內某個地區。有不太嚴肅、人們可以拿食物飲料以及椅子過來的形式；也有組織舉辦，提供外燴料理及現場音樂的情況。由於天氣非常重要，因此這類活動通常在完全不冷的春天或夏天舉辦。

例文

聽鄰居開心地談天說地，瑪西會適時點著頭，心裡卻想著孩子們是去了哪兒啊？時刻已近黃昏，看不清附近的東西。路燈尚未亮起，家家戶戶燈光又太遠了，起不了作用。打著蚊子時，就看見了班在尼爾森家橡樹上，正爬到一半。他的白色襯衫與褐色樹皮形成強烈對比。因此也很快的發現了樹下的馬諦。他一邊攀著較低的樹枝，似乎因爲被拋下而試著要喊叫。放下了心，瑪西重新靠回塑膠椅上，一邊守望著孩子們、一邊試著將注意力放回大家的談話。

運用的寫作技巧

對比、光與影

創造效果

賦予登場人物特徵、強化情緒、營造緊張感與糾結的心情

守靈
Wake

關連場景
田園篇——教堂、墓地、廚房、客廳、陵墓、露台
都會篇——殯儀館

視覺

- 拉上的窗簾
- 穿著喪服的弔唁者
- 擺放食物的桌子（砂鍋菜、三明治、塔類、香蕉蛋糕、義大利麵、沙拉、放了水果及沙拉的盤子、放了蘇打餅乾及火腿的托盤、橄欖）
- 盤子及餐具
- 放在斗櫃上的袋子裡弔唁卡堆積如山
- 親切的女性在廚房裡手忙腳亂（搬運放了食物的托盤、泡咖啡或紅茶、洗盤子）
- 遺族緊捏著揉成一團的面紙、一臉悲傷的向來客道謝
- 顯眼處陳列著故人各種照片
- 賓客名冊
- 為了讓更多人進來，在客廳排列折疊椅
- 玄關陳列著如山多的鞋子
- 好幾張椅子或吊鉤都掛了外套
- 孩子們被帶到後院與堂表親戚玩耍或談話
- 在後方陽台上與喪家談論葬禮及近況的吸菸者
- 裝飾在咖啡桌或斗櫃上的花

聽覺

- 人們小聲說話
- 餐具發出「鏘」的聲音
- 充滿摩擦聲或切東西聲的忙碌廚房
- 放進洗碗機裡清洗或疊放時發出「喀鏘」聲的盤子
- 母親指示孩子事情
- 每喝一口紅茶就把杯子放回茶杯托盤上的聲音
- 擤鼻涕的聲音
- 家人及朋友在談論故人快樂回憶時，忍不住笑了出來
- 紅酒注入玻璃杯中的聲音
- 玻璃杯緣碰到冰塊的聲音
- 翻動家族照片厚重的頁面
- 開關門聲
- 門鈴響起

嗅覺

- 砂鍋菜
- 剛泡好的咖啡
- 辛香料（大蒜、奧勒岡、肉桂）
- 紅茶茶葉
- 強烈的香水或古龍水
- 口氣聞起來是咖啡
- 吸菸者衣物傳來菸草味

味覺

- 遺族或為表示哀悼之意的人們提供的各種食物（放了火腿與起司的托盤、通心粉沙拉、馬鈴薯沙拉、千層麵、砂鍋菜、派皮類、涼拌生菜、布朗尼、甜派、餅乾）
- 咖啡
- 紅茶
- 酒精類
- 故人喜愛的幾種食物飲料

觸覺

- 手中緊握揉成一團的面紙厚重感
- 磨蹭肌膚的上漿衣物
- 過緊的鞋子
- 為了止住淚水而用手指按擦眼頭
- 一直維持著勉強的笑容，或者為了忍住不哭而僵著臉
- 雙手緊握以免顫抖
- 咖啡或紅茶杯冒出熱氣
- 撫摸裙子布料或把領帶拉直
- 過緊的鬆緊繩卡著腰
- 在意衣襬或鈕扣
- 由於哭太嚴重或睡眠不足而眼睛紅腫
- 哽咽
- 暈眩或陷入飄離現場的感覺中

引領故事發展的情境與事件

- 酒精作祟而說話輕挑，導致家人產生對立
- 爭論遺書及財產分配之事
- 找不到遺書但知道某件事
- 與深具影響力的喪家談話時，發現令人驚訝或不安的事
- 擔心故人的債務
- 長年隱瞞的家族秘密終於公開
- 翻看照片的時候猛然發現衝擊性事情
- 家中的異端份子說故人的壞話
- 並不認為某人會來弔唁，對方卻出現了（過去的出軌對象、批評

故人的角色）

- 表現出長年以來負荷最重、而一副非常痛苦樣子的喪家
- 期待能夠獲得些什麼，使周圍對於自己的辛勞感到罪惡感的親戚
- 由於故人之死壓力過大，家人的某人心臟麻痺或心臟病發作
- （一族中最年長者、故人之子、與故人有共通興趣者）打算去向喪家拿取自己應該會拿到的東西時，發現遺物有一部分下落不明
- 不太受人歡迎的人物往生，沒有人來弔唁
- 遵守故人習慣進行守靈，但弔唁者或感到害怕的孩子們內心糾結
- 利用守靈機會假裝成弔唁者入侵房屋，趁大家悲傷時偷走物品
- 故人家族大感吃驚，竟有第二個家族於守靈時現身

登場人物

- 親近的鄰居
- 同事
- 家人
- 朋友
- 與故人相關的團體組織成員
- 故人教會的夥伴

編劇小技巧

設定時的重點與提示

大部分情況下，守靈都是在故人或喪家家裡舉行，較親密的家族以及朋友可一邊回憶著故人之事，一邊用餐交流。故人可能是地區中受歡迎的人物，家族人數或親近的朋友圈很大，那麼就可能在教會或葬儀場地等公共場所舉辦。根據習慣不同，也有些文化在守靈會有面對遺體的特別風俗。若自己的登場人物有特定宗教或者隸屬特定文化，爲了更有現實感，應該確實展現出該文化當中的風俗習慣。

例文

跨入伊蒂絲伯母家的瞬間，我彷彿踏入過去。桌上鋪著鉤針編織的鋪巾、陽光穿過蕾絲窗簾、窗邊掛著吊蘭。房間角落的大陳列架上，放著我在孩童時代總眺望著、希望伯母能讓我摸摸的茶杯收藏品。好不容易穿過拱型通道、抵達客廳，我忍不住笑了開來。伯母雖然過世了，但她仍在這裡。弔唁者眾，即使已經沒地方可坐，也沒有人要去坐那張蓋了塑膠布的伯母座椅。

運用的寫作技巧

擬人法

創造效果

賦予登場人物特徵

男人的秘密基地
Man Cave

關連場景
浴室、客廳

視覺
・運動相關物品（牆壁上掛著支持球隊的運動衫、簽名海報、打上球隊標誌的玻璃杯、簽名球和其他收藏品）
・啤酒專用冰箱
・大螢幕電視機（或是有兩台以上電視）前的躺椅
・咖啡桌上的啤酒用杯墊和裝滿薯片的缽
・（射飛鏢的）鏢靶
・霓虹燈（上面寫有隊伍名稱或啤酒品牌）
・撲克桌（成堆的撲克代幣、遊戲牌、洗牌機、椅子、廉價香菸的煙、伸手就能拿到的高球杯和啤酒瓶）
・調節燈光亮度的開關
・比賽日可以坐下許多人的沙發
・小型吧台
・爆米花機
・牆上掛著（充滿男人味的）簽名板（「這裡是秘密基地」「ＸＸ隊的球迷請進」「有哈雷的地方就是吾家」）
・放在架上的獎盃
・釘在牆上的動物頭部
・保管槍枝用，上鎖的櫃子
・房屋主人參加多項活動的裱框照片（釣魚、狩獵、和朋友去露營、射門的瞬間）
・使用桌子的遊戲（桌上足球、桌上冰球、桌球、撞球）

聽覺
・門鈴聲
・來客時的開關門聲
・從電視傳出主播在報導賽事的聲音
・比賽開始時的拍手聲
・對於比賽判決表示滿意或不服的男子聲音
・堆疊撲克代幣時發出的「喀恰」聲
・洗牌時的聲音
・笑聲
・爆粗口
・虛應故事的附和
・高球杯的杯壁碰到冰塊時的聲音
・打開罐裝啤酒時的「噗哧」聲
・老躺椅倒下時發出的摩擦聲
・摩擦皮面時發出「吱」的聲音
・打嗝
・薯片袋發出「喀沙喀沙」的聲音
・日光燈發出嗡嗡的聲音
・迷你吧台的門輕輕關上時發出「咚」的聲音
・笛子等會發出聲音的器物
・手機收到簡訊時的音效
・將喝完的小酒杯放在咖啡桌上時發出「噹」的聲音

嗅覺
・帶有酵母香氣的啤酒
・汗
・油炸食物
・薯片
・皮革
・屁

味覺
・酒精
・啤酒
・碳酸飲料
・營養補給飲料
・椒鹽捲餅
・義式臘腸
・夾著沾上烤肉醬烤熟豬肉的三明治
・爆米花
・熱狗或雞翅等油膩的零嘴、披薩
・洋芋片和蔬菜棒
・咀嚼用菸草
・雪茄

觸覺
・充滿彈性的搖椅襯墊
・手腕碰到撲克桌邊緣的毛氈
・四平八穩的凳子
・為打開咬死的瓶蓋大費苦心
・手上拿著冰冷的玻璃杯
・雪茄的煙霧刺痛雙眼
・辛辣料理造成喉嚨的刺激感
・撲克代幣波浪狀的邊緣
・光滑的遊戲牌
・電視遙控器上凹凸起伏的按鍵
・盛滿食物盤子的重量
・尖銳的飛鏢
・直接抓食物吃，黏答答的手

- 塞滿人、肩碰肩的沙發
- 踩到灑倒在地的爆米花或薯片

引領故事發展的情境與事件

- 因為太過忘情地為支援的隊伍加油，搞不清現場狀況
- 喝多了的人們
- 飛鏢射偏，傷到牆壁和家具
- 抱怨自己對生活的不滿時，不小心讓家人給聽到了
- 房間被食物和飲料弄髒，留下汙漬
- 因為朋友的一席話，改變了對某人的看法
- 沒有邀請的朋友來訪，只能讓他加入大夥之間
- 針對政治或其他議題發生爭執
- 不知道是誰的雪茄菸蒂掉到地上，在地毯上燒出個洞
- 突然談到外遇的話題，對於既成事實的內容心中有些糾結

登場人物

- 親人
- 男性友人和他們的朋友

編劇小技巧

設定時的重點與提示

男性的秘密基地有多種選擇：地下室、閣樓、未使用的寢室、改裝過的車庫、後院的小屋等。空間的規模大小也和分配方式有關，有的占地廣闊，有的狹小卻令人寬心。男性的秘密基地裡不是只有運動相關的物品而已，別忘了還有狩獵、釣魚、汽車、機車、飛機等多元的收藏可以反射出擁有者的特質。和臥室一樣，秘密基地是一個可以呈現登場人物關心什麼的空間。

例文

老公和他的朋友在看冰上曲棍球賽時，安娜將裝有烤乾酪辣味玉米片的托盤放到他們身邊的咖啡桌上。兩人謝過安娜後，抓起玉米片往有如陰濕洞窟般的嘴裡塞。就在安娜轉身走回樓上的途中，兩個大男人默契十足地從沙發上緩緩站起。電視上紐約島人隊的前鋒正滑向明尼蘇達陣營的球門前。鮑勃和麥克半站半坐著，保持著手抓薯片正要往嘴巴送的姿勢。冰球勢如破竹地從守門員兩腳間的空隙穿了過去。比賽結束的哨聲響起，兩人跳了起來發出歡呼聲，互相捶打對方的背部。薯片有如雨點灑落在地毯上。目睹這一幕的安娜皺了皺眉，走上樓去。「男人就是這樣，眞受不了！」

運用的寫作技巧

多種感覺的描寫

創造效果

賦予登場人物特徵

車庫
Garage

關連場景
地下室、工具間、工作室

視覺

・扁豆形狀的油漬或彎曲龜裂的混凝土地面
・車輪的痕跡
・地面上散落的砂礫和松葉
・滿是汙泥的通路
・灰塵
・用來掛道具的鑽孔板子
・釘在牆上的橘色延長線
・和住家相連的樓梯
・破破爛爛的金屬架
・電動工具（電鑽、圓盤鋸、研磨機）
・機油
・裝釘子的容器
・放紀念品和聖誕節裝飾物的箱子
・潤滑油或添加劑的瓶子
・塗料的罐子
・垂釣式鉤子上，掛著兩部單車
・用來做（空瓶等）回收的容器
・垃圾桶
・草皮用的種子和肥料
・除蟻劑
・除蛞蝓劑
・防蜂噴霧
・堆放在角落的園藝工具（鏟子、耙子、園藝剪刀）
・（放進）裝滿要捐給慈善團體衣物的垃圾袋
・墊子上並排的橡膠長靴
・裝著一堆家用器具和機器的工具箱
・放有螺絲釘和墊圈的罐子
・大量的無釘雪胎或備用胎
・向上捲動式捲門
・車庫門上的按鈕和電器開關
・櫥櫃
・事務用吸塵器
・掛在牆上的鋸木台
・工作台
・停放在混凝土板上的車子或卡車
・窗台旁蒼蠅和黃蜂的屍體
・牆壁上的指紋或傷痕
・車庫角落的蜘蛛網
・裝滿五花八門兒童玩具的容器（水槍、桶子和小鏟子、玩具車和小卡車、遙控車、塗鴉用的粉筆）
・運動用品（籃球、曲棍球棒、棒球手套、不知從哪裡滾來的高爾夫球）
・裝著粉紅色和藍色清潔液的容器
・備用的大型塑膠桶
・靠在牆壁上的梯子
・單車用打氣筒
・堆放在角落的木材

聽覺

・車庫窗戶開開關關，摩擦發出「喀噠喀噠」的聲音
・用鋸子將木材切成薄片的聲音（車庫有時也會被當作工作室來使用）
・電動工具發出「嘰」的聲音
・槌子搥打時的聲音
・容器桶在骯髒的地板上拖行的聲音
・蒼蠅或黃蜂撞到玻璃時的聲音
・工具丟到金屬製箱子裡時發出的聲音
・腳步在地板上的摩擦聲
・車門的開關聲
・汽車的引擎聲
・引擎冷卻時，馬達發出「咻——」的聲音
・樓梯上的腳步聲
・收音機傳出的音樂聲
・人聲
・馬路上可以聽到的聲音（車子、玩耍的孩子們、割草）
・掃地時掃帚的刷毛碰到地板時發出的「咻咻」聲
・割草機的轟轟聲
・籃球在混凝土地板上彈跳的聲音
・抽屜的開關聲
・從鉤子上取下單車時，人使勁的聲音
・為了看看瓦楞紙箱裡有什麼，打開箱子時發出的聲音
・將畚箕裡的垃圾倒進垃圾桶時發出「碰」的聲音
・單車的輪胎充氣膨脹時，發出「咻咻」的聲音

嗅覺

・機油
・石油
・潤滑油

- 高溫的馬達
- 汗
- 灰塵
- 冰冷的混凝土
- 剛割過的草地
- 垃圾正在腐敗

味覺

- 在工作時喝的冰涼啤酒（或咖啡、碳酸飲料、水）
- 飄浮在空中的灰塵
- 從廚房端出來的午餐

觸覺

- 指頭沾到的粉末狀灰塵
- 擦手用的粗糙破布
- 滑溜的潤滑油
- 鐵製扳手冰涼的觸感
- 工具的防滑把手
- 水泡或擦傷帶來的疼痛
- 額頭上的汗流過頸子滴下來
- 空氣中的灰塵惹人打噴嚏
- 電動工具的震動
- 護目鏡因汗水黏貼在臉上
- 頭髮擋到眼睛前面
- 為了在汽車下方作業，人仰躺在地毯或移動式板子上
- 手上工具的重量
- 容易切割的木材
- 紙張或印刷品經觸摸後變得有些粗糙
- 為了看清標籤紙內容，摳掉附著在瓶罐上的土
- 雙腳直接踩在冰涼的混凝土上
- 為了找到需要的螺絲釘，將整個容器內的東西翻來覆去地看個仔細
- 開門時，猛然一陣風吹了進來
- 熱到要冒出火的引擎和馬達
- 為了要撿東西，將身體擠進狹小的空間裡
- 為了要拿放在高架上的東西，拉直背脊伸長手臂

引領故事發展的情境與事件

- 火災
- 放在車庫的車子被偷了
- 倒車或靠邊停車時，一不小心撞到車門
- 車庫的捲門壞了，升不上去
- 偷聽到鄰居談論隱私的對話
- 孩子不把玩具收拾歸位
- 散落一地的玩具讓人難以走動
- 沒有好好維修的工具，使用時發生危險
- 重要的東西，被滲漏出來的化學藥劑損壞（有歷史的紀念品、昂貴的套裝漫畫）
- 車庫裡的一堆瓶瓶罐罐，成為家人和鄰居發生衝突的原因
- 遭人從背後偷襲，陷入昏迷狀態

登場人物

- 大人
- 小孩們
- 親人的朋友
- 鄰居

編劇小技巧

設定時的重點與提示

有的車庫用來堆放垃圾，有的用來當作工作室，製作家庭內需要的器具。有的人將車庫當作運動空間，也有男人將其改造爲可以享受個人興趣的空間。在創作時，我們需要將車庫所有者的興趣，以及他如何使用車庫一起考慮進來。如此一來，就能創造出將車庫玩出新把戲的人物，車庫可以不只是一個車庫。透過車庫在家庭中扮演的角色或內部模樣，可以讓我們認識住在這裡的人和關於他們的許多事。正因爲如此，對賦予登場人物特徵是個很有幫助的選項。

例文

打開電燈後，我看了看四周的樣子，這裡有一座種植番茄用的支架堆成的小山、有裝飾聖誕節的物品、舊輪胎和單車的零件等。我好像看到了正在找的東西，它就在那亂七八糟堆疊在一起的漆布旁，但仔細一瞧才看出，那只是雷恩的舊風箏而已。然而就在此時，我發現它不就放在老爹生鏽的高爾夫球棒上嗎——我的水槍「超級索甲9000」。我嘆了一口氣，現在問題來了，我該怎麼拿到它呢？這個車庫是名副其實的「魔窟」，要穿越重重障礙，我非得化身爲印第安納・瓊斯不可。

運用的寫作技巧

對比、誇飾、隱喻法

創造效果

強化情緒

防災用地下避難室
Underground Storm Shelter

關連場景
後院、地下室、核災避難所

視覺

・有鉸鏈或滑軌門的正方形或長方形洞穴
・由內側上鎖的結構
・通往地下的狹窄樓梯
・堅固的牆壁（水泥磚、鋼鐵、強化纖維塑膠）
・圓頂式天花板或平板天花板
・為了等待暴風雨過去，置有長椅
・換氣扇
・急救包
・毯子
・小玩具或遊戲機
・油燈
・手電筒或日光棒
・蠟燭與火柴
・瓶裝水
・瑞士刀
・哨子
・攜帶式馬桶
・衛生紙
・緊急用糧食
・塑膠餐具及廚房紙巾
・寵物乾糧
・預備用的衣物
・重要文件影本
・現金
・蜘蛛網及蜘蛛
・掉在地板上的葉片及碎片
・蠟燭或日光棒發出的微弱光芒
・眾人畏懼的表情
・以顫抖的手拿著蠟燭、搖曳的火焰

聽覺

・拉動滑軌門或以鉸鏈關上門的聲音
・強風聲
・電車通過般的轟隆巨響
・外面有大片瓦礫擦過而發出嘎吱聲振動
・樹枝或較重的瓦礫從天花板掉落下來的聲音
・眾人小聲談話
・回音
・小孩邊哭邊吸鼻子
・因為想舒適些而挪動身體的聲音
・收音機傳出的雜音
・換氣扇發出嗡嗡聲
・唰地擦火柴點火
・將食物包裝紙揉成一團發出沙沙聲
・在地板上磨蹭的鞋子
・發出喀嚓一聲點亮的日光棒
・為了安慰哭泣的小孩而靜靜地開始唱歌或耳語
・門被瓦礫擋住，為了讓救援隊知道自己的所在地而吹哨子
・為了幫傷者貼OK繃或紗布而撕開包裝的聲音
・喘氣聲
・由於疼痛而發出低低的呻吟聲

嗅覺

・灰塵
・汗
・沒洗澡的身體
・火柴點燃後的硫磺味
・燃燒的蠟燭
・發霉的毯子
・馬桶臭味
・消毒紙巾

味覺

・緊急用保存糧食（營養棒、蘇打餅乾、麥片、花生醬、乾果、堅果）
・水

觸覺

・硬梆梆的椅子及牆壁
・刺刺的毯子
・擠得宛如沙丁魚罐頭，且感受到極冷或極熱
・由換氣裝置隱約吹來的空氣
・在黑暗中定睛觀看
・油燈或蠟燭的溫暖
・將身子靠往光源處
・濕度過高的空氣
・由於沒洗頭而發癢的頭皮
・皺巴巴的服裝
・為了省水而感到口乾舌燥
・煩惱餓肚子
・無聊
・長時間坐在黑暗中因而感到非常倦怠
・密閉空間恐懼
・小孩將身體靠在自己膝蓋旁

- 寵物靠在自己腳邊發抖
- 翻書
- 希望能收聽到些什麼而轉著收音機旋鈕
- 暴風雨過後，推著有些打不開的門、或用肩膀撞

引領故事發展的情境與事件

- 長時間被困在避難所內
- 糧食耗盡
- 在前往避難所的路上受了重傷，必須立刻治療的情況
- 前往避難所逃難，卻發現裡面沒有糧食或其他東西
- 發現放置的糧食已經過了保存期限或壞掉了
- 避難所內人數過多
- 跟看了就不愉快、或容易激動的人一同進入避難所
- 爭論糧食分配
- 換氣裝置損壞、沒有新鮮空氣
- 發現避難所有結構上的問題
- 暴風雨正嚴重時無法關上門
- 寵物在避難所中大小便
- 暴風雨正嚴重時門脱落了
- 聽到外面有人在求救的哀號，但為了保障大家的安全，不知道該不該救那個人
- 進入避難所卻發現家族的某人沒有到場
- 避難所無法再收容更多人，只能拋棄留在外面的人
- 有需要藥物的人，但無法取得（胰島素）
- 暴風雨過後，裡面的人快要歇斯底里發作，但此時出口堵住、沒有人能夠出去
- 暴風雨過後可以聽到外面有人求助，但被困在避難所中無法出去

登場人物

- 家人
- 鄰居

編劇小技巧

設定時的重點與提示

防災用避難所分地面上及地下。可能蓋在離住所有些距離的地方、也可能是加強原先就有的地下室或儲藏室，使其可以承擋暴風雨。現在最常見的避難所是蓋好的，但也可能是汙水處理槽、壞掉的公車、或者以貨櫃改建而成。標準通常是可收容十到十二人數個小時，會放置最小限度的糧食。也可能有人會考量到最壞的情況，如被困在避難所中好幾天等，因而在裡面塞滿緊急時使用的物資。

例文

避難所的門宛如蓋棺般堅決強硬地滑動關上。接著萊伊大叫著爬上了我的膝蓋。我一邊壓抑著自己的恐懼，緊抱著他、在他耳邊說著安慰的話語。但對三歲幼兒來說，不管在何時，黑暗就是恐怖大王。發出霉臭味的毯子上放了木製的粗糙板凳，我試著將手伸向板凳下裝有糧食的塑膠容器，但他還是抓著我不放。找到鎖頭打開蓋子，撥開火柴盒、營養棒和廚房紙巾之後，總算摸到了金屬長型圓筒。當手電筒的燈光照亮狹窄的室內，萊伊終於從大哭轉為啜泣，慌張的我也終於平復了呼吸。

運用的寫作技巧

光與影、隱喻法

創造效果

醞釀氣氛、強化情緒、營造緊張感與糾結的心情

垃圾掩埋場
Landfill

關連場景
美式餐廳、停車場

視覺

・垃圾山（袋子、壞掉的家具、混凝土的碎片、電線、鋪設道路用的磚頭、損壞的玩具和人偶、空罐和寶特瓶、用過的尿布、舊衣、瓦楞紙箱或商品箱、軟管、已經不能使用的兒童塑膠游泳池和遊樂器材、庭院裡割下來的雜草、汽車零件）
・垃圾車將一整車東西倒向垃圾山
・挖土機將垃圾往洞裡塞
・迂迴在垃圾山之間的道路
・排水管向水道送水
・雨水調整池
・除去地面沼氣（甲烷）的導管
・為了進行垃圾壓縮，在周邊移動的壓縮機
・車輛揚起塵沙
・在垃圾堆中翻找東西的海鷗群，一有車子靠近就立刻飛離
・起重機等多種重型機具
・一部分掩埋地上覆蓋著防水布
・雜草叢生的區域
・地磅
・被東西團團圍住的窗口
・垃圾分類場（化學廢棄物、橡膠輪胎、電子機器和重金屬製品、電池、圓形日光燈、鋁、罐裝瓦斯、其他有害物質）
・可供地方居民直接丟棄垃圾的垃圾場

聽覺

・車內安裝的倒車監視器發出「嗶嗶」的聲音
・內燃機發出低沉的爆炸聲後啟動
・重型機具一邊運轉一邊發出「轟隆轟隆」的聲音
・玻璃被壓縮機和推土機的鉚釘金屬製車輪壓過時，發出破裂、損毀的聲音
・分類金屬的貨櫃內，笨重的垃圾一齊落下時發出的聲音
・整地機器的刃片拖行地面時發出的聲音
・工作人員大聲交談以免聲音被周圍的噪音蓋過
・不同金屬摩擦時產生的「嘎吱」聲
・塑膠被輾碎時發出的聲音
・鳥群的鳴叫聲
・小動物在垃圾堆中翻找東西，快速移動時發出的聲音
・礦山自卸車發出「轟隆轟隆」的聲音
・卡車貨架的門板發出「喀恰喀恰」的聲音，將垃圾傾倒出來
・在下坡流動的水發出「嘩啦」的聲音

嗅覺

・腐敗的食物
・鏽味
・灰塵和泥土
・被日光照射發熱的塑膠
・惡臭的腐肉
・腐敗的東西和枯葉
・排出的瓦斯
・汽油和化學物品

味覺

・在設定中，除了登場人物帶進這個場景的東西（口香糖、薄荷糖、口紅、香菸等），可能沒什麼特別的東西跟味覺有關，像這種不會描寫到味覺的場景，可以專心描寫其他四種感覺。

觸覺

・運轉中重型機具的震動
・厚厚的手套
・沉重的作業用長靴
・腳下凹凸不平的地面
・因風飛揚的垃圾吹打到腳上（雖然外層有褲子）
・從車裡拿出沉甸甸的袋子和箱子，將它們抬上分類作業台
・當重型機具經過附近時，感覺得到地面的震動
・將垃圾分派到不同區域時，地面突然晃動起來
・不小心而被割傷
・飄揚的塵土附著在臉上
・炙熱的太陽
・笨重的安全帽摩擦到眉毛上方的皮膚

引領故事發展的情境與事件

- 氣膠罐爆炸引起火災，並有人受傷
- 壓縮機和推土機太過接近垃圾山的頂部，造成翻覆
- 化學藥品流入地下水
- 步行中滑了一跤，從傾斜的垃圾山上滾下來
- 在垃圾山中發現屍體
- 遭到作業機器輾壓
- 不適當的垃圾處理方式導致疾病蔓延
- 吸入有毒氣體
- 因為在垃圾掩埋場工作感到羞恥
- 期許自己能夠做大事或從事其他工作，胸中滿腹鬱悶
- 發現不應該出現在這裡的東西（醫療廢棄物、含鉛塗料的罐子）
- 雖然知道處理垃圾的方法有問題，雖想檢舉但又不想失去自己的工作

登場人物

- 來此傾倒事業廢棄物的建築業者
- 垃圾掩埋場的員工（管理人、機器操作員、檢查人員、經營者、保安）
- 帶著少量家庭垃圾來丟棄的人

編劇小技巧

設定時的重點與提示

為了不讓市民看到垃圾掩埋場中的處理過程，一般來說掩埋場都蓋在大型丘陵旁。掩埋場中大都設有執行垃圾分類和收集可回收物的設施。但並非每個人都很認真執行垃圾分類，因此掩埋場裡不時會出現不該出現在這個地方的廢棄物。

地方政府產生的垃圾都會送往處理場或特定的投棄地點。家庭垃圾（由垃圾車收集）則另有處理的地方。垃圾堆積成一座小山後會進行壓縮，以容納更多垃圾。

例文

傑克慢慢地爬上小丘。他將拿在手上的樹枝朝地上一插，目光停留在閃發光的物體上。將發光物挖出來一看，發現是一條捲曲的銅線。傑克將銅線放進背在肩上的麻袋，一邊注意腳下的狀態一邊繼續在垃圾堆中翻找。雖然地表相當結實，但深埋在下面的東西仍是未知數。再往前深入，可以發現崩壞的混凝土塊和薄薄的複寫紙，這些東西都讓傑克大吃一驚。突然，他聽到從遠處傳來轟隆轟隆的聲音，震動從快被磨平的鞋底傳過來。卡車伴隨著噪音正往這接近，傑克滑下斜坡，躲到最近的一個小丘旁。

運用的寫作技巧

象徵

創造效果

賦予登場人物特徵

兒童寄養設施

Group Foster Home

關連場景
浴室、廚房、客廳

視覺

・簡樸的家具
・廚房牆壁上寫了各自分攤工作的白板
・設施內規則公布欄
・為了給進入設施的人看，而到處張貼的使用規則海報
・架上有離開的孩童留下的破爛書籍
・用舊了的玩具或電玩機
・共用寢室（上下舖床、衣櫥、共用的抽屜空間）
・衣櫥中的行李袋或行李箱
・監督孩童、運作設施的換班工作人員
・偶爾會來訪的心理治療師或社工人員
・特定門扉或櫃子有上鎖
・開會用的大型談話室
・用餐時能集合所有人、有長桌的餐廳
・較年長的孩子輪班做飯或幫忙打掃
・共用浴室
・由於到達必須離開的年齡，正在收行李的年長孩子

聽覺

・關上的臥室門另一端傳來音樂聲
・告知已屆關燈時間、斥責孩子違反規則的工作人員們
・霸凌其他兒童的孩童聲
・吵要看哪個電視節目
・寫作業時間在紙上寫字的鉛筆聲
・用餐時廚房傳來「喀鏘」的餐具聲
・剛進設施的孩童半夜哭泣的聲音
・互相安慰、或者騙自己說馬上就可以回家、或者馬上就會被人領養，逃避內心傷痛的孩子們
・憤怒失控、大叫等
・笑聲
・就寢時間同房間的孩童們小小聲聊天
・起床時間工作人員敲門聲
・庭院裡沒人看得到的角落，有人點菸的聲音
・開關抽屜的聲音
・淋浴沖水聲
・臥室房門「碰」一聲關上
・來見面的父母、或者來接要離開設施的孩童，車子開進園區

嗅覺

・廚房烹調的餐飲（雞肉、義大利麵、漢堡、熱狗、雞蛋餐點、煎烤肉類）
・剛泡好的咖啡
・清潔用品
・洗髮精
・香菸
・大麻
・流汗的孩童
・舊地毯

味覺

・適合大量製作的典型餐點（法式吐司、燕麥片、炒蛋、鬆餅、三明治、義大利麵、漢堡、熱狗、砂鍋菜、焗烤）

觸覺

・為了尋求安寧而撫摸著過去非常重要的東西（泰迪熊的柔軟毛皮、滿是毛球的娃娃裙子布料、放了人在其他設施的兄弟姊妹照片的平滑相框、觸感不平整但關係還很好時父母給的手鍊或項鍊）
・粗糙的枕頭
・白襯衫領子或衣襬綻開
・已經與體型不合而繃緊、硬是拉開的衣服
・沒彈性的沙發
・為了洗餐具而準備的高溫肥皂水
・在後院赤腳踩著刺刺的草皮
・瘀青疼痛
・挪動身體或衣服摩擦時，又感到燙傷或割傷的疼痛

引領故事發展的情境與事件

・應該照顧他人的人反而進行虐待、或置之不理
・孩童為了抵抗而做出有問題的行動
・持有的物品被偷了
・被敵對者陷害而失去特權
・因變更藥品或誤診而造成更多問

題
- 與暴力或殘酷的孩子們一起生活
- 無法信賴他人而冷笑
- 偏心孩童的工作人員
- 操控他人而使其發生麻煩的孩童
- 兄弟姊妹被分開
- 與親生父母的對話在精神上很痛苦
- 對於回家一事感到內心糾結
- 惡夢或創傷後壓力症候群
- 試圖應對在學校中，由於身處設施而受到的恥辱
- 苦於沒有隱私
- 感到自己沒有價值、與極低的自尊心奮鬥
- （由於服裝、沒有家人、無法與普通的「正常孩童」一樣生活等理由）成爲被霸凌的對象
- 指望有其他孩童擁有的東西（愛情、家人、美麗的衣服、與家人的休閒或全家一起做什麼事）

登場人物

- 家人
- 在設施度日的幼兒或十幾歲孩童
- 警察
- 社工人員
- 工作人員或設施維護者
- 來訪的精神科醫師

編劇小技巧

設定時的重點與提示

寄養設施可說涵蓋各種範圍。有爲了孩童而打造健全幸福環境的設施，也有爲了使長年致力於幫助由於遭到虐待，或被放棄養育而對他人極度不信任的孩子打破心牆的設施。另外，也有設施是爲了提供穩定、安全的生活環境，必要時工作人員會與孩子們相擁、建立關係。但另一方面，也有狹窄的危險設施。在那裡的孩子即使只犯了小錯，也會被剝奪權利、限制接觸所有東西——包含食物在內——且被監視，除了必要最少的照護以外，幾乎沒有所謂感情或穩定，甚至可能完全沒有這類東西。悲傷的現實是這兩種設施都存在。該空間會成爲支撐人或是虐待人的地方，又或者介於兩者之間，端看作者選擇。

例文

新來的少女就像是被交給育幼院的小不點般，將臉埋在枕頭中啜泣著。比柏莉嘆了口氣，一邊數著每當有車子經過，就會從牆上流動而過的光線，一邊因爲自己已不再那樣脆弱而感到高興。她曾經也是個新來的。那是從媽媽的公寓被帶來此處，還以爲過了一星期就能夠回去的時候。之後輾轉各處，歷經各種忽視、霸凌與虐待已三年，她理解到自己只有兩個選擇：不是哭泣，就是拚了命的活下去，但他兩個都辦不到。閉上眼翻過身，比柏莉鑽進了溫暖的毯子裡。那個新來的，總有一天也會明白的吧。

運用的寫作技巧

多種感覺的描寫、直喻法

創造效果

賦予登場人物特徵、告知背景、強化情緒

果園
Orchard

關連場景
田園篇——畜舍、鄉間小路、農場、農產品市集
都會篇——老舊小貨車

視覺

- 整齊並列的樹木
- 生長茂盛、會定期修剪的草地
- 春天時會開花的樹
- 野草
- 果園附近擔任授粉任務的養蜂箱
- 被風吹落後，鋪滿地面的花朵
- 枝枒上盡是小小的花苞
- 春夏時，綠蔭成片的樹木
- 地面上滿是散落的物體（葉子、植物的小枝幹、落下的果實、樹枝）
- 秋天的紅葉
- 長滿果實（杏仁、腰果、長山核桃、胡桃）和水果（蘋果、柳橙、無花果、西洋梨、桃子、櫻桃）的樹
- 地面滿是散落的果實
- 冬天的枯枝
- 雪
- 灑水器或灌溉系統
- 拖拉機或除草機
- 農用單輪推車或修剪工具
- 木籃子或網狀籃子
- 架在樹幹上的梯子
- 來採水果的客人
- 來參加校外教學、東跑西跑的孩子
- 種植水果以外的菜園（番茄、紅蘿蔔、南瓜、豆類、洋蔥、香草）
- 農產品販賣處
- 雜貨店
- 和這裡有段距離的主房
- 池子
- 稻草人或乾草堆
- （包含蜜蜂在內的）蜂族
- 蒼蠅
- 螞蟻
- 蚊子
- 鳥兒
- 松鼠
- 畑鼠或老鼠
- 兔子
- 蛇
- 狗
- 防止鹿侵入的圍籬
- 頭上的樹葉間隙射下來的陽光
- 透過樹葉間隙射下來的陽光，不斷改變影子的位置

聽覺

- 樹葉發出「喀沙喀沙」的聲音
- 風起時，樹木彼此間摩擦的聲音
- 樹枝互相摩擦，或被強風吹斷的聲音
- 沉甸甸的果實落到地面時發出「咚」的聲音
- 雨滴落下的聲音帶有節奏感
- 蟲子嗡嗡的飛行聲
- 腳被青草掠過
- 腳下踩過樹葉或植物的小枝幹時發出「啪哩啪哩」的聲音
- （水只撒在固定區域的）灑水器所發出的聲音
- 拖拉機引擎發出的「噗嚕噗嚕」聲
- 推著農用單輪推車在樹叢間行走時發出「吱吱」的聲音
- 人們的說話聲和相互喊叫的聲音
- 兒童們的笑聲
- 鳥兒的啁啾聲
- 狗吠聲
- 樹木的果實裂開時發出的聲音
- 裝在籃子內的樹木果實發出「喀噠喀噠」的聲音

嗅覺

- 覆蓋土地的材料
- 草
- 新鮮的水果、蔬菜、香草
- 雨和水
- 果園裡盛開的花朵
- 甜香的白三葉草
- 木材及木材的腐臭味
- 拖拉機排出的廢氣
- 乾草
- 腐爛的水果
- 濕潤的土地
- 農藥
- 肥料

味覺

- 園內採摘的水果和蔬菜
- 收獲的果實
- 自家製作的蜂蜜
- 嘴唇上的汗

觸覺

・粗礪的樹皮
・腳下柔軟的土地
・樹木彎曲多節的樹根和石頭讓地面凹凸不平
・油亮的葉片和柔軟的花
・陽光從頭上的樹冠層照射下來，讓人時而感到熱意
・小水滴沾濕了鞋子和褲子
・大粒的雨滴打在肌膚和頭髮上
・在自己皮膚上爬行的蟲兒
・滴下汗水
・踩到落地水果時，腳下感受到的滑溜感
・腳下被踩斷的小枝幹
・向著果園搖搖晃晃前進的拖拉機或牽引機
・受到自己的體重影響，梯子稍微凹陷
・被泥土覆蓋的蔬菜
・光滑的水果
・裝滿水果的籃子
・籃子的木製把手深深地嵌進手腕
・刺刺的麥桿帽
・被蚊子或蜜蜂叮到
・沿著拖拉機的胎痕走

引領故事發展的情境與事件

・從梯子或樹上摔下來
・被蜜蜂螫到後，引起致命性的過敏反應
・因為患有花粉症，無法充分享受採果的樂趣
・從道德面反對果園的經營方式（果園裡使用農藥和其他化學藥品，以及基因改造的作物。還聘用非法移民及童工來採收作物）
・強烈的日照影響農作物的採收量，果園雖然努力經營仍陷入財務危機
・病蟲害威脅園裡的作物生長
・雖然買下一座果園，卻完全不知道該如何經營
・訂單被其他果園搶走了
・遭逢破產或赤字，果園難以經營下去
・政府介入（因為要在附近興建高速公路，政府改變了河川流向或攔住了湖水，使果園的灌溉用水發生問題）
・雖然對經營家族果園完全不感興趣，卻感到壓力

登場人物

・客人
・親人
・果園裡的勞工
・果園老闆
・收穫季節的打工族
・參加校外教學的學生

編劇小技巧

設定時的重點與提示

果園的定義是：爲了生產糧食，計畫性地種植果樹的場所。果園裡的樹木用來生產水果或果實，以及製成糖漿。有的果園連結商業農產，幅員遼闊。有的果園採小規模自家經營，除了供應家庭所需外，園中只有一部分的樹木用來收成作物，在地方上販售。果園裡的作物種類深受氣候和地區影響，這一點在設定時需要好好想清楚。

例文

風吹過橡樹枝椏時，發出有如狗吠的聲音。看到腳下枯朽的枝幹時，我了解到，這棵老樹爲了多活一年，毫不留情地捨棄了自己的四肢。螞蟻和甲蟲跑來湊熱鬧，看看能從這些衰老的樹皮中得到些什麼甜頭。樹雖老矣，脾氣仍彆扭得很。

運用的寫作技巧

擬人法、直喻法

創造效果

醞釀氣氛、時間流逝

牧場
Ranch

關連場景

田園篇——穀倉、鄉間小路、農場、草原、牧草地、牛仔競賽、工具間、家庭菜園

都會篇——老舊小貨車

視覺

- 有許多小徑穿過、寬廣的開放式牧草地
- 未經鋪裝的漫長道路
- 彎彎曲曲的小河流或小溪
- 滿布塵埃的地面
- 馬蹄或長靴下揚起的塵埃
- 野草
- 樹木或矮木叢
- 野玫瑰或混生林
- 野生木莓（蔓越莓、薩斯卡通莓、醋栗、黑莓）
- 並排的柵欄
- 綁成圓型的乾草捆
- 吃草的家畜（乳牛、羊、馬、山羊）
- 鹿或兔子
- 土撥鼠或地鼠
- 蛇、浣熊
- 大型穀倉
- 農業工具（耙、鏟子、抓取機、烙印、捲成一圈的繩子）
- 裝了水或飼料的容器
- 肥料堆、往穀倉角落逃竄的老鼠
- 裝飼料的水桶或提桶
- 瓦斯桶
- 拖車、舊輪胎
- 生鏽的鐵鍊、灑水用的水管
- 遮風擋雨的牛舍
- 圍起牛隻放牧地或馬匹的柵欄
- 給家畜舔食的鹽
- 堆積如山的乾草捆
- 掛在牆上的散彈槍
- 太陽下悠哉走過的貓咪
- 用來放置馬匹工具的倉庫（馬鞍、牽繩、馬具、馬鐙、毯子、馬轡與馬銜、馬鬃刷）
- 馬用拖車、越野車
- 故障的卡車或農業用機械
- 儲水槽
- 在沙塵暴中或大草原上滾動翻飛的稻草束
- 雞舍、狗屋
- 在圍欄中啄著滿布塵埃地面伸出的雜草、遠離集團的公雞或母雞
- 農園、酪農場
- 薪柴小屋、薪柴堆
- 打算劈開樹根而抓起的斧頭
- 放養的狗
- 寬廣無邊的主屋
- 大門口的陽台上放著搖椅
- 牧場風格的裝飾品（馬車車輪、畜牧牛的頭蓋骨、馬蹄鐵）
- 蒼蠅
- 蜘蛛、蜘蛛網

聽覺

- 風聲呼嘯
- 馬嘶聲、馬蹄噠噠聲
- 嘎吱作響的門
- 告知晚餐時間的鐘聲或其他聲響
- 收音機播放的音樂
- 談話聲或笑聲
- 勞動者呼喚動物或與牠們說話
- 發出唧唧聲的馬具或馬蹬
- 捲起或綁起的繩子
- 馬用前腳用力刨著地面
- 汪汪吠叫或哀鳴的狗
- 開關門聲
- 牛仔靴在地面磨蹭的聲音
- 長靴啪噠啪噠踩過泥巴的聲音
- 咕咕叫的母雞
- 牛隻哞叫
- 腳邊乾草啪滋作響
- 拖車逆火發出的聲音
- 卡車發動引擎的聲音
- 車輪嘎吱聲
- 安全用途的鍊子發出喀噠聲
- 載貨台的門「碰」一聲關上
- 將沉重的乾草捆拉到閣樓角落
- 靴子鞋跟在厚木板上發出喀喀聲
- 互相噴著沉重鼻息的馬匹
- 喵喵叫的貓咪
- 馬蹄敲擊馬用拖車的金屬傾斜台
- 由奔跑的馬群中傳來馬蹄轟隆聲
- 乾草捆由閣樓倒頭栽下
- 鳥叫聲
- 蟲子嗡嗡飛舞
- 散彈槍的槍聲
- 將穀類倒進金屬飼料水桶或木製乾草桶的聲音
- 牛鈴
- 動物踢畜舍門、或者在圍籬入口處搔抓的叫聲或聲音
- 咻地注入提桶的動物奶水
- 鏘地一聲劈開薪柴
- 倒進乾草桶的水聲
- 大門口陽台擺放的搖椅嘎吱作響

嗅覺

・肥料
・塵埃或泥土
・乾草、骯髒的稻桿
・汗
・紫花苜蓿或貓尾草的乾草
・已煮熟的食物
・火堆
・香菸的煙、咀嚼用菸草
・家畜
・皮革、皮革油
・馬用毯子
・生鏽的金屬
・雨、潮濕的泥土
・松木

味覺

・跑進嘴中的塵埃
・唾液
・水
・香菸、咀嚼用菸草
・咖啡、紅茶、啤酒
・份量很多的食物（用發粉使其膨脹的小型圓麵包、焗烤、牛排與雞蛋、烘豆、火腿排、肉捲）
・菜園裡採來的新鮮蔬菜
・剛摘下來的莓果
・肉乾、醃小黃瓜或罐頭

觸覺

・馬嘴靠過來磨蹭時柔軟的毛髮
・腳邊凝結成塊的土壤
・粗糙不平的柵欄
・抓住柵欄上方取得平衡
・蓋在額頭上的牛仔帽
・用沾滿汗水的頭巾擦拭額頭
・粗糙的尼龍繩
・馬匹溫暖的腹部側面
・在糞便或泥巴中難以動彈的沉重長靴
・溫暖的金屬皮帶頭
・非常細緻的馬用毯
・剛採摘的蔬菜帶些沙土的感觸
・灑在後頸的水
・曬太陽
・梳開打結的馬匹鬃毛或尾巴
・用手輕拍著馬匹蓬鬆的鬃毛
・背痛、頭痛
・中暑、疲勞
・隔著馬鞍傳來的震動
・手指間緊抓著皮革牽繩
・用固定的動作擠牛奶
・夜間，肌膚感受到寒涼空氣
・吐出向日葵種子
・為了引人注意而撞門的動物
・高度及膝的長草拂過牛仔褲
・口乾舌燥
・穿過服裝刺到身上的荊棘
・射擊散彈槍時的後座力
・提起裝了牛奶或飼料的水桶時，陷進手掌裡的沉重感
・走過牧草地上的車轍或孔洞時彈跳著的卡車
・馬或以後腳站立取得平衡
・舉起斧頭

引領故事發展的情境與事件

・由於乾旱而難以提供水給動物
・飼料價格高漲
・牧場經營者發生財務困難
・雇用的人員非常冷酷
・被馬踢飛、被暴衝的動物群襲擊
・（由於裁決、政府介入等）失去土地
・自己牧場的肉類驗出沙門桿菌

登場人物

・畜產家、牛仔（男或女）
・來買家畜或加工肉類的客人
・家人
・馬蹄鐵工人、領薪水工作者
・邀請的客人或來訪之人
・牧場經營者、獸醫

編劇小技巧

設定時的重點與提示

相對於農場是培育食物的地方，牧場的目的是培育家畜。飼養家畜的目的是食用肉類處理、品種改良、（為了製造牛乳而養牛的）加工食品生產販賣等。不管哪個設定都和田舍有類似共通的目的，應該可以找到重複點。

例文

曼迪忍著盡量不打呵欠，邊將下巴放在放在圍欄光溜溜的頂端。馬兒珊德莎站在滿布塵埃的牧草地正中央，而羅根拿著訓練用的馬轡正慎重地縮短與牠的距離。周遭幾乎被影子覆蓋，太陽才剛從東邊升起。要調教馬匹，一大早是最有效果的。畢竟休息了一整晚，就連脾氣拗的馬匹也會乖乖聽話。瞇起眼睛望著帶粉紅色線條的昏暗天色，她決心學好哥哥的方法。

運用的寫作技巧

光與影

創造效果

賦予登場人物特徵

牧草地
Pasture

關連場景　穀倉、鄉間小路、農場、牧場

視覺

- 長著各種草類及苜蓿的放牧地
- 放養的動物（羊、牛、馬）
- 動物堆肥成山
- 蒼蠅
- 岩石
- 柵欄支柱或有刺鐵絲
- 穿過牧草地的卡車或車輛走過留下的車轍
- 卡車走過相鄰接的砂石道路，揚起灰塵
- 四處添色的野花
- 不整齊的樹木
- 下雨就積水的峽谷或沼地
- 在遠方的農場房屋或建築物
- 附近農田裡運作中的拖車或農業機具
- 兩旁長滿香蒲、穿過牧草地的小河
- 由洞裡跳出的地鼠
- 自地面隆起的蟻窩
- 飛越上空的鳥
- 為了尋找食物而四處徘徊的草原狼
- 為了尋找藏身處而奔跑的兔子或老鼠

聽覺

- 微風咻地吹過草上的聲音
- 動物聲音（哞哞叫、粗重的鼻息、嘶吼聲）
- 動物撕斷乾草啃嚙的聲音
- 馬蹄刨抓泥土的聲音
- 馬匹迅速奔過牧草地的聲音
- 尾巴咻地甩過
- 蒼蠅嗡嗡飛舞
- 天氣相關聲音（雷鳴、陣風、降到地面的雨聲）
- 啪噠啪噠走過剛下了雨的地面
- 在草地中迅速移動的老鼠發出聲音
- 貓頭鷹呼呼鳴叫
- 盤旋上空一邊找著食物一邊發出叫聲的老鷹或鷲
- 發出噗嚕嚕聲響的拖車
- 車子通過附近道路的行車聲

嗅覺

- 日光照射潮濕的泥土
- 塵埃
- 暴風雨後新鮮的空氣
- 雨
- 盛開的花朵
- 動物皮毛
- 堆肥

味覺

- 在設定中，除了登場人物帶進這個場景的東西（口香糖、薄荷糖、口紅、香菸等），可能沒什麼特別的東西跟味覺有關，像這種不會描寫到味覺的場景，可以專心描寫其他四種感覺。

觸覺

- 滑動拂過腳的草
- 腳邊柔軟的地面
- 勾到服裝刺刺的草
- 吹拂服裝或肌膚的微風
- 馬匹緩慢走過的腳印
- 被洞絆到的馬頓了一頓
- 動物溫暖的腹部側面
- 照射在頭上的溫暖陽光
- 蒼蠅在頭上飛舞
- 被蚊子叮
- 被陽光曬得暖暖的岩石
- 摘花時連同沾滿泥土的根也拔了起來
- 沾在襪子上的倒勾小刺草類
- 跑過牧草地時發出轟隆聲響的四輪越野車

引領故事發展的情境與事件

- 柵欄損壞而有動物闖進捕食或家畜逃走
- 動物被柵欄勾住
- 小偷偷走放牧家畜
- 有人覺得有趣而攻擊動物
- 有人在農場附近盜獵，流彈飛進來
- 踩踏地面上的黃蜂蜂巢
- 騎在馬上卻被甩下來
- 區域性很強的公牛穿越巡邏的牧草地
- 因牛群衝過來而受傷
- 打算聚集動物群體，走過去才發現一隻不剩
- 由於日曬或過度放牧導致土地受損

登場人物

・家人
・農場主人
・牧場主人

編劇小技巧

設定時的重點與提示

牧草地基本上非常安靜，是個幾乎像是不會發生任何事情的安穩場所，因此就設定上看來似乎不是非常理想。但是，有時這樣的對比反而能爲場面帶出活力。例如正在安穩騎馬，卻忽然發生人被馬甩下而突然面臨緊急狀況；或者經營者收拾牧草地時，忽然發現巨大墳墓；又或因爲叫聲或槍聲，使宜人的鳥叫蟲鳴倏地靜默等。對比是非常有力的工具。要將安穩的設定轉瞬變爲騷動，就應該有效地加以利用。

例文

我緩緩走在爺爺的牧草地上。過去綠意盎然的草地，現在成了棕色的枯野，草兒也僅有能讓風吹動的高度。透過拖鞋傳來的觸感，我深刻感受到地面有多麼固結堅硬。耀眼的陽光映入眼中，我想起從前高至腰間的小麥迎風如波浪般搖擺的那片金黃色光景。那片牧草地，就像是陽光本身。但那已經是一九九〇年夏天以前的事了。無論再怎麼做，都無法恢復那片景色。

運用的寫作技巧

直喻法

創造效果

告知背景、時間流逝

8畫

青少年兒女的房間
Teenager's Bedroom

關連場景 浴室、孩童房

視覺

- 不可或缺的用品（過窄或過小的床、書桌、五斗櫃、鏡子、椅子、床邊的側桌）
- 蓋住地面的衣物山
- 沒整理的床鋪
- 象徵其信念或關心事物的海報（名流人士、偶像、模特兒、政治聲明、世界觀）
- 梳妝台（散放著零錢、化妝品、指甲油罐、飾品、相框、止汗劑、鬚後水、錢包、收據、攜帶型小刀等）
- 書桌上打開的筆記型電腦
- 手機及充電器
- 鬧鐘收音機
- 書桌檯燈
- 地板上的毯子
- 讀書筆記堆積如山
- 堆在書桌上或者塞在抽屜裡的過去考卷
- 捲成一團或者少了一隻的襪子
- 衣櫥（放著可能整理得很好或亂丟的鞋子、棚架、外套、掛在衣架上的衣物、舊書或桌遊、放了小時候回憶相關物品的箱子）
- 放在架上的運動項目獎杯或獎牌
- 布偶
- 掛在掛鉤上的浴袍
- 安裝在門後的鏡子
- 運動用品（網球拍、美式足球的球和墊肩、運動鞋、護目鏡、籃球、排球）
- 運動背包
- 後背包
- 電視及遊戲機
- 藏起來的酒精飲料
- 藏起來的藥物或香菸
- 看似快要滿出來的垃圾桶
- 空寶特瓶
- 書桌或邊桌上放著碳酸飲料罐或營養飲料
- 應該放回廚房的骯髒盤子或大碗
- 地毯汙漬
- 放在容器裡的芳香蠟燭

聽覺

- 音樂
- 電視或串流中的影像或聲音
- 鬧鐘響起
- 門板鉸鏈嘎吱作響
- 脫下鞋子亂丟而砸到牆壁的聲音
- 開關抽屜聲
- 衣架在金屬槓上滑過的聲音
- 用手機或視訊通話時講話及笑聲
- 收到簡訊的通知聲
- 用力打開或合上彈簧資料夾時環圈發出的聲音
- 打簡訊的聲音
- 沙沙作響的紙張
- 爆粗口的聲音
- 床鋪彈簧嘎吱作響
- 由敞開的窗戶傳進各種噪音（在庭院的鄰居、風、除草機、過路車輛往來、附近的孩子們臨時組隊打籃球）
- 電風扇轉動的聲音
- 關電腦時電源啪一聲切斷
- 使用中的電子儀器發出嗡嗡低鳴
- 「碰」一聲關上門

嗅覺

- 香水
- 身體芳香噴霧
- 止汗劑
- 指甲油及卸甲水
- 化妝品
- 髮膠
- 腐爛的橘子皮或其他有機物質
- 汗
- 鬚後水
- 剛洗好的頭髮
- 發了霉的剩飯
- 洋芋片
- 微波加熱的披薩
- 大麻
- 香菸
- 啤酒
- 沒洗的衣物
- 濕答答的毛巾
- 臭襪子或運動服
- 體臭

味覺

- 營養飲料
- 碳酸飲料
- 水
- 食物

- 薄荷
- 口香糖

觸覺

- 服裝或寢具、各種家具的布料質感（羊毛、聚酯、棉、絲、絨、牛仔布、皮料）
- 拉著緊繃的長褲試圖穿上
- 把手機放在耳邊說話
- 掛在自己肩上的後背包背帶沉重感
- 金屬拉鍊或冰涼的暗扣
- 倒上床
- 顆粒絨毛抱枕凹陷的剛剛好，非常舒適
- 為了停下鬧鐘聲而拍打著
- 為了看書而躺在床上或地板上
- 溫暖的棉被
- 起毛球的泰迪熊
- 為了要打扮自己，邊挑著閃閃發亮的東西或優雅的飾品邊選擇
- 頸上的圍巾滑落
- 穿脫衣物
- 戴上帽子，看著鏡子調整位置
- 為了整理頭髮而用手梳
- 在床上邊看電影邊將手伸進洋芋片的袋子裡
- 睡覺時感到枕頭柔軟又有彈性

引領故事發展的情境與事件

- 由於奇怪聲響而醒來
- 發現有人在自己房裡找東西
- 非常重視的東西不見了
- 兄弟姊妹私自借了自己的東西
- 由於香菸或筆記型電腦風扇壞掉而引發火災
- 聽見隔壁房間有某人在哭
- 醒來後發現有其他人在室內
- 發現自己的筆記型電腦遭駭客入侵（信件、個人的日記檔案、視訊鏡頭）
- 爸媽發現自己藏起來的藥物或保險套
- 把指甲油灑到地毯上
- 無法認為自己房間是安全的場所（家暴或虐待）
- 在房裡偷偷搜索的爸媽，打開孩子的電腦發現色情影片
- 與兄弟姊妹或被家裡趕出來的朋友共用房間，因此毫無隱私
- 朋友來住時告知秘密，因而相當擔心，心中煩惱該何時告訴大人
- 在自己房間遭到暴力對待或被綁架

登場人物

- 房間所有者或其朋友
- 雙親
- 兄弟姊妹

編劇小技巧

設定時的重點與提示

十幾歲的兒女房間是個人的空間，非常適合用來展示其性格、感情和興趣。也不要忘記，並不是所有人都非常尊重青少年的隱私。也就是說，若父母或兄弟姊妹可以進出，則房間主人就會只將「可以讓爸媽看到的」東西放在外面。作家除了將十幾歲孩子懷抱的秘密、藏重要東西的場所當成樂趣思考以外，應該也可以展現父母希望孩子成為的樣子，以及展現那個孩子真實樣貌的雙面性。

例文

關上筆記型電腦，蕾絲莉鑽進棉被深處。房間逐漸被寂靜無聲的黑暗包圍，打破沉默的只有刻畫時間的壁鐘。隨著眼睛習慣了黑暗，也逐漸看見了書桌、貼在牆上的海報輪廓，以及衣櫃的白色門板。她的呼吸紊亂了起來。因為在半邊門板上，忽然有三公分左右的黑色細線迅速向上爬。動了三公分而已不算什麼嘛—但若是才剛看完史蒂芬金原作改編的電影，那可就不一樣了。蕾絲莉掀開了棉被，奔過去關好門。

運用的寫作技巧

對比、光與影

創造效果

賦予登場人物特徵、醞釀氣氛、伏筆、強化情緒

孩童房
Child's Bedroom

關連場景 浴室、青少年兒女的房間

視覺

・窄床
・（放了獎牌、獎品、獎杯、速食店兒童餐小玩具等的）梳妝台
・放了繪畫工具（鉛筆、原子筆、放在瓶中的蠟筆、紙張、塗鴉）的書桌
・掌上型遊戲機或隨身聽
・釘在牆上用來放書的架子或書櫃
・（用來放畫、掛鑰匙圈、貼照片及學校預定的）軟木板
・折彎的背包靠在牆邊
・皺成一團的衣服放在地板上
・（塞滿髒衣服、玩具和電玩的）衣櫃
・貼在牆上的電影或動畫海報
・印著動畫角色或名言的圖T
・鋪在地上的毯子
・藏在床底下捲成一球的襪子
・堆積放置的運動用品
・裝了窗簾或百葉窗的小窗戶
・寵物金魚或者在籠中的天竺鼠
・垃圾桶的垃圾滿出來
・到處散亂的空杯和盤子
・門或電燈開關附近充滿指紋及泥巴髒汙
・偷吃零食留下的垃圾

女孩子

・枕邊或固定架子上擺放玩偶收集品
・放了娃娃和服裝的箱子
・運動用品
・美甲用品
・綁頭髮的橡皮筋
・髮夾
・梳子
・（公主等）扮裝用服裝
・色彩明亮的床套及成套的枕頭
・粉彩色裝潢（窗簾、壁畫）
・梳妝鏡
・數罐香水或身體芳香劑
・衣櫥中有亮片的T恤
・珠寶盒

男孩子

・運動用品
・裝了許多樂高的容器
・收集品的迷你車模型及遙控車
・排列著模型的架子
・水槍或模型槍
・裝在門後的迷你籃球架
・顏色暗淡、或者跟運動或受歡迎電影相關設計的寢具及裝潢
・幾頂棒球帽
・名人海報（運動隊伍、運動選手、電影中的超級英雄）

聽覺

・音樂
・笑聲
・發出「咖恰、咖恰」聲的壁掛時鐘
・開關抽屜的聲音
・小孩子自言自語
・翻身時嘎吱作響的床鋪
・將抽屜裡翻來覆去的找東西
・將衣櫃中衣架左右分開的聲音
・球在地板上反彈跳動的聲音
・移動物品時撞擊發出「碰！」或「咚！」的聲音
・用鉛筆或蠟筆畫畫時發出的沙沙聲
・天竺鼠用爪子抓籠子的聲音
・跟著喜歡的歌一起哼歌的聲音

嗅覺

・灰塵
・地毯
・簽字筆
・蠟筆
・髒掉的襪子
・汗

味覺

・帶進房間的點心（三明治、洋芋片、營養棒、甜食）
・藏起來的零食（口香糖、糖果、巧克力棒）
・飲料（紙盒果汁、汽水、牛奶）

觸覺

・泰迪熊的柔軟毛皮
・蓬鬆柔軟的棉被
・冷冰冰的門把
・一翻身就反彈的彈簧床
・腳邊的絨布地毯或毯子

・放在指甲上磨蹭的冰冷磨甲刀
・吹進房間的微風翻動窗簾、輕撫臉頰
・梳子或橡皮筋纏在綁起的髮上
・從頭上拉起T恤
・撞到書桌或床邊桌子的桌角，瞬間非常疼痛
・從床上撲通掉下來時的衝擊
・邊看書邊讓身體沉進懶人沙發中
・書桌前的堅硬木椅

引領故事發展的情境與事件

・兄弟姊妹擅自進入房間
・兄弟姊妹未經許可碰觸或借用東西
・重要的東西、或是跟人借來的東西不見
・與遊戲夥伴吵架
・感受到家族成員或朋友的威脅
・夢到惡夢
・怕黑
・內容為揭露秘密的吵架、或者聽到電話裡的對話
・朋友來過之後，東西不見了
・把甜食塞在床底下就忘了，結果引來螞蟻
・由於煙霧或氣味而驚醒
・在黑暗中醒來，察覺到有某個人在自己房間裡
・由於窗戶咚咚作響而醒來
・覺得聽到有人呼喚，但並沒有人在

登場人物

・幫傭
・朋友或兄弟姊妹
・父母
・孩童房的主人

編劇小技巧

設定時的重點與提示

此條目中明確分出性別的部分，是針對需要給予腦力激盪者提示時，僅供參考的大綱。最重要的是記得，不管是男孩或女孩，其關心的事物及喜惡都會隨登場人物而異。決定室內裝潢樣子的不是孩子的性別，而是他的性格。

爲了讓自己描寫的孩童房意象鮮明，必須有能夠傳達出那個孩子在意哪些事物的收藏品、喜歡的樂器、或者可傳達出其才能技巧的技能等，也可評估是否要有收藏最重要東西的秘密場所（抽屜、藏起來的箱子）等。

例文

我從門口窺看著熟睡的外甥，對於這間孩童房進入夜晚後好上許多感到安心。涼風從敞開的窗子吹進、加上一片黑暗，那些衣服山、髒杯子與滿出來的垃圾桶，都成了模糊的方塊。因此我也能夠硬逼自己認爲，這房間至少在上個世紀曾經用吸塵器打掃過吧。我非常愛大方自在的姊姊，但還是希望，她絕對要讓這孩子明白整理的重要性。

運用的寫作技巧

光與影、天氣

創造效果

賦予登場人物特徵、強化情緒

9畫

客廳
Living Room

關連場景
地下室、廚房、男人的秘密基地

視覺

・五顏六色的靠墊放置在沙發上
・電視安放在桌上或牆壁上
・茶几上擺放著檯燈和杯墊
・外緣經過設計的暖爐
・躺椅
・鋪滿地面的地毯
・牆壁上掛著相片和藝術品
・固定式書架
・散亂一地的玩具
・隨意扔放的鞋子和拖鞋
・咖啡桌
・沙發後有折疊整齊的毛毯
・桌面上一半擺滿了玻璃杯和飲料罐
・為了遮蔽陽光，室內安裝了窗簾和百葉窗
・自然植物或人工植物
・安裝在牆壁或天花板的喇叭
・電視機周圍的架子上置有娛樂用品（CD和影像播放器、圖板遊戲、遙控器、預備用的杯墊、DVD播放器、遊戲機、立體音箱）
・符合屋主興趣的裝飾（花瓶、小東西、裱框的相片、家族合照、藝術品、插著香的燭台、有紋樣的缽）
・能吸引人目光或看似名貴的珍品（安放親人的骨灰罈、從陣亡士兵葬禮帶回來，經裱框的國旗、玻璃下方的化石或晶洞的樣本、從不同國家購入的面具、獎盃和獎牌、陶製貓頭鷹的收藏品）
・電子書和一般書籍
・寵物狗用床墊
・成堆雜誌
・放有針線和半完成品的編織籃

聽覺

・電視的聲音
・組合音響或立體音響流瀉的音樂
・躺椅搖晃時發出的聲音
・倒在沙發上時發出物體遭到重壓的聲音
・人們說話聲和笑聲
・家人的爭吵聲
・從別的房間傳來含糊不清的談話聲
・廚房裡的聲音（餐具發出「喀鏘」的聲音、做飯的聲音、關上冰箱門時的聲音）
・電話鈴聲
・走在硬質地板上的沉重腳步聲，或是走在柔軟毛毯上的腳步摩擦聲
・打在屋頂上的雨聲
・從打開的窗外傳入的聲音（在後院孩子們玩耍的聲音、除草機的聲音、車門的關閉聲、車輛往來的聲音、迴轉式灑水器的聲音、鄰居互相喊話的聲音、鳥叫聲）
・聽到玄關傳來的鈴聲，狗兒吠了起來
・電燈亮起時發出「啪戚」的聲音
・翻動書本或雜誌時發出的「沙沙」聲
・空調或暖氣發出的「咚咚」聲
・風吹動紙頁時發出的「喀沙喀沙」聲

嗅覺

・廚房裡做菜時傳出的香味
・雨水
・暖爐點火
・香菸
・古龍水或香水
・室內的裝飾品發出霉味
・應該要丟掉的垃圾
・大汗淋漓的孩子
・純淨的空氣
・舊地毯
・渾身濕答答的狗兒

味覺

・放在電視機前的料理
・外送食物
・宴會料理（前菜、披薩、雞翅、生菜沙拉、生日蛋糕、薯片和莎莎醬、甜點等）
・飲料（水、汽水、含酒精飲料、果汁、紅茶、咖啡等）

觸覺

・光滑的沙發表面
・貼合在肌膚上的廉價皮革
・整個身體埋入舒適的搖椅裡
・蓋在膝蓋上的羽絨毛毯

- 暖爐的火帶來的熱度
- 在黑暗中找尋遙控器的按鍵
- 圍繞暖爐放置的大小不一的石塊
- 腳下滑溜的地板和高級地毯
- 風扇帶來的風或從窗外吹進室內的風拂過肌膚
- 誤踩到散落一地的積木或狗兒的玩具，腳底感到疼痛
- 狗兒將頭擱在自己腿上，令人感到舒適的重量
- 膝上的貓兒從喉嚨發出聲音
- 為了搖晃躺椅，將重量放在椅背上
- 裝著冷水的杯子，杯壁上有水滴
- 手上拿著溫暖的馬克杯
- 吸一口熱咖啡或熱可可蒸騰的熱氣

引領故事發展的情境與事件

- 家族之間的緊張關係
- 強盜入侵
- 將重要的東西放錯地方（鑰匙、錢包、遙控器、手機）
- 為了看哪一個頻道發生爭執
- 對大家庭來說，過小的室內空間
- 就算沒有訪客，座位仍不夠
- 小孩大哭大鬧，把屋內陳設搞得亂七八糟
- 訪客和親人坐下來就不走了
- 有什麼東西灑在地毯和沙發上
- 電話筒的另一端傳來壞消息
- 醉醺醺的訪客打翻了紅酒杯，紅酒灑在地毯上
- 在大雪天或炎炎夏日時發生停電
- 鄰居選在客廳正凌亂不堪時來訪
- 正想好好招待客人時，發現客人帶來的貓狗在地板上小便

登場人物

- 建築或修理工人
- 親朋好友
- 客人
- 鄰居
- 房子的主人

編劇小技巧

設定時的重點與提示

不同家庭使用客廳的方式也不一樣。有的家庭利用客廳來共享團聚時光，有的家庭用客廳來招待客人，有時客廳是孩子的遊戲空間，有時又成爲男人的秘密基地。因爲功能性不同，屋子裡不一定只有一間客廳。如果能夠掌握客廳的用途，以及是誰主要利用該空間的話，就能形塑居民的形象和親密的人際關係，增加客廳的空間特色。

例文

2月的強風把原本就不牢靠的窗子吹得搖搖晃晃，冰冷的雪花附著在窗框上。我感受得到，寒冷正無聲地從薄的牆壁外頭向內進逼，輕輕地碰了史黛西一下。史黛西兩手抱著雙腳，將使用經年的毛毯緊緊裹在自己肩上。我想用手抱住她的肩膀時，身體碰到鬆垮垮的沙發，發出吱吱的聲音。她輕快地吻了鼻子深埋在髮絲中的我後，馬上繼續她的成績計算。啜飲著咖啡，我的身子暖了起來——不知道這是咖啡的功勞，還是因爲她在我的身邊。我嘆了口氣，翻開書頁。到了春天時，不只天氣會溫暖起來，薪水也會調漲，或許到時就可以搬到好一點的地方了。

運用的寫作技巧

對比、季節

創造效果

告知背景

9畫

後院
Backyard

關連場景 生日派對、庭院、野外廁所、露台、工具間、樹屋、家庭菜園、工作室

視覺

- 被晶瑩剔透的露水沾濕的草地
- 陽光折射在狗屋的屋頂上
- 閃亮的紅色鞦韆和溜滑梯
- 蓋在高大的楢樹或柏樹上的樹屋
- 灑水器在灑水的同時，草地上綠色的軟管蜿蜒向前移動
- 色調柔和的野玫瑰花叢
- 裝飾在花壇上的小精靈人偶和著色的石頭
- 在日光下的油燈和吹玻璃
- 長在草地上的蒲公英和四葉草
- 庭院後方的小屋
- 樹木的陰影投射在地面上
- 蝴蝶
- 蚊子
- 蒼蠅
- 蜘蛛的巢
- 濕潤土層中的蚯蚓
- 在樹葉上爬行的瓢蟲
- 靠在圍牆上的玩具和單車
- 後門
- 橫穿過水泥道路的螞蟻
- 狗兒的玩具和狗尿造成的部分枯萎草地
- 放置椅子的陽台
- 烤肉的火使空氣產生搖晃，飄出煙霧
- 室外爐
- 懸掛在兩棵樹之間的吊床
- 蕨類植物
- 亮粉紅色的芍藥花叢
- 孩子們讓狗兒去追逐扔出去的美式足球
- 擺滿鮮花的鉢
- 隔壁鄰居的白色雛菊，翻過圍牆跑到這邊來
- 楢樹或柏樹的粗樹幹上掛著一個輪胎鞦韆
- 游泳池（地中型泳池、地上型泳池、小孩子玩耍用的塑膠製泳池）
- 玩水的地方水花噴濺，鳥兒在林中的巢裡進進出出
- 受到雨水的滋潤，草地上長出蘑菇群
- 沿著圍牆行進的螞蟻
- 陽台上的一串裝飾燈
- 吊在樹上的飼料台
- 彈簧床和砂地
- 松樹或唐檜木下散落一地的松果
- 在空中飛舞的蒲公英種子

聽覺

- 螽斯和蟋蟀的鳴叫聲
- 蚊子的飛行聲
- 蒼蠅振翅的聲音
- 從隔壁庭院傳來的廣播聲
- 在灑水器的空隙間穿梭歡笑的孩子們
- 蜜蜂嗡嗡的飛行聲
- 微風吹動樹葉發出的騷動聲
- 汽車通過時的聲音
- 門關起來的「啪噠」音
- 隔壁夫婦的吵架
- 遠處就可以聽到房子的裝修聲
- 啤酒瓶碰撞時發出的「喀鏘喀鏘」聲
- 松鼠的叫聲
- 黃蜂在花叢間飛行的聲音
- 小河的潺潺流水聲
- 青蛙的呱呱聲
- 沙灘涼鞋步行時發出的「啪噠啪噠」聲
- 水管的噴水聲

嗅覺

- 剛割完的草地所散發出來的新鮮青草味
- 新鮮的花香（盛開的紫丁花、玫瑰、香豌豆藤蔓的香氣）
- 烤肉的燒焦味
- 烤肉架飄出的煙
- 雨
- 椰子香味的防曬乳
- 汗
- 灰塵
- 狗糞

味覺

- 香甜的桃子或西瓜
- 發酵過的冰啤酒
- 沾上烤肉醬和醃漬醬，烤焦帶苦味的肉
- 冰紅茶
- 冰棒的冷度麻痺了口腔內的感覺
- 水管流出的溫水

觸覺

- 融化的冰棒流到手上
- 粗糙的狗毛
- 跳彈簧床時，頭髮碰到前額
- 黏黏的汗
- 坐在後門堅硬的階梯上
- 腳下的草地帶來微微的刺痛感
- 昆蟲在手上爬行帶來的快感
- 照射在臉頰上的陽光
- 埋在草地上的尖石
- 夏日的酷暑讓衣服前胸貼後背
- 太陽西下後感到涼意
- 玫瑰花瓣如天鵝絨般的滑順感
- 大熱天時用水管直接沖涼感受到水花飛濺
- 庭院中冰涼的泥土黏在手上

引領故事發展的情境與事件

- 喜歡探人隱私，跑來窺視的鄰居
- 關於土地的紛爭（隔壁的果樹上，腐爛的果實掉到自家庭院、鄰居將圍牆蓋到自家領地來了）
- 自家屋內或隔壁房子是垃圾屋
- 整晚開趴鬧哄哄
- 圍牆或小屋崩壞了
- 樹木受到暴風雨侵襲
- 不安全的樹屋
- 隔壁的孩子從樹屋上摔下來，受了傷
- 穿過圍籬的動物
- 窗戶旁發現了不屬於家人的腳印
- 正在進行孩子的生日派對時，寵物從打開的門溜了出去

登場人物

- 朋友和鄰居
- 來檢查瓦斯和電表的人
- 來參加派對的人
- 土地所有者和他的家人
- 可疑人物

編劇小技巧

設定時的重點與提示

對後院來說，氣候和地點是最關鍵的要素。有的庭院適合茵茵綠草，也有的適合乾燥的耐寒植物。後院也是一個能夠反映主人的地方。經過好好整理的後院，暗示主人過著安定的生活，能享受戶外的休閒時光，對自家的居住環境帶有幾分自豪。相反的，雜草叢生的後院，暗示著那裡的住民不論對外或對內都可能一團亂。當然，或許有某些原因造成主人無法照料好自家後院也說不定。有些人將後院當作社交場所或和家人共享天倫之樂的地方。也有人將後院拿來放置家庭用品和未完成作品的垃圾場。後院能強化居房裡住民的特色，能在設定場面氣氛時活用。

例文

像拿著光劍劈開黑暗似的，米亞手中的手電筒一會照這一會照那，尋找下一個當鬼的人。低垂的樹枝勾到她的派對帽，於是她將帽子摘了下來。因爲帽繩發出的聲音太大，讓躲在繡球花附近發出笑聲的人感到危險，連忙轉移陣地。米亞關掉手電筒，打了一隻蚊子，然後緩緩地在草地上匍匐前進。接近高大花叢附近後，她用手緊緊按住自己的嘴，以防笑出聲來。

運用的寫作技巧

多種感覺的描寫、直喻法

創造效果

強化情緒

夏令營
Summer Camp

關連場景
畜舍、露營地、洞窟、鄉間小路、森林、登山步道、湖泊、草原、池塘

視覺

・被森林覆蓋的一整片小木屋
・雙層床
・掛著窗簾的窗戶
・睡袋與枕頭
・設置於窗戶的空調機
・百葉扇
・放在地板上或塞到床下的登山包或行李箱
・放在地板上的衣物
・房間角落或天花板梁上的蜘蛛網
・有淋浴設備、個別的洗手間牆上有塗鴉的浴室專用小屋
・附著於浴室地板上泥濘的腳印
・餐廳或大廳
・在餐廳外等待用餐的孩童隊伍
・有分格的餐盤
・舞台邊放置了鋼琴和旗子
・室外有屋頂的休息處
・排球網、籃球架
・馬蹄鐵套圈圈遊戲場
・野餐用桌
・拔河用繩
・靶場
・有馬的小屋
・在附近亂晃的野貓
・有木橋的池子
・沙灘上倒過來放的獨木舟
・水中飄浮的睡蓮葉片
・救生員高台
・收藏戶外用品的置物櫃（釣竿、橘色救生衣、烤棉花糖夾心餅乾用的長籤、弓箭、運動用球、維修工具）
・覆蓋於地面的松葉或毬果
・蚊子、蒼蠅
・蛇、蜥蜴
・青蛙、松鼠
・鳥
・蜘蛛
・放了燒焦薪材的大型營火台
・用來坐的圓型木材或樹根
・自然生長於該地區的植物及花
・夜間在露營場地零星照射的手電筒光線
・用晾衣物繩索將濕毛巾晾乾
・手工場所，放置裝了材料的容器
・為了陰乾而放置一處的潮濕作品
・為參加露營者提供資訊的建築物

聽覺

・孩童們的聲音（笑聲、說話聲、叫聲、歌聲）
・營區領隊洪亮的聲音
・池塘中孩童們濺起水花的聲音
・「啪沙」拍打著水面的槳
・救生員吹哨聲
・兩手「啪、啪」打著蚊子
・吹動樹木的風
・鳥鳴聲
・松鼠吱吱聲
・蟲子嗡嗡飛舞
・「砰」的敲打排球
・發出「喀噹」聲的套圈圈馬蹄鐵
・「喀恰喀恰」地捲起釣魚線
・發出「鏘」聲的射箭用弓
・在水泥上「啪噠啪噠」走的海灘拖鞋
・關燈後小屋傳來細語及嬉笑聲
・門發出嘎吱聲以及「碰」地關上
・用餐時餐廳傳來喧噪聲
・在籃球場上「啪噠啪噠」走動的腳步聲
・籃球「咻」一聲進了網子
・在松葉或灌木叢中「沙沙」前進的腳步聲
・發出「啪嘰啪嘰」聲的營火
・古典撥弦吉他的聲音
・打在小屋屋頂上的雨聲
・「嗡」地飛過、撞上窗戶的蒼蠅
・露營結束前的表演中爆出的掌聲
・設置淋浴的小屋回音
・水龍頭滴滴答答的水聲
・唰地甩開濕毛巾
・枕頭大戰時咚地被砸到
・老舊空調機發出哀鳴後開始運作
・發出嗡嗡聲的百葉扇
・塑膠製床罩發出不和諧的聲音
・在紙上擦過的筆聲
・參加露營的人在床上用手電筒看書時翻書的聲音

嗅覺

・營火的煙霧
・巧克力
・防蟲噴霧
・防曬用品
・渾身是汗的身體

・用鐵板烤漢堡或熱狗
・建築物的霉臭味
・漂白水
・雨
・馬蹄鐵的金屬氣味
・土
・黏著劑、簽字筆
・潮濕的紙張
・有著腐爛雞蛋臭味的井水
・潮濕的木材
・肥皂、乳液
・馬

味覺

・甜甜鹹鹹的棉花糖巧克力夾心餅
・煙霧苦味
・烤焦的漢堡及熱狗
・洋芋片、堅果
・莓果類
・巧克力豆
・新鮮水果
・手工冰淇淋
・很淡的檸檬水
・池塘水
・汗
・沾到唇上的防曬品

觸覺

・淋浴水的水壓很低或很冷
・沉重的睡袋
・厚實的枕頭
・百葉扇或空調吹來的涼風
・互丟時砸到自己的枕頭
・面對床鋪沿著木製梯子往上爬
・在冰冷湖中游泳
・由潛水衣上滴落的水珠
・日曬而感到刺痛
・被蚊蟲叮咬
・蚊子停在肌膚上的輕微觸感
・因為碰到漆樹而發癢
・刺刺的野玫瑰
・腳邊柔軟的草
・溫暖的沙子
・炎熱的太陽
・粗糙的圓木
・營火散發的熱度
・沉重的蹄鐵
・拉動釣線的魚
・野餐桌的粗糙厚板
・用鼻子來蹭自己手的馬
・用手抓三角錐時堅硬的觸感

引領故事發展的情境與事件

・掉進長滿漆樹的地方
・想家、擔心起自己不在的時候家裡發生的事情
・日曬和中暑
・有否定自己身體的意象、或自我意識過剩
・成為霸凌被害者、或者有人說關於自己身體的壞話
・無法與其他參加者打成一片、孤獨度過
・心不在焉或個性不佳的營地領隊
・受傷（撞到轉回的槳、被馬踢、差點溺死）
・在森林裡迷路
・（與年長營地參加者間的）三角關係或傳言
・不健全的爭吵或競爭意識

登場人物

・營地工作人員
・營地參加者
・營地領隊
・救生員
・來迎接孩子的父母親

編劇小技巧

設定時的重點與提示

如同本項目記載內容，夏季營地網羅各式各樣的東西，也提供各種活動。但另一方面，也有強調特定興趣或運動的特殊營地。製作機器人、數學、外文、時尚、戲劇、曲棍球、電腦、音樂等，選項可說是無限多。選擇符合自己登場人物的營地，或者他被強迫參加，進而衍生大量有糾結與緊張感的發展，相信要篩選出目標並不困難。

例文

在森林開闊處，有十間小屋排列成圓圈。在每間小屋的門邊都有著玫瑰叢，熊蜂就停在那如絲絹的花上。周遭圍繞的森林吹來柔和的微風，翻飄著每扇窗都有的窗簾、也吹得我寒毛直豎。這個完美景色，與去年露營第一天時幾乎一模一樣。同寢室的孩子抵達那天應該也是這麼想的吧。要是有任何人活了下來，我就能問他了。

運用的寫作技巧

對比、多種感覺的描寫

創造效果

醞釀氣氛、告知背景

家庭派對
Home Party

關連場景
後院、浴室、廚房、客廳、露台

視覺

室內

- 充滿人的走廊及房間
- 坐在椅子上的人們
- 隨意放置在桌子上的啤酒瓶罐
- 以大音量播放音樂的音響設施
- 香菸或大麻飄散的煙霧
- 五光十色照耀客廳家具的裝飾燈
- 掉落在地毯上的爆米花或洋芋片碎片
- 為了使用洗手間而排隊的人們
- 聚集在沙發或椅子附近、或者配合音樂大肆舞動的人們
- 聚集在撞球台附近幫玩家加油的人們
- 放在桌上的零食大碗（洋芋片、椒鹽捲餅、爆米花）
- 朝廚房冰箱或車庫裡保冷箱來回絡繹不絕的人潮
- 吧台上打翻的飲料
- 放在流理台裡的冰袋
- 到處亂丟的紅色塑膠杯
- 聚集在廚房中島的女孩們
- 堆積在吧台或客廳桌上的披薩盒
- 貼在一起站著的情侶（嬉鬧、爭吵、親密動作）
- 有人吐了
- 不銹鋼大型啤酒桶或漏斗
- 堆積在流理台中的空瓶
- 滿溢出來的垃圾桶
- 被放置在空地處的空酒瓶
- 端著托盤來回各處的人，托盤上放著色彩鮮豔的酒或酒精類果凍
- 翻倒損壞的小裝飾品或相框
- 上了鎖卻被撬開的寢室

室外

- 草皮或灌木上的嘔吐物
- 在後院平台上吸菸的人們
- 路上被踩爛的菸蒂
- 陽台椅上喝得爛醉的人
- 昏暗中卿卿我我的情侶
- 喜愛派對的集團從大門搖搖晃晃走出
- 營火
- 道路上到處都停著汽車
- 坐在大門階梯上或聚集在門口的人們
- 大門階梯散落著空杯子或啤酒罐
- 在大門口前院有人吵架
- 憤怒的鄰居用力拍打大門
- 警車巡邏燈閃爍
- 慌張離開的人們

聽覺

- 音量極大的音樂
- 人們各種聲音（笑聲、為了蓋過音樂而大聲說話、哭泣、叫喊、爭論）
- 玻璃打破的聲音
- 火災警報器鳴笛
- 開關門聲
- 打開冰箱時，放在門邊的啤酒空瓶發出匡噹聲響
- 碰一聲將玻璃杯放在桌上
- 酒醉而大聲喧鬧
- 撞球台上的撞球鏘一聲落入袋中
- 因為與人相撞而灑了飲料，忿忿不平的聲音
- 有人咚咚地敲著廁所門
- 喀滋作響的洋芋片
- 啜飲啤酒或飲料的聲音
- 手機響了
- 請人追加啤酒的人群聲音
- 在階梯跑上跑下的腳步聲
- 地板嘎吱聲
- 電視大聲放著冰球比賽的聲音
- 打翻裝有洋芋片的大碗時發出的各種聲音
- 東西被人撞得粉碎時的聲響
- 外頭鳴響的警笛
- 鄰居大聲拍打大門
- 警車巡邏警示聲
- 醉醺醺胡鬧的各種聲音（唱歌、胡亂謾罵、責罵、倒地）

嗅覺

- 打翻的啤酒
- 髮膠或鬚後水的氣味撲鼻而來
- 酒精
- 帶鹹味的洋芋片
- 剛用微波爐加熱完成的爆米花
- 披薩
- 大麻
- 香菸的煙
- 嘔吐
- 汗
- 酒臭味

味覺

- 烈酒（蘭姆酒、威士忌、伏特加、琴酒）
- 碳酸飲料
- 水
- 香菸
- 大麻
- 口香糖
- 薄荷
- 洋芋片
- 爆米花
- 椒鹽捲餅
- 披薩
- 啤酒
- 冷飲

觸覺

- 黏答答的吧台
- 腳邊碎成片片的洋芋片
- 在人群中推擠或者被推
- 在擁擠的樓梯上被某人推
- 在擠滿人的房間裡被人捏了或被碰觸
- 被滿身是汗的爛醉人士緊抱住
- 在人潮中跳舞時，與其他人身體互相輕碰
- 手掌心上微涼的啤酒杯
- 大口暢飲飲料後嘴唇沾濕
- 啤酒撞到自己胸口襯衫後翻倒
- 因為廚房裡打翻的液體而滑倒
- 取得平衡坐在椅子邊上或沙發扶手
- 沾附在指尖上的洋芋片鹽巴
- 正在保冷箱裡找東西時感受到低溫的衝擊
- 用威士忌矮杯與人乾杯
- 用手指滑過排成一列的撞球
- 甩開醉醺醺的人
- 親吻
- 牽手
- 赤腳踩著後院冰涼的草地
- 坐在營火周邊感到溫熱的空氣
- 緊貼身上的衣物
- 吸菸或大麻菸斗
- 幫人點菸
- 為了醒酒而將水潑到臉上
- 為了去除眼睛發紅而點眼藥水時感受到冰冷的液體
- 洗手間門把滑不溜丟的，難以打開
- 對著馬桶吐時，膝蓋頂著台板或磁磚的地板
- 暫時性貧血或暈眩的感覺
- 躺在庭院裡，草皮微微刺著肌膚
- 其他人嘻嘻笑著

引領故事發展的情境與事件

- 警察來了，或自己的爸媽回家
- 竊盜、器物損壞、物品損壞
- 有藥品買賣行為，或者有人的飲料被下了藥
- 性暴力
- 敵對的人爆發衝突
- 醉鬼宣揚他人秘密，或者說出難以挽回的事
- 酒精飲料沒了
- 由於不速之客導致派對全毀
- 場所裡有人暈倒

登場人物

- 憤怒的鄰居
- 提早回家的爸媽
- 不管什麼派對都會現身的人
- 警察
- 弟妹

編劇小技巧

設定時的重點與提示

派對會因出席者程度而有不同等級的嚴重破壞情況。比如說，若是主辦人的朋友大多是彬彬有禮的人，那麼活動應該是不會有什麼問題。但若朋友非常想體驗解放的感覺、或者對其他客人做些未經思慮之事，那麼可能就一發不可收拾。若再加上酒精或藥物，以及想融入這個場合當中、或者引起特定人物的注意，那麼就可能引向錯誤的判斷。

例文

在擠滿人的樓梯上，葛利格寬闊的肩膀還是有點用處。在其他人可以插入前，珍能夠緊貼著他的腳步。空氣中籠罩著一股熱氣，有令人討厭的大麻味。音樂搖晃著玻璃窗，她的身體也隨節奏振動。抵達地下室時，她已經完全拋棄了一切，不管是星期一期末考的壓力、已經打破門禁時間、或是和亞利安吵架之事全都拋在腦後。那些事等明天再來想就好。

運用的寫作技巧

多種感覺的描寫

創造效果

賦予登場人物特徵、告知背景、強化情緒

家庭菜園
Vegetable Patch

關連場景
後院、農場、農產品市集、庭院、露台、地下儲藏室、工具間

視覺

・為了防止鹿或兔子侵入所設置的圍籬
・簡易出入口
・仔細耕耘過後的土地上，是一畦畦綠意盎然、種類豐富的蔬菜
・需要去除的雜草
・靠金屬支架支撐的番茄
・豌豆的藤蔓攀附在鐵絲網和木柱四周
・紅蘿蔔的頂部出現皺褶
・根部土壤隆起的馬鈴薯
・玉米高高的莖被風吹時會震動
・萵苣透亮的葉片
・洋蔥尖尖的頂部
・結滿紅色果實，高大多刺的樹莓叢
・隨處可見草莓開出的纖細白花和匍匐莖
・在花間授粉的蜜蜂
・蛞蝓在混凝土道路上爬行，留下濕潤的印跡
・蝴蝶的幼蟲在萵苣葉上咬出好幾個洞
・蝴蝶和蛾在周圍飛舞
・蚯蚓在濕潤的地中挖土
・矮木叢下腐爛的葉子
・變色的葉子
・散布在不同種類蔬菜根部的地膜材料和樹皮
・收納堆肥的黑色大型容器
・被陽光曬到龜裂，需要澆水的土地
・無精打采的莖和葉
・蔬菜和植物的根有小動物的咬痕
・綠色的水管捲成一綑
・每一列的後方都插有花名牌
・經年累月的使用，傷痕累累的搬運用單輪車

聽覺

・（「咖沙咖沙」「沙沙」「咻咻」等）風吹樹葉發出的聲音
・夏日狂風暴雨，伴隨「轟隆」的雷鳴聲
・附近小屋屋簷被冰雹擊中的聲音
・雨滴「啪噠啪噠」打在濕潤的葉子上
・枯葉「啪噠」地飄落道路
・蟋蟀發出的聲音
・青蛙的鳴叫聲
・附近孩子的笑聲
・狗的吠叫聲
・鏟子和鐵鍬插進土裡的聲音
・轉盤式耕耘機馬達的運作聲
・水管的水打在厚葉上的聲音
・突然的一陣風，讓半開的大門發出摩擦聲
・蜜蜂嗡嗡飛舞
・從土中拔出蔬菜的聲音
・從藤蔓上採摘豌豆或其他豆類時發出的「啪吱」聲

嗅覺

・番茄莖的味道撲鼻而來
・薄荷葉
・剛割過的草地
・濕潤的土地
・暴風雨前後空氣中特有的味道
・自種香草
・割草機和耕耘機排放的廢氣
・洋蔥
・熟透的水果或漿果類
・溫暖的泥土
・灰塵
・腐敗的堆肥或地膜覆蓋
・腐爛的蔬菜
・附近的空地上正在燒東西時所用的炭或產生的煙
・沒有雜質的雨水
・剛降下來的霜
・肥料的化學藥品味
・果樹上長滿成熟的果實
・開花的花朵
・盛開的忍冬和歐丁香花叢

味覺

・新鮮的蔬菜
・甘甜多汁的水果或漿果類
・還沒熟透的果實或酸漿果類
・無味且缺乏水分的蘋果
・忍冬嬌媚的花朵
・剛採摘下來的薄荷和羅勒葉，散發著新鮮的氣息
・打在舌頭上的雨或雪
・清脆甘甜的蘋果
・帶有強烈刺激味的蝦夷蔥和洋蔥
・剛拔出來的紅蘿蔔，還沾著泥土

・新鮮的香草
・蘿蔔的辣味

觸覺

・刺刺的或柔軟的葉子
・用力擠壓番茄或香瓜，以確認是否為最佳品嘗時機
・成熟果實的些許彈性
・跑進指甲裡的泥土
・沾著泥土，黏呼呼的手
・濕冷的泥土
・拔草時，泥土噴到臉上
・粉末狀鬆散的肥料
・被蜜蜂螫到時的劇痛
・拔草時，脖子被陽光曬得發疼
・垂掛在手上、根部沉甸甸的蔬菜（紅蘿蔔、歐防風、甜菜）
・從土裡拔出雜草時感受到的彈性
・濕滑的地膜
・樹蔭下涼爽的微風
・積在眉毛上的汗水
・正在找尋拔紅蘿蔔的下手處時，手腕碰到紅蘿蔔葉上的皺折處
・鏟子和鐵鍬滑順的握把
・長時間在庭院勞作，手部不但疼痛還腫脹
・戴上厚手套不但降低了靈活度，還很熱

引領故事發展的情境與事件

・小動物侵入菜園，吃掉了種植的作物（兔子、狐狸）
・乾旱、流行病、蛞蝓、蚜蟲等問題，都可能讓辛勤耕作白忙一場
・敵人或對手，不知道是出於好玩或報復心態，破壞了自己的菜園
・投入過多的肥料或添加物反而揠苗助長
・收成不好，導致自家的糧食產量也無法確保
・正逢凶年，自己的作物還遭人盜走
・壞菌在土壤中蔓延，作物都腐爛了
・土壤中有寄生蜂巢穴而無法耕作
・因為相信是非基因改造或有機才購買的種子，事後發現受騙
・離播種的時期過早或過晚
・越過圍籬侵入的鹿，把作物破壞得一場糊塗
・因為是農業新手，不知道種下的作物並不適合園中的土質
・把農作菜園蓋得固若金湯（或弱不禁風），遭到鄰居的批評

登場人物

・孩子等自己的家族成員
・鄰居和訪客
・種植蔬菜的人

編劇小技巧

設定時的重點與提示

不管是出於想要嘗試的心情而開始，或是有非做不可的必要性，人們都能樂在耕作自己的作物裡。家庭菜園既有實用性，也有休閒性。然而在栽種這件事上，並非每個人都走得一帆風順。希望在設計家庭菜園時，能去思考如何賦予菜園主人特徵這件事。菜園所在區域的氣候和文化也需要好好調查一番。配合氣候，當地一定會栽種的作物是什麼呢？或者，哪些作物是當地人一定會種，但因爲登場人物覺得它並不好吃，所以拒絕栽種呢？又或者，什麼樣的作物在當地並不好種，可是登場人物願意鍥而不捨地去挑戰栽種它呢？透過家庭菜園的設定，有各種賦予登場人物特徵的方法。

例文

太陽雖已西沉，卻壓抑不住山德勒穿過原野，朝著孩童時期玩耍過的家庭菜園方向前進的心情。取下掛在門上的掛鉤後，雙腳踏進園中。他被一股冰涼的空氣包圍，水滴沾濕了母親栽種的豌豆藤蔓，月光照著甜菜葉。等到適應周圍的黑暗後，山德勒在另一邊發現好久以前和母親兩人一同種下的松樹。這棵樹早已不是從前那細瘦的小傢伙了。或許正如母親預料中的一樣，它從菜園的中心，直挺挺地向天空延伸，長得又高又大。

運用的寫作技巧

象徵、天氣

創造效果

醞釀氣氛、強化情緒

射箭場
Archery Range

關連場景
田園篇——夏令營
都會篇——室內射擊場

視覺
- 廣闊的原野
- 綠草
- 以相同的間距設立四角箭靶
- 懸掛告知風向的旗幟
- 放置箭矢的架子和掛東西的衣架
- 防止箭射出場外的樹木和障礙物（成堆的草包、矮丘、護網）
- 圍牆
- 遮蔽陽光的屋簷和遮陽棚
- 固定箭筒用的金屬環
- 租借射箭道具、販賣標靶和射箭道具、發行許可證和會員證的小賣店
- 停車場
- 只限當地射箭俱樂部會員使用的無人射箭場、寫有使用說明的告示牌、近期即將舉行的射箭相關活動通知
- 起射線後方的水泥製發射處
- 為觀眾設置的野餐桌
- 警告標示
- 手持雙筒望遠鏡的人
- 場地維護人員
- 射箭愛好者們一邊整理弓具，一邊做著暖身運動

聽覺
- 弓箭飛向天空時發出的「咻咻」聲
- 弓箭穩穩射中標靶時發出的「噗滋」聲
- 參觀者屏氣凝神地等待競賽者拉弓射箭
- 弓箭射出前一片靜謐中的吐息聲
- 大型射箭場中，弓箭接二連三射中標靶的聲音
- 弓箭手站定位置後，鞋子在水泥製射箭台上的摩擦聲
- 手指不動聲色的捲動箭羽的聲音
- 鳥兒的啁啾聲
- 蚱蜢、蝗蟲和螽蟖的鳴叫聲
- 穿過樹林和草叢間的風聲
- 風向袋和旗幟被風吹得「啪噠啪噠」響

嗅覺
- 草地
- 汗水
- 松葉
- 乾燥的土地
- 乾草

味覺
- 在設定中，除了登場人物帶進這個場景的東西（口香糖、薄荷糖、口紅、香菸等），可能沒什麼特別的東西跟味覺有關，像這種不會描寫到味覺的場景，可以專心描寫其他四種感覺。

觸覺
- 拉弓引弦時，感受到手指的張力
- 瞄準好目標後，手輕輕掠過下顎
- 拉弓時，弓弦稍為拂過下顎
- 身體感受到垂掛在肩上弓箭的重量
- 緊緊握住把手
- 弓箭射出時，瞬間失去的張力
- 滑順的弓柄
- 塑膠或皮製的護腕，緊緊地固定在肌膚或袖子上
- 指腹捏緊弓弦
- 瞄準目標時，感受到弓的重量
- 清風拂過肌膚、撥亂髮絲，但為了集中精神得忽略這時的感受

引領故事發展的情境與事件
- 處於興奮狀態時卻要沉著面對進行中的賽事
- 沒有做好事前維修檢查或遇到蓄意干擾，導致射箭道具發生問題
- 正要射出箭時，場中突然闖進因迷路而誤入的健行者或從沒見過的人
- 參賽者對於誰的弓箭比較接近靶心意見不合，發生爭執
- 忘了穿戴護腕和護胸，在射箭時受傷了
- 在炎炎夏日裡，因為沒有補充足夠的水分陷入脫水狀態，專注力受到影響
- 吵鬧的參觀群眾和音樂放太大聲的車輛，讓射箭者無法專心
- 有動物闖入場內
- 親人或手足在射箭場上一同競爭獎牌
- 雖然很努力，卻感受不到自己的

技術有所進步
- 輸給其他人後，才了解工欲善其事必先利其器的道理，然而卻沒有錢添購好的弓具
- 把東西放在射箭場忘了帶走，回頭去拿時已經找不到了
- 某位觀眾的存在讓人感到緊張（單戀的對象、對自己滿懷期待的父母）
- 和輸不起、喜歡討價還價的人進行比賽
- 受到天候的影響無法集中精神，對射擊造成不良的影響（下雨、刮風、降雪）

登場人物

- 弓箭愛好者
- 用弓箭狩獵的人
- 技術指導人
- 維護人員或場地的所有人
- 祭典時，裝扮成中世紀時人物的團體
- 觀眾

編劇小技巧

設定時的重點與提示

有些屋外的射箭場可不只是在一片原野上放置幾個箭靶而已。占地數千坪的射箭場裡會鋪設道路，並在路的兩旁擺上動物的模型。這種立體型的射箭場一般都位於廣闊的林地。為了怕多人一起射擊時發生意外，射箭地點都標有號碼，嚴格規範移動路徑。這種類型的射箭場通常發射台會高於平地，讓獵人或選手能夠在充滿臨場感的空間進行活動。弓的種類因活動類型而不相同，有的用於狩獵、有的用於休閒或競賽。為了能夠正確描寫射擊的場面，我們需要清楚掌握筆下的人物所使用的弓箭類型。

例文

尼克甩甩肩，站定位置。他不再去思考客席中的哥哥和這一箭的份量。他喜歡今天的風速，雖然稍顯強勁。原野上的草因風倒向左側。就像教練說的一樣，只要聚精會神盯準靶心，讓眼睛習慣於藍色和金色的環圈，視線就能逐漸往中心集中。這時可以拉弓，將箭貼近自己，慢慢呼吸。當視線定於中央的黑點時，他彷彿在人群中找到了昔日的好友，露出會心的一笑。射出去的箭，朝向那一點不偏不倚地飛過去。

運用的寫作技巧

多種感覺的描寫、直喻法

創造效果

賦予登場人物特徵、醞釀氣氛

庭院
Flower Garden

關連場景
後院、溫室、工具間、家庭菜園

視覺

- 陽光掠過露珠濡濕而閃閃發光的葉片
- 躍入眼界的各種花朵顏色（紅玫瑰、有刺的黃色百合、棕色花心的金光菊、萬壽菊、紫錐菊、向日葵、紫草、薰衣草）
- 樹上或灌木上盛開的花朵（雪球大小的藍或白色繡球花、散發出紫丁香顏色與氣味的毬果）
- 草中隱藏的踏腳石
- 彎曲小徑
- 在小型石造中庭裡的板凳或矮木做成的有扶手椅
- 包裹小屋格子窗的藤蔓盡責的往上爬
- 擱置在小路上的水管
- 花灑
- 裝了盆栽用土的袋子
- 拔起來就擱置一旁的雜草堆
- 園藝用手套
- 灑水器對著植物灑著水霧，濺出了彩虹
- 在花瓣周遭緩緩前進的蜜蜂
- 在泥土上緩慢行走的甲蟲或螞蟻
- 在植物間築巢的蜘蛛
- 小蛇
- 有魚的池子
- 鳥類洗澡處
- 滾輪壓平的草地
- 小鳥迅速進出的鳥屋
- 飼料盒下散落的鳥飼料
- 只留空殼的向日葵種子
- 小屋屋簷內側薄薄的蜂巢
- 鳥糞
- 園藝用品（耙、園藝剪刀、鏟子、園藝手套、割草機）
- 肥料
- 花朵覆蓋的格狀柵欄
- 青苔
- 噴水池或池塘等使用水的裝飾物
- 少許幸運草
- 孩子或孫子送的畫了圖案的石頭
- 蜻蜓在觀賞用的池塘上飛舞、或者停留在點點陽光的葉片上

聽覺

- 灑水器「咻」地啟動
- 快速將草皮削短的割草機聲音
- 喀嚓作響的園藝剪刀
- 嗡嗡飛舞的蜜蜂
- 鳥叫聲
- 松鼠或老鼠快速奔過的聲音
- 鳥類在洗澡場或飼料箱邊啪噠啪噠拍動翅膀的聲音
- 水管在磨石地面濺起水花的聲音
- 陽台上「啪噠」一聲的紗門
- 雨水打動葉片的聲音
- 微風吹動葉片的聲音
- 挖土時鏟子擦過石頭的聲音
- 「啪」的一聲將鏟子裡的土甩到地面
- 嗡嗡飛的蒼蠅
- 飛蚊聲
- 在庭院裡作業的人哼著歌，溫柔地對植物說話
- 在附近遊戲的孩子發出的聲音
- 狗的喘氣聲
- 可以聽到附近庭院傳來的聲音
- 風鈴叮噹響

嗅覺

- 甜甜的花香
- 剛割過的草皮
- 濕潤的泥土
- 暴風雨前後獨特的空氣
- 溫暖的泥土
- 塵埃
- 飄到外頭的廚房氣味
- 附近爐子冒出的煙

味覺

- 啃咬葉莖
- 在樓梯上舔著冰棒
- 回頭除草前，先喝一杯檸檬水或瓶裝水
- 在庭院板凳上享用苦澀咖啡或早晨的偏甜咖啡

觸覺

- 光滑的花瓣
- 脆弱的泥土
- 由灑水器或水管漏出的涼水
- 拔雜草或割草時照射在脖子上的太陽熱度
- 樹蔭下徐徐涼風
- 眉心的汗水
- 硬梆梆的園藝用手套

・粉狀泥土沾到掌心
・奇怪的地方伸出尖刺碰到肌膚
・為了拔雜草而跪在泥土上
・鏟子光滑的手柄
・兩手包覆拿起要移動位置的植物
・灌木粗糙的樹皮
・切斷樹汁或樹莖處而有黏答答的樹汁
・粉末狀的花粉

引領故事發展的情境與事件

・用了太多或種類錯誤的肥料，導致植物衰弱
・由於熱度或日照導致植物衰弱
・憤怒的鄰居或敵對者為了報復而破壞庭院
・蚜蟲繁殖旺盛
・雖然被要求繼承造景遺產，但內心其實非常討厭
・必須照顧他人的庭院（年老的雙親或祖父母的）而無暇顧自己的庭院
・由於鹿亂踩或其他有害生物而使自己的努力化為泡影
・狗在庭院裡埋東西、或躺在溫暖的土地上
・由於用水限制而難以照顧庭院
・鄰居的庭院總是早了一步
・為了讓庭院更好，而老是來插嘴的鄰居

登場人物

・孩童或家人
・景觀或草皮維修人員
・鄰居或訪客
・庭院主人

編劇小技巧

設定時的重點與提示

庭院可以帶出賦予登場人物特徵及氛圍設定的絕佳良機。荒煙雜草、枯萎的灌木叢、損壞的小路木板等，可能是這樣充滿寂寥氣氛的庭院；也可能是有好好保養、沒有雜草，宛如刻畫出幸福與繁榮之美、安逸場所般的庭院。不要用文字寫下主角有完美主義且控制欲強，而是試著讓人看到吧？想想那樣角色的庭院會是什麼樣子。完美割平的草地、對稱並排的灌木、爲了使藤蔓朝特定方向生長而綁了鐵絲、道路周邊掃得一塵不染、以固定間隔及顏色區別分開種植的花朵。這類描寫肯定更具效果。

例文

就算想從這個家、以及家中沒有活力的聲音——嗶嗶響著的監視器、所有人壓低的說話聲——逃出去，外面也是差不多。明明是春天，庭院卻是一片棕色的荒地。瘦弱枯枝上沒有葉片、枯葉覆蓋在地面上。有氣無力的風揮動著庭院的殘骸，在這滿溢腐敗的空氣中發出唯一的聲響。不但沒有昆蟲哼唱的小調、也連隻會唱歌的鳥都沒有。就連我自己的腳步聲，也無聲的沉進這滿布灰塵的地面。

運用的寫作技巧

隱喻法、季節、象徵、天氣

創造效果

醞釀氣氛、強化情緒

核災避難所
Bomb Shelter

關連場景
防災用地下避難室

視覺

- 安裝在波浪形金屬防爆罩上的加強型升降口（主要閘口、緊急閘口）
- 通往地下的梯子
- 附有淋浴和排水溝的小型去放射能空間
- 連結主要房間，從內側可以上鎖的安全閘口
- 狹窄的幫浦或重力式廁所
- 一些臥榻
- 軍火庫裡上鎖的櫃子
- 放置彈藥或擦槍工具的收納箱
- 地板下囤放糧食和用水的保險櫃
- 放置毛巾和衣服的牆壁凹陷處
- 有放置椅子的狹窄空間
- 廚房（水槽、櫥櫃、微波爐、冰箱）
- 收音機
- 放置私人物品的抽屜
- 藥物和醫療用品
- 能使用太陽光或發電機的蓄電池
- 波浪形樸素的金屬牆壁
- 不使用時可以折疊起來，省空間的桌椅
- 大量堆放罐頭和加工食品的櫃子
- 可以調節溫濕的空氣清淨器
- 送風機
- 工具
- 繩索
- 深鍋和平鍋
- 玩具
- 書籍
- 遊戲牌
- 電視和影像播放器材
- 屋頂照明
- 躺在床上或臥榻上的人們
- 從鞋子或靴子剝落，掉到地面的泥土
- 哭泣的孩子
- 人們充滿恐懼的表情
- 在狹窄的屋內小聲交談、四周走來走去的人們
- 晃動的照明設施

聽覺

- 刺耳的回音
- 腳步聲
- 打開金屬罐的聲音
- 外部空氣流進來時發出「咻咻」的聲音
- 「嘩啦嘩啦」的流水聲
- 廁所的沖水聲
- 閉上閘口門時，發出的金屬加壓聲的回音
- 打開秘密儲藏室大門時發出「咖嚓」的聲音
- 人類的呼吸聲
- 收音機的聲音
- 父母在哭泣的孩子身旁，安慰他的聲音
- 有人在盤點糧食和飲用水庫存的聲音
- 會發出「啪噠」聲的工具
- 電線接觸不良時發出的嗡嗡聲

嗅覺

- 不流通的空氣
- 金屬
- 悶濕的體臭和汗
- 食物
- 香皂
- 擦槍油和火藥

味覺

- 從管子流出帶有金屬味的水
- 瓶裝水
- 食之無味的加工食品
- 汗
- 不能刷牙時，口腔內的酸味

觸覺

- 凹凸不平的波浪型金屬壁面
- 可供睡眠的薄床墊和硬地板
- 薄毯
- 冰涼的洋鐵罐
- 摩擦到肌膚的髒衣服
- 又癢又油的頭髮
- 穿著鞋子或靴子，覺得熱的雙腳
- 在淋浴室或水槽，用海綿洗身體時飛濺到身上的水花
- 翻閱已經讀過很多遍的書
- 想看看外面世界過去的照片，翻開頁面光滑的雜誌
- 行進中的踏在地面上的腳
- 擦槍時，讓布在槍體上移動
- 分解組裝自己的來福槍或手槍

・待在狹小空間裡的人群
・轉開收音機的按鈕，希望能收到訊息

引領故事發展的情境與事件

・待在避難所裡的人們，因封閉性空間產生發熱現象
・糧食和飲用水快要見底了
・必須和討厭的人共處於封閉性空間裡
・對於該在何時打開閘口，發生意見分歧
・門打不開
・需要接受進一步醫療救治的重症
・偏執狂或創傷後壓力症候群
・爆炸或緊急事故讓避難所遭受損壞（無法換氣、打破密閉狀態）

登場人物

・（避難所由軍方管理，有軍人部署的情況下）軍方人士和一般市民
・核子避難所的擁有者和他的親屬
・親人和附近的鄰居

編劇小技巧

設定時的重點與提示

核災避難所大多設置在地底深處，除了有耐得住特定危險（空襲、生化性或核子武器）的建築，還儲備了生存必須的物資。在這個項目裡，我們預設這是一個經由專家打造的避難所，裡頭有照明設備、足夠的空間、空氣調節清淨機等。除此之外一定也有急就章搭建的簡陋避難所。避難所由金屬、水泥、防水布和木材所構成，由民間人士（有許多是退伍軍人或擁有工學知識背景的人）負責組建。可以收容一個家族或更多人。也有的避難所由軍方設計，可以收容大型部隊，或軍民兼收。

例文

費歐娜一邊撫摸著妹妹的頭髮一邊往她身邊移動，將自己硬塞到金屬製的小桌下。當爆炸發生時，室內開始搖晃。滿臉煤灰的雷娜臉上出現兩道淚痕。媽媽站在小圓窗前，用手電筒從厚厚的圓形玻璃內部照出去。光束在爆炸時產生晃動，媽媽的哭泣聲伴隨打嗝，在波浪形的屋頂下產生令人驚恐的回音。爸爸和她們約好馬上就會過來，但現在人在哪呢？

運用的寫作技巧

多種感覺的描寫

創造效果

伏筆、強化情緒、營造緊張感與糾結的心情

浴室
Bathroom

視覺

- 狹窄的出入口
- 有光澤而相互協調的物品（廁所、淋浴間、浴缸、洗手台）
- 五彩繽紛的浴簾
- 洗手台或棚架
- 鏡子
- 藥架
- 放置捲起來或堆疊毛巾的架子或櫃子
- 毛巾架或用來掛浴袍的門上掛勾
- 成套的肥皂及液體押罐
- 裝了化妝用海綿或化妝棉的透明玻璃瓶
- 凹陷的牙粉，蓋子處漏出凝固的透明液體
- 架子上的杯子裡放著各種顏色的牙刷
- 水龍頭上沾有乾掉的肥皂或牙粉泡泡汙漬
- 鏡子上的指紋髒汙
- 掉在洗手台裡的毛髮
- 鏡子上沾到牙粉
- 可愛的牆壁裝飾（與家庭或家人相關的有名格言、花或大自然的照片、貝殼收集品）
- 白色蓬鬆柔軟的浴室地墊
- 馬桶旁放置的芳香劑罐子
- 沒有人用過而滿布塵埃的舊蠟燭
- 裝了許多化妝用品或護髮用品的抽屜
- 衛生紙架
- 馬桶吸盤
- 放在馬桶後面的大量雜誌
- 吹風機放在固定於牆壁的架子上
- 圓型化妝鏡
- 漱口水的罐子
- 淋浴後因水蒸汽而霧濛濛的鏡子或有著水流的牆壁
- 梳子或髮梳
- 刮鬍刀
- 放在角落的體重計
- 浴缸周邊變色的灰泥或馬桶下方周邊髒汙
- 在角落聚集成一團的毛球
- 放在室內被踢到牆邊的衣服

關連場景
孩童房、青少年兒女的房間

聽覺

- 水流聲
- 沖馬桶的水聲
- 某人邊淋浴邊唱歌的聲音
- 因為快用完了而發出宛如嘔吐聲的洗髮精瓶子
- 咳嗽
- 擤鼻子的聲音
- 刷牙吐掉牙膏的聲音
- 拉動浴簾時掛環在金屬上移動的聲音
- 開關時發出嘎吱聲的淋浴室拉門
- 在牆壁中振動或發出咕嚕聲的水管
- 已關上的蓮蓬頭滴落水滴到濡濕的磁磚上
- 潮濕的毛巾掉落到地板上的聲音
- 敲門或隔著門傳來孩子大叫的聲音
- 鎖緊水龍頭時發出「唧—」的聲音
- 開關抽屜聲
- 指甲刀喀喀聲
- 「咻—」地噴出來的髮膠
- 吹風機噪音
- 貓或狗因為想進去而扒著門板的聲音

嗅覺

- 洗髮精
- 體香劑
- 芳香劑
- 收斂性清潔劑
- 髮膠
- 發霉的毛巾或地墊
- 香水
- 浴室令人不舒服的氣味

味覺

- 牙粉
- 水
- 令人不舒服的漱口水
- 薄荷味的牙線
- 誤入口中的髮膠苦味

觸覺

- 柔軟的毛巾
- 肌膚上乳霜狀的肥皂或泡泡
- 腳下蓬鬆的地墊
- 冰涼的淋浴間磁磚
- 水緩慢地由冷水變溫水
- 包覆在厚重水蒸氣中的浴室空氣

- 令皮膚轉紅的熱度
- 刺刺的雞皮疙瘩
- 邊留心刮鬍刀刃，邊刮著皮膚
- 泡熱水澡
- 沖水時流過背後的泡泡
- 黏答答的潤髮乳
- 梳子勾到頭髮時的疼痛感
- 黏稠的髮蠟
- 由頸部滴下水滴
- 在肌膚上推開柔滑的乳液或油類
- 剃鬍子的時候割到肌膚的疼痛感
- 面紙
- 吹風機不小心加熱了項鍊而感到疼痛及熱感

① 引領故事發展的情境與事件

- 在淋浴間滑倒
- 馬桶滿出來
- 耳環掉進排水溝中而遺失
- 發現其他人在找藥架上的東西
- 衛生紙用完了
- 家裡有非常多人卻沒有上鎖
- 食物中毒或因為過敏而發生腸胃問題（尤其是在別人家）
- 浴室的窗子正對鄰居家方向
- 沒有儲水的浴缸
- 在自家染髮或剪髮卻失敗了
- 連整裝的時間都沒有
- 正在準備重要活動時，化妝品或護髮用品卻用完了
- 淋浴到一半，熱水槽卻爆開了
- 不想接下浴室打掃工作、非常邋遢的室友
- 以為浴室沒有人而進去卻撞見人
- 意外溺死（沒有大人看著的孩子們、在浴缸失去意識的大人）

登場人物

- 屋主或其家人
- 邀請的客人
- 配管工人

編劇小技巧

設定時的重點與提示

浴室是能夠彰顯人物性格以及其樣貌的場所。是宛如軍人般整齊呢，或者充滿毛髮或化妝用品等不太乾淨的物品呢？由這樣的室內可以將登場人物內在的樣子傳達給讀者。但是也要記得，若是有客人頻繁出入的化妝間，與只有自己使用的化妝室，看起來應該會非常不同。

例文

在洗手台上甩了甩水，我四下尋找著擦手毛巾。在纖細的黃銅毛巾架上，掛著一條有貝殼刺繡及蕾絲、鮮豔粉紅色的擦手毛巾。再過去門上那豪華的掛鉤上，是兩條相同的大浴巾。我抓起擦手巾掃視室內，仔細的觀察其他部分。蕾絲地墊、裝了乾燥花的大碗、鏡子周圍描繪著花草圖樣、籃子裡放著天使形狀的粉紅色香皀。哇！根本就是把雜誌上的裝潢直接搬過來的感覺。

運用的寫作技巧

誇飾、直喻法

創造效果

賦予登場人物特徵

海灘派對
Beach Party

關連場景 海灘、燈塔、海洋、熱帶島嶼

視覺

- 寬廣海洋拍打著岸邊
- 貝殼或海草四散的海岸
- 生長了海邊植物（草、香蒲、海葡萄、熊果）的沙丘
- 營火
- 可以坐的流木
- 周圍四散著小石塊或大岩石
- 附近的棧橋
- 海灘椅或洋傘
- 鋪在沙灘上的毯子或毛巾
- 保冷箱
- 飲料及食物
- 用來串棉花糖夾心餅乾的長籤
- 飛揚在空中的風箏
- 有屋頂的休息區中放了野餐桌
- 玩樂各種遊戲（美式足球、排球、套圈圈）的人
- 跳舞的人
- 彈吉他的人
- 躺在沙子或毯子上的人（白天曬太陽、夜晚看星星）
- 沿著海岸前進的鵜鶘
- 描繪出弧線並排放在潮濕沙子上立著的衝浪板
- 為了收集食物聚集而來的海鷗
- 飛進水中的鵜鶘

聽覺

- 由播放音樂的機器或音響系統傳來音樂
- 現場演奏
- 吉他叮叮咚咚的音色
- 波浪拍打的聲音
- 以一定韻律拍打岸邊的海浪聲
- 營火啪唧作響的燒著
- 鳥類呱呱叫
- 人們的笑聲或談話聲
- 少女大叫聲
- 交替拍打排球的聲音
- 套圈圈鏘的一聲
- 微風翻飛毛巾的聲音
- 噗滋一聲打開飲料罐
- 食物包裝紙沙沙作響
- 人飛身跳進海裡的聲音
- 救生員吹響哨子

嗅覺

- 海水
- 防曬乳或防曬油
- 汗
- 煙
- 啤酒
- 附近泳池飄來氯的氣味
- 剛洗好的毛巾傳來柔衣精芳香

味覺

- 汗
- 嘴裡咬到沙粒
- 啤酒
- 汽水
- 水
- 冰
- 輕食（三明治、速食、洋芋片、椒鹽捲餅、堅果、水果、烤熱狗、外送披薩、冷掉的雞肉、洋芋沙拉或涼拌捲心菜）
- 用營火烤焦的棉花糖夾心餅乾

觸覺

- 風將頭髮吹到臉上或吹拉衣服
- 沾附在肌膚上的潮濕沙粒
- 刺激著腳底的滾燙沙子
- 濕透的泳衣滴滴答答滴著水
- 刺刺的毛巾
- 太陽眼鏡由鼻梁滑落
- 長時間待在太陽下而有些頭痛
- 曬太陽而感肌膚刺痛
- 黏答答的防曬乳
- 乾掉而沾附在肌膚上的鹽粒
- 踩到小石片或貝殼而覺得刺痛
- 被沙蚤咬
- 在鬆軟的沙子上跑跑跳跳因而小腿痠痛
- 脱下海灘鞋踢開
- 炎熱日子裡喝冰涼飲料
- 粗糙的流木
- 沙子跑進衣服裡使人發癢
- 跳舞時與他人相撞
- 營火的溫暖
- 風向一轉，煙噴進眼睛裡
- 火星子或燃燒不完全的碎屑掉到肌膚上
- 太陽下山漸感寒冷
- 晚上披上外衣或者毛衣感到溫暖
- 腳尖在沙中搔抓著
- 美式足球或排球方向失準而飛

過，噴了一身沙
- 太陽西沉時感到涼意
- 在月光下散步時，浪花拍上腳背

引領故事發展的情境與事件

- 喝醉而做了蠢事（而且還被錄影傳到網路上擴散）
- 出現水母或鯊魚
- 曬太陽曬到皮膚發炎
- 被貝殼或岩石割傷腳
- 被捲入離岸流
- 泳衣被海浪沖走
- 由於天氣太差而使快樂時光全毀
- 遊戲中因競爭而產生糾葛
- 為了吸引自己喜歡的人注意，和其他人起爭執
- 失去平衡掉進火中
- 跳舞時發生令人感到羞愧的事
- 休息區崩毀
- 救生員或海灘巡邏隊非常粗暴
- 看見並未邀請來的人而感到破壞氣氛
- 不想被人知道在此，卻有家族成員來了
- 由於酒精而在戀愛方面的判斷力變遲鈍，做出第二天會後悔的行動
- 在自己不知不覺時，飲料被混進藥物
- 為了跟某個人到附近散步而離開派對卻遭遇暴行
- 警察來了，發現參加派對的人中有未成年者

登場人物

- DJ
- 海灘的巡邏隊伍
- 救生員
- 參加派對的人
- 派對的不速之客
- 來曬太陽的人
- 衝浪者
- 游泳者

編劇小技巧

設定時的重點與提示

海灘派對的型態日新月異。現在幾乎所有公共海灘上，若有車輛行走便是違法，也有很多地方禁止生火，必須先取得許可。攜帶酒精飲料進入這方面，則是有禁止的海灘、也有並未設下規定的地方。另外，爲了保護前來海灘的人們安全，夜晚會有保全巡邏隊伍來回巡邏，在附近舉辦的派對也可能遭到他們打擾。另一方面，若是私人海灘或人煙稀少地區的海灘，規則就比較鬆，登場人物就能參加對自己來說比較輕鬆——以故事上來說也是好處理的材料的——派對了。

例文

啪地一聲，營火往這方向噴了人一身火星子。我用手拍著沾上毛衣的點點火星。茱兒向我舉起啤酒，但我搖了搖頭。不斷有蚊子咬著人、大家都在一旁吐，派對早就不成樣了。徐風搧著火焰，宛如冰冷的手指一般揪著我的衣服。我深刻感受到這是夏季最後一次派對了。在牛仔褲上擦擦手，我努力別往前女友方向看過去，但實在非常困難。她正往自己對面的傑克膝間鑽去。我咬著唇，四處張望尋找有沒有能送我一程的人。再怎麼想，我都還是回去比較好。

運用的寫作技巧

多種感覺的描寫、天氣

創造效果

告知背景、強化情緒、營造緊張感與糾結的心情

秘密通道
Secret Passageway

關連場景
田園篇——廢礦、遺跡、地下室、豪宅、陵墓、酒窖
都會篇——下水道、地鐵隧道

視覺
・隱藏的入口（書架後方、地毯下、地板的掀開式門板、糧食庫或衣櫃深處、餐具棚架或衣櫥背板後方、隱藏在壁紙花樣當中的牆壁接縫）
・（以紅磚、岩石、泥土、砂漿、木板打造的）粗糙牆壁
・通往地下的樓梯
・覆蓋有泥土、塵埃、汙漬的凹凸不平地面
・連接各房間與走廊、有急轉彎或蜿蜒的狹窄通道，或有特別理由而刻意使其拉直的通道
・被塵埃及泥土覆蓋的牆壁
・為備緊急之需而用來放置資源的儲存空間（糧食、水、毯子、蠟燭、手電筒、預備用的服裝）
・通往只有某些人知道的房間的通道
・由主要通道通往牆壁凹凸不平的空間或走廊
・（若為地下）由牆壁竄出的樹根
・通道天花板漏水、地板上形成水灘
・手電筒的光線照到四散掉落的磚瓦或石子的地面
・頭頂的老水管或垂下的電線
・間隔放置的支撐梁柱
・蜘蛛及蜘蛛網
・老鼠
・非法入侵者或從前居住者的痕跡（食物包裝紙、亂糟糟的杯子、發霉的床單或毯子、鋪在骯髒地面上的紙箱殘骸）
・黑暗
・只以自己手上的蠟燭或手電筒的光芒照亮狹窄的範圍
・飄盪在空氣中的灰塵
・可以展現出建設當時狀況、具年份的各種物品（被遺忘的工具、損壞的武器、生鏽的提燈、隨意寫在牆壁上的日期）

聽覺
・水聲滴滴答答
・在泥土上拖著腳走時蹭到石子的聲音
・在積水上啪噠啪噠前進的腳步聲
・回聲
・紊亂的呼吸聲
・風吹進通道的聲音
・隱約可聽見的人聲
・生物小步來回奔跑的聲音
・可以聽見通路另一端傳來有東西的聲音

嗅覺
・潮濕的泥土
・泥巴
・濡濕的石子
・灰塵
・腐蝕
・汗
・點燃火柴飄出的硫磺味
・燃燒的蠟燭

味覺
・在設定中，除了登場人物帶進這個場景的東西（口香糖、薄荷糖、口紅、香菸等），可能沒什麼特別的東西跟味覺有關，像這種不會描寫到味覺的場景，可以專心描寫其他四種感覺。

觸覺
・為了取得平衡或找到方向，將手扶在滿是塵埃的壁面或粗糙的通道上
・自己觸摸磚瓦而揮出灰塵
・纏在肌膚上的蜘蛛網
・沉悶的空氣
・濡濕的石子
・腳邊的岩石或樹根
・粗糙的磚瓦牆
・被掉落在地上的碎片絆到
・在一片黑暗中摸索前進
・空間狹窄而撞到肩膀
・走不穩定的樓梯下樓時，將身體緊靠牆壁
・由旁邊的通道或換氣口吹來的風
・滴到頭上或手上的水滴
・沾附於肌膚上的塵埃或泥土
・為了在天花板極低的通道中前進而壓低身子
・硬是把身體塞進狹窄的場所
・幽閉恐懼症
・在黑暗中感覺有什麼東西擦過自

己肌膚、壓抑尖叫聲

引領故事發展的情境與事件

- 在令人不安的地方發現通道（自己的衣櫥裡、自家底下、地下室裡）
- 在黑暗中失去照亮周圍的光源
- 在通道中探險時迷路
- 與通道相連的門被關上，被困在當中
- 被通道中的其他人襲擊
- 在通路上發現可以偷看個人房間（寢室、浴室）的偷窺孔
- 被沒看見的碎片絆到、或者被落石擊中
- 由於坍方導致前方受阻且受傷
- 在通道盡頭發現令人不舒服的東西
- 對於如何處理通路一事起了爭執
- 吸入有害空氣（鉛、石棉、混入其他建築汙染物質的空氣）
- 發現所愛之人或者同居者明知通路之事卻未告知自己
- 被追而逃往通路當中，卻無法評估去向或藏身場所
- 由於沒有光線，而必須在黑暗中前進
- 被害者掙脫束縛，打算逃走
- 由於陷落的坑洞、腐朽的扶手或樓梯，或其他危險狀況導致通路使用產生危險
- 發現在通道盡頭的房間，充滿魔法或惡魔崇拜相關的東西
- 沿著通道進入某個房間，喚醒自己曾經在那裡體驗某個衝擊性事情的記憶

登場人物

- 知道通道存在的人（建設者、持有者、可信賴的家人或朋友）
- 將犧牲者帶往秘密拷問房間的通道持有者
- 身受危險逃來的人，或者為了從某地方避人耳目而想移動到其他地方的人
- 因各種理由進入當中的非法占據者（確保安全、睡床、特別持有物品的保存場所）

編劇小技巧

設定時的重點與提示

秘密通道當中，也有塗裝良好甚或有裝飾品、經管理維護的通道。這種通道可能非常豪華也可能很樸素，通常是通往任何房屋中都很常見的房間、或者是持有者可放鬆身心、或者為了工作不受人打擾而營造的寬廣個人空間。另一方面，通道也可以是為了暴力行為而打造，也許是用來監禁他人的地下二樓秘密房間、隔音的拷問房、甚至可能通往犯罪後為了拋棄遺體而設置的場所。凹凸不平的秘密地下通道，具有戲劇化、不知道會發生什麼事情的性質，本項目會將重點放在這種地方。

例文

一邊被樹根或石子絆著腳，我一邊單手扶著泥土牆沿著通道前進。自己陷入驚惶的呼吸聲傳入耳中，備覺吵鬧，但從背後傳來的呻吟聲仍未消失，反而越來越大聲。黏稠的空氣忽然吹向身上，引得手上蠟燭火焰搖曳。我慌張地停下腳步，用手擋住啪啪作響的火焰、同時壓抑著喉頭的哽咽。但蠟燭仍然熄滅，黑暗宛如要填補這些空隙般朝我湧來。

運用的寫作技巧

多種感覺的描寫、擬人法

創造效果

醞釀氣氛、伏筆、營造緊張感與糾結的心情

酒莊
Winery

關連場景
酒窖

視覺

・以鐵絲及支架固定、長著茂盛綠葉的葡萄田
・行列之間通道上到處固結的棕色土壤
・工作人員戴著帽沿很寬的帽子（在噴灑東西、澆水、檢查狀態、修剪整理草木、收成）
・田中央有通往酒莊主要建築物的道路，兩旁為並排的樹木
・經過仔細整理的庭園區域（有用水的裝飾、種植著美麗的庭院樹木或開花植物、有雕像與鐵門、石鋪的道路）
・符合該地區的裝飾物品
・剛割過的草皮
・擦得像鏡子般亮晶晶的窗戶
・酒莊的餐廳或小酒館外的露台區
・入口附近的標示上用浮雕加工寫著酒莊的名字及商標
・通往接待處（放有使用橡木桶、軟木塞、玻璃、葡萄酒瓶製成的藝術作品或裝飾，或寫著自家品牌名稱及試喝時間的黑板，葡萄酒架從地板堆到天花板）的門
・試飲區（有光澤而陳列著葡萄酒瓶的木製吧台、各種玻璃杯、冰桶、裝了水的水瓶）
・在工作人員說明原料或蒸餾過程時，轉著葡萄酒杯的客人
・酒窖或拱形地下儲藏所（一長排堆積了貼著標籤的熟成葡萄酒桶、用水泥建造的地板及牆壁、沿著天花板設置的照明、溫度調節裝置）
・粉碎或加壓葡萄的加工區（不鏽鋼製大桶、發酵用的低溫槽、裝瓶作業生產線）
・禮品店（葡萄酒、專家製作的物品、有酒莊商標的商品）
・餐廳（有陳列葡萄酒的玻璃櫃或酒塔、白色亞麻布、裝盤美麗的塔帕斯及主菜、葡萄田旁的桌子）

聽覺

・隨風搖擺的風鈴聲
・走在石鋪道路上的腳步聲
・穿過葡萄藤蔓與樹木間的微風
・鳥叫聲
・在田地附近聽見拖車或機器的聲音
・嗡嗡飛舞的蜜蜂
・車子停車的聲音
・由餐廳擴音器流瀉音樂或大自然的聲音
・園藝師在照顧草木時割草或以耙掃過的聲音
・灑水器運作的聲音
・在大理石或石子地面上敲擊的鞋聲
・發出叮噹聲響的玻璃杯
・將酒瓶放在吧台上的聲音
・由醒酒瓶咕嘟咕嘟倒出的葡萄酒
・餐廳門的另一邊，廚房工作人員不太忙碌的工作聲
・人們的各種聲音
・美妙的音樂
・用手指關節輕敲橡木桶的聲音
・在酒窖內的聲音及腳步聲

嗅覺

・飄盪著甜美香氣的春天花卉
・清新的空氣
・剛割過的草皮
・成熟的水果
・被日光曬得溫暖的泥土
・稍帶澀味的紅酒與帶甜味的白酒
・橡木
・辛香料
・水果香氣
・試飲時裝在大盤上的辣味起司
・抹了油的木材或清潔用品
・剛採割下來的花
・由加工室飄出發酵的香氣
・由餐廳廚房飄來烹調的氣味

味覺

・舌尖上的葡萄酒（果香、酸、滑順、澀）
・辣味起司
・風味特殊的蘇打餅乾或麵包
・巧克力甜味
・為了下一次試飲，先以水清潔口腔以去除先前的葡萄酒味

觸覺

·酒瓶重量
·有浮雕加工而凹凸不平的標籤
·以手指捏著細長的玻璃杯腳（白酒）、用手包覆玻璃杯冰冷的杯身（紅酒）
·脆弱的起司或蘇打餅乾
·平滑的亞麻布
·附著在唇邊的葡萄酒濕潤酸味
·轉著酒杯時，在杯中轉動的葡萄酒重量
·酒精發生作用而感到暈眩

引領故事發展的情境與事件

·客戶醉醺醺地大聲說話、妨礙其他人的開心時光
·表示不滿意餐廳料理而不願意付錢、帶著權利意識的客戶
·醉到不行仍堅持要開車的客戶
·由於地震導致酒瓶翻倒破碎
·為了回家而叫計程車，車卻沒來
·敵對業者在裝桶階段將異物混入葡萄酒中
·有動物（野豬等）弄亂葡萄田
·食物過敏非常嚴重的客戶，由於葡萄酒原料而身體不適
·危險天候（龍捲風、霜害等）導致作物全毀
·喝了酒的情侶吵起架來
·在公司的試飲會上由於酒醉而判斷錯誤，或發展為辦公室戀情
·認為其他人不懂葡萄酒而傲視眾人的侍酒師

登場人物

·服務員（男性／女性）
·公車或計程車司機
·酒窖助手
·送貨員
·員工（經理、活動策畫人、農業工作者、園藝師、支持者、品酒師、技術人員、葡萄田或其他協助工作人員）
·服務生
·製作葡萄酒的人
·酒莊主人

編劇小技巧

設定時的重點與提示

酒莊會因其場所、大小及製造產品不同，而在規模與樣貌上相異。除了葡萄以外的水果，也有些地方會實驗性的混合幾種原料來生產葡萄酒。另外，也可能沒有葡萄田，而是自當地生產地購買葡萄的酒莊（這是都市酒莊常見的方式）。

酒莊的樣貌與印象，應該會與其地區、葡萄酒製造者決定的品牌策略息息相關（傳統感或較先進、愉快的感覺等）。謹記這些事情，不以經營該處的登場人物口述其事業，而是要展現這些東西，可以評估如何放進酒商的商標或象徵。

例文

喬許由枝上剪下幾串葡萄，放進自己的籃中。其他作業人員都在抱怨暑氣、蚊蟲叮咬和這無風的滯悶炎熱，但喬許一點也不在意。唯一需要留心的，就是該把剪刀伸入藤蔓的何處罷了。更何況，與其待在那充滿回憶卻空無一人的家裡，還不如來八月的葡萄田裡。

運用的寫作技巧

對比、天氣

創造效果

告知背景

酒窖
Wine Cellar

關連場景
田園篇——地下室、廚房、豪宅、酒莊
都會篇——藝廊、舞廳、正式服裝場合

視覺
- 陳列許多微帶傾斜度的架子（由加州紅木、桃花心木、櫻桃木材、橡木製成），或者有很多段的架子靠牆壁放著
- 裝了葡萄酒或葡萄酒杯的箱子
- 有光澤的大理石或花崗岩的試飲桌上放著玻璃的醒酒瓶、玻璃杯、葡萄酒醒酒器
- 箱子平放可看見其商標
- 為了醞釀氣氛，投射燈的燈光十分昏暗
- 展示性照明
- 冰箱
- 石子或磁磚地面
- 強化玻璃門
- 為了調節氣溫而放置的溫度計
- 葡萄酒瓶
- 裝潢得非常時尚的牆壁
- 展示特別的葡萄酒用的橡木桶
- 以木磚製成的吧台
- 有雕刻的樹櫃
- 在看不見的地方設置音樂擴音器
- 為了試飲所搭配輕食而放置的起司、乾果、堅果的托盤
- 紙巾

聽覺
- 發出優雅而寂靜聲響的分區冷藏系統
- 在溫度及濕度皆受控的狹窄空間內響起的腳步聲
- 靜靜流瀉的音樂
- 笑聲
- 葡萄酒杯發出「鏘」的一聲
- 咕嘟嘟流過擴香器或醒酒器的葡萄酒
- 由醒酒瓶倒酒時葡萄酒流動聲響
- 開關樹櫃或抽屜的聲音
- 喀一聲打開密封的旋蓋
- 「砰！」一聲拿下轉鬆的軟木蓋
- 將杯子交給桌子對面的人時，杯子在花崗岩桌上擦過的聲音
- 用大拇指摸酒標時摩擦紙的聲音

嗅覺
- 木材
- 石子
- 橡木材
- 葡萄
- 不同種類葡萄酒的香氣（泥土、酸味、辣、煙燻）
- 老舊軟木塞

味覺
- 葡萄酒（酸、甜、果香、如醋般、乾、刺激感、泥土、豐富口感）
- 為了搭配酒飲而慎選的食物（水、起司、堅果、乾果、巧克力）
- 壞掉的葡萄酒散發惡臭或不好的味道

觸覺
- 手上拿著葡萄酒瓶的重量
- 老舊的酒瓶上有著灰塵或指紋
- 抓著穩固玻璃酒杯杯腳的指尖
- 為了慢慢取下酒瓶有些老舊的軟木塞而轉動或拉起
- 為了帶出風味，用特定的方式旋轉酒杯內的紅酒
- 柔軟而有彈性的起司、或者凹凸不平的堅果
- 啜一口酒，其風味於舌間擴散開來
- 舔舐唇上沾到的酸味
- 用紙巾輕拍嘴邊擦拭
- 失手掉落裝很滿的酒杯或酒瓶，液體灑到腳上的觸感

引領故事發展的情境與事件
- 酒窖裡收藏有些年代、容易壞掉的葡萄酒，但冷卻系統故障
- 由於地震導致棚架材料脆弱，或者酒瓶掉落
- 稀有的酒瓶或大量葡萄酒遭竊
- 發現由於封蠟損毀，導致高級葡萄酒全毀
- 垂直收藏的葡萄酒軟木塞乾縮，導致空氣流入、葡萄酒損壞
- 手腳笨拙的客人弄掉了酒瓶
- 朋友不太能喝酒，對招待的人有些失禮
- 朋友不像自己對葡萄酒那樣有熱情，因而把紅酒愛好者當成笨蛋

登場人物

- 餐廳主人
- （飯店、特別的俱樂部、高級餐廳的）侍酒師
- （若為個人酒窖）朋友或家人
- 服務員

編劇小技巧

設定時的重點與提示

現今的酒窖已經沒有過往那種展現出高高在上、家居環境十分富足的感覺。長久以來，葡萄酒變得很受歡迎，開始有葡萄酒酒吧、逐漸發展爲廣爲人知的樂趣。依據不同的登場角色，可以設置試飲區、收集了種類豐富的水晶高級玻璃杯或高價位葡萄酒、又或有可調整溫度及濕度的客製化酒窖。應該也有爲了這項抒發心情的娛樂，而忽然將地下室改建爲酒窖的人。無論建築本身如何，最重要的還是在裡面的葡萄酒。

例文

林登似乎非常想讓我看某個東西，催促著我來到樓梯前。我雖然也很想支持他，但光是來到這裡我就花了不少時間在轉機、搭了三趟廉航飛機，現在全身搖搖晃晃。媽說他分手後就很沒精神，雖然嘴上沒說，但他眞的很需要我，所以也只能和平常一樣，放下一切奔來了。但我走在這肯定比我房租還要貴、雕刻著月桂樹花樣的拱型橡木通道裡，不禁懷疑起自己的決定是否正確。林登推開了玻璃門，周遭的溫度就稍微下降了些。由地板至天花板的牆面以頁岩打造，在並陳的菱形架上，每個框裡都躺著葡萄酒瓶。這些架子成了骨架，上頭放著花崗岩打造的試飲桌。宛如要讓觀眾驚訝的魔術師，林登誇張地晃了晃遙控器。照明變得昏暗，從隱藏式擴音器流瀉出詠嘆調。我試著微笑。跟我說他沒精神？如果光是這樣，我這備受疼愛的弟弟就能拿到一個五臟俱全的酒窖，那我還眞是一點都不想知道，他要是跌落谷底的話，又會是什麼情況。

運用的寫作技巧

對比、直喻法

創造效果

賦予登場人物特徵

婚宴
Wedding Reception

關連場景
田園篇——後院、沙灘、教會、豪宅、熱帶島嶼
都會篇——舞廳、正式服裝場合、社區活動中心

視覺
- 圓桌的桌巾上，滿是吹散的紙片
- 用鮮花做成的餐桌擺飾
- 和座位名牌放在一起的陶瓷餐具
- 香檳杯
- 氣球或緞帶花
- 橫幅
- 好幾個連結在一起，閃閃發光的燈泡
- 讓屋內色彩繽紛的人造植物（假花）
- 舞場和樂隊、DJ
- 特別安排給新人和花童坐的桌子
- 手中拿著放上前菜和飲料的托盤，往人群中移動的男侍者
- 有吧台手站台的吧台
- 放著婚禮蛋糕的小桌子
- 穿著成套連身裙和晚宴禮服的伴娘、伴郎
- 穿著正式服裝出席的來賓
- 會場裡裝飾著新郎和新娘的照片
- 來賓簽名冊
- 桌上放滿成堆的禮物和信封
- 穿著黑衣的攝影師不斷按下快門
- 跳舞的來賓
- 地板上放著來賓脫下東倒西歪的高跟鞋
- 掛在椅背上的夾克
- 放在桌上的女用手提包和手機
- 伴娘伴郎手握麥克風，向幸福洋溢的新人舉杯祝福
- 幻燈機播放著照片

聽覺
- 大聲播放的舞曲
- 在大家暢談時，背景音樂輕柔地播放著
- 孩子們跑來跑去的腳步聲
- 高跟鞋走在磁磚或地板上的叩叩叩聲音
- 脫掉西裝時，衣服的摩擦聲
- DJ介紹伴郎和伴娘時的聲音
- 新郎新娘出場時，大家的拍手和口哨聲
- 椅子拖在地板上時的聲音
- 刀叉碰到盤子時發出的聲音
- 冰塊在玻璃杯中發出「喀噠喀噠」的聲音
- 新郎新娘扭捏著要不要接吻時，來賓拿著叉子敲打桌子發出的聲音
- 因為周遭環境吵雜，賓客大聲地交談
- 從舞場裡傳出的叫聲
- 司儀去請演講者或邀請大家一起乾杯的人出場

嗅覺
- 燃燒中的蠟燭
- 蠟燭產生的輕煙
- 花
- 髮型定型霧
- 香水及古龍水
- 食物
- 頗有歷史的婚禮會場或木屋裡的霉味

味覺
- 眼淚
- 薄荷
- 前菜
- 婚宴料理（自助餐式或由廚房裡一道道端出來）
- 婚禮蛋糕
- 香檳
- 水
- 含酒精飲料
- 蘇打水
- 潘趣酒

觸覺
- 裝著支票，邊角銳利的信封
- 油膩的前菜
- 裝有送給新人禮物的沉重箱子
- 硬亞麻桌布
- 鋪在膝上的餐巾紙
- 在餐桌底下脫掉鞋子，活動腳趾
- 剛買不久還有點僵硬或上漿過的西服
- 壓迫到頸部的領帶
- 過緊的連身裙
- 絹質的塔夫綢或絹
- 穿著連身裙跳舞，流得一身汗
- 穿新鞋讓腳尖發疼
- 薄紙巾
- 為了看幻燈片或新人的舞蹈，（保持坐姿）扭動頸部和背部
- 淚水刺痛了眼睛

・燃燒中的蠟燭散發出的熱度
・水滴附著在端著冷飲的手上
・和胸腔發生共鳴的低音大提琴聲
・舞場裡和人撞在一塊或發生推擠
・冰涼的銀製餐具
・保持好平衡，想要一次帶上許多東西（女用手提包、手機、盤子和飲料、餐巾紙）

引領故事發展的情境與事件

・為了舉辦完美的婚禮，新娘提出了許多不合理的要求
・喝得爛醉如泥的客人
・親人之間發生的爭執
・想要舉辦奢華的婚宴，卻被相關支出壓得喘不過氣
・某位來賓或前男／女友的出現，引起一場風波
・食物或飲料不夠
・某位客人發生食物中毒或食物過敏反應
・新娘的禮服，被紅酒或其他深色飲料濺到
・在人前過分親暱
・姪子或外甥趁大家都沒注意時偷喝酒，喝得醉茫茫
・外燴業者端錯料理
・蛋糕倒了
・貨運公司遲到了
・前往婚禮會場途中，新人的座車發生拋錨
・新郎和新娘發生爭執
・（婚禮主辦方）接待新娘和新郎的家族時態度不同
・（新郎或新娘任一方的父母）想要主導婚禮進行，推翻新人事前做的決定

登場人物

・樂團或DJ
・花童
・戒童
・伴郎、伴娘
・外燴業者
・親人
・來賓
・攝影師
・服務人員或侍者
・新郎、新娘

編劇小技巧

設定時的重點與提示

婚宴是非常私人的活動，過程中每個細節都會被再三確認，因此婚宴很能夠反映主事者的個人特質。新郎新娘對於婚禮的文化差異，也是創作中重要的元素之一。不同的國家、民族、宗教，自然會產生相異的習俗。因此在創作時，我們不只要注意細節，將婚宴描寫得栩栩如生。同時也要讓文化和傳統等和故事息息相關的細節，成爲重要的資訊來源。

例文

每張桌上都擺著花束，優美的黃色帶子和滿天星綁在一起裝飾在椅背上。舞場周邊排列著十二個種滿多種花卉的花盆，華麗得有如伴娘的連身裙。樂隊對面的平台式鋼琴蓋子上擺滿了玫瑰，重量足以壓垮一部鋼琴。我皺了皺鼻子，因爲太多的花香同時撲面而來。莎拉的媽媽是一位詩人，她以人生與重生爲主題設計了這次婚禮，但似乎做過頭了。我認爲這裡不需要分送裝有鳥飼料的小袋子，而是需要抗過敏藥的樣品。

運用的寫作技巧

多種感覺的描寫、象徵

創造效果

賦予登場人物特徵、醞釀氣氛、營造緊張感與糾結的心情

屠宰場
Slaughterhouse

關連場景
鄉間小路、農場、牧場

視覺

・被卡車載往大型倉庫式建築的動物
・身體上有打印或耳朵上有打標的家畜
・用來放家禽的加蓋塑膠盒
・人揮動旗子等物品將動物聚集在同一場所
・為了引導動物走向特定區域而設置的板子
・在柵欄及其圍住的區域間往來的動物群體
・空間僅容稍微移動、有或沒有屋頂的圈養場
・裝了水的桶子
・皮帶式輸送帶
・油壓裝置或線圈
・鏈子或天車
・穿著安全裝備的作業人員（帽子及髮網、面罩、耳機、手術口罩、手套、塑膠製作業服、圍裙）
・用來去除血或髒汙的水管
・用來安置施行麻醉後動物的房間，或桶狀容器
・後腳被吊起來的屠宰體
・被宰殺後仍會踢或抽動的痙攣屠宰體
・動物流淌著血，滴至桶中或地板上
・用來使毛皮柔軟的熱水處理槽
・用來殺死病原細菌及去除所有毛髮的殺菌、除毛設備
・剝皮的機械
・冷藏及冷凍室
・並排進行各種工作的作業人員
・將以取出內臟的屠宰體進行分解的作業人員
・將屠宰體切成一半的大型鋸子
・在皮帶式輸送帶上運送的肉類
・內臟或其他部位由輸送帶運走
・廢棄物

聽覺

・牛隻哞哞叫
・鼻子發出「噗噗」或「齁齁」聲的豬隻
・咕嚕咕嚕叫的火雞
・雞隻非常嘈雜
・為了讓動物前進而揮舞會發出聲音的工具
・動物在水泥地或木屑上行走的聲音
・家禽「啪噠啪噠」拍動翅膀
・有一定重量的動物撞擊木板或牆壁的聲音
・發出「嗡嗡」或「喀鏘」聲的機械
・「啪唰」一聲澆水或灑水
・呼叫動物或怒吼的作業人員
・動物喝水發出聲音
・發出「嘎搭嘎搭」聲響的皮帶式輸送帶
・發出「喀鏘喀鏘」聲響的鏈子
・為了蓋過噪音而大聲說話的作業人員
・血或水滴落的聲音
・鋸子切過骨頭的聲音
・用菜刀切肉、收進盒子裡的聲音
・帶著耳機的耳朵聽到悶悶的聲音
・踩在地板上發出唧唧聲的橡膠長靴
・作業人員談話聲
・將所有東西往水溝蓋沖洗的水聲

嗅覺

・家畜
・溫暖的血
・糞便或尿液
・動物油脂
・殺菌劑
・悶在口罩中自己的呼吸

味覺

・在設定中，除了登場人物帶進這個場景的東西（口香糖、薄荷糖、口紅、香菸等），可能沒什麼特別的東西跟味覺有關，像這種不會描寫到味覺的場景，可以專心描寫其他四種感覺。

觸覺

・脖子根部的髮網很煩
・放在頭上大小剛好的安全帽
・沉重的橡膠長靴
・塑膠的連身衣或圍裙
・讓手或手指感覺厚實的手套
・推著動物使其進入圍欄區

・撞到金屬牆壁
・被豬或牛踩到腳
・令人發癢的家禽羽毛
・踩到糞便
・皺巴巴的豬皮膚
・柔軟的牛皮膚
・被牛尾巴打到
・推著結實沉重的屠宰體，試圖讓它移動
・除毛設備散發的熱度
・冷凍庫猛然吹來的寒氣
・菜刀切進皮膚
・鋸子的重量
・黏答答的動物油脂及皮膚
・滑溜溜的內臟
・飛散到衣物或鞋子上的血
・肉類柔軟的切斷處
・濺開的水

引領故事發展的情境與事件

・作業人員未正確使用安全設備
・虐待動物
・設備有所缺陷
・整天都做一樣的事情太過單調，結果發生錯誤
・家畜的疾病蔓延開來、將感染的肉類出貨
・由於檢查員老愛找麻煩，因此一天到晚都被檢查
・有高壓現場監工
・被媒體抹黑，動物保護團體發起抗議
・人們不再吃肉（道德性決議、想吃得更健康、由於經濟不景氣導致人們窮困而買不起肉類）
・有解僱或工會的問題
・雖然討厭這份工作卻無法辭職
・看見血就非常不安

登場人物

・管理員
・檢查員
・維修人員或行政人員
・經理（採購、PR、現場監工）
・作業人員
・卡車司機

編劇小技巧

設定時的重點與提示

對於所有動物，到最後那瞬間都抱持著敬意以及體貼之心來對待他們，這樣的想法很好。也由於文化意識及政府規範等，有許多屠宰場設下高標準，來體貼對待設施內的動物。但很遺憾的，也有不遵守這類規範的屠宰場。那裡可能衛生方面標準也很低、作業人員也未受到公平對待，設備上也並未好好進行維修。處理方法也都非常老舊，對待動物的方式也大多非常糟糕。如果有需要讓感情高漲的設定、或者是尋求能引起嚴重負面情感的設定時，屠宰場說不定會是個適合的舞台。

例文

今天是上班第一天。雖然已經工作了四小時，但我仍隨時都有想吐的感覺。腳邊的水溝中流動著溫暖的血液。由後腳被倒吊起的豬隻，就像是並排著等晾乾的詭異洗滌物般，一個接著一個從我眼前通過。血在我的圍裙上畫了個十字後噴濺到地上。隔壁的男人用水管不斷灑著水，血也變淡而更容易擴散開來。瞥了一眼時鐘，再十分鐘就是午餐時間了。但我把戴著手套的手舉到嘴邊，決定還是別想食物的事好了。

運用的寫作技巧

直喻法

創造效果

強化情緒

採石場
Quarry

關連場景
田園篇——廢礦、峽谷
都會篇——老舊小貨車

視覺

- 沒有樹木或植物的廣闊空間
- （若在都市）外圍的樹木及灌木遮掩採石場，無法從外側看到
- 地面被挖了個大洞
- 垂直的側面或如同樓梯般向上的側面
- 陳列有各種顏色的岩石（紅、粉紅、白、黃、灰、黑），有條紋岩理的壁面
- 可通往場內各處、但並未確實鋪設的道路
- 大塊岩石堆
- 厚板狀岩石
- 大量砂石或小石子堆積成山
- 牽引機
- 推土機
- 挖土機
- 卸貨卡車
- 起重機
- 小卡車
- 沒放東西的木製棧板
- 將材料運到其他地方的輸送帶
- 組裝鷹架
- 儲水池
- 粉塵雲
- 爆炸後噴出的大量塵埃擴散開來
- 管理者用機動車
- 可停放個人車輛的停車空間
- 三角錐或禁止進入的區域
- 為了抑制塵埃而可噴水、如大砲般的機械
- 灑水車
- 發電機
- 用來吸取積水的幫浦
- 移動式廁所
- 留在泥土上的長靴或輪胎痕
- 堆積成山的物品為粉碎後的岩石或砂礫
- 身著安全用品的工作人員（反光腰帶、沉重的長靴、工地用安全帽、護目鏡、耳塞、防毒面具）
- 拿著文件板夾的現場監工
- 為了蓋過噪音而大聲對話的工作人員
- 在採石場中交錯雜亂的水管及電線

聽覺

- 大型機具發出轟隆聲響
- 卡車倒車的時候嗶嗶警告聲
- 地下隱約傳來悶悶的爆炸聲
- 石錘或挖洞機反覆敲打的聲音
- 粉碎機磨碎岩石的聲音
- 大型卡車的齒輪聲
- 卸貨卡車的載貨台上下時水壓發出的聲音
- 鏈子發出「喀噹喀噹」的金屬聲
- 石塊由挖土機上掉落、堆在岩石堆上的聲音
- 金屬製機械的開口處摩擦岩壁的聲音
- 發出「喀噠喀噠」聲的皮帶式輸送帶
- 發出「咚咚」聲的碎石機
- 石塊由卸貨卡車載貨台上掉落的聲音
- 要進行爆破前向眾人警告的警鈴、或者其他訊號聲
- 在岩石堆積成山處有小石子或沙子悄悄滑落的聲音
- 機械噪音造成耳鳴
- 發出「嘰嘰」或「嘎嘎」的車門
- 沉重的長靴在土上「咚、咚」的行走

嗅覺

- 塵埃
- 岩石
- 車輛廢氣
- 柴油燃料

味覺

- 唇齒中的塵沙
- 乾燥的空氣
- 水
- 咖啡

觸覺

- 附著於肌膚或頭髮上的岩石粉塵
- 削岩機或電鑽令人煩躁的振動
- 掉進衣物中的砂礫
- 由於汗水導致護目鏡或眼鏡由鼻梁滑落
- 沉重的厚板狀岩石
- 粗糙的岩石表面
- 長靴下滾動的小石粒
- 反彈力道很強的卸貨卡車座椅

・由於穿著沉重長靴在鬆軟的沙中持續行走，小腿開始痠痛
・在冷氣強勁的車上，打開車門瞬間，外面熱風迎面撲來
・履帶式牽引機行走時覺得好像原地繞圈
・由於灑水機噴霧，肌膚感到涼意
・唰唰走過積水處
・由於地下進行爆破，腳邊傳來微微的衝擊感
・沙子跑進眼睛
・由於必須穿著保護衣，肌膚感到炎熱異常
・乾燥的口腔及嘴唇
・灰塵跑進喉嚨而咳個不停

引領故事發展的情境與事件

・在容易破裂的頁岩上滑倒摔跤
・有石塊或岩石自頭上落下
・由於大型機械操作錯誤而受傷
・因爆破受傷
・炸藥引爆、或其他危險裝置下落不明
・十幾歲的孩子或大學生等，晚上爲了開派對而偷偷潛入場內
・大型機具操作員因嗑藥而興奮異常、或者宿醉
・進行環保相關抗議的人群
・遇到機械遭竊或被破壞之事
・由於春天融冰或水流造成土石流
・在偷工減料、做事隨便的監工手下工作
・失手破壞了考古或歷史遺跡
・由於採石場環境導致健康惡化

登場人物

・管理者及採石場現場監工
・顧客
・工程師
・環境檢查官員
・大型機具操作員
・事務員
・採石場工作人員
・安全檢查官員
・卡車司機
・由總公司來訪之人

編劇小技巧

設定時的重點與提示

採石場基本上是建築工地，一般人不會進入。但若採石場封閉後，原本不甚美觀的樣貌也可能轉變爲美麗的場所。例如可能變爲高爾夫球場，或者植物茂密、湖光景色優美的公園。攀岩者可能活用有條紋岩理的岩石、喜歡游泳或者釣魚的人、潛水者或者想從懸崖上縱身一躍遊玩的人可能會將其作爲水池使用。這類修復後的採石場，就會有一般人進入使用，但廢棄的採石場也有不太安全的地方。不過那些地方也可作爲秘密開派對的場所，或者集聚眾人的地方。

例文

賈斯汀在懸崖邊懸著兩腳，牛仔褲卻被粗糙的壁面勾住。由於過於黑暗、什麼都看不見，但大約十公尺下方就是採石場的大洞。下頭肯定散布著推土機、卸貨卡車、挖洞機、碎石機等，能夠充分展現老爸氣魄的幾台大型機具。對著月光捏扁啤酒罐，試著讓那光芒沿著罐子邊緣跑。鬆開手，罐子垂直掉了下去，發出了敲打岩壁的聲音，彈跳著進了洞裡。

運用的寫作技巧

光與影、多種感覺的描寫

創造效果

醞釀氣氛、伏筆

教會
Church

關連場景
墓地、守靈、婚宴

視覺

・好幾排並列著的光亮木製聽眾席或折疊椅
・聽眾席的椅背有裝聖經和讚美歌集的小袋子
・祭壇
・布道台
・掛在牆上的十字架像或十字架
・《玫瑰經》
・插花
・繪有教會歷史上重要事件的旗幟或特定的宗教物品
・高處的窗戶
・花窗玻璃
・有名的聖人像
・分開聽眾的通路
・舉行洗禮的洗禮堂
・放置《聖經》，布置莊嚴的聖經台
・祭壇上的樂器（鋼琴、電子琴、風琴、吉他、不同種類的鼓）
・裝飾拱門或凹形邊飾
・音響系統
・無線麥克風
・聖歌團
・收集捐款的籃子或器皿
・放置聖餐（無酵餅和葡萄酒）的聖壇
・為了能在聽眾席做屈膝禮拜，扶手上裝有緩衝材
・祭壇及聖人像
・燻香或點上的蠟燭
・聖水瓶
・祭司和侍者
・懺悔室
・分隔入口和聖域的厚重門扉
・免費的小冊子和宗教相關的書籍
・募款箱
・教會的公告欄
・供小孩上課和大人讀經的教室
・青年的使用空間
・教會大廳（桌子或折疊椅、配餐台、廚房）
・位於附近，牧師和主任神職人員居住的教區牧師館

聽覺

・牧師和祭司說教、宣讀聖經的聲音
・孩子們在說悄悄話（音量太大的）
・嬰兒的哭聲
・凳子上坐立不安的孩子
・躡手躡腳的步行聲
・樂器輕聲演奏著
・聖歌團的歌聲
・對祈禱的內容表示肯定的贊同聲
・急促的呼吸聲
・咳嗽
・嘆息
・在座位上變更姿勢時，衣服的摩擦聲
・麥克風的振鳴聲
・教區信徒認同禱告內容時發出的「阿門」「哈雷路亞」
・參加聚會的群眾，一起唱聖歌、打拍子
・讚美歌的歌本「咚」一聲掉到地板上
・門的開關聲
・厚重地毯上細微的腳步聲
・坐下時，從聽眾席傳出椅子的摩擦聲
・放置跪台時，發出「咚」的聲音。
・信眾同時起立或坐下時，衣服相互摩擦的聲音

嗅覺

・燻香或點上的蠟燭
・古龍水或香水
・髮型定型噴霧劑
・家具亮光劑
・清潔劑
・發霉的地毯

味覺

・加水稀釋過的酒或果汁
・沒有味道的麵包
・口香糖
・薄荷
・止咳糖

觸覺

・（領受聖餐時）在舌尖融化的餅
・拉著大人衣袖，詢問禮拜何時才會結束的孩子
・坐立不安的孩子搖晃著座席

- 長椅太硬，屁股都坐疼了
- 為了找一個舒適的坐姿，不斷調整身體姿勢
- 跪台上的軟墊
- 手畫十字架
- 過緊的衣領及不合腳的鞋子，使人備感拘束
- 忍住想打哈欠的衝動
- 握緊愛人的手
- 站起來時，手碰到前面座位堅硬的靠背
- 唱讚美歌或演奏音樂時，腳打起拍子來
- 翻閱打開放在膝上的書頁
- 記筆記時，筆飛快地在紙上滑動
- 額頭沾上聖水的地方，感到一陣涼意

引領故事發展的情境與事件

- 家族間有宗教信念上的衝突
- 自己的心中有些糾結，無法原諒某些事
- 教會內部派系，對信徒（或單獨行動的信眾）有強大的掌控權
- 社會不斷發生變化，教會卻想要發揚固有的理念，無法順應時代潮流
- 教會的財務發生問題，面臨存廢危機
- 教會遭到他人破壞
- 教會濫用權力和職權
- 一部分信徒不欣賞牧師的說教方式
- 信徒之間互相批判
- 發生無意義的爭執（大廳應該採用何種色系、禮拜幾點開始）
- 牧師離開後，教會後繼無人，局面混亂
- 雖然努力地想要為地方做點什麼事，卻很難做到面面俱到，人人都滿意
- 教會研擬了一個企畫，需要募集資金，但也了解教區信眾的經濟狀況普遍不佳
- 發生洪災，使教會必須暫停發放食物的活動，關閉食物支援設施
- 教會高舉落伍的信念和理念，受到地方上的批判
- 來參加禮拜的信徒在走出教會後，言行舉止判若兩人

登場人物

- 管理人員
- 擔任侍者的男／女性
- 照顧孩子們的人
- 神職人員
- 音樂家
- 來參加禮拜，同時也在其他地區擔任（聖歌團、技術人員、招待服務的準備工作等）義工的教區信徒
- 演奏讚美歌的樂隊
- 訪問者

編劇小技巧

設定時的重點與提示

教會環境和教會本身的建築年數、經濟實力，以及所屬教派的不同，會有很大的差異。許多教會擁有自己的建築物和土地，但也有些教會是利用現成的建築物，以短期或長期租借的方式來維持（例如社區活動中心裡的一間空房）。這種租借型的教會只有在禮拜日時使用，因此每次有活動時都必須重新搭建場地，活動結束後還必須收拾乾淨，所以配置上力求簡單樸素。平常則會有其他人來使用這個地方。

例文

妮妲手戴手套、挺直背脊坐在教會的會眾席裡。時間不早了，教會裡逐漸暗了下來。祭壇上有幾支點上的蠟燭，燭光將前排座席照得一片紅火。她想著昨天葬禮時，奧克利牧師的話，抬頭仰望掛著十字架的耶穌像。牧師昨天對神的榮耀做了說明，相信親愛的安德烈現在一定在天堂裡。然而這些話對妮妲似乎沒有什麼用。若真有神和祂的榮耀，那麼當醉漢握著方向盤時，「神」又在哪裡呢？

運用的寫作技巧

光與影

創造效果

告知背景、強化情緒、營造緊張感與糾結的心情

野外廁所
Outhouse

關連場景

後院

視覺

- 粗糙雜亂的合板牆壁
- 變形為鐮刀狀的門板縫隙間射進光線
- 尖銳的屋頂
- 打開木製箱型長椅便是糞坑，或者有裝設馬桶
- 用鐵絲衣架掛著的衛生紙
- 凹凸不平的地板上有整片土塊或者枯草
- 死掉的蒼蠅
- 蜘蛛網及蜘蛛
- 尋找出口的蚊子
- 有掛勾的門
- 在糞坑深處堆積如山的衛生紙或排泄物

聽覺

- 由縫隙或邊緣傳來風聲
- 木材嘎吱作響
- 上廁所時腳在合板上咚咚敲打
- 風吹過沿著野外廁所周邊生長的等身高雜草
- 人們在堅固的泥土上往來行走的腳步聲
- 農機具引擎聲（拖車、卡車、挖土機、收割機）
- 互相打招呼的農場經營者，或開始一天活動的農場動物聲音
- 小便滴滴答答噓進糞坑的聲音
- 有人敲門的聲音
- 蚊子飛舞的聲音在耳邊徘徊

嗅覺

- 大小便強烈的氨氣味

味覺

- 在設定中，除了登場人物帶進這個場景的東西（口香糖、薄荷糖、香菸等），可能沒什麼特別的東西跟味覺有關，像這種不會描寫到味覺的場景，可以專心描寫其他四種感覺。

觸覺

- 粗糙的板材夾到肌膚
- 裂開的木材尖刺戳到肌膚
- 柔軟的衛生紙
- 縫隙吹進的風吹起雞皮疙瘩
- 拉起門上冰冷的金屬門把或掛勾
- 盡量不要碰到周圍而繃緊身體坐下

引領故事發展的情境與事件

- 動物在野外廁所下方掘洞，因此降低了建築物的穩定度
- 自己在上廁所時，朋友覺得有趣而計畫要弄倒簡易廁所
- 動物在附近徘徊，因而無法出去
- 自己在廁所裡的時候，糞坑塌陷了
- 由於惡作劇而被關在野外廁所中
- 聽見有什麼東西像是要咬碎木框那樣、拉動的聲音或拖著腳的聲音
- 由於生命受到威脅，因此必須藏身於野外廁所當中或下方
- 關上時留下縫隙的門
- 排隊等候而感到煩躁的人們
- 衛生紙用完了

登場人物

- 家人
- 不使用電力而離群索居的人們（不使用水電的農家或牧場主人）
- 土地持有者

編劇小技巧

設定時的重點與提示

野外廁所一般是設置在沒有流水的農場，或者在偏遠處的狩獵營地。這個設定也會與工地現場、戶外活動可見的流動廁所，或者路邊小停車場、人煙稀少的公園等非水洗廁所有所重疊。

設定上看起來是非常奇妙的選擇，但在這個場所裡，登場人物無論如何都會是立場較弱的情況。除了很難說是非常舒適以外，通常都是在人煙稀少的地方又是個封閉性空間，人類的想像力很容易無邊無際地發展。萬一有人（或有什麼）在門的另一邊發出沙沙聲，登場人物馬上就會聯想到最壞的情況，因而面臨是要留在當中，還是要與門另一邊發生的事情對峙的抉擇。如上所述，野外廁所在帶出緊張感和糾結來說，是非常好的設定。

例文

與其待在這個熱到宛如滾水的家中，不如去羅叔母和吉姆叔叔的農場探險還比較好吧，美加如此想著，跨步走向滿是塵埃的庭院。野草當中矗立著幾棟建築物，有著大量硬幣形狀葉片的大樹，在陽光照射的鞋子上零零星星灑著影子。她發現了一棟小不隆咚的建築物，小小的門上開了個弦月形的洞。是野外廁所！想著不知道在外頭上廁所是什麼樣的感覺？美加試著拉動門把。發黃的馬桶蓋上有著蒼蠅屍體，軟趴趴的衛生紙就放在旁邊。小頭上那捕蠅紙黏著更多蒼蠅屍體。小屋裡飄出惡臭，她連忙用手摀住了口鼻。「好髒！」就像是去海岸兜風兩天當中，弟弟卻忽然患上流行性感冒那樣的臭味。

運用的寫作技巧

對比、光與影、天氣

創造效果

強化情緒

陵墓
Mausoleum

關連場景
田園篇——墓地、秘密通道、守靈
都會篇——殯儀館

視覺

外部

- 稜角分明的水泥或石造建築物（有大小或樣式較為收斂者、也有非常宏偉的）
- 柱子
- （石造、鑄鐵、木製）門板
- 採光用的小窗戶
- 花草樹木
- 附近的墓碑
- 花及花圈
- 刻在門上岩石的名字
- （由於發霉、鳥類排泄物、水漬等）變色的石子
- 攀爬於牆壁的藤蔓
- 於岩石裂縫生長的青苔
- 雕像
- 雕刻於外牆的宗教象徵（十字架、天使、祈禱的手勢）
- 鐵柵欄
- 堆積在角落的樹葉堆
- 思慕故人而聚集在附近墓地的人
- 在山丘上欣賞古墓地之美、回想與所愛之人的離別而進行野餐的參加者
- 拿著寫生本的藝術家
- 用來運送草地上垃圾或工具等的維修用手推車

內部

- 個別型靈骨塔、並排式靈骨塔
- 放了火葬後遺骨的骨灰罈
- 設置於室內中央牆壁凹陷處的石棺
- 花
- 放置於台上的胸像
- 塑像
- 裝飾匾額
- 給來訪者坐的長椅
- 宗教性物品
- 私人物品（盾、家徽、小東西、肖像、思慕故人的紀錄）
- 甲蟲
- 蜘蛛網
- 老鼠等小動物
- 泥土或被風吹動捲成一團的葉片
- 自花瓶或骨灰罈中伸出的枯朽花朵
- 燒完的蠟燭或蠟淚
- 射進窗戶的光線
- 手電筒的燈光
- 搖曳不定的蠟燭光線
- 牆壁上的馬賽克磁磚畫
- 雕刻在牆壁上的拉丁文或格言
- 塵埃

聽覺

- 打開生鏽的鎖頭時發出尖銳的聲音
- 沉重的石門或鐵門擦過地面發出「嘰嘰」聲
- 周遭的腳步聲
- 在狹窄空間中竊竊私語或自言自語的回聲很大
- 歌唱般的祈禱聲
- 貫通而響徹空間的聲音
- 樹枝刷過的沙沙聲
- 風吹動地面小垃圾的聲音
- 鳥叫蟲鳴
- 「滴滴答答」的水聲
- 由於突如其來的光線而奔逃的蟲子聲
- 劃火柴的聲音
- 吸鼻子、啜泣聲
- 由外面經過的維修車輛噪音

嗅覺

- 建築物發霉
- 生鏽
- 植物發霉
- 燃燒的蠟燭
- 火柴的硫磺味
- 潮濕的岩石
- 塵埃
- 沉悶的空氣
- 新鮮的花
- 混濁的水
- 老舊的花

味覺

- 在設定中，除了登場人物帶進這個場景的東西（口香糖、薄荷糖、口紅、香菸等），可能沒什麼特別的東西跟味覺有關，像這種不會描寫到味覺的場景，可以專心描寫其他四種感覺。

觸覺

- 潮濕的牆壁

- 滿是塵埃的表面
- 蜘蛛網到處都是，擦過肌膚
- 讓人不舒服的冷空氣
- 放在靈骨塔周遭的堅硬石頭長椅
- 用手指畫過墓碑銘的雕刻凹陷處
- 粗糙的岩石
- 如同傷痂一般覆蓋在塑像或石像的霉菌
- 柔軟的手帕或面紙
- 緊握的手
- 蠟燭火焰的溫暖
- 安放於靈骨塔中多刺的花束
- 腳下稀巴爛的枯葉

引領故事發展的情境與事件

- 被關在裡面
- 失去光源
- 發現所愛之人的遺體失蹤
- 為了躲避追趕之人，只能進入陵墓藏身
- 發現家族之謎或收有秘密的箱子或書籍
- 發現陵墓裡有什麼不好的（靈異性的）東西
- 發現可通往其他場所的秘密拼板或掀門
- 陵墓看起來已經荒廢，但似乎受到某種（靈異性的）保護
- 進入家族陵墓時，發現內部遭到破壞或髒汙（到處都有塗鴉、東西被偷、塑像或雕像遭到損壞、有進行惡魔崇拜儀式的痕跡）

登場人物

- 聖職人員
- 故人的家人或朋友
- 土地管理人
- 歷史學者
- 維修工作人員
- 參加葬禮者
- 對於陵墓歷史或此類場所靈性美有興趣的來訪者或藝術家

編劇小技巧

設定時的重點與提示

陵墓有各式各樣種類。若爲墓地所有之建築，那麼就會有許多可以購買的靈骨塔位。內部通常可以看見的塔位排列整齊、空間非常寬闊。另一方面，若爲家族所有的陵墓，也可能會是可安置許多遺骨的較大建築。而進入式的陵墓則規模較小，人們若要懷念故人就會聚集在狹小的通道上。個人用的陵墓則非常小型，只能安置一個人的遺骨。若是這樣的結構，建築物通常會上鎖、讓其他人無法進入。

現今埋葬事宜由於爲了保護故人遺體，會設下許多嚴格規範，但過往並沒有這些方針——這是在書寫特定時代故事時，千萬不可以忘記的一點。人們前往拜訪故人沉眠所在的陵墓時，會由於這些理由，而比現代更容易遇到必須面對不舒服的場景或死者臭味等問題。

例文

陵墓的藍白色石子，在黑暗當中閃爍著微弱的光芒。月光由雲隙間偷偷露臉，隨即照亮了守護著墳墓的大理石天使們。在他們中間引人往黑暗中去的，正是入口。我雖然不想進去，但爲了要弄清楚我們一族隱藏的歷史、找出被統治者告發反叛之事背後隱藏的事實，非得踏出這一步才行。

運用的寫作技巧

光與影

創造效果

醞釀氣氛、伏筆

鄉間小路 Country Road

關連場景

田園篇——畜舍、農場、農產品市集、草原、牧草地、牧場

都會篇——老舊小貨車

視覺

- 碎石路或被太陽曬乾的道路
- 沒有遮蔽物的廣袤土地
- 帶刺鐵線圍繞的柵欄
- 幾乎沒有任何雜草，傾倒的白色距離標誌
- 栽種在牧草地上的作物（像鬍鬚一樣的大麥、黃色的菜花、乾燥貓尾草的高大莖幹、放置在收割後的旱田旁，捲成圓形的乾草堆）
- 生長在路肩或水道上的草
- 正在吃草的肉牛
- 休耕地附近隨處可見的低矮樹叢和發育不良的樹木
- 道路旁散落一地的碎玻璃片
- 過去此地曾發生事故，可見到破碎的輪胎和塑膠製車燈罩
- 菸蒂和啤酒罐
- 群生的向日葵和狗尾草
- 飛過天空的鳥（鷹、鵰、隼）
- 被車輾過死亡的動物殘骸
- 聚集在道路兩旁的禿鷹
- 強韌的野草
- 被遺忘在原野上的小屋或工具間
- 被困在柵欄間的烏鴉或渡鴉
- 卷雲
- 明亮的太陽和藍天
- 飛過頭頂的飛機
- 偶爾通過的汽車
- 卡車通過後一地塵埃

聽覺

- 穿梭在野草和農作物之間「啪噠啪噠」的風聲
- 蟋蟀、螽蟖、蝗蟲發出的聲音
- 猛禽類的鳴叫聲
- 雜草叢中，老鼠和蜥蜴快速移動時發出的「喀沙喀沙」聲
- 靴子和砂礫間的摩擦聲
- 卡車發出轟隆轟隆的聲音往這邊接近
- 雨水「啪噠啪噠」的打在石子路上
- 雷鳴轟隆轟隆
- 下過大雨後，渠道裡的水流發出「波滋波滋」「咕嚕咕嚕」的聲音
- 從遠方傳來卡車「喀噠喀噠」的聲音

嗅覺

- 炙熱的柏油路和柏油的味道
- 乾草
- 灰塵
- 被車輾過死亡後，動物遺骸發出的惡臭味
- 會開花的雜草和附近的農作物
- 肉牛的堆肥
- 純淨的空氣

味覺

- 邊走邊咀嚼，甘草莖的味道
- 瓶裝水
- 乾燥的口腔
- 灰塵

觸覺

- 手中的小石子輕快地彈跳著
- 卡在薄鞋底下的砂礫
- 沿著穿越平原的疏水道走，路旁的青草輕柔地拂過雙腳
- 手握著成熟作物的前端，感覺癢癢的
- 脖子被太陽曬得刺痛
- 用手撥去沾附在褲子上的植物的刺，手感到一陣疼痛
- 從柏油散發出陣陣熱氣
- 灰塵跑進喉嚨中引起咳嗽
- 衣服和頭髮被汗水濡濕
- 雙腳和鞋子掩沒在灰塵中
- 黑蠅在臉龐四周飛來飛去
- 太陽的熱度直灌腦門
- 微風吹動脖子附近和眉毛周邊的頭髮
- 輕拍馬兒溫暖的腹部
- 用掌中的牧草餵馬時，被馬兒下顎的鬍子扎得癢癢的
- 回到家時，感受到肩上背包和上衣的重量

引領故事發展的情境與事件

- 輪胎故障或破胎
- 開車時輾到正在過路的動物
- 在遠離人煙的地方迷路
- 發生脫水症狀
- 怪怪的高大陌生人問我要不要搭順風車

- 在空曠的地方遇到壞天氣
- 亂扔的菸蒂讓草地著火
- 看見被車輾壓過，一息尚存的動物
- 交通工具發生問題，但因處在偏遠的地區沒有訊號，無法對外聯絡
- 在步行途中遇到野生動物
- 正在橫度原野時，發現有一群守護此處的公牛集團

登場人物

- 農場主人
- 地方人士
- 因為迷失方向，正在找路的觀光客

編劇小技巧

設定時的重點與提示

如果是以眞實的地點作爲設定，最好事前調查當地隨處可見的農作物和動物種類，此外，還必須考量植物的栽培週期。收割完後一片綠意盎然的春日田埔和秋天楓紅時的景象肯定大不相同。在不同的氣候和地點，所感受到的細節也會有所不同。

例文

我們的車行駛在老紅磨坊路上，輪胎下是一片砂礫路面。這片牧場上有乳牛和由橫木築起的圍籬，透過和周遭環境不相襯的一道光線，我們發現了黑黝黝的夜空，據說連續兩晚都有人在這裡聽到啜泣聲。車頭燈照著狹窄的道路，我們在水渠那邊看到了兩次閃光。瑪麗和我發出驚叫聲的同時，吉姆踩下緊急剎車。受到驚嚇的母鹿和身上有斑點的小鹿們正要穿越道路。我們忍不住暴笑了出來。爲了追蹤無聊的傳言，在深夜裡跑來這裡的我們才眞是不速之客。

運用的寫作技巧

光與影、多種感覺的描寫

創造效果

告知背景、強化情緒

13畫

溫室
Geenhouse

關連場景
後院、庭院、工具間、家庭菜園

視覺

・外圍是木製框架的玻璃或塑膠墊
・鐵鋁組合架上放著剛冒出新芽的植栽用托盤
・放置各種小缽的架子
・比地面稍高的花壇
・香草（羅勒、百里香、香芹、蒔蘿、龍蒿）
・培養土零星散落在木製台桌上
・深缽或長形容器（用來栽種番茄、小黃瓜、南瓜、青椒、櫛瓜等植物）
・澆水壺
・放著草莓和櫻桃番茄的垂釣式籃子
・（移植植物用的）鏟子
・桶子裡裝著拔下來的雜草
・肥料
・在塑膠布上爬行的果蠅和蜘蛛
・太陽從透明的屋頂照進來，照射著牆上的水滴
・為了分辨種子，在植缽上釘上名牌
・櫛瓜開出的黃、白花
・肥料袋
・掛在釘子上的迷你掃帚和畚箕
・銀色的碗裡盛裝著許多採摘下來的蔬菜
・土地上糾結在一起的藤蔓
・壓在塑膠壁面上的巨型綠葉
・溫度計
・捲好的水管
・沾滿泥土的園藝手套，放在木製或金屬製的桌上
・為了增加濕度，桶子裡裝了水
・放滿種子袋的容器
・骯髒混凝土地上的水漬
・盛開的花朵
・蚜蟲和瓢蟲

聽覺

・敲打在溫室屋頂和牆壁上「滴滴答答」的雨聲
・霧狀水流從水管噴出時的聲音
・蒼蠅嗡嗡的飛行聲
・風吹得壁面晃動，塑膠發出「啪噠啪噠」的聲音
・使用剪刀時發出的聲音
・踩在枯葉上的「喀沙喀沙」聲
・樹枝被切斷時發出「趴吱」的聲音
・屋外的聲音（風吹林間的聲音、鳥兒的鳴叫、在庭院中玩耍的孩子、蟋蟀發出的聲音、蜜蜂嗡嗡的飛行聲）
・為了移植植物，將植缽放在台上時發出的「咚咚」聲，以及鬆土的聲音
・將裝滿水的澆水壺放置地上時發出「咚」的聲音
・從水管裡「波噠波噠」的流出水滴
・移植植物時，鏟子碰到陶瓦缽的聲音
・將培養土倒入容器裡的聲音

嗅覺

・番茄藤蔓的刺鼻味迎面而來
・乾淨芬芳的香草味（羅勒、龍蒿、鼠尾草、芫荽）
・被陽光照暖的土地
・濕潤的土地
・建築物上的霉菌
・不流通的空氣
・新鮮的花朵

味覺

・萵苣
・番茄
・剛採摘下來的漿果
・辣青椒
・充滿水分的香瓜
・結實的白蘿蔔
・有嚼勁的黃瓜

觸覺

・生長狀態良好的南瓜有著肥厚而扎人的葉子
・溫暖潮濕的土壤
・鬆散的肥料
・粉末狀的骨粉
・光滑的青椒外皮
・溫暖濕潤的空氣接觸到肌膚
・沾在手指上的泥土
・成熟番茄有彈性的外皮
・手持園藝剪刀時感受到的重量
・從葉子流到自己手上的水滴
・園藝手套裡滲進從噴嘴漏出的水

- 裝滿水的澆水壺的重量
- 肌膚輕碰葉面的感觸
- 包覆雙手的硬質園藝用手套
- 枯葉摸起來像乾燥的紙片
- 尖銳的棘
- 被小樹枝刺到

引領故事發展的情境與事件

- 伴隨著冰雹的暴風雨對建築物造成傷害，或是將建築物吹出個洞來
- 害蟲或其他具有破壞性的生物
- 讓植物處在過熱的環境或水分不足
- 動物侵入溫室裡，將植物連根挖起
- 使用會破壞土壤結構的肥料或化學藥品
- 植物因五月霜害而蒙受損失
- 較以往炎熱的天氣，讓植物無精打采

登場人物

- 親人
- 在此地栽種植物的人們
- 受託在主人休假期間幫忙澆水的鄰居

編劇小技巧

設定時的重點與提示

有用塑膠布套在支架上，構造簡單的溫室；也有使用金屬和厚玻璃，採用硬式塑膠搭建，能夠保留日光熱度的溫室。更講究一點的溫室可能會配有驅動灑水器、加熱地毯、送風機、促進植物生長的燈、定時噴霧式灑水器、冷卻裝置等設備的電力設施。商用型溫室除了一應俱全的設備外，還有專門的管理人員。然而，要將溫室打造成什麼樣子，還是取決於溫室主人的想法。在決定這是個簡單樸素抑或精心布置的溫室之前，登場人物對於園藝知識的理解程度，應該是優先考慮的問題。溫室的場所也很重要。基本上溫室的目的是，讓植物擁有一個成長到可以搬出室外之前的培養場所。其中也有一些較適合室內環境的植物，它們在成長後將繼續留在溫室裡。溫室中有些植物需要蜜蜂來授粉（例如南瓜），這種工作必須由溫室主人親自操刀了。

例文

葛倫對幾何學的愛，展現在他人生中的每一個面向上，這個溫室也不例外。像栽種在溫室後邊牆壁上的萬壽菊和圓三色堇，就呈山字形生長，一會上一會下。肥厚的豆類藤蔓纏繞在圓形鑽石狀的格子上。紅葉生菜窩在圓形的缽裡，番茄種在好幾個方形苗床的正中央。水管被放在葛倫如扇形展開的園藝用手套旁，像線圈一樣捆得扎扎實實——我發現，連塑膠墊上附著的水滴都呈幾何狀排列。我心想，老弟將溫室裡頭打造成這樣，我和他究竟誰才是御宅族啊。想到這，我忍不住揚起嘴角。

運用的寫作技巧

擬人法

創造效果

賦予登場人物特徵

萬聖節派對
Halloween Party

關連場景
浴室、廚房、客廳、男人的秘密基地、露台

視覺

- 一般或私人道路旁陳列南瓜燈飾
- 挖空南瓜做的提燈
- 詭異的裝飾品（假的蜘蛛網、垂掛於各個窗戶的蝙蝠或蜘蛛、墓碑、散落在草皮上的骨骼或身體部位的屍塊、血糊汙漬、懸掛在矮木或樹木上的食人鬼或幽靈、裝飾在陽台或門上的骸骨或死神）
- 桌上直冒泡的乾冰大鍋
- 蠟燭的光芒
- 魔女或黑貓的萬聖節橫幅布條或海報
- 用燈條幫南瓜或鬼怪裝飾品圍出外框
- 外面庭院能看見乾草捆及秋季花朵
- 氣球
- 乾冰
- 煙霧機噴出的煙
- 照明燈
- 黑光
- 微風吹動裝飾品或蜘蛛網
- 萬聖節常見的料理或飲料
- 黑或橘色的塑膠餐具
- 裝扮成各種角色的人們
- 被邀請的客人跳舞喝酒

聽覺

- 客人到達時，大門門鈴響了
- 主辦人出來迎接打著招呼
- 開關門聲
- 背景音樂播放的是有名的恐怖電影原聲帶或詭異的聲音（呻吟聲、叫喊聲、發出嘎吱聲打開的墓碑、詭異的腳步聲、呼呼叫的貓頭鷹、呼嘯風聲）
- 有感應器可知道有人靠近的手型玩具咻地自客人眼前飛過，引發尖叫
- 看到朋友的打扮而笑著的人們
- 完全化身為自己打扮的角色的人們，以角色身分打招呼
- 賓客談話聲
- 舞蹈用音樂
- 服裝布料發出沙沙聲
- 噗滋一聲打開啤酒或汽水罐

嗅覺

- 線香
- 香氛蠟燭
- 髮膠
- 人體彩繪顏料
- 面具內側的橡膠
- 食物
- 滿是塵埃的裝飾品

味覺

- 典型的萬聖節料理（玉米形狀的糖果、蚯蚓形狀的軟糖、餅乾、蛋糕或杯子蛋糕、三明治、披薩、洋芋片、椒鹽捲餅）
- 像是萬聖節裝飾品的手工點心（眼睛、手指、墓碑、蜘蛛、幽靈、木乃伊、魔女的帽子）
- 酒精飲料
- 汽水
- 水
- 放了塑膠蟲或冰塊的潘趣酒上

觸覺

- 吊飾輕拂過頭上
- 全新的衣服非常緊繃
- 過小或完全不合身的服裝
- 由帽子或頭上的裝飾品拉下繩子綁在下顎
- 肌膚接觸到十月份的寒冷空氣
- 燃燒的蠟燭、或者其火焰的溫暖
- 被某樣東西嚇到而腎上腺素飆高
- 坐在刺刺的乾草捆上
- 彩繪顏料乾掉之後覺得臉上緊繃有裂痕
- 戴假髮感到頭上很癢
- 服裝過熱而流汗
- 身上有許多小道具仍努力想跳舞
- 小心翼翼吃喝東西以免弄掉妝或彩繪

引領故事發展的情境與事件

- 跟其他人撞衫
- 打扮成角色來卻發現不是化粧舞會
- 努力接近在意的對象和對方說話，卻發現他在意的是別人
- 身為大家的司機卻爛醉如泥
- 發現應該接送自己的人醉醺醺
- 下雨導致服裝全毀

・妝容引發過敏反應
・成為惡作劇計畫的對象
・光線不足而絆倒
・蠟燭的火焰燒到衣服上
・飲料裡混了藥物
・大家都戴著面具，難以判斷身分，覺得無法安心
・總覺得有人一直盯著自己在觀察，但無法確定是誰
・看到大家的服裝之後，對自己的服裝失去信心
・被不太熟的人拉走、與朋友分開，非常不安
・看到很尷尬的事（鄰居正與他人的伴侶接吻）
・看見友人做了不好的決定，對於是否該介入感到迷惘
・穿著大家無法理解、或者看了會生氣的服裝
・器物損壞或有小偷
・邀請的客人帶來自己盡可能不想見面的人（分手的對象、敵手、非常討厭的同事）

登場人物

・外燴業者
・外送員
・家人
・沒被邀請卻硬是闖入的不速之客
・派對主辦人及被邀請的客人

編劇小技巧

設定時的重點與提示

萬聖節派對有的輕鬆愉快，也有黑暗淫靡的可能。畢竟是一年當中所有東西都顯得有些詭譎的日子，因此這個派對是個大好機會，可以為不懂懷疑的登場人物，增加他的緊張感與心理糾結等事宜。另外，由於服裝及面具而有了勇氣的角色，也可能有比平常更大膽率直的言行，或者會干犯平常想也不敢想的風險。

例文

傑森踩著唧唧作響的海盜長靴，踏上了大門前的樓梯。頭上橫梁懸掛著蝙蝠、相連的蜘蛛網則在風中飄揚。笑聲及興奮不已的聲音從紗門傳出，裡面大聲放著音樂。大門的紅色燈光下，用粉紅色緞帶及相連的金色、綠色、紫色珠子裝飾的骸骨就放在搖椅上。但是很可愛啦，跟真正可怕的東西完全不同——畢竟是那個在職場上會破口大罵他人的麗莎，原本還以為會有更嚇人的東西。但就在他靠近門把的瞬間，骸骨卻突然發出尖叫往前爬動。傑森飛速後退了一大步，按著胸口大笑了起來。「這個還不賴嘛！麗莎。」

運用的寫作技巧

對比、多種感覺的描寫、天氣

創造效果

強化情緒、營造緊張感與糾結的心情

農產品市集
Farmer's Market

關連場景
畜舍、鄉間小路、農場、果園、牧草地

視覺

- 陳列著當地現採當季作物的桌子或攤位（紅蘿蔔、甜菜、蘆筍捆、裝在袋子裡的馬鈴薯、裝在木箱裡光澤十足的櫛瓜／小黃瓜／青椒、放在托盤上的番茄、包在葉裡的玉米）
- 五彩繽紛的桌巾或布製遮陽棚
- 看板或價格表
- 裝在籃子裡的水果（蘋果、西洋梨、桃子、梅子、櫻桃、草莓、黑莓、蔓越莓）
- 大量茄子或南瓜
- 編成一串串的大蒜
- 香草束
- 裝在瓶中的蜂蜜或蜜蠟產品
- 果醬或果凍
- 花或植物
- 擺放手工製作產品的手工藝品用桌子（編織圍巾、洋娃娃、禮物卡、寶石飾品、肥皂、服裝）
- 堆積在桌子周邊的容器或保冷箱
- 吊秤
- 流動攤販（熱香料酒、新鮮水果冰沙、煙燻肉類、手工麵包、餅乾、派類等）
- 表演者（說唱藝術家、魔術師、舞者、音樂家）
- 有人拿著裝了許多商品的塑膠袋
- 野餐用的桌子或板凳
- 在演奏區準備樂器的樂團
- 動物交流區
- 給孩子的繪畫工作活動
- 給孩子搭乘遊玩的拖車或老舊卡車

聽覺

- 當地樂團現場演奏
- 透過麥克風告知公告訊息
- 許多人嘈雜交流的說話聲及各種聲音
- 孩子們的笑聲
- 風吹觀葉植物晃動，或者翻飛桌巾的聲音
- 發出「滋滋」烤肉聲
- 水沸騰的聲音
- 「咻」一聲冒出的蒸氣
- 塑膠袋發出沙沙聲
- 「喀滋」一口咬下新鮮的蘋果
- 攤販店員招攬過客的聲音
- 孩子們向爸媽吵著買甜食的聲音
- 在動物交流區聽見動物鳴叫聲
- 收銀機抽屜滑動的聲音
- 討價還價
- 將東西放上吊秤時「喀鏘喀鏘」的金屬聲

嗅覺

- 新鮮香草
- 花（玫瑰、薰衣草）
- 蜜蠟
- 柑橘類水果
- 成熟的莓果類、桃子、蘋果
- 有些刺鼻感的番茄澀味
- 升煙燻製肉類
- 天然香氛精油、手工肥皂及奶油的香氣
- 附著在根莖菜葉上的泥土
- 附近停車場傳來的汽車廢氣
- 食用油
- 砂糖或辛香料

味覺

- 甜膩的蜂蜜
- 酸澀的蘋果
- 多汁的桃子
- 辣味香腸或其他肉類
- 甘甜新鮮櫻桃或藍莓派
- 蘋果汁或香料酒
- 抹了果醬的蘇打餅乾
- 莓果類
- 用剛完成的奶油做的抹醬
- 手工餅乾
- 布朗尼
- 健康雜糧棒
- 沙拉
- 新鮮挪威起司

觸覺

- 流到手腕上的桃子汁液
- 有嚼勁的麵包
- 番茄滑溜的果皮
- 兩手抱著沉重的南瓜
- 滑溜溜的塑膠袋
- 裝了農作物的沉重提袋陷進手掌裡
- 為了確認梅子或桃子是否正適合食用而捏看看

・絨布般的花瓣
・裝了新鮮蜂蜜的冰涼玻璃瓶
・粗糙的馬鈴薯
・冒著熱氣的熱巧克力或香料酒杯
・野餐桌非常老舊，桌面凹凸不平
・為了吃輕食而坐到刺刺的乾草捆上
・在交流區裡動物沙沙感的毛皮

引領故事發展的情境與事件

・發現販賣者把商業用製造的產品假裝成當地產品來賣
・由於準備工作不夠衛生，發生食物中毒
・顧客對食物或商品產生過敏反應
・酒後開車的人衝進人群中
・扒手
・販賣類似物品的賣家間起了掙扎
・販賣者以低價惡性競爭
・顧客為了特定商品前來，但農家已經賣完該商品
・天氣太差導致顧客不多
・參加攤位太多、空間不足
・經濟惡化導致有能力購買新鮮食物的人減少

登場人物

・顧客
・表演者
・農家
・對自然食品或自給自足生活有所關心者

編劇小技巧

設定時的重點與提示

農產品市集通常是在戶外特定季節舉辦。基本上是鄉下的活動，但在都會裡也可能在週末的路邊或公園等公共地區舉辦。市場屬於實用性質、但也包含娛樂要素，因此對於該地區社會的氣氛、或者培養附近居民幸福生活也會有所貢獻，若能添加音樂或表演者，就能使活動變得熱鬧。

若在大都市裡舉辦，也可能暫時使用室內空間來舉辦。不一定全都是當地農家的產品，尤其若是當地沒有收穫的時期，也可能會是從較遠的產地帶來的農作物。

這類市場通常會有各式各樣的手工商品（寶石飾品、陶瓷器、繪畫、餐具）或販賣特產（廚房小東西、紅茶、有機咖啡或巧克力、健康穀類棒或粉末）的專家區。

例文

我啪地一聲拉開因爲滿身大汗而黏在肌膚上的襯衫。下午的太陽以最糟糕的角度穿進了我家攤位遮陽棚，我所在之處完全曝曬。我原本應該在泳池裡清清涼涼的，到底爲什麼得待在這裡？至少也該有張椅子可坐吧？但貝拉伯母卻完全不允許我這麼做。她說：「坐著偷懶的話，蜂蜜是賣不掉的。」我呆滯地靠向桌子。瓶子們發出了喀鏘喀鏘的撞擊聲……那又如何？反正這種東西本來就不會有人買啊。

運用的寫作技巧

光與影、天氣

創造效果

強化情緒

農場
Farm

關連場景
田園篇——畜舍、雞舍、鄉間小路、農產品市集、果園、牧草地、地下儲藏室、家庭菜園
都會篇——老舊小貨車

視覺

・大門旁有屋簷的寬廣平台或有紗門陽台的橫長平房
・在柵欄圍起的放牧地上吃草的畜牧牛或羊
・到膝蓋左右高度的貓尾草等作物
農田（油菜花、馬鈴薯、玉米、大麥、小麥）
・畜舍或保存飼料的穀倉
・雞舍
・雞在圍欄中啄著土中遊走的蟲子
・受到妥善照顧的農作物（如蕨類般茂盛的紅蘿蔔、發芽的蔥、葉片茂密的高麗菜或鬱金香、開著白色花朵的馬鈴薯、番茄、豌豆或豆類藤蔓）陳列於小小的溫室或庭園中
・稻草人豎立在新培育的玉米田中
・果樹
・用來儲存雨水的大槽
・沿著有刺鐵絲網頂端攀爬的鮮豔黃色向日葵
・用柵欄圍起或放牧的各種動物（馬、牛、山羊、豬、綿羊、雞、火雞、駝鳥、狗、貓）
・並排停放在農業用機械（耕作機、鏟斗機、播種機、犁、收割機、牧草捆包機、螺旋機）旁的拖車
・裝了柴油、滿是傷痕的桶子
・拖車刨起泥土時塵埃飛揚沾附的痕跡
・大門旁陽台上放著搖椅
・高大的櫟木或柏木上吊著輪胎做的鞦韆
・穿著法蘭絨襯衫以及連身工作褲的農夫
・防水布下放著圓圓的稻草捆
・（收藏有鏟子、斧頭、耙、繩索、馬具、手推單輪車的）穀倉旁靠著乾草用叉
・豬舍中有裝了水的桶子
・為了燃燒而收集來的樹枝
・被折疊椅圍繞的營火台
・柵欄
・屋簷失去平衡而崩塌下垂的廢棄房屋
・壞掉的卡車或農業工具
・建築物被雜草或等身高的草包圍
・環繞農場周邊的樹木
・飼養的狗在追逐穀倉下的老鼠
・（有草原狼、熊、鹿、野狼、駝鹿、加拿大馬鹿、狐狸、兔子、老鼠、鳥等的）森林
・掛在屋子外的黃蜂或虎頭蜂巢
・爬上樹幹的松鼠
・灌溉用灑水頭
・需要重新上漆、大門邊的鞦韆

聽覺

・公雞抓著地面咕咕叫著
・告知天近黎明的公雞叫聲
・馬匹噴著鼻息
・牛隻哞哞叫
・因風吹過發出唏噓聲的建築物
・畜舍中馬匹踩踏馬蹄的聲音
・馬尾咻地掃過
・豬隻在飼料桶中稀哩呼嚕吃東西的聲音
・吹過農作物或樹木的風聲
・果實咚一聲掉到地面
・沙沙作響的葉片
・老鼠快速奔過畜舍牆邊的聲音
・鳥兒在棲木上拍動翅膀的聲音
・草原狼或野狼夜晚嚎叫的聲音
・狐狸嗷嗷鳴叫
・乾草捆由閣樓往下丟的掉落聲
・呼呼鳴叫的貓頭鷹
・猛禽類高叫聲
・馬達運作唧唧作響
・犁（耕作土壤的農具）敲到樹根或刨起小石子的聲音
・啪滋作響的營火
・轟隆作響的鋸子
・用斧頭劈薪柴的聲音
・蒼蠅或蜜蜂嗡嗡飛舞
・蚊子飛繞聲
・為了蓋過發出巨大聲響的農具而大聲喊叫的農夫們
・風鈴在微風中擺盪叮鈴
・空氣中充盈伴隨夏季暴風雨而來的雷鳴聲

嗅覺

・堆肥
・農作物茂盛的綠葉
・成熟的水果（蘋果、草莓、西洋梨、桃子）

- 松葉
- 剛割過的草皮
- 有霉臭味的畜舍
- 塵埃
- 泥土
- 因太陽而溫暖的泥土
- 建築物發霉
- 動物皮膚的麝香
- 汽油或柴油
- 機油或引擎潤滑油
- 拖拉機的廢氣
- 肥料
- 野草花朵香氣（雛菊、柳蘭、火焰草、英國藍鈴花）

味覺

- 嚼甜草
- 咬起來帶苦味的菸草
- 香菸或菸斗的煙
- 剛從土裡拔出來的新鮮紅蘿蔔
- 結束漫長的一天喝杯冰水
- 用營火的碳烤包著鋁箔的馬鈴薯
- 靠著火燒焦的熱狗或棉花糖
- 由樹木或灌木上摘下的新鮮水果或莓類
- 冰茶
- 薄荷
- 剛烤好的麵包
- 蔬菜
- 帶有塵埃飛揚的砂礫水罐裡的咖啡

觸覺

- 軟弱易碎的泥土
- 將冰水淋在脖子上
- 由於汗水而黏在身上的皺衣服
- 卡在指甲縫的砂礫
- 大麥或小麥尖端的硬毛
- 兩手環抱沉重的薪材
- 劈材時回傳到斧頭上的沉重感
- 被野玫瑰擦傷
- 圍住馬的木柵欄十分光滑
- 長繭的手
- 刺痛的水泡
- 與繩索摩擦而嚴重擦傷
- 嘴唇乾裂
- 脖子或臉因為日曬而感到刺痛
- 午餐時喝的冰涼檸檬水
- 採收水果時越來越沉重的木籃
- 被薊類或玫瑰刺到
- 因為搖椅或大門旁的鞦韆備感療癒
- 結束漫長的一天後肌肉痠痛

引領故事發展的情境與事件

- 收成時期裝置損壞
- 由於農具造成受傷
- 馬匹因為地鼠巢穴而骨折
- 野生動物在柵欄上穿洞、侵入畜舍、或者襲擊家畜或人類
- 盜獵者或獵人擅自使用自己的土地
- 農作物疾病或害蟲蔓延
- 農作物市場發生變動
- 長大成人的孩子想去都市，但必須留下來幫忙經營農場
- 由於天候不良導致播種或收成延遲
- 持續數年日曬
- 家族成員有人死亡，導致必須分擔他的工作

登場人物

- 家人
- 農場經營者
- 來幫忙的農夫
- 附近的人
- 牧場經營者
- 獸醫
- 顧客或檢查官員

編劇小技巧

設定時的重點與提示

農場除了栽培農作物以外，也可能養育家畜。另外大部分的農場，為了將市場惡化及收成不佳時發生的風險降至最小，會有複數種類的穀物。若有養馬，為了提供其飼料，至少也會設置一個放乾草的地方。

例文

我站在高到令人訝異、一片綠意的玉米田正中央，豎耳傾聽著。不但沒有高速經過的汽車聲音、也沒有輪胎嘎吱作響，當然也沒有那令人悲傷、告知苦痛的警鈴聲。能聽到的，唯有風之聲。將閃閃發光莖葉吹成波浪、渡浪而來的恩惠之風吹去我的失落，帶來了糧食的保證以及迎向未來的希望。

運用的寫作技巧

對比、多種感覺的描寫

創造效果

強化情緒、告知背景

農業園遊會
County Fair

關連場景
田園篇——鄉間小路、農產品市集、牧草地、牛仔競賽
都會篇——停車場、公共廁所

視覺
・寬廣的停車場
・一片綠色的原野
・舉辦農業相關活動的大型營帳（家畜評鑑會、剃羊毛大賽、動物交流區、全國農業青年集團聯絡協議會舉辦的活動或操演）
・娛樂設施（摩天輪、旋轉木馬、巨大的溜滑梯）
・慶典活動的遊戲（套圈圈、撈金魚、射擊）
・販賣農業園遊會上常見的食物，或者比較少見的食物（美式熱狗、椒鹽捲餅、炸奶酪、巧克力培根、洋芋片串、迷你甜甜圈、蘋果糖、棉花糖、炸零食棒、放了蠍子的披薩）的拖車或載貨馬車
・五彩繽紛的氣球
・表演者（小丑、說唱藝術者、雜耍、超能力表演者、噴火、吞劍）
・農產品市集區（當地水果、莓果、農產品、波蘭餃子、蜂蜜、果醬或果凍、辣醬、烤點心、手工寶石飾品、服裝、藝術作品）
・臉部彩繪
・給孩子玩的遊戲
・搭上拖車或乾草堆用載貨馬車在夜裡遠行
・五彩繽紛的燈光或旗幟
・扮裝的人們
・失手放開、升上天空的氣球
・旋轉的遊樂器材或閃爍的燈光
・被踩得破破爛爛的垃圾或菸蒂
・臉上沾了黏答答食物，拿著布偶或其他獎品走過的孩子
・可讓人坐下的乾草捆

聽覺
・鄉村音樂
・像是慶典活動的音樂
・人們各種聲音（怒吼、大叫、笑鬧、互相呼喚彼此）
・在圍欄中發出聲音的動物（噴鼻息、在稻草上拖腳著走、用前腳刨地面、發出刺耳的聲音、高叫聲、嘶吼、咩叫）
・競標者或司儀透過麥克風說話
・為了讓慶典中的遊樂器材或者食物拖車能夠運作而發出嗡嗡聲的發電機
・累壞的幼兒哭聲
・在遊戲區招攬客人的工作人員
・街頭藝人咻地一聲吹火
・觀眾屏息
・孩童呼喚父母
・拖車引擎發出「隆隆」聲
・氣球碰地一聲破裂

嗅覺
・炸的東西或火烤肉類
・爆米花
・塵埃
・熱狗
・動物堆肥
・汗
・體臭
・啤酒
・香菸或菸斗的煙
・機油
・升溫的機械
・剛割下來的稻草
・馬皮

味覺
・油膩膩、甜滋滋的炸皮
・灑了砂糖的甜甜圈
・水
・啤酒
・刨冰或冰淇淋的香甜
・炸雞
・洋芋片
・奶油口味爆米花
・起司
・辛香料
・烤肉醬
・漢堡
・熱狗
・淋了酸奶油的波蘭餃子

觸覺
・家畜粗糙的皮毛
・蹭著腳後方的乾草捆
・沾上手指的油膩奶油
・坐在激烈晃動的遊戲器材上，身體搖搖晃晃
・拿到遊戲獎品的柔軟布偶

- 旋轉木馬的馬匹前光滑的金屬柱
- 山羊或駱馬吃自己放在掌心的食物、鬍鬚蹭著手
- 如同枕頭般柔軟蓬鬆的棉花糖
- 黏答答的刨冰糖漿流到手腕上
- 為了抓住迷你馬或馬匹的背而跨開兩腳
- 搭遊樂器材太多趟、又吃太多油膩的食物而暈眩
- 遮陽用的帳篷

引領故事發展的情境與事件

- 舞台上的表演失敗
- 小孩迷路了、或者被帶走
- 向前來參加的客人兜售毒品的販子
- 四處下手的偷兒
- 在與動物交流的區域被動物咬
- 動物逃脫引發慘劇
- 輪到自己坐的時候，遊樂器材壞了
- 想要遊戲禮物，結果花了太多錢
- 自己玩遊樂器材正開心時被朋友拋下
- 玩遊樂器材時錢掉了或被偷
- 參與評鑑會發現自己的家畜生病
- 從遊樂器材上跌落而受傷
- 發生食物中毒事件
- 在人群中覺得被某人注視

- 可疑的參加者不斷出現在自己周邊
- 想和朋友一起行動，卻被交付照顧兄弟姊妹的責任
- 目擊動物被虐待的情況

登場人物

- 該地區專業人士
- 毒品賣家或小偷
- 活動工作人員
- 農場或牧場經營者
- 當地採訪人員
- 音樂家
- 主辦人
- 該地區居民
- 警察
- 十幾歲的孩子
- 觀光客

編劇小技巧

設定時的重點與提示

請先記得農業園遊會因國家及地區而異。可能有動物或農業用品的拍賣、或骨董車展示等，這類有偏向農業的多樣化活動慶典；也可能只是一排店家擺放該地特產品的慶典活動。另外也可能舉辦像蘇格蘭的高地運動會、或者中世紀慶典等有特定主題的活動。此情況下，遊戲或服裝、裝飾等就要沿用該主題的物品。

例文

馬卡斯原野上，太陽很快便失去蹤影，帶著家人的人一邊希望攝取了大量砂糖的孩子快點睡，一邊慢吞吞的往停車場裡停放的車子去。取而代之占據慶典場所的，是較爲年長的人。情侶牽著手，當中還有飄出大麻及啤酒氣味的十幾歲孩子團體。會場音樂一轉爲較沉靜、卻也不是那麼主流，引領客人走向奇妙又風格特異的世界，珍奇展覽場的帳篷打開了。

運用的寫作技巧

多種感覺的描寫、天氣

創造效果

醞釀氣氛、伏筆

墓地
Graveyard

關連場景
田園篇——教堂、陵墓、守靈
都會篇——殯儀館

視覺

- 鑄鐵製柵欄或大門
- 墓地間彎彎曲曲的鋪裝車道
- 禮拜堂
- 由於日曬而褪色的天使石像
- 施以雕刻的墓碑（大理石、水泥、混有白／黑／灰色的花崗岩）
- 陵墓
- 以繩子圍起來的家族墓
- 妥善整理的草皮
- 裝飾用花壇
- 長椅
- 供奉在墓前的鮮花或假花
- 乾燥花或花圈
- 站立在墳墓周圍、穿著喪服的葬禮參加者
- 鏟斗用的機械（通常放置在看不到的地方，只有園區關閉時間才會在外面）
- 聖職人員或宗教象徵的石雕
- 樹枝垂下青苔的原生樹木
- 墓碑上放著裝有肖像照片的相框、或具有重要意義的小東西
- 靈柩車與其後跟隨的車隊
- 舉辦葬禮（拿著聖經的神父、棺木、參加葬禮的人、鮮花、附近陪同的墓地工作人員）
- 寫著祈禱話語的匾額
- 安置骨灰罈的牆上有一整面供奉架
- 鳥
- 松鼠
- 花栗鼠
- 裝飾用的石子或岩石
- 蠟燭
- 沒有經過整理的古墓（葉片或樹枝覆蓋墳墓、雜草叢生或長太長的草皮、枯萎的樹木草地、損壞或破裂的墓碑、遭到破壞的石頭雕刻、變色的墓碑、損壞的大門、已經龜裂而由縫隙中長出雜草的水泥步道）

聽覺

- 參加葬禮的人大聲哭泣或啜泣聲
- 人們低聲交談
- 低聲吟誦祈禱的話語
- 將枯萎的花拿起丟掉時發出沙沙聲
- 園藝剪刀喀嚓喀嚓
- 墓地管理者在墓地內用掃把清掃的聲音
- 除草機
- 車子或靈柩車緩慢停在路邊的聲音
- （園區關閉後）挖墳的聲音
- 將棺木安置進土中時機械嗡嗡聲
- 嘩啦啦將泥土潑上棺木
- 悲傷的人們大聲哭泣（發出聲音哭泣、嗚咽聲、令人無法安慰的哭倒）
- 神父主持葬禮並說出安慰的話語
- 嘎一聲開關的大門
- 呼嘯吹過草木的風聲
- 發出唧唧聲或啾啾聲的鳥兒或小動物
- 緩慢走在路上而發出的「喀、喀」腳步聲
- 由遠方傳來教堂的鐘聲
- 石磚上枯葉沙沙飄動
- 來訪墓地的人們，平靜地向已逝的心愛之人說話

嗅覺

- 剛割過的草皮
- 炎熱的石子
- 剛掘起來的泥土
- 供奉在墓前的花香
- 香水或鬍後水的氣味
- 季節相關氣味（冬天寒涼的空氣、早春或秋季結束時的雨水或腐朽氣味、春天或夏天冒出新芽的植物氣味）

味覺

- 在設定中，除了登場人物帶進這個場景的東西（口香糖、薄荷糖、口紅、香菸等），可能沒什麼特別的東西跟味覺有關，像這種不會描寫到味覺的場景，可以專心描寫其他四種感覺。

觸覺

- 冰冷的墓碑
- 自己走在步道上的鞋子
- 陷進草皮的高跟鞋
- 由於深沉的哀傷而失去身體的感

覺
・鑄鐵柵欄生鏽的支柱
・石碑上粉末質感的塵埃
・手中已破爛的枯萎花朵
・臉頰上的眼淚
・緊握所愛之人的手
・跪下或坐下時，感受到剛割過的草刺著肌膚
・如絲絹般的鮮花
・手中緊握乾燥的泥土
・刺痛的雙眼
・哽咽
・鼻涕
・手上捏著滿是汗水的面紙
・濡濕的手帕

引領故事發展的情境與事件

・墳墓遭到破壞
・家族當中對立的人在同一個時間到訪墳墓
・供奉在墓前的東西被偷走（花、回憶相關物品或遺物、信件）
・企圖拍攝有名人葬禮的狗仔隊
・在墓地裡感受到某個人的視線
・具有讀取他人感情的特殊能力者，必須參與所有人情緒激動的墓地內葬禮
・靈異現象
・由於洪水或地下水問題導致地下的棺木浮起
・有戀物癖的墓地管理人
・盜墓者
・要放下棺木時機械故障了
・過於哀傷無法放手讓死者離開的親人，在墓地附近打造祭壇或者三不五時就坐在墓地裡
・參加葬禮的人於此狀況下卻出現奇妙反應（儀式當中忽然笑出聲）
・出現的人會讓參加葬禮者回想起寧可忘記的故人往事（與妓女間的輕率行為、出軌、被逮捕）

登場人物

・墓地管理者
・聖職人員
・親近的家人或朋友
・參加葬禮者
・進行破壞行為的人
・來訪墓地的人或觀光客（若為歷史遺跡）

編劇小技巧

設定時的重點與提示

墓地經常會受到文化或習慣相異的影響。若對故事來說，墓地非常重要，必須考量參加葬禮者及故人的民族背景，這會影響墓地的樣子，也會因宗教而引導出一連串流程，或者左右參加葬禮者的動作，因此可先決定與死亡相關的特別風俗習慣或信念。

例文

當月亮升起，先祖沉眠的墓地就變了個樣貌。半透明的光線將生命吹進了那些受損而失去臉龐的石像，無論是祈禱的孩子們、或者長了翅膀的天使。龜裂得以變得平滑、缺角的邊緣也軟化了。在月光下，扭曲的墓碑也堂皇聳立，即使刻劃其上的話語隨日月星辰流轉日漸淡薄，卻仍確實承擔自己的工作。我由叢生雜草中穿過，往內門筆直前進。古老的櫟木樹蔭下，正是我的墓地。我知道總有一天自己會在此處動彈不得，現在卻佇立在露水沾濕的草叢中，實在非常奇妙。

運用的寫作技巧

對比、光與影、擬人法

創造效果

醞釀氣氛、強化情緒

豪宅
Mansion

關連場景
田園篇——寄宿學校、酒窖
都會篇——舞廳、正式服裝場合、豪華禮車、閣樓套房、遊艇

14畫

視覺

- 房屋四周的圍籬或牆壁
- 青草覆蓋的廣闊草坪
- 經過細心整理的綠籬和矮樹叢
- 大門式入口
- 保全人員室
- 許多照明設施
- 枝葉繁茂的樹木
- 延伸到住宅玄關為止，綿長的私人道路／曲線型道路
- 游泳池或SPA空間
- 西洋式亭子
- 網球場
- 打擊練習場
- 停滿高級車的車庫
- 讓訪客可以盡情享受的室外空間（可以放鬆橫躺的室外家具、使用瓦斯的野外爐、吧台、抱枕、空間照明燈）
- 庭園
- 日光室或溫室
- 招待所
- 工作人員的住處
- 屋頂上的休息空間
- 陽台或露台
- 雕像或噴水池
- 建築的一部分，被陰森的常春藤覆蓋的巨大主房
- 附有兩扇式門的寬廣道路
- 有壁畫或裝飾的挑高天花板
- 有回緣（譯註：安裝在牆壁和天花板交接處的棒狀建材，具有美化交接處變形部分的效果）的天花板
- 曲線型樓梯
- 吊燈
- 豪華地板（大理石、石材、花崗岩、黏坂岩、進口硬材）
- 空曠的房間
- 貼著織眼加工壁紙的牆壁
- 高處的窗戶、厚重的窗簾
- 高級地毯
- 高級裝飾（花窗玻璃、名畫及藝術品、客製化照明燈飾或窗邊裝飾物、骨董）
- 由胡桃木或橡木等硬質木材，或金屬（熟鐵）製作成的室內家具
- 長走廊
- 大型收納式壁櫥
- 許多個暖爐
- 保齡球滑道
- 家庭劇院
- 高級電子器材（電視、音響系統、保全系統）
- 許多間浴室
- 撞球室
- 圖書室
- 遊戲間或休閒中心
- 擺滿高級設備的家庭健身房
- 音樂室
- 客廳
- 餐廳
- 酒窖
- 廚房和（食物充足的）食物貯藏室
- 每一樓層都設有運送料理或日常用品的員工用電梯（或一般電梯）
- 室內泳池
- 緊急避難所

聽覺

- 厚重的大門推開時發出的聲音
- 從泳池可以聽到的音樂和人聲
- 庭院工具發出「碰」或「恰吱」的聲音
- 鳥鳴聲
- 噴水的水四濺的聲音
- 人發出的聲音（說話聲、笑聲、走路聲、在電話中說話的聲音）
- 風將樹木吹得沙沙作響
- 車子開進建地的聲音
- 開關門聲
- 鞋跟在路上「喀喀」作響
- 電視聲響
- 電話聲
- 盤子鏘鏘作響
- 孩子們跑來跑去的聲響
- 侍者或工作人員的低語聲
- 派對喧鬧聲
- 一般家庭雜音

嗅覺

- 屋外的新鮮空氣
- 剛修整過的草地
- 開花植物
- 皮革
- 薪材產生的煙

- 打磨家具
- 地板蠟
- 柔軟劑
- 百花香等人工香氣
- 廚房裡正在烹調的食物
- 剛摘下來的花
- 舊書

味覺

- 食物或飲料
- 普通的食物和豪華的食物（魚子醬、龍蝦、牛肋排、蘇格蘭威士忌、波本威士忌、波特酒、香檳、高級葡萄酒）

觸覺

- 腳邊生長茂盛的草地
- 滑過肌膚般，溫潤的泳池水
- 在健身房和網球場大汗淋漓一場
- 溫度和濕度受到控管的空氣
- 豪華的地毯
- 滑順且帶有涼感的絲綢或床單
- 經過打磨的光滑手把
- 古書經過纖眼加工的布或皮革製封面
- 細緻的水晶或瓷器
- 亞麻材質的餐巾紙
- 大理石或花崗岩建成的酒吧台
- 柔軟的皮革家具
- 有彈性的座墊
- 經過纖眼加工的內部裝潢
- 手上的水晶製高杯的重量
- 拿在手中，彷彿隨時會滑落的撞球球桿
- 昂貴毛巾或浴衣的高級質感

引領故事發展的情境與事件

- 為了取得一個有利的社會地位，或將八卦賣給報章雜誌的傭人
- 遭受忌妒心重的家族成員暴力以對或百般刁難
- 豪宅的主人破產或投資失利
- 家族內部人員的過世，使所有權轉移到其他人手上
- 害蟲侵入宅裡
- 脆弱的建築結構威脅到整體房屋
- 在屋內受傷的客人一狀告上法庭
- 發現屋裡的擺飾中有贓物
- 發生了導致家族分裂的事件
- 家族成員因非自然因素死亡，社會上流言蜚語盛傳
- 大宅院裡，有些地方從以前就有目擊者看到幽靈或超自然現象
- 找到秘密通道或房間，發現塵封已久的家族秘辛
- 為了掩蓋家族成員的輕率行為，得耗費許多精神和財力去解決
- 因為過去的一筆商務交易，讓家族受到威脅
- 為了不讓家族企業的經營受到威脅，對外隱藏主事者（因阿茲海默症或失智症）精神退化的事實

登場人物

- 管家
- 外燴業者
- 司機
- 建築業者
- 廚師
- 快遞員
- 親人
- 訪客
- 室內設計師
- 造園或庭園管理業者
- 女僕、奶媽
- 教庭教師
- 保全人員

編劇小技巧

設定時的重點與提示

一般印象裡，出入豪宅的都是有錢的名人，然而也有不少普通人頻繁進出這個空間。傭人、友人、快遞送貨員、建築業者等，都有可能在故事裡粉墨登場。透過這些角色，能夠讓我們得到對比或不同視點的觀看方式。

例文

通往豪宅的私人道路綿延無盡，沿途被燈飾照得亮晃晃的，讓我擔心會不會有飛機從我頭上降落。隨著目的地越來越近，我反而期待，真有飛機在這裡降下來。經過紙灰粉刷過的潔白壁面，高達六層樓的建築矗立在我眼前。周邊的照明設備，讓建築物閃耀著冰冷的光芒。角落的小塔直插夜空，裝備堪比軍隊的保全人員就站在窗邊，他們似乎在等待著將可疑人物一網打盡的機會。我瑟縮在車內，希望不要被任何人注意到。在巨大、令人感到恐懼的怪獸面前，我會這麼做也不是不能理解吧。

運用的寫作技巧

對比、隱喻法、直喻法

創造效果

醞釀氣氛、強化情緒

閣樓房間

Attic

關連場景
田園篇——地下室、秘密通道
都會篇——骨董店

14畫

視覺

- 滿布塵埃的地板
- 水管及配線外露的木頭橫梁
- 換氣風扇
- 被煤煙及蒼蠅屍體覆蓋的小圓窗窗框
- 狹小的出入口及折疊式樓梯
- 電燈泡與其吊繩
- 由屋簷附近裂縫射進陽光
- 通風管
- 在地板上迅速奔走的老鼠或小動物
- 掛在與橫梁與搖椅之間或電線上的蜘蛛網
- 將收藏物品明確記載在箱外的古老褪色箱子
- 老舊而狀況不好的家具
- 損壞的吸塵器
- 牆角擺滿了老舊的兒童玩具或聖誕節裝飾品
- 用來覆蓋古董的床單滿是塵埃
- 由換氣口或小窗戶飛進的粉塵在光線中飄舞
- 堆積如山的老舊桌遊
- 捲成一卷的地毯
- 掛在牆上的匾額或繪畫滿布塵埃
- 灰塵上殘留動物足跡
- 掉落在地面的飛蛾屍體
- 為了尋找出口而不斷撞擊小圓窗玻璃的蟲子
- 屋頂或窗戶漏水，因而發霉髒汙的箱子
- 標本收集品
- 剪裁服裝用的人體模特兒
- 裝在垃圾袋裡的老舊衣物
- 放了戰爭時期充滿回憶的物品（軍服或者攜帶的物品）或結婚典禮紀念品的行李箱
- 裝了書或學校導覽手冊的箱子
- 黑膠唱片或錄音帶收藏品
- 裝有無法再穿的服裝的收納容器

聽覺

- 家中的嘎吱聲
- 老鼠吱吱叫
- 來回奔跑的腳步聲
- 爪子抓著地面的聲音
- 裝燈泡時拉下繩子的聲音
- 建築材料發出沙沙聲
- 風吹打房子
- 鳥在屋簷啄著蟲子吃的聲音
- 透過閣樓房間地板傳來的聲音
- 腳步聲
- 由換氣通道傳到樓上來的音樂或者其他聲音
- 雨滴或冰霰在屋頂上的聲音
- 雷聲
- 樹枝刷過房子的聲音
- 從屋簷往下流的水
- 由漏水的屋頂傳來非常規律的滴水聲

嗅覺

- 隔熱材料
- 塵埃
- 食品發霉
- 建築發霉
- 木屑
- 潮濕的木材
- 悶熱腐朽
- 腐壞的建材
- 潮濕的紙箱
- 舊書

味覺

- 潮濕或黏稠感的空氣
- 塵埃
- 空氣中擴散著冰冷金屬的特殊味道

觸覺

- 在搖晃的折疊梯上取得平衡前進
- 粗糙易裂的橫梁
- 拉下裝在屋頂橫梁上電燈泡的吊繩
- 覆蓋在家具上、滿是塵埃的大塊布料
- 很珍重的玩具或物品上光滑的曲線
- 潮濕的紙箱蓋
- 行李箱上冰冷的金屬製鉸鏈
- 打開沉重的蓋子
- 在一片塵埃中咳嗽
- 為了擺脫塵埃而在臉前揮著手
- 看起來已經扭曲鬆開、很容易折彎的地板
- 看到老鼠而跳起來或跌坐
- 蕾絲床罩

・老舊帽子的毛氈柔軟感
・為了確認內容物而將箱子拉到窗邊時的沉重感
・在黑暗中小腿骨撞到行李箱
・在狹窄空間中，撞或擦到一邊手肘
・將金屬鑰匙插進鎖孔時生鏽的觸感
・把箱子或塑膠收納盒中的東西分類

引領故事發展的情境與事件

・在黑暗中聽見什麼東西在挪動的聲音
・光線只能照到某些地方
・發現似乎快要崩塌或受損的地板
・發現隱藏起來的家族照片，顯示雙親當中有一人可能有別的家庭
・一個人在家的時候，聽到樓下傳來有人動作而發出的聲音
・由古老行李箱中的東西發現家人的秘密
・發現行李箱中藏了令人不安的東西（一束頭髮收藏品、裝了牙齒的瓶子）
・有什麼東西死去的氣味
・發現長霉或其他對健康有害的東西
・屋頂漏水，閣樓房間裡收藏的東西可能會因此受損
・前往閣樓房間察看，留意到有幾個物品從原來的位置被移動過
・停電
・屋頂開了洞、發現有個可以偷窺樓下房間的洞
・在狹窄不通風的地方感到有幽閉恐懼症
・灰塵引發過敏症狀
・上到放置物品的閣樓房間看看，卻發現有某個人住在那裡的證據
・必須藏身在地板嘎吱作響的閣樓房間裡
・明明一個人住在家裡，卻發現灰塵中有足跡
・在老舊行李箱中發現領養小孩的文件

登場人物

・進行房屋翻修工作的作業人員
・屋主
・保險審查員
・修理工人

編劇小技巧

設定時的重點與提示

描寫閣樓房間的時候，請記得考量房子的建築年份、以及現在或過去的屋主。這樣一來，那個閣樓房間裡會收藏什麼樣的東西、或者乾脆什麼都不放這類的，應該就會非常清楚明白。也可利用象徵性物品，反映出登場人物的狀況。可強調他心中煩惱的事物，或者也可評估作爲反映其感情的機會。

例文

我凝視著黑暗的閣樓深處，單眼的娃娃靠在老舊的吸塵器旁，那裡斷斷續續地傳出巨大聲響。手裡拿的手電筒顫抖著。在搖曳的光線中，縫在娃娃上那令人不愉快的笑容似乎笑了開來，宛如她知道某些我不知道的事情。

運用的寫作技巧

光與影、多種感覺的描寫、擬人法

創造效果

醞釀氣氛、伏筆

廚房

Kitchen

關連場景

客廳

視覺

- 貼了磁磚或有花紋的油氈地板
- 標準色彩（不鏽鋼、黑、白）的家電（洗碗機、冰箱、瓦斯爐、微波爐）
- 掛著大鍋或平底鍋的鉤子
- 收在餐具櫥中的家電或餐具（打蛋器、烤麵包機、食物調理機、開罐器、盤子、杯子、餐具等、烹調用具、美耐皿）
- 放在吧台上的常用品（露出一角的烹調用具、有裝飾的陶瓷瓶、放菜刀或剪刀滿是傷痕的木架、防潮罐組、放在水果盤裡有部分已呈棕色的香蕉及蘋果、旋轉式香料罐、壺裡有剛煮好的咖啡的咖啡機）
- 瓦斯爐上放著閃閃發亮有黑色把手的茶壺
- 桌子下鋪著地墊、收有木製椅子
- 枯萎的花插在花瓶中，周圍散著橘色的花粉
- 窗台上沐浴陽光的香草盆栽
- 貼在冰箱上做了記號的月曆
- 貼了重要事項（午餐菜單、預定表、購物清單、學校通知、折價券）的軟木板或白板
- 裝飾了一堆小東西或照片的棚架
- 湯匙上放著用過的茶包
- 吧台上翻倒的砂糖或果汁
- 塞滿罐頭或蘇打餅乾的食物櫥
- 亂糟糟的抽屜（蠟燭、備用電池、橡皮筋、鉛筆與原子筆、束繩、狗的零食、折價券等塞成一團）
- 瓦斯爐上油膩膩的抽油煙機
- 霧濛濛的窗戶
- 飛濺於牆壁或地板的汙漬
- 沒有人倒掉因而發臭的垃圾桶
- 地毯上放著狗碗
- 周圍放著凳子的中島式廚房
- 沾附髒汙及水滴的流理台及水龍頭
- 蒼蠅
- 堆在流理台中的骯髒碗盤
- 忘在吧台上的牛奶
- 飄浮在早餐餐具中的麥片
- 四散在吧台上的麵包屑
- 掉在地板上的寵物毛髮或腳印

聽覺

- 用平底鍋滋滋煎著培根的油聲
- 「碰」一聲跳起來的吐司
- 在瓦斯爐上方發出嗡嗡聲的換氣風扇
- 磨咖啡豆的聲音
- 微波爐「叮」的一聲
- 計時器響了
- 冰箱馬達嗡嗡聲
- 洗碗機發出「啪唰啪唰、喀鏘喀鏘」聲響
- 廚餘處理機發出嘎嘎聲絞碎廚餘
- 咖啡機發出蒸氣轟轟聲
- 水壺忽然鳴笛
- 家人談笑聲
- 菜刀在砧板上切剁
- 蛋打在熱油上
- 大鍋沸騰後「咻—」地噴出蒸氣
- 後方傳來收音機或電視節目的聲音
- 調理機絞碎食物
- 餐具等在餐桌上匡啷撞擊或摩擦盤子的聲音
- 玻璃杯「鏘」的撞擊聲
- 罐頭滾動聲
- 保鮮膜或鋁箔紙拉出時的沙沙聲
- 想到外面而抓著門板的狗
- 湯匙攪動大鍋、咚咚地敲到大鍋鍋底
- 冰箱門開關
- 打開洋芋片袋子的沙沙聲
- 食物櫥嘎吱作響的門板
- 在地板上摩擦的椅子
- 發出「碰」一聲的大鍋鍋蓋
- 麥片嘩啦啦地倒進大碗裡

嗅覺

- 番茄醬中隱約有蒜香
- 用平底鍋炒帶著鹽分的培根
- 辛香料（羅勒、迷迭香、咖哩粉、胡椒、鹽、茴香、肉桂、南瓜派香料、薑）
- 大鍋中發酵膨脹的麵包
- 奶油炒洋蔥
- 沸騰的義大利麵鍋冒出熱氣
- 烤焦土司
- 微波爐裡的爆米花
- 冰箱裡傳來食物腐壞的味道

・食物櫥中有腐壞的根莖類（馬鈴薯、洋蔥、蕪菁）
・必須拿去倒掉的垃圾
・香氛蠟燭
・烤焦的牛排或香腸的微微焦炭味
・清潔劑或肥皂
・發霉該拿去洗的廚房地墊
・下雨後淋濕奔進屋裡的狗

味覺

・淋上大量楓糖漿的軟綿綿鬆餅
・起司口味千層麵
・辣炒食物或咖哩
・甜的水果
・新鮮爽脆的蔬菜
・巧克力蛋糕上淋了大量甜蜜蜜的發泡奶油
・從烤箱裡拿出還有些黏糊的餅乾
・苦澀的咖啡
・濃醇的紅酒
・下午喝啤酒
・香草茶
・冰淇淋
・湯匙放進嘴巴裡的金屬味
・剛開封的奶油夾心蘇打餅乾
・烤肉
・義大利麵
・打開BBQ醬調味、夾了豬肉的麵包

觸覺

・洗東西時沖到橡膠手套上的溫水
・沾到肌膚上的肥皂泡泡非常柔軟
・赤腳沾到砂糖粒或麵包屑
・手拿著滑溜的掃帚柄或吸塵器把手
・冰過的玻璃杯上有水珠
・剛用過的洗碗機冒出水蒸氣
・潮濕的抹布
・溫暖的咖啡杯
・附著在吧台上的果汁圓形汙漬
・用菜刀切蔬菜時切到的傷口發疼
・由於熱氣燙傷而抽痛
・用菜瓜布刷瓦斯爐
・金屬餐具的重量
・用來擦拭嘴邊的紙巾
・柔軟的布料
・飄到手指上的麵粉
・溫暖的圓麵包
・食物過熱而燙到舌頭

引領故事發展的情境與事件

・來訪客人或邀請的客人不尊重自己在廚房裡的工作分配
・十幾歲的孩子把特別的點心當成普通零食吃掉
・晚餐桌上起爭執
・家電故障、或由於配管異常影響用水
・廚房被一堆沒用東西占據（文件、郵件、寫作業的工具、手套和帽子等）
・在晚餐桌上洩漏了秘密

登場人物

・近親或朋友
・家人
・來訪而進入的鄰居

編劇小技巧

設定時的重點與提示

大部分情況下，廚房都是家裡的心臟地帶，可以提供能看到（並非敘述）誰住在那裡的機會。可能會使日漸崩毀的關係更加明顯、可以告知背景、大量放入線索來表示家人間是否親密、或者關係疏遠等。為了將特徵加諸於把此處稱為家的每個人身上，作家應該能輕易活用廚房。

例文

對方招待我去喝茶的時機實在太巧妙。戴爾和我將最後一個箱子從搬家卡車上運下，正想稍作休息。但新鄰居帶我們進廚房時，我卻停下了腳步。流理台中堆滿尚未清洗的盤子，旁邊還疊著有昨晚菜渣的盤子。吧台上是花生醬硬塊和果凍黏呼呼汙漬形成的地形圖。才走一步，腳下就傳來啪嚓聲，我忍不住皺起眉頭——地板恐怕是用洋芋片磁磚鋪成的吧——但我一點也不想低頭確認。我一邊微笑著祈禱多娜正用來裝紅茶的馬克杯千萬要是乾淨的，一邊拍掉椅子上的麵包屑。

運用的寫作技巧

隱喻法、多種感覺的描寫

創造效果

賦予登場人物特徵、營造緊張感與糾結的心情

廢礦
Abandoned Mine

關連場景
洞窟、採石場

視覺
- 凹凸不平的岩石及泥土牆
- 圍繞屋頂從旁支撐的厚梁
- 幾乎垂直往下的豎井
- 塵埃或泥土
- 由外頭吹進來的小東西（小樹枝、葉片、紙片、垃圾）
- 損壞的吊橋
- 被破壞的鎖頭
- 生鏽的鐵釘或螺絲
- 載貨馬車走過的古老痕跡
- 生鏽或損壞的手推車
- 腐朽的木柵欄
- 損壞的便當盒
- 混濁的積水
- 積水的地方
- 由牆壁滲出水
- 坍方時的避難場所
- 極矮的天花板
- 岩石上的削岩機痕跡
- 爆破留下的黑色痕跡
- 引線碎片
- 蝙蝠
- 蟲子
- 已關閉之豎井
- 腐朽的木材或合板
- 凹凸不平的地面
- 狹窄的通道
- 由屋簷滴下水
- 為了將蠟燭放進電鑽打洞處而放置木棒
- 滴落的蠟油
- 化為粉塵的提燈
- 由於乾燥腐朽而劣化、搖搖晃晃的扶手
- 因坍方或落石而堆積成山的岩石
- 積水或光滑的岩壁反射出手電筒或頭燈的光
- 橫屍於泥土上的小生物（老鼠、蜥蜴、蝙蝠）
- 過於老朽而七零八落的老舊標示
- 刻在岩石上的名字
- 塗鴉

聽覺
- 回聲
- 靴子磨蹭岩石的聲音
- 周圍小石子散落的聲音
- 嘎吱聲
- 木材移動的聲音
- 水滴聲
- 外面傳來的隱約聲響（過路的卡車、工程噪音）
- 越來越大的呼吸聲
- 由裂縫或出入口吹進豎井的呼呼風聲
- 坍方轟隆聲
- 人聲
- 蝙蝠「啪噠啪噠」拍著翅膀，或「唧—唧—」的叫聲
- 在岩石上快速移動的小動物

嗅覺
- 寒氣
- 混濁的空氣
- 岩石或石子
- 食品發霉
- 建築物發出潮濕霉味
- 乾腐
- 蒙上一層東西的混濁髒水
- 汗
- 塵埃
- 有毒氣體
- 蝙蝠的糞便臭味

味覺
- 空氣因岩石或礦物發出如臭氧的味道
- 含有大量泥炭的混濁水蒸氣
- 與塵埃一同飄進嘴裡的砂礫
- 口乾舌燥
- 唾液
- 裝在寶特瓶或水罐裡的水

觸覺
- 粗糙的岩石
- 摩擦手指的堅硬工業用手套
- 在狹窄空間中彎身移動，感到腰痠背痛
- 天花板太低而撞到頭
- 在隧道或火山岩一帶匍匐前進而擦過膝蓋
- 流過脖子後方的汗水
- 手指關節蹭過巨大的岩石或岩石表面的凸起
- 因場所狹窄碰撞到其他人
- 踩到頁岩或小石子而滑倒
- 自裂縫噴出的淤泥打在臉上

- 手電筒的橡膠手把
- 在膝上敲著由於快沒電而閃爍的手電筒
- 肌膚感受到冷空氣
- 漸漸變悶熱的空氣
- 沾附在手指上如同粉筆灰的粉塵觸感
- 肌膚沾到蜘蛛網而發癢
- 經過氧氣量極低的地方，因而感到暈眩
- 完全腐壞而搖搖晃晃的扶手
- 為了維持方向感而扶著牆壁走
- 失去光源，周圍完全陷入黑暗，感覺變得遲鈍
- 感覺身體要被壓扁了，或者覺得氧氣不足
- 不知道往地上或出去的路線因而陷入慌張
- 一腳踩進積水中，發出惡臭的水滲進靴子裡
- 奇怪的回聲或自己的呼吸聲在振動

引領故事發展的情境與事件

- 掉落豎井因此受傷
- 迷路後耗盡糧食與飲水
- 由於坍方而被困其中
- 陷入氧氣不足
- 失去光源
- 獨自一人時似乎聽到有東西在動的聲音
- 遭逢蔓延有毒氣體的地方
- 睡著了卻被老鼠咬
- 用生鏽的工具來摩擦
- 在黑暗中踩到釘子或扭到腳
- 體溫過高或過低
- 人在地底下卻陷入歇斯底里
- 由相互連結的豎井看見有光芒逐漸靠近
- 獨自一人在黑暗中，卻聽到有什麼東西在呼吸的聲音
- 牆壁上有一區與工程歷史無關的奇妙痕跡，或在豎井內發現遺物

登場人物

- 藥物使用者
- 地質學者
- 探險家
- 追求刺激的十幾歲孩子們

編劇小技巧

設定時的重點與提示

雖然有人覺得地下礦場應該是個涼爽之地，但根據其場所及附近地層不同，也有高低不同的溫度，有的很涼爽，也有的熱到難以忍受。另外，也有越往地下就越溫暖，或者相反越往下就越冷的地方。礦場的樣貌則根據其出產的氣體而異。若該地不再使用之後，即使經過好一段時間，仍有可能持續放出氣體。舉例來說可能會有硫化氫那類沒有毒性、但發出令人不舒適氣味的氣體。另一方面，也可能存在完全無味但毒性強烈的可燃性氣體（一氧化碳、氫氣、甲烷）等，因此礦場是非常危險的地方。除此之外，被封鎖的現代礦場建設與從前的（本條目所記載的）礦場也大異其趣，通常會嚴格警戒使人無法進入。

例文

珍奈一邊剝開覆蓋在豎井上的腐朽合板，一邊將手電筒遞給我。丟向枯萎草叢的板子已七零八落，張開大口的黑洞出現在我眼前。試著將光往裡面照，也只能稍微照出一點黑暗罷了。這原本是我的提議，但現在腦中忽然滿是作業和下次考試的事情。珍奈抱著手，宛如早就料到般對著我微笑。我已經無法回頭了。

運用的寫作技巧

多種感覺的描寫

創造效果

賦予登場人物特徵、伏筆、營造緊張感與糾結的心情

標本工作室

Taxidermist

視覺

- 玻璃製入口
- 被製成標本的動物頭部
- 連著頭部被攤開來掛在牆上當裝飾品的動物皮
- 玻璃下以大頭針固定的蝴蝶或獨角仙
- 以宛如正在飛翔的姿勢被製為標本的鳥
- 擺著自然姿勢的等身大動物
- 裝飾用鹿角
- 收銀機
- 放在玻璃櫃中的商品有動物皮膚或鹿角商品（錢包、刀具、開瓶器）
- 收音機
- 電風扇
- 椅子
- 商品堆在卡車貨斗上運往自家時，為了保護商品不受天候所害而有塑膠製的打包材料及外袋
- 通往工作場所及加工區的門
- 為了避免液體流下、周邊有加高或者附有盛裝容器的金屬準備台
- 鎖緊東西的器具
- 裝了橡膠手套的箱子
- 放大鏡或可移動位置的頭頂照明
- 放在托盤上的器具（鋼刷、手術刀、鑷子）
- 用來收集將丟棄的肉片或骨骼的大碗
- 垃圾桶
- 用來打掃周邊的水管
- 流理台
- 製作標本時用來擺放肉片或剝下的皮而傾斜設置的細長板子
- 裝了鞣皮藥劑的罐子
- 為了製作標本而空無一物的區域
- 有各種大小及姿勢的動物形狀發泡材料
- 為了擺放標本用的支架
- 製作標本用的材料（切斷工具、砂紙、環氧樹脂、鐵絲、釣魚線、裝了補土的水桶、縫衣針或珠針）
- 裝了玻璃或塑膠製眼珠的抽屜
- 裝鹽的罐子
- 將皮作為標本用的油或化學藥品
- 為了製作與實際物品相同的展示區而有花草材料（棉花、聚酯或者塑膠作的草或葉片、將自然物品乾燥製成的燈芯草、岩石、松果、樹枝）
- 小型生物（鳥、蜥蜴、蛇）用玻璃櫃或生態箱
- 用來使羽毛或毛皮豎起的吹風機（乾燥機）
- 用大頭針固定在軟木板上的寫生或素描
- 動物相關書籍
- 用來攫取靈感、捕捉動物動作的海報或照片

聽覺

- 由肌肉切下至皮膚處發出「啪」一聲的潮濕刀刃
- 電動工具的聲音
- 使羽毛或毛皮豎起的乾燥機聲音
- 自皮革上滴下鞣皮藥劑的聲音
- 取下角後為了打造完美形狀而用砂紙磨發泡材料的聲音
- 翻閱參考書籍的聲音
- 寫生時鉛筆在紙上劃過的聲音
- 使用塗料沾濕的刷毛，為了使其滲入標本當中而塗抹發泡材料的聲音
- 為了掃去泥土或小垃圾而用鋼刷刷著
- 「鏘」一聲放下手術刀
- 珠針掉到地上
- 在室內放的收音機聲
- 椅子翻倒在地板上
- 流理台猛然流出的水
- 在加工區以灑水器噴水

嗅覺

- 血
- 動物皮
- 鞣皮用的化學藥品
- 肥皂或食鹽
- 打掃用的化學藥品或噴霧
- 補土
- 塑膠布
- 木材

味覺

- 在設定中，除了登場人物帶進這個場景的東西（口香糖、薄荷

糖、香菸等），可能沒什麼特別的東西跟味覺有關，像這種不會描寫到味覺的場景，可以專心描寫其他四種感覺。

觸覺

- 黏答答的羽毛
- 光滑的皮
- 與糾纏的毛皮奮鬥
- 為了切斷而調整肢體的姿勢
- 抓起手術刀
- 凝固的脂肪或內臟沾附在手指上
- 有彈性的肉
- 折斷的骨骼穿過動物的皮膚透出
- 橡膠手套沙沙的質感
- 手指碰觸到冰冷的肉
- 流過手上的水
- 柔軟的毛皮
- 具黏性的補土
- 沙沙的鹽巴
- 為了將皮放在發泡材料上，拉來拉去調整位置
- 將尾部用鐵絲綁在指定的位置上
- 為了使縫線看來不明顯，而盡可能用力延展皮膚

引領故事發展的情境與事件

- 對於標本師懷抱道德疑惑、對自己賴以為生的工作感到五味雜陳
- 拒絕將以娛樂為目的而殺死的動物製成標本的委託
- 加工失敗，必須將這件事告訴委託者
- 加工失敗，打算隱瞞這件事（將破洞的皮縫合隱藏）
- 偷偷收藏人類屍體的標本師
- 對於自己身為標本師感到羞恥而非常痛苦

登場人物

- 動物持有者（收集自己也照顧不來的動物或飼養牠們的人）
- 與動物死別的飼主
- 獵人
- 標本師

編劇小技巧

設定時的重點與提示

標本製作的技術可能運用來從事小事業，如爲當地野生動物園進行保存等，也可能是經手當地或外國產動物、針對龐大市場的產業。標本師會遇見各式各樣的顧客，可能是想把自己獵捕的動物保存下來的獵人、或者無法放手讓死別的動物離去的寵物愛好者、又或者是發現死亡動物而想將其美麗姿態保存下來的人。

標本師有男有女，通常傾向於把自己的工作視爲一種藝術。大部分的標本師都對於讓動物在自己手中甦醒，懷抱著強烈的熱情。但也請記得，當中也有有人設下道德界線，不接受那些瀕臨滅絕危機的動物、或者只爲了娛樂而被狙殺的動物保存委託。若能將這類細節編織進故事當中，除了會帶出現實感以外，也可以打破「標本師是對奇怪事情有興趣的詭異人們」這種常見的描寫。

例文

跨進展示間的瞬間，我又閃過了一樣的念頭：明明塔娜夫人可以自己來店裡的。跟男人一樣高大的熊，閃爍著爪子在我頭上張牙舞爪；裝飾在牆壁上的好幾個鹿頭，都宛如懷疑我就是狙殺牠們的那個人一樣，直瞪著我。但跟寵物相比，野生動物真是好太多了。寵物都放在櫃台的高度，無論如何都會看見。有頭歪向一邊的兩隻梗犬、像在惡作劇般有各種姿勢的貓咪、在狗床上蜷成一團的獅子狗、巡視石頭周遭的雪貂。牠們的姿態栩栩如生，但用光向眼睛一照，不過是失去生氣的空虛玻璃珠。一陣酸味湧上嘴裡。我那奇特的鄰居，要是想永遠追悼愛犬的話，我想這間店是一定會幫忙的吧。

運用的寫作技巧

直喻法

創造效果

賦予登場人物特徵、告知背景

穀倉/畜舍

Barn

關連場景

田園篇——雞舍、果園、牧草地、牧場、防災用地下避難室、家庭菜園

都會篇——老舊小貨車

視覺

- 高大的兩片式門
- 馬用道具（馬轡、牽引繩、鬃毛用梳子、籠頭）或其他工具（鏟子、乾草用起重機、繩索、耙子、掃帚）靠在附有掛鉤的粗木牆壁上
- 附上簡單的門鉤和出入口的畜舍和圍欄
- 圍欄裡的動物（豬、羊、山羊、肉牛、馬、騾子）
- 散落在地上的稻草
- 裝滿水的水桶
- 飼料槽
- 裝著燕麥的麻布袋
- 不斷縮小凹陷的飼料鹽
- 飼料桶
- 在牲口旁飛來飛去的蒼蠅
- 沿著柱子或椽邊織網的蜘蛛
- 陽光照射著空氣中飛舞的灰塵
- 生鏽的釘子
- 粗糙的小屋柵欄上附著幾根馬毛
- 堆肥
- 羽毛
- 骯髒的稻草塊
- 藏在乾草堆中的母雞巢
- 披上一層耀眼陽光的稻草堆和乾草堆
- 通往閣樓的木製梯子
- 從燈泡垂下來的開關繩
- 在地板上快速移動，於乾草堆中築巢的老鼠
- 披在鋸木台上的馬用毛毯
- 百葉窗戶
- 被泥水噴濺過的壁面
- 煤烟
- 尋找掉在地面上飼料的雞隻
- 悄悄地補獵害獸，或在陽光底下睡覺的貓
- 在牆角邊嗅啊嗅的狗兒
- 停放在戶外的拖拉機或髒兮兮的越野車

聽覺

- 乾草摩擦時發出「喀沙喀沙」聲
- 板子的嘎吱聲
- 跺著腳的走路聲
- 動物特有的聲音（倉促的鼻息聲、「咚咚」的腳步聲、（馬的）嘶鳴聲、「嘰嘰」的叫聲、吼聲、「咩咩」的叫聲、狗吠聲、嗥叫聲）
- 急促的呼吸
- 動物的身體在柱子或柵欄上磨擦的聲音
- 將穀物倒入飼料槽時發出的「啪啦啪啦」聲
- 用鏟子鏟土時發出的聲音
- 乾草堆撞到地面時發出的「嘩啦」聲
- 在畜舍裡撒上乾稻草時發出的「喀沙喀沙」聲
- 啃食蘋果時發出「啪哩啪哩」的聲音
- 咀嚼食物時發出的聲音
- 尾巴晃動時發出的「咻咻」聲
- 出入口發出的「嘰嘰」聲
- 門鉤發出的聲音
- 「啪恰啪恰」的水聲
- 馬具發出「喀恰喀恰」的聲音
- 攤開馬用毛毯時，發出的「啪嗟啪嗟」聲
- 人類和動物搭話，鼓勵動物時發出的咂嘴聲
- 馬蹄和地面接觸走動時，發出含混的「嗟嗟」聲

嗅覺

- 讓鼻子感覺癢癢的稻草的味道
- 動物的體味
- 小便
- 堆肥
- 鹽
- 香甜的貓尾草
- 穀物
- 木材
- 鋸木後產生的碎屑
- 腐敗的稻草或乾草

味覺

- 收割稻草和牧草時，乾燥稻殼的氣味
- 沾在上唇的汗水

觸覺

- 感覺刺刺的乾草或稻草
- 掉進襯衫裡的穀殼，沾在脖子上
- 粗糙的板子

・從臉上滴下的汗水
・帽帶產生的熱
・抖掉附著在衣服和頭上的稻殼
・沉重的作業用手套
・馬嘴旁乾燥的毛，摸起來癢癢
・動物的體溫
・馬的皮膚
・沒戴手套就將乾草堆往上抬，草堆和繩索摩擦生熱，燙傷自己
・靴子沉重地踩在地板上
・整理骯髒的稻草和堆肥時，四角形鏟子在地上發出「喀噠喀噠」聲
・被因受傷而充滿驚懼的動物踢了一腳
・木材等物體上的刺
・溫暖而沾滿灰塵的馬腹
・沿著馬背的曲線，用梳子緩緩梳理馬毛
・解開糾結在一起的馬鬃毛
・馬的鬃毛或尾巴上的乾毛
・被馬尾巴撲打
・被牛虻叮咬
・被羊頂到
・爬在粗木梯上前往閣樓的途中，被刺給扎到了

引領故事發展的情境與事件

・疾病在家畜之間流行
・不乾淨的飼料讓動物生病
・火災
・肉食動物（狼、熊、草原狼）侵入畜舍
・發現有人一直住在閣樓上
・支柱腐蝕，屋頂崩塌
・動物從畜舍空隙間逃跑了
・動物面臨受孕和生產方面的問題
・因為沒有人幫忙，只能自己硬著頭皮幫動物接生
・（因為自己的疾病、肢體上的障礙或單身等因素）細心照料牲畜，讓人吃不消
・發現了前一位屋主在地上留下的秘密出入口
・（因為受傷或有暴力傾向）必須將某隻動物與其他動物隔離
・喜歡上演逃跑劇的動物鬆開了掛勾（馬、肉牛、羊）
・受到驚嚇的馬兒不小心踩到人
・暴風雨吹倒畜舍，造成家畜受傷

登場人物

・獸醫
・農場勞動者
・農場或牧場的主人及其家族
・蹄鐵工匠

編劇小技巧

設定時的重點與提示

不同的穀倉／畜舍之間沒有什麼太大的差別。建築物的大小和飼養的牲畜種類，則依不同的農牧場而有不同。有些畜舍飼養大量單一牲畜，有些則較多元。穀倉／畜舍的整齊清潔程度取決於它的經營者。有些業者爲了不讓動物生病，時常打掃衛生（特別是販賣畜產品的商人），並努力爲牲口打造一個舒眠的環境。想當然，有些業者就比較隨便啦！

例文

「探戈」用鼻子蹭著安德莉亞的口袋，想確認裡頭是不是真的沒有紅蘿蔔了，然後將下顎靠在她的肩膀上。「探戈」的鼻子和嘴巴下方長滿了堅硬的毛，讓安德莉亞覺得癢癢的，就像拿一把老掃帚在肌膚上做掃除一樣。她靠著「探戈」，深吸一口飽含馬兒和稻草的空氣。安德莉亞細細玩味著耳邊傳來的馬蹄和木地板的摩擦聲，以及當陽光照射到「探戈」身上時，牠全身散發出如蜂蜜般光澤的美。她心想，能進大學念書固然開心，但自己一定會很懷念這裡的一景一物。

運用的寫作技巧

光與影、隱喻、多種感覺的描寫

創造效果

醞釀氣氛、強化情緒

樹屋
Tree House

關連場景
後院

視覺

- 用來攀爬而固定在樹幹的繩梯或板子
- 掀門
- 木材厚板
- 挖空製作的窗戶
- 以釘子將布料釘在窗上代替窗簾
- 簡樸的家具
- 一半大小的地毯
- 寫著「禁止進入」的告示牌，或者寫上社團名字的看板
- 口袋小刀
- 手電筒
- 秘密藏起寶物或違禁品的地方
- 玩具
- 收藏品（石頭、貼紙、模型、硬幣）
- 為了不被雨淋濕而以塑膠袋裝起來的紙類
- 有缺角或不成套的盤子
- 垃圾食品包裝袋
- 空汽水罐或寶特瓶
- 麵包屑
- 書或雜誌
- 老舊靠枕或枕頭
- 釘在牆上的海報
- 木材上寫著名字、或刻有名字
- 玩撲克牌的人們
- 少了部分棋子的棋盤遊戲
- 蜘蛛網
- 伸出樹屋旁或掀門外晃來晃去的腳
- 微風吹動葉片、點點葉影形成陽光的斑點
- 為了把沉重的東西拉上樹屋而用繩子綁了水桶
- 環繞周遭的葉片及樹枝
- 向下垂的青苔
- 松鼠
- 鳥
- 蟲類
- 蜥蜴
- 後院景色

聽覺

- 木板嘎吱聲
- 繩梯摩擦樹幹的聲音
- 風吹動樹葉的聲音
- 樹枝打到屋頂發出啪啪聲以及摩擦的聲音
- 窗簾翻飛
- 啪地打開汽水罐
- 零食的包裝紙發出沙沙聲
- 喀滋喀滋的洋芋片聲
- 鳥叫聲
- 蜥蜴攀爬木材的聲音
- 蟲子嗡嗡來回飛舞
- 松鼠吱吱聲
- 笑聲
- 談話聲
- 翻書聲
- 傳來音樂播放器的聲音
- 敲打屋頂的雨聲
- 某個人喀噠喀噠的打簡訊或玩電玩的聲音
- 聽到自家或附近傳來的聲音
- 轟然奔過道路的車輛
- 汪汪叫的狗
- 碰地一聲關上的門
- 灑水器以固定節奏響著啪噠啪噠聲
- 輕聲細語
- 嘻嘻笑的聲音

嗅覺

- 花
- 剛割過的草皮
- 嶄新的木材厚板
- 木屑
- 雨
- 乾淨的空氣
- 樹汁
- 汗水
- 在後院烤肉鐵板上烹調的食物
- 煙囪的煙
- 發出霉臭味的靠枕或地毯

味覺

- 水
- 汽水
- 果汁
- 巧克力
- 甜的零食
- 洋芋片
- 三明治
- 餅乾
- 雨
- 汗水

・偷來的香菸或啤酒

觸覺

・粗糙的木材厚板
・木板上突出的釘頭
・自地板縫隙滲入的冷空氣
・因強風晃動的樹屋
・微風吹進窗戶
・輕撫肌膚的窗簾
・刺刺的繩索
・起毛的地毯
・柔軟的靠枕或枕頭
・睡袋塞得飽滿柔軟
・雜誌或書本光滑的觸感
・粗糙的樹皮
・被蚊子叮
・將手腕伸出窗外、雨滴打到肌膚
・身體被尖刺刺到
・手指被木板間隙夾到
・與朋友大肆吵鬧
・躺在堅硬的地板上
・手指劃過重要的東西（棒球卡收藏品、找到的動物頭蓋骨、裝了私人物品的金屬箱子）
・用刀子雕刻厚木板

引領故事發展的情境與事件

・搭得不夠牢固而坍方的樹屋
・找到避而不見的人
・由樹屋掉落而受傷
・黃蜂在樹屋裡築巢
・下雨造成喜愛的玩具或充滿回憶的物品全毀
・被發現有違禁品（香菸、成人雜誌）
・玩火柴或蠟燭結果點燃樹屋
・由於家具發霉而出現臭蟲
・夥伴給予壓力導致更加沒有前進動力
・為了得償所願而欺凌某個人的朋友
・發現從視野寬闊的高處可以偷看鄰居寢室
・秘密只告訴一位朋友卻被傳開來
・在後院聽到自己爸媽在談離婚的事情
・對手闖進樹屋裡破壞
・因為一些蠢事而破壞友情
・自己的樹屋被哥哥或姊姊占據
・目擊樹屋當中發生的事（殺人或其他犯罪），陷入危險立場

登場人物

・孩童
・鄰居
・爸媽
・兄弟姊妹

編劇小技巧

設定時的重點與提示

樹屋對許多孩子來說，就像是個必經儀式的東西。從前的樹屋是用粗糙材料打造，但現在的秘密房屋會完善具備有玻璃窗、屋簷、遮陽、溜滑梯，及其他多種機能，甚至可以買材料來組裝。無論如何，真正能夠反映當中人物性格的，便是樹屋的內部裝潢。裡面滿是蜘蛛網？或者有收拾乾淨？是放滿到處收集來的東西，或者放了由二手商店買來的成套家具？是孤單的孩子的天堂，或者是鄰近小孩會開心聚集的場所？這些正是潛藏於當中容易遺忘的小細節。不要忘記這些東西，在展現登場人物關連場景時就活用樹屋吧。

例文

我抬起頭，想看看大家在做什麼。諾拉正磨著小河裡撿來的石子，排列在窗戶小小的窗緣。梅莉莎和布里用油漆在裡面的牆壁上畫畫——太多東西混在一起，還看不出是畫些什麼。我笑了笑，將手中的雜誌翻過一頁。這樣才是暑假的感覺呢。把所有女性朋友找來，沒有男生也沒有爸媽……最重要的是，不必擔心功課。

運用的寫作技巧

季節

創造效果

醞釀氣氛

燈塔
Lighthouse

視覺

・水域附近建在高台上的圓筒型圓頂建築物
・在建築物頂端旋轉閃爍的旋轉燈
・燈塔地基附近的草叢或植物
・為了不想爬上頂層的人設置的板凳
・旗桿
・茂密的灌木及綠草
・蝴蝶
・用來進入的門
・燈塔內部為螺旋狀、由縱向格子構成的金屬階梯
・固定在牆上的扶手
・一定的高度就會有平台
・紅磚牆上小小的窗戶
・往上爬到一半，為了休息而聚集在平台的觀光客們
・接近樓梯最上方處的彈性門射進自然光線
・通往主要瞭望陽台的階梯
・狹窄陽台的扶手高度到人胸口，且包圍燈塔最上層
・最上層的小圓窗
・陽台可看見的景色（水、沙灘、船、橋、車、草地茂密的山丘或牧草地、家家戶戶或飯店、工地吊車、樹木、附近移動中的雲影）
・通往監視室的狹窄梯子
・監視器備用品（急救箱、滅火器、保存容器、折疊椅、裝了午餐的袋子、電話）
・掉落的塗漆
・生鏽處
・獻給燈塔員或當地船員的紀念牌
・禮品店或博物館（若燈塔為歷史遺跡）

聽覺

・爬上階梯時的喘氣聲
・燈塔中的回音
・鞋子踏過金屬階梯發出鏘鏘聲
・觀光客談話聲
・導覽聲
・下方傳來船隻引擎聲
・海鳥嘈雜的叫聲
・在附近橋上往來的車輛轟隆聲
・嗡嗡來回飛舞的蟲子
・風聲呼呼
・霧中的訊號聲
・回轉燈的機械聲
・來訪客人用相機「喀嚓喀嚓」拍攝景色

關連場景

田園篇——海灘、海洋
都會篇——漁船、遊艇、遊艇碼頭、遊艇

嗅覺

・霉臭潮濕空氣
・內部陳悶的空氣
・鹹水
・人群雜沓的氣味（止汗劑、髮膠、汗水、香水）

味覺

・在設定中，除了登場人物帶進這個場景的東西（口香糖、薄荷糖、口紅、香菸等），可能沒什麼特別的東西跟味覺有關，像這種不會描寫到味覺的場景，可以專心描寫其他四種感覺。

觸覺

・籠罩燈塔內部的溫暖空氣
・由階梯最下方到上面的空氣轉換
・由於爬樓梯而感到小腿肚熱熱的
・上樓梯感到暈眩
・為了支撐身體而輕靠著磚牆
・緊握金屬製的堅固扶手
・腳邊穩固的階梯
・平台旁敞開的小圓窗流入新鮮的空氣
・頭髮或衣物因汗水而濡濕
・走出陽台時迎面吹來的風
・眺望著風景、靠向扶手
・圍巾的一角被風拉扯或吹動
・緊抓打算任何地方都要爬上去、甘冒危險的幼小孩子

引領故事發展的情境與事件

・由陽台摔落或被推落
・由階梯上跌下
・雖然有健康問題（心臟疾病、高血壓、懷孕）卻仍挑戰爬梯登高懼高症
・旅行者在建築物旁弄丟相機或手機
・由燈塔上視野最好的地方目擊犯罪事件
・燈壞了而使遠洋船隻陷入危險
・在觀光客圍觀的陽台上求婚卻被

斷然拒絕
- 沒有整治好的燈塔遭遇強烈颶風
- 階梯生鏽，上樓時覺得腳邊不安穩
- 旅行團體客人占據燈塔
- 慢吞吞拍著照片，沒注意到關閉時間的人們
- 愛惡作劇的人從陽台上丟東西
- 遭到雷擊
- 被追而逃至燈塔，但只能往上走
- 來訪者利用上面的陽台自殺

登場人物

- 管理員及工作人員
- 當地人
- 學校參觀團體
- 觀光客
- 導遊

編劇小技巧

設定時的重點與提示

人們至今仍受燈塔吸引，有非常正大光明的理由。也就是不管有多少座燈塔，都沒有一個是一樣的。即使特定區域當中，燈塔外側的樣貌也隨燈塔而異。這是爲了讓船員們在不點燈的白天，也能夠確認其所在地。現在的燈塔大多已機械化，不再需要燈塔員。但無法否認燈塔這建築物本身在歷史上的重要性。因此大多會由政府或非營利團體接手維修，使其維持良好狀態。

例文

喬治急忙奔上燈塔那鑄鐵製階梯，氣喘的如同被刺一般痛苦。這個地方從三十年前就不再使用，因此裡面完全是一片黑暗，他除了覺得萬幸，也不禁詛咒了起來。已汗濕的手抓著扶手、身體緊貼著牆壁往上爬，因此磚瓦間的填充劑也沾上了他的襯衫。走到平台，爲了從面南的窗口窺看外面的樣子而停下腳步。夜空中升起的雖是弦月，但萬里無雲還算明亮，就像是引著對方來到燈塔一樣，清楚照出緊追自己不放的男人身影。喬治硬是壓下哭聲、猛然緊靠牆壁。

運用的寫作技巧

光與影、多種感覺的描寫

創造效果

伏筆、營造緊張感與糾結的心情

遺跡
Ancient Ruins

關連場景
洞窟、熱帶雨林、秘密通道

視覺
- 被枯草圍繞，飽經風霜的石柱
- 傾頹半倒的建築物
- 遭到捲曲的樹根破壞，出現裂紋的方木或石塊
- 有凹陷處的階梯
- 遭到攀緣植物破壞或不堪樹葉重量而遭壓毀的屋頂
- 由大理石或其他石頭製成的無頭雕像
- 碑文或石雕
- 高聳的尖塔
- 建築物內部充滿灰塵，走廊布滿蜘蛛絲
- （因為濕潤的氣候）爬滿菌類和霉菌，骯髒的雕刻拱門
- 依照一定的規則放置的石頭
- 被熙來攘往的人們踩踏，布滿凹痕的地板
- 祭壇
- 岩壁
- （因為過去的戰爭）留有爆破痕跡和彈孔，附有射擊孔的城寨
- 過去發生過的火災，讓石頭上附著灰燼
- 空空如也的爐床和升火台
- 陰暗處
- 圓形的地面上布滿枯葉
- 斑點模樣細碎的陽光從樹木和草叢間的縫隙射進來
- 以遺跡為家的小動物（蜘蛛、蛇、蜥蜴、昆蟲、鳥類、蝙蝠）
- 洞窟
- 對該文化而言具有重要意義的動物圖騰柱
- 攀緣植物摧毀石塊，如細繩般從窗縫和入口處向內侵入
- 該地常見的植物葉片（耐寒性的草皮、羊齒類植物、矮木叢、樹林）
- 動物的糞便
- 苔癬
- 動物的空巢
- 洞穴和縫隙
- 瓦礫
- 灰塵
- 藏在隱密處，古代的貴重物品（寶石、壺、宗教性象徵器物、武器、石器、道具）
- 蛇脫皮後留下的空殼
- 泥土上殘留的動物腳印

聽覺
- 穿過石製走廊和窗戶的風聲
- 雜草相互摩擦產生的聲音
- 鳥兒的啁啾聲
- 拍動翅膀發出的「啪噠啪噠」聲
- 蟋蟀等昆蟲發出的聲音
- 腳踩在枯葉上發出「啪哩啪哩」的聲音
- 葉片碰到石頭發出「喀沙喀沙」的聲音
- 枯掉的藤蔓摩擦牆壁的聲音
- 微風吹過樹木時沙沙作響
- 踏在石板路上的足音

嗅覺
- 如粉末般灰塵的味道
- 建築物上的霉菌和冰冷石頭的味道
- 該地區特有的花香
- 草木的香味
- 濕潤的泥土和枯葉土發出的味道

味覺
- 口乾舌燥時口腔內的味道
- 健行時自己帶的水及潤喉用飲料的味道
- 適合背包客的食物（乾果類餅乾、堅果、牛肉乾、果乾）

觸覺
- 腳下崩壞的岩石
- 凹凸不平的地面
- 沾黏在皮膚上的汗
- 從掌心傳來石頭粗糙的觸感
- 貼在背上冰涼的石頭
- 沾在手上的白灰
- 足部擦過一片大樹葉
- 想方設法擠進狹窄的場所時擦傷了皮膚
- 濕冷的椰子樹和羊齒植物的葉片滑過手臂
- 微風吹亂頭髮
- 背包的吊帶被東西勾到
- 附著在水壺上的水滴
- 受到自然環境的影響，色彩斑駁而潤澤的石頭

・從腳下一片苔癬和樹葉感受到的彈力
・附著在肌膚上的蜘蛛網
・下垂的藤蔓掠過髮際
・被蚊蟲叮咬
・因蛇正從自己的腳邊或腳上通過而動彈不得
・為了看風景登上階梯或岩壁，在滿是石塊的突出處坐下來

引領故事發展的情境與事件

・遭遇超自然現象（看到或聽到什麼）
・在有如迷宮的遺跡中失去方向
・因為牆壁和屋頂崩落，造成外傷或受困
・被有毒的蜘蛛或蛇咬傷
・和遺跡相關的迷信，讓導遊不想進入
・無意中走進一間機關仍可活動的密室或寢室
・（因受傷、生病或糧食不足）需要人幫助，卻身處在一個人跡罕至的地方
・手電筒電池沒電了
・暴風雨造成地面鬆軟，石頭滑動
・塌陷的洞穴和隨時可能崩落的岩石架等暗藏危險之處
・聽到鳴叫聲才意識到，自己正遭到某種動物追捕
・自己想留在當地考察，同伴卻想打道回府
・巴士到達當地時，已有滿坑滿谷的旅客，無法享受靜謐的時光
・從岩石架或階梯上跌下來
・太陽光讓身體過度增溫
・因為交通工具故障，必須在夜裡充滿危險（動物等）的遺跡度過一宿

登場人物

・考古學者
・健行的人
・歷史迷
・為了向祖先致敬或獻祭而造訪遺跡的地方人士
・觀光客

編劇小技巧

設定時的重點與提示

遺跡有不同的造型和規模，還有地上、地下之分。氣候對遺跡帶來莫大影響：當地能夠種植的作物、遺跡劣化的速度、周遭可以看見的動物種類等，都受到氣候的影響。如果遺跡是觀光地，可以在那裡見到觀光客、導遊和土地開發業者。有些地方還會圍上警戒線和警告標示，禁止人們隨意進入。如果遺跡位於郊區或還沒被發現，當地的土壤層一般都會保持原樣。如果該地草木扶疏，要找到通往遺跡的道路會有一定的難度。

例文

當太陽在吳哥窟升起時，羅倫滿懷崇敬屏息以待。擁有上百座石製寺院、道路、階梯，因造像聞名遐邇的都市，就像爲了讚美眾神高舉的手，如今已成爲一個巨大的廢墟。椰子樹和熱帶雨林從兩側逼近，像是要奪回這些石材，緊抓著建築不放。圍繞遺跡的水道，隱約綻放著橘色和粉紅色的微光。儘管散播瘧疾的蚊蚋群魔亂舞，身穿長袖上衣的她顯得氣定神閒。再過一小時，這些小蟲就會回到有樹蔭的地方。她信步走過由圓石搭建的橋梁，讓自己沐浴在四周諸佛的微笑裡。爲了能夠到吳哥窟，她經歷了十二年的歲月，跨越了種種的困難，總算走到今天這一步了。

運用的寫作技巧

對比、多種感覺的描寫、直喻法

創造效果

賦予登場人物特徵、告知背景、強化情緒

嬰兒房

Nursery

關連場景

兒童遊戲場、托兒所、幼兒園

視覺

- 從窗戶射進來的陽光
- 微暗的檯燈光線
- 嬰兒床上方掛滿色彩繽紛的吊飾
- 化妝台
- 尿布專用垃圾桶
- 改用來放置嬰兒用品的桌子（尿布、圍巾、嬰兒爽身粉、塗抹因尿布引起紅腫的軟膏、殺菌乳液）
- 衣物籃
- 光線柔和的夜燈
- 搖椅
- 鞦韆式搖籃
- 牆壁上掛著寫有嬰兒名字的裝飾牌，或用英文字母拼出寶寶名字的個性裝飾物
- 布偶
- 音樂播放器
- 掛著藝術作品，色調柔和的牆壁
- 全家福照片的直立相框
- 零零星星的雜物
- 嬰兒監視器
- 圍兜
- 嬰兒用指甲剪
- 梳子和刷子
- 奶嘴
- 會發出聲響的玩具
- 圓形的奶嘴
- 厚紙或布製的繪本
- 嬰兒服（居家或外出嬰兒服、一件式嬰兒服、娃娃服）
- 嬰兒鞋
- 脫下的襪子
- 嬰兒躺或跪坐在嬰兒床
- 地面散落著玩具
- 抽屜沒關，衣服被拉出來了
- 天花板貼著閃閃發光的星星
- 天花板垂吊著裝飾品（蝴蝶、鳥兒、飛機）
- 衣櫃（毛毯、尿布箱、外出服、嬰兒逐漸長大後可穿的衣物）

聽覺

- 鞦韆式搖籃發出的「嘰嘰」聲
- 吊飾發出的音樂
- 手提音響播放背景音樂
- 塑鋼嬰兒搖籃床發出的「喀沙喀沙」聲
- 發出「喀啦喀啦」或「嘰嘰」聲音的玩具
- 打開時會發出「喀鏘」聲響的尿布用垃圾桶
- 撕下尿布黏貼膠帶時的聲音
- 尿布摩擦時發出「喀沙喀沙」的聲音
- 金屬扣扣上的聲音
- 檯燈開關的「喀恰」聲
- 搖椅發出的嗄吱聲
- 小嬰兒發出的輕柔聲音或哭聲
- 寶寶換好衣服、聽著兒歌，漸漸進入夢鄉時，兄弟姊妹在地板上玩
- 窗外的聲音（「啪啦啪啦」的雨聲、風聲、樹木搖晃發出的聲音、蟋蟀的鳴叫聲、鳥叫聲、車聲、附近鄰居的說話聲、割草機的聲音）
- 開啟空調或暖氣時的聲音
- 加濕器發出的「嗡嗡」聲
- 從別的房間裡發出的含混說話聲
- 關上衣服抽屜時的聲音
- 百葉窗上下拉動時發出的聲音
- 嬰兒吸吮姆指時發出「啪恰啪恰」的聲音
- 嬰兒睡著時發出的聲音（鼾聲、呼吸困難的聲音、深呼吸）

嗅覺

- 嬰兒爽身粉
- 嬰兒乳液
- 因尿布引起紅腫所塗抹的軟膏
- 小便
- 大便
- 吐奶
- 酸掉的牛奶
- 芳香劑
- 消毒水

味覺

- 粉狀或液體的嬰兒牛奶
- 牛奶

觸覺

- 羽絨毯
- 嬰兒用的柔軟床單
- 抱起來舒適的布偶
- 嬰兒的頭髮一會兒汗涔涔，一會

兒滑溜溜

・睡著的孩子體溫較高
・滑順的肌膚
・沾滿口水的小嬰兒親吻
・濕透的尿布和衣服
・抱枕的替換用絲絨枕罩
・涼涼的擦屁屁紙巾
・經過加熱後，溫暖的擦屁屁紙巾
・從窗外射進來的溫暖陽光
・檯燈和夜燈的溫度
・塑膠製的溫暖奶瓶
・小嬰兒吸吮奶瓶的吸力
・變形走樣的尿布
・唾液
・黏呼呼的嬰兒吐奶
・塗滿嬰兒爽身粉的手
・黏稠的乳液
・扭動身體的嬰兒
・冰涼的金屬扣
・柔軟的衣物
・舒適的搖椅或餵奶椅
・抱在手中的嬰兒漸漸進入夢鄉，慢慢停止搖晃

! 引領故事發展的情境與事件

・會在夜裡哭泣的敏感嬰兒
・照顧嬰兒的護理人員和醫生對嬰兒的狀況不表樂觀
・重要時刻，尿布裡的排泄物外漏到背上
・嬰兒猝死症
・不明過敏原導致呼吸困難
・安全問題（百葉窗的吊繩、插座、有窒息危險性）
・在黑暗中踩到玩具
・突然發出的大聲響驚醒好不容易睡著的嬰兒
・不知道是誰抱走熟睡中的嬰兒
・對嬰兒的傷勢視若無睹，沒有責任感的保母
・第一次為人父母的不安
・睡眠不足
・產後憂鬱、產後精神病
・和上一代對養育子女的方式意見相左，發生爭執
・容易嫉妒、動怒的兄弟姊妹，故意做壞事吸引父母的目光，甚至做出會危及嬰兒安全的行為
・住宅火災
・嬰兒的父母有一方突然死亡，家中沒有能夠照顧嬰兒的人
・吵鬧的鄰居喜歡開趴和大聲交談，總是吵醒安眠中的嬰兒

登場人物

・嬰兒
・嬰兒保母
・清掃人員
・親人
・客人
・奶媽

編劇小技巧

設定時的重點與提示

嬰兒房裡的陳設會因不同的家庭狀況而有所不同。富裕的家庭會準備專門的嬰兒房，雙胞胎或三胞胎可能會共用一個房間。從室內的裝飾可以推測一個家庭的經濟狀況和對待孩子的方式，有的房間布置得富麗堂皇，有的則馬馬虎虎。一些過度熱心的父母爲了刺激小嬰兒的大腦，會去認眞執行專家提出的最新建議，像購買鼓勵嬰兒從事大腦活動的玩具和書籍、將室內裝潢設計爲特定的樣式。有些家庭重視和嬰兒一起就寢，有些只是在嬰兒房裡放置需要的物品而已。當我們在故事中設計嬰兒房時，不要忘了，無論什麼類型的嬰兒房，反映出的並非小嬰兒的意志，而是寶寶父母的想法，這是一個非常私密的空間。

例文

陽光穿透窗邊輕薄的簾子，照亮才剛布置好的嬰兒房。矢車草綠的牆面上，掛著經過裱框，卡通畫風的自卸車和拖拉機海報。房裡播放著熱帶雨林的背景音效。雛菊壓到放在化妝台上的木製小火車，讓車子動了起來。她做了個深呼吸，空氣中飽含重新塗上的油漆和新家具的味道。嘆了口氣，摸摸大肚子，「等到都準備就緒了，你要什麼時候出來都可以喔，小可愛。」

運用的寫作技巧

光與影、多種感覺的描寫

創造效果

醞釀氣氛、強化情緒

雞舍
Chicken Coop

關連場景
後院、畜舍、農場、農產品市集、家庭菜園

視覺

- 包圍庭院遮風擋雨的木製骨架與鐵絲網
- 沿著邊緣生長的草
- 掛著鎖頭的窄門
- 蓬鬆的雞隻集團（搖頭晃腦地穿過庭院，突然止步、挖洞、啄著蟲子或四散的飼料、吃草、整理羽毛）
- 雜草自踏平的泥土中竄出
- 掉在地面上的少許木屑
- 石子
- 裝了各色種子以及穀類飼料的馬口鐵盤
- 塑膠給水器
- 小屋地基在較高處，通向其入口的斜面上鋪有木板
- 穿過出口，地基上四散著稻草或木屑
- 圍起來的巢盒
- 棲木
- 金黃色稻草中若隱若現的雞蛋（棕色、白色、黃褐色）
- 掉落在合板地上的黑色雞屎
- 換氣口
- 用於寒冷時的保溫燈
- 小屋有拉門，在夜裡可以保護雞隻、也可防風

聽覺

- 微弱的咕咕聲
- 爪子刨抓地面的聲音
- 雞隻整理羽毛時，羽毛啪噠啪噠地豎起
- 門板鉸鏈嘎吱作響
- 喀鏘一聲鬆開的掛勾式鎖頭
- 在合板上發出「喀噠喀噠」聲的爪子
- 穿過草皮的風
- 鳥喙啄著馬口鐵飼料皿的聲音
- 在不安與危險逼近時，雞隻鳴叫聲越來越高昂
- 咕咕叫的公雞
- 收集雞蛋或打掃雞舍的人制止雞隻吵鬧的聲音
- 鄰近周邊的聲音（狗叫聲、「碰」地關上的門、奔跑的孩子們、附近住家傳來的聲音、車輛往來）
- 為了排成一列，母雞吵吵鬧鬧試圖整隊

嗅覺

- 稻草
- 滿布灰塵的飼料
- 發出惡臭的水
- 泥土
- 雞屎

味覺

- 空中飛揚的塵埃
- 稻草一角

觸覺

- 小石形狀的穀物飼料
- 凹凸不平的地面
- 腳邊的石子
- 新鮮雞蛋光滑平整
- 刺刺的稻草或木屑
- 輕刺腳底的草
- 雨
- 翻飄衣物的風
- 搬運飼料或水時，托盤的金屬握柄陷入手中
- 雞隻柔軟的羽毛
- 鳥喙戳到自己的手或腳踝
- 用水桶或衣襬收集幾個雞蛋的重量

引領故事發展的情境與事件

- 野生動物接近雞舍
- 憤怒的鄰居在飲水中下毒，或者把雞放出去
- 格外寒冷的冬天
- 持有者為不會收拾東西的人，因此雞隻生活在非常糟糕的環境中、容易生病
- 雞不生蛋
- 雞挖了洞逃走、或者以其他方式逃走
- 持有者或其孩子中有人怕鳥

登場人物

- 想買農產品市集上新鮮雞蛋的客人
- 家人
- 鄰居
- 雞舍持有者

編劇小技巧

設定時的重點與提示

有越來越多人對於可自給自足的生活感興趣，因此養雞也逐漸受到歡迎。並不一定是在鄉下或農場生活，也有許多人在郊區或都市（若法規許可），於後院建造雞舍。雞舍的種類有正統派的木材與鐵絲網搭建，也有設計師作品，非常多樣化。可能是飼料及水的供應自動化的系統；又或是較老舊的溫室或小木屋、甚至可能拿福斯廂型車生鏽的車骨移作他用，改造成雞舍。比較熱衷的人可能會幫雞舍外面裝潢得很鮮豔、裝上雞的名牌或灑脫的古典風看板，讓建築物看起來更美觀。設計雞舍時，不需要有所限制。反而更應該配合持有者的性格來打造。

例文

我豎耳傾聽著聲音，邊匆匆進行手上工作、在雞舍裡來回。風呼呼吹過鬆開的木板，外頭則有母雞拖著腳的聲音，卻完全聽不見公雞那不懷好意的叫聲。我匆忙搶收著巢裡的蛋。但牠怎可能不在那裡。才想著沒問題的那瞬間，就發現了牠。小小的喉頭發出咕嚕聲、腦袋靈活的轉動著，那對用來望著天敵的眼睛正盯著我不放。聽見從外頭傳來的聲音，我不禁嚇了一跳。可惡，怎麼會有這麼噁心的傢伙。

運用的寫作技巧

光與影、天氣

創造效果

醞釀氣氛、營造緊張感與糾結的心情

露台 Patio Deck

關連場景
後院、庭院、家庭派對、廚房、工具間

視覺

- 在能夠眺望後院處與地面相接的堆石區域，或在比地面高處搭設的木製空間
- 大型溫水浴缸
- 桌椅
- 充滿各種顏色的花棚、花缽、吊籃
- 爬滿藤類植物的格子窗或花架
- 覆蓋部分露台的遮陽棚或陽傘
- 陽光射進露台周圍樹木之間形成光與影對比
- 通往室內的門
- 烤肉用爐
- 暖爐或野外爐具
- 堆積如山的薪柴
- 戶外的休憩場所（沙發、有靠枕的椅子、咖啡桌、作為裝飾品的柔軟靠枕）
- 收拾座墊或裝飾枕的箱子
- 草地上散落著玩具
- 掛在外牆上的時鐘
- 溫度計
- 火炬或除蟲蠟燭
- 木板地用燈
- 放了凳子的室外酒吧
- 附著水滴的玻璃杯或裝了莫吉托（雞尾酒）的大壺
- 庭院用鞦韆或板凳
- 噴水池或池塘等使用水的裝飾物
- 風鈴
- 角落的蜘蛛網
- 螞蟻或蒼蠅
- 樓梯下有黃蜂巢
- 四散的灰塵
- 必須清掃的花粉及松葉
- 屋主在晴朗的日子坐在外頭，享受冰涼的啤酒或早晨的咖啡
- 撞到家具周遭，或者到處觀察庭院角落的寵物貓或狗

聽覺

- 樹林間的鳥叫聲
- 蟲子嗡嗡飛舞
- 青蛙呱呱叫
- 開關門聲
- 人的說話聲
- 從室內或附近庭院傳來的聲音
- 從敞開的窗戶傳來家中的雜音（電視、播放的音樂、打開車庫門）
- 在庭院裡玩耍的孩子們聲音
- 狗吠叫聲
- 發出吱吱聲的松鼠或花栗鼠
- 往來車輛的噪音
- 奔跑的腳步聲
- 笑聲
- 木板嘎吱聲
- 發出「咕嚕咕嚕」聲的大型溫水浴缸或噴水池
- 摩擦露台的椅子
- 幫植物澆水時的水花聲
- 在烤肉爐上發出「啪滋啪滋」聲響的食物
- 薪柴在野外爐具中「啪」的一聲裂開
- 將圓木丟進火中的聲音
- 風吹過葉片的聲音
- 整理草皮的機械轟隆聲或吸氣聲（割草機、空壓機、除草機、電鋸）
- 風吹過風鈴
- 吧台上匡啷一聲掉進杯中的冰塊
- 發出嘎吱聲的鞦韆或木條椅
- 高聳的樹木被風吹動
- 微風「啪噠啪噠」翻動旗子
- 狗爪在露台上「喀沙喀沙」抓著木板

嗅覺

- 木材的煙
- 以烤肉爐具烹調的食物
- 除蟲劑
- 開花植物
- 咖啡
- 雨
- 有霉臭味的靠枕
- 除蟲蠟燭
- 火炬燃料

味覺

- 飲料（咖啡、紅茶、熱巧克力、啤酒、汽水）
- 輕食
- 棉花糖巧克力夾心餅
- 燒烤的肉類及蔬菜
- 為了享受與家人及朋友共度的夜晚，而在外頭吃晚餐

觸覺

- 被蚊子叮
- 讓皮膚摸起來涼涼的除蟲噴霧
- 腳下踩著溫暖的木板
- 粗糙的木製扶手
- 在凹凸不平的鋪裝石上絆倒
- 大型浴缸的溫水
- 身體感受到野外爐具的熱度
- 由於風向轉換，飄盪的煙刺進眼裏
- 有緩衝的座椅
- 木製堅硬板凳
- 鞦韆或吊床搖晃著
- 外面空氣的熱度或寒意
- 傍晚時蓋上毯子感到溫暖舒適
- 風將頭髮吹得亂七八糟
- 散灑著花粉的桌子摸起來粉粉的
- 滑溜的玻璃桌
- 因太陽熱度而變溫暖的鐵製家具
- 太陽高掛的時間感到陽光刺眼

引領故事發展的情境與事件

- 喜歡探人隱私的鄰居由窗戶窺看自家露台
- 野狗迷路到庭院，留下了禮物
- 附近發生警察追查犯人之事
- 由扶手上摔下
- 火炬或移動式爐具操作錯誤而點燃露台
- 地基已腐爛因而崩壞的露台
- 在大型溫水浴缸陷入不得不被周遭人懷疑的情況
- 暴風雨後樹木及樹枝傾倒
- 有人在露台上度過「一人時間」時被眾人打擾
- 在某個季節由於過敏，無法享受庭院的快樂時間
- 家族間爭吵
- 由於太熱或太冷等氣候問題感到憤怒
- 在露台開派對正熱鬧，卻遭受蚊子攻擊
- 無論是否在庭院或露台做什麼，孤單的鄰居都會跑過來
- 客人打翻食物或飲料，引來一群螞蟻
- 黃蜂蜂巢在很隱密的地方，靠近的人被螫了
- 正在露台上曬太陽，卻發現似乎有人在看著
- 偷聽柵欄另一邊鄰居在談論關於自家的閒話

登場人物

- 朋友或親人
- 客人
- 屋主
- 鄰居與其小孩

編劇小技巧

設定時的重點與提示

露台雖然在戶外，但毫無疑問的可以算是居住空間的一部分。可藉由發生家族間戲劇性的事件、沉思、內省時刻、感情爆發等，帶出故事中糾結的設定。且比起室內，能夠看到更多景色，且在自然中也可有自發性的有機活動等。如此一來即使是不太有動作的本場景中，也能夠帶出運動感與前進氣勢吧。另外可能住在郊區，鄰居家只要往前走幾步便到，潛藏被偷聽、偷窺或者誰被抓等危險。

例文

除了火炬閃爍著橘色溫和光輝以外，露台幾乎被黑暗包圍。我又多點了幾個火炬、順便點上蠟燭。大家各自成為小組靠靠成一團、以低沉穩重的語調談話，一邊等著利克出現——除了他母親以外。她已不再伸手拿三明治和布朗尼，都推給了旁邊的人。我轉了轉眼睛，決定讓瑪格莉特去負責那個搗蛋鬼的輕食。

運用的寫作技巧

光與影

創造效果

賦予登場人物特徵、醞釀氣氛、營造緊張感與糾結的心情

露營地

Campsite

關連場景 森林、登山步道、湖泊、露營車、山

視覺

- 被樹林包圍的砂質裸地
- 人工升火台
- 成堆的薪材和枯枝堆起來的小山
- 野餐桌上放著裝水的大塑膠桶
- 移動式的餐具清洗處
- 塑膠或紙製的碟子和杯子
- 調味料
- 放在袋子裡的熱狗麵包
- 軟白的棉花糖
- （放置冰塊、啤酒、冰袋、碳酸飲料等物品）用來存放飲料，附有蓋子的箱子
- （放進一堆像是肉、麵包、起司、蛋、水果及其他容易腐壞東西的）盛裝食物的保冷箱
- 攜帶式烤肉架
- 串香腸用的棒子
- 圍繞火堆放置的折疊椅或（可供人當椅子坐的）樹木的殘株
- 在頭上展開藍色防雨塑膠墊
- （裡頭放著睡袋、枕頭、空氣墊、放衣服的旅行袋、預備鞋、手電筒或電池式提燈等東西）色彩紛呈的露營帳篷
- 露營車、旅行宿營拖車、帳篷拖車
- 小孩的玩具和室外運動器材（馬蹄鐵、羽毛球道具、風箏、美式足球、迴力鏢、棒球、球棒和手套）
- 吊在樹木和樹木之間的晾衣繩上，掛著濕透的泳裝和毛巾
- 杯架上放著隔熱的保溫瓶或空啤酒瓶
- 為了驅蚊，使用自己並不喜歡的香茅精油蠟燭和其他除蟲用品
- 裝除蟲噴霧或防曬乳的瓶子
- 孩子們用小刀削製烤棉花糖用的棒子
- 靠在成堆薪材旁的斧頭（手斧）
- 使用液態瓦斯的爐子
- 架在卡車貨物台上的釣竿和網子
- 黑暗中閃耀的火焰
- 玩牌時，野餐桌上的蠟燭和瓦斯燈搖晃起來

聽覺

- 車上音響或收音機裡的音樂
- 附近的小河潺潺流淌著
- 薪柴燃燒時，發出「啪吱啪吱」的聲音，噴出樹液
- 人聲
- 附近的露營地傳出派對嘈雜聲
- 在夜間吠叫的草原狼
- 貓頭鷹的嘷叫聲
- 有人在草叢間徘徊時，踩到樹枝發出「啪嘰」的斷裂聲
- 風呼呼地吹著高大的樹木，葉片發出「喀沙喀沙」的聲音
- 打開裝棉花糖袋子的聲音
- 營火猛烈的燃燒著，爆米花一個接著一個「砰砰」地爆開來
- 棉花糖烤火膨脹時發出細微聲響
- 斧頭劈柴的聲音
- 用啤酒瓶乾杯時發出的聲音
- 哥哥將濕毛巾彈到妹妹臉上
- 車子通過沙質地時發出的聲音
- 洗過餐具的水，「唰」一聲灑到草地上
- 松鼠的叫聲
- 打開罐裝啤酒時「噗咻」的聲音
- 開關帳篷拉鍊時的聲音
- 大型動物為了覓食，尋著味道來到帳篷附近時，發出的腳步聲
- 蟋蟀或青蛙的叫聲
- 折疊刀的刀刃，發出尖銳的聲音彈射出來
- 攜帶式瓦斯爐和瓦斯燈，點火時發出「咻」的聲音
- 深夜裡，空氣墊漏氣時發出的「噗咻」聲
- 帳篷內電器產品發出的嗡嗡聲
- 雨水「啪噠啪噠」打在帳篷的布面上
- 附近的團體直到深夜還在開趴，發出惱人的噪音

嗅覺

- 松葉
- 新鮮的空氣
- 草
- 煙
- 烤焦的肉
- 烹調中的熱狗
- 有椰子香的防曬乳
- 刺激性的除蟲噴霧或香茅精油蠟燭
- 用奶油煸炒魚肉

- 火烤燻製培根
- 汗
- 油膩的頭髮
- 放在太陽下曝曬的啤酒空瓶，發出陣陣啤酒臭味
- 草地上的露水

味覺

- 塗上厚厚一層番茄醬的烤焦熱狗
- 啤酒
- 碳酸飲料
- 加了大量巧克力的烤棉花糖夾心餅
- 培根
- 用平底鍋煎漢堡排或魚
- 冒著白煙的熱可可
- 加進少許利口酒的咖啡
- 甜食、洋芋片和餅乾
- 馬鈴薯沙拉和涼拌捲心菜
- 焦脆的烤棉花糖表面
- 用營火烤熟的爆米花
- 淋上大量糖漿，烤得半焦的鬆餅

觸覺

- 棉花糖沾在手指上時，黏呼呼的感覺
- 冰棒融化的糖水，流經手腕滴到地面
- 布滿岩石，凹凸不平的地面
- 被凳子上的刺扎到
- 被蜜蜂或蚊子螫到
- 將防曬乳塗在黏黏的皮膚上
- 被曬傷的地方隱隱作痛
- 跳進湖裡時，頭髮飄散到湖面上
- 被太陽曬暖的毛巾
- 營火的煙因風突然改變方向，燻到眼睛
- 坐在折疊椅上時，感受到椅子的彈性
- 附在啤酒瓶上的冰涼水滴
- 躺在硬地板上，四肢疼痛難以成眠，眼睛都快張不開了
- 感到寒冷，身體深深縮進睡袋裡
- 為了找舒服的睡姿，不斷翻身
- 生起火後，滿手煤灰
- 步行時，「啤恰啤恰」的聲音從濕答答的鞋子傳出
- 跳進河川或湖泊時，被一瞬間的低溫嚇了一跳

引領故事發展的情境與事件

- 暴風雨來襲（或是在暴風雨中，必須開始做打道回府的收拾工作）
- 在湖上或健行時，自己營地中的東西不翼而飛
- 在營地中爛醉如泥的人
- 有人不小心摔到火堆中，在人煙罕至的地方受了傷
- 因為此地禁止用火，生火也不被允許
- 附近營地的人吵吵鬧鬧
- 生活必須用品見底了（糧食、飲用水、防曬乳）
- 要離開營地時，才發現爆胎了
- 天候不佳，需要提早收拾營地
- （靠自己的力量滅不掉的）大火不斷蔓延中
- 徘徊在營地附近的動物，吃了為牠們放置的食物

登場人物

- 前來露營地的人及其親人
- 露營地的管理人
- 動物管理人員

編劇小技巧

設定時的重點與提示

在指定的露營地區域內，通常都備有烤肉架（升火台）、販賣用的薪柴、附近的零售店、供水泵等，有時還會附上帶有廁所的淋浴間。故事中的登場人物是要在管理良好的營地安營，還是要讓他孤身一人，在與世隔絕的地方慌慌張張地打點一切，有賴於創作者的選擇。

例文

羅斯伯父點點頭，願意再和我們說一次遭到灰熊襲擊的故事。大家安靜下來後，風吹著青楊樹的樹葉和餘燼，柴火燃燒時發出的聲音聽得格外清晰。開口前，伯父兩唇緊閉，手上的啤酒罐因爲指頭的壓力產生皺折。指頭逐漸放鬆後，伯父開始娓娓道來。當時他手握狩獵用的來福槍來到山頂，並在那兒遭遇了體重達數百公斤的灰熊。我一邊聽著故事，一邊將視線移動到伯父的臉上，有一道從左眼眼角延伸到下顎的鋸齒狀傷痕。故事即將進入伯父險遭殺害的高潮，灰熊也將在這裡和我們說再見。

運用的寫作技巧

多種感覺的描寫、天氣

創造效果

醞釀氣氛、告知背景、強化情緒

露營車
Moter Home

關連場景

田園篇——鄉間小路、露營地

都會篇——休息站

視覺

- 有駕駛座和迴轉式副駕駛座的駕駛空間
- 吧台空間（沙發、坐起來舒適的椅子、柔軟的枕頭，從牆上拉出的桌子、電視）
- 飲食空間（固定式或抽屜型餐桌，椅子或長凳型座位）
- 簡易廚房（櫥櫃、瓦斯爐、洗碗機、水槽、微波爐、冰箱、小冷凍庫）
- 窗簾或裝有下拉式遮陽罩的窗戶紗窗
- 頭上的收納櫃
- 淋浴室的洗臉台
- 用窗簾或拉門來隔開寢室和其他車內空間（固定式床鋪或折疊式兩段床鋪、亞麻織品、枕頭、衣櫃、抽屜）
- 洗衣機和烘乾機堆疊擺放在一起
- 磁磚地板
- 天窗
- 玩具放在地板上
- 放在餐桌上的筆電
- 放在水槽中的盤子
- 將濕毛巾掛在椅背上晾乾
- 皺巴巴的床單和枕套
- 正在簡易廚房裡做菜
- 窗外的視野極佳，可以看見遼闊的風景
- 灑落在地板上的麵包屑
- 附著在桌上的水滴
- 塞滿洗衣籃的衣物
- 攤開在桌上的健行路線地圖
- 掛在淋浴間裡濕答答的泳衣

聽覺

- 收音機傳出來的音樂
- 電視聲
- 車輪碰到道路隆起或陷入其他車的胎痕時發出「咚」的聲音
- 引擎發出「噗嚕嚕」的聲音
- 車子的噪音（喇叭、高速通過的車輛、警報音）
- 拿出遮陽棚時發出的水壓聲
- 櫃子或地板上有東西倒落
- 降下遮光罩的聲音
- 打開窗戶時發出「嘰嘰」的聲音
- 將抽屜滑進去後鎖上
- 櫥櫃中的盤子發出「喀噠喀噠」的聲音
- 飲料注入玻璃杯時的聲音
- 玻璃杯中的冰塊發出「喀啦喀啦」的聲音
- 雨天時，在車內聊天、玩牌時發出的聲音
- 小孩的笑聲或哭聲
- 蒼蠅嗡嗡的飛行聲
- 窗簾滑過桿子時的聲音
- 在平板或手機上玩遊戲時發出的聲音
- 電話鈴聲
- 廁所的沖水聲
- 淋浴
- 風從窗戶或出入口吹進來發出「咻咻」的聲音
- 夜間從打開的窗戶可以聽到的聲音（蟲鳴、鳥叫、樹木的摩擦聲）
- 大人們對行進路線發生爭執
- 同車人的打呼聲

嗅覺

- 皮革
- 料理中的食物
- 新鮮的空氣
- 咖啡
- 雨
- 廢氣
- 大汗淋漓的孩子
- 發臭的鞋子
- 垃圾
- 營火的煙霧從開著的車窗飄進來

味覺

- 速食
- 簡易廚房做出來的料理
- 輕食
- 在外頭生火調理食物（熱狗、烤過的棉花糖、爆米花）

觸覺

- 露營車的行進動作使身體搖晃
- 抓好在桌上滑行、彈跳的物體
- 暈車
- 柔軟的沙發或床
- 狹窄雜亂的車內空間，讓人覺得快得幽閉恐懼症

・窗外的微風吹亂了頭髮
・對旅行和長期休假感到興奮
・在移動中的車內，小心地將飲料倒進杯裡
・將身體塞進狹小的床鋪裡
・被蚊子叮
・頭撞到櫥櫃打開的門
・腰撞到吧台上
・歪著身體坐進桶狀座椅
・溫熱的淋浴
・從窗戶射進來的陽光，曬熱了手臂

引領故事發展的情境與事件

・長期旅途中，車子發生拋錨

登場人物

・親人
・退休的人

編劇小技巧

設定時的重點與提示

露營車有許多不同的款式，從高檔車到像在輪子上安裝破爛鐵皮箱的都有。大型的露營車內，每個房間都規畫得井然有序，可放下一張大床、設備完善的廚房以及充分的收納空間，活動空間綽綽有餘。較老的車款在設備上可能較不齊全，車子的外觀也不那麼新穎。更小的露營車在空間上較爲吃緊，設備也有限。露營車的舒適度和購買或租借時的金額成正比，爲了我們的主角，在選擇上豐富一些吧。雖然露營車可以行駛到任何想去的地方，但設定的環境改變時，可能就不是這麼一回事了。讓我們將多元的設定融入劇情中吧！

例文

莎拉在雨中疾行著，爲了要去看新的住處，她正努力爬上階梯，手中的鑰匙匡啷作響。車內有一張可以用餐的小桌，小桌旁的廚房雖然並不光鮮亮麗，卻五臟俱全。辣醬、自己製作的披薩和起司三明治，她想像著在這裡做料理時的味道，深深地吸了一口氣。外頭的雨打在車頂屋簷上，窗戶也沾滿了雨水，但室內卻乾燥舒適的像兔子的窩。莎拉的嘴角露出微笑，這輛車雖然小了點卻屬於她。因爲不需要繳房貸，應該可以馬上付清醫療費。

運用的寫作技巧

多種感覺的描寫、直喻法、天氣

創造效果

賦予登場人物特徵、告知背景、強化情緒

露營車停車場

Trailer Park

視覺

・露營車或移動式住宅比鄰設置
・設施內整齊或隨性排列的家家戶戶
・狹窄且並未鋪設的道路
・稀稀疏疏的草皮
・草皮上放的踏腳石
・戶外生活空間（裝設在露營車上的大門前陽台、可搬運移動的拉出式屋簷、遮陽棚）
・倉庫
・隨風飄揚的旗幟
・草皮裝飾品（紅鶴、風車、陶瓷花園小矮人、種了花的缽、吊掛在大門燈上的風鈴）
・大門陽台上放著塑膠椅
・立在露營車旁的折疊梯
・堆積成山的廢棄物（損壞的家具、油漆桶、老舊的保冷箱、單車車輪、空木箱）
・垃圾桶
・設置在露營車頂的金屬天線或碟型天線
・坐在大門陽台前的人們
・連結露營車與電線杆的電線
・在露營車下方支撐的水泥磚
・窗型空調
・防水布覆蓋的車子
・共用信箱或資源回收箱
・使用木炭的烤肉鐵板
・放置盆栽植物的容器
・木製露營車周圍的雜草及蒲公英
・晾著洗滌物而下墜的曬衣繩
・凹陷的砂石私人道路
・好幾輛車沿著道路停放
・大門前陽台上有壞掉的洗衣機和烘乾機
・液化石油瓦斯桶
・露營車側面有生鏽或雜草髒汙
・露營車生鏽的連結零件
・裂開的紗窗
・靠在露營車或樹上的單車
・自治隊的標示
・管理辦公室
・樹木或矮木女兒牆
・散落在草皮或道路上的落葉
・鳥或松鼠
・蚊子或蒼蠅
・螞蟻
・堆積泥巴的地方

聽覺

・紗門發出「嘎吱」聲或「啪噠」一聲關上
・車輪啪啦啦的走過泥巴或砂石
・旗子飛揚
・叮鈴響的風鈴
・空調發出「轟轟」聲運作
・走在砂石上的腳步聲
・單車在未鋪裝的道路上發出喀噠聲
・電視或收音機的聲音
・打開的窗戶或以門檔卡著的敞開門戶裡傳來人們的聲音
・孩童遊戲聲
・附近道路車輛往來的聲音
・發出嗡嗡聲的燈或電線
・大門前陽台有人在掃地的聲音
・蚊子嗡嗡飛舞
・蟋蟀叫
・車子發動引擎的聲音
・派對傳來音量很大的音樂
・「噗滋」一聲打開罐裝飲料
・狗鏈的鎖頭拖過地面的聲音

嗅覺

・烹調中的食物
・使用木炭的烤肉鐵盤
・除蟲噴霧
・鏽
・建築物發霉
・泥土、泥巴
・車輛廢氣

味覺

・在設定中，除了登場人物帶進這個場景的東西（口香糖、薄荷糖、口紅、香菸等），可能沒什麼特別的東西跟味覺有關，像這種不會描寫到味覺的場景，可以專心描寫其他四種感覺。

觸覺

・腳邊的砂石路
・搔動著腳的長草
・被蚊子咬
・在頭上飛舞的蒼蠅
・在遮陽棚下或大門前陽台下感受

到微涼的空氣
・光滑的水泥厚板
・在太陽下，垃圾桶的金屬部位變得很燙
・搖搖晃晃的塑膠椅
・折疊椅的椅子薄板出現剝落處，小心翼翼坐下
・赤腳沾上泥巴
・點上火的烤肉鐵板非常溫暖
・把濕淋淋的洗滌物掛上曬衣繩時，水滴垂落到肌膚上
・車子的車輪走在沒鋪設的道路上不斷彈跳
・單車在凹凸不平的路上行走，振動傳到手把上
・在狹窄道路上行走時曝曬於太陽下
・夏季炎熱、汗水流過肌膚

引領故事發展的情境與事件

・感情不好的對象住的距離非常近
・不好好收拾東西，或非常吵鬧的鄰居
・生活中沒有冷暖氣
・由於住在露營車中而被騷擾，或者被輕視
・沒有獨自的隱私空間
・經常發生停電、漏水、配管等問題
・到處都是蟑螂或螞蟻
・發生竊盜或非法入侵
・發生暴力事件、或者孩子身旁無法預測其下一步的狗脫離牽繩在外徘徊
・管理者怠惰、一直不修理
・颶風來襲不得不逃難
・發生龍捲風時，沒有可以避難的安全場所
・暴風雨中樹木倒下、使電路中斷
・鄰居的家人從未到訪，擔心對方的健康或福利等問題
・由於市鎮道路擴張計畫，露營車停車場的居民被強制驅離

登場人物

・收垃圾的
・郵差
・管理業者
・修理工人
・居住地居民
・來訪者

編劇小技巧

設定時的重點與提示

露營車停車場可能是在用地上放置露營車，會有人搬進搬出的常設型居住地；也可能開著自己的露營車搬到各地作爲短暫居所。露營車停車場會有各式各樣的人居住，可能有經費不足以住在郊外但想要房子的人、在那個地區只停留某段時間的人（一年內定期間在國外工作、或者從事油田採礦類工作的人）、或者不走運的人。另外也可能有難以自立生計或抱病居住的人、過去發生問題因此儘量不引人耳目、又或爲了支撐家族而領取微薄薪資工作，因而選擇費用較低的這種居所。

與露營車停車場類似的場所，就是持有露營活動車的人在休假或特定季節，或者支付租金後也可停駐、RV車專用的停車場。若是高級RV露營活動車，爲了規範停放於設施內的露營車外觀，可能設下各種限制。另外，用地內也可能會有泳池、投幣式洗衣機、健身房、鄉村俱樂部等舒適設備。

例文

我等待著電風扇的涼風再度轉向自己，在大門前的陽台坐下。襯衫裡流著汗，兩腿則黏在矮矮的折疊椅那薄板上。路克放的音樂從廚房窗戶轟隆流洩出去，麥當勞夫人先前來大聲指責過了。雖然想去提醒他小聲些，但八月的我就跟家裡壞掉的冷氣一樣有氣無力。

運用的寫作技巧

多種感覺的描寫、直喻法、天氣

創造效果

賦予登場人物特徵、醞釀氣氛

田園篇

學校

大學校園
University Quad

關連場景 宿舍房間、大學演講廳

視覺

- 有十字形步道的草地
- 沿著小徑放置的長椅
- 矗立在四周的高大建築物（圖書館、教學大樓、宿舍、分男女的學生交誼廳、餐廳、行政人員辦公室、警衛室、立體停車場、保健室、教堂、鐘樓與時鐘塔）
- 中庭（裝飾性的鋪石、噴泉、雕像、掛在大廳的旗幟、紀念某人事物的銅板）
- 茂盛的樹林或灌木
- 花圃
- 種在大花盆內的植物
- 垃圾箱
- 有裝飾性拱門的通道
- 路標
- 單車停車格
- 掛在步道或建築物上的布條
- 學生（躺在草地上發呆、投擲飛盤或美式足球、成群結隊或茫然獨坐、要去上課或剛下課、發傳單、在校區內騎單車、念書）
- 在校區內巡邏的保全車輛或保全人員
- 各種社團的成員等待活動開始前，在詢問處使用的桌子
- 在附近閒逛、或是登記參加活動的學生
- 覺得壓力很大的學生可以暫時放下功課，參加導盲犬訓練計畫。這個可以與狗直接接觸的活動，是在草地一角圍起的區域中進行

聽覺

- 學生的笑語聲
- 學生隔著草地彼此喊話
- 單車穿越道路的聲音
- 風吹拂著樹木的聲音
- 微風吹動紙張的沙沙聲
- 打開零食包裝紙的沙沙聲
- 正在奔跑的腳步聲
- 雀鳥的吱吱喳喳
- 往來車輛發出的噪音
- 飛機飛過上空的聲音
- 割草機以及其他維護環境使用的機械所發出的噪音
- 門的開關聲
- 手機響起
- 把背包「咚」地放在長椅或草地上
- 附近的噴泉噴出水花的聲音
- 旗子被風吹得「啪噠啪噠」響、鐵鍊撞擊柱子的「鏘啷鏘啷」聲
- 蟲鳴
- 高掛的街燈發出的「嘰嘰」聲

嗅覺

- 剛割過的草皮
- 松葉
- 被陽光曬過的泥土
- 露水
- 花香

味覺

- 咖啡
- 水
- 果汁
- 碳酸飲料
- 啤酒
- 提神飲料
- 甜食
- 洋芋片
- 餅乾
- 可以邊走邊吃的東西
- 牙粉
- 漱口水

觸覺

- 走出宿舍想穿越校園時，迎面而來的冷空氣
- 從烏雲背後露臉的太陽帶來的暖意
- 接觸肌膚時會感到刺刺的草地
- 踩在草皮上面時感受到的柔軟與彈性
- 腳踩起來溫溫的金屬長凳
- 灑落在教科書上的眩目陽光
- 冰涼的、或是溫溫的金屬門把
- 踩在腳底的堅硬圓石與紅磚
- 吹拂過髮稍的微風
- 在凹凸不平的路面上搖搖晃晃的單車
- 被其他學生推開
- 沉重背包的背帶拉扯著肩膀
- 想要穿過校園、正在奔跑的學生，被人用包包打中背部

引領故事發展的情境與事件

・穿著季節不對的衣服或沒帶傘時下起雨來
・在濕滑的走道上摔倒
・對新生的惡作劇或洗禮朝向不好的方向發展
・因為已經遲到了，不得已在校區內奔跑
・財物被搶劫或是遭遇性暴力
・在其他人面前分手
・忘記拿（裝著筆記、鑰匙、錢包的）背包
・因為忙到天亮，急急忙忙地穿過校園回家，得在上課前換好衣服
・前一晚玩過頭，在校園內喝到爛醉失去意識
・財務管理沒做好，在下一筆獎學金匯入之前存款就見底了
・正在努力與藥物成癮對抗，但想對擔心自己的友人隱瞞此事
・敵對的大學學生來惡作劇（在樹上包衛生紙、在校園內野放幾隻山羊）
・想要威脅學生，濫用自己職務權限的保全
・在校園內吃中飯時，目擊跳樓自殺的現場
・目擊某對情侶越吵越兇的情景
・出門散步時，發現明顯是遭人毒手的動物屍體

登場人物

・校內保全人員
・教職員
・園丁與校工
・研究生與實習生
・維修人員
・學生
・造訪大學的家長

編劇小技巧

設定時的重點與提示

技術學院與大學的校園，會因地點與該校的特性而出現相當的差異。有的學校以一般科目爲主，有的學校則是提供藝術或工業相關的課程。即使要設定一間虛擬的大學，也必須思考學校整體的結構。例如大學創立至今過了多少年？是要推動大學的發展，或是想要堅持的傳統、理想、標竿是什麼？還有誰都可以入學嗎？還是要看學業成績？或是跟家中富裕的程度或人脈有關？另外，如果是要描寫眞實存在的大學校園，必須做好調查，避免在細節上出現失誤。

例文

莎夏倒在地上攤平四肢，重重地嘆了一口氣。期末考終於結束了！路過的學生交談的聲音迴盪在她的耳邊，微微的腳步聲穿過她的身體。她躺臥在由於日曬變得十分溫暖的草地上，任由輕風吹亂頭髮。在已經走過冬天與春天、終於迎向夏日的此刻，太陽發出燦爛的光輝，彷彿說著「讓我看看，最後能登上巔峰的人到底會是誰吧！」她微微一笑，來一決勝負吧！

運用的寫作技巧

季節、象徵

創造效果

醞釀氣氛、強化情緒

大學演講廳
University Lecture Hall

關連場景
宿舍房間、大學校園

視覺
- 在演講廳後方的對開門
- 附有可調整桌面的折疊椅
- 安置著講桌和四腳凳的講台，以及通往講台的通路
- 大型白板或黑板
- 投影機
- 貼在牆上的海報
- 門口附近貼著活動通知和傳單的公告欄
- 印上校名和吉祥物圖案的旗幟
- （放著教授的筆記型電腦、筆記本、筆的）桌子
- 當作討論主題的事項與相關的視覺教材
- 牆上的吸音板
- 坐在位子上的學生（在抄筆記、用筆記型電腦打字、逐頁翻閱教科書、在喝飲料、睡覺、問問題）
- 教授在教室前方，一邊來回走動、一邊講課或要求學生發言

聽覺
- 教授正在講課的話聲
- 正在放映的電影與錄影帶的聲音
- 學生發出的聲音（問問題、講悄悄話、爆笑）
- 「喀喀喀」敲鍵盤打字的聲音
- 紙張沙沙作響
- 翻動教科書書頁的聲音
- 學生變換姿勢時，椅子發出被擠壓的聲音
- 大門「砰！」地關上
- 腳步聲
- 鉛筆或原子筆在紙上滑動的聲音
- 布鞋走在磁磚地上，發出摩擦地面的嘰嘰聲
- 教授坐的凳子摩擦講台的聲音
- 空調或暖氣開始運轉的聲音
- 噗地打開汽水罐的聲音
- 零食的包裝紙發出「沙沙」的聲音
- 演講廳內的廣播
- 從別的房間與外面的走道隱約聽見的聲音
- 有手機響，不過立刻被按掉了
- 拉背包拉鍊的聲音
- 一直按自動鉛筆頭或原子筆「喀喀」的聲音

嗅覺
- 地板用清潔劑
- 芳香劑
- 有霉味的窗簾
- 咖啡
- 古龍水與香水

味覺
- 咖啡
- 水
- 果汁
- 碳酸飲料
- 提神飲料
- 在自動販賣機買的東西（零食棒、洋芋片、餅乾、甜麵包、加了ｍｍ巧克力的綜合果仁）
- 軟糖
- 薄荷糖

觸覺
- 堅硬的塑膠椅
- 因為有點壞掉，會大幅向前傾或往後仰的椅子
- 想要把東西全部攤開在很小的桌面上
- 窸窸窣窣地翻找背包裡的東西
- 沉重的教科書
- 室內太冷或太熱
- 從比較遠的座位瞇著眼睛看黑板
- 迅速寫下筆記而導致手抽筋
- 睡眠不足導致眼圈發黑
- 宿醉造成的頭痛
- 冰冷的飲料罐或寶特瓶外凝結的水滴，讓自己寫的字暈開

引領故事發展的情境與事件
- 學生間競爭激烈，導致甚至有人作弊
- 壓力太大導致學生自殺或住院
- 性騷擾
- 在爛醉如泥或宿醉狀態下跑去上課
- 坐在明顯身體不舒服的學生旁邊
- 成績下滑導致領不到獎學金
- 必修學分的上課內容比想像中艱深許多
- 上課上到一半，筆記型電腦的電池沒電了

・已經進到教室，才發現自己該帶的東西沒帶出來
・被教授指名回答，卻不知道答案
・教授對於宗教理念或哲學思考上想法不同的學生抱持偏見

登場人物

・教職員
・研究生與實習生
・維修人員
・學生

編劇小技巧

設定時的重點與提示

大學演講廳，因爲會讓經常使用的人感到糾結，是一個適合當設定的地點。大學生才剛變成大人，也幾乎都是首次離開家人自己住。數個星期前他們什麼都不用負責，現在卻什麼都必須自己負起全部責任。必須取得好成績的壓力、開始與朋友或戀人交往、在自己的財務上必須做出正確的判斷，都會讓大學生感到相當程度的焦慮。再加上容易睡眠不足，又容易取得酒精性飲料，萬一下了錯誤的判斷，可說是備齊了會發生慘劇的材料。這樣的劇情可以輕易地在演講廳內發生，也可以把故事最後的關鍵場面安排在這裡。

例文

輕輕地推開演講廳門，盧卡斯如同忍者般靜靜潛入室內，悄無聲息地在最後面的位置坐下來。站在講台上的隆洛伊教授，正在說明犯罪的實例，並同時用雷射筆指向螢幕上的犯罪現場照片點出細節。他一邊解釋從鮮血噴濺的方向可以發現什麼線索，一邊瞄了一眼腕錶的時間，再往盧卡斯坐的方向瞪了一眼。（被發現了嗎？）其他同學可能不會注意自己遲到，但如果教授是自己的父親，還是得絕對準時才行。

運用的寫作技巧

直喻法

創造效果

告知背景

小學教室

Elementary School Classroom

關連場景

孩童房、校工室、體育館、兒童遊樂場、校長室、校車

視覺

- 教室前方一大片的白板
- 五彩繽紛的麥克筆或放著黑板擦的板溝
- 教師用書桌（電腦與列表機、垃圾桶、成績表及點名表、咖啡杯、以前學生送的東西、壁掛月曆、釘書機、椅子）
- 磁磚地面、或鋪了地毯的地面（四散著不知是誰的短鉛筆、橡皮擦、閃亮亮綁頭髮橡皮筋）
- 經過裝飾的公告欄上，用釘書針固定美術作品或特別的創作物品
- 放在窗台上裝了花苗的保麗龍杯
- 塞滿書櫃的書
- 學生桌子陳列（教科書、紙張、筆記本等堆在傷痕累累的書桌上）
- 塞滿教科書或學校用品的書桌
- 天花板垂下用繩子吊著的行星或星座模型
- 教室後方有用來掛背包或外套的附標籤掛勾
- 放了肥皂的洗手台及堆積如山的土黃色紙巾
- 有門櫥櫃（放了美術用品、拼圖、數學遊戲、視覺教材）
- 裝在牆壁上，削鉛筆屑會掉到地上的削鉛筆機
- 放在教室後方的兩台電腦
- 裝著遺失物品的箱子
- 壁掛時鐘
- 寶物盒或獎賞用的箱子（裝了貼紙、個別包裝的甜食、刺青貼紙、十元商店小雜貨）
- 水槽或班上飼養的寵物用柵欄
- 字母張貼在牆上，用掉大半空間
- 廣播用擴音器
- 用黑板說明，或者一對一教導學生的老師
- 協助課題指導的助教或監護人義工
- 上課中玩鬧或傳紙條的學生

聽覺

- 學生發出的聲響或聲音（談話聲、笑聲、耳語、叫聲、歌聲、在教室內走動的聲響）
- 語調平板的教師聲音
- 火災警報器尖銳響起
- 校長進行校內廣播時，老舊的擴音器先發出「唧——」一聲才傳出悶悶的聲音
- 「碰」一聲關上的門
- 唧唧作響的球鞋
- 在走廊迴盪的聲響
- 椅子拖過地板的聲音
- 打開背包的聲音
- 削鉛筆的聲音
- 學生不斷喀喀按著筆
- 鏘一聲將東西丟進金屬垃圾桶
- 學生在教室後方窸窸窣窣的講話
- 移動紙張或將其揉成一團的聲音
- 打開資料夾的聲音
- 撕下筆記本紙張的聲音
- 翻動教科書頁面
- 讓學生唸課本時，他們生疏的微細聲音
- 拉出放在櫥櫃裡的容器
- 「喀噠喀噠」敲打電腦鍵盤的聲音
- 釘書機「喀」地一聲
- 喀擦喀擦的剪刀聲
- 牆上時鐘「滴滴答答」聲
- 計時器響起
- 外頭吹著的風，或雨水嘩啦啦打在教室窗戶上的聲音
- 由敞開的窗戶傳來校園裡的學生聲音
- 叮一聲打開暖氣或冷氣，開始嗡嗡作響的運作
- 書本「咚」一聲掉在地上

嗅覺

- 餐廳傳來油膩餐點的氣味
- 敞開的窗戶飄進新鮮的空氣
- 有蠟味的蠟筆
- 味道很重的麥克筆
- 流汗的身體
- 臭腳丫
- 漿糊
- 橡皮擦
- 乾洗手液或清潔用品的刺鼻味
- 顏料
- 黏土
- 老舊的鋪墊物
- 放在架上或背包中遺忘的腐爛水果

・理化實驗相關氣味（化學藥品、土、水、醋、金屬、塑膠、橡膠、日光燈）
・零食（蘇打餅乾、餅乾、洋芋片）
・清新的雨水味道

味覺

・木頭鉛筆
・水果口味口香糖
・薄荷
・同學生日時帶來的杯子蛋糕或甜甜圈
・零食
・水
・果汁
・滴到嘴唇上的汗水

觸覺

・光滑的書桌
・鉛筆尖
・坐在地板上時，手可以摸到絨布地毯
・有點扭曲變形的橡皮擦
・削鉛筆機的震動
・堅硬而坐起來不舒服的椅子
・因書桌太小，膝蓋撞到書桌內側
・由肩膀滑落至地面的背包
・垂散的鞋帶
・被後面座位的孩子推了一下
・滑溜的紙張
・在白板上順暢書寫的麥克筆
・筆刷由於顏料乾掉而硬梆梆
・光滑的顏料
・黏答答的漿糊
・往後一靠時不穩的椅子
・沾在書桌上已經硬掉結塊的漿糊
・書桌上的橡皮擦屑沾黏在手上
・手拿著教科書時的重量
・陷入背後的薄薄椅子背板
・排隊時與人相撞或被推倒

引領故事發展的情境與事件

・班上同學霸凌，或學生間有爭執
・其他學生有問題的行動
・心理受傷、友情遭到破壞
・由於考試成績不佳或學習能力過低而覺得自己是笨蛋
・沒被選為代表隊
・單戀的事情被全班知道
・東西不見或者被偷
・對老師或學生惡作劇
・（對於明顯家境貧窮、跨性別、或信仰特定宗教的孩童）毫不留情的同學

登場人物

・保健老師
・監護人義工
・助教
・特別來賓（搞笑藝人或作家）
・學生
・老師
・校長

編劇小技巧

設定時的重點與提示

小學教室樣貌，會因學校型態、場所及其財政狀況而異。而給教室樣貌更大影響的則是教師，該教師是否爲整齊清潔的人物，或者是會亂丟東西的類型？是重視傳統，或者有較前衛的想法？是個溫暖而給人安穩感的人，或者是認真而嚴格？教室的場景在故事中若只是附隨於主線，那也可以只簡單的描寫一下。但若這個設定擔負非常重要的角色，那麼就應該掌握這位老師，有必要依據該角色來打造室內。這樣的話，應該就能刻畫出在教室裡發生的各種狀況或事件。

例文

最後一位學生走出教室，碰一聲將門關上的瞬間，我環看了四周被害狀況。空氣中飛舞著閃閃發光的金粉。白板上以果凍、蘋果汁描繪出的彩虹散發出強烈草莓優格氣味。洗手台溢出的水正滴滴答答地落下。爲了關上水龍頭，我的鞋子踩過地毯的同時唧唧作響。以第一天來說，大概不算太糟吧。

運用的寫作技巧

誇飾、多種感覺的描寫

創造效果

賦予登場人物特徵

托兒所、幼兒園
Preschool

關連場景
孩童房、小學教室、兒童遊戲場、校車

視覺

・貼滿圖案的牆壁
・磁磚或是鋪著薄地毯的地板
・鞋櫃
・有寫名字，用來掛包包或外套用的掛勾
・彩色的便當盒
・放著兒童用椅的桌子
・削鉛筆機
・為了給小朋友畫畫，用報紙蓋住的長方形或豆型桌子
・畫圖時，把大人的外衣當罩衫穿的小孩
・放著學校的消耗品的籃子（蠟筆、鉛筆、漿糊、安全剪刀、勞作用的絨毛鐵絲）
・（放著授課計畫表、月曆、釘書機與膠帶、裝著各種筆的馬克杯、紙巾、抗菌護手霜）幼教老師的桌子
・佈告欄，上面用圖釘釘著擔任「本週之星」的小朋友照片
・鋪著柔軟的地墊，放著可以簡單演奏的樂器（木琴、鈴鼓、手搖鈴、沙鈴、直笛）的音樂角
・（放著玩具汽車、娃娃屋、變身裝扮、積木等）遊戲角
・放了裝很多書的書櫃、可以坐著的軟骨頭與柔軟靠墊的讀書角
・存放消耗品的儲物櫃與矮櫃
・折好的午休用毛毯
・塞著揉成一團的紙屑，附近還有蘇打餅乾碎屑散落的垃圾箱
・團體活動時使用的彩色巧拼
・隨季節變換的裝飾品，以及一些小朋友的作品，裝飾著窗戶一角
・從天花板上垂吊著紙工的作品
・地墊上閃爍的金蔥
・殘留著圖釘的洞、膠帶、接著劑痕跡的牆壁
・園內專用的出口，可通往（有溜滑梯、鞦韆、沙坑、或是放在橡膠地墊上的遊戲屋等）用柵欄圍起的遊戲角
・洗手間
・四處奔跑玩遊戲的孩子們
・來接小孩的家長
・幫忙活動進行，或是在點心時間負責監督的志工
・為了做回收，在水槽旁邊放了被壓壞的鞋盒

聽覺

・孩子們的聲音（笑聲、在講自己幻想的故事、尖叫、吵架、哭泣、唱歌）
・孩子們拿著玩偶或恐龍模型等進行假想的戰鬥
・門「砰」地關上
・用剪刀「喀嚓喀嚓」地剪紙
・輕快的音樂與歌曲
・起風的日子，鐵絲網附近的葉片會唰唰作響
・在睡午覺前，幼教老師講故事的聲音
・零食包裝「窸窸窣窣」的聲音
・便當盒「喀」地打開或闔上
・盒裝果汁喝到最後用力吸的聲音
・椅子摩擦地板，或是翻倒的聲音
・積木塌下來的聲音
・玩具車衝撞牆壁的聲音
・正在看書的孩子，靜靜翻書頁的聲音
・打掃時水花在水槽內散開的聲音
・廁所沖水的聲音
・遊樂場的門打開時發出的「嘰嘰」聲
・拉鏈拉上拉下的聲音
・演奏樂器時，發出尖銳的聲音或美妙的聲音
・擤鼻涕的聲音
・身體不舒服時會發出（打噴嚏、咳嗽、吸鼻子）

嗅覺

・點心（蘇打餅乾、穀物棒、餅乾、洋芋片、水果）
・果汁
・牛奶
・咖啡
・漿糊
・顏料
・殺菌劑
・汗味
・尿味
・芳香劑
・有味道的簽名筆
・紙

・嘔吐物

味覺

・從家裡帶來的午餐或點心
・果汁
・水
・牛奶
・砂
・顏料
・土

觸覺

・從出風口發散的熱氣
・電扇吹出的涼風
・被小朋友抱住，感受到忽然被緊抱的力道
・黏黏的手
・貼在小朋友額頭上汗濕的頭髮
・擦拭肌膚用的柔軟紙巾
・繪本滑滑的書頁
・蘇打餅乾的屑屑掉在椅子上，結果黏在腳上
・毛茸茸的地毯和玩偶
・堅硬的塑膠椅
・掛在肩上的背包
・遊樂場鬆軟的沙土
・指尖上如灰塵般的粉筆灰
・從椅子或牆壁突出處往下跳，但落地失敗時的疼痛
・玩跳格子遊戲時，腳接觸水泥地所受到的衝擊
・在盪鞦韆時打在臉上的空氣
・落在臉頰或頭髮上的雨滴
・腳踩起來覺得很燙的溜滑梯
・在捉迷藏時被不分輕重地壓倒
・懶骨頭或柔軟座墊的彈性
・黏在身上的金粉
・軟爛的漿糊
・軟韌的黏土
・飲水機打濕下巴的冰水
・剛畫好、上面還濕濕的圖畫
・太滑很難拿的肥皂
・冰涼的抗菌護手霜
・午休時間眼皮沉重張不開
・電動削鉛筆機的振動

引領故事發展的情境與事件

・在接送小朋友時，家長起了爭執
・小朋友吵架，而導致混亂或受傷
・忽然出現很多蝨子
・小孩出現原因不明的瘀青或割傷
・火災警示器發出警報聲
・很晚才來接小孩，或是接小孩時已喝醉的家長
・把身體不舒服的孩子送來的家長
・外出到附近的遊戲場地時，有某個孩子不見了
・聽到有人在跟孩子討論一些讓人擔心的事（虐待、藥物濫用、違法的性行為）
・有人侵入園區
・發現某個小朋友沒打疫苗

登場人物

・園長
・助手
・看護
・雙親與祖父母
・特別來賓（魔術師、音樂家、作家、偶戲師）
・保育員

編劇小技巧

設定時的重點與提示

托兒所或幼兒園，有的是設置在經營者的住宅內，有的是另有場地（托育中心）。此時就必須決定，地點是位於住宅區（大部分人都住在附近區域），或是上班的辦公室附近（這種多半是開設在商業區的辦公大樓內）。另外托育中心跟大型的托兒所相較，通常托育的人數會比較少。

例文

雖然被保育員溫柔地推到門外，莎拉還是急急走到窗邊向內看。大部分的小朋友都聚集在讀書角，一邊等老師來講故事，一邊講悄悄話或是竊笑，還有人拉扯地毯脫落的線頭在玩。女兒莫莉輕手輕腳地往孩子們聚集之處走去，她的頭髮被電風扇吹拂飛舞。過了莎拉人生中最長的五秒，有個小男生挪了一下位置，讓莫莉有地方可以坐下來。他遞給她起司口味的蘇打餅乾袋，莫莉拿了一塊，向新朋友展露笑容。莎拉忍著眼淚離開窗台，往辦公室走去。她的鞋子在地板上敲出的腳步聲，聽來是如此寂寞。

運用的寫作技巧

多種感覺的描寫

創造效果

醞釀氣氛、強化情緒、營造緊張感與糾結的心情

更衣室
Locker Room

關連場景

田園篇——體育館、高中餐廳、高中走廊、校車、青少年兒女的房間

都會篇——運動賽事觀眾席

視覺

・側面開了通風孔的金屬製狹長型置物櫃
・明亮的日光燈
・長椅
・灰泥由於發霉而呈現黑色的樸素磁磚地板
・有薄布或塑膠門簾的淋浴間
・籠罩淋浴間天花板的蒸氣
・用來放置髒汙毛巾的大型容器
・從關上的置物櫃門板溢出的衣服一角或鞋帶
・一排靠牆的鏡子和洗手台
・單間廁所或男性用小便斗
・洗手乳罐壓頭下方黏答答的粉紅色結塊液體
・纏在淋浴間排水溝上的頭髮
・散落各種小垃圾的地面（土塊、用過的衛生紙、髮絲、營養食品包裝紙）
・門板半開的空置物櫃
・用舊了的運動器材或髒汙的運動用品（護具、運動服、下體護具、鞋子）
・忘在吧台上的梳子
・丟在長椅上，物主不明的衣服
・地板排水溝
・空置物櫃裡畫著塗鴉或被放了垃圾
・某人遺忘的一支襪子

聽覺

・有回音的叫聲
・笑聲
・講八卦或互開玩笑的隊友聲音
・對教練或對手隊伍的抱怨
・鎖頭撞到金屬「鏘！」了一聲
・發出「喀鏘」聲響開關金屬門板
・將運動背包或器具咚一聲放在長椅或地板上
・蹭過地面或發出唧唧聲走過的鞋子
・拉門簾的聲音
・「咻—」一聲噴出的熱水
・排水溝發出咕嘟咕嘟聲響
・餘量不多的洗髮精與空氣一同噴出的聲音
・有人邊淋浴邊唱歌
・在磁磚上啪噠啪噠走的海灘拖鞋
・咻咻作響的噴罐（身體噴霧、止汗劑、髮膠）
・洋芋片的袋子沙沙作響
・用濕毛巾「啪」一聲打在身上，因為疼痛而叫出聲
・拉拉鏈的聲音
・身體撞到置物櫃的聲音
・手機響了
・由耳機傳來令人煩躁的音樂
・置物櫃裡的東西掉到地板上的聲音
・淋浴時的巨大聲響
・吹風機噴出熱空氣的聲音

嗅覺

・汗
・體臭
・身體噴霧或香水
・止汗劑
・由隔壁淋浴間傳來有洗髮精香味的熱氣
・附著在美式足球制服或足球運動服上的草或泥土
・潮濕的毛巾
・漂白水或松香水清潔劑
・髒汙的衣物
・芳香劑
・髮膠等整髮劑

味覺

・汗
・水
・運動飲料
・收在置物櫃裡，好在練習或體育課後能馬上吃的高卡路里零食（營養食品、洋芋片、雜糧棒、甜食）

觸覺

・柔軟的棉質毛巾
・冰冷的置物櫃門板
・突起的鎖頭旋鈕冷冰冰
・用力拉著拉鏈
・在洗手台用水洗臉
・練習之後用熱水淋浴疲憊的肌肉
・由臉或身體滴下的汗水
・因汗水而黏在身上的制服
・堅硬的護具輕輕撞擊著自己的身體

・用手滑過瘀青或其他受傷處
・做伸展、或肌肉僵硬的疼痛感
・由於疲勞而感到倦怠
・將乾淨的棉質毛巾蓋在臉上
・脫下制服時渾身是汗的身體接觸到冷空氣
・毛巾甩過來啪地打到肌膚而有刺痛感
・比賽後輕鬆的肢體接觸（撞對方、拍打、擊掌、擁抱）
・脫下釘鞋、將熱腫的腳拿出來時的解放感
・咚地坐在堅硬的長椅上
・滋潤乾渴喉頭的冰水
・喊叫過度而喑啞的喉嚨
・用拳頭敲打置物櫃
・穿上所有用具之後的緊繃感
・冰涼的水泥牆

引領故事發展的情境與事件

・對於輸了感到憤怒
・將責任歸咎於隊友
・被教練斥責
・好玩而翻找置物櫃
・被霸凌或成為夥伴施加壓力的對象
・對自己的能力沒有自信
・對於隊友成功或受歡迎感到嫉妒
・中場時對裁判誤判一事爆發憤怒
・不適當的挑釁情況無法收拾
・對自己體格沒有自信的選手，拚命想省慣在大家面前更衣一事
・看見長期遭受虐待或自虐的傷痕或割傷，不知該如何是好
・某個人用手機在拍影片或照片
・被人說了關於體型的糟糕評論，又或者看到其他惹人討厭的事，卻因為害怕而無法說出口
・在更衣室裡發現令人不舒服的東西（使用過的生理用品、地板上有排泄物）
・新加入的隊友被嚴格訓練或威脅
・友情產生裂痕（隊友和自己的前戀人交往）
・由於性別或性向不同，在更衣室裡自己或周遭的學生非常尷尬

登場人物

・教練
・事務人員
・選手
・為了上體育課而來換衣服的學生

編劇小技巧

設定時的重點與提示

更衣室通常設置於健身房或學校體育館裡，人們在那裡可能有著自信滿滿的情感，或者懷抱萬分不安。加上在他人面前更衣，可能容易受到傷害等狀況，此設定能夠產生自然推動故事發展的狀況或事件。

例文

我沉坐在冰冷的金屬長椅上，背後和腋下都流著汗水。髒汗的護具及沾滿汗水的制服滿是惡臭，令人幾乎昏厥。夥伴陸續走進來，但我仍未將目光從長年磨損的藍色瓷磚上抬起。沒有人開口。大家有氣無力地拖著腳、僅發出微弱聲響打開置物櫃的動作，清楚訴說著各自對今日致命一敗的處理方式。

運用的寫作技巧

多種感覺的描寫

創造效果

醞釀氣氛、強化情緒

兒童遊戲場
Playground

8畫

關連場景
田園篇——孩童房、小學教室、托兒所、幼兒園
都會篇——公園、公共廁所、康樂中心

視覺
・鋪滿黑色橡膠墊
・木屑
・設置有玩具（鞦韆、溜滑梯、攀登格子鐵架、水管式迷宮、輪胎做的鞦韆、平梯、較矮的攀爬用牆）的人工草皮或沙坑區
・沙坑區裡有露出一半的玩具車或挖掘用的工具
・小的遮蔭樹木或低矮灌木
・長椅或野餐桌
・閃閃發光或生鏽的金屬製品（柱子、梯子）
・鞦韆下的泥土出現凹陷
・會在沙坑見到的蟲子或草類
・沐浴在太陽光下閃閃發亮的溜滑梯
・玩捉迷藏而四處奔跑、或者假裝地面是熔岩在玩耍的孩子們
・坐在嬰兒車上的小嬰兒因為想自由活動，雙腳在空中踢著扭動
・坐在長椅上的爸媽
・放在野餐桌上的袋子裡裝了紙盒果汁或簡單食物
・在附近草較長處晃來晃去的十幾歲孩子集團
・松鼠收集松果
・掠過草皮的蜻蜓或蝴蝶
・在樹木葉片上爬的瓢蟲
・打翻在水泥上的果汁上有螞蟻聚集
・瞄準掉落的蘇打餅乾或麵包屑衝來的鳥
・周邊垃圾四散的垃圾桶
・停在停車架上，安全帽掛在手把上的單車
・平放在地面上的滑板車或單車
・飲水處
・鐵絲網外圍圍欄
・鄰近住家或道路

聽覺
・孩子們的笑聲或叫聲
・父母們用手機講話、或者面對面談話
・鞦韆的鎖鏈嘎吱作響
・鞦韆規律來回的咻咻風聲
・用橡膠鞋溜過溜滑梯的聲音
・沙坑裡被移來移去的沙子發出沙沙聲
・風吹聲
・腳擦過木屑的聲音
・孩子跌倒而放聲哭起來
・除草機運作聲
・孩子們對著爸媽叫「你看～」
・「咚咚咚」的腳步聲
・昆蟲聲
・鳥叫聲
・大雨打在被忘在溜滑梯下而堆積沙子的鞋上的聲音
・到了該回家的時間，孩子尖叫著
・附近足球場或棒球球傳來的噪音
・路過的車
・吠叫的狗
・在水泥厚板打造的步道裂痕上翻倒的滑板車輪胎撞擊聲

嗅覺
・剛割過的草皮
・打翻而黏答答的甜甜果汁
・必須換新袋子的垃圾桶
・用過的尿布
・松樹
・樹上的花
・野草
・泥巴
・潮濕的土壤
・滿是塵埃的沙坑
・香菸的煙
・汗
・加熱的橡膠
・停車場的汽車廢氣
・高溫金屬
・防曬用品
・除蟲噴霧
・草皮中隱藏的狗屎

味覺
・泥土
・果汁
・水
・咖啡
・冰棒
・孩童的點心（蘇打餅乾、葡萄、起司、水果軟糖、三明治、切成薄片的蘋果、餅乾）
・飛揚的沙石或塵埃如粉筆般的味道

- 薄荷
- 口香糖
- 碳酸飲料
- 冰茶
- 飛入口中的沙子

觸覺

- 鞋裡刺刺或刺到手的沙子
- 冰冷的金屬
- 由於太陽熱度而升溫的橡膠輪胎鞦韆
- 野餐桌或公園長椅不整齊的木板
- 腳邊冰冷的草皮
- 被松果或松葉刺到
- 鞦韆光滑的鎖鏈
- 黏答答或沙沙的手
- 滿是汗水的手或臉
- 滑溜溜的塑膠墊
- 粗糙的沙粒
- 陷進背後的公園長椅夾板
- 使腳下滑溜的松針
- 地板鋪料跑進鞋子裡
- 眼睛進了沙子
- 如同燃燒般滾燙的金屬溜滑梯
- 有人盪得太高，導致鞦韆兩邊的柱子稍微浮起，又「咚」的一聲敲到地面
- 在水管狀的迷宮當中，走錯路的孩子們相撞
- 旋轉將鞦韆的鎖鏈以將其解開，鞦韆扭動的方式很噁心
- 由於曝曬及孩子們的吵鬧聲而頭痛

引領故事發展的情境與事件

- 由玩具上掉落而受傷（被刺到、被夾在間隙中、被割傷）
- 霸凌者或看情況才表示友好的孩子
- 長期停留在孩童遊戲場的怪人
- 孩童遭到誘拐或一個人不知道去了哪裡
- 發現藥物注射針筒或使用過的保險套
- 孩子在水管迷宮中恐慌症發作，需要救援
- 到了回家時間鬧起脾氣
- 撞見實在不想見到他的父母親或其他孩子
- 在沒有遮蔭處的遊樂場中暑
- 沒看著孩子的父母
- （在其父母面前）教訓其他人孩子的大人
- 和爸媽一起與對方玩樂，才發現（孩子或爸媽之間）處得不好
- 看見給孩子簡單食物或孩子胡鬧的玩耍方式，而批判該孩童父母的其他父母

登場人物

- 嬰兒
- 孩童
- 幫人帶狗散步的人或慢跑的人
- 奶媽或嬰兒的保母
- 兄姊
- 爸媽或祖父母
- 十幾歲的孩童

編劇小技巧

設定時的重點與提示

孩童的遊樂場是現今已有巨大變化的場所。蹺蹺板或旋轉木馬等被認爲可能有害的遊樂器材，幾乎都已消失。以往的水泥地面，除了部分空間有限的都市以外，爲了減低跌倒而受傷的情況，大多已更換爲鋪料、橡膠、泥土、人工草皮等材料。作家的特殊設定，通常有根據自己的經驗描寫細節的傾向。若故事中需要稍舊的遊樂場，這個方法應該不錯。但若非如此，爲了使描繪的資訊確實爲最新情況，那麼親自去看看現在的遊樂場，將是個聰明的選擇。

例文

越接近遊樂場，我們的腳步就越慢。溜滑梯的樓梯有著顏色鮮明宛如瘡疤的鏽痕。溜滑梯本身也宛如與洛基戰鬥了無數次，有許多凹陷、磨損、扭曲處。蹺蹺板的座位處只剩下半邊還有油漆的顏色，但那藍色也因爲曝曬而失去了光采。而距離它數公尺的另一半，則大半埋在沙坑中。風兒吹過，鞦韆發出尖銳聲響演奏起報喪女妖四重奏，艾咪把我的手握得更緊了些。看來最好還是去趟YMCA看看。

運用的寫作技巧

誇飾、擬人法、天氣

創造效果

醞釀氣氛

校工室
Custodial Supply Room

關連場景
小學教室、體育館、高中走廊、更衣室、實驗室

視覺

- 存放各種化學製品的置物架（玻璃清潔劑、地板蠟、不鏽鋼清潔劑、抗菌洗潔劑）
- 牆壁上掛著各種尺寸的除塵撢
- 存放替換用垃圾袋的箱子
- 廁所用品（衛生紙、捲筒衛生紙、壁掛式洗手乳的補充包）
- 裝了許多備用物品的推車（垃圾箱、噴霧瓶裝的清潔劑、桌上型掃把與畚箕、橡膠手套、海綿與鍋鏟、抹布、馬桶刷、撢子）
- 吸塵器
- 放在水桶內的拖把
- 貼著標籤的箱子和托特包
- 許多折疊椅
- 捲成環狀掛在牆上的延長線
- 以安全和效率為主題的海報
- 放骯髒布巾的容器
- 立在一角的掃帚
- 靠著牆壁的鋁梯
- 工具箱
- 折疊式的踏台
- 有腳輪的大型垃圾箱
- 有附軟管、深度較深的洗水槽
- 地面排水溝
- 狹窄的文書工作區域（文件、訂貨單、電腦、無線電對講機或手機）
- 用圖釘釘著公告和小朋友圖畫作品的佈告欄
- 夾著檢查表和記錄用紙的塑膠板，掛在牆壁釘的釘子上
- 掛著衣服的曬衣夾（腰部保護帶、外衣、冬天手套、其他披在身上的東西）

聽覺

- 開關門的聲音
- 大型的鑰匙圈鏘啷鏘啷的聲音
- 發出「嘰嘰」聲的推車車輪
- 倒液體到水桶內時發出「噗嚕嚕」的水聲
- 從牆上的掃把架拿起掃把時的「喀」一聲
- 門外有人飛奔經過的腳步聲
- 走廊傳來很吵的各種說話聲
- 打電話的聲音，或電話鈴響的聲音
- 從水龍頭奔流而出的水聲
- 拿起垃圾袋、綁住袋口時「悉悉簌簌」的聲音
- 打開紙箱頂蓋的聲音
- 用美工刀從上切斷膠帶的微弱聲音
- 排水溝發出「咕嚕嚕」的聲音
- 牆上的鐘「滴滴答答」地運轉
- 「唰」地把紙揉成一團
- 用筆在紙上「咻咻咻」地寫字
- 沉重的箱子或包包摩擦地板的聲音
- 「砰」地放下沉重的工具箱
- 工具「喀啷啷」地互相碰撞
- 滑過磁磚的隙縫，發出「喀隆」聲的附輪垃圾箱
- 搬動或疊起文件的聲音

嗅覺

- 化學藥品
- 灰塵
- 接著劑
- 塑膠
- 發霉的拖把
- 積水

味覺

- 在設定中，除了登場人物帶進這個場景的東西（口香糖、薄荷糖、香菸等），可能沒什麼特別的東西跟味覺有關，像這種不會描寫到味覺的場景，可以專心描寫其他四種感覺。

觸覺

- 滑溜溜的垃圾袋
- 化學藥品灑出來，導致眼睛流淚
- 手摸到冰冷的水
- 堅硬的工作用手套
- 手上粗糙的繭
- 把箱子搬到特定的位置，或是從置物架上拉出塑膠桶時感受到的重量
- 把紙揉成一團
- 腳踩著粗糙的地面
- 搓出滑順泡泡的肥皂
- 打掃用的濕抹布
- 被口袋裡的鑰匙戳到
- 工作導致的割傷或擦傷

・袖口或褲管被水打濕
・拖把光滑的握柄
・滑溜溜的紙箱
・從傳真機送出溫熱的請款單
・束口的橡皮筋或拋棄式手套
・敏感的肌膚接觸化學藥品導致的燙傷

引領故事發展的情境與事件

・踩到潑出來的液體滑倒
・拿太重的東西拉傷肌肉
・在置物架上找到有人偷藏的違禁品，但不知道是誰放的
・發現自殺的學生，或是有學生遭到同學毆打之後被關進校工室
・在校內或自己管理的建築物內發現害蟲的痕跡
・門外有人在說話，從對話中聽得出有人即將遭遇危險，但不知是誰
・吸入化學藥品，或是經皮膚吸收，嚴重影響健康
・有學生故意把房內的東西弄得亂七八糟
・有人故意捉弄或欺負校工，引起校工反彈，並產生暴力行為
・沒有安全措施，或是沒按規定執行，而導致發生火災
・對那些使用自己管理的建築物、

卻十分輕視自己的人，感到憤恨不平
・自己的部門已經缺錢又缺人，上級卻抱持著過度的期待

登場人物

・大樓管理業者
・校工
・傳送員
・監察官
・維修作業員
・工作人員

編劇小技巧

設定時的重點與提示

校工室的大小，有的狹窄如衣櫃，有些卻極爲寬敞，包括數間儲藏室、辦公室、休息室、甚至旁邊還有鍋爐室。室內和庫存的狀態也各有不同。有些設施（例如醫院）會嚴格管理並且經常清點庫存，但也有些地方可能是東西散落各處沒有整理，而且許多庫存都已經損壞（例如人手或經費不足的學校）。另外，校工的工作大多是不會有什麼回報的事情，有時會淹沒在日常程序之中，甚至被周圍的人當透明人對待。但就因爲是這樣，可以靈活運用校工室，進行一些令人意外的設定，讓人在裡面傾訴秘密，或是偷偷會面之類。

例文

肯特悄悄溜進校工室，關上身後的門，把路司威爾德高中每天兩千五百七十九名路過穿堂的學生製造出的噪音、混亂以及身上帶著的細菌都擋在門外。他深深地吸一口氣，混著漂白劑氣味的空氣進入肺部，讓自己平靜下來，才睜開眼睛。擦得閃閃發亮的電鍍鐵架整齊地排列在牆壁旁邊。裝著氨水、地板清潔劑、玻璃清潔劑的瓶子，按照順序排成一列，標籤全部整齊地面朝北方。拖把掛在架子上，和角落快結塊的灰塵和土確實地保持安全距離。他感覺舒服多了，在椅子上坐下來，把桌上的筆筒擺好。老爸常說，像肯特這樣的人，該做工友這種工作嗎？但是到底有誰比我更擅長保持清潔呢？

運用的寫作技巧

多種感覺的描寫、象徵

創造效果

賦予登場人物特徵、醞釀氣氛

10畫

校車
School Bus

關連場景

田園篇——小學教室、兒童寄養設施、體育館、高中餐廳、高中走廊、托兒所、幼兒園、校長室、夏令營

都會篇——康樂中心

視覺

- 車身有黑色條紋與漆字的黃色車輛
- 車窗上貼有寫在紙上的車輛編號
- 以閃燈的方式告知後方車輛即將停車的停車警示燈，安裝在車上的伸縮式拉門
- 骯髒的車窗
- 貼在玻璃上的臉
- 位於車身上方、天氣不好時會開的霧燈
- 風琴式的車門以及有高度的踏腳板
- 隔開綠色與黑色的座位，穿過正中央的狹窄通道
- 安全門
- 垃圾桶
- 兩側是可以上下滑動開啟的車窗
- 為了確認後方來車，安裝了照後鏡的駕駛座
- 車內的標示（緊急出口、乘車守則、司機的姓名）
- 頭會左右擺動的小電風扇
- 駕駛盤與踏板
- 控制車門開閉的握把
- 把腳伸到走道上，打橫坐著的學生
- 放在地板上的背包
- 垃圾（揉成一團的紙、糖果紙、變短的鉛筆、零食的殘渣）
- 愛用不用的安全帶
- 黏在地板或位子底下的口香糖
- 孩子們（跟隔壁或隔走道的同學講話、正在看書或做作業、眺望窗外、在座位上彈跳、被人從位子上方窺伺表情、看手機、聽音樂、惹惱司機）
- 身體隨著行駛中的校車晃動
- 椅背被鉛筆戳出的洞
- 畫或刮在車壁上的塗鴉
- 嵌在車頂的頂燈
- 排隊上下車的孩子們
- 咻地瞬時遠去的其他車輛或窗外風景
- 校車開過路面不平處之際，在後段座位被震到彈起來的孩子們

聽覺

- 熱車時的校車會以一定的節奏發出「噗嚕噗嚕」的聲音
- 隨著車速加快，噪音也會變大
- 「嘰」地作響的煞車
- 孩子們上車時跟司機打招呼
- 收音機播放的音樂
- 無線電傳來聯絡負責人的聲音
- 隨車老師叫孩子們「安靜一點」
- 行車的聲音夾雜著孩子們的笑語
- 把背包「咚」地丟在地板上
- 拖著腳步走過通道的聲音
- 在座位坐下的聲音
- 鉛筆或蠟筆在車內滾動的聲音
- 打開洋芋片包裝袋的聲音
- 打開車窗時忽然變大的車外聲音
- 風從打開的窗戶「咻」地吹入
- 等紅燈時，司機叫大家安靜後忽然靜下來
- 電話鈴響
- 孩子們把椅背當扶手，一邊拍打、一邊沿通道前進的啪啪聲
- 沙沙作響的糖果紙
- 喝鋁箔包果汁或水的啜飲聲
- 「嘶嘶嘶」地拔開午餐袋上的魔鬼氈
- 拉開背包拉鏈的聲音
- 「喀」一聲扣上安全帶

嗅覺

- 腳臭
- 汗味
- 水果或薄荷口味的口香糖
- 從打開的車窗透入的新鮮空氣
- （寒冷的雨天）霉味或泥巴
- 廢氣

味覺

- 有加味的護唇膏
- 沒吃完的中餐（穀麥棒、水果、三明治、洋芋片、餅乾、紅蘿蔔、西洋芹）
- 碳酸飲料
- 水
- 果汁
- 口香糖
- 薄荷糖
- 糖果
- 巧克力棒

觸覺

- 內襯很薄的座椅

- 校車冰冷的金屬車壁
- 掛在肩上的背包
- 從椅子上拿起沉重的背包
- 打翻在地上的東西沾到鞋底
- 坐在後面的人踢自己坐的位子
- 忽然從窗外吹來涼爽的輕風
- 被後面的同學拍肩膀
- 被干擾或被撞
- 把背包抱在胸前
- 翻書籍或漫畫的書頁
- 手上拿著的冷飲
- 為了往外看，而用手指擦拭車窗上的霧氣或結霜
- 在結霜的車窗上塗鴉或玩賓果遊戲
- 向車窗呵氣，再用手指寫字
- 踢前面的椅子
- 短短的腳在座位上晃動
- 為了看前面而伸長脖子
- 為了找東西而掏挖自己的背包或提袋
- 飲料的水滴把手弄得滑滑的
- 無論如何就是想開關窗戶
- 咚地坐到位子上
- 想要一個位子擠三個人
- 巴士開過不平的路面時，身體也隨之四處亂撞
- 每當司機踩煞車時，緊緊抓住前面座位的椅背

引領故事發展的情境與事件

- 在車內發生的霸凌與打架事件
- 打翻違規的零食或飲料，弄得一團混亂
- 被同伴逼著以愚蠢的行為激怒司機
- 尿急
- 坐過頭
- 明明不喜歡這樣，別的同學仍然硬是要來聊天
- 因為被禁足不能開車，只好搭校車上學
- 隨車老師太過蠻橫或是太散漫
- 明明有停車標示也不停下來、沒在看路的司機
- 有孩子被汽車撞了

登場人物

- 隨車老師
- 司機
- 學生

編劇小技巧

設定時的重點與提示

校車內的氣氛，會隨著搭乘的學生人數與年齡層等因素，出現相當大的差異性。車內吵鬧或氣氛熱烈的程度，也會因爲是萬聖節的次日、期待已久的校外教學當天、耶誕假期剛結束等特定日期而更高。而且學生可以很輕鬆愉快地上學或放學，還是有可能出事，取決於司機（以及隨車的老師）能夠管理學生到什麼程度，所以他們也是關鍵角色。他們到底是能夠關切學生、思慮周到的成年人，還是毫不在乎、個性暴躁、或是散漫的成年人，會讓通學的狀態產生極大的差異。

例文

我屏住呼吸走過通道，猶如這樣就能讓自己能儘量變小，也彷彿自己的腰撞到兩側座位的椅背就會不見。車內一片寂靜，許多雙眼睛一起朝我的方向望來。走到最近的空位坐下來，心裡湧起了久違的期待：但願這個學校會跟以前的不一樣。嘴角不自覺地現出了笑意。此時，從後面傳來了實在是太大聲的竊竊私語：「來了個需要寬度超標貼紙的傢伙啊！」

運用的寫作技巧

隱喻法

創造效果

強化情緒

校長室
Principal's Office

關連場景
寄宿學校、小學教室、體育館、高中餐廳、高中走廊、更衣室、教師室

視覺

- 放了基本事務用品的大書桌（N次貼、計算機、釘書機、筆與便條紙、削鉛筆機）
- 名牌與名片
- 檯燈
- 電話
- 裝了飲料（水、汽水、咖啡、紅茶）的杯子
- 面紙盒
- 堆積如山的檔案或文件
- 紙張多到滿出來的文件托盤
- 有輪子的椅子
- 放在畫框裡的證件
- 牆壁上掛著學生送的話語或藝術作品
- 文件櫃
- 放了教科書或資料夾的書櫃
- 私人物品（家族照片、可顯示出身大學的帽子或旗子、其他小東西）
- 運動用品
- 獎杯或獎狀
- 盆栽植物或仙人掌
- 裝在花瓶裡的花
- 牆上的時鐘
- 訪客用的椅子
- 有浮雕裝飾格言的盾牌
- 電腦與列表機
- 堆積在角落的箱子
- 傘
- 護手霜
- 乾洗手液
- 垃圾桶
- 音樂播放器
- 裝設了空調的窗戶
- 學校橫幅或校旗
- 裝了糖果的罐子

聽覺

- 電話響了
- 由走廊或附近辦公室傳來的腳步聲
- 上課鈴聲響了，迅速走動的學生腳步聲
- 教師與學生爭吵
- 移動紙張的沙沙聲
- 滑動文件櫃門打開，或者「碰」一聲關上
- 影印機或列表機的運作聲音
- 訪客開門進入時附近的嘈雜聲
- 廣播公告的聲音
- 下課鈴聲或警示聲
- 透過牆壁隱約聽見聲音
- 喀噠喀噠打著電腦鍵盤
- 削鉛筆機喀喀作響
- 火災警報器響了
- 喀嚓喀嚓按著自動鉛筆或原子筆
- 坐著的監護人或學生在椅子上扭動時的嘎吱聲
- 空調或暖氣運作的聲音
- 由敞開的窗戶傳進外面的聲音（在運動場上遊戲的孩子、打籃球的十幾歲孩子、車輛來往、鳥叫聲、除草機、風吹動鎖頭打到旗桿）

嗅覺

- 咖啡
- 地毯
- 被塵埃覆蓋的書籍
- 花
- 芳香劑
- 乾洗手液
- 護手霜
- 滿身汗臭的孩子
- 古龍水或香水
- 發霉的地毯

味覺

- 咖啡
- 紅茶
- 水
- 糖果

觸覺

- 在等待與校長會面的時間，無法好好坐在椅子上的學生（扭來扭去、用腳踝踢椅腳、用手指關節壓按彈性布料的椅子）
- 書桌椅的椅背往後靠的動作
- 一邊打字或寫字，將電話筒夾在肩膀與耳朵之間，脖子很痛
- 書寫順暢的筆、或很難寫的筆
- 筆尖忽然「啪」一聲折斷
- 紙張割傷手指
- 為了尋找需要的文件而不斷翻找檔案

- 金屬門把或把手
- 坐在大椅子上的孩子，腳晃來晃去或抬起來
- 冰冷的乾洗手液
- 由敞開的窗戶瞬間吹進的微風
- 為了找想吃的糖果口味，而在罐子裡找翻找
- 將小小的孩子緊抱起放到自己膝上
- 與人擊掌

引領故事發展的情境與事件

- 對學校不滿的父母或不合作的學生
- 教職員間有意見衝突
- 學生或教職員有不適當行為而遭受責難
- 在學校裡聽見槍聲或叫聲
- 發現很疼愛的學生有罪
- 必須壓制學生身體
- 由於預算刪減而遭解雇，或必須解雇某位老師
- 接到炸彈預告，或火災警報器響了
- 追查懷疑是虐待兒童的案件
- 決心處罰走錯路的學生
- 人手不足
- 應付希望對自己的孩子有所優待的父母
- 必須懲戒處分某位（有不適當言行舉止、經常性遲到、被父母責怪的）教師
- 發現有學生持有武器
- 學生們打架、有人受傷
- 由於遭到威脅，學校必須封鎖

登場人物

- 外送員
- 事務人員
- 父母
- 為了在學校工作而來面試的人
- 家長會成員
- 教育委員會委員
- 學生
- 老師
- 校長

編劇小技巧

設定時的重點與提示

校長是屬於教育體系中各階段都有的人物，因此他們的辦公室通常會反映其所處之階段。例如，相較於大學的校長室充滿學者氣息，小學的校長室就看起來比較像初級。若校長室設置於較狹窄的空間，可以想見該學校整體應該也都是零零散散的小空間。當然這和學費也有關係。但即使算是個人空間，對於整體外觀及氣氛貢獻最多的，仍然是使用此場地的人物性格，比如室內是整齊乾淨或有些雜亂，給人溫馨或缺乏獨創性，有經過悉心裝飾或非常無聊等。

例文

潘校長將身體向後往椅子一靠，伸了個懶腰。雖然說工作量是下課後就能收拾完，但還真令人難以置信。電話沒有響、也沒有女學生來哭著說希望能拿回手機……猛地有門碰一聲關上的聲音，她從椅子上跳了起來。那是南面外側的門。由於關得太大力，連櫃子裡的獎盃都在晃動。但現在是星期五晚上，都十點了，誰會來學校呢？理應空無一人的走廊，傳來了沉重的腳步聲。她急忙站起身抓起了電話，但電話不通。連忙轉身，卻沒看見手機——剛才明明用完就放在接待桌上的。校園裡有某個人正在緩慢接近，她感到全身一陣惡寒。

運用的寫作技巧

對比、多種感覺的描寫

創造效果

醞釀氣氛、伏筆

高中走廊
High School Hallway

10畫

關連場景

校工室、體育館、高中餐廳、更衣室、校長室、校車、實驗室、青少年兒女的房間

視覺

- 靠著牆壁排列、凹凸不平、有傷痕的置物櫃
- 滿是擦傷的地板
- 獎杯櫃
- 學生畫的壁畫
- 由於學校活動而畫的五彩繽紛手繪海報（之後會舉辦的舞會、西洋棋社賽程淘汰表、戲劇角色徵選、送別鼓勵會公告等）
- 滅火器
- 教室門
- 收藏學生雕刻作品的陳列架
- 每個學年的集合照
- 放在畫框裡的學校指定運動服或校旗
- 垃圾桶
- 四處散落垃圾的地板（被丟棄的口香糖包裝紙、壞掉的鉛筆、鉛筆尾端的橡皮擦、揉成一團的紙張）
- 推著寬幅掃把掃地的事務人員
- 走向教室或在和學生說話的老師
- 在走廊巡邏的駐校警員
- 學生（匆忙前往教室、在背包裡找東西、「碰」一聲關上置物櫃門、靠著置物櫃坐在地上、群聚、和朋友說話、把堆積如山的教科書和背包放在自己旁邊，在考試前幫自己加油打氣、用手機打簡訊）
- 洗手間
- 小小刻在門框上或用麥克筆畫在牆上的塗鴉
- 置物櫃上掛著生鏽的銀色鎖頭
- 由置物櫃門上透氣孔伸出的紙張或鞋帶
- 通往別層樓的樓梯

聽覺

- 鞋子在地板上唧唧作響
- 回音
- 學生聲音（談話、放聲大笑、大聲和朋友打招呼）
- 「喀恰」一聲打開置物櫃
- 「咚」一聲將教科書放進置物櫃裡的架上、放鞋子進去的聲音
- 「碰」一聲關上門
- 學生在置物櫃處推擠的聲音
- 老師命令學生「安靜點！」「快進教室！」的聲音
- 告知上課或下課的鈴聲或警告聲
- 學校廣播
- 可以聽見從某人耳機傳出悶悶的音樂聲
- 手機一直響又馬上被按掉
- 咳嗽
- 打噴嚏
- 正在上課的老師單調的聲音

嗅覺

- 香水
- 止汗劑
- 鬍後水
- 髮膠
- 置物櫃裡似乎放了什麼令人厭惡東西的氣味
- 口中有薄荷的味道
- 打掃用具
- 滿是汗水的體育服
- 餐廳或學生廚房傳來的食物氣味
- 剛貼上的海報傳來麥克筆的味道
- 顏料
- 剛印刷的海報上傳來列表機墨水的味道
- 由吸菸者身上傳來大麻或令人不愉快的煙味
- 某人的呼吸中有酒精味
- 地板用蠟
- 剛上好油漆的置物櫃

味覺

- 帶來學校的食物（貝果、雜糧棒、水果）
- 零食（甜點、巧克力、口香糖、薄荷）
- 碳酸飲料或營養飲料
- 苦或甜的咖啡
- 水
- 漱口水
- 附著在牙齒矯正器上的食物
- 塵埃
- 在教室睡著後口中的酸味
- 菸草或煙
- 不鏽鋼水筒裡的酒精飲料

觸覺

- 冰冷的金屬置物櫃

- 單手拿著鎖頭的重量
- 光滑的紙張
- 塑膠資料夾
- 流汗的手
- 咬著鉛筆的木頭味
- 肩膀上背的背包向後拉的感覺
- 剛塗抹的護唇膏黏到髮絲
- 因為朋友輕撞或推了一下，結果用力撞上置物櫃
- 在下課時間對於自己被淹沒在學生群中而不顯眼感到安心
- 沾到鞋子黏答答的口香糖
- 將紙靠在凹凸不平的水泥磚牆上打算寫字
- 甩著寫不出來的筆

引領故事發展的情境與事件

- 遭受霸凌或同儕壓力
- 藥物交易
- 打架、身體檢查、其他身體騷擾
- 在其他學生面前被老師怒罵、或非常丟臉
- 有人弄響火災警報器
- 掉了手拿包，瞬間飛出了不想讓人看見的東西（衛生棉條、保險套、吸古柯鹼的管子）
- 向朋友訴說私事時被偷聽
- 擔心開玩笑說「要自殺」的朋友
- 置物櫃被惡搞（由透氣孔中噴出潤滑油、鎖頭上被掛了保險套）
- 從不遲到的朋友到了約定的時間卻沒出現，也沒有回簡訊
- 注意到朋友身上有瘀青或割傷，但卻無法開口談論這件事
- 在眾人面前以非常糟糕的方式分手
- 惡作劇（將西瓜丟到走廊上看著它破掉、在樓梯挑高處灑了一堆雷根糖）
- 從烹調室或實驗室冒出火，走廊上都是煙
- 置物櫃裡的東西被偷
- 突擊檢查，置物櫃裡的藥物被沒收
- 突然爆發派對噴罐對戰，走廊都是線狀泡泡
- 由於封鎖行動導致走廊上沒人

登場人物

- 管理工作人員
- 事務人員
- 演講來賓
- 警察
- 隸屬學校的醫療人員或助手
- 學生
- 老師
- 校長及副校長

編劇小技巧

設定時的重點與提示

不同學校可能會有駐校警員巡邏，在有爭論時進行判決、或者檢查置物櫃；也負責觀看來訪客人的身分證件，確認其進入校園有正當理由。他們的目的並非威脅學生使其進行品行端正的生活，而是與需要幫助或建議的學生建構良好關係，確保學校成為對大家來說都是個安全的場所。

例文

由辦公室步出、來到走廊，我深吸了一口氣，空氣中明顯有著漂白水與檸檬香的清潔劑氣味。陽光自窗戶射進，照得剛打磨過的地板閃閃發光。好些個置物櫃靠牆站著。那看來堅毅的外表，是由於剛穿上了新油漆制服，傲然而立。我笑了。所有東西都在它們的位置上。再沒多久，夏天就要結束。而這個走廊馬上就會再次站滿想要念書的年輕人們。

運用的寫作技巧

隱喻法、多種感覺的描寫

創造效果

賦予登場人物特徵、醞釀氣氛

高中餐廳
High School Cafeteria

關連場景

田園篇——寄宿學校、體育館、高中走廊、校車、實驗室、教師室、青少年兒女的房間

都會篇——運動賽事觀眾席

視覺

- 天花板上並排的明亮日光燈管
- 對開的擺門
- 為了公告學校活動而貼在牆壁上的手寫海報
- 壁畫
- 並排的長桌邊放著坐起來不舒服的塑膠椅
- 髒汙的垃圾桶上堆滿用過的托盤
- 互相推擠笑鬧的十幾歲孩子隊伍
- 有顏色的塑膠或金屬製托盤
- 穿著白色圍裙及髮網，很不開心的餐廳工作人員
- 收銀台、不鏽鋼製櫃台
- 紙盤或塑膠餐具
- 寫有餐點及價格的菜單板
- 使餐點托盤不會冷掉的保溫平台
- 裝了湯的有蓋深碗及湯勺
- 淋了醬汁或油膩的肉類或義大利麵冒著熱氣
- 沙拉吧
- 避免食物蒙覆灰塵、傷痕累累的塑膠蓋加熱燈
- 放了點心或飲料的小型冷藏箱
- 學生（坐著、放鬆、群聚、推擠笑鬧、打哈哈、讀書、吃東西）
- 桌上放著裝了水的寶特瓶或碳酸飲料罐
- 紙盒包裝的果汁或牛奶
- 與餐點放在不同桌子上的調味料壓罐
- 打翻在地板上的液體、布丁碎塊、被踩過的洋芋片
- 揉成一團的紙巾
- 從家裡帶便當來的孩子們
- 被揉成一團、在地上滾來滾去的食品保鮮膜
- 掉落在桌上的食物渣
- 番茄醬或肉汁的染漬
- 煮得軟爛而留在托盤上的食物
- 留在椅子上的三明治殘渣
- 桌上的垃圾或空寶特瓶

聽覺

- 笑聲
- 說話聲
- 笑鬧聲
- 叫聲
- 將托盤「鏘」一聲放在桌上
- 椅子拖過地板的聲音
- 咀嚼食物的聲音
- 「咻」一聲打開碳酸飲料的罐子
- 微波爐叮地一聲
- 廚房裡盤子匡啷聲
- 用大勺隨意挖起千層麵放進盤子
- 裝了薯條的籃子放進油中時起泡的聲音
- 托盤在櫃台上滑動的聲音
- 口袋裡叮叮噹噹的零錢
- 將剩菜剩飯倒進垃圾桶的聲音
- 「碰」一聲開或關門
- 拉動冷藏櫃玻璃門使其滑開的聲音
- 打開原本關著的冰箱門，門發出吸氣聲
- 用微波爐加熱墨西哥捲餅時嗡嗡作響
- 微波爐裡爆米花彈跳的聲音
- 打開洋芋片袋子沙沙作響
- 鞋子在地板上發出啾啾聲
- 教師室喚找學生的廣播
- 午餐時間結束時鈴聲與警鈴一同響起

嗅覺

- 當天菜單上的餐點（熱狗、辣醬、雞柳條與薯條、美式熱狗、墨西哥捲餅、墨西哥夾餅、漢堡、披薩）
- 脂肪
- 碳酸飲料
- 甜味番茄醬、澀味黃芥末醬
- 煮過頭或者煮爛的食物焦味
- 奶油
- 辛香料（辣椒粉、肉桂粉、大蒜）
- 洋蔥腥味口臭
- 混合的體臭
- 香水、古龍水
- 身體噴霧
- 髮膠
- 由吸菸者身上傳來香菸或大麻的氣味

味覺

- 當天菜單餐點（湯、沙拉、熱狗、墨西哥捲餅、美式熱狗、薯條、漢堡、披薩、濃湯、辣醬、

雞柳條、墨西哥夾餅、長麵包三明治、貝果、瑪芬、洋芋片、餅乾、雜糧棒、生菜及醬料、捲式三明治、義大利麵）

・由家裡帶來的食物（壓爛的三明治、有點損傷的香蕉或蘋果、裝在袋裡的葡萄、義大利麵沙拉、剩下的東西）

・咖啡

・水

・營養飲料

・牛奶

・碳酸飲料

・果汁

・冰茶

觸覺

・堅硬塑膠托盤

・冰冷金屬櫃台

・皺掉的包裝紙

・容易彎曲的塑膠餐具

・表面上凝結水滴變得容易滑手的牛奶紙盒

・燙到舌頭

・薯條上的油使手指滑溜溜

・堅硬的長椅或塑膠椅

・桌面四散著鹽粒

・排在混亂隊伍中的壓迫感

・在桌上撞到其他人的手肘

・裝了咖啡的杯子傳來熱度及溫暖

・粗糙的紙巾

・將包裝紙揉成一團丟進垃圾桶

・爲了確認還有沒有剩，而搖著碳酸飲料的罐子

・沾到嘴邊的冰冷美乃滋

・有點扭曲彎折的成熟水果

・爲了剝香蕉皮而用指尖戳蒂頭

・在桌面下不小心碰到其他人的腳

・坐下前把椅子上的食物殘渣揮掉

・舔著沾到手指的番茄醬

・踩到什麼軟軟的東西

・因打翻的液體而滑倒

引領故事發展的情境與事件

・在混亂的中午時分找地方坐下

・排他性重的校內集團

・被霸凌者弄亂自己的食物，或使自己在全校學生前丟臉

・打算付錢卻發現自己把錢包忘在家裡

・打算付餐費卻發現午餐用帳戶已經沒有錢

・沒有錢吃飯，因此忍著餓肚子

・吃了午餐後出現過敏反應

・食物中毒

・沒有人一起坐，總覺得被大家盯著看

・有飲食障礙或身體形象的問題，害怕在人前吃東西

登場人物

・事務人員

・外送員

・健康及安全監察員

・餐廳工作人員

・學生

・老師

編劇小技巧

設定時的重點與提示

學校餐廳各式各樣，有在一年剛開始就先付整年餐費的，也有讓學生刷ＩＤ卡來支付的，或者只收現金的餐廳。不同學校可能會提供經濟性援助企畫，或者會有老師經常拿貝果或瑪芬給需要食物的學生。若是規模較大的學校，爲了規範一次可進入餐廳的人數，可能會將用餐時間分爲好幾個時段。另外也有醫院或大學、大型賣場等地方會設置餐廳，經過稍微調整之後，便能將本條目的場所加以運用。

例文

我站在入口，眼睛掃過每一列。由最多學生的那排隊伍傳來的是油脂芬芳、令人流口水的披薩香氣。正中間的隊伍，大家在沙拉吧盛裝雞柳條。至於人最少的右邊隊伍有什麼呢？從沙沙作響的塑膠聲便可明白。是香甜的蛋糕、洋芋片以及雜糧棒。兩腳交替換著重心，我遲疑著要吃什麼。雖然體重計主張應該要吃「沙拉」，但肚子卻表明想要「香甜蛋糕」。瞄了一眼時鐘，我終於下定決心。我確信這樣的飲食生活一定是那些大人物害的，邊走向右邊。因爲，若是要叫我們好好的吃東西，就應該給我們多於二十三分鐘的吃飯時間吧？

運用的寫作技巧

多種感覺的描寫

創造效果

賦予登場人物特徵、營造緊張感與糾結的心情

11 畫

宿舍房間
Dorm Room

關連場景
田園篇——寄宿學校、大學演講廳、大學校園
都會篇——咖啡廳、自助洗衣店、圖書館、運動賽事觀眾席

視覺
・牆上貼的海報（讓人充滿幹勁的格言、幽默的插畫、諷刺的東西、明星或運動員、個性強烈的搖滾樂團）
・小小的窗戶，窗台上排列著提神飲料的空瓶
・使用不同風格（荷葉邊的、樸素的、運動圖案的、幾何圖案的、家庭風格的、強烈設計感的、色彩繽紛的、磨破的）寢具，可以表現物主個性的狹窄床鋪
・有書桌的公共空間（放著筆記型電腦、手機充電器、可以插音樂播放器的喇叭、教科書、印表機、筆記本、面紙盒、小型電扇、原子筆和鉛筆等）
・為了發揮最大效果，整理得整整齊齊的衣櫥（掛在衣架上的衣服、層架裡的鞋子、裝零食和飲料的塑膠櫃、若干清掃用具、備用的洗臉用品、毛巾）
・小型微波爐與小型（裝著水果、優格、莎莎醬、起司、切好的水果、飲料、外帶容器的）冰箱
・盤子裡放著從小吃店外帶時附的各種調味醬料
・放著分裝的巧克力與茶包的小塑膠袋
・各種物件（照片、家裡寄來的明信片、課表、發人深省的名言、去夜店狂歡的紀念物、演唱會的票根等物）拼貼的軟木板
・放著鬧鐘和台燈的邊桌
・給訪客使用的折疊椅
・垃圾箱
・一整箱的瓶裝水、或是常喝的碳酸飲料
・抽屜式的棋盤
・門後（掛著圍巾、外套、帽T等物）的掛衣架
・也可以當作矮凳或咖啡桌使用、附收納空間的長椅
・咖啡機與馬克杯
・貼在牆上的鏡子
・狹窄的公用浴室
・裝體育用品的手提包
・放待洗衣物的袋子
・教科書與板夾

聽覺
・音樂
・數位串流服務與電玩的聲音
・室友的談笑
・有人邊淋浴邊唱歌
・吹風機吹頭髮的聲音
・盤子「喀鏘喀鏘」的聲音
・鋁箔紙或零食包裝發出「啪啦啪啦」的聲音
・「嗡——」地運轉的電風扇
・手機電話鈴或訊息提示聲
・床墊的彈簧發出尖銳的聲音
・把枕頭打蓬鬆的聲音
・水流聲
・從開啟的窗戶傳入的聲音
・誰在踢門的聲音
・為了找東西，一直用力開關抽屜的聲音
・煮咖啡時咕嚕作響的咖啡壺
・運轉中的冰箱與微波爐啟動的聲音
・「滴答滴答」的時鐘
・在走廊聽到有人吵架
・爆米花在微波爐裡爆開的聲音
・桌上的紙被微風吹動的聲音

嗅覺
・汗味
・還沒洗的衣物
・芳香劑
・變硬的麵包
・垃圾桶裡發霉的果皮
・發臭的鞋襪
・香水
・體香劑
・護手霜
・定型液
・用微波爐加熱過的食物
・咖啡
・剛爆好的爆米花
・花生醬
・紙
・簽名筆
・令人不悅的煙味

味覺
・咖啡
・紅茶

- 熱巧克力
- 酒
- 碳酸飲料
- 水
- 提神飲料
- 蘇打餅乾
- 營養麥片
- 優酪乳
- 水果
- 蛋白質能量棒
- 洋芋片與其他零食
- 當地餐廳賣的速食

觸覺

- 漫長的一天結束後，躺在床上時所感受到的彈簧彈力
- 順手的鍵盤
- 嘴唇接觸到溫熱的咖啡杯
- 光滑的教科書頁面
- 剛洗好的、蓬鬆柔軟的毛巾
- 攜帶型電風扇直接往身上吹的風
- 腳踩進穿慣的鞋，匆匆走出門
- 啪地按停鬧鐘
- 冰涼的門把
- 用肩膀調整背包的平衡
- 被掉落地板的碎片絆到
- 從打開的窗戶吹入的微風

引領故事發展的情境與事件

- 個性不合的室友
- 因為私人空間或是打掃的問題吵起來
- 私人的東西不知到哪去了
- 有人侵入房間內偷東西
- 必須好好念書的時候，室友一直找人來房間玩
- 室友不知是弄丟自己的東西還是用完，一直來借東西
- 室友不但吸毒，還偷偷把毒品帶進宿舍
- 舍監喜歡問東問西，而且對自己的權力十分執著
- 規定太嚴，導致眾人感到焦慮或不滿
- 違反宿舍規定被察覺
- 室友跑來動自己的東西、甚至偷看自己信件，侵犯個人隱私
- 室友在自殘，但不知該如何是好
- 目擊室友正在自殘
- 室友明明需要幫助，卻不承認

登場人物

- 舍監
- 朋友
- 室友
- 學生
- 來探訪的家長

編劇小技巧

設定時的重點與提示

宿舍房間的狀況可以反映出使用者的個性，男生宿舍與女生宿舍也有相當多不同之處。共用房間時，各自的區域通常狀態都會差異很大，讓人感到會引起各式各樣的衝突。所有的家具都是完全符合室內需求，經濟實惠的款式。有些宿舍是與室友共用浴室，有些則是設有能讓更多人一起使用的公用浴室。即使是本來個性就會亂丟東西的人，也因爲要把東西都收在私人空間內，而必須進行整理的工作。

例文

有一線亮光射入了黑暗，讓我清醒過來。門砰地關上，喝醉的里克到底人是在哪，只要聽聲音就知道——他撞到書桌的桌腳，一邊含糊不清地咒罵，一邊脫鞋，鞋子打到公共空間的垃圾箱又彈回來。他終於倒在床上，一百九十公分的身軀壓著床墊的彈簧，讓它們發出痛苦的呻吟。令人惱怒的啤酒味發散開來，兩秒後打呼聲就撼動了整個房間。我瞪著天花板，向大學的守護神祈禱，讓他趕快退學，才能換一位更好的室友。

運用的寫作技巧

光與影、多種感覺的描寫

創造效果

營造緊張感與糾結的心情

寄宿學校

Boarding School

關連場景
宿舍房間、體育館、高中餐廳、大學校園

視覺

- 與步道十字形交錯的建築物，圍繞著青翠的中庭花園
- 有鐘樓的校內教堂
- 校長室與保健室所在地的綜合大樓
- 有玻璃屋頂之類遮罩的中庭
- 圖書館
- 大教室
- 劇場
- 有許多教室的建築
- 洗衣場
- 公共空間與交誼廳
- 餐廳
- 整棟好幾層樓、附公用浴室的宿舍
- 行政大樓
- 體育館
- 操場
- 戶外網球場或籃球場
- 維修與保管用的倉庫
- 有長桌的大餐廳
- 池塘或湖
- 枝葉茂密的樹林
- 休息用的長椅與野餐桌
- 停車場
- 以學校的象徵色製作、裝飾著校徽的旗子和海報
- 穿著制服的學生們（在中庭悠哉地混時間、聚集在公共空間、在圖書館念書、到餐廳會合）

聽覺

- 學生的說話聲與製造出來的聲音（聊天與笑聲、一起寫作業、上課時講悄悄話、跑進教室）
- 走在木質地板或磁磚地上的腳步聲
- 「啪啪啪」地在樓梯跑上跑下的腳步聲
- 沉重的門扉「喀」一聲關上
- 老師講課的說話聲
- 可以在寢室聽到的音樂或遊戲機的聲音
- 「嗡—」地響起的吹風機
- 淋浴時的水流聲
- 歌聲
- 教練在練習時大罵或吹哨的聲音
- 在水泥砌出的樓梯間被反射的話聲與回音
- 校內廣播
- 印表機印出文件的聲音
- 「砰」地闔上沉重書本的聲音
- 「喀啦喀啦」地敲擊筆記型電腦的鍵盤
- 講手機的聲音與直播影片的聲音
- 餐廳的餐具與玻璃器皿「鏘唧鏘唧」地互相碰撞
- 嘰嘰作響的單車
- 可以在中庭聽見的自然音（狂風搖撼高大樹木的「唰唰」聲、刮過地面的枯葉、鳥叫、在樹皮或草地上來回奔跑的小動物）
- 手機鈴聲、或手機震動的聲音
- 清潔人員製造出的聲響（割草、擦窗戶、整理花壇、在草地上灑水、掃起走廊上的垃圾）

嗅覺

- 餐廳正在烹煮的食物
- 從宿舍單人房藏零食的櫃子，傳出草莓口味甘草糖的味道
- 洗髮精
- 香水
- 止汗劑
- 剃鬚水
- 體香劑
- 汗
- 濕毛巾和還沒洗的衣服
- 化學教室內的化學物質與酸性氣體
- 陽光曬暖的中庭砂土與新葉
- 綻放的玫瑰
- 剛剪過的草坪
- 松樹
- 洗衣房的洗衣精、漂白劑、烘乾機用的柔軟劑

味覺

- 從家裡帶來、平常習慣吃的食物（義大利麵、烘肉捲、火腿、蒸蔬菜、三明治、麥片、法式吐司、燻牛肉、炸魚薯條、水果、麵包、餅乾）
- 咖啡
- 紅茶
- 牛奶

- 維他命飲料
- 運動飲料
- 營養飲品
- 家裡寄來的包裹，裡面有甜食和巧克力
- 偷帶的菸酒

觸覺

- 背包的重量扯動肩膀的感覺
- 抱著很多書走到教室
- 躺在薄墊上睡覺
- 因為在自己書桌前或自修室認真念書，而感到肩頸僵硬
- 大餐廳提供的柔軟餐巾紙與冰冷餐具
- 很硬的椅子
- 紙張滑滑的手感
- 為了把雙手空出來，而把電話筒夾在肩膀與耳朵之間
- 腳踩住的草根
- 曬在臉頰或肩上的溫暖陽光
- 吹拂過肌膚的輕風
- 進出建築物感受到的溫度變化
- 開派對或是念書到很晚所導致的倦怠感

引領故事發展的情境與事件

- 有排外又會傷人的小團體
- 成績欠佳，導致自己的未來一片黯淡
- 寢室房間有小偷入侵
- 被搜出酒和毒品而被開除
- 家裡的經濟情況惡化，不知能不能在這裡繼續念書
- 走錯宿舍
- 超過門禁時間被抓到
- 因為同儕壓力而出現飲食障礙的情形
- 霸凌導致焦慮，而且逐漸惡化，陷入憂鬱狀態
- 被強迫就讀寄宿學校
- 因為成績欠佳而被球隊或社團除名
- 學生們因為害怕而什麼都不敢講勢利眼的教師
- （因為貧富差距、跟大家關注的事情不同、性格不合）感受到自己沒有融入這個環境
- 想念老家的弟妹或朋友
- 因為雙親一直不在家，連假日或長假都留在宿舍裡
- 在校內吸毒
- 因為有學習障礙，要維持成績很辛苦
- 受歡迎又有影響力的學生惡作劇之後栽贓到自己身上，但沒有人相信

登場人物

- 校長與總管
- 護士與輔導老師
- 餐廳與伙食負責人
- 教練
- 宿舍管理員
- 校工
- 學生
- 教師
- 來探訪的家屬
- 到學校為學生演講的特別來賓或專家

編劇小技巧

設定時的重點與提示

寄宿學校不但會因國情而有所不同，授課內容與設施也會隨著學校的教學重心或財務狀況產生變化。當然所有的寄宿學校都是以課業為重，但有些學校會針對特定的體育項目加強訓練，開設獨特的藝術和音樂課程，或是加強外語方面的學習內容等，可能在各個不同領域會觀察到明顯的特殊性。另外也一定有寄宿學校設置了特殊的入學門檻，專收視力或聽力方面有缺陷的學生。

例文

漢娜邊喝著草莓口味的紅茶，正打算開始看書時，莉莎卻把抽屜打開來翻箱倒櫃，嚷嚷著一定有人偷拿了她的東西。筆記本、電腦的充電器、吃了一半的洋芋片袋子。甚至連莉沙粉紅色的胸罩，都一件一件被丟到床上，除了手機之外的東西逐漸堆成一座小山。漢娜嘆了口氣。開學才兩星期，這個美國室友使用的空間，就已經呈現這樣的慘狀。

運用的寫作技巧

對比法

創造效果

賦予登場人物特徵

教師室

Teacher's Lounge

關連場景

小學教室、體育館、高中餐廳、高中走廊、更衣室、兒童遊戲場、校長室

視覺

- 堅固的桌椅
- 略顯陳舊的沙發
- 家長或其他職員送的點心
- （人造的）植物
- 咖啡機
- 茶水間（瓦斯爐、微波爐、冷藏庫、洗水槽、洗碗精、流理台、裝了紙巾的紙巾盒）
- 餐具
- 咖啡用品（咖啡機、奶精、砂糖、茶包）
- 擦手巾和抹布
- 為了晾乾而倒扣在抹布上的咖啡杯
- 瓶裝水
- 為了算成績而放在桌上的評分表用紙
- 垃圾桶
- 碳酸飲料的自動販賣機
- 正在吃中飯的教師
- 已經空一半的午餐托盤
- 表面結露的汽水罐
- 學校活動的告示與報名表
- 寫著勵志格言的壁報
- 電話
- 文件櫃
- 為了募款而販售的零食或點心
- 已經被多次翻閱的報紙
- 個人使用的文件盒
- 影印機與影印紙
- 紙藝機
- 美工刀
- 電視機
- 裝在牆上的校內廣播擴音器
- 文具（筆、膠帶、剪刀、膠水、便利貼、訂書機、立可白）
- 整疊的佈告用紙
- 空的信箱
- 裝回收紙的盒子

聽覺

- 笑聲
- 微波爐「嗶—」的聲音
- 爆米花爆開的聲音
- 開閉冰箱門的聲音
- 放在抽屜中的餐具會喀啦作響
- 水流出和停止的聲音
- 啵啵作響的咖啡壺
- 椅子刮地板的聲音
- 講悄悄話的聲音
- 沙沙作響的食物包裝紙或紙袋
- 啜飲紅茶或咖啡
- 在攪拌時發出「喀啦喀啦」聲響的湯匙
- 有人坐下時，會「咻—」地發出空氣擠壓聲的椅子
- 開閉文件櫃的聲音
- 低聲交談，道人長短
- 盤子互相碰撞的聲音
- 電話鈴響，開始廣播
- 水倒入金屬製洗水槽的聲音
- 汽水罐「咚」地從自動販賣機掉出來
- 「噗咻—」打開汽水罐的聲音
- 發出「沙沙」聲的報紙
- 影印機吐紙的聲音
- 午休時間雖然在休息但還在用美工刀割紙的聲音
- 電視在播放午間連續劇或是新聞的聲音
- 把咖啡杯放在桌上的聲音
- 看到誰拿著披薩出現時，所發出的歡呼聲

嗅覺

- 咖啡
- 加味奶精
- 午餐時已加熱的食物
- 外面買來的速食（漢堡、披薩、長條形的三明治）
- 爆米花
- 紅茶
- 古龍水或香水
- 冰箱裡冰到壞掉的食物
- 燒焦的食物
- 餐廳的食物
- 剛煮好的餐點

味覺

- 餐廳販賣的食物（湯、沙拉、三明治、披薩、漢堡、辣椒、長條形的三明治）
- 零食（洋芋片、餅乾、布朗尼、爆米花、糖果）
- 熱飲（咖啡、紅茶、熱巧克力）
- 冷飲（水、碳酸飲料、果汁、牛奶）

觸覺

- 開冰箱時感受到的冷氣
- 燙到手的熱咖啡
- 留在流理台上礙事的食物殘渣
- 拆包裝時黏在手上的保鮮膜
- 堅硬的金屬製椅子
- 柔軟的沙發
- 四腳長度不一，會搖搖晃晃的桌子
- 餐廳用的溫溫的托盤
- 充滿蒸氣的爆米花包裝袋
- 薄的餐巾紙
- 赤腳踩起來會覺得刺刺的地毯
- 手指摸到的報紙
- 在水槽中打濕的手
- 改作業時筆尖迅速移動的聲音
- 影印機吐出的溫熱的紙

引領故事發展的情境與事件

- 互相猜忌的老師
- 政治性（或是與工作相關的）意見相左
- 善妒的教師（其他老師比較受學生愛戴、或是早一步升職）
- 有人故意把咖啡倒光
- 自己放在共用冰箱裡的中餐多次不翼而飛
- 中午的便當放在家裡忘記帶
- 自己的休息時間變短或被取消
- 由於心生不滿，而一直發牢騷、或言語攻擊他人的老師
- 借用教師室茶水間的學生，發現了老師藏酒的地方
- 因為坐旁邊的老師以愛講八卦聞名，所以不敢說出某件事
- 聽到其他老師在說某個同事的壞話
- 跟同校的老師交往，但對其他老師與校長保密
- 用了茶水間但絕對不收拾，個性散漫的老師
- 某個老師從家裡帶了剩菜來，弄得整間辦公室都很臭
- 聽到某個老師在嘲弄學生的身體缺陷、服裝打扮和學習能力
- 對於自己也無能為力的事情感到不滿（刪減預算、工作前景不明、家長有狀況或聯絡不上、有氣無力的學生、高層提出脫離現實的要求、考試的壓力）

登場人物

- 校方高層
- 助教
- 教練
- 職員
- 教師

編劇小技巧

設定時的重點與提示

無論是在哪個學校，教師室的型態都大同小異，但實際的布置會因學校的財務狀況而有出入。例如收入較高的學校資金相對寬裕，教師應該也會使用品質較好的設備。只不過，無論是在學校的地位或位置，對於休息室影響最大的還是整體的氣氛。如果辦公室裡的老師都心有不滿、講話難聽、或是個性消極，跟善於溝通、個性積極的老師使用的辦公室，整個環境和氣氛一定大相逕庭。在設定時，因爲氣氛是很重要的一環，故事情節要在哪裡上演，也必須先牢記這一點。

例文

爲了讓他們在輔導課時搞懂代數，我過了痛苦的兩小時，也導致龍捲風般的頭痛襲擊而來。終於回到休息室，發現瓦斯爐上竟然放著一壺剛煮好的咖啡，擦得乾乾淨淨的流理台上也有洗好的馬克杯。頂級的重焙咖啡香，對我而言簡直比阿斯匹靈更有療效。

運用的寫作技巧

誇飾法

創造效果

醞釀氣氛

14 畫

實驗室
Science Lab

關連場景
寄宿學校、宿舍房間、高中走廊、校車、大學演講廳

視覺

- 有水槽和瓦斯開關的長型工作台
- 存放實驗器材的矮櫃（顯微鏡、特克盧噴燈、實驗用鐵架、燒杯、燒瓶、量筒、培養皿、放在架子上的試管、其他玻璃製品）
- 書桌與實驗桌
- 全熱交換機
- 上貼標籤、存放小型零件的托特包（濕紙巾、玻片、塑膠製的滴管、濾網、坩堝、蒸發皿、表面皿、滴試板、玻璃棒）
- 收納備用品的抽屜（試管架、燒杯與坩堝夾、夾具、三腳架、點火裝置、滴定管、漏斗、溫度計、塑膠管、外科手術刀）
- 薄紙
- 貼在牆上的教育用海報及安全注意事項
- 明亮的日光燈
- 滅火器
- 插座
- 存放護目鏡的容器
- 洗眼器
- 天秤
- 存放化學藥品與昂貴消耗品、上鎖的活動櫃與收納櫃
- 按壓瓶
- 化學元素週期表
- 為了進行有毒物質的實驗而準備的通風櫃
- 白板
- 放拋棄式手套的箱子
- 急救箱
- 裝著固體化合物的瓶子
- 實驗服與圍裙
- 實驗失敗（燒杯著火、化學藥品爆炸、藥品的蒸氣汙染實驗室的空氣、液體潑出來燃燒）

聽覺

- 從水龍頭嘩嘩地流出的水聲
- 液體起泡或氣泡發出的聲音
- 瓦斯「轟」地點燃
- 全熱交換機的風扇強力運轉的聲音
- 氣體「咻」地噴出
- 水滴從水龍頭「答答答」地滴落
- 把紙巾「唰―」地捏皺
- 鉛筆在紙上「沙沙沙」地寫字
- 椅子或四腳凳刮地的聲音
- 開關儲物櫃時，鉸鏈發出的嘰嘰聲
- 「砰」地關上抽屜
- 玻璃製品「喀啷啷」地碰撞的聲音
- 燒杯掉到地上粉碎的聲音
- 把沉重的顯微鏡「咚」地放在工作桌上
- 點火裝置發出「喀嚓」的聲音
- 學生在討論實驗的說話聲
- 老師正在對學生說明的講課聲，以及在白板上寫字的聲音

嗅覺

- 傳向鼻端的化學藥品味與蒸氣
- 甲醛
- 醋
- 酒精
- 指導者不在時進行實驗所傳出的燒焦味
- 洗手乳
- 清潔劑
- 瓦斯
- 漂白水
- 加熱的橡膠
- 拋棄式手套

味覺

- 在設定中，除了登場人物帶進這個場景的東西（口香糖、薄荷、口紅、香菸等），可能沒什麼特別的東西跟味覺有關，像這種不會描寫到味覺的場景，可以專心描寫其他四種感覺。

觸覺

- 為了抄筆記而握著鉛筆
- 拋棄式手套黏在手上
- 要使用噴燈時，從點火裝置上的拉伸彈簧傳來阻抗
- 脆弱的玻璃燒杯和試管
- 顯微鏡的沉重感
- 清理雜物準備丟棄時，戴著手套的手摸到的化合物，有著小石頭顆粒般的觸覺。
- 用手指捏著很薄的玻片與表面皿
金屬製的取物夾和鉗子

・緊急沖洗眼睛時，潑到臉上冰冷的水
・護目鏡束帶緊緊壓住皮膚
・令人感到不舒服、會讓皮膚發癢或刺刺的化學藥品
・噴燈溫暖的火焰
・做實驗時一直彎著上身，導致背部與肩頸僵硬

引領故事發展的情境與事件

・產生化學反應，導致爆炸或有毒氣體外洩
・因爲腳步不穩，手上拿著的危險液體潑到同學
・滅火器無法正常使用
・手術刀割開東西時，有人因見血而昏倒
・加熱不均勻，造成試管碎裂
・有人調皮嬉鬧導致意外發生
・粗心的教師沒有仔細監督學生做實驗
・放學後發生偷竊事件
・化學藥品噴濺傷到肌膚
・噴燈的火燒到袖子

登場人物

・校工
・學生
・老師

編劇小技巧

設定時的重點與提示

學校實驗室的狀態與氣氛，取決於該學校能爭取到多少經費，以及使用實驗室的學生年齡。爲了忠實地呈現以這個地點爲舞台進行的實驗場景，應充分掌握故事裡登場角色的年齡層，以及符合年齡應有的典型行爲。並且爲了營造出極具說服力、又不致於過度專業的情境，必須先調查實驗的內容、方法以及使用的器材等細節。

例文

凱特一邊玩著特克盧噴燈的開關，視線同時也在火焰與正在加熱的液體之間移動。本來應該已經沸騰了吧，她伸手想要調整開關，平常拉小提琴的手指卻劇烈地抖了一下，誤觸了裝水的燒瓶。她想要扶好燒瓶，卻弄倒了酒精，讓旁邊準備擦拭打翻液體的紙巾都沾濕了。紙巾開始燃燒時，她才注意到紙巾放得離噴燈太近。火焰迅速延燒到隔壁男生的活頁紙，再吞噬掉他旁邊同學的筆記本。凱特試著拿水要澆熄火焰，卻誤拿酒精，讓火勢更加猛烈。玻璃爆開來，孩子們一邊驚慌叫喊，一邊躲到桌子底下。格魯巴老師衝過來收拾殘局時，凱特背靠牆壁縮成一團，心想：早就跟選課指導員說了，我沒辦法上化學啊。爲什麼一開始不按照選填的志願，直接讓我副修音樂呢？

運用的寫作技巧

誇飾法、擬人法

創造效果

賦予登場人物特徵、告知背景

舞會
Prom

關連場景
田園篇——寄宿學校、體育館、高中走廊
都會篇——舞廳、正式服裝場合、休閒餐廳、美容院、豪華禮車

視覺

・符合主題的裝飾（巴黎之夜、黑與金的夜晚、音樂劇、嘉年華、狂歡節）
・入口處用氣球做成的拱門
・大量的閃爍燈飾
・用網紗做成的垂幕
・飄浮在天花板上的氣球
・查票員的桌子
・拍紀念照用的歐風移動式涼亭
・舞池
・（以桌布、桌子中央的裝飾、搖曳的燭光、五彩碎紙等）布置過的桌子
・鏡球以及只局部照射室內的特殊照明器材
・放映學生或學校活動照片的螢幕
・DJ台
・為了按照預定計畫進行活動，正在進行細部調整的主辦單位
・撒了滿地的紙花
・會變色的聚光燈
・跳舞時會被照到的頻閃燈
・放著飲料與點心的桌子
・身穿裙長及地的禮服、別著胸花、拿著手拿包的女學生
・身穿西裝，鈕扣孔還別著花的男學生
・正在跳舞的人們
・坐著吃東西的人們
・正在滑手機或拍照的人們
・來查看舞會情況的教師及當志工的家長
・偷喝扁酒壺裡裝的酒精性飲料，為了抽菸跑出去的青少年

聽覺

・打開門就會瞬間音量變大，關上門就聽不見的音樂
・高跟鞋走在磁磚地上的聲音
・笑聲與說話聲
・說話時為了不要被音樂蓋掉而提高音量
・歡呼聲與起鬨
・尖叫聲和口哨
・把音量加大的DJ的聲音
・學生會長演講
・校長和老師宣布公告事項
・情侶悄悄早退時，響徹走廊的腳步聲
・一群女學生去上廁所時製造出的各種聲音
・為舞王和舞后戴冠時，響起的歡呼聲與掌聲

嗅覺

・鮮花的花香
・髮膠
・古龍水與香水
・漱口水
・點心

味覺

・潘趣酒
・水
・汽水
・果汁
・水果
・扭結麵包
・洋芋片
・花生
・生菜的醬汁
・起司與蘇打餅乾
・三明治
・香菇鑲肉
・沙威瑪
・肉丸
・蛋糕
・餅乾
・布朗尼
・巧克力鍋的作料（草莓、棉花糖、切塊的鳳梨、一口大小的起司蛋糕、義大利脆餅）
・薄荷糖
・口香糖
・護唇膏
・酒精性飲料

觸覺

・緊身的禮服或打太緊的領結
・穿起來很熱的西裝外套
・繫在手腕上很累贅的人造花
・用髮夾固定、整整齊齊噴上髮膠的頭髮
・會流動般的禮服布料
・凹凸不平的亮片布和蕾絲
・穿著高跟鞋搖搖晃晃地走著
・鞋子太新，腳磨得很痛

- 與舞伴緊貼著跳舞
- 把臉頰靠近對方的肩膀
- 握著潮濕溫暖的手
- 撞到其他正在跳舞的人
- 在跳舞的空檔喝飲料
- 整理衣服並補妝以免太狼狽
- 對方的手臂緊緊地環著自己的腰
- 咚茲咚茲的貝斯節奏打在胸口
- 越跳越熱，汗流浹背
- 想要吹吹晚風，走出會場時感受到的溫差

引領故事發展的情境與事件

- 為了讓同行的朋友與舞伴開心，而花了太多錢
- 在舞會前一天，被原本要一起參加的舞伴甩了
- 有什麼打翻在禮服或西裝上
- 因為穿著或是一起去的舞伴有狀況而出醜
- 在成雙成對參加的團體中落單
- 沒拿到舞王或舞后的榮耀
- 遇到前任男友或女友，對方一直故意勾起自己的嫉妒心
- 被愛惡搞的女孩子們或是喜歡霸凌的人欺負
- 為了鼓勵被甩而把自己關廁所的女孩子，找來朋友一起占據廁所
- 跟不太熟的人相約一起參加舞會，卻發現彼此個性不合
- 被人施壓、要求要在舞會進行時或結束後進行「某件事」
- 跟不是自己最喜歡的人一起參加舞會
- 發現自己的舞伴太不會跳舞，丟臉丟到家
- 故意講了不合理的門禁時間，一定要在那個時間來接回家的家長
- 為了要盯著自己的孩子而到舞會來擔任志工的恐怖家長
- 飲料被下藥
- 被同樣性別的同學邀舞，但怕拒絕對方或是怕在大家面前出糗
- 沒被任何人邀去續攤
- 發現自己的舞伴在走廊跟別人打得火熱
- 由於身體有問題，或是體型的緣故被冷落，而感到痛苦

登場人物

- DJ
- 攝影師
- 學生
- 教師與校長
- 舞會的男女主角（舞王與舞后）
- 會場工作人員（服務生、管理者）
- 志工

編劇小技巧

設定時的重點與提示

舞會（高中在學期末舉行的同樂活動），從鄉村風味很樸素的類型，到好萊塢首映般豪華的活動，所需要的費用差異其實很大。富裕的地區可能會在飯店召開，那通常就會準備各種美食、裝飾也十分高級，甚至會給學生整袋的豪華禮物。而相反地，如果是小規模的舞會，可能就會在學校體育館、當地扶輪社或教會的大廳之類的地方舉行。

例文

數百個氣球浮在半空中，遮蔽了一直掛在體育館的體育活動布條。照明閃閃發光，穿著閃亮禮服的女孩，和穿著晚禮服的俊秀男孩聚集在此，連地上的籃球標線都看不清。平常此處充滿了汗水與屈辱的氣味，但今天卻充滿了香水與髮膠的芳香。打開大門，裸露的肩膀被門縫竄進的風吹得微微發抖。我拉拉禮服的領口，輕輕地撥一撥頭髮，踩著三吋半的高跟鞋，走向人生最燦爛的夜晚。

運用的寫作技巧

對比、多種感覺的描寫

創造效果

醞釀氣氛、強化情緒

體育館
Gymnasium

關連場景

田園篇——寄宿學校、小學教室、高中走廊、更衣室、舞會、大學演講廳、大學校園

都會篇——運動賽事觀眾席

視覺

- 票務櫃台
- 放了整排獎盃櫃的大廳
- 販售餐點的餐飲部
- 水泥磚砌成的牆壁和光滑的地板
- 埋在牆壁下方的填充物
- 慶祝球季賽事獲勝的布條
- 畫在地板上的校名與吉祥物圖案
- 公告近期學校活動的手繪海報
- 貼在牆上的各種廣告
- 可以收納到牆壁隔間內的觀眾席
- 籃球的球架（固定式球架、可調整高度的球架、折疊式的球架）
- 計分板
- 擴音器
- 畫在地板上的標線
- 播報員與記分員使用的玻璃隔間
- 體育館改裝成表演舞台時所需的裝置，被放在某個角落用布簾遮起來
- 地板用打蠟機
- 許多地方安裝了對開門
- 掛在牆上的旗幟
- 體育課所需的運動器材（放球的籃子、防摔地墊、網球拍、重訓用的器材、平衡木、跳繩、小型的彈跳床、懶骨頭座墊、降落傘、其他體操器材）
- 滿地滾出的球
- 隔出特定區域的彩色路錐
- 男女有別的更衣室
- 廁所
- 茶水間
- 正在上體育課的孩子們
- 正在練習或比賽的球隊
- 在跟學生講話或吹哨的教練
- 準備更換燈泡或打蠟的校工
- 比賽時在看台上的觀眾
- 在階梯式的觀眾席上跑來跑去的孩子
- 滴落地板的汗珠

聽覺

- 回音
- 從廣播系統傳出報幕員的聲音
- 發出「嘰嘰」聲的運動鞋
- 很多人跑步時發出很大的聲音
- 裁判的吹哨
- 表示比賽時間結束的音效
- 教練責罵球隊隊員
- 觀眾鼓掌或叫好的聲音
- 隊員間彼此呼叫的聲音
- 球彈跳的聲音
- 「砰」地被擊出的排球
- 選手滑過地板的聲音
- 籃球通過籃框正中央或撞到籃板的聲音
- 沉重的門扉「砰」地關上
- 孩子們的笑聲
- 學生們聊天的聲音
- 有人取得勝利時、湧起的歡呼與掌聲
- 比賽結束後兩隊彼此擊掌的聲音
- 家長大聲地鼓勵或責備選手的話聲
- 啦啦隊員加油的聲音
- 沙沙作響的彩球

嗅覺

- 汗味
- 販售部的熱食
- 咖啡
- 臭鞋子
- 剛洗好的隊服傳來的柔軟精味道
- 地板蠟或清潔劑

味覺

- 塑膠製的護齒套
- 金屬製的哨子
- 販賣部的食物（玉米片、披薩、熱狗、漢堡、洋芋片、甜食、爆米花）
- 水
- 汽水
- 咖啡

觸覺

- 堅硬的金屬或木製的觀眾席
- 在沒有靠背的椅子上坐太久而導致背痛
- 把餐點放在膝上
- 身上的汗水
- 鬆垮垮的鞋帶
- 馬尾鬆掉了，導致視線受阻
- 表面呈粗糙顆粒狀的籃球
- 滑溜溜的排球
- 從排球網上方大力擊出的排球

- 與其他選手彼此壓制或推擠
- 摔在地上
- 衝撞到牆壁有塞東西的地方
- 大力地撞到膝蓋，或是腳踝扭到
- 腳被踩到
- 運動量太大而導致肌肉痠痛
- 像是胸口快裂開般地呼吸困難
- 帶傷上場
- 口乾舌燥
- 喉頭非常渴
- 休息時間咕嚕咕嚕地大口喝水
- 黏在身上沾滿汗水的隊服
- 貼在額頭上滴著汗的髮絲
- 準備比賽時所感受到的緊張氣氛
- 休息時間或體育課時，因為可以跑來跑去而心情興奮的孩子們
- 因為播音系統太吵而感到耳朵痛
- 隊友來擊掌

引領故事發展的情境與事件

- 對於統率球隊的能力有所懷疑，怒罵教練的家長
- 因為比賽時態度不好，而被勒令離場的學生、教練、家長
- 有地緣關係的裁判被人指責不公正
- （偶然或故意的）受傷
- 對自己的能力有所懷疑
- 在比賽時發生關鍵性的失誤
- 使用有瑕疵的器材運動
- 播音系統和計分板故障
- 因為球探在場而備感壓力
- 體育課時緊抓著球不肯放
- 對自己喜歡的選手偏心、想法有偏差的教練
- 被學長收買、開出賄賂價碼的選手
- 以高中球賽為對象的賭博組織
- 球隊或學校間出現過度的競爭心態
- 課後的暴力事件
- 辦活動時志工的人手不足
- 因為太忙碌而一直無法來觀賽的家長

登場人物

- 教練
- 大學球探
- 家長
- 上體育課的學生
- 裁判
- 記者
- 觀眾
- 球隊與選手
- 教師

編劇小技巧

設定時的重點與提示

雖然學校的體育館主要是進行體育活動，但因爲場地寬敞又有座位，也是最爲適合舉行其他集會的地點。根據活動規模與預算，也可以作爲特別活動、頒獎典禮、（畢業舞會之類的）舞會、投開票所、表演（魔術或催眠術之類）、畢業典禮等活動場地之用。

例文

雖然透納教練吹了哨，但情況並沒有改變。呼拉圈仍在地上喀啦啦地滾動，球也到處飛來飛去。幼稚園的小朋友像小狗般地在體育館的地板上滾來滾去，對地板上精心繪製的學校吉祥物的臉毫不在意，從這邊滾到那邊。透納搔著自己的光頭，開始後悔爲何自己會決定要接低年級的體育課賺零用錢。

運用的寫作技巧

譬喻

創造效果

賦予登場人物特徵、營造緊張感與糾結的心情

田園篇

自然與地形

小溪
Creek

關連場景

露營區、峽谷、鄉間小路、森林、登山步道、打獵小屋、草原、山、池塘、河川

視覺

- 沿著蜿蜒曲折的溪畔生長的大樹與茂密的灌木
- 凹凸不平的地面
- 草叢（倒下被青苔覆蓋的樹木、零散的樹皮、被長長的野草纏住的枯葉與松果）
- 森林內被走到水邊的動物們踩踏出的通道
- 形成淺灘的邊界，密密生長著野草的水岸
- 在水流中形成小島的岩石
- 從潮濕的石頭上滑落的水
- 陽光掩映的水面上，隨著水流漂浮的落葉或松針
- 潺潺流動的水
- 快速穿過水中的小魚
- 綠色與茶色的沙子、岩石與藻類等星羅棋布的溪底
- 混濁的小溪溪底一半被埋住的小石頭與礫岩
- 流經蘆葦等各種水草周圍的水
- 水蛭
- 青蛙
- 烏龜
- 蛇
- 蝌蚪與剪嘴鷗
- 泥濘的岸邊殘留的動物足跡
- 輕輕往下游漂流的落葉與氣泡
- 岸邊曝曬在空氣中的樹根
- 部分沉在水中的小樹枝
- 來到溪邊喝水的動物（狐狸、鹿、兔子、松鼠、浣熊）
- 正在沐浴的鳥兒
- 沿著水面急速下降的蜻蜓
- 漂到岸邊的小垃圾（飲料杯、鋁箔紙的碎片、塑膠袋）
- 來野餐的人們鋪了毯子，在安靜的空間中享受午餐
- 沿著岸邊找青蛙和蟾蜍的孩子
- 炎熱的午後，向著對方倒水和潑水的孩子們

聽覺

- 流經岩石四周與小樹枝時發出潺潺的水聲
- 蚊子「嗡～」地飛過
- 蜻蜓拍打翅膀的聲音
- 小鳥在水中激起水花，或是在樹上互相鳴叫
- 用尖銳的聲音鳴叫的蟋蟀與「呱呱」叫的青蛙
- 從樹葉和長草間穿過的風聲
- 石頭丟入小溪的「啪噠」聲
- 被魚鉤勾住的魚掙扎時發出的水聲
- 風很大的日子，樹木被風吹得唰唰作響
- 小動物通過草叢時發出「窸窸窣窣」的聲音
- 小朋友潑水笑鬧的聲音
- 有人用捲線器把魚拉起來，發出尖銳的聲音
- 小溪與河川匯合，越往下游越激烈的水聲

嗅覺

- 藻類
- 綠色的草木
- 被太陽曝曬的泥土與岩石
- 腐朽的樹皮與落葉
- 潮濕的土壤
- 汗味
- 橡膠長靴
- 魚腥味
- 泥巴

味覺

- 由山上流瀉的小溪，水質澄澈無比
- 野餐的食物（三明治與捲餅、起司、蘇打餅乾、馬鈴薯沙拉、水果、洋芋片）
- 健行用的食物（有堅果的綜合果乾、牛肉乾、水果乾、乳清蛋白和穀物棒）
- 野外現採的莓果類與玫瑰果
- 在森林中收集的果實和葉片

觸覺

- 妨礙前進的雜草和樹叢
- 長靴陷在潮濕的泥土中，所感受到的柔軟感觸
- 溪底的岩石戳到腳
- 從指間滲出的泥巴
- 被腳踩到的冰涼流水嚇一跳
- 滲入鞋子或長靴內部的水
- 富含水分的青苔以及野草的柔韌

和彈性
・釣魚竿釣到魚時，被魚的重量拉扯的感覺
・光滑的魚身
・溪水緩緩地流過赤腳踩在水裡的腳踝
・被蚊子咬
・溫熱的岩石
・被水流沖來的小樹枝掠過腳邊
・小魚碰觸腳尖，感覺癢癢的
・躺在溪邊柔軟的草皮上，仰望著樹梢與天空

引領故事發展的情境與事件

・遇見發情期或剛生產的危險動物
・發現小溪被汙染
・被敵手搶走自己喜歡的釣魚區域
・發現屍體
・迷路時急需飲水，但找到的小溪卻已經乾涸
・喝到被汙染的水，導致身體不舒服
・得知自己喜歡的小溪枯竭了
・在兩人一起安靜地享受午餐時，察覺好像有誰在窺伺
・發現岸邊有魚屍和山椒魚
・遇到當地的地主，對方由於自己非法入侵而極為不滿
・因為帳篷搭在小溪的溪畔，而在狂風暴雨中被沖走
・護巢的鳥為了趕走入侵者，而以鳥爪攻擊
・抬頭發現自己跟危險的動物（熊、豹、駝鹿）一起在小溪裡

登場人物

・露營者
・釣客
・來健行的人
・獵人
・熱愛大自然的人
・地主

編劇小技巧

設定時的重點與提示

小溪與河川相較，寬度較窄、深度較淺，流水也較少而平緩。只要不被天氣影響，幾乎隨處可見，但夏天有時會進入枯水期。相對於奔流不已的河川，溪水的流速比較緩慢，所以冬天有些地方也會凍結。有些小溪因爲有底泥而混濁不清，但有些小溪會像鏡子般通透，可以直接看到溪底（特別是靠山的小溪）。

例文

我在溪畔坐下來，腳趾上是潺潺的流水，而下方的小石頭按摩著腳底。側耳傾聽著順著水流滴落的水聲，昆蟲四處飛行的嗡嗡聲，樹葉發出的沙沙聲，以及最不容忽視的、小溪衝入稜線上方轟然作響的河水時，激盪出的撞擊聲。我轉頭伸展脖頸，從這裡徒步五分鐘，就可以走到與河川的匯集之處。這條貫通自家土地、將家族一分爲二的平穩「青溪」，竟然會變成那水聲隆隆的湍急河川，說什麼都很令人難以置信。

運用的寫作技巧

對比、天氣

創造效果

告知背景

山
Mountains

視覺

- 隨地形散布的岩石與大石塊
- 岩石構成的山崖
- 腳底的頁岩與碎石的破片
- 岩石的裂縫與龜裂
- 蓋住腳踝的粘板岩和小石
- 山崩
- 雪崩的通路
- 長了一塊一塊青苔的樹幹
- 位於森林界線最邊緣的樹木
- 山頂上被霧籠罩的低垂的雲
- 陡急的斜坡
- 落入溪谷或在岩石表面流瀉的瀑布
- 樹蔭下的積雪
- 動物的足跡與糞便
- 尋找食物的鳥類（老鷹、鷲、渡鴉、隼、貓頭鷹）
- 在矮樹叢中迅速移動的老鼠
- 小心翼翼成群結隊前進的鹿群
- 害羞的狐狸
- 大角羊
- 棲息在山上的獵食動物（狼、熊、豹）
- 聽到有人接近就完全靜止不動的兔子
- 急忙越過岩石的甲蟲
- 在樹林間結網的蜘蛛
- 蚊子
- 成群的小黑蠅
- 散落地面的松針與松果
- 林床上的小樹枝與岩屑
- 倒下的樹木
- 順著斜坡流動的細流
- 很多草的地方與沿著小溪生長的野花
- 冰霜覆蓋，閃爍著銀色光澤的草
- 草叢
- 蔥
- 野生的各種莓果（小紅莓、燈籠果、覆盆莓、醋栗）
- 猛禽在樹梢築起的大型鳥巢
- 遠方的山頂
- 在很下面的山谷
- 像是被裁斷或是被風侵蝕的岩石表面
- 蜿蜒曲折，沒有鋪裝的道路
- 從樹上靜靜飄落的枯葉
- 在空氣中漂浮的花粉

關連場景

田園篇——廢礦、露營區、洞窟、小溪、森林、登山步道、溫泉、打獵小屋、湖泊、草原、河川、瀑布

都會篇——滑雪度假村

聽覺

- 沿著斜面「咻—」地吹拂的風，讓樹木「唰唰」作響
- 動物的低吼聲
- 葉子發出「沙沙」的聲音
- 瀑布濺起飛沫的聲音
- 融雪緩緩地流入水中
- 積在腳邊的岩石移動的聲音
- 鳥「霍—霍—」的叫聲
- 動物「啪噠啪噠」地通過草叢
- 樹枝「啪」地折斷
- 腳底的松針發出「沙沙」的聲音
- 爬陡坡時喘不過氣的呼吸聲
- 小石頭滾動或滑落的聲音
- 水在小溪中溫柔地跳動的聲音
- 融雪形成的涓涓細流發出很大的水聲
- 獵食中的鳥發出尖銳的叫聲
- 蚊子「嗡—」地飛過
- 巨大動物踩踏小樹枝的聲音
- 小石頭從山坡斜面「喀隆隆」地滾落

嗅覺

- 松針
- 清新的空氣
- 清澈的水
- 飄散土地芳香的苔蘚
- 腐朽的樹幹與樹木
- 冰涼潮濕的岩石
- 正在開花的野花
- 雪與水
- 臭氧與礦物

味覺

- 野生植物（莓果類、蔥、塊根、堅果、種子）
- 可以食用的葉子與樹皮煮出的紅茶
- 溫泉
- 旅行的食物（乾燥食品、露營用的火爐烹調的拉麵、三明治、加巧克力的綜合果仁、營養棒、小包裝的牛肉條、補充熱量用的綜合堅果與瓜子、水果乾、新鮮水果）

觸覺

- 堅硬的岩石
- 削皮刀的刀柄
- 打在臉上的砂粒
- 柔軟的青苔
- 在鞋子裡戳腳的松針
- 容易打滑的頁岩
- 指尖緊緊攀著岩石表面能抓住的地方
- 硬是把鞋子塞入岩石表面腳能站的隙縫中
- 與繩子摩擦導致燙傷
- 雙手伸入水流中，連袖子都被打濕
- 汗水從臉龐和脖頸滑落
- 實在是太熱，不得不把本來穿好幾層的衣服脫掉一件
- 光滑的金屬製安全扣
- 綁很緊的登山繩
- 凍到乾裂的皮膚和嘴唇
- 空氣稀薄導致喉嚨隱隱作痛
- 遭遇強風與惡劣天候（發抖、發麻、凍到像冰塊的手指、凍傷的皮膚、失去方向感、飢餓、體力低落）
- 滑倒或摔跤而導致割傷和淤青
- 蟲咬之後的疼痛和發癢

引領故事發展的情境與事件

- 遭遇動物尾隨與襲擊
- 受傷導致無法上下急斜坡
- 從山岸上跌落
- 被水很急的河川沖走
- 失溫
- 自己的必需品用罄或弄丟（掉到谷底或被水沖走）
- 因為突然生病，不得不中斷登山活動
- 雪崩與坍方
- 突然變天
- 懼高症
- 摔進雪與冰的裂縫中
- 攀岩時沒有確實固定繩索或登山釘
- 背帶斷裂，失去昂貴的相機
- 忘記帶墨鏡，在高地由於明亮的反光引發雪盲
- 沒有嚮導帶隊，或是嚮導沒有完全掌握附近的危險因素
- 雖然有做登山計畫，但缺乏必要的登山用具（雪地用防滑釘、冰鎬、繩索）

登場人物

- 來露營的人
- 登山客
- 健行的人
- 職業攝影師
- 森林警衛隊
- 滑石（rock ski）的人
- 防災人員

編劇小技巧

設定時的重點與提示

山上也跟其他的場所一樣，可以分爲各種不同的類型。像是長年積雪的阿爾卑斯山脈、綠意盎然的卡茲奇山，山頂是拱形的或是尖銳的，是不規則分布的山地，還是整座形狀完整的火山。爲了能確實描寫自己所設定的山區狀況，必須掌握要寫的是什麼樣的山，還有山是位於何處。

例文

珍娜不知被什麼絆了一下，差點摔倒。她一邊低聲咒罵，一邊抬起頭來。樹葉的縫隙中不停閃爍的星辰映入眼中，明亮的彎月也高掛天際。但是……不是這裡。腳踢到岩石，隱隱的狼嚎從遠處傳來。她不由得破口大罵：營地到底在什麼鬼地方？

運用的寫作技巧

光與影

創造效果

醞釀氣氛、營造緊張感與糾結的心情

5畫

北極冰原
Arctic Tundra

視覺

・平坦的地形
・風雪
・冰床
・冰河
・雪山
・流雲或低垂的雲
・遙遠的彼方被雪覆蓋的連綿山脈
・馴鹿
・狼
・麝牛
・野兔
・北極熊
・狐狸
・雪雁
・動物留在雪地的足跡
・風吹形成的積雪
・耐寒的草叢從雪中露臉
・岩層
・雪屋
・雪橇犬
・雪上摩托車
・穿著毛皮和皮革的原住民
・外衣上有包動物毛皮的獵人
・雪上摩托車留下的印子
・古舊的升火台與露營區
・樸素的組合式帳篷與動物皮製成的帳篷
・一半凍結在寒冰中的動物糞便
・呼出的白氣
・火堆往空中升起的煙
・（看季節）明亮但沒有暖意的陽光
・冰殼
・冰柱
・遍布各處的凍土
・稀疏地在各處生長的樹木
・候鳥
・照耀冰雪的陽光
・孤零零的避難屋與其他建築
・會把雪吹起，堆成流線型或積在山頂的風

聽覺

・從低沉的聲音拉高到撕裂般的風聲
・帳篷被吹得啪啪作響
・火堆「劈哩啪啦」或「咻」的聲音
・水壺沸騰
・冰冰的布料（外套、帳篷、寢具）摩擦的沙沙聲
・靴子踩雪的碎裂聲
・雪橇的刀刃以定速靜靜在雪中滑行時發出的聲音
・狗的喘氣聲與嚎叫聲
・引擎加速的聲音
・熊吼
・拉著雪橇奔跑的西伯利亞哈斯基犬「啪噠啪噠」的腳步聲
・動物吼叫的聲音
・馬具與金屬配件擦撞的聲音
・鳥覓食或追捕獵物的叫聲
・噴嚏聲
・吸鼻子的聲音
・咳嗽聲
・雪的結晶打到外套的「沙沙」聲
・用冰鎬「喀恰」一聲敲開冰塊
・風擦過乾燥草叢的聲音
・在變硬的雪上前進傳來「喀喀喀」的腳步聲
・雪在火焰燃燒下開始融解，發出「咻ー」的聲音
・狼群遠遠的嚎叫

嗅覺

・汗味
・剛下的雪，猶如很純的臭氧般的氣味
・變溫熱的皮革
・狗之類的動物
・剛解決的獵物或發現的腐肉
・風吹來鹽水的味道
・柴薪起的煙
・紅茶
・咖啡
・烤好的肉或生肉的氣味
・枯草
・血

味覺

・生肉
・硬麵包
・餅乾
・肉條
・紅茶
・咖啡
・煮好的肉

- 含巧克力的混合果仁
- 為了旅行而攜帶的水果乾以及其他營養食品
- 融化的雪
- 沾到嘴唇上的鹹鹹的汗水
- 獵物
- 魚
- 肥肉
- 板油（牛羊腎臟附近的脂肪）

觸覺

- 劃過肌膚上的風
- 出現龜裂的皮膚與滲血的嘴唇
- 有裂痕的手指關節
- 手指和腳趾已經對感覺麻痺了
- 臉被曬黑
- 臉頰和額頭被風炙
- 不絕的風，吹得耳朵發疼
- 為了在惡劣的自然環境中自我保護而累積的脂肪
- 口乾舌燥
- 體力用盡時出現的顫抖
- 吸入如刀割般的冷空氣
- 吸入冷空氣導致胸痛
- 隨風捲起的雪，毫不留情地打在身上
- 頭痛
- 雪眼炎
- 失去方向感
- 暈眩
- 抽筋顫抖的肌肉
- 手接觸到冰冷的雪
- 靴子的鞋帶結凍
- 在很深的積雪中一直步行，導致肌肉疲勞
- 滲入靴子和手套的雪
- 身體操到流汗
- 冰冷的手腳回暖時感到的刺痛
- 火的溫度直逼面龐
- 把附著在臉部毛髮上的冰晶拍掉
- 手指沒感覺，導致動作遲鈍

引領故事發展的情境與事件

- 凍傷、失溫、凍死
- 熱源的燃料用罄
- 失去必要的物資
- 被狼群或其他動物襲擊
- 由於冰層或雪碎裂，從地表墜入非常深的溪谷
- 必須儘速治療的嚴重傷勢
- 在荒郊野外生病
- 找不到糧食
- 弄丟一隻手套或蓋在頭上的兜帽
- 遇見有敵意的當地居民
- 迷路
- 與精神狀況不穩定的人組隊（嚮導、工作夥伴）
- 在沒有避難屋之處碰上異常天候
- 被動物尾隨
- 因為當地傳聞或迷信而感到擔憂
- 風雪太大造成乳白天空現象，因而失去方向感
- 轉眼就要變天，不能不尋找避難的場所

登場人物

- 環保人士
- 喜愛極限運動的人（探險家、雪橇駕駛、登山家）
- 地質學者與生態學者
- 拓荒者
- 原住民
- 攝影家
- 科學家

編劇小技巧

設定時的重點與提示

北極的冰原幾乎終年都是冰凍狀態，但在南部有短暫的夏季，融雪之後整個動植物的生態都會活躍起來。在這個時期出現的沼澤與池塘會有昆蟲聚集，並引來以昆蟲爲食物的候鳥。這類型的區域有時二十四小時都有太陽，爲了儲備足以過冬的糧食，當地居民會遷居到個人偏好的獵場或漁場附近。雖然無論什麼設定都適用這個原則，但爲了確實根據選定的地區做設定，必須對當地的氣候與動植物生態做徹底調查。

例文

拉下帳篷的入口，伸手遮擋直射的陽光。太陽照射著冰晶，地面變成了被雪覆蓋的寶物。我微笑著深吸一口冰冷卻清新的空氣，能夠在如此美麗的風景中前往北極熊的觀察區，真的令人雀躍不已。

運用的寫作技巧

直喻、天氣

創造效果

醞釀氣氛、強化情緒

池塘
Pond

關連場景
露營區、小溪、鄉間小路、農場、湖泊、草原、果園、牧場、夏令營

視覺
- 積水匯集而成的水窪
- 浮在水面上的睡蓮葉片
- 穿出水面的蘆葦和長草
- 沿著池畔生長的雜草與野花（蒲公英、雛菊、野莓、三葉草、英國藍鈴花）
- 小的岩塊與小石頭四散、泥濘不堪的池岸
- 覆蓋水中岩石的藻類
- 浮在池塘邊緣的潮濕樹枝
- 沿著岸邊生長的樹木
- 漂浮在水面的落葉
- 在淺灘游動的小魚和蝌蚪
- 躍入水中的青蛙
- 各式各樣的水鳥（蒼鷺、白鷺、水鴨、雁、天鵝）
- 不斷冒出氣泡又有漩渦的水
- 在水面流暢地彈跳的水蜘蛛
- 忽地鑽入水面的水蛇
- 在岸邊做日光浴的鱷魚
- 正在喝水的鹿
- 兔子
- 松鼠
- 麝鼠
- 正在玩鬧的水獺
- 沿著朽木前進、彷彿快要掉落的甲蟲
- 四處飛翔的蜻蜓與蝴蝶
- 從草叢中飛出的蝗蟲、蚱蜢、螽斯
- 蒼蠅與蜜蜂
- 以蛇行方式前進的螞蟻隊伍
- 蚊子
- 蜘蛛
- 從水中探頭的烏龜
- 水蛭
- 蝸牛
- 水面倒映的樹木與雲朵
- 被拉上岸邊的破舊小船
- 貌似快塌陷的棧橋
- 橋梁

聽覺
- 水噴濺的聲音
- 正在洗澡或理毛的鳥類，翅膀「啪啦啪啦」地拍打
- 鳥叫與青蛙的呱呱叫聲
- 草叢中的小動物
- 公鹿或山羊「唰唰」地喝水
- 喧囂的鳥鳴
- 昆蟲「噗噗—」或「嗡—」地飛過
- 樹木被風搖動「沙沙」作響的聲音
- 蟋蟀、蝗蟲、蚱蜢和螽斯的蟲鳴
- 有人用薄石片丟向池塘水面打水漂的聲音
- 在泥巴中走路，發出嗶恰聲
- 鳥兒「啪噠啪噠」地拍動翅膀
- 青蛙與烏龜「噗通」地落入水中
- 小艇的船槳穿入水面的聲音
- 雨滴掉入池中又濺起的聲音
- 遠處傳來的隱隱雷聲
- 有人走在橋上發出「嘰嘰」作響的聲音
- 夾腳拖走在小型碼頭或棧橋上的腳步聲

嗅覺
- 積水
- 草
- 野花
- 野生的薄荷
- 帶甜香的三葉草
- 松樹與雲杉
- 潮濕的地面
- 快腐爛的物體
- 藍藻

味覺
- 當令的各種莓果（燈籠果、醋栗、草莓、野生的覆盆莓、黑莓）
- 剛摘下的莓果沾的土
- 玫瑰果
- 池水
- 從家裡帶出來的午餐（花生醬三明治、水果、蘇打餅乾、起司、穀物棒）
- 把草梗的皮剝掉，咬中間鮮甜的部分

觸覺
- 冰涼的水滑落到肌膚上
- 腳趾之間被壓爛的泥巴
- 溫暖的日光
- 背靠著的柔軟葉片與青苔

- 停在身上或在皮膚上爬行的昆蟲
- 被蟲咬
- 滑溜溜的青蛙與蝌蚪
- 拔草
- 光潔的花瓣
- 把濕滑或沾滿泥巴的小石頭丟進水裡
- 拔掉吸附在身上的水蛭
- 從池子裡爬出來，穿上衣服之後，衣服貼在濕濕的身上
- 毛茸茸的蒲公英種子隨風飄散
- 鞋子裡面被水浸濕
- 像樹枝般的花梗
- 手和嘴唇沾染了莓果汁液
- 被太陽曬到溫熱的小石頭
- 曬傷
- 指甲縫裡有沙粒
- 伸手入水清洗
- 光腳走在長滿野草的岸邊
- 池底滑滑的小石頭
- 游泳時掠過指尖與足部的水生植物
- 跪在粗大的手工木筏上，隨著濁流浮沉

引領故事發展的情境與事件

- 在池塘中游泳時，以水為媒介的病毒侵入體內
- 鱷魚和蛇
- 被蜂螫之後出現過敏反應
- 發現有動物屍體在池塘裡漂浮
- 吃到有毒的果實
- 完全釣不到魚
- 弟弟或妹妹快溺水
- 鞋子踩到泥巴之後整個下陷
- 掉到池塘裡
- 忽然變天
- 使用中的木筏壞掉或獨木舟進水
- 本來就不喜歡去戶外
- 怕蟲子
- 從水裡起來，發現身上爬滿水蛭
- 被同伴強迫做一些感覺不舒服的事（喝池水、吃蝌蚪）

登場人物

- 跳水的人
- 正在釣魚的小孩
- 來野餐的人
- 地主與他的家人

編劇小技巧

設定時的重點與提示

池塘的生態系是由登場人物能接觸的植物與動物所構成，所以種類盡可能越多越好。如果是想要跟人接觸，可以考慮設定成一般人平常會去的公園池塘，或是當地人常去游泳的池塘。

例文

當釣竿在紋風不動的水中畫出一道痕跡之後，我和弗林一起在潮濕的岸邊坐下。浮萍旁的牛蛙抬起頭來，好奇地盯著我們，又再回到黑暗之中。我不知道這個池塘裡到底有沒有魚，不過我知道「什麼」一定不會出現在這裡。譬如尖叫聲與怒罵、走味的啤酒令人嫌惡的臭味，還有不知何時會情緒失控的父親。

運用的寫作技巧

對比

創造效果

告知背景

沙漠
Desert

關連場景
荒地、峽谷

視覺

- 在廣袤的沙地與岩石地帶中，四處散布的仙人掌（高大的巨人柱、仙人球、團扇仙人掌）
- 金合歡樹
- 茂密的牧豆樹和香根菊
- 風滾草與塵捲風
- 四處龜裂的乾燥河床與溪谷
- 快崩塌的岩石
- 砂岩
- 廣大的峽谷
- 反射陽光的寶特瓶或玻璃碎片閃閃發光
- 動物的足跡（松鼠、羚羊、白尾鹿、大角羊、土狼、野兔、老鼠、山貓）
- 黃色或綠色、梗很粗壯的草
- 下雨之後在沙漠綻放的彩色（黃色、粉紅色、白色）花朵
- 從山上猶如瀑布般奔流而下、在地面形成河床的洪水
- 在沙地上畫出波浪般圖形前進的蛇
- 星光閃爍、絲絨般的漆黑夜空
- 高掛天際的明月
- 枯木
- 毫無遮蔽的廣闊天空
- 遙遙可見的青色薄霧、山脈與丘陵地帶
- 從岩石上升起的熱浪
- 在岩石上做日光浴，或躲在樹蔭下的蜥蜴
- 嫩綠色的蘆薈芽
- 一波波侵襲的沙塵暴，在橫越沙漠的同時，宛如簾幕般把視線所及全部遮蔽成黃褐色
- 被曬至褪色的斷骨與骸骨
- 在上空盤旋的老鷹與禿鷹
- 發育不全的灌木綠蔭
- 多刺的灌木
- 黃蜂
- 動物的巢穴
- 狼蛛與蠍子
- 到處都是小洞、快枯萎的仙人掌
- 由地底湧泉形成、綠色草木圍繞的小池塘

聽覺

- （咻地吹過、低鳴、撕裂、蛇行、席捲、突發的）各種風的聲音
- 鳥「嘎—嘎—」地發出吵雜的叫聲
- 「啪啪啪」地拍著翅膀
- 鳥衝過來啄食，「啪啪啪」地移動
- 鷲鳥尖聲地叫著
- 在石頭上「咚咚咚」地走著，把沙子踢開的聲音
- 令人窒息的寂靜
- 砂土從山丘上「唰唰唰」地滑落
- 野狗吠叫
- 可以在夜間聽見獵食動物與被鎖定的獵物叫聲，以及牠們發出的其它聲音
- 風吹過乾燥樹枝時互相摩擦的聲音
- 走在乾涸的河床時，腳底石頭移動的聲音
- 小石頭滾入溪谷、撞到什麼東西時，遙遙傳來的「碰」的聲音
- 土狼遠遠的嚎叫聲

嗅覺

- 炎熱而乾燥的空氣
- 自己的汗味和體味
- 被陽光曝曬的土壤
- 腐肉
- （在果實成熟的期間會散發香味）仙人掌的果實

味覺

- 沙粒
- 灰塵
- 口乾舌燥
- 水壺裡有點溫的水
- 口腔內像是銅的味道
- 在斷糧的情況下，無可奈何必須入口的昆蟲的苦味
- 肉很多的獵物（野兔、大老鼠、土狼）
- 又硬又鹹的肉乾
- 無法滿足的口渴與飢餓
- 滴在嘴唇上的汗水鹹味

觸覺

- 汗濕或弄髒的衣服摩擦著皮膚
- 汗水滴落到眼睛內
- 乾燥的風吹拂在乾裂的嘴唇上

- 落入鞋內的小石頭
- 黏在眼角、粗糙的風飛沙
- 拖著疲勞的腳在沙土中前進
- 夜晚異常的寒氣
- 嘴唇裂開的刺痛
- 脫水症狀
- 腳失去知覺
- 中暑發燒，感到頭暈
- 用頭巾用力拍脖子和臉
- 無法動彈、開始發抖的肌肉
- 肌膚感到麻痛
- 在粉塵侵襲下變得粗硬的衣服
- 水泡擦破皮
- 沙子飛入衣服中
- 刺刺的仙人掌
- 在經過多刺的樹叢時一直被戳到或勾到
- 為了維持站直的姿勢，摸著充滿粉塵的峽谷山壁前進
- 在路上被小石頭絆了一下
- 狼蛛快速地爬過自己的鞋子

! 引領故事發展的情境與事件

- 糧食與飲水告罄
- 被沙漠的獵食動物尾隨
- 迷路
- 時間判斷錯誤，與夜晚的天氣搏鬥
- 中暑
- 被有毒的生物咬傷（蛇、蠍、蜘蛛、蜥蜴）
- 從高處摔下而受傷
- 在很少有旅客經過的路上出狀況
- 發現繼續走下去是死路
- 在沒有遮蔽物的狀況下，遇上沙漠的暴風雨和沙塵暴
- 雨季時在河床出現無法預期的洪水
- 離開原定路線之後回不去
- 沒有帶刀子，或是手邊沒有能生火之物
- 雖然在需要幫助的時候遇到人，但發現對方不但不肯伸出援手，而且是危險人物
- 雖然看到了飛機和直升機，但沒有能發出求救訊號的方法

登場人物

- 來露營的人
- 隱士
- 獵人
- 原住民
- 當地居民
- 喜歡戶外活動的人
- 防備災害發生的人
- 開著四輪傳動吉普車來散心的青少年
- 旅行團
- 觀光客

編劇小技巧

設定時的重點與提示

沙漠在特定的季節會有各種生物出現，不過即使是炎熱的夏日，只要有可供記憶與尋找的地點，就能確保糧食、飲水和避難場所。最危險的是迷路，或是被有毒的蛇或蜘蛛咬傷。其中有些種類的毒性很強，如果不立刻治療，甚至會在數小時（即使不是數分鐘）之內讓成年男性死亡。

例文

我躺在當成床鋪的石塊上，一邊發抖，一邊轉身背對猛烈吹來的風。才不過幾個小時之前，還在享受涼爽的微風，現在竟然冷到像嚴冬一般，凍得牙齒不由自主地打顫，令我不由得開始懷念毫不留情地照射大地的烈日。

運用的寫作技巧

對比、多種感覺的描寫

創造效果

醞釀氣氛、營造緊張感與糾結的心情

8畫

河川
River

關連場景
露營區、峽谷、小溪、森林、登山步道、湖泊、高沼、草原、山、熱帶雨林、瀑布

視覺

- 讓河水持續流動的波浪與漩渦
- 從樹葉間隙穿過的點點陽光
- 閃亮的濁流
- 河底的淤泥
- 長在堤岸附近的蘆葦
- 好像要蓋住水面般低垂的樹木
- 堤防上被風吹彎的草
- 河川有緩有急的流速
- 覆蓋水面的白浪與岩石激起的泡沫
- 勾在岸邊的垃圾（紙杯、汽水瓶、塑膠袋、被丟棄的衣服）
- 蜘蛛在沿著堤岸生長的樹枝之間結網
- 跳躍的魚類
- 滑溜溜的石頭
- 水中藻類附著的光滑岩石
- 點綴著野花野草的堤岸
- 隨著河水漂浮的自然物（花瓣、小樹枝、落葉、蟲屍、枝條）
- 由於水位降低，淤泥露出水面且曬出裂縫
- 混濁的汙水
- 河狸用大小樹枝做成的水壩
- 滯留在河道彎曲處的枯木
- 河流向前時遇上的分歧處
- 激流與瀑布
- 在水裡清洗晚餐的浣熊
- 來喝水的鹿和狐狸
- 在河水中玩耍的水獺
- 為了捕魚，在水面上安靜地飛翔的鳥兒（蒼鷺、紅喉潛鳥、翠鳥、水鴨、白鷺鷥）
- 蜘蛛與螞蟻
- 煩人的小昆蟲與蚊子
- 在蘆葦之間迴旋的蜻蜓
- 在樹幹上休息的烏龜
- 在堤防上做日光浴的鱷魚（僅限於特定地區）
- 越過繩索，跳入河中的孩子們
- 在淺灘和堤岸上釣魚的人
- 從天橋跳到水裡，或是在水流平穩的日子用游泳圈和橡皮艇在河裡遊玩的孩子們

聽覺

- 波濤洶湧互相激盪的澎湃水聲
- 水平穩地流動的「嘩啦嘩啦」或唰唰聲
- 水撞擊在岩石上激起水花，瀑布或急流落下時的轟隆作響
- 鳥叫聲
- 松鼠的叫聲
- 昆蟲「嗡～」地飛過
- 附近的草叢中有動物急速移動的聲音
- 魚躍出水面的聲音
- 烏龜「噗通」一聲落入水中
- 鱷魚滑入水中的聲音
- 樹枝掉入水中建起水花的聲音
- 在河上划小艇或獨木舟前進的聲音
- 船槳划過水面的聲音
- 「咻」地把釣線投入水中的聲音
- 正在游泳的人笑著潑水
- 穿著防水褲的人走路時傳出的沙沙聲
- 鳥飛行時拍打翅膀的聲音
- 正在野餐的人發出的聲音
- 小孩子在大叫
- 可以遠遠聽到的市聲（車輛來去、彼此打招呼的人們、關門時的砰一聲）
- 小艇馬達的運轉聲。

嗅覺

- 藻類
- 濕潤的土壤
- 乾淨的水或長期積水的味道（視地點與時期而定）
- 野花
- 草
- 傾頹腐朽的枯木與落葉
- 剛釣上來的魚

味覺

- 不小心喝下的河水
- 零食（洋芋片、扭結麵包、糖果、穀物棒）
- 野餐的餐點（三明治、水果、餅乾、布朗尼）
- 裝在保冷箱裡的冷飲（水、啤酒、汽水）
- 沿著堤岸生長的野莓與玫瑰果

觸覺

- 冰涼的水與微溫的水

・被朋友潑水
・擦過身體的葉片與小樹枝
・腳底平滑的小石頭
・從腳趾縫滲出的泥巴
・在陽光曬得溫熱的石頭上坐下
・換方向划槳的時候，水滴從槳滴到腳上
・小艇上堅硬的塑膠製座椅
・在沒靠背的椅子上坐太久而導致腰痛
・曬傷
・打濕的皮膚被陽光曬乾
・風變大，感覺變冷
・咬住釣鉤的魚用力拉扯釣絲
・被蚊子叮咬
・搭乘的小艇翻船，被河水冰冷的程度嚇到
・被河流強大的拉力拖曳
・想要游回岸邊，但幾乎沒有前進

引領故事發展的情境與事件

・有人溺斃，或是快淹死了
・頭撞到岩石
・喝到被汙染的水
・（在特定的氣候與地區）遇見鱷魚和蛇
・被船隻輾過，失去意識
・碎裂的冰掉入河中
・在水裡長時間滯留，無法脫身，而引發失溫症
・前往瀑布與激流地帶而受傷
・怕水
・由於踩到河底看不見的垃圾，造成腳底割傷
・水流速度太快，導致小艇翻覆
・在河畔的森林中迷路，不知道上船的集合地點在哪
・跟完全沒有經驗的人組隊划船
・連一條魚都沒釣到
・正在釣魚時發現恐怖的東西（裝著屍塊的垃圾袋、沾有血跡的襯衫）

登場人物

・划船的人
・釣客
・划獨木舟的人
・來散步的當地人
・來野餐的人
・泳客

編劇小技巧

設定時的重點與提示

河川與其他相關的地形（支流與小溪），是以自然爲設定時非常好的選擇。要說爲什麼，是因爲與這類場所相關的常見活動，會爲場景帶來運動與行動的感覺。雖說如此，並不需要爲了讓河川呈現出重要的意義，而設定成波濤洶湧驚險萬分的激流。即使是幾近靜止而且被汙染的河川，也可以爲故事營造出完全不同的氣氛。雖然大多數河川是流經森林地帶，但也可能會橫跨平原、在山上蜿蜒、或是在溪谷或峽谷中奔流。也因爲有如此豐富的特性，所以河川在故事中是相當能發揮作用的設定。

例文

我腳步踉蹌地走上山丘。身體乾燥的程度，幾乎等於剛穿越而過的那塊土地一般。在前方的樹木之間，可以看到液體的光芒閃爍，讓我的雙腳爲之一震。側著頭仔細聆聽，終於聽見了那潺潺流動、溫柔的救贖之聲。

運用的寫作技巧

隱喻、直喻、象徵

創造效果

強化情緒、營造緊張感與糾結的心情

沼澤 Swamp

關連場景
濕地

視覺
- 水滴從黑色樹幹的樹皮上滴落
- 幾近腐朽的植物
- 有浮渣的水
- 蘆葦
- 在樹根略事休息的青蛙
- 蛞蝓與肥美的水蛭
- 在水深之處快速游過的鯰魚
- 在滿是泥巴的沼澤底部爬行的螯蝦與小蝦
- 在折斷的樹枝上，用滾動般的方式前進的甲蟲
- 在樹上結網的蜘蛛
- 盤在樹枝上，或是在水中滑行的水蛇
- 烏龜在水裡游泳時，龜殼把浮萍推開
- 嗡～地飛起的蒼蠅和蚊子
- 成群在空中徘徊的小黑蠅
- 沿著樹幹周圍爬行的蜥蜴
- 突然飛下來的蝙蝠
- 熊
- 在水面漂浮的藻類
- 枯樹
- 只有眼睛和粗糙的鼻子露在外面，在水中快速前進的鱷魚
- 在泥濘不堪的土中扭動的蛆
- 用長長的腳站立的水鳥（白鷺鷥、魚鷹、鶴）
- 在夜間飛行的貓頭鷹
- 可以把樹啄出洞來的啄木鳥
- 水面漣漪
- 附近呈漩渦狀的薄霧
- 從樹枝上往下垂的苔蘚
- 傾倒的樹木
- 像是要蓋住水面般彎曲的樹木
- 泥濘的岸邊
- 被泥巴蓋住的岩石
- 浮上水面後破裂的氣泡
- 逐漸移動的影子
- 在水面行駛的汽艇

聽覺
- 水「答、答、答」地滴落
- 水「嘩啦啦」地濺起
- 泥巴「啪啦啪啦」地發出黏膩的聲音
- 青蛙「嘓嘓」地叫，蒼蠅「嗡～」地飛過
- 樹枝「啪」地折斷
- 被當作獵食對象追逐的鳥兒發出的淒厲叫聲
- 凝重的寂靜
- 被封住的空氣浮上水面時「噗嚕噗嚕」地迸開
- 烏龜落入水中的聲音
- 鳥從水中飛起的聲音
- 啄木鳥「咚咚咚」地敲擊樹幹
- 有什麼重物落入水中時「嘩啦～」地濺起的水花聲
- 鱷魚發出「咻—」的聲音
- 用手「啪！」地擊打叮咬自己的昆蟲
- 拖著浸過水的長靴在地面行走的啪啪聲
- 小艇或單人用的小船擦過掉入水中的瓦礫的聲音
- 蜥蜴沿著樹皮往上爬的聲音
- 鳥兒「啪噠啪噠」地拍動翅膀
- 上空有蝙蝠「嘰—嘰—」地鳴叫

嗅覺
- 腐敗
- 腐蝕
- 有鹽水味道的藻類
- 汗味
- 甲烷的氣泡

味覺
- 在設定中，除了登場人物帶進這個場景的東西（口香糖、薄荷糖、口紅、香菸等），可能沒什麼特別的東西跟味覺有關，像這種不會描寫到味覺的場景，可以專心描寫其他四種感覺。

觸覺
- 濕熱的空氣導致衣服黏在身上
- 水滲入長靴中
- 濕衣服摩擦身體
- 藻類與浮萍沾在身上
- 枯葉的碎片與泥塊黏在身上已經沾濕的地方
- 水中的什麼擦過腳邊（魚、浮在水面的斷枝、蛇）
- 緊緊握著木槳
- 被小黑蠅或蚊子叮咬
- 在臉龐和肩胛骨之間流動滴落的

汗
- 令人發冷的冷水
- 無論有什麼風吹草動或水花濺起的聲音，都緊張得心臟怦怦跳
- 長靴被泥巴拖住
- 攀登傾倒的樹木時割傷和擦傷
- 附著在岩石和樹木上滑溜溜的青苔
- 拔掉吸在身上的水蛭
- 垂下的苔蘚輕輕地觸碰頭頂

引領故事發展的情境與事件

- 藏在混濁水中的鱷魚與蛇
- 由於出現成群的蚊子與會咬人的昆蟲，而焦慮地做出有點過火的舉動
- 乘坐的小艇進水
- 失去船槳
- 撞上蜘蛛網，或是擋了蛇的去路
- 掉入混濁的水中
- 在沼澤區迷路
- 失去光源
- 在險惡的環境中受了容易感染的傷（割傷、擦傷、戳傷）
- 失去自己的船（沒油、風扇艇引擎故障、船體受損）
- 罹患戰壕足病
- 食物和飲水告罄
- 看起來很穩固的地面，實際上卻不是
- 察覺附近有印度蟒
- 為了確定自己到底在哪裡，而打算登上高台瞭望，但附近沒有任何符合需求的地點
- 不得已必須在沼地過一晚，卻無法升火
- 遇見厭惡外人、只求自己方便的當地居民

登場人物

- 為了往附近地區移動而使用沼澤區的當地居民
- 釣客與獵人
- 參加有嚮導的旅行團的旅客

編劇小技巧

設定時的重點與提示

沼澤這個設定，會視當地是由淡水或海水所形成，影響到棲息的動植物種類，所以必須確認自己打算描寫的沼澤，是否確實是自己想要的類型。一般而言，會前往這種潮濕地帶的人很有限，所以沼澤通常也是充滿謎團的場所。

例文

不知什麼在我身後濺起了水花，我急忙地爬上最近的樹。因爲樹皮十分光滑，穿著長靴很難攀登，但在一番苦戰之後，還是勉強跳上了生長多年的枝椏。我邊喘著氣，邊眺望著被薄霧籠罩的水面。仔細一看，本來幾乎沒有動靜之處，出現微微的小溝，讓我心臟狂跳。有什麼東西正在水中移動，緩緩地推開覆蓋在水面上的白色簾幕，朝我的方向筆直而來。

運用的寫作技巧

光與影、多種感覺的描寫

創造效果

營造緊張感與糾結的心情

洞窟
Cave

關連場景
海灘、峽谷、森林、登山步道、打獵小屋、山

視覺

- 非常小的樹根從隙縫間長出來，讓石壁凹凸不平
- 動物所帶入或風吹入的泥土與枯葉
- 小樹枝
- 動物的糞便
- 塊狀的毛皮
- 被咬碎的枯骨
- 地表的足跡
- 熊或美洲獅在岩壁上留下的爪痕
- 從洞頂垂下的鐘乳石
- 停在高處的蝙蝠
- 從地面突起的石筍
- 從洞頂的裂縫或樹根滴落的水
- 水窪
- 通往其他洞窟或地下水路的通道
- 在土中努力挖掘的蚯蚓
- 蜘蛛網
- 從洞口照入，努力試圖照到洞窟深處的微弱日光
- （古代人類居住時留下的）象形文字與洞窟壁畫
- （暫時有人居住或曾經開宴會時）塗鴉與垃圾
- 從洞頂滴落的水
- 地衣類與苔蘚
- 整堆的蝙蝠糞便
- 從裂縫長出的柔軟蕈菇

聽覺

- 通過岩石的裂縫「咻─」地吹過的風
- 外面風吹樹動的聲音
- 鞋子擦地的聲音與動物手腳發出的聲音
- 動物迅速跑走的聲音
- 亢奮的蝙蝠「啪噠啪噠」地拍動翅膀或「嘰─嘰─」地叫著
- 水「答、答、答」地滴落
- 腳底踩到的枯葉與樹枝發出「喀嚓」的聲響
- 洞外的某處有蟋蟀或青蛙在鳴叫
- 洞窟的入口附近升起了劈啪作響的營火
- 手電筒「啪」地點亮
- 在洞窟內迴盪的聲音
- 在暗處踢浮石的聲音
- 低吼聲
- 在洞窟內居住的動物睡著時響起的呼吸聲
- 風唰唰作響
- 踩踏入口附近枯葉與草梗的聲音
- 小動物「嘰─嘰─」的叫聲與說話聲

嗅覺

- 冰涼而潮濕的石頭
- 動物的糞便
- 有麝香氣味的毛皮
- 動物的腐臭味
- 快爛掉的植物
- 混濁的空氣
- 積水
- 燒柴的煙
- 煮東西時發出的焦臭
- 汗味與體味

味覺

- 水
- 用火烹調的食物（宰殺好的獵物、魚、熱狗）
- 當場泡的飲料或帶來的飲料（紅茶、咖啡、水）
- 附近的森林採的各種核果與莓果

觸覺

- 凹凹凸凸或盤根錯節的石壁
- 崩塌之後凹凸不平的岩石
- 腳踩到潮濕的石頭滑倒
- 為了要找地方當扶手，把手指伸進石縫裡
- 在洞窟狹窄處，身體兩側都擦到洞壁
- 背被石塊打到
- 在黑暗中頂到低矮的洞頂
- 附著在雙手上的粉塵
- 觸摸石英與其他礦石（金、銀、土耳其石）的礦脈
- 被水滴沾濕的滑滑的牆壁
- 走進洞穴內部，被極大的水窪與洞穴內驚人的寒氣嚇到
- 冷風與冰雪吹入洞窟
- 腳底踩到喀啦作響的碎骨與小樹枝
- 石頭的寒意，到了夜間完全沁入身體

・在堅硬的石床上睡覺

引領故事發展的情境與事件

・由於排水不良，暴風雨時洞窟內就會嚴重積水
・居住在洞窟中，拒絕共享空間的動物
・因爲有人進入，而驚動了所有的蝙蝠，讓牠們一起慌張地飛走
・在洞窟內發現毒蛇與蠍子
・爲了進入洞窟，必須把什麼給擊退，但卻沒有攜帶武器
・爲了躲避敵人的追擊逃入洞窟中，卻發現除了原來的入口之外沒有別的出路
・由於通風不良，洞窟內充滿煙霧
・受到洞窟內生長的毒菇的孢子影響，而產生幻覺
・在洞窟內部尋找其他通路時迷路
・通路越來越狹窄，窄到可能會整個人卡住的程度
・從附近的洞窟和通道傳來好幾種聲音
・傷勢惡化或化膿，要行動有困難
・敵人埋伏在洞外等自己出去
・雖然在洞窟內找到自己需要的物資，但很猶豫到底該不該搶別人的東西
・在洞窟中發現令人不舒服的東西（人的骸骨、畫著惡魔的畫、只有裝指骨的盒子）

登場人物

・洞窟潛水客與探險家
・在洞窟露營或開派對的當地居民
・做防災準備的人

編劇小技巧

設定時的重點與提示

洞窟的形狀與大小都各有不同，除了少數洞窟會很溫暖之外（例如位於火山地帶），幾乎都是很寒冷的地方。有什麼樣的動物住在裡面，會隨著當地的氣候、季節、以及位置而有所不同。雖然在地表可以看見洞窟的入口，但洞窟內部也有可能會深入地底且拓展爲更開闊的空間。有的大型洞窟甚至形成了獨有的生態體系。另外，有些洞窟與地下水脈相連，也有些洞窟是因波浪侵蝕海岸線上的石灰岩而形成。洞窟這個設定因爲有各種場所、各種類型可以選擇，所以也有各種可能性，能配合前往探險的登場人物所需的特性。

例文

利瑪試著讓身體更接近岩壁。手上拿著的火把閃耀著橘色的火焰，映出了祖先繪製的壁畫。強而有力的紅褐色線條，描繪出身穿大山貓毛皮的披風、拿著石槍進行「祖父熊大狩獵」的戰士英姿。他感到喉頭乾澀。父親、叔叔與祖父都曾經站在這裡，他們是否也像現在的自己一樣，曾經一邊看著這個故事，一邊思索所謂的成人、以及擁有披風的意義呢？

運用的寫作技巧

光與影

創造效果

伏筆、告知背景、強化情緒

峽谷
Canyon

關連場景
荒地、露營區、洞窟、沙漠、河川

視覺
・底部有延伸到遠處的河流與乾土，綿延不絕的雄偉深谷
・（灰、褐、黑、橙、白等）各式各樣的顏色層層堆疊出高聳的岩壁
・灌木叢
・在樹叢中生長的野草
・發育不良的樹木
・山壁擋住陽光形成的背光處與陰影
・枯枝
・各種猛禽
・蜥蜴
・螞蟻
・蜘蛛
・生氣勃勃的動物
・昆蟲
・從河底穿出的岩石與傾倒的樹幹
・急流，有高低差之處
・山羊的足跡
・頁岩與粉塵
・河岸與峭壁被水侵蝕而形成的細碎土沙
・動物的遺骨
・馬的足跡
・動物的糞便
・高聳的峽谷尖端，被風吹得光滑之處
・仙人掌
・岩石平台與台地
・一直都是同樣狀態的坍方
・在岩石的空隙中築巢的鳥
・小洞窟
・沙
・蛇

聽覺
・「咻──」地吹過岩石表面的風聲
・越過岩石表面往下游奔流的水聲
・岩石掉落的聲音
・走在滿是碎石的路上的腳步聲
・沿著路邊吃草的馬兒發出的咀嚼聲
・在峽谷的高聳山壁間迴盪的聲音
・受驚的老鼠與蜥蜴在枯草地帶竄逃的聲音
・峽谷的山壁反射的猛禽叫聲
・蛇的尾巴發出「唰唰唰」的聲音
・飛機飛過上空時，被地形增幅的噴射引擎聲

嗅覺
・強烈的石灰岩氣味
・灰塵
・乾燥的空氣
・營火
・動物的麝香
・稀有的野草與正在開花的仙人掌的氣味
・汗味與體味

味覺
・騎馬遠行時與遠足需要攜帶的食物與飲料（裝在水壺內的水、核果、種子、肉乾、水果乾、營養棒、強化營養的硬餅乾口糧）

觸覺
・附著在臉上的沙與汗水
・乾燥而強烈的風吹拂著衣服和頭髮
・靴底踩到的凹凸不平地面與頁岩
・爬坡或攀岩導致的肌肉痠痛
・接觸到肌膚的冰涼河水
・被風吹得十分光滑的石頭
・汗濕或弄髒的衣服摩擦著皮膚
・暴風把灰塵與沙子往身上吹
・馬匹溫暖的軀體
・馬鞍上的韁繩與尖角握把
・驢子下坡時搖搖晃晃
・因為跨著寬廣的馬背而感到腳痛
・一直在太陽下曝曬而感到疲倦不堪
・隨著旅途覺得越來越沉重的包包
・眼睛不由自主地流淚，或是非常乾燥
・隨風揚起的砂粒在眼角結出硬塊

引領故事發展的情境與事件
・遠足或騎馬時，迷路或受傷
・維持生命所需的物資已經用罄
・馬或驢子疲倦到無法正常行動
・遭受風雨侵襲（因此中暑或出現脫水症狀）
・突然有落石塞住出口
・具有攻擊性的動物

・上廁所或是去拍攝斷崖的照片後，發現隊友已經先走了

登場人物

・登山客
・牧場主人
・觀光客

編劇小技巧

設定時的重點與提示

世界各地都有峽谷，所以會隨著地點與氣候而出現不同的特徵。例如有些地方範圍非常廣大，分成許多山谷和裂縫，所以要穿過整個峽谷進行探索幾乎是不可能的。但也有一些峽谷形成了前往水源的道路，也有探險家可以辨認的自然標示。如果你的故事中想要讓登場人物產生內心的掙扎，讓他們自然而然地想進行挑戰，那是要什麼樣的峽谷，才能發揮這種效果呢？可以與選定這個設定的原因一起考量。

例文

也許是被冷汗傳來的酸臭味吸引，有蒼蠅在我和瑞奇的周圍盤旋。在上空現身的禿鷹，顯然是準備來品嘗我們失足跌死的馬兒。無視腳踝扭傷後傳來的疼痛，爲了確認老哥微弱的脈搏，拖著腳朝他走去。他已經開始發抖，表示至少有發燒，最糟的情況是受傷導致細菌感染。已經沒有其他選擇了，我的臉垮下來，從附近找來了爲數不多的枯枝生火，祈禱在天黑之前，他會帶人回來救援。如果待在這些巨石的裡側，老哥就不用一直曬到太陽，但入夜之後會有土狼出沒。雖說，如果煙可以蓋掉瑞奇的氣味當然是最好，不過……

運用的寫作技巧

多種感覺的描寫

創造效果

醞釀氣氛、伏筆、告知背景

海洋
Ocean

關連場景

田園篇——海灘、海灘派對、海蝕洞、熱帶島嶼

都會篇——漁船、遊艇碼頭、遊艇

視覺

- 沙地
- 沙洲與斜坡
- 砂礫
- 淺灘的海底
- 海草
- 一半被埋住的貝殼
- 海參與海綿動物
- 海葵
- 色彩繽紛的海草
- 長滿刺的海膽
- 光柱照射四處，劃分出日照充足的地方和暗處
- 大洞窟
- 各種珊瑚（腦紋珊瑚、鹿角珊瑚、海扇珊瑚）
- 洋流
- 石灰岩的海溝
- 七彩的魚群（鮪魚、鱈魚、劍旗魚、鮭魚、翻車魚、平鰭旗魚、石斑魚）
- 沿著岩石移動，或者在海底滑行的章魚
- 螃蟹
- 大硨磲與法螺貝
- 會快速上下移動的海馬
- 浮游生物
- 鰻魚
- 龍蝦
- 沉在海底肉眼不易發現的鬼蝠魟
- 穿越水中往前游的鯊魚
- 蝦子
- 被海藻覆蓋的岩石
- 被岩石掩映的海星
- 隨著潮汐漂動的海草
- 海蝸牛與海蛇
- 烏龜隨地吃著四處綿延的海草
- 巨大的鯨魚
- 喜歡玩樂的海豚
- 動作迅速的梭子魚
- 烏賊與水母
- 從水肺潛水者身上裝備冒出的氣泡
- 通過水面留下痕跡的船隻
- 從頭上通過的船隻的船體
- 漂在水面上的殘渣與油膜
- 半埋在沙堆裡的魚類屍骸，螃蟹與龍蝦已損壞的空殼
- 在地面捕捉小蝦與螃蟹的陷阱
- 鏽蝕並被藻類覆蓋的沉船
- 沉船的殘骸（古舊的漁網、木材、水瓶、藤壺、生鏽的鐵鏈與船錨）
- 近期有人丟的垃圾（輪胎、廚餘、瓶子、空罐頭）
- 死亡的珊瑚礁

聽覺

- 透過呼吸管聽見被擴大的呼吸聲
- 耳際傳來自己的心跳聲
- 從揹著的裝備發出空氣逸出的「咻」聲
- 蛙鞋「唰」地踢水，把附近的水推開
- 水打在船體上的聲音

嗅覺

- 被密封的空氣
- 橡膠
- 潛水鏡的防水劑
- 汗味
- 防曬乳

味覺

- 在設定中，除了登場人物帶進這個場景的東西（口香糖、薄荷糖、口紅、香菸等），可能沒什麼特別的東西跟味覺有關，像這種不會描寫到味覺的場景，可以專心描寫其他四種感覺。

觸覺

- 冷水與溫水
- 垂下的比基尼繫帶搔過肌膚
- 像膠囊般包住身體的潛水衣
- 打濕的潛水布
- 水打在身體與潛水衣上的感覺
- 接觸臉頰又彈開的氣泡
- 把頭髮完全拉散，在水中載浮載沉
- 時而沉到砂中，時而伸腳掠過珊瑚和岩石
- 蛙鞋撞到堅硬的東西（海底、沉船、游到旁邊的其他潛水者、岩石）
- 魚輕輕地接觸自己的手與身體
- 被潮水牽引
- 手被烏龜的硬殼擦過

・嘴巴要銜住呼吸管時不太順暢
・手撐著石灰岩從海底往上浮
・順著潮水的方向漂浮，或是逆著游泳
・因為游很快而感到肌肉疲勞
・潛水鏡的束帶拉扯著頭部後方或臉頰
・沉甸甸的裝備拉扯著肩膀
・把沙子撥開，看底下到底埋著什麼
・為了把沙子推開，搧動海底附近的水
・為了躲避危險的海洋生物（鯊魚、梭子魚、章魚、水母等），而倒退著游泳
・忽然發現海水從頭上壓下來，導致幽閉恐懼症發作
・把貝殼和海星拿起來觀察，再放回原處

引領故事發展的情境與事件

・在潛水時陷入恐慌狀態
・裝備有瑕疵
・差點溺斃
・跟同伴走散
・危險的海洋生物（鯊魚、水母、鰻魚、魟魚、梭子魚）
・與新手組隊一起潛水
・在水中受傷
・氧氣用罄
・無法離開水中（被沉船或洞窟困住）
・水滲入潛水鏡
・接觸石灰岩時石塊出現位移，導致蛙鞋被夾在岩石之間
・遇上從沉船中竊取財物的尋寶獵人，而且被他們當成敵人
・海底洋流的速度很快，把自己和隊友的距離拉開

登場人物

・海洋生物學者
・水肺潛水客
・來玩浮潛的人
・拍照或拍影片的水底攝影師

編劇小技巧

設定時的重點與提示

進行有關水底的設定時，無論是運用設定所需的想像力，以及在運用時遭遇的難題，都會接踵而來。不過《大白鯊》《深深深》的作者彼得・本奇利看似輕輕鬆鬆就完成了，所以只要想做，沒有什麼是不可能的。在海裡聲音會變得很微弱，如果戴著潛水鏡，更是聞或嚐不到任何味道，所以這樣的設定會偏重視覺與觸覺。即使是這樣，荒涼而獨特的景象，會讓海洋這樣的設定，在故事裡成爲引發好奇心的一個選項。

例文

爲了不要擦破皮——無論如何不想在水底流血——我拚命踢著腿，心跳猶如滑入月台的火車般地暴動。到底怎麼變成這樣的呢？才不過一分鐘之前，爲了要拍水母而靠到岩石上，結果腳卻被卡住了。我吸了一口氣，努力左右轉頭尋找其他潛水者的身影，希望在其他巨大而危險的生物發現之前，有誰能注意到我的危機。

運用的寫作技巧

直喻

創造效果

強化情緒、營造緊張感與糾結的心情

海蝕洞
Grotto

關連場景
海灘、洞窟、熱帶雨林、熱帶島嶼、瀑布

視覺
・由岩石構成、呈拱形的高大洞頂
・從岩石裂隙間射入的陽光
・隨著潮汐（如果沿著海岸）與強風（如果是在內陸）上下起伏的水
・苔蘚與地衣類的植物
・在風化與侵蝕作用下變得十分光滑的岩壁
・（從岩壁、石筍、岩石平台或地表上的岩石流下的）小瀑布
・蝙蝠糞的化石
・倒掛在岩台高處的蝙蝠
・整片的暗影
・蝸牛吸附在海岸線潮濕的岩石上
・藏在裂縫中的螃蟹
・適合在低處或暗處生存的水生動物（藤壺類、魚、小魚）
・腳踩入水中時，隨之散開、讓水變混濁的底泥
・隧道往水面上或水面下分歧的地點
・掉入地下的枯葉與碎木片
・缺乏日照之處仍然能生長的耐寒植物
・從岩石洞頂蜿蜒垂下，地表下雨時就會滴水的樹根
・沾染了鹽份和藻類（如果海蝕洞位於海邊）的岩石與砂
・在水中游泳的魚

聽覺
・反覆打在岩礁上的波浪
・在大浪通過之後，從岩石表面落下、猶如下雨般的水滴聲音
・海鳥在附近尖聲叫喚
・在岩石上疾走的螃蟹腳步聲
・回音
・用腳踢落的石頭摔個粉碎的聲音
・瀑布的水從頭頂的洞口侵入的聲音
・丟石頭反彈的聲音
・水往下滴的聲音
・好天氣時，打在洞緣的水聲
・蝙蝠的叫聲或拍打翅膀的聲音

嗅覺
・霉味
・潮濕的石頭
・藻類
・鹽水（如果是海岸邊的海蝕洞）
・綠色的灌木與野草（如果位於內陸時）

味覺
・濺到嘴唇上的鹽水
・淡水
・空氣中漂浮著礦物刺刺的味道

觸覺
・手腳被銳利的岩石或藤壺割傷
・跑進鞋尖內刺刺的沙子
・在岩石上滑倒擦破皮
・游泳時當頭而來的冷水
・從洞頂落下的水滴滴到身上
・磨損的岩石
・迅速爬過自己手指的蜥蜴或螃蟹
・被切削而變得光滑的漂流木
・一陣陣打在身上的波浪或潮水

引領故事發展的情境與事件
・漲潮時被困住出不來
・暴風雨導致水位上升，洞口被堵住
・由於身陷黑暗或封閉的地點，而陷入恐慌
・滑倒受傷
・進入水中的洞窟探險卻迷路
・在水底的洞窟網中與朋友走散
・在水中失去光源，或是照明的電池用罄
・發現高處的岩石平台中藏著犯罪證據（沾血的刀子、用布包起的許多婚戒）
・腳在水裡踢到什麼
・因為受傷，導致無法以游泳的方式離開洞窟

登場人物
・喜歡冒險的人
・考古學者
・來洞窟潛水的人
・來健行的人或登山者
・尋寶獵人

編劇小技巧

設定時的重點與提示

位於海岸線旁的海蝕洞，與內陸由泉水與地下水脈形成的海蝕洞相較，無論是有無潮汐、外觀、氣味，或是聽得見的聲音，都一定有所不同。有的海蝕洞僅僅是單個洞窟內有積水，但當然也有綿延數公里，由洞窟網所構成的大型洞窟。

例文

被潮水輕輕地帶領，我從水中起身，進入了地底的洞窟。一束光線從頭頂的隙縫穿入，穿過毛茸茸往下垂的樹根，照射在水面上。我在平坦的岩石上坐下來，傾聽激盪著岩壁的水聲，遠遠不知何處傳來的海鷗啼叫，以及喀啦喀啦地在岩石上爬行、尋找食物的螃蟹的腳步聲。雖然潛入水中，鑽進不知通往何處的岩礁洞穴，還是令人忐忑不安，但能發現如此美妙且未經人工雕鑿的場所，真的非常值得。

運用的寫作技巧

光與影、多種感覺的描寫

創造效果

強化情緒

海灘
Beach

關連場景
田園篇——海灘派對、燈塔、熱帶島嶼
都會篇——郵輪、遊艇碼頭、遊艇

視覺

・鋪在沙灘上各式各樣的海灘墊
・海灘椅和正在做日光浴的人
・戴著日光色游泳臂圈的小朋友們
・正在打排球或美式足球的青少年
・打開裝食物的保冷箱，並且把玩水用的玩具取出、為氣墊充氣的一家人
・沿著步道擺設的食物和飲料路邊攤
・在附近的岩礁或棧橋上釣魚的人們
・穿著已經被海水打濕的尿布，搖搖晃晃地走路的幼兒
・做日光浴把肚子曬紅或肩膀曬傷的人們
・鴨舌帽與太陽眼鏡
・從海灘袋內蹦出來的防曬乳和防曬油瓶子
・被丟在沙上的夾腳拖
・旗幟飄揚，救生員用的白色瞭望塔
・被波浪打到海灘上的海草
・散落在金色沙灘上的菸蒂和瓶蓋
・攜帶式瓦斯爐冒出的煙
・滿滿食物的野餐籃
・色彩鮮豔的水桶與杓子
・畫到一半的沙雕城堡
・（拿著寶石、帽子、防曬乳、海灘能使用的玩具等）在人潮中邊走邊賣東西的攤販
・迅速移動的螃蟹和沙蠅
・在水面漂浮的游泳圈與氣墊
・孩子們在淺灘玩條紋圖案的海灘球
・在附近擴散的泡狀的水（青綠、碧綠、混著底泥的茶色等，會因地點與時期而異）
・拍打著海灘表面的白浪
・流向內陸的海灘上，化為泡沫的浪濤
・（散落著凹凸不平的碎片、貝殼、結塊的海草等）不甚平整的海岸線
・在地平線閃耀的太陽
・遠方的郵輪與遊艇
・拉著宣傳用的布條在上空飛行的飛機
・垃圾與纏著釣線的漂流木塊
・呈波浪狀的沙丘
・隨風輕輕搖曳的香蒲
・被打上岸邊的水母與海星
・在上空翱翔的海鷗
・海水在沙中形成的潮池
・在潮水到達點邊緣留下的足跡

聽覺

・海浪掃過岸邊，在沙灘上散開的聲音，捲起的泡沫「咻」地碎裂的聲音
・忽然吹過的強風把海灘傘吹得搖搖晃晃，「啪噠啪噠」作響。
・海鷗看到食物時，急忙飛來搶食的叫聲
・孩子們的笑聲
・鋪了海灘墊，在聊天的人們
・被風吹來，隱約可以聽見的交談聲
・狗叫聲
・音樂
・海浪拍上岸時孩子們尖叫的聲音，或是玩累了開始哭鬧
・水上摩托車與汽艇經過附近時轟然作響
・可以聽見車輛經過附近道路時的噪音
・廣播電台和步道旁的店家傳出的音樂
・被風吹動的海草輕輕搖動的聲音
・在上空飛行的飛機聲音
・風向袋被風吹得搖搖晃晃的聲音
・來度假的人為泳具充氣時，充氣幫浦「咻－」的聲音

嗅覺

・椰子香味的防曬乳和防曬油
・帶鹽香的海邊空氣
・用燒烤的方式烹調、帶煙味的熱狗與漢堡
・打濕的毛巾
・海草
・打翻的啤酒
・（吸菸區）煙味
・有點辣的章魚片
・攤販烹調食物時傳出的油煙味
・防蚊噴霧

味覺

- 鹹鹹的空氣與水
- 唇邊的汗水
- 寶特瓶裡的冰涼的水
- 火烤的熱狗與漢堡
- 汽水
- 沾到嘴巴旁的防曬乳的苦味
- 清涼的冰淇淋點心和冰棒
- 鹹的洋芋片
- 風把沙子吹到三明治上，咬起來沙沙的感覺

觸覺

- 燙腳的沙子
- 滲入泳裝內的沙子摩擦著皮膚
- 被蟲咬
- 從額頭與鼻子滴落的汗水
- 後頸被太陽曬得刺痛
- 想把身體弄乾而躺著被曬時，感受到的陽光熱力
- 被浪打到時感受到冰涼海水的刺激
- 水潑在頭上和背上
- 野餐籃沾到的沙子
- 沙子沾在身上刺刺的感覺
- 黏黏的防曬乳與防曬油
- 濕答答的毛巾
- 結冰般冰涼的飲料
- 清涼的微風
- 眼睛進沙或滲入防曬乳
- 波浪狀的貝殼
- 刺刺的海草
- 水潑在光腳上
- 被突然捲起的海浪絆倒
- 滑倒在尖銳的石頭上，或是踩到的感覺
- 腳在水中踢到什麼時的衝撞感
- 濕頭髮被風吹得貼在脖子上
- 被水母咬

引領故事發展的情境與事件

- 踩到碎玻璃
- 來海灘的人舉止很粗暴，或是做日光浴的人很吵
- 心情不好、哭個不停的小孩
- 自己的東西被人偷走了
- 風把海灘傘吹倒，沙子四處飛散
- 曬傷導致發炎
- 有毒與危險的海洋生物（水母、赤魟、鯊魚、魚蝨）
- 風浪很大，要游泳會有危險
- 被離岸流沖走
- 都已經直接拒絕，還執意推銷的攤販

登場人物

- 攜家帶眷出來玩的人
- 釣客
- 賣食物的人
- 救生員
- 週末放假的當地居民
- 警察
- 喜歡衝浪或風帆的人
- 泳客
- 十幾歲的青少年
- 旅行團的團客
- 來度假的人

編劇小技巧

設定時的重點與提示

海灘會因爲地點而有極大的差異。單是沙子就可以分成白的和黑的，甚至還有紅色的。有整理得乾乾淨淨的沙灘，當然也有菸蒂和食物的包裝袋被棄置、海草和死魚散落四處的海灘。普通的公立海水浴場可能會到處都是人，私人海灘也可能位於很隱密的地方卻占地甚廣。這類設定的細節，會影響到登場人物的心情，可以仔細地進行感覺上的描寫。因此仔細考量之後選擇地點是非常重要的。

例文

像祖母的大盤子般渾圓、如同瓷器般閃耀的明月，讓我爲之目眩神馳，潮濕的沙子按摩著我疼痛的雙足。猶如絲絨般的黑夜，沒有建築物、也沒有煙霧阻擋視線，令這裡的天空看起來既乾淨又遼闊。拍打岸邊的波浪演奏著令人心曠神怡的節奏。風吹拂拉扯著我的頭髮和衣服，又呼地想把我收起來的披巾邊緣拉出來。閉上雙眸深吸一口充滿鹽香的空氣，接下來就要回到旅館，收拾行李，在回家面對各種問題之前，我將這一刻用書籤標記了下來。

運用的寫作技巧

多種感覺的描寫、直喻

創造效果

醞釀氣氛、伏筆

草原
Meadow

關連場景
露營區、鄉間小路、小溪、森林、登山步道、打獵小屋、湖泊、山、池塘、河流、夏令營

視覺

- 野花綻放的廣闊草地
- 充沛的日照
- 落葉被風捲起，積在長滿草的小山旁
- 圍繞草原的高大樹木
- 四處飛舞的蝴蝶和蜻蜓
- 在草叢間前進的螞蟻
- 在花間上上下下的蜜蜂
- 正在結網的蜘蛛
- 在小溝或溪畔跳躍的青蛙
- 正在築巢的鳥，發現有人靠近就一起從草叢裡飛走
- 正在吃草的鹿
- 悄悄地在地面匍匐前進的狐狸
- 正在進食的兔子和老鼠
- 忽然從巢穴中露臉的地鼠
- 在草叢周圍或沿著枝幹溜過的蛇
- 躲在草堆裡的動物，以及隨著動物行動而搖動的草
- 天際的流雲
- 散落在草原各處的金色日光
- 穿越草原的涓涓細流
- 遠方的群山與丘陵
- 上空有雲飄過時，落在草原上的影子
- 長滿青苔的岩石
- 在附近散落的斷枝
- 地鼠的巢穴
- 隨風搖晃的樹木
- 一邊在半空中畫出弧線，一邊緩緩飄落地面的紅葉

聽覺

- 被風吹動的草發出「唰—」的聲音
- 蜜蜂或其他昆蟲「嗡嗡」地飛著
- 鳥在唱歌或求偶的叫聲
- 鳥翅膀「啪噠啪噠」拍動的聲音
- 樹葉沙沙作響
- 水「咕嚕嚕」地流著
- 走在草原上隱約的腳步聲
- 動物跑掉的聲音
- 樹葉「沙沙」「唰唰」的聲音
- 風吹過「咻—」的聲音
- 小動物在草叢中迅速逃走的聲音
- 蟋蟀的歌聲
- 附近的小溪中，水從石頭或樹根上「嘩啦嘩啦」地流過的聲音
- 蜜蜂和蜻蜓「嗡—」地飛過
- 蚊蠅的叫聲
- 鳥「嘎—嘎—」地發出吵雜的叫聲
- 松鼠與花栗鼠的說話聲
- 草在腳邊嚓嚓作響

嗅覺

- 草
- 溫暖的土地與陽光
- 花粉
- 發出甜香的花卉與莓果
- 清新的空氣
- 露水
- 小溪的水

味覺

- 咬甜草的莖
- 帶來草原野餐的食物（三明治、葡萄酒、起司、麵包、火腿與香腸等的薄片、水果乾、馬鈴薯沙拉、巧克力與餅乾、炸雞、水果、蘇打餅乾、水果沙拉）
- 當令季節能採摘到的各種莓果（草莓、覆盆莓、醋栗、燈籠果）
- 裝在寶特瓶裡的水

觸覺

- 照射在臉頰上的溫暖陽光
- 吹拂著頭髮和肌膚的微風
- 被忽然刮起的強風吹得腳步不穩
- 溫熱的土壤
- 柔軟的草
- 在地面附近刺刺的枯葉與草
- 被蜜蜂或昆蟲扎到
- 從自己腳上滑過的草
- 踩下去時折斷的枯葉與草
- 太陽被雲遮蔽時感受到的氣溫變化
- 小丘與洞穴形成有高低起伏的地面
- 別在耳畔的長長花梗
- 因為流汗而黏在身上的上衣
- 從樹上掉下來的葉子或松針夾在頭髮裡
- 把褲管捲起來，走到淺淺的小溪中晃來晃去
- 打開野餐籃，拿出食物擺好

- 風變強，把寬鬆的上衣吹得貼在身上
- 螞蟻爬過手背時，癢癢的感覺
- 平躺在草原上看著天空
- 公鹿或公羊出現在面前時屏住呼吸
- 想要把附近的景色畫下來之際，鉛筆劃過紙面的感覺

登場人物

- 來露營的人
- 登山客
- 鳥類學者
- 來野餐的人

引領故事發展的情境與事件

- 因為踩到黃蜂窩而被螫傷
- 被草叢中藏的蛇咬傷
- 在草地睡著導致曬傷
- 獨自來爬山，遇到許多陌生人
- 沒有做防曬的準備而中暑
- 不小心踩到地鼠的巢穴扭到腳
- 下雨或下雪
- 覺得被什麼從樹叢間窺伺
- 季節性的過敏導致出遊的興致完全泡湯
- 偶然遇見正在分贓的盜獵者
- 雖然看到墓碑，但不知道是誰被葬在此地
- 看到地上放著準備要野餐的籃子和地墊，但附近完全沒人
- 看到小熊進入草原，所以知道母熊一定也在附近
- 發現草叢上有剛留下的血跡

編劇小技巧

設定時的重點與提示

就生態學而言，草原可以分為許多種類。例如為了取得乾草而割過的草原就是牧草地。而大草原地帶，是指氣候乾燥導致植物種類比一般草原要少的草地。另外雖然荒地跟草原也十分相似，但往往是被灌木叢覆蓋，而不是長草。

一般而言，草原是充滿溫柔的聲音與感覺、令人感到安心的地方。但是也有許多危險的特性，例如蛇、毒蜘蛛、很難發現的地鼠洞、會螫人的昆蟲，毫不留情地變化的天氣等。無論是什麼設定都可能引起騷動，要如何加入這種負面的因子，正是創作者的工作。

例文

我意會到穿過這片草原顯然會花掉整個上午的時間，於是加快了腳步往草原中前進。如同雜草般的花擦過膝蓋，野薔薇戳進了襪子裡。沒兩下汗水就濕透了衣襟，連背後的凹陷處都有汗珠落下。我啪地打落蚊子，真想趕快回到市區啊。

運用的寫作技巧

多種感覺的描寫

創造效果

賦予登場人物特徵、醞釀氣氛

荒地 Badlands

關連場景
峽谷

視覺

- 層層堆積的岩層，在風吹與水流的侵蝕下、變成赤紅或黃色
- 曾經有水流經過、看得見裂縫的黏土層
- 在坑坑洞洞的地形中，因為常有動物經過，而被踩得漸趨平緩的砂石路
- 砂岩或石灰岩構成的岩壁
- 岩石構成的拱門
- 平坦的孤丘與沉積岩形成的石鰭
- 在厚石上看到的小化石
- 極深的裂隙與乾涸的峽谷
- 猶如不穩定的方尖碑般聳立的岩石尖塔（岩柱）
- 分隔陸地與天空的崎嶇稜線
- 被食腐動物啃噬，再被日光曝曬到褪色的動物頭蓋骨與骸骨
- 寬闊的溪谷
- 已經停止成長，但仍然存活的樹木以及茂密的灌木（刺柏、美國紅栲、山地蒿、美洲茶）
- 有刺的開花植物（紫錐花、薊花、馬利筋）
- 仙人掌和野草叢生的地帶（大米草、兩耳草、看麥娘、格蘭馬草）
- 在巨岩的陰影遮蔽處或樹叢裡休息的野兔
- 躲在高聳岩壁的岩穴中的巖鷦鷯
- 從岩石到草叢，四處爬行的爬蟲類（蠍子、蛇、蜥蜴）
- 流雲點綴的廣闊青空
- 背著背包爬山的人們
- 為了探勘調查而在綁繩子的地質學者
- 大角羊

聽覺

- 風「咻—」地穿過岩壁與溪谷的聲音
- 腳踩到頁岩時發出的「啪哩啪哩」聲
- 老鼠或蜥蜴在枯草上逃竄的聲音
- 在上空盤旋的猛禽發出的鳥叫聲
- 不穩定的土壤崩塌，岩石滾動掉落到下方的溪谷中

嗅覺

- 清新的空氣
- 強烈的砂岩與石灰岩氣味
- 枯草
- 沙塵
- 讓鼻子感覺刺刺的刺柏葉子
- 動物的糞便
- 汗味

味覺

- 爬山所需的食物（穀物棒、葡萄乾、堅果、水果乾、三明治、牛肉條、能補充水分與電解質的飲料）

觸覺

- 被風侵蝕，變得光溜溜的砂岩
- 像稻稈般的草摩擦著小腿
- 被蚊子叮咬
- 沒有遮陽，臉和脖子被曬傷而感到刺痛
- 黏在手上像粉狀的塵埃
- 從眉毛滴落的汗水
- 掉入旅行靴的頁岩碎片
- 隨著腳步滑動的砂礫與頁岩
- 被針狀的葉片與帶刺的樹叢勾到
- 在峽谷、溪谷之間迴旋吹拂的風，接觸到衣服與臉頰
- 慎重地走著高低不平的路面

引領故事發展的情境與事件

- 被絆倒或摔倒而受傷
- 一直原地打轉，迷路了
- 風雨交加
- 水喝光了
- 被同行的團隊丟下
- 被毒蛇或毒蠍咬傷
- 遇到獵豹之類棲息在該處的危險動物
- 跟同行的人一起發現稀奇的化石，但開始爭執到底是誰先發現，以及到底該讓誰收著

登場人物

- 考古學家
- 登山的人
- 在附近進行校外教學的師生
- 旅行團與觀光客

編劇小技巧

設定時的重點與提示

雖然荒地大多是自然形成，但也有一些是因爲採礦或農業開發等人爲因素造成。例如在思考這個地帶的水質受到汙染，導致植物枯萎，土地侵蝕加速之類的場面時，荒地這個設定也可以運用在描寫反烏托邦的故事中。

例文

不得不承認，我現在迷路了。只好背倚岩壁，把冰凍的雙手伸到腋下取暖。天上是冷冷的星光與爪痕般的新月，圍繞四周的岩柱彷彿變成堅硬的手骨與腳骨，死寂一片，宛如身處墓地一般。從口中呼出的白霧，預告了今夜將降臨的低溫，但手邊既沒有升火的燃料，也沒有手電筒，最聰明的辦法還是等待日出。天氣帶來的風險，還是比摸黑找路時踩到響尾蛇的巢要低得多。

運用的寫作技巧

光與影、隱喻

創造效果

醞釀氣氛、伏筆

荒原
Moors

關連場景
遺跡、小溪、草原、河川

視覺
- 高度不高的植物在起伏的丘陵上生長
- 低垂的雲
- 茂密的灌木叢
- 發育不良的樹
- 遇上石楠花的花季，紫色與紅色的花形成花毯
- 朝霧
- 黃色的荊豆花
- 散布在這個地帶的大石塊與岩石
- 在池塘與小溪附近生長的具芒碎米莎草
- 正在吃草的動物（羊、牛、鹿、小馬）
- 各種鳥類（岩雷鳥、灰背隼、游隼）
- 扭動著鑽回土裡的蟲
- 在樹叢間急竄的田鼠和老鼠
- 藏在灌木叢裡的兔子
- 邊走邊嗅、尋找晚餐的狐狸
- 嗡嗡地在花間飛翔的蜜蜂
- 拍著翅膀飛舞的蝴蝶與蛾
- 泥炭的沼地
- 整叢的莓果類植物
- 在這個地帶交錯的水流
- 小水池
- 野外焚燒時漂浮的煙霧與橙色火焰
- 把動物們趕到定點的牧羊人
- 彎彎曲曲的泥土小路

聽覺
- 尋找食物的鳥叫
- 鳥鳴
- 風「咻—」地穿過石楠花
- 強風突然掃過的聲音
- 蜜蜂「嗡嗡」地飛行
- 「轟隆轟隆」的雷聲
- 動物在草地上移動的沙沙聲
- 野外焚燒時劈哩啪啦的燃燒聲
- 小動物為了逃離野外焚燒的火焰，從草叢跳出來的聲音
- 涓涓細流的水流聲
- 有人放牧的牛「哞—哞—」地叫
- 羊在「咩—咩—」叫
- 牧羊人叫喚動物的聲音

嗅覺
- 石楠花的香味
- 草
- 草食動物的糞便
- 煙
- 雨
- 泥炭的腐臭
- 積水
- 潮濕的土壤

味覺
- 在設定中，除了登場人物帶進這個場景的東西（口香糖、薄荷糖、口紅、香菸等），可能沒什麼特別的東西跟味覺有關，像這種不會描寫到味覺的場景，可以專心描寫其他四種感覺。

觸覺
- 潮濕的土壤
- 在很多岩石的地方絆倒
- 石楠花木質的花梗
- 皮膚被刺果的針扎到
- 風吹拂著臉龐
- 腳底踩著綿延起伏的地面
- 冰涼的巨石
- 打濕頭髮和身體的雨
- 會勾到裙子或褲子的矮樹叢
- 因為遠方上升的煙霧而感到喉嚨發癢
- 身體感受到夜晚冰涼的空氣

引領故事發展的情境與事件
- 想要生火取暖但找不到合適的柴薪
- 掉入河水中，引發失溫症
- 在凹凸不平的地面跌倒受傷
- 被蛇咬
- 由於飢餓而感到痛苦
- 無法分辨可以食用和有毒的莓果
- 下雨或下雪
- 碰到野外焚燒，必須在被燒到前逃離現場，或是必須穿過焚燒現場
- 敵人故意縱火
- 被趕入煙霧瀰漫的地帶，頭很暈
- 在被遮蓋的沼地中摔倒
- 沒有能當記號的目標物，迷路了
- 由於附近煙霧籠罩，無法察覺危險

- 一直下毛毛雨，導致關節炎復發或骨頭疼痛

登場人物

- 獵人
- 當地居民
- 荒原的管理員
- 來度假的人
- 牧羊人

編劇小技巧

設定時的重點與提示

荒原可以當做雨量多的高地來看待。由於土壤成分大多是呈酸性的泥炭，只有少數種類的植物，能在這種缺乏養分的環境中存活。因爲荒原位於高地上，會比海拔較低的地區要涼爽一點，也因爲降水量大，所以經常下雨或下雪。

例文

躍動的火堆，讓我向火焰湊得更近了一點。在火光的照射下，所有銳利的野草邊緣，以及茂盛的石楠，看起來都更加地清晰——但那僅限於很小的範圍。前方是整片墨汁般的黑。雖然可以聽見風的低吟穿過茂密的植物，但是完全看不見振動的枝葉。也可以聽見鳥類尋找獵物的叫聲，但一樣看不見牠們的身影。微風逼近火堆，讓火堆啪啦啪啦地作響。我抓起一把小樹枝放入火堆，再度鑽進了睡袋深處。

運用的寫作技巧

對比、光與影

創造效果

醞釀氣氛、強化情緒、營造緊張感與糾結的心情

12畫

森林
Forest

關連場景
廢礦、洞窟、小溪、登山步道、打獵小屋、湖泊、山、熱帶雨林、河川、夏令營、瀑布

視覺

- 朝向天空生長的高大樹木
- 陽光從葉隙間穿過，在地面描繪出浮動的影子
- 在草叢中消失的動物足跡
- 長出整片苔蘚的枯葉與松針
- 從折斷的樹枝處扯下整片破爛的樹皮
- 很大的樹瘻
- 樹幹周圍生長的苔蘚
- 從雲杉的枯枝垂下糾纏不清的鬍鬚地衣
- 像小小的寶石般散落地面的松果
- 在腐朽的倒木上緩緩前進的吉丁蟲
- 在層層疊疊的石堆周圍瞥見的花栗鼠尾巴
- 切開地表的溪谷
- 像是喝醉般倒向彼此，在風雨中快被吹倒的樹木
- 藏在樹根下的動物巢穴
- 附著在蕨類葉片上的朝露，閃爍在陽光下
- 成為苔蘚與菇類之家的枯木
- 樹皮上蓋著巨大白色漩渦的樺樹
- 樹皮邊緣的隆起
- 被紅褐色松針覆蓋的地面上隱約可見的石頭
- 從枯萎的樹根上長出的雜草
- 路面上成堆的動物糞便
- 松針與其他小碎片勾在已經結了一段時間的蜘蛛網上
- 密集的荊棘叢
- 色彩繽紛的莓果叢
- 松果
- 昆蟲
- 兔子
- 鳥
- 松鼠
- 狐狸
- 把樹枝刮得劇烈搖晃的風
- 沿著小徑吃草的鹿
- 野生的菇類與毒菇
- 在野花（西班牙藍鐘花、雛菊、毛果一枝黃花）附近翩翩飛舞的蝴蝶與蛾

聽覺

- 風吹樹葉發出的沙沙聲
- 踩在厚厚的松針與枯枝上，發出微微的聲音
- 鳥叫與松鼠的說話聲
- 昆蟲「嗡—」地飛過
- 鹿大口吃草時窸窸窣窣的咀嚼聲
- 動物在草叢附近尋找食物的聲音
- 松鼠竄上樹梢時，腳爪抓住樹皮的聲音
- 暴風吹斷樹枝，落在地面的聲音
- 落在表土上「答答答」的雨聲
- 高大的樹木搖晃，發出「窸窸窣窣」的聲音
- 遠遠地「啪」地折斷樹枝
- 被追逐的動物發出的哀號與尖叫
- 讓鳥被成群驚起的槍聲
- 動物的呻吟或喘氣聲
- 夜晚傳來「嗷嗷」的吼聲
- 啄木鳥「咚咚咚」地輕啄樹木
- 隨著豪雨在溪谷中奔流的雨水
- 蜜蜂或蒼蠅飛舞時的「嗡嗡」聲

嗅覺

- 松樹
- 野花香
- 腐朽的葉片如土般的氣味
- 動物的糞便
- 朽木
- 新鮮澄澈的空氣
- 露水
- 附近的氣味被風吹來（燒柴的煙、海、汽車廢氣）
- 野生的薄荷與藥草
- 腐敗的臭味（沼澤、積水的水窪、動物的死屍）
- 臭鼬與臭鼬草（一種會發出臭味的長草）的撲鼻惡臭
- 杉樹的甜香
- 有霉味的苔蘚
- 四處生長的綠色植物
- 被太陽曝曬、變得溫暖的泥土

味覺

- 酸澀的小紅莓
- 甜美的野莓與燈籠果
- 乾乾的玫瑰果
- 樹木般味道的堅果
- 刺激舌頭的蕈菇
- 蔥
- 種子
- 可以吃的葉片與樹皮

・來登山或露營的人攜帶的食物（穀物棒、牛肉條、堅果、蘋果、水果乾、三明治）與飲用水

觸覺

・樹皮裂開處粗糙的突起
・樹葉飄落在頭頂
・擦過身上的樹枝
・被荊棘和刺果戳到
・用力踩著柔軟苔蘚時感受到的彈性
・石頭和樹根構成高低不平的地面
・黏答答的樹木汁液
・腳被草叢勾到或絆住
・沾到露珠，閃閃發光的葉片
・下垂的苔蘚拂過臉頰
・撞到蜘蛛網
・涼爽的微風
・突然吹過強風，把小碎片捲起又散落
・悶熱
・從背上滑落的汗水
・一碰就粉碎、已枯萎的苔蘚
・用腳滑過光滑的香菇叢
・額際的頭髮被風吹起
・潮濕的草溜過腳邊
・水滴滲入長靴
・勾到手臂的松針
・小石頭卡在鞋子內
・被汗水浸濕，貼在身上的衣服
・黏黏的地衣類植物
・在小溪中洗手，並且把頭巾浸濕之後重新綁在頭上

引領故事發展的情境與事件

・遇見野生動物
・在森林中迷路，失去方向感
・為了取暖而升火，火焰卻燒到其他樹叢
・被獵食者（動物或人）追逐
・遇見附近地區的地主，但對方精神不穩
・晚上聽見無法確定來源的奇妙聲音
・扭到腳
・喝到被汙染的溪水
・明知小蟲與馬蠅會導致感染，但無法避免被咬
・發現有人在森林中進行違法活動（有人被俘虜、有被遺棄的屍體、有製造毒品的設備）
・車輛在人煙罕至之處故障，束手無策
・在健行途中需要他人協助，但手機卻沒訊號

登場人物

・來露營的人
・隱士
・來健行的人
・獵人
・生態攝影家
・戶外活動愛好者
・盜獵者
・逃犯

編劇小技巧

設定時的重點與提示

森林的動植物棲息與生長的狀態，會因地點和氣候而完全不同。加拿大的森林和瑞士或德國的森林就不一樣。如果設定跟實際的地點結合（例如美國的蒙大拿州之類），自己所描寫的森林就可以加入當地常見的植物和生物，所以最好要進行相關的調查。因為森林的情景會隨著春夏秋冬變化，也有會遷居或冬眠的動物。

例文

陽光減弱，包圍自己的，只剩下陰影與在各處逐漸出現的黑暗。從樹間的空隙，看見什麼的眼睛正在發光。風發出了嘆息的聲音，穿過變形的樹幹，往鼻端送來的是朽木的臭味。我無視勾到牛仔褲的荊棘和弄髒身體的潮濕樹葉，加速往目的地前進。

運用的寫作技巧

光與影、多種感覺的描寫

創造效果

醞釀氣氛、營造緊張感與糾結的心情

湖泊
Lake

關連場景
海灘派對、露營區、森林、登山步道、草原、山、池塘、河流

視覺
- 由灰色、白色等各色石頭與岩石形成的湖岸
- 倒在水邊，盤根錯節的漂流木
- 拍打著湖岸的波浪
- 在水面迅速移動，雙腳細長的剪嘴鷗
- 在岩石間唰地游動的小魚
- 在藻類周圍划水的鴨子
- 野雁正在啄食湖畔生長的野草，或是優雅地整理羽翼
- 想尋找剩菜，而在野餐區徘徊的海鷗
- 掠過水面飛行的蜻蜓
- 蚊子與馬蠅
- 攜家帶眷或結伴出遊的遊客，為了要躺在地上而鋪設的野餐墊
- 長棧橋
- 被繩子綁住，但隨著流水搖曳的小船
- 地面有鋪裝的船隻停放處
- 穿著泳衣在水邊遊玩的孩子們
- 比較年長，帶著游泳臂圈和充氣墊浮在水中的孩子們
- 在棧橋上垂釣的人
- 在離岸較遠之處，以全速來回開著小船或騎水上摩托車的人
- 穿著日光色救生衣坐在小艇上划船的人
- 在水面四處散見的釣船或用船槳划的小艇
- 在漂流木上做日光浴的烏龜
- 浮棧橋上有許多正在準備跳水，或在厚木板上做日光浴的青少年
- 魚
- 浮萍
- 沿著湖岸發現的浮屑
- 勾在岩石上的碎玻璃或短短的釣線殘渣
- 被丟在草叢裡的空啤酒罐
- 朝向湖面下垂，在水面上投影的樹木
- 讓水波閃閃發光的陽光
- 有專用棧橋的房子
- 通往水中的小路
- 在水邊喝水的鹿
- 藏在草叢中的小花
- 掉到水裡，但從水面露出一截的漂流木（樹幹較細）
- 滑水的人
- 呈漩渦狀的暗雲
- 突然劃破天空的雷聲
- 公共廁所
- 被各式各樣的車子與長期度假用的露營車塞滿的停車場

聽覺
- 小艇馬達運轉時的噪音
- 像是為了跟其他船隻的航跡交錯般，發出很大的聲音前進的快艇
- 從攜帶型播放器傳出的音樂
- 朋友間的交談與笑聲
- 水波溫柔地拍打湖岸的聲音
- 「嗡—」地飛過的昆蟲
- 風輕輕穿過樹梢的聲音
- 水「嘩啦」地濺起
- 烏龜「噗通」一聲落入水中
- 海鷗的叫聲
- 在船隻停放處要把船架上拖車時，引擎運轉的聲音
- 像是在水上滑過般划槳的聲音
- 安靜的日子，能聽到樹木沙沙聲
- 沿著砂礫居多的湖岸行走時，「窸窸窣窣」的腳步聲
- 「喀」地架好折疊椅
- 打開食物包裝紙的沙沙聲
- 「噗咻—」打開啤酒或汽水罐的聲音
- 蟋蟀
- 青蛙「嘓嘓」地叫著
- 岸邊的火堆啪啦啪啦地作響

嗅覺
- 藻類泥炭般的氣味
- 新鮮的空氣
- 用攜帶式烤爐烹調的食物
- 潮濕的土壤
- 水
- 船隻傳出的汽油味
- 防曬油
- 花
- 沿著湖岸生長但枯萎的草木
- 用棒子串起的棉花糖烤焦的味道

味覺
- 湖水
- 用攜帶式烤爐烹調的食物（漢堡、熱狗、烤雞、牛排）

- 馬鈴薯沙拉
- 洋芋片
- 冰棒
- 涼拌捲心菜
- 外帶的食物（炸雞、披薩）
- 啤酒
- 從家裡帶的三明治
- 水、汽水、啤酒、雞尾酒
- 紙盒裝的果汁
- 棉花糖

觸覺

- 赤腳踩上尖硬的砂礫
- 小腿周圍像滑過般的湖水
- 寒風
- 戳到腳踝的草
- 把一直移位的泳裝解開或拉好
- 水滲入鞋子或拖鞋
- 沙子掉入鞋中
- 臉沾到粗粗的沙子
- 黏黏的防曬乳
- 溫暖的陽光
- 從濕髮滴落在肩膀上的水珠
- 有什麼東西掠過腳邊，或是被什麼咬到而跳起來
- 風把頭髮吹拂到臉上
- 搭乘快艇而導致頭髮糾纏不清
- 從鼻子上滑落的太陽眼鏡
- 在保冷箱裡找東西時，被冰塊冰到的觸感
- 溫熱的籃子
- 濕答答的毛巾
- 剛穿上的乾衣服摩擦著潮濕的皮膚
- 釣魚時棧橋上歪斜的木板
- 坐在棧橋晃動雙足
- 用槳划水

引領故事發展的情境與事件

- 惡劣的船隻駕駛人故意用危險的方式開船，影響到泳客的安危
- 很小的孩子在水邊，父母卻完全沒有注意到這件事
- 忘記帶防蚊液，只好任由蚊蟲叮咬
- 曬傷導致發炎
- 正在鬧哄哄地開派對的人們
- 游泳時腳抽筋
- 有什麼靠近腳邊，感覺到水中有生物
- 被水蛇嚇到
- 貨車與船隻用的拖車陷入泥中
- 沒申請許可就釣魚被抓到
- 船隻進水或翻覆
- 不會游泳，但覺得很丟臉不敢講

登場人物

- 來露營的人
- 公園管理員
- 攜家帶眷的遊客
- 魚類及野生動物管理員
- 冰淇淋與熱狗餐車的老闆
- 把釣魚當消遣的釣客
- 十多歲的青少年
- 來度假的人

編劇小技巧

設定時的重點與提示

雖然湖泊多半是不太起眼而安穩之處，但如果位於露營區附近或政府管轄的公園內，遊客也會變多。像這樣的地點，夏天來的觀光客會更多，來坐船度假或進行水上活動的人增加，也必定變得更為吵雜。如果是習慣大批觀光客出現的地區，也許會出現許多普通的湖泊旁邊看不到的設備，例如給自家用遊艇或其他船隻加油的水上加油站，以及餐廳和紀念品店之類。

例文

湖面倒映著搖曳的月光，腳底有寒氣上升，讓我在淺灘開始發抖。大家都已經跳入水中，忙著對別人潑水或把人拉入水裡，開心的尖叫聲不絕於耳。我則是用雙臂環著自己的腰身，思考水深的地方到底有什麼在等著我們——腳可能被碎玻璃割到，也可能踩到滑滑的藻類而摔倒。如果在黑暗中腳被魚咬又該怎麼辦？如果有鱷魚的話……從水裡爬出來，我決定先去找毛巾再說。

運用的寫作技巧

對比、多種感覺的描寫

創造效果

賦予登場人物特徵

12畫

登山步道
Hiking Trail

關連場景
荒地、露營區、峽谷、洞窟、小溪、森林、溫泉、打獵小屋、湖泊、濕地、草原、荒原、山、池塘、河流、瀑布

視覺
- 蜿蜒曲折、由土石形成的小路
- 路旁生長的植物與蕨類
- 被苔蘚覆蓋的岩石
- 穿過矗立岩壁間的道路
- 令人屏息的絕景
- 與通路交錯的樹根
- 往小路低垂的樹枝
- 被草木覆蓋到連路都看不見之處
- 一半埋在土裡的小石頭與岩石
- 落葉與小樹枝
- 茂密的野花與莓果類植物
- 破掉的蜘蛛網
- 樹蔭與陽光直射之處
- 提供給登山客參考、標示前進方向與登山口的路標
- 在小河與溪谷上架設，提供給行人通過的橋梁或原木
- 只能步行通過的淺灘
- 雨水形成的小水窪
- 雨水沿著路邊匯集而成的水流
- 倒下的樹幹
- 腐爛的枝葉
- 在陡峭的斜坡上雕鑿的階梯，以及人手隨意搭建的階梯
- 遠方的瀑布
- 層層堆疊的巨岩
- 粗獷的長椅
- 拿著登山杖，揹著背包的人
- 在上空飛翔的鳥兒
- 松鼠
- 兔子
- 鹿
- 野狗
- 小黑蠅
- 蒼蠅
- 蚊子
- 螞蟻
- 甲蟲
- 蜘蛛
- 蜥蜴
- 蛇
- 讓登山客休息，或可以用眺望的方式確認別處情況的看台，有時會設置於偏離登山步道的地點

聽覺
- 鳥叫聲
- 松鼠在樹幹周圍搔抓的聲音
- 蚊蠅「嗡—」地飛過
- 蟲鳴
- 蜥蜴在落葉上迅速通過的聲音
- 鞋子在到處都是石頭的路上摩擦的聲音
- 葉子在腳底「喀嚓」作響
- 小石頭彈到路邊的聲音
- 在樹林間吹過的風聲
- 被風吹得「窸窸窣窣」的樹枝
- 枯葉在堅硬的路面上摩擦的聲音
- 狗吠聲與喘息聲
- 細流與小溪的潺潺流水
- 水沖激到岩石上的聲音
- 石頭滾落斜坡的聲音
- 在草叢中行動的小動物發出的聲音
- 喘息聲
- 打開食物包裝紙的沙沙聲
- 登山用品「喀恰喀恰」的聲音
- 熊出沒警報的聲音
- 正在爬山的人聊天和彼此呼叫的聲音

嗅覺
- 土
- 雨
- 快腐爛的樹木與枝葉
- 野花
- 汗水
- 防蚊噴霧
- 潮濕的石頭

味覺
- 新鮮的各種莓果
- 爬山所需的食物（穀物棒與營養棒、綜合果乾、堅果、新鮮水果與水果乾、糖果、蘇打餅乾、起司、牛肉條）
- 水

觸覺
- 固定在肩膀上的大型背包
- 沉重的靴子
- 腳底踩著凹凸不平的道路
- 多刺的玫瑰
- 黏在衣服上的植物種子
- 走上石階時踢到的小石頭
- 手上拿著觸感粗糙的登山杖
- 流汗導致身上濕黏

・被蚊子咬
・在頭臉附近飛舞的小黑蠅
・粗糙的樹皮
・溫熱的莓果
・被樹枝打到
・腳底滑溜的樹葉
・從樹稍滑落頭頂的雨滴
・因疲勞而疼痛發熱的肌肉
・乾燥的口腔
・口渴
・毛茸茸的苔蘚
・被樹根絆倒
・要爬坡或途經狹窄的橋時，小心翼翼地走著
・小溪冰涼的溪水
・赤腳走過小河
・從日光直射處走到樹蔭下之際感到的溫差
・坐在冰涼的石頭或是粗糙的樹幹上休息
・微風吹動髮稍
・熱衰竭

引領故事發展的情境與事件

・被動物襲擊
・被蜜蜂螫或被蛇咬
・走在太邊邊而摔落山崖，或是從土石堆積的地方摔下
・手機訊號微弱
・有人受重傷，想幫忙但卻回不到車上
・必需品告罄（特別是糧食和飲水）
・登山用品損壞（登山杖折斷、鞋帶損壞）
・行李帶太多，重得受不了
・高估自己登山的能力
・為了向其他人證明自己的實力，而過於逞強
・與登山經驗和自己有差距的人一起爬山
・中暑與脫水症狀
・氣喘發作
・吃到有毒的莓果或菇類
・錯過步道起點而迷路
・道路崩塌，落入河中
・遇見危險的動物（灰熊、山獅）

登場人物

・露營的人
・喜歡運動的人
・登山客
・愛好自然的人
・生態攝影家
・為了可能發生什麼事而出現的人

編劇小技巧

設定時的重點與提示

雖然登山步道十分常見，但難易度還是各有不同。在深山行走，與在高原或是平地的森林中走的狀態就相去甚遠，當然也會影響到路上得見的風景和路線。步道本身也可以分成老手喜歡選擇的路線，以及想探險的人會想去的路線之類，有各種不同的選項。無論是迷路，或是以意料之外的方式遇見野生動物，或是不按照路線走的越軌行爲而導致必須直接面對試煉，有無限的可能性，一切都操在創作者的手中。

例文

狂風拉扯著頭皮，沿著道路的樹葉都被彈開，形成橘色與紅色的一片混亂。雖然多少可以照射到日光，卻感覺不到溫暖。空氣中傳來乾燥的葉片、冰冷的樹皮，與逼人而來的冬天的氣味。豎起耳朵傾聽松鼠的動靜與交談，卻發現他們已經被惡劣的風趕到洞穴中躲避。如果惡劣的天候繼續下去，我可能也會陷入危機。

運用的寫作技巧

多種感覺的描寫、擬人法、天氣

創造效果

醞釀氣氛、伏筆

溫泉
Hot Springs

關連場景
峽谷、海蝕洞、登山步道、山、熱帶雨林、熱帶島嶼

視覺
- 從熱水中緩緩冒出的蒸氣
- 圍繞著溫泉四周的厚石板與潮濕的岩棚
- 地熱湧出，讓氣泡在泉水中噗嚕噗嚕地擴散
- 氤氳繚繞的空氣
- 臉頰通紅的溫泉客在游泳或靠在角落休息
- 清澈的熱水
- 池底粗粗或滑滑的岩石
- 放在溫泉池畔的毛巾
- 脫下之後被丟一邊的海灘拖鞋
- 掩映在水面的茂密枝葉與棕櫚葉
- 在樹木間不斷盤旋飛舞的鳥兒
- 各處從水面冒出的石塊與岩棚
- 沿著水面流動的白色與黃色礦物結晶
- 在水面閃耀的陽光
- 放在溫泉池畔附近的瓶裝水

聽覺
- 熱水「咕嚕咕嚕」地浮上溫熱的表面
- 水花濺起的聲音
- 水珠滴落的聲音
- 十分享受的嘆息
- 笑聲
- 與朋友聊天的人聲
- 穿著拖鞋在打濕石頭上走路的「啪噠啪噠」聲
- 小瀑布「唰」地落在熱水中
- 溫泉打在溫泉一角的石頭上的聲音
- 鳥叫聲
- 蟋蟀或其他昆蟲的叫聲
- 周圍的熱帶雨林氣溫下降時的驟雨，「滴滴答答」地打在水面上
- 腳底的小石頭「沙沙」作響
- 水滴從一角的草叢或樹木上落下的聲音
- 頭倚著頭、邊泡溫泉邊聊天的情侶所發出的笑聲

嗅覺
- 硫磺
- 礦物
- 潮濕的岩石
- 厚厚的泥層
- 汗水
- 附近的花草樹木

味覺
- 嘴唇舔舐的汗水
- 寶特瓶的瓶裝水
- 富含礦物質的溫泉泉水獨特的味道（苦澀之類不舒服的味道）

觸覺
- 光腳踩上凹凸不平的岩石
- 滑潤的泉水流過身軀
- 臉和脖子被水氣蒸熱
- 靠著或坐在光滑的岩石平台旁
- 腳尖沉入充滿泥巴或沙粒的泉底
- 水珠從打濕的頭髮滴落在肩膀上
- 緊繃的肌肉鬆弛開來
- 身上的痠痛不著痕跡地消失
- 吸入極為濕潤的空氣
- 感受到幸福
- 身上包覆著閃爍的汗水
- 從溫泉中起身，在冷空氣中把自己用蓬鬆的毛巾包起來
- 濕濕的腳滑入海灘拖鞋

引領故事發展的情境與事件
- 由於都市更新與企業開發，而導致溫泉建築即將拆卸
- 沒教養的客人亂丟垃圾
- 無視其他客人的眼光，在人前卿卿我我的情侶
- 喝醉酒的客人在酒精和溫泉的交互作用下出現暈眩的症狀
- 對自己權益很執著的客人無視規定（帶著裝飲料的玻璃杯到溫泉內，又不小心打翻，或是破壞溫泉導致關閉等）
- 破壞安穩環境的吵鬧集團
- 溫泉被汙染
- 體溫升得太高的客人
- 想從溫泉中爬起來，卻在潮濕的岩石上滑倒
- 膝蓋猛烈撞擊岩石，或大腿擦傷
- 故意對所有東西大聲找碴的情侶

登場人物
- 當地人
- 愛好大自然、追求溫泉療效的人
- 溫泉的管理人員

編劇小技巧

設定時的重點與提示

溫泉的狀態，會隨著地點、商業化的程度和泉水含有的礦物質與濃度，而有極大的差異。有的泉水是混濁的，有的泉水很清澈，有的在山區或熱帶雨林內，也有在更乾燥的地方發現的溫泉。如果已經變成觀光地區，就會有大量觀光客湧入，也能在更多樣化的場所泡到溫泉，甚至會隨著流行開發爲大型溫泉區。有些溫泉容易抵達，也有一些不易前往的偏鄉僻壤會有溫泉設施。這種地方通常客人不多、風景優美，能讓困頓疲憊的旅途獲得回報。

例文

浸入溫泉中，我擔心的事與身上的疼痛都逐漸消散。這裡只有吸入肺部的潮濕空氣、圍繞身體的熱氣、以及從四周傳來的自然聲響。我心情平靜地泡著溫泉，先把今早不得不面對、那些與人生相關的各種念頭封起來，決心要盡量享受這個假期。

運用的寫作技巧

多種感覺的描寫

創造效果

醞釀氣氛、強化情緒

熱帶雨林

Rainforest

關連場景
小溪、溫泉、山、河川、熱帶島嶼、瀑布

視覺

- 由閃亮的葉片形成的樹冠
- 棕櫚葉及其掩映的太陽與天空
- 從高大的樹木上垂下，或纏住樹幹、如同繩索般的藤蔓
- 在肥沃的土地或遍布腐朽植物的區域生長的深綠色草叢
- 把吃一半的水果丟在地上的猴子
- 色彩繽紛的鳥類
- 瀑布與潮濕的石頭
- 小溪流向波光浮動的沼澤
- 被風吹動的枯葉，在地面如漩渦般捲起
- 被遮蔽的懸崖，從地表突起的岩石
- 被新芽覆蓋的倒木
- 多采多姿的小動物（蜥蜴、青蛙、蟾蜍、甲蟲、蜘蛛）
- 貪婪地吃著腐爛芒果的行軍蟻
- 悄悄尾隨獵物，或是在樹枝高處歇息的獵豹
- 四處尋找糧食，為勢力範圍作記號的大猩猩和蜘蛛猴
- 在動物的通道上無聲前進的老虎
- 掘土或在樹幹磨牙的山豬
- 繞著樹枝或在樹根上溜過的蛇
- 高大的竹叢
- 從香蕉樹上垂下的整串香蕉
- 麵包果樹
- 無花果樹
- 芋頭
- 散落在地面的茶色植物莢（殼）
- 在混濁的水窪內蠕動的水蛭
- 讓小路凹凸不平的樹根
- 腰果樹
- 抓住樹枝的螳螂
- 藏在葉間的鬣蜥
- 成群移動，會叮人的蚊子與小黑蠅
- 築在粗枝上的大白蟻巢
- 把莖葉切下來的切葉蟻
- 有著茂密的尖銳葉片、果實已經成熟的低矮鳳梨
- 好像等著要刺人、懷抱著惡意般的荊棘
- 各種大小與形狀、光澤溫潤的葉片
- 傾盆大雨
- 流到葉片上的水
- 蜿蜒曲折的河川與流水
- 動物的足跡
- 垂掛的苔蘚與寄生在尖銳樹梢的植物
- 斷斷續續能隱約看到的閃爍陽光與天空
- 在山崖裂縫或側面生長的樹木以及其他植物
- 原住民（打獵、尋找食物、搭乘手工製的獨木舟釣魚）

聽覺

- 奇特的鳥叫
- 鳥兒「啪噠啪噠」地拍動翅膀
- 猴子在樹林中尖聲喊叫
- 穿過低矮草木的動物腳步聲（手腳抓住地面、「窸窸窣窣」地前進、枯枝「啪嚓」作響）
- 動物的聲音（低吼、低聲呻吟、用鼻子哼哼、鼻子發出的撒嬌聲、「咻」的叫聲、吠叫）
- 小溪與河流在流動時靜靜的水聲
- 轟轟作響的瀑布
- 在林冠中「唰唰—」地下雨
- 自己的喘氣聲
- 遠遠聽到的叫聲忽然停止了
- 樹木被風吹時「嘰嘰」作響
- 昆蟲「嗡—」地飛過
- 過熟的果實「咚」地掉落地面

嗅覺

- 充滿茂盛植物或快腐壞的植物味道的空氣
- 體臭
- 自然植物的氣味（甜香、刺鼻的臭味）
- 動物的麝香與糞便
- 偶爾會傳來的花香
- 腐壞的水果傳出過熟的氣味
- 泥巴
- 沼澤的水
- 焚燒樹木時飄散的煙

味覺

- 水
- 停留舌尖、味道濃重的空氣
- 可以食用的葉片
- 樹根
- 核果

- 水果（芒果、鳳梨、木瓜、香蕉、無花果、火龍果、荔枝）
- 生火烹調抓到的獵物（獵物的味道、筋很硬、有嚼勁、像是橡皮般的肉）
- 剛開始下的雨
- 汗水

觸覺

- 在身上滑動的潮濕葉片
- 在身上流成一條條滴落的汗珠
- 用頭巾擦拭臉上的汗水
- 粗糙的藤蔓
- 每踏一步就會往下凹一塊的地面
- 被昆蟲或蛇咬，感到刺痛
- 為了穿越某處而把樹枝掰彎時，感受到枝條的彈性
- 用柴刀砍堅硬的莖時，從刀柄感受到的振動
- 要勉強穿過竹林時，擦過胸口的竹子
- 啜飲厚實葉片上的露珠
- 柔軟的青苔
- 流過自己的靴子的溪水
- 為了爬高，抓住藤蔓的掌心感到刺痛
- 被尖刺或銳利的葉片尖端割傷
- 被傾盆大雨在數秒間淋得濕透
- 摩擦皮膚的汗水與汙垢
- 水泡讓腳感到陣陣刺痛
- 沙粒侵入指甲縫
- 跳入水窪中
- 打在身上的瀑布飛沫
- 潮濕腐朽的葉片
- 身上沾到蜘蛛網而想抓癢
- 葉片掉落在頭髮內

引領故事發展的情境與事件

- 迷路
- 被豹子、獅子、美洲獅等大型動物盯上
- 不小心進入了某種動物的勢力範圍內
- 被蛇與蜘蛛咬到
- 陷進行軍蟻的巢
- 被季風打亂步調
- 脫水症狀與飢餓
- 失去武器
- 遇上不友善的極端份子組織
- 因為環境濕度高，傷口被感染的風險也增高

登場人物

- 在考察是否進行開發的大企業調查團與營運相關的幹部
- 自然保育工作者
- 農場主人
- 嚮導
- 歷史學者與人類學者
- 支持原住民的人道主義者
- 生態攝影家
- 代表各種政治團體的軍人
- 觀光客

編劇小技巧

設定時的重點與提示

有許多村鎮與都市，是種植作物的農場開拓熱帶雨林時形成。失去人類的管理，急速成長的熱帶雨林，可以作爲描寫激進份子、荒廢村落、遠古傳說，或是離群索居的人們等題材時，最爲契合的設定。

例文

美樂蒂開始叫喊之際，正是可以遠遠看到火堆光芒的那一刻。有許多人影搖曳，遠遠地彷彿看到了火把。奇妙的話聲形成了聽不慣的語言。雖然我朝著她大喊，並同時試圖前進，但卻被打在身上的樹葉、四處纏繞的藤蔓、以及整排的竹林所形成的廣大植物網抓住了。

運用的寫作技巧

擬人法

創造效果

營造緊張感與糾結的心情

熱帶島嶼
Tropical Island

關連場景

田園篇——遺跡、海灘、海灘派對、登山步道、山、海洋、熱帶雨林、瀑布

都會篇——飛機、飛機場、郵輪、高爾夫球場、遊艇

視覺

- 有著寬闊白色沙灘的海岸
- 斜斜地生長的椰子樹
- 繁茂的翠綠草叢
- 呈現不同的藍色和綠色的水
- 在潮濕的沙地上留下的足跡
- 海邊散落的貝殼和海草
- 被海浪沖上岸的漂流木
- 從樹上掉下來的椰子
- 通往海中的棧橋與碼頭
- 可以隱約望見附近的島嶼
- 側臥在塑膠海灘椅上的人
- 在海灘或海上設置的私人小屋與平房
- 占地極廣的度假村
- 高爾夫球道
- 租賃服務（單車、水上摩托車、海灘傘、雙體船、衝浪板、浮潛用品）
- 蜿蜒曲折的道路
- 在優美風景中流動的河流與小溪
- 青翠的山林
- 從崖邊落下，或沿著岩壁落下的瀑布
- 活火山與休火山
- 多種動植物生長與棲息的熱帶雨林
- 古代遺跡與歷史遺蹟
- （搭乘船、巴士、電動單車、四輪驅動車、單車、馬、全地形車等的）觀光團
- （肉桂、香草、咖啡、甘蔗、香蕉、可可、鳳梨、椰子的）農園
- 樹林中色彩繽紛的鳳頭鸚鵡
- 在沙地做日光浴的烏龜與蜥蜴
- 蛇
- 昆蟲、蜘蛛
- 從樹叢中跑出來找食物的野兔
- 在草叢中挖掘地面的野豬
- 聚集在樹梢的猴子，為了偷走觀光客的東西而下到地面
- 在島與島間載運乘客的飛機或船
- （餐廳、酒吧、夜店、小店、攤販、路上有慶典等）市中心鬧區
- 頻繁地下雨
- 熱愛冒險活動（溜索、懸崖跳水、洞窟探險、跳傘）的腎上腺素狂人
- 停在外海的大型漁船

聽覺

- 「唰──」地傳來很舒服的海浪聲
- 海浪拍擊岩石的聲音
- 海鷗的叫聲
- 人的談笑聲
- 正在玩耍的小孩發出的各種聲音與說話聲
- 游泳時「嘩啦嘩啦」地濺起水花
- 翻書頁的聲音
- 船隻經過時傳來的馬達聲
- 附近的度假村傳來的音樂
- 椰子葉在風中互相摩擦的聲音
- 打在小屋屋頂「啪噠啪噠」作響，或是打在沙地上「咚咚」的雨聲
- 響徹雲霄的雷鳴
- 抵抗著強風，被吹得啪啪作響的海灘傘
- 暴風雨「咻──咻──」的風聲
- 發出很大的水聲，「嘩啦嘩啦」地落下的瀑布
- 熱帶鳥類尖銳的叫聲
- 蒼蠅「嗡──」地飛過
- 昆蟲飛行時發出「嗡嗡」的聲音，並且尖聲鳴叫
- 猴子的說話聲
- 動物在草叢中跑過的聲音
- 河水「嘩啦嘩啦」的流動聲
- 當地居民快速地用母語交談
- 客人與攤販討價還價
- 穿著拖鞋啪啪地採著熱帶雨林中的小垃圾
- 街頭藝人在路邊演奏的音樂
- 四輪傳動車和其他車輛在市區行駛的噪音
- 在沒有鋪裝的路上「喀啦喀啦」地騎單車
- 上空有直升機「轟──」地飛過

嗅覺

- 海水
- 附近店鋪漂出的食物香味
- 升火的煙
- 防曬乳與防曬油
- 汗味
- 雨
- 熱帶雨林的土壤氣味
- 快腐爛的植物

・新鮮水果與獨特氣味的香料

味覺

・海水
・汗水
・熱帶水果（鳳梨、芒果、杏桃、香蕉、無花果、香瓜、芭樂）
・椰子、甘蔗
・當地餐廳供應的餐點
・鮮度極佳的海鮮
・裝在寶特瓶內的冰水
・汽水、熱帶的飲料
・水果冰沙
・當地的啤酒與葡萄酒
・路邊攤販賣的食物（炸甜甜圈、用香料調過味的的堅果、沙威馬、墨西哥捲餅和夾餅、烤鳳梨）

觸覺

・溫暖的太陽和炎熱的空氣
・塗了防曬油之後沾到沙
・風拉扯著頭髮
・粗糙的漂流木
・沾濕的泳衣
・曬傷的地方感到刺痛
・滑過身上的溫熱海水
・腳底滾燙的沙子
・每往前走一步，腳就會陷入沙中
・觸感粗糙的椰子樹
・在水底掠過腳邊的海草
・踩到尖銳的貝殼與小石頭
・濕熱的毛巾與肌膚接觸
・騎在高低不平的路上時，單車的前輪喀啦喀啦地搖晃
・行駛到有起伏的地面時會跳動的四輪驅動車
・在彎彎曲曲的路上行駛時暈車
・在熱帶雨林感受到濕潤的空氣
・在腳底崩落的岩屑
・冰涼的溪水潑在臉上
・自己搭乘的直升機起飛時，因為緊張而胃抽筋
・準備進行溜索和懸崖跳水時爆發的腎上腺素
・暴風雨來襲時氣壓急速降低

引領故事發展的情境與事件

・出現水母和鯊魚
・被急流吞噬
・被騙或攻擊
・行李或隨身包被偷
・去墨西哥或南美容易發生的腹瀉
・住在鄉村建築裡，卻因為有蚊子或沒空調而難以入眠
・天氣惡劣
・跟當地居民很難溝通
・跟興趣不同的人一起度假
・遺失護照
・家裡有人發生嚴重的事情，無法馬上前往要度假的熱帶島嶼
・怕搭飛機或怕水

登場人物

・正在過春假的大學生
・情侶
・攜家帶眷出遊的人
・來度蜜月的人
・旅館的職員
・當地居民
・分時度假設施的販售員
・導遊、觀光客
・攤販

編劇小技巧

設定時的重點與提示

熱帶島嶼，從私人的天堂到觀光客喧嘩的聖地，事實上可以提供各式各樣的舞台。前者保證能遠離塵世的喧囂，在保護隱私的前提下讓人自在地度假，後者則是可以參加有導遊的郵輪之旅等行程，度過更爲歡樂而豐富的假期。有些季節，有些島嶼可能會被颶風或季風影響，爲了讓自己的登場人物不受這些問題影響，或是要讓他們面對這些問題，必須事先進行詳細的調查。

例文

雖然傑克毫不猶豫地關上了身後的紗窗，但朵莉娜的聲音還是通過敞開的窗戶，傳到了海灘上。在慢慢跑向遠離她的怒氣之處時，腳步慢了下來。雖然父母說「你們需要度假」，但傑克從鼻子哼了一聲，需要的是法院吧。一星期的假期才剛過了兩天，他們已經開始大吵特吵。有什麼東西叮了手臂一下，傑克反射性地直接拍掉。可以勇敢地面對快看不見的小蟲，但卻連一秒都不想跟未婚妻在一起，這是多麼淒涼的事實。

運用的寫作技巧

多種感覺的描寫

創造效果

伏筆、營造緊張感與糾結的心情

濕地

Marsh

關連場景

小溪、草原、河川、沼澤

視覺

- 積水（淡水或海水）
- 形成積水的水，或是蛇行侵入草皮覆蓋的平原的水
- 含有許多爛泥的土壤
- 一半沉沒的粗大或枯乾的立木
- 水面上的隆起物，像是河狸興建的水壩，或是麝鼠築的巢
- 被風吹動，猶如漣漪般搖晃的蘆葦
- 整叢生長的克拉莎和菅芒花
- 莖很細所以葉尖會垂下來的紙莎草
- 高度不高的灌木
- 浮在水上的睡蓮與色彩鮮明的綠色浮萍
- 青蛙與蟾蜍
- 在岩石上做日光浴的烏龜
- 在草間遊走的蛇
- 在水中緩緩移動的鱷魚
- 山椒魚
- 會叼走整隻昆蟲與魚的水鳥（蒼鷺、白鷺鷥、水鴨、鶴、雁、翠鳥）
- 在天空高處乘著氣流飛行的老鷹與鷲
- 豆娘
- 在枝葉間結的蜘蛛網，因為沾上水滴而閃閃發光
- 在水面飛舞的水生昆蟲
- 短距離飛行的蚱蜢、螽斯和蝗蟲
- 沿著在野外傾倒的木頭爬行的甲蟲
- 河狸與麝鼠
- 鼬鼠與水獺
- 狐狸
- 魚
- 小蝦
- 蝸牛
- 在水邊喝水的鹿
- 在尋找螯蝦的浣熊
- 沿著水路高速前進的風扇艇
- 划槳的小船與汽艇
- 假日來找青蛙拍照的人
- 池沼裡的氣泡浮上水面之後破裂
- 整片雜草叢生的平坦地面，以及隱藏在草間的蛋
- 沿著水邊瀰漫的霧氣

聽覺

- 草隨著風「沙沙」地搖晃
- 烏龜「噗通」一聲落入水中
- 魚和鳥忽然橫越水面，水花「啪啦啪啦」地濺起
- 鳥叫聲
- 昆蟲「嗡－」地飛過
- 鳥兒「啪噠啪噠」地拍動翅膀起飛的聲音
- 青蛙的「嘓嘓」叫
- 雨打在水面的嘩啦聲
- 在空中轟隆作響的雷鳴
- 啄木鳥「咚咚咚」地輕啄樹木的聲音
- 動物游過草間時，發出的「簌簌」聲
- 在泥巴中移動的動物的吸水聲
- 小艇的馬達聲
- 小船的槳「嘩啦」地划入水面
- 蘆葦與半沉的漂流木撞到小艇船體的聲音

嗅覺

- 積水
- 硫化氫
- 腐臭的蛋
- 快腐爛的植物
- 潮濕的草
- 沼氣
- 潮濕的空氣
- 海水
- 腐朽的木材
- 青莓與白莓
- 魚

味覺

- 在設定中，除了登場人物帶進這個場景的東西（口香糖、薄荷糖、口紅、香菸等），可能沒什麼特別的東西跟味覺有關，像這種不會描寫到味覺的場景，可以專心描寫其他四種感覺。

觸覺

- 被草絆住腳或袖子
- 在水中流暢地滑行的小船
- 因為船開到水中泥沙淤積處，導致忽然無法前進或移動速度慢下來

・划槳划太久，手上磨出的水泡很痛
・直接曬在頭上的太陽
・水被風捲起，刮向身上
・被蚊子與其他的昆蟲叮咬
・昆蟲飛到身上
・趾縫間滲出泥巴
・手指泡水泡到發皺
・濕衣服摩擦身體
・沾滿泥巴的鞋子的重量
・雨滴
・釣線忽然被拉扯而繃緊

引領故事發展的情境與事件

・從小船上落水
・小船的船底進水
・這個地帶有鱷魚和蛇出沒
・遇上附近居民，但對方為了保護隱私，而表現出不歡迎外人的態度
・在沒有交通方式也沒有避難場所的情況下，在夜晚的濕地被丟下
・穿著濕透的鞋子走路，導致腳磨出水泡
・當地下起豪雨
・迷失方向
・隨身的物品（釣具、換洗衣物、錢包、手機、睡袋）掉到水裡
・迷路而且不知出口在哪
・考慮到遭遇鱷魚襲擊的危險性，要搭船或扛著行李過河會有困難
・走近乾地，卻發現鱷魚的巢
・淡水用罄
・自己的小艇翻覆
・不知到底被什麼咬傷
・在淡鹹水交會處生長的生物，撞上自己的船體
・汽艇的燃料用完，還有風扇艇發生故障
・在草地上前進，卻每走一步都像腳被抓住般，令人非常疲倦

登場人物

・賞鳥客
・生態學者
・釣客
・自己划船的當地居民
・搭乘汽艇的觀光客

編劇小技巧

設定時的重點與提示

濕地和沼澤雖然有許多雷同之處，但是各有不同的植物生態，地形也有相當大的差異。濕地是以草、菅芒花與蘆葦等草本植物爲主，但沼澤比濕地要深，更常見水筆仔、絲柏等木本植物。另外濕地有時候也包括海水與淡水交會處。根據水的種類、生長的植物和棲息的動物也會有所不同，必須詳加考量。

例文

帶著褐色的綠波在水面上隱隱約約地流蕩，長長的草在風中顫抖。浮雲遮蔽了天空，閃光擊中了灰色的雲層。霹靂般的雷聲，讓受驚的雁群一起匆匆飛走，這也提醒了我，該離開這裡了。

運用的寫作技巧

天氣

創造效果

伏筆

瀑布
Waterfall

關連場景
遺跡、露營地、峽谷、森林、登山步道、湖泊、山、池塘、熱帶雨林、河川、熱帶島嶼

視覺

- 不斷從瀑布落入池中、猶如飛沫般的水
- 聳立在地表四周的岩石群
- 長在岩石與樹幹上的地衣和苔蘚
- 容易打滑的岩石
- 在瀑布底池周圍生長的茂密草叢
- 枝葉茂盛，閃閃發光的植物與花
- 水在落入池底時濺出水花
- 在視線可及範圍的邊緣隱約晃動的彩虹
- 水中的漣漪
- 被水滴打濕的枝葉
- 生長在懸崖上，如同掩映著瀑布底池般下垂的樹木
- 附近忙碌地四處飛舞的昆蟲（蝴蝶、蒼蠅、蜻蜓、蚊子）
- 飛行中的鳥
- 在附近徘徊飲水的動物
- 在水中閃閃發光的魚鱗
- 受到日光曝曬的岩石
- 茂密生長著柔軟草地的區域
- 在游泳或照相的觀光客
- 瀑布底的沙子與頁岩
- 水邊的各色小石粒
- 雜草與蛤蟆
- 在樹蔭下生長的蕨類植物
- 遍布青苔的巨石
- 藍綠色的水
- 靜靜打在池邊的波浪
- 反射在水面上的閃爍陽光
- 瀑布落水之處，是層層疊疊的沉積岩
- 清晨的薄霧
- 懸崖山壁上的岩石平台與裂縫
- 濕漉漉的岩石台地
- 瀑布後方的洞窟
- 被綠色的樹梢圍繞，毫無遮蔽的天空

聽覺

- 水的轟隆聲
- 水滴落在岩石與葉片上「滴答」的聲音
- 人們提高音量在講話
- 笑聲
- 鳥叫聲
- 昆蟲在頭上「嗡ー」地盤旋的聲音
- 在瀑布底池游泳時打水的聲音
- 瀑布裡側的洞窟內傳來的回聲
- 有人隨身帶的音樂播放器中傳出的音樂
- 四輪傳動的車子或其他車輛穿過砂石路的噪音
- 從高處的岩石平台向瀑布底池的深處喊叫，由上往下傳的聲音
- 魚浮上水面濺起水花後又立刻下沉時，連續發出的聲音

嗅覺

- 飽含水分的空氣
- 肥沃的土壤
- 空氣中充滿花香
- 滑溜溜的藻類
- 防曬油和防曬乳
- 來野餐的人帶著的食物飄散出的味道

味覺

- 在設定中，除了登場人物帶進這個場景的東西（口香糖、薄荷糖、飲料等），可能沒什麼特別的東西跟味覺有關，像這種不會描寫到味覺的場景，可以專心描寫其他四種感覺。

觸覺

- 肌膚接觸到的水霧
- 水從肌膚上滑落時帶來的冰涼感
- 腳踩入水中時冷徹心扉的刺激感
- 水滲入鞋子中
- 鞋底踩著崎嶇不平的石塊與岩石
- 擦過小腿的長草
- 溫熱的岩石
- 手摸著粗糙的石頭
- 被打濕或被藻類覆蓋的岩石摸起來的感覺
- 不小心擦傷時的刺痛
- 在瀑布正下方被水沖激時，嘩啦啦地落在頭上與肩膀上的水
- 耳朵進水
- 順著髮絲方向把被水打濕的頭髮撥好
- 潛入水中時，籠罩頭部的冰冷水溫
- 沿著肌膚流動的氣泡
- 在考慮要不要從岩石平台跳下

- 時，緊張到胃絞痛的感覺
- 打濕的鞋襪
- 化妝品或防曬乳接觸眼睛所造成的疼痛感
- 細密的水霧結在眼鏡上，讓視線變模糊

引領故事發展的情境與事件

- （從小船、岩石上滑倒、被水沖到）直接往下掉
- 從瀑布的岩台跳下來，撞到水底看不見的東西
- 被魚咬
- 溯溪時踩到爬滿青苔的石頭而滑倒
- 被地表尖銳的岩石割傷
- 因為出現大聲喧嘩的觀光客，靜謐時刻化為烏有
- 自己的私人空間被陌生人入侵
- 有毒的水蛇與其他危險生物
- 瀑布的水聲蓋住了其他重要的聲音（受傷的人呼救的聲音、迷路小孩的哭聲、野生動物的低吼聲）
- 水受到汙染，因此游泳會有危險
- 喝下水之後感到不舒服
- 不太會游泳，卻在他人的壓力下必須從岩台往下跳
- 脫掉泳裝
- 一個人裸泳時，有巴士載著大批觀光客出現
- 為了安全下山，打算沿著水路離開時，被強迫走別的路線

登場人物

- 登山客
- 當地居民
- 來野餐的人
- 泳客
- 觀光客

編劇小技巧

設定時的重點與提示

在世界各地，只要有高地的地方都會有瀑布，所以設定會隨著瀑布是出現在山上、冰河，或是森林、熱帶雨林等不同地點而改變。例如有些瀑布是出現在廣大的蓄水池畔、寬廣的河川內，或是直接落入海中，但也有些是在岩壁與斷崖上細細地奔流，落入淺淺的小溪或是緩慢的河道中。也可以分成落下的距離很長，或是相對比較短距離的瀑布。另外瀑布還可以分爲大瀑布、階梯瀑布、分歧瀑布、溪流瀑布、直落瀑布、潛流瀑布等不同種類，各有各的特徵。爲了正確地描寫，必須先調查細節，以決定要在設定中加入什麼樣的瀑布。

例文

雖然瀑布上方是無數的水滴反射著月光，發出閃爍的光芒，但是下方的底池被霧氣籠罩。穿過整片銀色包覆的地帶，喬吉從水中的某處鑽出來，我等待著她完全無法預測的下一步行動。雖然在瀑布的水聲中什麼都聽不見，她一定是坐在瀑布底池的邊緣，在不斷流過的水中，用夜晚的空氣爲之震動的聲音向著我喊叫：「趕快跳下來吧！」指尖傳來腎上腺素迸發的痛感。不顧一切地跳入夜晚瀑布無盡黑暗中的她，以及追在後面的我，到底是誰瘋了呢？

運用的寫作技巧

光與影、天氣

創造效果

賦予登場人物特徵

場景設定創意辭海

都會篇

「沒人在意場景設定這種事」誤會可大了

一個極具說服力的故事，在考慮架構時，有許多必須重視的特定因素。如果說故事主角是金字塔的頂點，相信大多數人都會同意吧。因爲他們流露的情感，在任何故事中都會成爲核心，也是最能吸引讀者的要素。主角心中越是交織著複雜的需求、欲望、恐懼與希望，最後也能獲得越大的滿足感。他們克服前方的各種障礙、持續自我追尋的身影，同時喚起了讀者的共鳴。當主角在這個過程中，逐漸接近目標，並獲得成就感與滿足感時，讀者也會爲之喝采。

寫故事時，最重要的是推動情節，因爲主角若沒遇到衝突事件（在追求目標的過程中，出現的障礙與機會），在讀者面前出現時，就只能毫無目的地摸索、徬徨。情節發展與角色塑造，當然是說故事不可欠缺的兩大要素。除此之外，寫作指導者與編輯經常會教作者的，還包括說話的聲音、故事的節奏、內心的糾結、主題、描寫、對話等。

那麼，「場景設定」呢？它的重要程度，到底該如何定位呢？

這是個好問題。有些剛開始寫作的新進作者，會誤以爲場景設定只不過是故事發生的背景。雖然有必要處理，但不必花太多字數描寫，也不必爲了配合情境選擇適合的設定而過度費神。

當然這種想法會有盲點。以更宏觀的視點來考量整個作品時，設定其實能提供說故事的

動力、強化每個情景。說故事不僅要以逐漸釐清事件的過程抓住讀者，若能仔細考量並選擇恰當的設定，更可以凸顯每個登場人物的特徵，以更深入的方式描繪背景蘊含的故事，表達感情，並帶出緊張的情緒，爲讀者帶來獨一無二的體驗，一次達到多種目的。實際上，儘管「場景設定」是創造扣人心弦情節必要的元素，運用方式也相當多樣化，卻經常沒有好好的發揮。

那是爲什麼呢？其實理由很簡單。因爲寫作者以爲讀者對場景設定沒興趣，一定會跳過這類描述，於是疏於了解設定能發揮的作用，也未加深入考證。難得有了能顯示登場人物的想法，強化故事深度的方式，卻漠視跳過這種可能性，只把設定用在讓讀者得知文脈（來龍去脈）。當然，要讓人把握角色置身何處，文脈很重要，但設定能在故事中發揮的作用，其實遠遠超過這些。

描寫「場景設定」時，的確有許多挑戰。要在不影響故事節奏的情況下，讓「敘事」和「表現」維持最佳平衡，並不是一件容易的事。如果一直著眼於說明，讀者可能會跳過這些內容，但如果幾乎都不說明，要讀者自行想像那個場景，也會讓讀者感到痛苦。一旦對登場角色生活的世界無法產生印象，焦躁到某個程度時，讀者恐怕就會闔上書，之後再也不會翻開了。

毫無疑問的是，設定非常重要。到底要寫到「什麼程度」，練習如何拿捏，正是所有作者都該學習的技巧。理解設定能達到的各種效果，以少量的描寫達到最大的效益，學會這樣的技巧，才能掌握讓讀者埋首於虛構世界的關鍵。

這並非抓出許多細節再加以匯集就能辦到，而必須選出恰當的設定，使其能產生以感覺

爲訴求的體驗。如果是讓人充分感受臨場感的描寫，就能夠喚醒讀者的記憶，在場景中投射自己的情感。透過「田園篇」與「都會篇」廣納的詞目範例，相信各位創作者一定能學會如何運用設定將讀者拉進故事中，與角色彼此連結，開闢出產生共鳴之道。

想要賦予登場人物特徵，場景設定是必要手段

對於正著手創作的人而言，最重要的工作就是吸引讀者的關注。作者最希望的就是，自己的故事能在各種不同層面俘虜讀者，讓登場人物宛如眞正存在於這個世上，直到故事結束之後仍活在讀者的心中。爲了能寫實到這種程度，作者必須徹底了解自己描寫的角色與其存在的世界。這樣才能在每次機會來臨時，就點出登場角色的爲人與性格，讓讀者更能深入這個故事。

在登場角色方面，如果作者要點出主角與其他登場人物的個性，與其用「敘事」來說明，不如用「表現」的方式，效果會更好。也就是說，與其用說明的方式提供一大堆資訊，不如透過人物的行動，讓讀者了解這個人到底是什麼樣的人，會比較有趣。例如，只寫出「這位女性一心想要復仇」當然不是不行，但如果描寫她如何把暴力相向的男人關進漁船，在甲板上潑灑汽油、引燃整片火海的整個行動過程，這種表達方式引領讀者投入的程度，必定是以倍數增加。登場角色的行動、思考、感情，是最能吸引讀者的細節。爲了引出登場角色的另一面，讓讀者享受發現的樂趣，「場景設定」擔負著極爲重要的責任。

利用設定來塑造角色形象

我們在現實生活中，經常看見食品的品牌、藥物、打掃用具、礦泉水、電池等各種普遍可見的東西。而在我們生活的場所中，即使地區不同，也有許多外觀或氣氛相似的、大衆化的場所。例如湖泊、運動賽事的觀衆席、電影院、高中的走廊等，無論是在美國或加拿大，一定都具有類似的特徵。實際上因爲這些地點是共通的，所以作者在寫小說時，也經常會使用這類的設定。如果有這種設定，讀者也能馬上進入狀況，細節就以各自的想像力補足，而作者即能把篇幅充分地用來描寫角色的行動。

雖然希望讀者在閱讀故事時，能自行以某個程度的想像進入書中的世界，但另一方面，除了偶爾變換場景時，在虛構故事中幾乎沒有「普遍可見的東西」。如果打算避開具有重要意義的說明，而只倚賴共通性，會變成只是在敷衍讀者，失去喚起共鳴的寶貴機會。

撇開轉換場景的設定，如果某個場所是建立場景時的重要地點，這個場所一定有其特殊性。要如何將其帶出呢？答案是：依照主角的特性來更動設定，爲了營造角色的形象，顯示出個人特徵的細節，將設定做相應的調整即可。

在設定中有一些相對容易強化個人特徵的方式。例如在登場人物的家裡或工作環境中，可以簡單地安排一些會顯示當事人個性、偏好、興趣、價值觀與信仰等的小細節。像是放有基本辦公用品的工作空間中，如果月曆上畫著大大的休假日記號，而周圍更貼了許多以往旅行時拍的照片，就可以掌握坐在這裡工作的人所具備的特質。首先，她不是一個爲工作而活的人，十分重視生活和工作之間是否取得平衡，並且把重心放在旅行上。如果仔細觀察照片

的內容，也許會更了解這個人，像是喜歡滑雪、有年幼的小孩、酒量非常好等，從中即可了解一二。與這位女性完全相反的角色，則是有潔癖、把辦公桌整理得乾乾淨淨，旁邊只放寫著「幸運眷顧勇敢的人」的勵志銘言，由此可知這位女性非常勤勉與一絲不苟，是機會來時會主動把握的類型，這份工作只是她在前往更大舞台的路上的踏腳石。

這招夠厲害吧？只運用了個人設定中擺設的細節，不需要特別費太大的功夫，就可以確實地刻畫出人物性格。

就算不是登場角色很熟悉的環境，也可以由設定的細節來塑造角色，以彰顯這個人的特徵。登場的角色們在各種場所中察覺、感受的事情，以及彼此間的接觸，都可以讓讀者了解這個角色究竟重視些什麼。

這裡來舉一個例子。有一位女性在繁華的大街上等計程車。這是接近耶誕節的時候，店頭擺放的喇叭播著聖誕歌，店門每次開閉時，色彩繽紛的絨毛鐵絲和閃亮的緞帶就隨之搖曳，戶外冷冽的風雪更凸顯出店裡迎接節慶的熱鬧氣氛。對她而言，這是一週前流產之後首次踏出家門，看完醫生準備回家的路上。那麼，在提示了這是十分敏感時刻的前提下，爲了表現她是什麼樣的人，又有著什麼樣的想法，作者到底該如何爲她賦予特徵呢？

琳達站在彎道旁，一邊用目光搜尋代表計程車的黃色，一邊看著朝向自己開來的車輛。背後是行色匆匆、想要盡速完成耶誕用品採購任務的人們，在午後的寒風中抱緊購物袋，窸窸窣窣地踩著積雪前進。她聽見店門口的擴音器播放著歡樂的聖誕歌曲，感到自己的喉頭湧上一陣難忍的酸澀滋味。耶誕節。想要沉浸在藏於軀體內的悲傷中，卻又被日常生活毫不留

情地迎頭撞上，只能如同火車般向前奔馳。

與醫師的會面已令她精疲力竭，雖然無論如何想盡快回家，但路過的計程車顯然每一輛都已載了客人。當她決定放棄招計程車，往附近的公車站牌移動時，注意到一個小男孩在玩具店前獨自佇立的身影。櫥窗明亮的燈光映著小男孩發亮的臉龐，他踮著腳往內看，微微的呼吸在玻璃上留下了薄薄的霧氣。那惹人憐愛的姿態，令她不由自主地屏住了呼吸。購物的人潮走過他身邊，卻沒有任何人加以關切，這令琳達的胸口更加地沉重。有誰看顧著他嗎？他的父母到哪裡去了？如果有人把小男孩一把抱走，能證明他曾經在那裡的，就只剩建築物積雪棚子上的手套印子吧。

她朝向小男孩快步走去，熱氣傳遍全身。就在她已經抵達他身邊的那一瞬間，聽見了有女性用西班牙語在叫人的聲音。隨著那聲呼喚，小男孩回頭跑向停在人行道旁的車子，他的母親帶著另外兩個小孩正要上車。男孩蹦蹦跳跳、搖搖晃晃地指著櫥窗，媽媽則是笑著讓他上車。

琳達顫抖地看著車子絕塵而去。爲什麼誰一看就知道的狀況，自己卻完全會錯意呢？她用手扶著額頭，回想著方才的情景。幸好那位母親停車的地方剛好滑進一輛計程車，她趕在其他人招車前快步衝上前。現在，她更想快點回到家。

在這個場景中，安排了許多以設定塑造角色特徵的細節。我們現在對琳達有多少了解呢？首先，她仍深陷於哀傷中，對於耶誕節沖淡她失去孩子的陰影感到憤怒。另一方面，因爲計程車難招，而決定改搭巴士，也能得知她務實的一面。那個年幼的小男孩喚起深植於她

內心的母性本能，以及她注意到母親時的態度，讀者就能得知琳達最想要卻又得不到的，到底是什麼。以如此具體的細節，就能讓設定配合登場角色賦予明確的特徵。而且讀者也與她一起融入設定中，同樣經歷了情感上的亂流。

用讀者的視角來描寫設定時，最好能超越「表面的細節」來考量。嘗試聚焦在個人身上，進入主角的思考迴路，以讓讀者看得見主角更深層內心的方式來表現。

觀點這個濾鏡的情緒效用

你可能曾經聽過「第三人稱觀點」這個詞。可以想像一下相機鏡頭聚焦在拍攝主體時會是什麼狀態。所謂的第三人稱觀點，是以更深刻的感性層級來描寫登場的人物（大體上是主角）。讀者看著這個人所看見的一切，體會他所經歷的感受。這個方式可以更詳盡地賦予人物特徵，透過登場人物的感覺、想法、信念、流露情感的對象、判斷等，為整個故事注入靈魂，創造出共享的體驗。若運用得當，只要發生了什麼事件，讀者就能以出場人物的觀點沉浸在他所體驗的過程，讓現實與虛構的界線更為模糊。

並不是所有故事都該用第三人稱觀點來敘述，但是作者都想要盡力縮短登場角色與讀者之間的距離，而必須以寫作技巧來實現這個目的。所謂的設定，就是故事中能提供協助的要素。因為，主角心情起伏時，用他的觀點來表達，就能讓那個場景更加活靈活現。以能表達主角心情與感覺的設定來體驗細節，會讓讀者更容易融入故事情節中。也就是說，為每個場景選擇合適的設定，不只能幫助推動情節，也有助於強化讀者與登場人物的連結。

要讓第三人稱觀點有效發揮，必須眞正理解故事中的感覺表現有多麼關鍵（詳情如後述），設定中的**情感價値**又有多麼重要。先理解這個前提，才能讓設定與主角（有時是配角）產生特別的情感連結。設定要能表達出某種意義與象徵性，才能讓整個場景熱絡起來。

設定有時會成爲往事的象徵，並令人憶起當時的心情。舉一個簡單的例子，有一位男性曾經在某家餐廳向前女友求婚失敗，卻因爲重要的工作，必須到該餐廳去跟人談生意。雖然求婚被拒可能已經過一段時間，甚至長達數年之久，但人在餐廳的當下，心痛的感覺以及被情人拒絕的陰影可能會喚起他的情緒，甚至影響到他的所作所爲。

對於主角而言，設定可以是一個中性的存在，即使並沒有以往的認知與經驗帶來的情感價值，爲了製造氣氛，也可以先將其彰顯出來。實際的運用方式是，配合登場人物（以及讀者）想要感受的情緒（害怕、安穩、擔憂、自尊心），選擇能夠加強這類感覺表達的設定。就如「利用光與影來打點舞台」章節（參見026頁）的說明，運用光與影、具普遍性的象徵、天氣以及其他技巧，可以營造出所需要的氣氛。無論是原本就已經具備情感價值，或是想要營造氣氛時，選擇能與情緒呼應的設定十分重要。因爲登場角色的心情隨所在地點產生的變化，會讓場景更爲寫實，讓讀者更爲投入。

那麼該如何創造出這種情感價值呢？第一個階段是先就某個情境選出最合適的設定。只要尋找那個情境中會發生什麼事，並產生什麼樣的情緒，就可以找出符合需求的設定。首先，徹底確認主角在那個情境中的目標。他要進行什麼樣的行動、要學會什麼，或是想達成什麼目的？接下來，企圖讓主角和其他配角表現什麼樣的感受？如果已能確實掌握這些問題的答案，就再想像一下發生這個情境的地點，以及可能會出現的各種設定。如果符合故事情

節，可以先列出適合主角造訪的地點。雖然這種情況下，腦海裡首先想到的設定經常會是最符合需求的，但是再進一步仔細推敲，可能會挖掘出更爲獨特而有趣的設定。

在選出多個候補選項之後，可以按照順序仔細思考，研究自己能如何描寫那樣的地點，以便根據登場人物的心情醞釀出效果十足的氣氛。緊張感也是其中要素。

有時候可能會希望那個情景發生的事情，能動搖登場人物的心緒，有時也可能故意營造安穩的感覺，讓人不易察覺接下來將發生的事。無論是哪一種，作者爲了描寫設定而選擇的細節，可以變成引導登場人物情緒的助力。

最後是思考這個場景發生的事件，是要讓登場人物學會什麼、選擇什麼，或是該怎麼辦？設定就是圍繞在登場人物身邊，讓他們下定決心或採取行動時的重要**情感因素**，並負有強化最後結局的任務。

這裡舉一個例子來說明。有一位任職資本投資公司的男性，在已是商界重要人士的父母要求下，必須努力往上爬。雖然出現了一個機會，邀請他擔任能滿足父母虛榮心的重要職位，但是他若接受了這個邀約，就幾乎必須一直出差，爲了事業犧牲家庭。實際上他已經有位知心女友，兩人甚至已經討論到收養小孩的事情。然而這份工作，會變成奪走這個夢想的轉捩點。

當他與這個抉擇進行格鬥之際，作者應該從引導思考走向的情感因素，將他帶到能滿足這個條件的地點。在這個例子中，兒時跟父母遊玩的公園（提供情感的價值），以及他工作的摩天大樓對面的市區公園（兩個世界對立的象徵），都是可以考慮的地點。

這些地點都提供了最好的機會讓作者安排情感因素，例如可以想像，當這位男性留意

到正在爬溜滑梯，或是在草地上踢足球的小朋友，以及推著嬰兒車散步的年輕情侶時，到底會產生什麼樣的心情。這些因素都象徵著，當他推掉邀約，在經營自己的家庭時，可預見的未來。也可以在設定中選擇其他因素，像是有小孩在公園中成功地放起風箏，父親撫摸著他的頭的情景，即能象徵主角自己非常希望贏得父親的讚美。第三個例子則是主角發現有一位穿著高級西裝，在午休時間到公園散步的年長男性，正在用手機講電話，聽得出握有對話的主導權。從這個因素可以窺見當主角選擇事業時的未來。也就是有錢有勢，同時非常受人尊敬……但也可能凸顯出他的孤獨。

如果能像這樣，配合場景選用非常具說服力的設定，再點綴與場景相關的重要因素，就能大幅增加主角內心糾結的程度。透過登場人物與設定的關連性，可以聚焦出這個人付諸行動的過程中經歷的需求、欲望、道德信念、恐懼、個人偏見等。根據主角對這些因素的反應，不只能自然流露出登場人物的特徵，甚至能暗示以往的經驗仍以精神創傷的形式，左右著這個人。

要在設定中找出能當作情感價值與因素的事項時，最徹底的方式，請參考附於書末的「附錄3：情感價值的設定練習」。

活用設定爲配角建立特徵

如果能善用設定，不僅能強化主角的特徵，連主要觀點之外的登場角色，都能在不用第三人稱時，表現出很難表達的特徵、態度、信念、情感等細節。

不曉得你有沒有前往喪家弔唁或守靈的經驗？喪禮是少數所有關係人都必須到場的特殊狀況。與家族和朋友面對面，表示哀悼之意後，有時必須忍耐猶如燙傷般痛苦的場面。如果本來就刻意彼此保持距離的人們，因而齊聚一堂，會成爲深入挖掘傷口的最佳機會。在苦悶與哀傷，甚至是酒精的作祟下，本來可以不講的話都會脫口而出。以往當成秘密的對話變成突然爆料的內容，言語爭執甚至會勾起新仇舊恨。

讓我們來看看已經疏遠的家人，因爲母親去世而回來面對彼此的情形。在場的兄弟姊妹、親家，以及堂兄弟姊妹等人，即使所有人都有血緣關係，親近的程度也不一定與血緣相當，甚至有人根本就感情不睦。守靈夜人家有點恍惚地一邊吃飯、一邊聊起近況，隨著情節的推演，就知道各有各的看法。這一切要讓主要觀點的登場人物來闡述，可說是相當大的考驗，以下例文就運用了這種設定方式：

對於洛拉而言，這間起居室一直都是最寒冷的房間。淺綠色調的畫作與蕾絲質地的窗簾，更讓人感受到室內的寒意。母親那幾乎是全新的沙發，和不許任何人走在上面的土耳其地毯，都令人感到疏離。也許是想讓陰暗的房間稍微明亮一點，有人點燃了暖爐的火焰，然而劈啪作響的柴火，並沒有把熱氣傳送開來。與其說這是窗外一月的大風雪所導致，還不如說是其他一樣待在這個房間裡的人造成的。

泰咪與里克各自占據著角落的扶手椅，以理所當然的表情等待著參加葬禮的客人。瞥見他們瞪著洛拉的方向小聲交談，就知道這兩人一定是在談論洛拉。想必是對於母親把這個家留給洛拉非常不滿吧。他們一定認爲，這是她去年在照顧重病的老人時，就已經算計好的結

果。其實，洛拉也與其他人一樣驚訝，因為她本來預期母親會把房子留給她最偏愛的小兒子查理。

洛拉就著瓷杯喝了一口溫熱的紅茶，視線移向站在書架旁的查理。雖然他像是在檢視架上有什麼書，但看他彎身的樣子，顯然是在細看她最近裝框擺在架上當裝飾的照片。那是查理的孿生兄弟、四歲時就因為髓膜炎離開人世的亞倫。暖爐中央是一堆泰咪的照片，而且這顯然是她擅自挪動位置的結果。倒在後面的那張，則是洛拉救回來擺好的。洛拉經常整理那附近的東西，也很明白自己的母親對於所有人的照片都一視同仁。不過顯然泰咪並不認同。

洛拉小心翼翼地移動到房間對面的查理身邊，免得像泰咪那樣，不但穿著高跟鞋和太短的裙子走進這個房間，還在木質地板上製造出驚人的音量。

「還好嗎？」她把手搭在查理的背上。

「妳還記得拍這張照片那天的事情嗎？」查理的食指滑過光滑的金色相框。

褪色的照片中，是亞倫勾著後院楓樹的低枝吊單槓的身影。當時才剛種沒多久的楓樹，現在已經長成能遮住整間房子的大樹。洛拉輕輕地笑了：「怎麼會不記得，無論亞倫做什麼，你都非在五分鐘內跟著做一遍不可。」

「但是他沒有像我這樣摔到骨折哩。」查理眼眶泛淚卻帶著微笑，將相框放回原處。母親去世會讓他憶起什麼，洛拉只能靠想像；在查理還十分年幼，不懂得孿生兄弟會有什麼特別羈絆的年紀，就已經失去了亞倫。

雖然門鈴響起，洛拉並沒有離開這裡，因為瑪麗莎一定會幫忙開門。查理這個太太個性非常隨和也善於招呼客人，甚至非常懂得安撫小孩。她自願負責這些工作，洛拉也很開心能

倚賴她。

前來弔唁的客人在門口拍掉雪花，一邊脫下外套一邊傳來講話的聲音。從他們捧著用鋁箔紙封住鍋蓋的燉鍋中，飄散出大蒜與藥用鼠尾草的香味。想到在獨自沉浸於哀傷之前，還有許多不得不處理的閒談與雜務，洛拉感到胸口糾在一起。這樣的狀態，到底會持續到什麼時候呢？

她輕聲地把手上的瓷杯放回托盤上，查理不知從外套中拿出什麼，白蠟製的扁酒壺鑲著金色的陶瓷邊緣，他先倒了一點在她的杯子裡，再倒了一點在自己的杯子裡，蘇格蘭威士忌帶來的灼熱，讓兩人略感輕飄飄。小弟與長姊相視而笑。

在這個看似不起眼的場景中，有許多設定的細節，不只暫時把讀者拉住，同時也是表現登場人物特徵與情感的管道。雖然堅守著洛拉的觀點，但是登場的角色與設定之間的關連性，能讓讀者感受到每個人的性格與他們的心情。為了讓讀者能想像他們的感受，在文中納入了各式各樣的象徵。淺淺的薄荷色、蕾絲窗簾、不給人踩踏只能從旁邊繞過的地毯，這些室內的裝潢，甚至連室外的天氣，都負起了為這個場景塑造氣氛的任務，強化了家人之間有隔閡的事實。從暖爐上放的照片來看，母親是一個公平的人，但從室內的布置得知，她是個有點囉唆，而且不近人情的人，所以有可能也因此影響到現今家人之間的關係。而亞倫的照片，則是喪子的象徵，也是讓往事片片斷斷浮現的媒介。

另外，從看照片時的互動，到之後一起喝蘇格蘭威士忌的情景，讀者可以清楚地知道洛拉跟查理感情很好。而另一方面，泰咪和里克喜歡八卦的個性和他們坐的位置，都顯示出

兩人是自以爲是的人。從泰咪自作主張把自己的照片往中間挪動的行爲，也可以觀察到這一點。另外洛拉就算沒有提到這一年間都在母親身邊照顧病人，從她會去把亞倫的照片擺好這點來看，就可以知道她在這個家是照顧人的角色。

若能巧妙地這樣安排，特別是在塑造角色與醞釀氣氛方面，就可以透過選擇性描寫的各項細節，以及設定本身，主動積極地向讀者傳達更多訊息。

透過設定仔細考量「地點」的重要性

決定把故事的舞台放在何處，不但會影響整本書的調性，大多數的情況下，故事的類型，也會影響整個故事能運用的地點範圍。例如在寫現代的青少年文學時，故事整體的設定選在高中，通常都不會錯。

雖然是這樣，當然不可能所有的故事都發生在校園內。主角人生中的重大事件，當然會在各種不同的場所發生。無論是在自己家裡、在打工的地方、在跟朋友出遊時、或是約會、甚至在搭車移動時都有可能。必須配合各種不同的情境來選擇地點的設定，選擇的原則在於把握住故事中發生的重要事件。恰當的設定會達到如樂譜般的效果，能透過醞釀氣氛、象徵，以及賦予特徵等方式，爲各個場景帶來深刻與強烈的感情。

主角本身也可以協助選擇合適的設定。她的人緣很好嗎？也許在家庭派對與校外教學時，會突然頓悟了些什麼。如果她個性軟弱或內向，又會怎樣呢？從學校回家的途中，或是家裡開冰淇淋店不得不去店裡幫忙時，甚至是在自己家的後院，都有可能成爲這個人感到糾結的地點。

有些作者可能會覺得，爲某個情境尋找適合的場景時，這類故事的代表性設定，已經設下極限。但優秀的作家都是在發揮創造力時閃耀出獨特的光芒，所以沒有自我設限的必要。作家的任務是爲每個不同的情境，找出最符合需求的地點，由發生的事件，向讀者傳達最強

烈的衝擊性。因此不必什麼都刻意選擇小說中很少見的那種誇張而華麗的地點。有些看似驚人的設定，反而顯得很普通。

在洛莉・荷茲・安德森的《我不再沉默》中，主角米蘭達雖然大部分時間都在學校度過，但由於她自己遭遇了對身心造成衝擊的事件，導致她是以完全隔絕外界的方式活著。作者在此提供給米蘭達的避難所，是一個十分出人意表的地點——校工室。飽受創傷後壓力症候群折磨的她，想要找回平靜時就會造訪那裡。在大家都意想不到的地點，不只是米蘭達，連讀者都可以好好休息一下。

要是某個設定與主角有情感上的連結，就算乍看之下覺得很無趣或單調，只要能加以改造，就能讓讀者爲之震撼，帶來耳目一新的體驗。因此，若無法決定故事舞台應設於何處，可以多找幾個可能性，並在腦海中模擬，到底把舞台設於何處，才能最貼切地描寫情感價值與因素。

配合設定，營造最強烈的情感效果

如上所述，選擇符合每個情境的設定，可以爲作者大幅強化故事中的角色特徵，讓讀者同時也覺得自己身歷其境。但在苦苦構思的階段，也許會就此把登場人物直接放在剛好可以的地方，變成只圖方便而做這樣的設定。幾乎沒有動作的情境——例如無論如何都必須進行某些對話，而必須選擇相應的地點時，特別容易發生這樣的狀況。爲了寫出效果強烈的故事，即使人物間的關係單純到只有對話，但仍應仔細斟酌之後再決定使用什麼樣的設定。

該如何斟酌呢？我們來看別的例子。主角瑪麗接受心理諮商師的建議，爲了正視年老的父親在她年幼時對她施暴的事實，而回到從小出生長大的老家。她的目的，是想與父親面對面講清楚，讓他知道自己被傷得多重，以化解深埋心底的創傷。這樣的對話就內容的性質而言，無論是出現在什麼樣的場景中，都一定會產生非常寫實的激動情緒，但並不是因此就不必選擇設定、省略能更明確營造緊張感的手法，否則是無法寫出好作品的。

就這個場景而言，例如父親開來接機的車上、他最近正在製作小艇的工作室，或是擺滿食物的餐桌，有無數的地點可列入候補名單。

那麼，對於瑪麗而言，在這些地點中，到底哪個地點最能表現情感因素呢？如果這個家庭有著偏執的宗教觀，篤信「不打不成器」的教條，以這個爲藉口來毆打瑪麗，那麼這個宗教性的象徵，能以廚房門口的十字架來表現嗎？也可能是繡有聖經金句的十字繡，被放在餐桌顯眼處當裝飾。對瑪麗來說，這是她曾經被痛毆的地點，只因爲她在吃完飯之前就開口說話——只爲了要一杯水。充滿不愉快回憶的廚房，就是個有說服力的設定。

我們繼續來探討其他選項的可能性，例如把場景安排在父親的工作室。因爲瑪麗以前常常被拖到這裡來毆打，總要流著淚不停地請求父親原諒，這個地點的確會把瑪麗逼近臨界點，也會加強讀者的緊張感。在此發生的各種往事，將她與受虐這個枷鎖連結起來。同時在這樣的設定中直接面對父親，可以表現出她想要邁向未來，不願再被過往的暴力陰影羈絆的強烈決心。

如果按第三個選項，安排在車內討論這件事，瑪麗可以強迫父親聽完自己想說的話。父親不能逃避她的責難，也等同於不能逃避毀去女兒童年的責任。他必須在車內正視自己以往

的行爲。但對於瑪麗來說，在車內並沒有任何與情感連結的細節，在透過相關因素進行正面對決時，會失去引發強烈決心的機會。而相對的，廚房能感受到自身被強迫接受所謂宗教的束縛，所以這個選項更具有說服力。將她引導至工作室，則是變成以折磨她的記憶來考驗她的決斷力。與其選擇理所當然的選項把兩人關進車內，另外兩種設定顯然能發揮更強大的影響力。

如果在選擇設定時，可以選出對於登場角色有特定的意義，並能爲當時發生的事件帶來通順的脈絡，作家就可以爲那個場景注入豐沛的情感，而且能以積極而自然的處理方式，創造讓角色進一步闡述自己的機會。

透過設定來傳達人物背景

爲了在更深入的層面上賦予登場角色特徵，並且爲主角提供動機，有時作家必須爲事件描寫人物背景。所謂的人物背景，是指小說登場前，發生在主角身上的關鍵經歷與彼此間的影響，這是相當不容易處理的因素。但是如果不正確地處理必要的資料，就難免發生各式各樣的問題。背景有兩種，包括讓讀者了解的「**看得見的背景**」，和寫作者所需的「**看不見的背景**」。

「看不見的背景」是寫作者必須知道的登場人物資訊。包括登場人物的好惡、培養興趣的過程、改變心情的事情、引發恐懼的根源、造成心靈創傷的眞正原因等。另外，以往影響（無論好壞）這個登場人物的人事物，或是各種過往的經驗是否關係到他的性格形成，統統都包括在內。這類型的背景，通常在準備寫小說前做腦力激盪時，就已經決定，以達到作者深入了解與掌握自己登場人物的目的。這樣就能置身於登場人物的腦海中，忠實地表現出他的舉止與行動。

視作家熱中的程度，這類有關背景的企畫內容，也許會多到可以另外寫成一本書。關於登場人物的塑造，請參考同系列拙著《性格類語詞典・正向篇》和《性格類語詞典・負面篇》（尚未出版中譯本）。

而所謂「看得見的背景」，是指爲了讓讀者深入了解登場人物的行爲動機，所必須先知

道的事情。讀者如果不先稍微了解一下背景，有時候可能無法了解登場人物爲何採取這樣的行動。讓讀者瞥見這個人的往事，對於讓他所想要的東西與原因、恐懼、期望與熱中的事情更爲具體，有立竿見影的效果。

當作者要考慮「看得見的背景或看不見的背景」到底該揭露到什麼程度時，可以拿啤酒杯來想像；幾乎占據大部分內容的金色液體，並不會流到外面，這就是「看不見的背景」。而聳立在杯頂、要喝啤酒時，最先接觸嘴唇的奶油般泡沫，這就是「看得見的背景」。要描寫背景到什麼程度，可以運用這樣的組合來思考。寫作者掌握的登場人物往事，只有極少數能直接納入小說，所以到底該選擇些什麼，就益形重要。

「看得見的背景」可以在重要的情況下爲讀者帶出**脈絡**。例如有一位登場的角色，非常害怕任何紅色的東西，無論是番茄、石榴、耶誕節收到的紅色毛衣，統統都敬而遠之，而且看到血就立刻感到不適。但是如果作者只描寫他因爲是紅色而拒絕買長椅、丟掉裝有漂亮紅色蘋果的禮物籃，這樣只會顯示出此人很不通情理，讀者也可能因爲無法理解而覺得這人很煩。但只要稍微點出背景，就能一口氣貫通整個描述的脈絡。

盧卡斯放下手中的油漆滾筒，拿起沾滿藍色油漆的布巾把雙手擦乾淨，扶著腰伸了個懶腰。雖然背脊強硬地拒絕伸得筆直，但無論身體有多僵硬，他的臉上仍帶著笑意。這已經是第三次上油漆了，雖然希望盡可能這次就把這件工作結束，但多塗幾次是値得的。爲了自己與這個家的再出發，這是無論如何都必須親手完成的任務。現在正午的陽光從窗户探入，微微地照著藍色的油漆。整片寬闊的牆壁，猶如專屬於他的天空，在房間內延展開來。

他注意到牆壁最上方仍殘留著一點點舊的暗紅色油漆，表情隨之糾結了起來。實在是搞不懂之前的屋主爲什麼會選這種顏色。不過，無論是什麼原因，在整面牆全部覆蓋前，他是不會住進這裡的。雖然都已經過了二十年，看到這個顏色，還是會把他的思緒帶回祖母家的食品庫中。裡面充滿著腐敗的味道與爛掉的水果，老鼠在塗成血紅的牆壁上爬行。看到紅色，就無法不想起自己使盡全力嚎叫、緊抓著門直至小小的手指流血的痛苦。即使祖母早已去世，關於她所作所爲的記憶，至今仍糾纏不休。

大門的門鈴響起，盧卡斯回過神來，移開注視著紅色隙縫的視線。只要拿把梯子用小刷子稍微處理一下，很快就可以把工作完成，甚至讓人不知道本來曾經漆過紅色。如果人的過往，能如此輕易地消去就好了。他嚥下口中的苦澀，露出「容易相處的新鄰居」應有的笑容，向玄關走去。

只要像這樣加入人物的背景，就可以看見盧卡斯的行動中，隱藏著往事的陰影所帶來的恐懼。這段描寫不但能讓他採取行動的理由更爲明確，甚至能帶出仍折磨著他的心靈創傷，把讀者拉進故事中。

運用人物背景時容易遭遇的問題是，故事的步調很容易變遲緩或停滯。作者過於專注在闡明人物的往事時，會爲讀者帶入過多不必要的訊息。要巧妙地描寫人物背景，必須結合當下的狀況，只針對這個角色目前的行爲，描寫讀者理解時所需的必要事項。盧卡斯重新粉刷牆壁的事實，並不是單純在處理裝潢新居的雜務，而是有更深刻的意義。這裡有效利用紅色油漆，順著文章的脈絡揭露了少許往事，提供了能感受到虐兒嚴重性的描寫，再以門鈴響起

的機會拉回現實。如果想表達這種具有特殊意義的人物背景，設定就可以提供一臂之力。

人物背景與設定，在作者想描寫某個人物的成長與變化時，也可以運用首尾相連的方式攜手合作。讓心境已經完全不同的登場人物，回到已往曾經造訪的地點，就能讓讀者看到他如何在心中交戰。

請想像一位佇立在後巷中的主角，與心中有著強烈厭惡感的記憶面對面的場景。他在十多歲時曾遭遇種族歧視，被人追到此地暴力相向。此地的景象、氣味與聲音，都打開了他的記憶之門。但是他現在已經長大，並且成爲警察，過去的陰影對他來說，已經沒有那麼大的影響力。這個地點與其說是讓他感到害怕，不如說是讓他燃起了鬥志，決定把守護世人當作自己的任務，讓衆人不再遭受自己曾經嘗過的苦頭。把這個主角放在這個特殊的設定裡，才能讓作者展現出故事的說服力。

如果是整個世界產生變化的設定，也可以更大範圍地說明背景。例如主角看到以往與家人一起居住的富裕村落，在戰爭的影響下荒廢，村民被貧困壓得透不過氣來的景象。從這個起點開始，一定可以看到許多他不在村內時發生的事情。

如果要讓讀者想像敘事觀點的主角之外的角色有著什麼樣的往事，設定也可以有效地發揮作用。例如有一個要尋找生父的人，他已經找到了父親現居地，但父親卻在一星期前因車禍去世。當主角以近親的身分踏入已逝生父的公寓時，如果能挑選出最合適的事項來描寫，就可以一窺父親孤寂的生活片段。例如蓋著布滿灰塵窗簾的散亂室內、茶几上堆著開頭寫著「敬啓者」的廣告，完全沒有展示家人合照與紀念品等。這些設定上的細節，不但能成爲了解這位男性的媒介，也可以同時讓主角透露自己的想法；因爲他找到生父時已太遲，只差一

步就能塡補人生的空白，如今卻已永遠失去機會了。

連同背景，登場人物彼此的關係將成爲關鍵

作者決定寫什麼，也直接關係到展現背景的處理方式。最重要的面向，無論是以微觀的處理方式，或是宏觀的方式，都必須建構起登場人物與設定的相互關係。所謂微觀的處理方式，就如查理把已逝的孿生兄弟的照片拿起來（參見288頁例文），這是一種讓登場人物從設定中選出重點，向讀者說明人物背景的作法。至於宏觀的處理方式，舉例來說，有一位登場人物是在酪農的農場長大，當他回到當年生長的農場時，無論是在進行自己的工作，或是在農場四處漫步，都可以插入與人物背景相關的內容。

還有另一個選項，是運用登場人物與設定之間的相互關係，拿來「暗示」人物背景。這個方法是先保留一些資訊，把讀者能獲得的滿足感往後延，讓讀者先有心理準備，故事後半會有更重要的事件爆開來，以營造出緊張氣氛。

這裡舉的例子，是一位曾在早晨送母親到車站搭車之後，遭遇搶劫的女性。之後只要把她放在類似的設定中，就一定會令她感到不安。要是把設定的許多細節都安排得非常類似當時的情況，更能增加緊張的程度，例如：天空已經抛下了日出時令人心馳、戀戀不捨的霞色，明亮的太陽照耀大地。車站渺無人跡，只有隨著風向被推送的落葉與垃圾，在水泥地上唰地飛過。

在這個設定中，登場人物當然會對這個地點抱持極高的警戒。會一直留意附近看起來可

疑的人物、把防身噴霧放在口袋裡、對於聲音提高警覺、一直試圖調整呼吸……各種舉止都顯示出她神經緊繃。如果把這些行爲組合在一起，就可以顯示出她一定會發生什麼無法預料的事情，或是至少她正在防備什麼事情，讓讀者預先拉起警報。但是由於眞正的前因還沒揭露，所以讀者自然會開始覺得疑惑，「爲什麼這個人會這麼緊張？」「爲什麼特定的聲音和氣味會令她不快？」「到底她以前發生過什麼事？」而興致盎然地期待故事的發展。

有時不要先提人物背景，讓讀者心底一直埋著各種疑問反而比較好。讀者可以帶著尋找答案的心情閱讀故事，作者想暗示往事，但不想把整件事攤開時，設定也可以發揮很大的作用。必須注意的是，爲了讓讀者獲得滿足感，必須安排好非常具有說服力的人物背景。

感覺的細節，是設定中最璀璨的寶石

爲了把讀者完全拉進場景中，希望創造出能在感覺方面激發想像力的樂趣。也就是說，爲了讓自己描寫的每個地點能活起來，必須運用各式各樣的感覺，維持有新意而且鮮明的描述。讓讀者忘記他們在閱讀虛構的故事，與主述者一起體驗相同的景象、氣味、食物的味道、感覺、聲音，覺得自己宛如也置身在那個場景中。

你有讀過任何書，把場景描寫得非常吸引人，讓你期待自己有一天也能眞正造訪那個地方嗎？連整個故事結束之後都還印象深刻，讓你會去想像，那個地方現在可能發生了什麼事，那裡的人正在做什麼……一定有作品符合這樣的條件。讓人覺得身歷其境的設定，會把人帶入狂熱的漩渦中，讓想像力無限擴張。其中最了不起的例子，就是在《魔戒》中登場的哈比人村落。充滿綠意的原野、有著圓形的屋頂、提供舒適場所與豐富餐點的家家戶戶，從甘道夫的菸斗中裊裊上升的煙霧。這些描述令人彷彿聞到大圓盤中起司撲鼻的香味、赤腳踩著柔軟的草地，隨著故事情節進入哈比人的世界。

一邊敘述設定的內容、一邊描繪各式各樣的感覺，可以創造出驚人寫實的一層層風景。自己描寫的設定與讀者之間的連結越深，就越讓人想要進入那個虛擬的世界。每個細節不只是把讀者帶入場景，也必須選擇能傳遞訊息、令讀者產生感情呼應的內容。到底要用什麼樣的內容由作者決定，但必須以讀者能產生強烈的感受爲目標。

情景的描繪能讓故事整個活起來

在各種感覺中，作者最能掌握的就是視覺，這應該不令人意外。因爲當說明登場人物看到的東西時，就能讓讀者在自己腦海中隨之浮現。但是爲了運用視覺創造出具有說服力的表現，首先必須把所有描述，都使用登場人物的觀點，並加上敘事者用情感打造的濾鏡。

各位可有聽過這句話？「每個故事都有兩面，一個是你看到的那一面，一個是眞正發生的那一面。」這句話在虛構故事中也一樣通用，因爲故事中的角色也一樣是憑自己的感覺，來解釋眼前所發生的事情。接著，來看一個父親剛結束週末的出差回到家時的例子。

里洛瞇著眼注視正午時分的黑暗，關上公寓的大門。但是當他的眼睛逐漸適應昏暗的室內後，行李箱的把手，從他本來緊緊握著的手中滑落。廚房檯面上的黑影，逐漸浮現出明確的形狀——黏著兩個乾掉殘渣的平底鍋，旁邊是蛋殼和煎蛋捲材料蔓延而成的慘狀。成堆的餐具埋住水槽，甚至連冰箱門都開著。他心跳的速度突然變得十分急促。只不過單獨在家兩天就搞成這樣嗎？「我們都很大了，自己待在家沒關係」——有可能是這樣嗎？等小鬼從學校回來，一定要狠狠地教訓他們！

接下來，再看不同的情感觀點，會讓同樣的場景產生什麼樣的變化。

里洛跌進玄關，關上門吁了一口大氣。抖動的雙腳幾乎無法撐住身體。「那個該死的載

木材的卡車……如果我沒有換車道的話……」他一邊試圖讓自己鎮靜下來，等待身體從差點沒命的驚嚇中恢復，一面呆呆地注視著昏暗房間中的一切。當他的眼睛順應了房內的黑暗，等著他的是廚房悲慘的狀態。鋁箔包果汁被丟在廚房檯面上沒收，爐子上的平底鍋裝著燒焦的蛋，水槽內待洗的碗盤堆積如山。眞是的，連冰箱門都沒關好。他突然哈哈笑了幾聲，那兩個小鬼，竟然自信滿滿地以爲他們可以照顧自己。他邊笑邊搖頭，「起碼我不在家時，他們有試著煮東西吃啦！」

雖然兩者都是透過里洛的心情來描繪同樣的場景，但兩種描述完全不同。前者是里洛因爲憤怒而對非常細節的事情反應過度，而後者則是因爲里洛逃過一劫，所以能用幽默感來看待亂七八糟的廚房，能見到這樣的景象，他心裡可能還在謝天謝地。

如上所述，透過負責敘事的登場人物的情感來描寫場景，也會讓讀者對設定產生不同的體驗。所以應仔細考慮登場人物或是主述者在每個場景所感受到的事情，還有要強調這些時，該用什麼樣的細節，才會有更好的效果。建議可以參考《情感類語小典》，作爲表現登場人物情感的指南。

氣味會成爲點燃情感記憶的引信

在你的人生中，曾經聞到過什麼味道，讓你立刻想起過往的某個瞬間嗎？我相信一定有，因爲腦中的記憶神經受體，與辨識嗅覺的受體位置極爲接近。這意味著嗅覺是各種感覺

中，最容易讓讀者把自己的過往與情感相關記憶連結的感官。而且嗅覺也可以在意圖讓讀者深入故事內容之際，帶來最重要的「共享體驗」。

但諷刺的是，嗅覺或氣味在虛構故事的世界中，經常是被遺忘的一環。因此用批判的態度嚴格檢視自己的作品，適切地加入氣味要素，非常重要。氣味的長處是，可以讓選用的氣味化爲帶有更深遠意義的象徵，加強場景的氣氛，並在此處喚起情感的共鳴。例如有一位女性，因爲自己的座車在停車場發生故障，必須等人來拖吊。但因爲旁邊麵包店傳來發酵麵包與香料的香氣，或許就能緩和她焦躁的情緒（同時也可能增加饑餓感）。但是如果改成水泥地被日光曝曬出令人不悅的氣味，附近的回收箱飄出啤酒腐壞的酸臭味，就鐵定會讓她心情更差了。

與地點密切結合的氣味，更能爲故事帶來眞實感。如果這種狀況下沒有提及任何氣味，反而會讓人覺得描述有瑕疵。請想想看海港邊漂浮的海藻帶來的鹽味，與電影院內飄散的鹽味爆米花香氣間的差異。這類象徵性的氣味，可以幫助讀者身歷其境。如果自己描述的設定中，可包含眞實生活中無法忘懷的氣味，務必一定要將其加進故事裡。

以眞實性塡滿故事的聲音

另一個能讓設定更爲豐富的感覺，就是聲音（聽覺）。就像我們在現實中，不會住在沒有聲音的眞空中，登場人物也是一樣。所以在登場人物的世界中加入聲音，也可以讓讀者順利沉浸於故事。聲音可以幫助讀者在心中描繪出景象，就像拼圖中關鍵的那片一樣。但是，

聲音不是單純為舞台帶來真實感，聽覺也和其他感覺一樣，是一種能以各種不同的方式運用的感覺。

由於人有自衛本能，對爭執或逃走會出現條件反射式反應，並對突然變化、不符合周遭環境的聲音非常敏感。將這個前提帶入故事中；所謂的聲音，可隨著好的事情與不好的事情，一邊埋下伏筆、一邊向讀者提出警告，這是一種效果非常好的技巧。但是不必為了引出登場人物的反應，而讓所有聲音都變得很響亮，因為無論是在敏感時刻緩緩地扳動金屬門把所發出的聲音，或是在槍林彈雨下，聲音都能發揮效果。

如果在設定中意圖強調某種氣氛，應從該場景的狀況，以及要在場景中發揮哪種情緒的效果來考量，之後再運用聲音，提升選定的情緒效果，或是用來增減緊張感。這裡用一個保母的例子來說明。她半夜剛下班、正在回家的路上，卻覺得每走一步都有人盯著。但是已經走上家門口那條路上時，聽到哥哥的卡車引擎冷卻音，讓她懸在半空中的心終於放下。因為那個聲音顯示出，就算她立刻需要協助，也有人已經在身邊，因而成為安全的象徵。但另一方面，如果從身後傳來有人走在砂石鋪道上的聲音，或是門口的電燈泡整個掉在地上摔破，一定會讓她更加害怕。

如果要用少數的感覺描寫來得到最多的效果，就盡量插入不只以寫實為目的的音效。在描寫設定時，如果能養成仔細推敲之後再決定的習慣，一定能讓文章更加犀利，以自己撰文的能力帶給讀者絕對無法忘懷的閱讀體驗。

誘導讀者投入故事中的味覺

在描寫各種感覺時，使用頻率最少的就是味覺。因爲一般認爲飲料和食物很少會對場景產生直接的影響。例如調查飲料是否被下毒、在有名的廚藝比賽中擔任評審、如果不找到糧食，自己會變成食物被搬上餐桌等情況，如果味覺體驗與故事主軸（通常是盡人事聽天命的場景）沒有關係，看著登場人物吃東西，恐怕還是不會有令人爲之心蕩神馳的故事發展。

吃東西這件事，通常是爲了滿足身體的需求，或是社交性的活動。如果要在文章表現中正確的運用這個感覺，必須讓這件事產生比品嘗味道更重大的意義。味覺的表現是一種挑戰，也可以當作一種讓讀者體驗場景時，提供協助的獨創技巧。運用這種感覺時，可以協助作者的，就是文脈、比較、對比這三個要素。「文脈」可以發揮整合誰、哪裡、何時、爲何等相關內容的作用。登場人物在進食之際，到底是在誰家，還是在餐廳？甚至是圍著營火，或是站在路邊攤前？從進食內容與品質來看，聚集在這個地方的人能說些什麼？這些與味覺結合的文脈，可以在還不知道實際內容之前，就回答了與這個情境相關的疑問，是一種獨特的寫作方法。另外某個人物與那個人物正在品嘗食物的比較與對比，可以提示當事人的個性，顯示他的人際關係，甚至能注入心情與感受。例如個性強烈、講話刺耳的人，也許特別喜歡吃辣到會流汗的食物？（比較）。或是出席募款餐會的女性，正在啜飲最頂級香檳的瞬間，可能目擊到丈夫正在外遇的現場？（對比）無論哪一種寫作技巧，都是運用味覺，以出人意表與印象深刻的寫法，提供登場人物的相關細節。

味覺還有把日常風景帶入虛擬世界的作用。因爲現實生活中食物是必需品，不需在故事

的世界中改變這個事實。如果讀者發現作品中的人物完全沒有任何吃喝的情景時，也許會對作者撰文能力有所懷疑。味覺不只是在場景中用來顯示人物的特性，即使與故事主軸沒有直接關係，還是可以就寫實與贏得讀者信賴的觀點上，視故事的進展來描寫有關用餐的內容。

觸感可促進設定間的相互作用

在所有的感覺當中，觸覺最能發動與設定間的相互作用，不但能提供故事的演進和幫助故事進度順利進展，還能建立登場人物的內在傾向。觸覺對人物角色來說是種探索，且透過角色讀者也能進行探索，因爲觸感是一種普遍性的感受，能促使設定變得更爲眞實，比方說，在描述角色碰到某物質的觸感時，能喚起讀者過去遭遇到同樣觸覺的經驗。

假設某個角色現在在獸醫院，必須讓自己的寵物安樂死，那個人撫摸著寵物柔軟的毛皮好幾次，掙扎著決定放手讓牠走。看到角色經歷的這個當下，可能會喚起讀者自己過去和動物之間深刻的羈絆，或是會記起以前碰到類似遭遇時產生的不安情緒，或著替他們打開了一扇想像的門，讓他們站在該角色的立場。無論是哪種狀況，只要描寫得好，狗狗滑順皮毛的觸感會引起讀者的同理心，強化角色與讀者間的連結。

處理觸感有一點要牢記的是，要使觸感的描寫有價值。角色接觸到某樣東西的時候必須產生相對應的行爲，而這些行為將促進故事後續的發展。如果讓角色沒什麼理由就觸摸或拿起某個東西，那根本是浪費篇幅。然而，倘若使用觸覺來強化氣氛、表現感情或向讀者表露角色更深層的一面，觸覺絕對能成功達成任務。

還有一種讓觸覺提升故事表現力的方法，就是利用暗示或象徵的手法來描寫。例如，某個角色跑過生鏽的垃圾箱旁，碰出了一道像是被刺中般的割傷，冥冥之中似乎暗示著危險即將來臨。假如這個角色正身處於危機當中，才剛逃離了追捕他的人，這種受傷的痛楚就象徵著逃亡的代價，而且對這個角色來說，這個預兆證明了未來有冒險的價值，其中也必然存在著風險。

要妥善的平衡使用各種感覺

感官的描寫當中，絕大部分的焦點集中在進入視線的部分，然而非視覺的細節描寫能夠將描寫的層級從「佳」提升到「優」而加深其厚度。儘管如此，不用拚命一次利用全部的感覺，只要混合一些些，形象的塑造會比只用一種感官描寫要來得有趣。有時試試看新方法，在創作多感官的效果時會有幫助。舉例來說，暗喻和明喻通常傾向視覺上的表現，但利用其他感官來代替則可產生具新鮮感的文章。來欣賞以下幾個摘自名著的例文：

> 鈴聲在響起的同時全部一下子沒了聲響。接著，樓下傳來匡噹匡噹的聲音，彷彿有誰在酒商的儲藏室裡，將沉重的鎖鏈捲在酒桶上拖拉的聲音。
>
> （**聽覺**。摘自《聖誕頌歌》）

> 他一生中沒見過稱作河流的這種東西——這個光滑蜿蜒、豐滿的生物，有時追過來，有

時微微笑，一邊發出咕嘟咕嘟的聲音一邊抓到了什麼，又笑著放開了手，飛往下個戲耍的對象那裡，對方想要逃走，卻又被追到被逮住。

（**聽覺和觸覺**。《柳林中的風聲》）

這裡有種皮革清潔皂的味道，與一種絕對不會認錯的，個人盔甲的味道混合在一起，是一種在高爾夫球場的專賣店會聞到的獨特氣味。

（**嗅覺**。《永恆之王：亞瑟王傳奇》）

以上選出來的段落，無論哪個都帶給讀者精確的視覺效果，但卻是採用視覺以外的描寫，產生了直達人心的印象。妥善安排嗅覺、味覺、聽覺與觸覺的話，無論怎樣的設定都能加深其影響力，也能讓讀者更投入當下的內容。此外，這對第三人稱觀點的描寫也有很好的效果。透過角色觀點的感覺敘述會使描寫更具體，並讓讀者對角色的感情產生共鳴。

都會的建築物：選用眞實地點的優、缺點

由於極大多數的小說是以眞實世界為舞台，很多設定會選擇都會區是很自然的。在這個世上，無論是工作、學校或玩樂，我們大部分的時間都花在社會裡的中樞系統上。因此小說會反映眞實世界，一點也不奇怪。

設定在都會區的時候，重要的課題在於抉擇要使用眞實地點，還是以自己的想像來建構新的地點。選擇眞實地點的話，如果作者自己很熟悉這個地點，應能更確立角色所屬的世界並集中故事的焦點。

提到特定的都市名或提及知名的地標，可以即時傳達場所的特徵給讀者，還可能讓作者灌注心力於向來難度很高的眞實度描寫。利用自身的記憶再造視覺、嗅覺、聽覺、味覺與觸覺的感知，即能完成非常有效的表達，而將個人想法和虛擬故事合而為一，締造出眞實感。讀者對這個地方感到熟悉，會增強自己正在和角色共享經驗的想法，也會關注角色的愛欲情仇，宛若和角色結合般進入故事的情境。

依照故事種類的不同，例如政治驚悚類作品（同政治權謀類作品），會有經常起用眞實場景的情況。這種設定傳達的是現在正在發生的事，強調這樣的故事在眞實世界中極有可能發生，本能地抓住讀者的心。但這樣做也有缺點。讀者可能比較愛看作品中有寫到他們造訪過，甚至是住過的地點，為了滿足這個需要，作者不得不下功夫徹底了解這個地方。倘若作

者搞錯了一些細節，讀者會注意到而且感覺出戲，甚至會有讀者因作者相關功課做得不足而爲之光火。

另一個使用眞實地點的缺點，是作者無法掌控實際地點的狀況。也就是說，地方是會隨時間而改變的。新的店家開了又關，大樓出租了，重新裝潢了，或甚至拆掉了。爲了蓋快速道路或高速公路，附近一帶有可能改裝，甚至從地圖上消失。因此寫故事當下就算能確定特定場景是這樣設定無誤，但事實上這些地方不可能一直保持原貌。另外，讀者自己也不一定能掌握到這些改變。十年前住在那個地方的人有可能在心中仍刻畫著以前的模樣，當故事敘述不符合他們的記憶，他們會感到混亂。讀者也有可能將自己的個人成見加入故事裡。倘若角色常去某間在眞實世界裡存在的小吃店，而且在那裡碰到很差的服務待遇，當讀者與角色對此有不同的見解時，或許就會產生不快的情緒反應。

爲了避開使用眞實場景設定可能產生的難處，有些作家會創造出完全虛擬的都會場景。從頭建構一個世界意味著讀者不會有個人偏好，作家也不會有需要克服的成見，能盡情發揮想像建構自己想要刻畫的世界。構思這樣的虛擬世界的困難度在於，作者需要更費力將腦中的畫面轉變成讀者容易想像的場景：（不屬於眞實世界的城市或國家的）所在地其政府運作的方式、社會機制如何操作、和故事相關的性別角色分工，以及其他許許多多的細節都會激發讀者的好奇心，讓他們猜想有哪些地方會和現實不一樣。選擇這種手法的作者爲了要讓虛擬世界有如眞實世界般豐富而有趣，需要針對其內部細節確實詳加規畫。

針對現代的相關設定，最簡單解決上述問題的方式，就是在故事中一比一的混合眞實世界和想像世界。選用眞實的國家或知名的城市，可作爲所有事物如何運作或讀者期待的情節

基礎。如此一來，藉由創造一個在大範圍區域（地區、街道等）設定的虛擬地點，作者能統整最符合故事所需的都會要素，而不會被具有眞實地標或讀者成見的場景所困住。

設定可能是眞實或是想像，爲了讓讀者可以跟角色與其所面對的事物產生共鳴，加入一些常見的事物就很重要了。即使設定的場景非常嶄新而特別，根據熟悉的事物產生的設定細節，能讓讀者適應這個場景。例如描寫某個男人推著手推車走動販賣滿是奇特香氣的烤肉串，就很像眞實世界內令人大流口水的香腸攤、沙威瑪。同樣的，小朋友上學、家長聚在一起閒聊、警察在路上巡邏等，這類言行舉止上的例行事項，在在忠實反映出讀者的日常生活經驗。即使故事走到的重大情節是處於讀者完全不熟悉的都會場景，像這樣將讀者非常熟悉的生活元素加進嶄新的場景中，就能讓讀者信任作者。

設定常見的陷阱

設定是一條變色龍，能夠回應作者的各種需求，例如賦予登場人物特徵、醞釀氣氛、展現背景、加入象徵、提供對立。如你所知，運用會對故事內容有很大影響的故事元素時，必須特別注意一些常見的問題。

無論哪種故事敘述，步調很重要，而設定細節更加重要。描寫太少，讀者一下子被丟到場景當中根本摸不著邊；描寫太多，則會將故事場面的舉動壓的扁平。了解該場景適合哪種設定是關鍵，因爲這能幫助我們避開從無聊、平淡、困惑衍生的許多問題。

如何避開讓讀者睡著的無聊設定

你可能聽說過，「跟看著塗好的油漆全乾一樣的樂趣」這句關於設定的評語。若設定在細節上說明得太仔細，對此感到膩了的讀者就無法期待接下來會發生的動作。就此來分析一下，怎麼樣的設定描述手法，會讓人想跳過不看。

細節描寫過多

透過設定可讓讀者準備好接下來將面對怎樣的發展，爲此必須整理好舞台、增強或是削

弱緊張感、炒熱氣氛、把重要事物具象化，備齊豐富的設定細節以達到暗示效果，是必要的功課。然而，作者本來應該只要統整自己仔細挑選的細節，卻可能埋首於描述說明的風暴中而陷入頁數爆量的危機。爲了表現所架構的世界，作家很容易就淹沒在說明細節上。但其實應該要留點空間好讓讀者發揮想像力，否則故事將永遠講不完。

要避免過多的描寫，需要愼選細節。因此，可以把你的設定想成是獨身一人的角色。例如一個正接受面試，等待被叫到名字的女生，只描寫她的身高或體重、眼睛的顏色和髮型，除了她的外貌之外其他都沒表達出來，一點也沒有說服力。所以，不只這樣，還要寫出能賦予人物特徵與表現感情的細節，譬如她不停地拉扯不合身的高級洋裝、僵硬的姿勢，以及她似乎在按揉著胸口撫平痛楚的樣子。這些細節不僅提供了關於她外貌的大概資訊，還能給讀者一窺登場人物內在的焦慮。

針對設定本身，當然最好是應用同樣的原則，以少許的敘述來說故事。要確認你的設定是否添加了多餘的幕後準備，請利用書末的「附錄4：場景設定檢視清單」。這份表格是從各個場景如何對你的故事有助益的觀點來探討設計的，能成爲你安排設定的好幫手。

誇飾過度

和細節描寫過多相似的問題，就是修飾過度。意思是當我們力求描寫筆法顯眼的時候，我們的文章會埋在感官印象，或是比喻和誇張的表達當中。如果你不用「淡藍色」而是用「冬天流冰的藍色」來形容勿忘草，或者把東山的日出形容成「君臨天下的女王頭上那光輝炫目的皇冠」，那你已經中招了。

語言是我們的麵包和奶油（譯註：生活中不或缺的東西）。學習如何活用比喻的手法來運用詞彙是很重要的。但是如果誇飾得太過頭，進入讀者眼簾的將只有詞彙而非故事本身。解除故事的魔力並非作者所願。因此，有時要砍掉你的愛用語句。倘若故事裡有著令人揪心的絕美描寫手法，卻對故事的進展毫無助益，那就把這套詞彙送進墳墓吧！

過分專業

在外星球，高科技或虛擬的環境以及兩軍交戰的迷宮般的戰場，這種埋入很多故事線進行的場景，需要多一點時間來展現故事的狀況。此時場景設定的成敗取決於作者是否有妥善發揮獨特設定的本領來緊抓住讀者的心，即使場景呈現的是讀者不熟悉的地方。

有時作者針對完全未知的設定領域，想要幫助讀者提升想像力，結果每個描述都支離破碎而阻礙故事的進展，讓讀者陷入各式專業術語的敘述中而動彈不得。舉例來說這就跟用槍一樣。要知道到底怎麼用，其實並不需要曉得每個機座或撞針的功能。針對難懂的設定，要從描繪對讀者而言熟悉的相似點開始，再去思考如何帶出較大範圍的細節。在這之後再添加琢磨過的細節，用來營造特定的氣氛，協助建構故事背景，抑或是從另一方面進行多方面的描寫。給讀者夠結實的繩索，他們就能靠自己跟上故事，無須犧牲故事進展，也能讓他們理解故事場景。

背景的漩渦

先前我們談到，設定能建立起場景，當然也能有效自然地統合故事背景。確實設定是個

寶庫，能提供登場人物個性或背景的描寫，讓故事情節得以揭曉更深層的意義，但同時要小心不能讓故事沉溺在過去。要避免被捲入背景的漩渦，就得在透過故事敘述和回顧展現過去時，設置所謂的「出入口」。設定就是板機，要快狠準才能發揮效果。最好只提供特定場合不可或缺的故事背景，目的在於提供讀者情境以供理解登場人物的行爲和想法，或故事相關的利害關係。選擇採用感官的細節會很有用，例如和故事當下的場景有關連的聲音，讓登場人物回到現實中的氣味，甚至是切斷和過去聯繫的觸感，這些都能作爲回到現在場景的出入口。

設定變成孤島

一個場景構造好比咕咕鐘，需要很多齒輪，指針和重量讓原本的機能可以正常運作。如果停止這項機能，會對描寫的效果造成很大的損害。大致上，特別處理設定的敘述文就是造成運作機制停滯不前的原因。

將故事停下來以凸顯設定的細節，會造成故事行進的不當中斷，特別是這部分綿延不絕時，會使狀況更爲嚴重。反之，我們應該將設定視爲一個把全數所需物品捆成一束的包裝紙，一個能將所有的故事要素妥善集合包裹的外皮。記住這點之後，就能將設定的敘述接軌得天衣無縫，讓人難以分辨起頭和結尾。

車速慢了下來，頭燈的光線掃過鄰居家濕答答的草地和壁板。唐納文蹲了下來屏住呼吸，細心打理的樹叢刮過他的皮膚並拉住他的衣角。艾瑞克的肌肉車（美式跑車）行進間的

重低音在唐納文的胸口震動。他一邊後退，一邊等待引擎熄火後車門被打開的嘰嘰聲。他弟的這位好友一定已經看到自己走過行人天橋，但唐納文確定他應該在這房屋和庭院的迷陣中跟丟了自己。雖說如此，但他現在已經站在自己眼前。艾瑞克那詭異的笑容老是讓唐納文不舒服，何況是現在這種奇怪的時間點，看到他那個樣子讓人有多不舒服就更不用說了。

時間一分一秒過去，他的牛仔褲膝蓋抵著濕潤的土地，傳來陣陣寒意。他祈禱著希望追兵消失，但艾瑞克不是那種會忘掉別人欠他錢的人，無論債務其實是唐納文死掉的雙胞胎弟弟欠的，或唐納文根本長得不像雙胞胎弟弟，都無關緊要。艾瑞克應該會緊緊跟著他，直到他清償債務，最壞的狀況就是，他會跟弟弟一樣在蓄水池內了結此生。

根據以上場景內發生的事，設定相關的登場人物的行爲舉止或情緒裡隱藏的理由，你是否都能想像得到？希望是如此。比起單純集中在設定的細節而排除發生事件描寫，不如以登場人物所展開的行動來設定，比較能持續包含多樣的事物。就像上述場景這樣的表現手法，感官的細節、情緒、故事的情境背景和緊張程度，這些齒輪不應該視爲損及故事情節的缺陷，而是要視爲能提升效果的要點，讓彼此共同發揮作用。

避免無限擴張的單調設定

接著來看一下另一面的問題，就是因效率過高或描寫無法吸引人所造成的單調設定。這個問題有各式各樣的原因。

無聊的設定

雖說不要老調重彈，但世界上這麼多偉大的作品當中，所謂的「標準款」是無法占有一席之地的。情節、登場人物，以及設定當然也是如此。不論選了怎樣的地方來進行故事的場景，作者爲了讓建構的世界鮮明有眞實感，會希望自我風格和自己專屬的畫面在裡面確實發揮作用。

就算作者選擇的似乎是每本書裡都會有的設定，還是能夠表現出這特定地方的視角，對於登場人物來說是量身打造的。假設場景選在寄宿學校，特定的要素會影響學校的形貌。規模的大小、位在都市還是郊區、公立還是私立，這些都能訴說出登場人物的居住環境或經濟狀況。且經由登場人物自身的觀點，能傳達出登場人物對寄宿學校各種認知上的細節，藉此暗示讀者登場人物對寄宿學校的看法爲何？學校是管理嚴格還是放牛吃草？老師是很熱心還是沒幹勁？學校會很重視運動課程、藝術活動、課外活動或社團嗎？這些問題的答案有助於打破一般寄宿學校的刻板印象。

正如先前所說，不管這個地方對登場人物來說熟不熟悉，即使設定上不具備情感面的價值，爲設定添加特徵依然可能種下情感因素的種子。公園不應該就只是個公園，飯店房間不應該就只是個飯店房間。作家對於設定地點相關的感覺細節、燈光效果、人物與象徵這些方面所做的決定，會賦予故事登場人物特徵並影響到各個場景與讀者之間的聯結。

感覺饑渴

即使吃培根或巧克力，一直只吃某種東西並不會讓人覺得開心。同樣的，讀者會因爲設

定老是只有某種感官描述而感到厭倦。我們實際生活中大部分非常仰賴視覺，所以單單描寫眼睛所看到的事物是非常簡單的。要克服這點需要想想登場人物會如何體驗嗅覺、味覺、觸覺和聽覺這些其他方面的感覺，以及如何讓這些感覺使登場人物所在的世界更眞實而寬廣。

有時想像自己就是該登場人物，並將自己代入登場人物當下的狀況會很有用。想想登場人物心中的感覺，他在這裡會期待什麼發生？依據他的心態，他注意的事物會隨之改變。如果登場人物正在猶豫不決或在擔心什麼，他會啓動戰鬥或逃避的本能，讓他的感官對威脅有所警戒。因此，假設有小孩正用粉筆在路上塗鴉，對他來說，這就不是毫無危險的存在，他可能會注意現場是不是有任何不合理的奇怪舉動或聲音。

如果你腦袋記不住要去使用視覺以外其他較少用到的感官描寫，不用擔心，思考感覺這件事熟能生巧，而且這本書裡面的各項內容，一定可以幫助你建立起新的描寫習慣。

無力應付的救命稻草

談到描寫手法，每個作者都有自己的偏好。舉例來說，描寫一個場景時，也許裡面會有一輛停在路邊的生鏽的黃色小貨車。這本身沒什麼錯。但是，下個場景裡的登場人物把他的蕉黃色單車鎖在一家門口漆成黃色的麵包店外面，這就會有問題了，因爲無意義的重複會讓情節的描寫變得平淡。

同樣的，作者還可能把感官描寫當成救命稻草而輕易地使用。假設作者很喜歡風吹過茂密樹葉的聲音，單次使用感官的細節能幫助讀者體驗設定，但如果在很多不同的情節內都提到風聲，讀者會注意到作者的這種癖好。寫作的大前提就是不能讓讀者看破手腳。整篇故事

都用風聲作爲象徵，這種蓄意的重複另當別論。但如果想都不想的就讓感官的細節描寫突然跳出來，那就需要大刀闊斧刪減了。

改掉自己經常性描述顏色和感官的細節、反覆同樣的措辭或比喻等表現手法，最好的對策就是，把你偏愛的細節和技巧逐條寫下來，不定期在你編修時拿來檢查各個情節。是否找到一些固定的寫作模式？是否用太多直接比喻的手法？如果是的話，刪掉一些並用新的東西來取代。

當你沒法看出自己重複使用哪些表現手法時，假設你很幸運，有些不吝給予批評的朋友，他們大概能幫你找出來。第三者的角度往往能注意到自己沒看到的事物。記得請會讀你初稿的夥伴或能給予你批評的朋友把任何重複出現的字彙、詞藻或敘述列成清單，之後等到你要編修時，把注意焦點放在第三者先前檢查時漏掉的表現法，就能用比較新穎的想法換掉這些重複的表現方式。

虛弱無力的文脈

無聊的設定往往和描寫技巧當中的用字貧乏，形容詞或副詞的濫用，以及經常缺乏多樣的變化有關。若想讓作品不僅能以感情爲中心來引導想像，而且讀起來很愉快，最理想的方式就是運用各種文章結構和大量的比喻字詞。

總之，要培養敘事能力，就要多多練習（寫寫寫！），並且要在讀文章的同時進行觀察，這些都很重要。記住，所有和寫作有關的技巧均會一直進步，生來就能掌握技巧是不可能的，只有一直開放自己去學習，才能不斷地向前邁進。當走在寫作的這條路上，一定有能

踏出去的下一步。這就是作家在成長的過程中所得到的最眞實的喜悅。

這裡是哪裡？引發困惑的設定

第三個要解決的問題就是，讓讀者困惑的設定。這種設定欠缺能讓讀者確實掌握情節的場景。作者會被意料之外的情節演進或充滿緊張感的戀愛衝突帶著走，並自我揣測讀者應該會跟得上而對設定不用心。但，如果讀者沒有確實記得場景特徵的話，可能會感到困惑。這裡有兩個寫作時需要注意的地方。

阻礙故事演進

有時在編修作品時，對於描寫的修改可能會打亂故事的連續性而使人困惑，這是因爲在精簡情節時，往往把爲什麼會這樣的部分刪掉的關係。結果會怎樣呢？上一刻登場人物正坐在撞球台邊等著打他的八號球，下一刻他已站在酒吧吧台旁，從無主的托盤上拿起酒來喝。這種像打嗝一樣刺耳的聲音，會一口氣將讀者推離故事。幸好這是很容易修正的，只要對每個編修過後的場景做最後檢查，確認自己在描寫登場人物從A到B之間和C互動的場景時，其間的轉換是否順暢就可以了。

節奏快速的連續動作

當故事進行到激動的場面，會想把設定的敘述往後擺，但讀者仍需要了解設定以全盤掌

握現在發生的狀況。特別是打鬥的場景容易變成混亂的泥沼，因爲焦點幾乎集中在登場人物的衝突上。當大亂鬥場面變成一連串揮拳、踹臉和偶爾踢中胯下的血腥爭鬥，自然會讓人完全忘記設定的內容。但倘若讀者無法「了解」這個場景，就會流失對場景的關注力。

不管場景是吵架、飛車追逐，還是感情火熱的幽會，思考一下設定的基本要素如何才能和場景有所關連。在打架的過程中，到底要在牆上打出一個洞，還是要把媽媽珍藏的玻璃製貓頭鷹擺設一拳打碎？在輪胎尖聲運轉的飛車追逐中，登場人物也許會差點輾過郵差、撞到校車，或把高級餐廳中庭的草皮剷掉。在忘我的情侶急著進到房間的場景，是相片擺放架被撞歪傾斜、一半的床單從床上滑落，還是把泰迪熊推到一旁以免破壞氣氛？不管是哪種舉動，選擇能自然配合事件的設定細節，應該有助於讀者更容易想像（或享受）場景的畫面。

針對都會區的設定應該考量的事

選擇都會區作爲設定的最大優點在於其適應性。所謂的設定應該要能促成故事的進展，強化作者所要傳達的訊息，並且能爲了故事努力不懈。最後，要爲大家列舉打算在場景內建構都市時，需要記得的幾個注意事項。

要具體並且獨特

不管設定有多普通，你所建構的都會場景一定要讓讀者覺得很特別。你的肩上擔負著無數的決定，每個決定都是個機會，有可能讓設定看起來像是從眞實世界跳出來的。假設登場人物走在馬路上，要由你來決定人行道上是擁擠，還是空無一人，決定什麼樣的人會經過，決定人行道上有怎樣的街頭藝人在娛樂大家，還要決定鄰近的建築物是代表著貧窮或富裕，以及存在這當中的種種其他事項。不論是加入越南餐廳飄出的現煮河粉香味，還是描寫吹過街上建築工地的風夾帶著石頭碎屑所捲起的塵土漩渦……你正在引導著讀者的感官經驗。

另外，都會的場景也能反映現實生活中熟悉的事物，例如店家開店和打烊的節奏，尖峰時間的塞車模式，運送東西的宅配業者，還有各站停車的巴士或地鐵，這樣的細節描述是取材自信賴度夠的周遭事物，讓人可以自由地發揮玩心，再去選擇其他對故事本身極具效果的

設定要素。

從鬼打牆的設定走出來看看

當作家想不到適當的設定時，多半會從跟自己寫作主題類似的電影或書中取材。但是一直重複利用常見設定的話，會奪走故事的獨特性。讀者喜歡的是嶄新的體驗，所以在倚賴理所當然的設定之前，先從不同的觀點思考看看。例如十幾歲的青少年開派對，不一定總要在沙灘或某人爸媽不在的房子裡。反其道而行，讓他們偷跑進封閉的建築工地，或出售中的空倉庫裡如何？在那邊加上啤酒、噴漆，甚至突然出現拿著電擊棒的警衛，那你就完成了一場衝突爆發前夕的獨特設定了。

當作者對於登場人物的內在設定有多種表現，想要更確實地集中焦點在登場人物內在的混亂時，這種狀況會誘使作者意圖留在平凡的場景就好。然而過分集中在登場人物的內在，可能導致故事進展產生問題。使用適當的設定會提供機會讓作者能運用象徵手法，積極地傳達故事背景，還能明朗化登場人物互動關係下產生的感情。因此請試試看一邊保持著故事的進展，一邊以寬廣的視野來找尋能和登場人物的心境連結的設定，這樣做應該還不賴。

都會篇

基本設定

下水道
Sewers

關連場景
地鐵隧道

視覺

- 弧形的水泥牆
- 生鏽的金屬水溝蓋
- 水管
- 鐵網
- 汙濁的水
- 水道和隧道
- 相較之下面積較大的調節池
- 比地面高一截的步道
- 有幾條疏通下水道支流，管徑較大的主要管線
- 與人孔蓋相連的部分
- 通往路面的梯子
- 牆上的塗鴉
- 水面漂浮著浸濕的垃圾，以及油膩的浮渣
- 泡沫和其他滑膩的塊狀物
- 從主要幹線分支出去的下水道入口（人孔蓋）或隧道
- 暗處
- 建築物的鐵鏽或水藻
- 滴下來的水
- 大老鼠（溝鼠）
- 蜘蛛
- 蟑螂
- 甲蟲
- 蜈蚣
- 吸毒用具
- 從路面水溝蓋照進來的微弱光線
- 導水路
- 黏答答的牆壁
- 在水中載沉載浮的齧齒類動物的屍體
- 通風口
- 位在牆壁高處的排水管
- 變色的磚牆
- 柵欄勾住的垃圾（濕答答的塑膠袋或布、樹葉、樹枝、紙箱的一部分）
- 龜裂的水泥塊
- 從水管和牆壁的接縫處流出的水與鏽痕
- 引導工作人員至指定區域、已經冒出油漆氣泡的標示
- 工作人員或其他來人用手電筒照明時，快速晃動的光線

聽覺

- 滴滴答答的水聲
- 水花飛濺或奇怪的迴音
- 聚集在一起的大老鼠（溝鼠）吱吱叫並發出走動的啪達聲
- 啪達啪達的腳步聲
- 從頂部傳來的都會噪音（車輛往來、街道的噪音、人聲）
- 讓水管為之震動的地鐵轟轟噪音
- 作為排水路的人工瀑布
- 水管中咕嘟咕嘟的水聲
- （暴風雨中或暴風雨過後）大量的水流發出吵雜的聲音
- 碎片摩擦到水管的一端或勾住柵欄的聲音
- 附近地鐵尖銳的煞車聲

嗅覺

- 惡臭
- 汙水
- （下水道同時兼具汙水處理功能時）非常強烈的髒東西臭味
- 腐敗味
- 汙染物（機油、油脂、其他跟路面的水一起流下來的潤滑油）
- 濕淋淋石頭的獨特臭味
- 建築物的霉味
- 鏽味

味覺

- 在設定中，除了登場人物帶進這個場景的東西（口香糖、薄荷糖、口紅、香菸等），可能沒什麼特別的東西跟味覺有關，像這種不會描寫到味覺的場景，可以專心描寫其他四種感覺。

觸覺

- 長靴裡灌進來的水
- 浸入衣服裡的冷水
- 在步道上步行時，大老鼠（溝鼠）撞到自己的長靴或從長靴上跑過
- 手貼著黏黏的牆壁順著往前走
- 梯子上冰冷的鐵製階梯
- 在水深及膝的汙濁水流裡前進，被看不見的垃圾撞到
- 塑膠長靴碰到某種東西的感覺
- 從喉嚨裡湧上來的噁心感
- 幽閉恐懼症
- 走在汙水管上，兩手張開以保持平衡

- 用手電筒照著四面八方
- 彎腰通過狹窄的通道導致背痛或頸部疼痛
- 為了避開水面上漂浮的噁心東西，猛地轉身閃開
- 用指甲擦掉臉上的汗水
- 水滴滴到頭上並流到脖子上
- 踩到水裡軟綿綿的垃圾
- 防護衣裡滿身大汗
- 防毒面具的帶子刮到皮膚

引領故事發展的情境與事件

- 為了逃命不得不逃進下水道
- 暴風雨水流最湍急時，被困在下水道裡
- 老鼠
- 蛇
- 掉到水裡
- 幽閉恐懼症
- 害怕會溺水
- 髒水進到嘴巴裡
- 因為髒水導致傷口細菌感染
- 踩到危險的碎片
- 光線消失
- 身處孤立無援的地底時，碰到陌生人
- 迷路且因為太暗找不到出口
- 出現失溫症狀

登場人物

- 土木技師
- 檢查員
- 維修人員
- 城市探險家
- 流浪者

編劇小技巧

設定時的重點與提示

電玩或電影裡常出現隱藏在下水道的住所，或是以下水道作爲保護隱私的秘密集會所的劇情。但實際上要進到下水道裡面是很困難的，而且幾乎是不適合居住。話雖如此，下水道裡面的狀況根據設定地點的差異也會有所不同。例如有的下水道內部非常狹窄，在裡面進行例行作業的市府員工就不用說了，一般人要通過相當困難。反之也有下水道處於開發中的都會區，爲了使其能夠成爲運送物資的公共管線，裡面會相當寬廣，且具備令人驚豔的精細構造。下水道不僅限於以現代特定場所爲背景的故事設定，也可以是個能發揮自由創意的地點。記得在設定中加入充分現實感覺的描述（特別是嗅覺或味覺），讓讀者感受到鮮明的眞實感。如果你的場景設定是採用實際存在的下水道，就要實際走進下水道去調查一下，看看能得到哪些關於下水道的資訊。

例文

我手上的手電筒正照在布滿髒東西的牆壁上，水痕顯示水位至少降到了一百二十公分以下。好像有什麼的爪子在金屬上刮過去的嘰嘰聲響起，我嚇得跳了起來。某個生物正沿著生鏽的水管急忙地跑過，手電筒的光線掃到了牠的尾巴。我全身發抖地跑了起來。我眞的很討厭地底下，非常討厭。我踩進汙水中，身上穿的防水衣有效隔開冰冷的水流，在踏出步伐的當下腳碰到了看不見的垃圾。當我到了分岔點的隧道口附近，突然一股強烈的惡臭襲來，我用袖子遮著口鼻阻斷這股臭味。由於下了一星期的雨，造成附近六處積水，可以肯定的是，有幾隻寵物或其他動物的屍體陷在柵欄裡，我希望這些東西是這趟行程僅有的發現。

運用的寫作技巧

光與影、多種感覺的描寫、天氣

創造效果

醞釀氣氛、強化情緒、營造緊張感與糾結的心情

小巷

Alley

關連場景

救護車、都市街道、汽車旅館、禁止進入的公寓、遊民收容所、破舊公寓、地下道

視覺

- 被雨水打濕的一堆木箱
- 垃圾（壓扁的外帶紙杯、皺巴巴的包裝紙、菸蒂、酒類空瓶、碎玻璃）
- 滲出不明液體，生鏽凹陷的大型垃圾桶
- 乾掉的嘔吐物
- 油膩的水窪
- 泥巴或汙垢
- 破爛的毯子或碎布（有遊民住在巷子的情況）
- 折疊起來的紙箱、損壞的木板
- 老鼠
- 蟑螂
- 蜘蛛
- 螞蟻
- 啄食垃圾的鳥類（喜鵲、鴿子、烏鴉等）
- 建築物外面的金屬緊急逃生梯
- 徘徊的貓狗
- 從後門出來抽菸休息的員工
- 損壞或廢棄的家具
- 附近大樓磚牆上的塗鴉或霉汙
- 被風吹到角落堆積的報紙和傳單
- 骯髒的鐵窗或門口
- 盡頭處的鐵絲網圍欄
- 無法完全照亮黑暗的路燈
- 瞬間照亮周圍後離去的車燈
- 嵌著刻有業者名牌的金屬門
- 寫著「此處禁止逗留」或是「卸貨區」的牌子
- 犯罪行為（搶劫、醉漢打架、殺人、非法入侵、吸毒）

聽覺

- 風把垃圾吹到角落的聲音
- 狗挖垃圾的聲音
- 貓叫聲
- 咳嗽
- 悄聲交談的對話
- 俱樂部後門傳來的音樂聲
- 瓶子「鏘鏘」碰撞的聲音
- 垃圾桶的蓋子「砰」地蓋上
- 垃圾袋「咚」地丟進垃圾桶
- 齧齒類動物細碎的腳步聲
- 被饑餓的動物翻倒在地上的垃圾桶蓋子
- 開、關門時，鑰匙「嘩嘩」作響
- 玻璃破碎的聲音
- 有人爬上鐵絲網，發出「喀噠喀噠」聲
- 附近傳來的汽車引擎發動聲
- 大馬路傳來的聲音（車子的喇叭、煞車時輪胎發出「嘰」的聲音、高跟鞋「叩叩」踩過人行道）
- 遠方的警笛聲
- 住宅敞開的窗戶傳來的爭吵聲
- 不舒服的人快要吐出來的呻吟
- 在散落小巷的廢棄物中緩步慢行的腳步聲
- 遊民推動購物車「喀噠喀噠」的輪子聲
- 被警衛從俱樂部或酒吧趕出來的客人叫罵聲
- 折疊刀突然「嚓」地彈出刀子的聲音
- 踩動單車的聲音，以及清脆的鈴聲

嗅覺

- 腐敗的垃圾
- 體臭
- 動物或人的排泄物
- 馬達潤滑油
- 打開的窗戶或餐廳飄出來的食物香味
- 潮濕的紙箱
- 建築物的霉味
- 嘔吐物
- 破掉的瓶子飄出來的啤酒味
- 香菸的煙
- 散發霉味的建材
- 發霉的食品
- 汽車廢氣

味覺

- 酒精
- 從垃圾桶或是遊民收容所拿來的食物
- 不冰的啤酒
- 香菸

觸覺

- 喝醉酒想要撐住身體，手摸到牆壁粗糙的磚塊
- 在黑暗中踩到某種軟爛潮濕有彈性的垃圾
- 沾到鞋底的汙垢黏答答的附著力

- 踩到移動式垃圾桶流出來的油，腳底一滑
- 腳下的紙屑或落葉
- 垃圾桶冰涼的金屬蓋
- 勾到衣服或皮膚的金屬片
- 丟垃圾時，掀起大型垃圾桶沉重的蓋子
- 啤酒瓶光滑的熟悉觸感
- 遇到搶劫時，抵住側腹部的槍口或刀刃頂進去的感覺
- 挨打的疼痛
- 被巷子裡掉落的廢棄物絆到
- 挖垃圾桶尋找堪用的物品
- 踩到一灘水，水滲進鞋底的冰冷濕氣
- 爬上鐵絲網時，用手指勾住鐵絲
- 用手肘敲破玻璃
- 用肩膀撞開門侵入屋中
- 抓住門把
- 睡在發霉的沙發或骯髒的紙箱上

引領故事發展的情境與事件

- 遇到搶劫
- 在黑暗中掉落錢包或手機，試圖尋找
- 發現在巷子裡挖剩飯的野生動物或走失的寵物
- 抄近路時走進死巷
- 被人跟蹤
- 目擊犯罪現場（非法入侵、搶劫、毒品交易）
- 老闆報警，被迫離開棲身的巷子
- 想要睡一下時，被收容所的職員叫醒

登場人物

- 建築物的居民
- 老闆
- 罪犯
- 遊民
- 警察
- 收容所的社工

編劇小技巧

設定時的重點與提示

小巷的描寫，一定要符合周遭的環境以及該處發生的衝突。譬如，兩棟公寓之間的巷子，與酒吧和熟食店前面的巷子，氣味和景觀應該完全不同。下筆時必須考慮到都市的規模、季節、附近的行業、這一帶的行人及動物經過的頻率等。另外，也要研究一下當地可能會出現的廢棄物、鐵窗透出來的光線及路燈亮度等，運用在塑造想要的氣氛上。

例文

「巴克機油暨潤滑油店」與「保羅麵包店」之間的小巷，是艾弗烈星期六的最愛。沒錯，十一月的風大聲呼嘯，就像是追逐受傷的鹿的野狼嚎叫，但只要蜷縮在報紙和廢紙充當的毯子底下，便幾乎感覺不到冷風。背部的磚瓦因爲牆壁裡的麵包店烤爐而熱烘烘的，而且四下充滿了酵母發酵的氣味，蓋過了垃圾桶裡無時無刻散發的潤滑油惡臭。他把破舊的棒球帽帽簷用力拉低，靠在溫暖的角落，想像塗滿了奶油晶瑩閃爍、剛從烤架取下來的麵包。如果運氣好，今天會是瑪格麗特值班，她會送來一袋過期一天的圓麵包，加上一罐樹莓果醬。

運用的寫作技巧

對比、多種感覺的描寫、天氣、直喻法

創造效果

賦予登場人物特徵、醞釀氣氛

小鎮街道
Small Town Street

關連場景
骨董店、銀行、書店、美式賣場、美髮沙龍、居家用品賣場、自助洗衣店、圖書館、遊行、公園、停車場、警察局

視覺
- 停車中的車子
- 條紋遮陽棚
- 店鋪吸引、歡迎客人的五彩繽紛櫥窗裝飾
- 家族經營的商店（做當地生意的熟食店、咖啡廳、花店、麵包店、冰淇淋店等）
- 店鋪二樓的個人住家
- 地方上常見的一般行政機關（郵局、警察局、小型消防局、圖書館、衛生所）
- 有行道樹的人行道
- 店鋪外面種植了五顏六色花朵的花槽或盆栽
- 在路上遇到認識的人，停步聊天的行人
- 有路燈或是四面停車交通號誌的十字路口
- 道路標誌快要消失的單線道
- 斑馬線
- 吊著花籃，有掛勾的路燈柱
- 沿著人行道種植的樹苗
- 為了改善街景，當地藝術家彩繪的垃圾桶
- 柵欄式停車收費機
- 遛狗的人、推嬰兒車的人
- 騎單車或溜滑板的孩童
- 龜裂的人行道
- 乾淨的排水溝
- 店頭供狗喝水的水碗
- 走走逛逛的客人
- 午休的人坐在長椅上，看著路上的行人

聽覺
- 馬路行車的聲音
- 緊急煞車或車輛排氣管的噪音
- 老舊卡車的引擎發出低沉的轟隆聲響
- 偶爾響起的喇叭聲
- 駕駛經過時，向對方揮手打招呼
- 打開店門時，響起的鈴聲
- 人們邊走邊聊天的說話聲
- 狗兒吠叫或喘氣的聲音
- 落葉滾過人行道飛走的聲音
- 遮陽棚被風吹得「劈啪」作響的聲音
- 客人在露天座聊天的聲音
- 用水管為植物澆水，水灑在人行道上的聲音

嗅覺
- 麵包店的烤箱傳來的發酵麵包焦香味
- 鮮花
- 陽光
- 綠葉
- 香料
- 正在製作的漢堡
- 炸食物的油
- 車輛廢氣

味覺
- 咖啡的苦味
- 水
- 當地加油站附設便利超商的冰沙飲料
- 冰淇淋甜筒冰涼的甜味

觸覺
- 走在龜裂人行道高高低低的地面
- 身體靠在店面紅磚牆上時，凹凸不平的硬度
- 拉開店門光滑的把手
- 坐進停在豔陽下的汽車皮椅，感覺到燒焦般的熱度
- 一隻手掌彎成拱形放在玻璃窗上，窺看店內
- 早晨遛狗時，用力拉扯狗的牽繩
- 被太陽光曬得溫熱的金屬長椅
- 涼爽的微風吹起頭髮
- 孩童溜著滑板或滑板車經過凹凸不平的人行道鋼板
- 買了一堆東西，購物袋太重，提得手很痛

引領故事發展的情境與事件
- 醉漢在酒吧或酒館附近發生爭吵
- 競爭對手或死對頭偶然遇上
- 由於地方小，八卦立刻傳遍大街小巷
- 停車技術太差，車子占去太多停車位
- 駕駛搶道
- 行人或單車騎士被車撞到
- 掙脫牽繩的狗衝上馬路
- 有人發現汽車駕駛把狗或嬰兒丟在車內去買東西

・自己的糗事被鎮上的人得知（選舉落選、遭到逮捕、被解聘）
・連鎖餐廳或連鎖零售商店準備要來開設分店，影響到當地小店的生存
・與身分可能威脅到自己的重要人士（市長、保安官、建築公共安全檢查專員）結仇

登場人物

・馬路清潔員
・當地居民
・警察
・老闆
・觀光客

編劇小技巧

設定時的重點與提示

在小鎮，比起加盟連鎖大型店鋪，沒品牌的家族經營小店更多，每個人都彼此認識。雖然不是沒有犯罪發生（尤其是特定季節會有觀光客造訪的小鎮），但也沒有大都市會發生的那類嚴重罪行。大部分情況下，有犯罪前科的當地居民都會被警方監視，加上人口少，對於麻煩人物的監控管理，可以說做得比都市地區更好。

例文

即使還有三公尺的距離，莎拉也知道「畢格蘭德」今天有營業。不光是裝飾了許多花朵、用粉筆寫著「歡迎光臨」的立牌已擺在門口，被門擋固定住的敞開門內，還散發出剛沖泡好的咖啡香，並且迴盪著她所喜愛的醉人爵士樂。

運用的寫作技巧

多種感覺的描寫

創造效果

賦予登場人物特徵、醞釀氣氛

工作室
Art Studio

關連場景
藝廊

視覺

- 顏料管依照顏色分門別類地排列在牆上的架子
- 可依照素描或是畫圖功能調整的畫架
- 貼有標籤的畫具專用透明容器或手提袋
- 牆上貼著能給工作室的藝術家靈感的畫作或照片
- （從天窗或毫無遮蔽的窗戶照進來的）自然光線或照在半成品上的強烈光線（以及移動式燈具）
- （放有素描紙或方格紙、裝著設計用鉛筆的瓶子、麥克筆、彩色鉛筆、個人腦力激盪或素描愛用畫具的）桌子
- 凳子
- 放有鉛筆的瓶子
- 壁畫
- 堆疊的畫板或畫布
- 用來擦拭的破布或擦手紙紙捲
- 空氣流通的設備（打開的窗戶、特別建置的空氣過濾系統）
- 排列著和自己的藝術領域相關書籍的書架（繪畫技巧、素描、漫畫、雕刻）
- 放有靜物的架子（陶壺、骨董茶具、骨董娃娃、酒瓶）
- 靠在牆邊的幾幅練習作品或黑白照片
- 畫框
- 夾子
- 捲成一綑的膠帶
- 畫架上顏料飛濺開來的板子
- 牆上用膠帶固定的夾板上夾著手繪圖或照片
- 調色板
- 裝有顏料稀釋劑的水桶
- 溶劑
- 到處都有空咖啡杯
- 鋪在地上的塑膠墊或帆布墊
- 顏料飛濺的痕跡或汙漬
- 用來記錄作品各階段的相機

聽覺

- 工作中播放自己喜愛的音樂
- 從打開的窗戶傳來外面的聲音（車輛經過、院子裡玩耍的小孩、除草機）
- 電風扇或空調的聲音
- 畫筆在全新的畫布上滑過去的聲音
- 畫筆在裝滿水的梅森瓶（玻璃收納罐）裡面匡噹匡噹作響
- 鉛筆在紙上摩擦的聲音
- 用手拍掉橡皮擦屑的聲音
- 藝術家小小聲自言自語或哼歌
- 撕膠帶的聲音
- 從捲筒上撕下一張擦手紙的聲音
- 把繪圖用紙揉成一團丟進垃圾桶的沙沙聲
- 在找要用的那一根鉛筆時，鉛筆在瓶子裡撞擊的嘩啦嘩啦聲
- （多位藝術家共同使用工作室的情況）藝術家們針對某個作品討論的聲音
- 將咖啡杯擺到桌上的聲音
- 啪地一聲打開電燈開關
- 紙張的沙沙聲
- 拖著腳走的腳步聲
- 打開混合劑或黏著劑的塑膠蓋時，啵一聲

嗅覺

- 顏料
- 油
- 溶劑
- 顏料稀釋劑
- 膠帶
- 塑膠
- 鉛筆屑

味覺

- 設定當中出場人物帶到現場的東西（口香糖、薄荷糖、口紅、香菸之類的東西），除此之外有可能沒什麼特別的東西跟味覺有關。如果沒有設定特定的味覺，專心針對其他四種感官來描寫會更好。

觸覺

- 畫筆滑滑的握柄
- 手指用力捏著鉛筆
- 手指上沾著粉狀的彩色蠟筆油脂
- 把要畫的東西搬到分隔開來、黑暗箱型空間裡的展示台上，並加以布置時的沉重感

- 一些冷冷滑滑的顏料沾到身上
- 把髒汙的畫筆或鉛筆夾在耳朵上
- 把橡皮擦屑從工作區上撣掉時凹凹凸凸的觸感
- 顏料在畫布表面滑動的觸感
- 風從窗戶灌進來微微吹拂
- 開、關抽屜
- 翻閱美術書籍裡光面紙製的頁面
- 用破布用力地擦拭雙手
- 乾掉而扎手的擦手紙
- 扭緊的顏料管蓋子的阻力
- 柔軟的刷毛
- 在身上乾掉的顏料汙漬

引領故事發展的情境與事件

- 東西破損
- 因為地震或火災，好幾年份的作品受到損傷或毀壞
- 向其他藝術家學習時，那位藝術家要求模仿他的技巧或樣式，並將其當作自己的畫法
- 空氣不流通導致肺部受損
- 自己準備寄給藝廊或買家的畫作被偷
- 受到（帕金森氏症等的）疾病或健康狀況的影響身體會抖
- 正在準備當中卻突然取消展覽（藝廊停業、老闆因負評改變主意、藝廊發生緊急事故）
- 好幾個作品都無法達到自己所要的完成度，對自己喪失信心

登場人物

- 美術老師
- 熱中藝術的人
- 藝術家
- 受邀來訪的藝術家親友

編劇小技巧

設定時的重點與提示

工作室有的是自宅或公寓最裡面簡單的一間房間，有的規模則是像藝術學院一樣，有可以指導許多學生的寬敞空間，也有介於這兩者的工作室。工作室裡的畫具，依照製作的藝術作品種類，例如繪畫、素描、手繪圖、漫畫、蠟筆畫，或其他現代罕見的表現手法而有所不同。使用這個場景設定時，要思考工作室的整潔狀況、畫具的品質、登場人物手邊擺放的構想素材，以及透過這些細節會如何將登場人物的特徵傳達給讀者。

例文

李德選了紅色在全新的畫布上揮灑起來，每當他脾氣來時都會這樣做。腦海浮現的是他的謬思女神——羅雷娜。下筆的線條彷如刺進她那背叛自己柔軟肌膚的一把利刃。受到激動情緒的驅使，他一而再再而三地揮散顏料殆盡，他的呼吸變快，發出刺耳的聲音。完成時紅色顏料弄髒了畫架，地板上的墊子也沾上汙漬，連他身上的白襯衫也遭殃。很幸運的，在最後一次見她之前，李德已經預料到要先買好紅色的顏料，這是和她在一起三年讓李德學到的。兩人間的緊張關係不知從何時起變得一觸即發，他沒法簡單就平復他的怒火。但現在他發現她偷吃，那一觸即發的憤怒和所有的激情至此走向了終點。

運用的寫作技巧

對比、象徵

創造效果

醞釀氣氛、告知背景、強化情緒、營造緊張感和糾結的心情

工廠 Factory

視覺

・出貨區寬敞的大型鐵皮屋頂建築
・從大煙囪冒出的白煙
・廠房外企業的大型標誌及商標
・販賣部、管理部及辦公大樓（辦公桌、電話、電腦、行政人員）
・研究或設計生產設備的工程部門（機械或電子工程師，利用電腦操作3D技術以模擬機器性能或設計相關工程的部門）
・製造部（集合了技術人員或專家的明亮寬廣倉庫、工具或機械、利用機器人進行加工作業的廠房、畫有走道界線的水泥地、用品櫃、自動塗裝室、包裝台、原料、管線、閥門、模具、鏈條、工具、恆溫控制的檢查室、安全標誌、設在柱子上因應有人受傷時，可緊急停止作業的閃爍按鈕、洗眼設備間、配置急救包的緊急處理室）
・為了觀察作業情況在組裝間上空設置的金屬步道
・組裝與生產部門（裝配線、戴著安全帽的技術人員連接所有的生產線，並以檢測裝置再次檢查、生產部部長、警衛人員）
・包裝部（包裝台、塑膠包裝紙、紙箱、封箱膠帶、堆高機、貼紙或標籤、貨車）
・清掃地上碎片或換垃圾袋的清潔人員
・好幾個用來擺放通風管或工業用電鑽、濕式或乾式工法專用鋸子的房間

聽覺

・悶聲作響或發出嗡嗡聲的機械
・空氣壓縮機的運轉聲
・金屬發出叮噹聲或金屬彼此間的摩擦聲
・裝配線的滾輪或是鏈條發出匡啷聲響
・壓制成型機發出咻咻聲
・廣大空間內的迴音
・洗地刷接觸地板的沙沙聲
・重型機具或小型手動堆高機倒車時發出的嗶嗶聲
・沉重的長靴在金屬樓梯上發出咚咚聲

嗅覺

・嗅覺會依據工廠製造的東西有所不同。如果是大量生產非有機製品的工廠，一般來說會聞到機油、潤滑油、金屬、橡膠、過熱的機械、化學藥劑、木材、塗料、樹脂的味道。
・食品或飲料工廠，根據製造產品的不同，也許會有一些特殊氣味，但多半都會有焦糖或麵粉類的烘焙香氣。

味覺

・裡面可能會有咖啡或瓶裝飲料，但大部分的工廠都禁止飲食。如果是生產消費性產品的工廠（啤酒裝填工廠、餅乾或糖果工廠、冷凍披薩的生產線）裡面可能會有隨機抽驗產品的品管試吃部。

觸覺

・厚重的手套內，因為流汗而濕答答的手指
・緊壓著頭皮的安全帽或髮帽
・作業中為了拿掉碎片，手指伸到金屬或塑膠溝槽裡滑動
・觸感粗粗的砂紙
・調整活動部件或給它上油導致手指黏黏的
・碰到身上的冰冷金屬
・直接用手拿起小型零件組裝時，被夾到或被刺到
・用指甲抹掉額頭上黏黏的汗水
・沾在手指上的塑膠屑或木屑
・廠房地墊的彈性
・穿著沉重的工作靴讓腳都熱起來
・站了一整天而疲倦的腳
・為了齊備產品而分別用夾子扣或拉鏈袋放進箱子

引領故事發展的情境與事件

・現場有人受傷
・心懷不滿的作業員搞破壞
・工會成員罷工
・風評不佳
・有危險或不衛生的作業過程
・夜間東西被破壞或遭竊

- 財務發生問題
- 工廠關閉使得作業員失業
- 運用職權威脅或是利用別人的作業員
- 威脅到作業員工作的新型技術或作業自動化

登場人物

- 企業老闆
- 工廠作業員
- 衛生及安全管理人員
- 投資者
- 清潔人員
- 工廠主管
- 卡車司機或送貨員

編劇小技巧

設定時的重點與提示

工廠的所在地與使用的工業技術多寡均有不同。依據所製造的產品不同，作業狀況、聲音，還有氣味應該都不一樣。

例文

瑪德琳以工作五年來所培養的節奏操作——選擇鋼板、讓鋼板滑進壓制成型機下方、用大拇指按下下降的按鈕、讓機器下降到型號VG10的薄鋼板上面、注意盯著三十把刀刃被壓製成型。之後再打開壓制成型機拿出使用過的鋼板，將待修整和研磨的刀刃匡啷匡啷地倒進另一邊的漏斗裡。最後再把下一塊鋼板放進去。

啊，刀具工廠的工作怎麼會這麼迷人。說正經的，伊恩拋棄她和嗷嗷待哺的兒子離家出走後，能找到這樣的工作讓她衷心感恩。如果每天都能有飯吃，手上長了好幾個繭或是有著洗不掉的黑色煤炭髒汙也值得。而且精心費工完成的製品也非常漂亮，能負責這項生產工作讓她覺得開心，也很光榮。

運用的寫作技巧

多種感覺的描寫、時間流逝

創造效果

賦予登場人物特徵、告知背景

公共廁所

Public Restroom

關連場景

飛機場、遊樂園、市場、便利商店、加油站、遊民收容所、公園、購物中心、體育賽事的觀眾席、水上樂園、動物園

視覺

- 在一側設置了好幾個小間的廁所
- 門凹下去、沒有鎖，還有揉成一團的衛生紙四處散落
- 水龍頭滴滴答答流水的洗手台
- 白色洗手台裡的幾撮頭髮
- 小便盆排水口旁邊的去垢清潔劑
- 保險套或棉條販賣機
- 寫在牆壁或廁所裡的留言
- 貼在廁所門內的廣告
- （壞掉但沒換掉的）衛生紙架
- 沾在馬桶座或地板的尿液
- 丟衛生棉的垃圾桶
- 馬桶座墊紙的架子
- 黏在地板上的髒東西或衛生紙
- 廁所內用來掛外套或包包的鉤子
- 暗黃色紙巾滿溢出來的垃圾桶
- 散落在洗手台邊濕答答的擦手紙
- 從給皂器漏出粉紅色的洗手乳，在洗手台上留下一道痕跡
- 時好時壞的烘手機
- 水銀剝落的舊鏡子
- 到處是水漬的洗手台周邊
- 一邊牆上設置的折疊式尿布台

聽覺

- 沒關緊的水龍頭滴滴答答的漏水
- 馬桶沖水
- 一邊大聲談笑一邊化妝並整理頭髮的女生
- 轟然作響的烘手機
- 從牆上的衛生紙架撕下擦手紙，一邊擦手一邊發出沙沙聲
- 馬桶水箱補水的咕嘟咕嘟聲
- 回音
- 廁所的門碰地一聲關上
- 廁所門鎖喀地一聲鎖上
- 講手機的人
- 上廁所時通常會發出的聲音
- 叫小孩不要四處亂摸的爸媽
- 嬰兒的哭聲

嗅覺

- 清潔劑
- 肥皂
- 漂白劑
- 聞到的香水味
- 髮膠
- 馬桶臭味

味覺

- 在設定中，除了登場人物帶進這個場景的東西（口香糖、薄荷糖、口紅、香菸等），可能沒什麼特別的東西跟味覺有關，像這種不會描寫到味覺的場景，可以專心描寫其他四種感覺。

觸覺

- 坐在像紙一樣薄的馬桶座墊上
- 鎖壞了，為了不讓別人開門，用腳撐住門
- 用腳沖馬桶
- 用手肘或額頭推開廁所門
- 很滑的肥皂
- 剛洗完濕濕的手
- 膨膨的肥皂泡
- 粗糙的擦手紙
- 怕洗手時弄濕而把袖子捲起來
- 洗手台上的水弄濕了襯衫前襟
- 塗口紅、整理頭髮、用手抹眼睛下方，去掉化妝的髒汙
- 大小便時努力不讓衣服碰到地面
- 粗糙且薄的衛生紙

引領故事發展的情境與事件

- 有人在廁所內埋伏
- 衛生紙或肥皂用完了
- 發現每個馬桶都堵住了
- 被欺負自己的人推到裡面，出口被堵住
- 聽到犯罪對話而陷自己於險境
- 進到廁所目睹了慘忍的犯罪現場
- 腸胃不舒服
- 在公眾場合大小便很不好意思，盡可能的安靜上完
- 非常愛乾淨卻不得不上公共廁所
- 為了隱私而使用廁所空間
- 尿很急，但沒有一間能進去

登場人物

- 清潔人員
- 使用廁所的人

編劇小技巧

設定時的重點與提示

有的公共廁所一直受到妥善維護，牆上門邊貼著輪值表，表示經常有人清潔。但有的廁所，清潔人員不常去查看，也不常補全備品。倘若你設定公共廁所作爲背景，要想一下角色在那裡的理由以及會發生什麼事？哪一種公共廁所能創造出強烈的對比，添加緊張感，或是能呈現象徵意義？

例文

艾咪用肩膀頂開休息站廁所的門，後悔午餐不該點特大杯汽水配漢堡。隨著推開門的氣流，位在髒汙磁磚地面的幾團衛生紙滾了一下。頭上的日光燈嗡嗡作響，光線閃爍不定，威脅走進來的人滾出去。裂開的那座洗手台上可看到死掉的蟲骸，但從滴水的水龍頭看來，似乎還能用。兩間廁所門不見了，第三間的門則歪倒在一邊。她朝那間走過去，暗自祈禱裡面還有幾張衛生紙，同時不要有毒蟲昏倒在裡面。

運用的寫作技巧

對比、多種感覺的描寫

創造效果

醞釀氣氛、營造緊張感和糾結的心情

公園
Park

關連場景
田園篇——森林、登山步道、湖泊、草原、兒童遊戲場、池塘、河川
都會篇——戶外溜冰場、停車場、公共廁所、滑板公園

視覺

- 布滿成熟樹木、蜿蜒曲折的步道
- 人們享受戶外時光的草坪區（幫忙遛狗的人、鋪著毯子在上面看書的人、玩橄欖球或飛盤的年輕人、玩捉迷藏的小孩、拍婚紗照的準新人）
- 覆蓋在步道或草皮上宛若地毯的落葉
- 用來坐的長椅
- 步道旁健身區設置的鐵棍或其他器材
- 瞭望台
- 有屋頂且設有野餐桌的場地
- 岸邊有鵝在吃草的池塘或河流
- 行人用的橋
- 裝飾用的石堆
- 畫有遊戲區或棒球場地分界線的區域
- 花栗鼠或松鼠在樹枝間跳躍移動或跑過草坪
- 繫著牽繩的狗
- 在噴水池洗澡的鳥
- 草地上緩慢前進的螞蟻
- 在頭上發出嗡嗡聲飛來飛去的蒼蠅或小黑蚊
- 在花叢間輕飄飄飛來飛去的蝴蝶
- 可憐兮兮地發出嗡嗡聲的蚊子
- 啪噠啪噠的走進池子裡的鴨子或天鵝
- 記載植物或樹木名稱的標示
- 街燈
- 垃圾箱
- 旗桿
- 忘在長椅上的小孩帽子或單隻嬰兒鞋
- 使用園內道路的跑者或單車客

聽覺

- 人們走路或集結時的講話聲
- 慢跑的人其節奏固定的跑步聲
- 小孩的笑聲或叫聲
- 狗叫聲
- 鳥兒的吵雜聲
- 松鼠在茂密的樹叢間嘰嘰喳喳的聲音或活潑地移動的聲響
- 球碰地一聲進到手套內
- 棒球棒揮出，發出鏘的一聲
- 噴水的水花濺起聲
- 大人呼喊小孩的聲音
- 打開袋裝零食或將零食袋子揉成一團的沙沙聲
- 河流的水咕嘟咕嘟的流動聲或噴水的啵啵聲
- 蒼蠅飛翔的嗡嗡聲
- 鵝大聲鳴叫或大聲威嚇
- 遠處傳來的街道聲音（警笛、按喇叭、車輛經過）
- 手機響
- 雨滴嘩啦啦地打在葉片上
- 雷聲轟隆
- 風吹過高大的樹木間使得樹木發出喀吱喀吱聲
- 飛機在天上飛過的聲音
- 單車經過時發出的嘰嘰聲

嗅覺

- 剛修剪過的草坪
- 雨水
- 開花的樹木或植物
- 森林
- 土壤
- 咖啡
- 防曬乳
- 該換垃圾袋的垃圾箱

味覺

- 野餐的食物（三明治、水果、洋芋片、蝴蝶脆餅）
- 速食
- 水
- 咖啡
- 汽水
- 啤酒
- 輕食類（點心棒、花生、燕麥棒、綜合堅果袋）

觸覺

- 坐在溫熱的塑膠布或毛巾上
- 刺刺的草地
- 金屬製長椅的熱度
- 陽光曬到頭痛
- 書頁乾燥的觸感
- 在草坪上光著腳行走，腳趾頭碰到土壤
- 曬在臉上的溫暖陽光
- 以參差不齊的小石頭拼成的步道
- 在步道上啪噠啪噠地跑步的跑者

・光腳在池塘或小河裡走動
・颳大風的日子噴水池飛濺開來的水霧
・陽光曬得暖暖的石頭
・小河上的橋梁兩側質感粗粗的木製扶手
・猛拉牽繩往前衝的狗狗的力道
・「砰」一下砸中胸口的橄欖球
・從手中飛出去的飛盤
・在臉旁發出嗡嗡聲飛來飛去的小黑蚊
・停在身上的蒼蠅
・享受能安穩地休息、消除所有緊張的感覺
・裝在寶特瓶裡的冷水
・鞋子底下踩踏著落葉
・墨鏡滑到鼻子下面
・流汗

引領故事發展的情境與事件

・晚上遇到搶劫
・被飛歪的棒球或飛盤打中
・曬太多太陽而皮膚發炎
・小朋友一個人不知跑去哪裡，或是掉到水裡，卻不會游泳
・熱天吃了壞掉的食物
・在路上跌倒而擦傷或扭傷腳踝
・夫婦、情侶吵架
・霸凌者跟蹤某人到公園並威脅他
・不小心坐到螞蟻窩上
・穿了不合時節的服裝而感到太熱或太冷
・被沒繫牽繩的狗咬了
・踩到狗大便
・嚮往在大自然放鬆身心，結果去了之後發現公園的狀況糟透了（乾枯荒蕪、曾遭祝融之災、被害蟲入侵）
・小孩被綁架
・被黃蜂叮而起過敏反應

登場人物

・騎單車的人
・幫人遛狗的人
・家人
・收垃圾的人
・園丁或公園管理員
・維修人員
・來野餐的人
・跑者或散步的人
・學校團體
・警衛
・來做日光浴的人

編劇小技巧

設定時的重點與提示

公園裡的東西依照規模或場所的不同會有所差異。例如紐約中央公園占地十分廣闊，除了一般設施外，溜冰場或馬車、點心攤販等各式各樣的東西一應俱全。相反地，如果是小型公園，除了一大片草地之外，大概只有一兩棵樹木。都市內的公園裡應該不會只聽見自然環境的聲音，大概還會聽到車輛經過或人潮蜂擁的典型都會噪音。反之，鄉下的公園便是寧靜的空間，只會聽見自然環境的聲響。季節或天氣也會對描寫手法產生很大的影響。針對公園內的特定要素，要思考一下如何以登場人物的感覺視角過濾這些要素，以強化真實感。

例文

步道上樹木齊列，枝幹彼此交織托住上層已經轉黃的厚厚葉子。松鼠們在鏡面般的湖泊旁，為了做窩或準備過冬而收集這個又收集那個，在樹與樹之間的專屬小徑上跳躍移動。三不五時樹上的某片葉子會朝著在步道上睡覺的同伴那裡飄落下來。每次當跑者或單車大聲地經過時，他們就睜開眼睛翻個身，稍微活動一下，又再度陷入睡眠。

運用的寫作技巧

隱喻法、擬人法、季節

創造效果

醞釀氣氛、時間流逝

少年觀護所
Juvenile Detention Center

關連場景

田園篇——兒童寄養設施

都會篇——法庭、遊民收容所、警車、警察局、獨囚房、精神病房

視覺

- 鐵絲網團團包圍的機構
- 配置有壁掛長椅和馬桶的狹窄拘留所
- 設有小型窗戶與堅固家具的水泥或空心磚造房間
- 看得出生鏽或刮傷的金屬門
- 幾張雙層床或折疊床
- 塗鴉的牆壁
- 不鏽鋼馬桶和洗手台
- 薄床墊和枕頭
- 制式規格的服裝（工作服、連身長褲、T恤、運動服、襪子、四角褲、球鞋或休閒鞋、識別手環或名牌）
- 單人房
- 廣播系統與監視器
- 嚴格執行的每日日程表告示
- 籃球場
- 草皮或水泥地的戶外活動區
- 有醫生與護理師執勤的保健室
- 圖書室
- 廚房
- 多功能的休閒室（沙發、桌椅、壁掛電視）
- 有桌椅的接見區
- 團體或個人心理治療的機構
- 院子
- 備有基本物品的教室（學生的桌椅、老師的桌子、鉛筆與紙、課本、白板、貼在牆上的視覺教材）
- 脫在個人房外的球鞋
- 使用電腦時會受到監視
- 只能在一定時間使用的幾台電話

聽覺

- 走廊的回音
- 水泥牆的緣故而能聽到大音量的噪音
- 講話聲或笑聲
- 在地磚上啾啾作響的鞋子
- 門碰一聲關上
- 設有電子鎖的門嗶一聲打開
- 從喇叭聽見的人聲
- 老師在教室訓話的聲音
- 籃球在室內或戶外球場彈跳的聲音
- 收容人在休息室玩遊戲或看電視的聲音
- 收容人吵架（看不慣對方、怒罵、罵髒話）
- 旁觀者圍一圈觀看的打鬥吵鬧聲
- 拖把在地板上咻一聲滑過去
- 房間裡有人在看書的翻頁聲
- 管理員依規定檢查房間的聲音
- 經過走廊的腳步聲
- 同房收容人發出的聲響（講話、看書唸出聲、唱歌、哼歌或吹口哨、打呼、在床上翻身）

嗅覺

- 餐廳的食物
- 刷地
- 汗水
- 馬桶的臭味
- 教室的白板筆
- 圖書室書本的紙張味道
- 菸味

味覺

- 餐廳的食物
- 牙膏

觸覺

- 冰冷的水泥牆
- 因關在狹小房間內而變得瘋瘋的
- 鬆垮垮的衣服
- 薄床墊沒法舒緩背部碰到金屬或水泥床鋪的感覺
- 冰涼的不鏽鋼馬桶
- 在手腕上下滑動的塑膠或金屬製的識別手環
- 運動時間到戶外放風時，照在身上的陽光或吹在身上的風
- 被保護官或精神科醫生叫去，很緊張，冷靜不下來
- 喜歡的人來信的觸感
- 陷入休息室的沙發裡
- 教室裡，在紙上振筆疾書的鉛筆
- 金屬托盤上的不鏽鋼餐具
- 薄毛巾

引領故事發展的情境和事件

- 和其他收容人的對立
- 幫派或種族間的衝突
- 過於好鬥的警衛
- 失眠
- 對未來擔心

・幽閉恐懼症
・身體幾乎沒法動彈而冷靜不下來
・吸收不了知識，感到學習困難
・無聊
・因冤獄被捕
・接見日和家屬起衝突
・家屬拒絕來訪
・在心理治療中，收容人被迫面對過去所受的心理創傷
・同儕壓力
・被警衛施以暴力或被忽視不管
・因預算被刪減，機構難以確保足夠的資源或人力
・設施一直有著不好的名聲

登場人物

・保護官
・配備武器的警衛
・醫生和牙醫
・觀護人
・廚工
・律師
・護理師
・精神科醫生
・收容人
・社工
・老師
・來拜訪的人

編劇小技巧

設定時的重點與提示

少年觀護所不是監獄。這裡是等待判決的少年犯臨時收容機構。有時法官會針對特定的小孩，判斷他留在觀護所一陣子對他比較有益，因而使得有些人會長期待在所裡。另外，如果這種程度的治療或處理沒有將小孩的行爲矯正過來，實際上也有移送到少年監獄的情況。

例文

橫躺在薄床墊上，米亞將沒什麼用的毛毯拉上來蓋住眼睛。毛毯就算打開也蓋不到腳，乾脆讓它多個功能，用來遮住那一直亮著的燈。鞋子在走廊上發出啾啾聲，停在她的房間門前，然後又走開。到現在爲止到底有幾個人經過，以及究竟關在這個箱子裡幾小時、幾天，不，應該是幾週，已經數不清了。她是被陷阱捕獲的老鼠，這些事已經都無所謂了。說是陷阱，因爲這只是迷宮的一部分，這迷宮是建來讓像她這樣的人絕對找不到出口，除了劣質的起司片以外，沒什麼好期待的地方。輕鬆賺錢這種事，一定是要付出同等代價的。

運用的寫作技巧

隱喻法、象徵

創造效果

醞釀氣氛、時間流逝、強化情緒

心理師辦公室
Therapis's Office

關連場景
法庭、病房、警察局、精神病房

視覺
- 沙發或柔軟的椅子
- 裝飾用的小抱枕
- 令人平靜的裝飾（柔和的照明、小幅的地毯、暖色照明）
- 放有糖果或薄荷糖的盤子
- 面紙盒
- 小垃圾桶
- 放書或個人紀念品的書架
- 排放著常見用品的辦公桌（公文架、電話、堆積如山的檔案夾、筆記紙和筆、電腦和印表機、攤開的參考書、咖啡杯、其他零散的用品）
- 點著的蠟燭
- 掛在牆上的藝術品
- 貌似能鼓舞人心的銘言佳句牌
- 百葉窗或窗簾放下來的窗戶
- 種在盆裡的植物或鮮花
- 房間的一角或桌上擺的流水擺飾

聽覺
- 令人平靜的背景音樂
- 從走廊或關上的門後傳來的模糊人聲
- 心理諮商師溫柔的語氣
- 水流從流水擺飾涓涓流出的聲音
- 人們的爭吵
- 個案的哭聲或吸鼻子的聲音
- 擤鼻子
- 從盒子抽面紙的聲音
- 有人在沙發上挪動奇怪姿勢所發出的聲音
- 地毯上走動的腳步聲
- 心理諮商師在筆記上振筆疾書的聲音
- 緊張的個案好幾次重複（喀嚓喀嚓地按壓筆頭、用手指叩叩叩地敲桌子、扭開瓶裝水的蓋子）各種動作的聲響
- 糖果的包裝紙發出沙沙聲
- 態度頑強且毫無退讓時，產生的沉默尷尬氣氛
- 夫妻、情侶一起去諮商時，互相對對方大小聲或蓋過對方聲音的對話聲

嗅覺
- 椅子的填充物
- 咖啡
- 紅茶
- 芳香蠟燭
- 芳香劑

味覺
- 鹹鹹的淚水
- 瓶裝水
- 糖果或薄荷糖
- 咖啡
- 紅茶

觸覺
- 坐起來很舒適的椅子或容易緊抱的軟抱枕
- 和沙發對面的人保持距離
- 突然坐直起來或因為絕望而垂頭喪氣
- 身體的肌肉陷入興奮或緊張狀態
- 眼淚往肚子裡吞
- 吸鼻子忍住淚水
- 想壓抑情緒時，感覺喉嚨裡堵住了一塊東西
- 眼眶開始泛淚，眼睛眨個不停
- 口乾舌燥
- 為了不要哭出來而深呼吸並拚命眨眼
- 胸中感覺苦悶
- 柔軟的面紙
- 淚濕的臉龐
- 模糊的視線
- 產生面對事情或逃避事情的反應
- 握拳或咬牙切齒
- 為強調自己講話的重點而將身體前傾
- 臉部或下巴的肌肉抽動
- 刻意咳嗽
- 手邊沒事做而玩弄手錶或身上配戴的寶石
- 為了去除不好的預感，手掌根部在牛仔褲表面摩擦
- 雙手抱胸並對自己的夥伴或諮商師改變身體的方向
- 被問了很難回答的問題時，為了爭取時間而大口咕嚕咕嚕喝水

引領故事發展的情境與事件
- 個案不願意面對現實
- 個案壓抑自己的回憶或情緒
- 不說實話的個案

・和資淺、不太能給予幫助的心理諮商師見面
・心理諮商師和個案之間產生情愫或肉體關係
・家人干涉諮商過程
・負責自己的心理諮商師（因為受傷、家人發生意外而使他離開該地、發生個人問題、請長期特休的緣故而）突然無法和自己碰面
・對處方用藥產生副作用
・個案拒絕談話或建立關係
・漫不經心的心理諮商師
・心理諮商師因為個人經驗或心理上的傷害在會談中參入個人成見

登場人物

・清潔工
・個案
・行政人員
・諮商師

編劇小技巧

設定時的重點與提示

心理上的傷害是很深刻的痛苦，會讓人因此產生缺憾並限制其達成目標的能力。諮商就是逼近問題的核心，並引導人們能夠自我覺察的一種措施。但是這個場景設定共通的問題在於，個人得到領悟前的過程場景會一直缺乏躍動感，而讓故事的節奏變慢。爲了排除這種問題，要注意場景的長度，並避免發生拖拖拉拉和無限延長的情況。同時確定每個場景對故事整體來說都是必要的，並且確定能和讀者共享新的資訊或對他們提出新的疑問，引領讀者投入故事裡。在這個設定中，倘若登場人物遲遲不開口或一直壓抑情緒，使用肢體語言可讓讀者得到更多關於登場人物的特徵。

例文

傑克隨隨便便坐在沙發的一角，盡可能地和心理諮商師保持距離。他還沒開口說任何一句話，她就已經在紙上做起筆記來了。聽到振筆疾書的聲音，傑克眞想把那支筆拿來戳東西。還有那個面紙盒是三小?!那東西筆直地立在桌上，就在唾手可得的地方，這一點讓傑克覺得很討厭。是爲了眼淚急急蹦出來的時候用的吧。什麼屁話。基本上他就只是因爲對著教練大罵，還推打媒體的攝影機這些惡行惡狀才來的。爲了避免「後續不好的影響」才要受這個心理諮商的罪。這一切根本無聊透頂。

運用的寫作技巧

多種感覺的描寫

創造效果

賦予登場人物特徵、強化情緒、營造緊張感和糾結的心情

戶外游泳池
Outdoor Pool

關連場景

田園篇——湖泊、夏令營

都會篇——汽車旅館、飯店客房、公共廁所、康樂中心、水上樂園

視覺

- 在斑駁的陽光下注入的水流
- 小孩（發出啪啪聲往前游、捏住鼻子後跳入泳池裡、戴泳鏡、拿圓柱形的浮棒打水、揮動手腳啪噠啪噠前進、踢腿、從嘴巴吐出水並撥開黏在臉上的濕髮，手指插到耳朵裡弄水出來、調整泳衣的位置）
- 游泳用品（游泳臂圈、鼻夾、泳帽、泳鏡）
- 浮在水上的OK繃或髮圈
- 整理好放妥並攤開在草地或水泥地上的毛巾
- 擺在涼鞋或鞋子上的衣服堆
- 牆邊整排因日照而褪色的置物櫃
- 貼有壁板的木頭長椅
- 四周有整排低矮的草坪椅，上面放著背包或包包
- 野餐墊
- 商店
- 有幾棵小樹並排的草地
- 有淋浴間和更衣室的廁所
- 戴著寬邊帽坐在漂漂椅上的嬰兒
- 陪在小孩旁邊不讓他們離開視線的爸媽，或丟擲潛水遊戲棒（潛到水裡去撿回的物品）的爸媽
- 滑水道
- 坐在池畔兩腿在水中晃來晃去的媽媽
- 醫護室
- 救生用品或救生衣
- 坐在有遮蔭的看台上，戴著墨鏡的救生員
- 濕答答的水泥地上到處有水窪，或可看到上面的腳印很快乾掉
- 蒼蠅
- 海灘傘
- 海灘鞋
- 戲水玩具（水槍、泡棉橄欖球、泳圈、球）
- 行為舉止一直想引人注意的十幾歲男生
- 臉上的妝掉光的十幾歲女生
- 顯示水深的標誌
- 浮在水面的水道繩
- 通風口
- 排水口
- 過濾裝置

聽覺

- 小孩的笑聲或大叫聲
- 爸媽或十幾歲的小孩講話聲
- 游泳時吃力的喘氣聲
- 調整呼吸時，間歇的講話聲
- 媽媽對小孩發脾氣
- 救生員的哨音
- 樹葉的沙沙聲
- 水花啪達啪達濺起的聲音
- 蓮蓬頭噴水的聲音
- 跳水時，肚子先著水的聲音
- 在濕答答的水泥地上走路發出啪啪聲
- 游泳的玩具掉在水面的聲音
- 助跑然後跳水的聲音
- 小鳥搶奪墊子上的食物發出的吵雜聲
- 耳朵進水時，像被耳塞塞住一樣，聽到的聲音模模糊糊
- 喝太多水嗆到咳嗽
- 洋芋片或冰淇淋的包裝紙沙沙聲
- 手機響
- 喇叭播放的音樂
- 過濾裝置發出咕嘟咕嘟的聲音

嗅覺

- 氯氣
- 防曬乳或助曬劑
- 防蚊噴霧
- 在點心屋買的薯條油香味
- 鹽
- 剛除過草的草地
- 乾淨毛巾上傳來的柔軟劑味道

味覺

- 商店賣的食物（碳酸飲料、果汁、水、冰沙、冰淇淋、洋芋片、玉米片、薯條、熱狗、巧克力棒、冰棒）
- 口香糖
- 從家裡帶來的食物（三明治、水果或莓類水果、脆餅或蝴蝶脆餅、麥片棒）
- 氯氣消毒過的水
- 沿著皮膚跑到嘴裡的防曬乳

觸覺

- 腳下粗糙的水泥地

- 很滑的磁磚
- 碰到身上的冷水
- 從泳池上來時，臉龐或腳下滴落的細條水柱
- 從腳上落下的水滴
- 熱騰騰的步道
- 擦過身體的乾淨磁磚
- 沾在泳衣或身上刺刺的草
- 髮絲貼在脖子或肩膀上
- 垂到臉上的頭髮
- 泳鏡的帶子過緊很痛
- 熱騰騰的金屬扶手
- 氯氣燻到眼睛
- 手指或腳趾皺巴巴
- 在炙熱的陽光下身子曬乾了
- 調整卡到股間裡的泳衣
- 曬傷
- 濕濕的腳黏到洋芋片渣
- 游泳時撞到其他人
- 身體稍微碰到泳池粗糙的側邊
- 用腳趾抓住有很多小石頭的池底
- 做日光浴時被水花濺到時，冰冷的感覺帶來衝擊
- 走過微溫的水窪
- 水跑到鼻子裡導致鼻塞
- 水灌入耳朵塞住
- 當天吹著強風，雲把陽光遮住了，導致濕透的寒意上身而忍不住顫抖

引領故事發展的情境和事件

- 不擅長游泳的人不知何時就到了泳池最深的地方
- 疏忽的爸媽
- 在水裡大鬧特鬧的小孩
- 粗暴的救生員
- 對自己的身體自卑而很不自在
- 因為曬傷提早結束泳池裡的玩耍行程
- 看起來很不爽地在做日光浴的人
- 穿著不恰當的衣服或裸體在做日光浴的人
- 壞心眼的女生
- 突然下大雨
- 泳池上漂浮著怪東西
- 到泳池來看看，結果發現關閉維修中
- 滑倒、掉下去和其他意外
- 泳裝的帶子自動解開，並且滑了下來
- 清早發現泳池裡有不請自來的生物（蛇、鱷魚）
- 一起來泳池玩的朋友因為吵架而提早回去了
- 自己不喜歡，但朋友想和自己一起泡在水裡嬉鬧扭打

登場人物

- 出席生日派對的人
- 小孩
- 商店店員
- 喜歡跳水的人
- 救生員
- 維修人員
- 顧小孩的人
- 爸媽
- 游泳的人
- 十幾歲的小孩
- 上游泳課的幼童或成人

編劇小技巧

設定時的重點與提示

這裡寫的是戶外泳池，但也有很多是不受天候或季節影響的室內公共泳池。這種公共設施因為聚集了各式各樣的人，無論是誰都會有「別人在看」的想法，所以有人會為了適應現場而改變行為舉止，但也有人會因此展露本性。例如剛搬到這附近的年輕媽媽，擔心鄰居媽媽們會覺得自己的小孩沒教養，結果就算是一點小事也會比平常對小孩嚴厲許多。或著主角夏天新交到的朋友，當學校裡很受歡迎的女生跑來泳池看曬得黝黑的男生時，這朋友有可能會不理睬主角。不論年齡，人在感覺到被別人盯著品頭論足時，會懷疑自己的價值，為了融入人群有可能作出異於平常的行為舉止。

例文

從泳池裡起身，我重重踏在粗糙的水泥地上，朝向放著那揉成一團皺巴巴的毛巾的地方走去。甩掉沾在直條紋毛巾上面的草，水滴像下雨一樣從我身上流下。我想只要躺在午後的陽光下幾分鐘，應該差不多乾了，就可以騎單車回家了。

運用的寫作技巧

多種感覺的描寫、直喻法、天氣

創造效果

醞釀氣氛

戶外溜冰場
Outdoor Skating Rink

關連場景

田園篇——湖泊、池塘

都會篇——公園、滑雪度假村、康樂中心

視覺

・外圍有矮牆或是扶手的橢圓形溜冰場
・溜冰場周邊的冬日景色（結霜的樹木、雪堆、商家和餐廳並列的街道、高樓大廈、街燈、噴出廢氣後快速通過的車輛）
・（有廁所、滑雪用品出租櫃台、置物櫃、商店等商家的）溜冰場附設建築
・設在戶外的椅子或桌子
・夜間燈光照明
・冰上曲棍球的球門或是球場上的標示
・沿著溜冰場慢慢前進，將所經之處的冰除掉的除冰車
・褲子上沾著冰雪的溜冰者
・扶著牆壁繞行溜冰場的小孩
・用（像助行器一樣的）輔助器或雪橇的小孩
・在指定的時間內練習的曲棍球隊
・每個人的面前揚起白色的吐息
・愛現的人成功地完成弧形轉身或迴轉
・緊握彼此雙手的情侶
・要在溜冰場中央設置花式滑冰區而擺放的圓錐
・穿著賽服來練習技巧的花式滑冰選手
・在溜冰場一邊灑水一邊用鏟子刨除冰面的工作人員
・落降溜冰場的雪
・溜冰場上自發性練競速的人
・許多人在冰上慢慢滑來滑去

聽覺

・溜冰鞋的刀刃在冰上一邊微微切割一邊摩擦冰面的聲音
・人們的笑聲和談話聲
・音響播放的音樂
・曲棍球棍在冰上敲打的聲音
・曲棍球砰一聲撞擊到守門員手套裡的聲音
・曲棍球撞到隔板的聲音
・向球員大聲叫喊的教練
・在冰上比賽的滑冰者快速移動時鞋子刀刃的聲音
・溜冰鞋纏在一起而使一堆人匡噹一聲跌到地上
・風吹過樹林或吹過房子間隔空隙的聲音
・微風吹動旗子或是裝飾物的細微聲音
・在冰上發出轟轟聲的除冰車
・小孩喝著冒著熱氣的熱巧克力聲
・冰冷而硬掉的上衣或雪褲發出沙沙聲

嗅覺

・新鮮空氣
・冰
・咖啡
・熱巧克力
・紅茶
・附近的餐廳飄來食物的香味
・店裡正在煮熱狗

味覺

・冰冷的空氣
・護唇膏
・咖啡
・熱巧克力
・水
・商店的食物（玉米片、披薩、薯條熱狗、三明治）
・自動販賣機的食物（洋芋片、糖果、巧克力、餅乾）

觸覺

・瞇眼避開照在冰上的強烈陽光
・雪的白色太炫目讓人頭痛起來
・指尖沒感覺
・手摸到牆壁時，上面剝落的冰屑沾在手套上
・試圖在兩根細細的冰刀上取得平衡
・被其他滑冰的人推擠
・為了避免撞到人，刻意讓自己身體失去平衡
・綁緊在腳上或腳踝上的溜冰鞋
・溜冰鞋太鬆弄痛腳踝或腳趾甲
・一屁股坐在堅固的冰上
・跌倒結果手心或臉上擦破皮
・頭撞到溜冰場周圍的隔板
・因為寒冷不停顫抖
・穿著冬天衣服而流汗
・穿著厚重衣服硬梆梆的觸感
・冷冽的風直撲臉上

・溜冰的人在自己面前停住，結果身上的冰雪飛濺到頭上
・頭髮黏在塗了護唇膏的嘴唇上
・冬天的毛帽產生靜電
・碰到金屬扶手時，被靜電電到
・扭到腳不得不拖著腿離開溜冰場

・花式滑冰選手
・花式滑冰或冰上曲棍球的教練
・曲棍球選手
・場地維護人員
・義工
・除冰車司機

引領故事發展的情境與事件

・技術參差不齊的一堆人，在狹小的空間裡一起溜冰
・沒有管理員
・腳踝的肌力不夠
・沒有穿適合溜冰的衣服
・溜冰時，眼睛不看前後左右的人
・曲棍球飛向天空
・溜冰的人進行不照規矩來的競賽
・樹木的粗枝倒下來
・溜冰場缺乏維護，表面有小洞、凹陷、大洞、溝痕
・受傷（跌倒、擦傷、瘀傷、碰撞、撞飛）
・爸媽忘了來接小孩
・晚上只有自己在滑冰，感覺有點危險

登場人物

・開心溜冰的人
・小孩
・在商店或租借櫃台工作的員工

編劇小技巧

設定時的重點與提示

這個設定，雖然主要焦點是在人工製的溜冰場，但天然的溜冰場當然也存在。北方氣候下結凍的池塘或湖泊，可讓人貼近大自然地享受溜冰。沒有了周遭的牆壁、燈光照明和商店，這樣的地方毫無人工雕琢的痕跡，完全回歸自然，提供了與人造溜冰場不同的感覺。有不少熱愛冬季運動的家庭，會在自己的院子或某塊空地倒水造冰，弄出一個小型的溜冰場，好讓自己的小孩跟朋友在上面玩耍或學溜冰。地表的雪挖起來堆在外圍，就可以擋住跑出球門的曲棍球，或堆在兩邊像堤防一樣，弄出一個讓初學者跌在上面也無妨的軟呼呼護欄。

例文

朗尼用戴著手套的雙手緊緊牽住爸爸的手。他想試著站起來，但溜冰鞋像金屬做的蛇一樣滑來滑去。他盯著堅硬的冰面然後努力瞇眼，卻只是讓滑溜溜的感覺更嚴重。放開一直握緊緊的手，朗尼兩手環住爸爸的雙腿，把臉埋在爸爸沾滿冰雪的褲子上。

運用的寫作技巧

多種感覺的描寫、直喻法

創造效果

強化情緒、營造緊張感與糾結的心情

水上樂園
Water Park

關連場景
遊樂園、戶外游泳池

視覺

- 外圍的鐵絲網
- 鋪過的通道
- 高聳入雲，上過漆的螺旋狀密閉式滑水道或開放式滑水道
- 人們在階梯上大排長龍
- 多座泳池
- 從遊樂裝置滴下來的水
- 遊樂裝置降落時，滑水道盡頭飛散的水
- 遊樂裝置或階梯的連結處有生鏽受損
- 水窪處處
- 救生員的看台椅
- 飄揚的旗幟
- 穿著泳衣全身濕透的人
- 擠滿人們和救生圈的波浪池
- 在海灘椅旁遮蔭的直條紋海灘傘
- 鋪在草地上的毛巾或塑膠布
- 色彩繽紛有灑水或噴水的兒童區
- 商店
- 野餐桌
- 置物櫃
- 廁所
- 在兒童遊戲區互相潑水的小孩
- 跑來跑去的小孩
- 拿著對講機或救生圈的救生員
- 園區內各區的指示標誌
- 浮墊
- 救生衣
- 戴著手臂圈的小孩
- 漂浮在水上的髮圈
- 黃蜂群聚的垃圾箱
- 橫躺在海灘椅上做日光浴的人
- 裝在滑水道上方，通知可以進入水道的信號燈
- 租借和歸還游泳圈的地方

聽覺

- 人們從滑水道滑下去的咻咻聲
- 密閉式滑水道裡響起的尖叫聲或笑聲
- 爸媽在陽光下悠閒聊天的談話聲
- 小孩和家人一起坐在塑膠布上，泳衣滴滴答答地滴水或是啪噠啪噠地甩水聲
- 跑很快滑一跤的小孩哭聲
- 每走一階階梯就嘎吱作響
- 在過道上啪噠啪噠的走或經過水窪時發出啪嚓的腳步聲
- 廣播節目播放的音樂
- 旗幟迎風飄盪的聲音
- 場內廣播的聲音
- 救生員吹哨聲
- 救生員用大聲公高聲講話
- 日光浴的地方有手機響
- 用吸管喝汽水的聲音
- 食物的包裝紙發出沙沙聲
- 從幾乎見底的番茄醬或芥末醬瓶子擠出的空氣聲
- 廁所門的開關聲
- 廁所的沖水聲
- 水從滑水道咻一聲流下來的聲音

嗅覺

- 氯氣
- 防曬乳
- 助曬劑
- 濕答答的泳衣或毛巾
- 食物的香味
- 口香糖
- 除蟲噴霧
- 建築物的霉斑

味覺

- 氯氣消毒過的水
- 汗水
- 商店的食物（漢堡、薯條、熱狗、披薩、玉米片、冰棒）
- 裝水的寶特瓶
- 汽水
- 零食棒

觸覺

- 熱到讓腳覺得刺痛的走道
- 熱天為了讓腳底涼快，用跳的從這個水窪移到下個水窪
- 光腳在水泥地上啪噠啪噠走著
- 濕答答的泳衣摩擦著身體
- 從大型滑水道滑下來結果泳衣卡在股間
- 眼睛進水
- 濕濕的頭髮貼在脖子或臉上
- 曬傷
- 黏黏的防曬乳或助曬劑
- 溫熱的塑膠製海灘椅
- 因為過於擁擠和他人的距離近到不舒服

・把手擺在塑膠製或玻璃纖維製的扶手上
・爬上階梯時，緊張到胃抽痛
・從上面往下看，準備好滑下去卻開始頭暈
・水花打在身上
・被濕毛巾啪一下打到的痛
・冷飲或冰淇淋
・軟趴趴的救生圈
・因為廁所的冷空氣起雞皮疙瘩
・波浪池裡上下起伏的波浪
・濕掉而打結的頭髮
・水流到臉上
・鼻子進水時的悶痛
・耳朵進水時聽到的聲音
・胃痙攣

引領故事發展的情境與事件

・溺死或溺水
・從階梯上摔下來
・在打滑的水泥地上跌倒
・不會游泳
・不想讓朋友知道自己有懼高症
・很跩或不用心的救生員
・霸凌別人的小孩
・過度保護的爸媽緊緊看著不太會游泳，但膽子很大的小孩
・向來很守時的孩子卻沒在約定時間到集合地點
・有戀童癖的人
・煩惱於自己的身體外觀
・伴隨著發炎的曬傷
・設備長期沒受到妥善維護
・水沒有徹底用氯氣消毒，變成細菌的繁殖場所
・跟與自己有不同目的的朋友（想盡可能玩遍許許多多的遊樂設施、想把妹，或是想找人吵架）一起造訪泳池
・泳池的波浪導致泳衣掉下來

登場人物

・小孩、十幾歲的青少年
・救生員
・爸媽
・樂園的員工
・來做日光浴的人
・度假中的旅客

編劇小技巧

設定時的重點與提示

高聳的階梯、玩命的滑水道、有波浪的泳池……園內到處濕答答而使金屬遊樂器材變得危險，泳池內沒法控制上廁所時機的小孩……水上樂園裡可能發生的事件或狀況，從有點丟臉的意外事故到危及生命的事件都有。現實當中這種設施會受到確實監控並執行一定的規範，多數都能達到一定的安全性和清潔度，然而杜撰的故事裡發生什麼都不奇怪。水上樂園這地方只要確實打好基礎，或許就能成爲最適合讓主人公捲入衰事連連劇情的場景。

例文

無視於腳下卡卡的粗糙階梯止滑墊，我跟著麥特爬上陡峭的階梯。到了最高點，我們眺望著水上樂園的夜間風貌，被水浸濕的地方將全部的照明光線反射得一閃一閃，因此我們不知道自己是在多高的地方。突然起風了，台子稍微搖晃了一下。想像自己等會兒要在黑暗中體驗從這裡滑下去，我心中不禁焦躁難安。抓著金屬扶手，暗自希望前面的那個傢伙趕快給我滑下去。

運用的寫作技巧

光與影、多種感覺的描寫

創造效果

賦予登場人物特徵、醞釀氣氛

水療館
Spa

關連場景
美容院、飯店客房、等候室

視覺

等候區

・坐起來很舒適的椅子或沙發
・溫暖形象的裝飾（深色的木材、厚重的毯子、豪華的座椅、燈、舒服的配色）
・販售中的化妝品或美容用品
・水療館的產品或服務的宣傳冊子
・裝有乾燥花的碗
・薰香爐
・點火的蠟燭
・裝有檸檬片或是黃瓜片的水壺和杯子
・免費取用的咖啡和紅茶
・雜誌扇形攤在桌上
・放有筆和紙的公用電話
・種在花盆裡的觀葉植物

更衣室

・置物櫃和更衣室
・鏡子
・髮型造型霧或其他洗臉工具
・鋪有軟墊的長椅
・毛巾
・浴袍
・淋浴間

按摩包廂

・按摩桌
・裝有毛巾的籃子
・旋轉式凳子
・放有乳液和油品的托盤
・音樂播放器
・熱石頭
・面紙
・毛巾加熱機
・溫度自動調整器
・調整照明的開關

美容室

・拋棄式棉布無肩帶內衣和內褲
・去除保養用泥或角質的刮板
・水槽
・躺床固定在矮浴缸裡的塑膠板上
・噴頭
・熱毛巾
・味道好聞的乳液
・圍浴袍穿拖鞋四處走動的客人

美甲與足部保養室

・泡腳
・毛巾
・牆上用來陳列指甲油的架子
・去光水
・乳液
・棉球
・指甲刀
・浮石
・磨甲刀
・銼刀
・拋光棒

美髮沙龍

・洗頭用的水槽
・躺椅
・吹風機
・美髮用品
・放在有殺菌處理瓶子裡的梳子或刷子
・可以調整高度的椅子
・剪髮圍巾
・剪刀
・電捲棒
・染髮劑

聽覺

・自然的聲音（鐘聲、笛聲、流水聲）或療癒的音樂
・在厚重的地毯上走動的腳步聲
・安靜地關上門的聲音
・空氣從通風口咻地一聲排出去
・等候室的電話響起
・接待人員回答問題
・從壺裡或飲水機倒水出來的聲音
・被按摩的客人發出的呻吟聲
・壓瓶子的壓頭好讓乳液流出來的聲音
・水沖到水槽裡的聲音
・翻閱雜誌的聲音
・計時器響起
・剪刀喀嚓喀嚓地剪頭髮的聲音、指甲刀剪指甲的喀喀聲
・吹風機運作的聲音
・電動剃刀發出嗡嗡聲
・用掃把把頭髮刷刷地掃掉
・客人邊聊天邊高聲談笑

嗅覺

- 麝香
- 油品或乳液
- 芳香植物（薰衣草、迷迭香、葡萄柚、檀香、尤加利、檸檬草）的香味
- 鮮花
- 香味好聞的肥皂
- 丙酮
- 指甲油
- 洗髮精和潤絲精
- 染髮劑的化學藥品味
- 吹風機吹出的熱風
- 按摩或保養用的精油或薰香

味覺

- 紅茶或咖啡
- 水
- 薄荷糖

觸覺

- 膨膨的浴袍包在身上
- 包在身上的厚毛巾
- 腳底下豪華的地毯
- 鋪有軟墊的椅子
- 堅固的按摩桌
- 做保養時按摩師的手在身上又推又揉
- 肌肉伸展開來的不適感
- 身體放鬆的陶醉感
- 放在背上的熱石頭
- 塗抹在身上的油
- 塗在手腕上或腳上的溫熱乳液
- 臉上漸漸變硬而收緊的泥狀面膜
- 酸性去角質液讓臉麻麻的
- 貼在臉上涼涼的黃瓜片
- 足部保養時被碰到腳感覺癢癢的
- 磨腳跟的粗刷或銼刀
- 銼刀磨出來的粉狀角質廢物
- 指甲油塗在指甲上冰涼而光滑的感覺
- 冰涼的乳液
- 用熱包巾包覆全身
- 洗頭時的頭皮按摩，剪掉的頭髮碰到身上感覺癢癢的
- 電捲棒或吹風機的熱度
- 飄到臉上的頭髮
- 長時間久坐導致背部和肩膀僵硬
- 趁其他客人還沒來之前趕忙跑到更衣室換衣服
- 雖然已經保養完，但還不想離開

引領故事發展的情境和事件

- 不得不脫衣服的羞怯感
- 對自己剛剪的髮型失望
- 敏感的皮膚或肌肉疼痛
- 對保養身體或處理頭髮的化學藥品過敏
- 保養時化學藥品停留在身上太久導致燙傷或受傷
- 麻煩的客人
- 自己的精神狀態還很混亂時，卻不得不鎮定溫和的處理客人
- 盡量不對重聽的客人講話太大聲
- 不付小費
- 主張自己既有權利的客人要求特別服務

登場人物

- 顧客
- 髮型師
- 化妝師
- 美甲師
- 按摩師
- 櫃台員工

編劇小技巧

設定時的重點與提示

水療館或稱芳療館根據店家的情況不同，服務會大不相同。如果是飯店或度假村的水療館，應該會以豪華的環境提供全方位的服務。另一方面，鄉下地方的水療館一般規模都不大，大概只提供特定幾種按摩或肌膚保養。無論店家提供怎樣的服務，水療館的氣氛到哪裡都不會有太大變化，會提供訪客安靜、安心和無微不至的貼心照護。

例文

我坐到沙發裡，用暖和的浴袍緊緊包住我的雙腳。空氣裡瀰漫著某種好聞的香味，（薰衣草？檀香？）呼吸變得平穩，腦袋也沉靜下來。接待人員在椅子旁邊的桌上擺了一杯薄荷茶後，走回櫃台裡。頭上播放著悅耳的音樂，我不知不覺地閉上眼睛。既然等候室都是這種規格了，熱石按摩一定很棒囉！

運用的寫作技巧

多種感覺的描寫、象徵

創造效果

醞釀氣氛

5畫

加油站
Gas Station

關連場景　洗車場、便利商店、停車場、休息站

視覺

室外

- 黑黑髒髒的加油機
- 在滿出來的垃圾桶旁飛舞的黃蜂
- 加油人員拿著有柄的刮刀彎腰往前並擦拭沾著蟲骸的窗戶
- 對加滿油的價格不爽抱怨的客人
- 擦手紙架
- 擺在門旁的車窗清潔劑容器
- 寫著「請在加油機付款」的看板
- 陳列販賣的機油
- 上鎖的製冰機
- 裝著柴火的袋子
- 顯示現今油價的大型看板
- 裝在建築物或屋頂的監視器
- 圍在加油機周邊的黃色路緣線
- 店內滿是塗鴉的客用廁所
- 窗戶上宣傳附設便利商店特賣品的貼紙
- 擋住打氣機和雙邊加油機的大型休旅車
- 滿是泥濘的越野卡車或越野機車
- 車子或卡車
- 龜裂的步道上有油漬
- 負責補充汽油到地下油槽，操作困難的油罐車

室內

- 手動門或自動門
- 裝滿食物的架子（洋芋片、點心棒、綜合堅果袋、糖果）
- 種類很少的熟食區
- 陳列飲料的冰箱（汽水、果汁、牛奶、水、冰咖啡、能量飲料、啤酒）
- 放置現成餐點的小型食物櫃（披薩、熱狗、吉拿棒、三明治、炸雞、馬鈴薯）
- 雜誌報紙架
- 內有新鮮水果的籃子
- 收銀區（收銀員、排放香菸的角落、色情雜誌、樂透彩券）

聽覺

室外

- 打開油槍蓋的聲音
- 加油機啟動和停止時，發出的金屬類噪音
- 汽油流過管線的咕嘟咕嘟聲
- 停妥的車裡傳出的音樂
- 車子在往來的道路上咻地一聲開過去
- 卡車裡的狗在叫
- 開車旅行時，關在車裡的小孩吵鬧聲
- 機車引擎高速運轉的聲音
- 引擎冷卻發出的砰一聲

室內

- 收據從刷卡機印出來的聲音
- 咖啡機流出咖啡的咕嘟咕嘟聲
- 冰沙機發出嗡嗡聲
- 收音機播放的歌曲
- 信用卡啪地一聲放在塑膠製的櫃台上
- 打開洋芋片包裝的沙沙聲和拉開吸管包裝紙的聲音
- 把零錢放在收銀台托盤上發出的叮噹聲

嗅覺

- 汽油
- 弄髒的機油
- 曬到太陽的發臭垃圾
- 掛在卡車後照鏡的芳香劑
- 廢氣
- 被太陽烤乾的人行道

味覺

- 車上吃的食物和飲料（能量飲料、咖啡、碳酸飲料、超甜的冰沙、鹽味洋芋片、裹糖粉的迷你甜甜圈、牛肉乾、巧克力棒、能量棒）
- 捲菸或口嚼菸草

觸覺

- 塑膠製油槍的油汙感
- 加油時，為了保持壓力用力握住油槍
- 丟掉車內的垃圾時，外帶飲料杯或冰淇淋杯濕黏的觸感
- 從擦手紙架撕下擦手紙的粗糙感
- 流到腿上或腳邊的刮刀髒水
- 骯髒車門或儀表板的粉狀灰塵
- 把信用卡插進刷卡機付款
- 拿起油槍時，滴在腳邊的汽油
- 從刷卡機撕下收據
- 坐回車上，感到椅子柔軟有彈性

- 碰過加油機後，塗抹冰涼的乾洗手液

引領故事發展的情境與事件

- 沒付錢就開車走人
- 搶劫
- 喝醉或開車馬虎的司機把車子開得太靠近加油機或店面而撞上去
- 和客人吵架
- 大排長龍等待加油的煩躁顧客
- 停在加油機中間的過道，使得兩邊都開不進來的沒禮貌司機
- 用零錢或皺巴巴小鈔付錢的人
- 買一堆樂透彩券或刮刮樂導致收銀機前大排長龍
- 想上廁所，但嫌棄廁所清潔狀況
- 加了不是自己車子種類所屬的油
- 自助式加油機的信用卡介面故障沒辦法正常使用，只好去附設的便利商店刷卡結帳和簽名
- 一停車就大哭的嬰兒

登場人物

- 顧客
- 宅配員
- 加油員
- 油罐車司機
- 坐在車裡的小孩

編劇小技巧

設定時的重點與提示

殺人犯、毒蟲、連續殺人狂、精神病患、A片明星、熱心於子女教育的媽媽、修女，甚至警察，事實上無論是誰都需要加油站，這就是人生。或許有人認爲加油站是個無聊的場景，但其實剛好相反。把彼此間會產生衝突的幾個角色集中在一起，設置幾台監視器，這樣就能設置好一個狀況百出的舞台。

例文

只要是在上班會遲到很久的那一天，四台加油機一定都客滿。我排在一輛骯髒的黃色廂型車後面，手指開始叩叩叩地敲打著方向盤，暗中祈禱那個有啤酒肚的司機趕快加完油。終於他拍了拍油槍，把它放回架上。我坐正了準備踩下油門，但那個男的回到廂型車上的刹那，車子的側門滑了開來，竟然有六個小孩像傾巢而出的螞蟻般跳下車，急呼呼的跑過製冰機和機油的架子，湧進便利商店的自動門。我猛力往後面的頭枕一靠，心想我大概要死在這一串車陣中了。

運用的寫作技巧

誇飾法、直喻法

創造效果

時間流逝、強化情緒

正式服裝場合

Black-Tie Event

關連場景

田園篇——豪宅、舞會

都會篇——藝廊、舞廳、郵輪、豪華禮車、閣樓套房、劇院、遊艇

視覺

- 在圓環私人道路形成車陣的豪華禮車與高級車
- 請泊車人員代為泊車的服務
- 鋪上紅毯的入口
- 身穿黑色晚禮服、長禮服，佩戴璀璨寶石的女賓客
- 身穿燕尾服的男賓客
- 向入場賓客致意的主辦人
- 保管大衣和披肩的服務人員
- 貴氣逼人的豪華會場
- 冰雕
- 天花板上的水晶燈、引人注目的紙彩燈
- 主講人，以及向來賓介紹慈善活動的展示物
- 身穿黑白服裝，端著托盤四處走動的服務生
- 供應前菜時，賓客聚集的高桌
- 邊聊天邊品嘗紅酒及香檳的來賓
- 覆蓋著黑色桌巾的桌子
- 套上椅套的椅子
- 指定各人座位的桌上名牌
- 紀念禮品的禮袋
- 餐桌上火焰搖曳的蠟燭
- 餐桌中央的鮮花擺飾
- 水晶餐具
- 高級陶瓷器
- 餐巾
- 精緻的料理
- 以隨身鏡檢查妝容，補口紅和粉底的女賓客
- DJ或弦樂四重奏樂團的演奏
- 在舞池跳舞的賓客
- 一起合照的朋友
- 要求名人或主講人簽名或合照的參加者

視覺

- 宣布抵達賓客姓名的聲音
- 通往戶外的門開關時，傳來的戶外聲音
- 古典樂或樂器演奏的背景音樂
- 高跟鞋在大理石地面踩出來的「叩叩」聲。
- 脫下大衣或披肩的摩擦聲
- 皮鞋在地面摩擦的「啾啾」聲
- 人們彼此寒暄致意的聲音
- 笑聲、話語聲
- 手機鈴聲
- 服務生有秩序地端出前菜製造的聲響
- 逐漸融化的冰雕默默地滴落的水滴聲
- 拉椅子時，摩擦地板的聲音
- 銀餐具敲擊盤子的聲音
- 高球杯裡冰塊的碰撞聲
- 倒水的聲音
- 從調高音量的音響傳來的主講人的聲音
- 掌聲
- 服務生小聲詢問要什麼酒的聲音

嗅覺

- 家具的亮光劑
- 地板的清潔劑
- 芳香劑
- 香氛蠟燭
- 精油
- 鮮花
- 香水或古龍水
- 定型噴霧
- 化妝水
- 香皂
- 料理的香味
- 漱口水
- 某人呼吸中的酒精味

味覺

- 高級料理（帆立貝、蝦、鮭魚、牛肋排、菲力牛排）
- 香檳
- 紅酒
- 水
- 精緻美味的甜點

觸覺

- 滑過肌膚的緞面布、絲綢
- 刺膚的蕾絲
- 過緊的晚禮服或襯衫領口
- 拉扯耳垂的沉重耳環
- 已先穿過幾次稍微習慣的新鞋
- 穿著露肩晚禮服而感覺寒冷
- 溫熱的平底鍋或蠟燭散發的熱氣
- 舞伴挽著手肘或搭在腰間的手
- 刻意用定型噴霧固定的頭髮
- 拉扯頭皮的髮夾
- 一面設法維持玻璃杯與小碟子的

平衡，一面享用前菜
・微醺狀態
・在化妝室補口紅
・因為穿高跟鞋而感覺腳步不穩

引領故事發展的情境與事件

・表明自己的政治立場或宗教觀點，激怒對方
・叫錯別人的名字
・飲酒過度
・必須與麻煩或傲慢的來賓打交道
・雖然想回家了，但一起來的同伴還不想走
・執行飲食控制，能吃的東西很少
・被長舌公或長舌婦糾纏
・被分配到坐在死對頭旁邊
・對餐桌中央的擺飾或料理食材產生過敏反應
・必須參加違反意願的活動（工作所需，或伴侶要求）
・忘記帶現金，沒辦法給衣物保管人員或泊車人員小費
・聽到關於主辦人令人不舒服的傳聞
・成為卑劣八卦的受害者
・被主辦人施加壓力（受邀出席不想參加的活動、為了名聲而捐出大筆金額給慈善機構、被迫在百忙中撥出時間）
・發現主辦活動的非營利組織名實不符

登場人物

・DJ
・拍賣師
・酒保
・獲邀名人
・私人司機
・賓客
・主講人
・泊車人員
・業者及送貨員
・侍者及女服務生

編劇小技巧

設定時的重點與提示

舉辦正式服裝活動的理由形形色色，像是慶生會、紀念日、慈善募款會、職場或所屬俱樂部的聯誼活動等。活動的目的及地點、舉辦時間，會決定場地的布置和餐點、服裝等細節。如果場地在戶外，女賓客應該會全程穿著披肩，也會選擇禁得起風吹的髮型。與主辦者熟識的來賓，或許會在遵守正式服裝禮儀的同時，挑選適度輕鬆的服裝款式。登場人物爲了參加活動做準備時，必須考慮到這些細節。

例文

室內由於賓客眾多，逐漸悶熱起來，所幸有人察覺，打開了通往陽台的門。颳入室內的風頗爲強勁，像在宣告等一下就要下雨了。風撩撥著燭火，吹亂了桌上的碎紙花。披肩在手臂上拍打著，髮絲也隨風飄搖，不過我噴了那麼多的定型髮膠，除非颳起強烈的季風，否則應該不會受到太大的影響。

運用的寫作技巧

誇飾、天氣

創造效果

賦予登場人物特徵

立體停車場
Parking Garage

視覺

- 灰色水泥柱
- 低矮的天花板
- 出口標誌
- 凹陷路面上描繪的條紋
- 油漬
- 菸蒂
- 散布在地面的小砂礫或泥土塊
- 沿著出入口牆壁形成的擦傷
- 通往階梯或自動收費機的玻璃門或金屬門
- 支柱或牆上的鞋印
- 附著在混凝土天花板上的混濁水漬
- 標誌（箭頭、出口與停止標示、柱子上用來辨識位置的號碼或英文字母）
- 規矩地停在線內，成排的汽車或卡車
- 閃爍的煞車燈
- （提著購物袋、拿著盒子、公事包、推著行李箱）前往自己車子或下車的人
- 不停繞圈子尋找車位的車子
- 頭頂的燈泡快壞了，不停地閃爍，形成奇妙的光影
- 為了進行維修，用木材或帶子封鎖的區域
- 鐵絲網圍欄後方的停車位裡放置的各種維修用品（油漆、灰泥桶、折疊梯、其他修理資材）

聽覺

- 煞車「嘰嘰」聲
- 「轟隆隆」作響的引擎聲
- 尖銳地在牆上反彈的汽車喇叭聲
- 人聲
- 車門「砰」地關上，爭吵聲中斷
- 引擎速度加快
- 發出「波」的一聲，逐漸冷卻的引擎
- 發出巨大聲響排出廢氣的換氣扇
- 車檔發出「喀喀」的不順暢聲響
- 邊講手機邊往自己車子走的人
- 電梯門發出「叮」的一聲關上
- 發出「嗡嗡」聲的燈泡
- 踩到黏膩的汙漬，倒抽一口氣的聲音
- 從口袋或皮包取出鑰匙時「嘩啦啦」的聲響
- 鎖車或開車時發出的「嗶」聲
- 走在混凝土地面時，腳步的回音
- 附在門口的鐵捲門上「鏘鏘」作響的鎖

關連場景
都市街道、電梯、停車場、購物中心

嗅覺

- 馬達潤滑油
- 汽車廢氣
- 輪胎摩擦地面的焦味
- 煙
- 泥土、石頭
- 灑出來的防凍液
- 為了除掉積雪，用來灑馬路的鹽

味覺

- 這個設定沒有直接相關的食物，不過登場人物有可能攜帶食物（看完電影帶回來的爆米花袋子之類）或飲料。

觸覺

- 鞋子被黏答答的路面拉扯
- 前往樓梯或電梯時，轉開或拉開門把光滑的觸感
- 前往停車場裡其他樓層時，按下電梯內的塑膠按鈕
- 在許多鑰匙中尋找車鑰匙時，指頭碰到的冰涼金屬前端
- 上車時不小心稍微撞到骯髒的柱子，用袖子拍去灰塵

引領故事發展的情境與事件

- 知道有遊民為了尋找棲身休息或睡覺的溫暖地方而跑來停車場，感到害怕
- 前往自己車子的途中，發現有人尾隨在後
- 部分燈光熄滅
- 都走到車子旁邊了，卻找不到車鑰匙
- 車子被劫持，或是遭人綁架
- 有人跑過來求救
- 走到車子旁邊時，發現遭到破壞（烤漆剝落、保險桿凹陷，車內被搜刮一空）
- 忘記把車子停在哪裡

登場人物

- 地下停車場或立體停車場的利用

者身分，會隨著所在地點而不同。比如說，繁忙商業區的停車場，主要的利用者會是上班族或都市街道商店雇用的員工。如果是購物中心附設的停車場，利用者就是購物的客人和購物中心員工。若是公寓裡的地下停車場，就只有住戶能進入。在大樓裡工作的維修人員，由於倉庫多半設置在停車場，因此應該也會頻繁進出這類地方。

編劇小技巧

設定時的重點與提示

許多企業大樓或公寓、購物中心都設有地下停車場。醫院、機場、車站、其他大都市的人口密集區，也經常可以看到獨立的立體停車場。停車場的規模與照明形形色色，白天與夜晚不同的時間帶，擁擠的程度也不同。有些停車場有警察巡邏，或有警衛駐守，但隨著設備日漸自動化，近年有警衛的停車場越來越少見。

立體停車場對許多人，特別是過去曾經在停車場遭遇犯罪，或罹患焦慮神經疾患的人來說，應該是個令人不安的地方。低矮的天花板、擠得水洩不通的車子、狹窄的通道，這些要素很有可能引發幽閉恐懼症，因此要為登場人物製造緊張感時，停車場是個很好的設定。利用這個場景設定，不僅可以為登場人物帶來壓力與不安，同時也能勾起讀者的記憶，讓他們回想起自己曾經在停車場碰到的遭遇，進而強化情緒。

例文

瑪麗來到距離她的車子Grand Cherokee還有一半路程的地方，頭頂的照明開始閃爍，讓她停住了腳步。她的鞋跟在骯髒的混凝土地上滑了一下，發出粗糙的刺耳聲響。瞬間，一排又一排的汽車、濺到汙泥的混凝土柱子、幾乎磨光的黃色條紋，全都閃爍著躍入眼簾。「這要是電影，就會有個瘋狂的越獄犯從車子中間衝出來，用斧頭把我砍死。」這麼一想，瑪麗再也按捺不住，用力按住車鑰匙的遙控解鎖鈕，快步衝過距離吉普車之間六公尺的路程。

運用的寫作技巧

光與影、多種感覺的描寫

創造效果

醞釀氣氛、強化情緒、營造緊張感與糾結的心情

地下道
Underpass

關連場景
都市街道、公園、小鎮街道、地鐵隧道

視覺

・馬路或電車軌道底下的混凝土隧道或磚牆隧道
・經過頭頂的道路或隧道內的車輛
・隧道內兩側的行人或單車騎士
・混凝土或石板地面
・較長的地下道內部照明
・短的地下道從出口射進來的陽光
・五彩繽紛的塗鴉或壁畫
・牆上的海報或廣告
・水（牆上滲出的水、天花板滴落的水、地面的水窪）
・後方射過來的光，使人影變成黑色的剪影
・寬闊的地下道裡，結構上必要的柱子或拱頂
・行人地下道盡頭處的階梯
・照明損壞而變得陰暗的區域
・睡在塑膠布上的遊民
・葉子或沙土被風吹到一處
・因漏水而損傷的天花板
・蜘蛛網和蜘蛛
・在燈具周圍飛舞的蛾等飛蟲
・散落一地的鳥糞
・建築物支柱頂端，有鳥築巢的洞穴或突出部分伸出來的乾草或小樹枝
・卡在地面格柵上的垃圾（皺巴巴的報紙、丟棄的傳單、菸蒂、塑膠袋）
・區隔行人和車輛的柵欄或地面上的線
・龜裂的路緣石
・鄉間地區穿過地下道的野生動物（鹿、熊、浣熊、負鼠）
・豪雨時會淹水的地面低窪處
・從混凝土龜裂處冒出來的雜草

聽覺

・回音
・颳強風時發出的「咻咻」聲或狂嘯風聲
・空洞回響的「叩、叩」腳步聲
・往來的行車在頭頂發出轟隆聲
・車輛的聲音隨著靠近而變大，擦身離去
・從天花板「滴滴答答」滴落地面的水聲
・「咻」地穿過旁邊的單車
・輾過混凝土龜裂處，「喀噠喀噠」晃動的輪胎
・照明燈具「嗡嗡」的低吟聲
・在燈具周圍「嗡～」地飛舞的飛蟲或蛾
・遠處傳來的警笛聲
・人的說話聲
・地下道角落的小垃圾堆裡，小動物活動製造的聲音
・被風吹動的樹葉摩擦地下道牆壁發出的「沙沙」聲
・邊走邊講手機的人聲
・「啪嗒啪嗒」地踩過水窪經過的聲音
・鳥類喧雜的啼叫聲
・野貓和野生動物安靜無聲

嗅覺

・雨水
・建築物的霉味
・潮濕的混凝土
・變熱的鋪裝路面
・車輛廢氣
・尿騷味
・積水

味覺

・在設定中，除了登場人物帶進這個場景的東西（口香糖、薄荷糖、口紅、香菸等），可能沒什麼特別的東西跟味覺有關，像這種不會描寫到味覺的場景，可以專心描寫其他四種感覺。

觸覺

・走在地下道時，風吹了進來
・走進陰暗處時，空氣突然變得陰涼
・腳底堅硬的混凝土
・汽車經過時捲起的強風
・漫長的地下道中央路段沉滯的空氣
・踏進可能有危險潛伏的孤立區域時，因為害怕而胃痛起來
・光滑的金屬扶手
・堅硬的磚牆
・腳底下被踩碎的葉子
・滴落頭頂或袖子的水滴
・被凹凸不平的路面絆倒

・沾到皮膚的黏答答蜘蛛網
・為了避開可疑人物或陰暗處，移動到其他車道
・在陰暗處被小型垃圾絆到，或不小心踢到酒瓶或汽水罐
・鳥巢有鳥飛出來，受到驚嚇
・垃圾裡有東西發出「沙沙」聲，受到驚嚇
・溝鼠用爪子刨抓混凝土

引領故事發展的情境與事件

・在暗處遭到攻擊
・行人差點被單車或汽車撞到
・危險的廢棄物（破碎的玻璃瓶、用過的針筒）
・地下道崩塌
・發生地震，被關在地下道裡
・被凹凸不平的混凝土絆倒
・必須在深夜的地下道與人碰面
・走在（鄉間的）地下道時，遇到野生動物

登場人物

・單車騎士
・健身慢跑或快跑的人
・汽車駕駛
・行人
・遊民

編劇小技巧

設定時的重點與提示

地下道有的像天橋那麼短，有的長達數公里。許多地下道（尤其是經過水域的地方）內部骯髒潮濕，但也有照明充足、表面漆上鮮豔色彩的地下道。另外，地下道也可以區分爲汽車專用地下道、行人及單車專用地下道，以及三者皆可通行的地下道。以前市區的地下道，很多都是遊民或不良份子的聚集場所，但現今有許多地方經過改造，變成滑板公園、跳蚤市場、劇場、遊民收容所等。由此可知，地下道是可以運用在各種狀況的多元場景。

例文

經過單車道的騎士，「咻咻」地穿過瑪喬麗身邊。輾過馬路的輪胎巨響，撞在水泥牆上反彈回來。其他行人也都輕微地擦撞她的肩膀往前走去，以便盡快穿越這長約八百公尺的地下道，趕在上班時間內抵達職場。但瑪喬麗和他們不一樣，步伐悠閒。陰暗的照明中，壁畫爲拱形隧道帶來明亮，用色充滿活力，而且頗爲精緻。她用手指撫摸畫筆描繪的部分，疑惑這些作品是何人所繪，又是在什麼時候完成的？

運用的寫作技巧

多種感覺的描寫

創造效果

賦予登場人物特徵、醞釀氣氛

老人院
Nursing Home

關連場景
救護車、病房、等候室

視覺

整體設施

・櫃台桌子和擺放了除菌洗手液的門口
・供家屬及院民休息的沙發，或備有座椅的公共空間
・可讓輪椅通過的寬闊走廊
・特別活動的告示
・以色紙或鋁箔紙製作的熱鬧節慶裝飾（感恩節、聖誕節、新年）
・沿著牆壁設置的扶手
・擺飾陶瓷器或骨董盤子的展示櫃
・人造花飾
・水族缸
・鋼琴
・小型禮拜堂
・桌子間隔特別大的餐廳
・物理治療設備
・工作人員推著擺放飲料或輕食（水、果汁、咖啡、易消化的餅乾）的推車四處分發
・儲存了各種老樂曲的音樂播放機
・院民可以坐著輪椅使用的，房間中央的大桌子
・除了幾把椅子之外，為了供輪椅停放，幾乎沒有放置任何物品的電視間
・有桌子（擺放著撲克牌、拼圖、西洋跳棋）的娛樂室
・院民（坐在輪椅上、睡著、在電視間看電視、使用助行器、身上吊著點滴或氧氣筒坐著、抱著人偶或其他回憶物品、盯著半空中、對工作人員怒罵或喃喃自語、對著沒有反應的人獨自說個不停）
・服務員（協助院民用餐、如廁、沐浴、更衣等）
・負責整理院民的床鋪、掃廁所等事務的工作人員
・護士拿藥過來，邀院民一起聊天
・院民把輪椅推到窗邊，看著戶外的餵鳥台或往來的行車

院民的房間

・有家人照片的相框
・放置可調節的病床，牆邊有扶手的狹窄空間
・細長的衣櫃（收納著幾件更換衣物、睡衣、成人紙尿布、襪子、其他用品）
・床頭櫃（放著檯燈、電話、水杯、護手霜、時鐘）
・寫有院民姓名的洗衣籃
・收在床底下的拖鞋
・為行動不便的人裝設在天花板的滑輪設備
・呼叫工作人員的呼叫鈴
・附有沉重窗簾的窗戶
・一個房間住有多位院民時的隔簾
・從家裡帶來的零碎物品
・釘著問候卡或是活動行事曆的軟木板

聽覺

・電話鈴聲
・音樂
・哼唱
・院民的對話聲或抱怨聲
・照護員提出各種問題，鼓勵院民加入對話的聲音
・輪椅車輪的「吱嘎」聲
・院民重重地撞到門或桌子「砰」地一聲
・浴室的水聲
・換氣系統發出「咻」或「嘰嘰」聲響
・暖氣或空調運轉聲
・電視傳來的笑聲等聲音
・呼救的聲音或哭聲
・走廊上的腳步聲
・水族箱「咕嘟咕嘟」的泡沫聲
・停住輪椅時，煞車器發出的「喀嚓」聲

嗅覺

・漂白水
・清潔劑
・剛洗好的衣物
・烹調的食物
・排泄物

味覺

・容易咀嚼的食物
・水
・果汁
・顆粒狀的藥物
・熱紅茶或咖啡

- 輕食（軟餅乾、香蕉蛋糕）
- 高熱量的營養補充飲品

觸覺

- 殺菌劑的泡沫在手上擴散的冰涼濕氣
- 凹凸不平的床
- 擦拭沾在手上或臉上的食物殘渣
- 用梳子梳理頭髮
- 咀嚼軟爛或太稀的食物
- 塗抹濃稠的面霜
- 坐上輪椅時，感覺到的輕微彈性
- 打翻食物時，潑濺到身上的冰涼水滴
- 藥錠卡在喉嚨深處的不適感
- 柔軟的床單
- 光亮的老照片
- 點滴插入時的刺痛
- 造成疼痛的紅腫、擦傷、跌倒
- 來自心愛的人的溫暖擁抱

引領故事發展的情境與事件

- 私人物品遺失
- 蓮蓬頭的水太涼，或錯過淋浴的機會
- 食物難吃
- 拿錯藥
- 室友罹患失智症，變得粗暴或是危險
- 院民偷走電視遙控器
- 跌倒受傷
- 忽視病人懇求或要求的照護員
- 大小便失禁
- 家人來訪，擾亂內心平靜

登場人物

- 家屬
- 護士或照護員
- 院民
- 巡診醫師或牧師
- 在特別活動中前來慰問的義工或藝人

編劇小技巧

設定時的重點與提示

雖然都叫老人院，水準卻有著天壤之別。有些老人院提供健康的餐飲，員工訓練有素，提供交流的機會與社交活動、定期醫療照護等，設備也是一流的，一般稱作安養中心或是養生村。但相對地，也有些老人院（長照中心或養護機構）病房狹窄、衛生管理和清潔度都不及格，工作人員懶散甚至有暴力傾向，幾乎不提供任何休閒娛樂，院民在精神及肉體上皆無幸福感可言。資金是來自民間或政府，以及地點、規模、成立時間等，都會影響到老人院的樣貌。

例文

前往「溫汀丘安養中心」探望喬叔叔是件令人難過的事，但我總是強迫自己每個月的第二個星期天去看他。老人院就像是在預告著不幸的未來，總有一天我們也會住進這種地方。看到沾有汙漬的地毯、破舊的家具、關不緊的門，我總是想：這裡以前也曾經是個好地方吧。我向桌子後面的護士揮了揮手，奮力穿過坐著輪椅的老人盯著水族缸裡的橘色孔雀魚，或頭垂在胸前打瞌睡的車陣。最可怕、看了最教人難過的，是那些凝視著半空中，坐在空蕩蕩的大桌前的老人。他們就像是幽魂，心靈早已搭上前往某處的列車，身體卻像無人領取的行李般，被拋棄在車站等待。

運用的寫作技巧

直喻法、象徵

創造效果

醞釀氣氛、強化情緒

6畫

自助洗衣店
Laundromat

關連場景

都市街道、停車場、小鎮街道

視覺

- 面向馬路的窗戶
- 與鎖在牆上的電視相對的整排長條椅
- 缺角的折疊桌
- 附輪子的金屬洗衣籃
- 並排的營業用洗衣機與乾衣機
- 監視器
- 天花板的吊扇
- 垃圾箱（裡面有烘衣紙、線頭、棉絮、洗衣精空瓶）
- 乾衣機裡面的毛屑不時掉在磁磚地上
- 打翻洗衣粉弄得磁磚上都是粉末
- 設備使用說明的標示
- 販售洗衣粉或柔軟精的投幣式自動販賣機
- （投幣才能啟動機器時）機器的投幣孔
- 在附近跑來跑去的小孩
- 無聊的客人在傳簡訊或用播放器聽音樂
- 頭上明亮刺眼的日光燈
- 折衣桌底下被遺忘了的襪子
- 櫃台裡面的員工
- 糖果或汽水的投幣式販賣機
- 兌幣機
- 桌上堆放洗好的衣服
- 在洗衣機裡轉動的髒衣服
- 裝髒衣服的垃圾袋或布袋放在空洗衣機旁的地板上
- 不鏽鋼水槽和伸縮龍頭

聽覺

- 硬幣掉進投幣孔裡面的聲音
- 洗衣機的低頻聲音或嘩啦嘩啦的水聲
- 滾筒洗衣槽裡的鈕扣或拉鏈撞到金屬的匡啷聲
- 洗滌中的球鞋四處碰撞的咚咚聲
- 零錢在乾衣機裡轉來轉去的叮噹聲響
- 機器切換功能模式時，自動響起的啪一聲或嗶嗶聲
- 開、關洗衣機吸力很強的蓋子的聲音
- 洗衣機運轉時，伴隨著金屬零件摩擦或震動產生的嘰嘰聲
- 人們的笑聲或談話聲
- 爸媽叫小孩不要跑來跑去或爬上爬下的怒罵聲
- 電視聲
- 口香糖或袋裝零食從旋轉式零食販賣機掉出來的啪一聲
- 髒衣物推車嘰嘰叫的輪子
- 折衣服前把床單或衣服啪一下抖開來的聲音
- 開門營業時一湧而上的人群吵雜聲音
- 頭頂上電風扇的葉片轉個不停的聲音
- 攤開衣服或是折衣服時，靜電劈啪作響

嗅覺

- 洗衣清潔用品
- 化學藥劑
- 漂白水
- 操過頭的馬達金屬味道
- 花香或柑橘類的人工香味（薰衣草、檸檬、紫丁香）
- 溫暖的布料
- 汗味
- 體味
- 濕答答的髒衣服
- 久沒清洗的洗衣機內潮濕發霉的味道
- 在袋子裡放很久的髒衣服

味覺

- 機械式販賣機的零食或口香糖
- 麥片棒
- 洋芋片
- 電子式販賣機的巧克力棒或蝴蝶脆餅
- 自己帶去店裡的水或碳酸飲料

觸覺

- 硬梆梆的塑膠椅子
- 從口袋掏出來溫溫熱熱的硬幣
- 投幣時碰到硬幣隆起的邊緣
- 手指沾到洗衣粉
- 黏答答的洗衣精及去漬劑
- 從洗衣機拿洗好的衣服出來時，感受到的涼爽濕氣
- 要從乾衣機拿衣服出來時，撲到臉上的熱氣
- 剛從乾衣機拿出來的蓬鬆衣物

・將衣服分開折放時，被靜電電到
・踩到磁磚地上的洗衣精而滑倒
・沾到手上很難洗掉的滑溜溜漂白水
・把洗衣機的濾網拔下來丟掉

引領故事發展的情境與事件

・自己的衣服在完全烘乾前就被別人從乾衣機裡拿出來
・自己的衣服在折疊桌上不見了
・客人帶來的小孩太吵鬧給周圍的人添麻煩
・炎熱夏天，空調故障，客人感到心浮氣躁
・有人想要把會弄壞機器的東西丟進去清洗或烘乾
・有人故意在乾衣機裡放了一支筆，要整下一個客人讓他的衣服上噴得到處都是墨汁
・停電造成衣服才洗一半，機器就停了下來
・到了自助洗衣店，才發現洗衣清潔劑用完了或把零錢忘在家裡
・落到不得不去自助洗衣店的下場而滿肚子不爽

登場人物

・大學生
・顧客（住在公寓的人）
・家裡的洗衣機或乾衣機壞掉的人
・自助洗衣店的店員
・正在休假的人
・帶著家裡洗衣機塞不下的大型物品的人（墊被、枕頭、睡袋、小塊地毯）
・修理工人
・遊民

編劇小技巧

設定時的重點與提示

有些自助洗衣店內會提供完善的設備讓人覺得相當舒適，例如新型的機器、免費Wi-Fi、免費咖啡、電視、兒童遊戲區等。甚至有的店家還有到府收髒衣服的宅配服務。投幣式的機器現在還有，但新型的自助洗衣店多半採用在櫃台直接結帳的服務方式。

例文

渾身貓尿味的歐巴桑走出店裡時，我把卡邁爾放在金屬籃子上搖晃一下，以測試輪子是不是夠堅固。牠緊抓著底部的鐵絲對我點點頭。洗衣機發出轟隆轟隆的巨大聲響，正把宛如整捆色彩各異的食物般的髒衣服搗個粉碎。還好有這聲響可以消掉輪子在磁磚地上發出的喀啦喀啦聲，不過以防萬一我還是確認一下有沒有人在看這邊。老媽在外面的人行道上吞雲吐霧，同時丹妮絲阿姨正在用手機講八卦。店員背對著我們，正用手機在看動畫。我朝著弟弟豎起大拇指，開始倒數計時。在這種地方若不想浪費星期五晚上的時光，唯一的期待就是好好的在自助洗衣店裡賽車一下。

運用的寫作技巧

擬人化、直喻法、多種感覺的描寫

創造效果

賦予登場人物特徵

汽車旅館
Cheap Motel

關連場景
便利商店、速食店、老舊小貨車、休息站

視覺

外觀

- 只有部分亮著燈的空房標示
- 入口屋簷處記載著客房每小時收費的標示
- 一層樓或二層樓建築
- 外牆上即將脫落的塗漆
- 邊緣骯髒模糊的窗玻璃
- 熄滅的電燈
- 戶外階梯
- 雜草叢生的籬笆或枯萎的植物
- 龜裂處長出雜草，凹凸不平的人行道
- 撞上路緣石的垃圾，散落在停車場四周
- 成天有可疑的房客進進出出
- 坐在房間外塑膠椅上的人

室內

- 低矮的天花板
- 過度摩擦、有汙漬的地毯
- 無法順暢打開的門
- 門內有多道門鎖
- 不協調的家具
- 有水漬或香菸焦痕的桌子
- 薄薄的床罩或凹凸不平的枕頭
- 膨脹或脫落的壁紙
- 陰暗的照明
- 菸灰缸
- 有點故障的空調
- 固定在牆上的電視
- 款式老舊的照明燈具或裝飾
- 關不緊的水龍頭
- 因為以前漏水，而有部分的天花板或磁磚變色
- 洗臉台水槽有生鏽汙痕
- 扭曲或不明亮的鏡子
- 浴室裸露的管線
- 龜裂的磁磚上有砂漿形成的骯髒線條
- 太小的毛巾
- 破舊的浴簾
- 常見的飯店用品（洗髮精、乳液、吹風機、熨斗、遙控器）
- 順牆而上的螞蟻隊伍
- 溝鼠或家鼠的糞便

聽覺

- 門打開時尖銳的「嘰嘰」聲
- 從薄牆傳來的聲音（隔壁房間的電視、人聲、行車聲）
- 電話鈴聲
- 性行為的聲音
- 附近客房吵架的聲音
- 嬰兒哭聲
- 狗叫聲
- 附近幹道或高速公路車輛往來的噪音
- 敲門聲
- 床被壓得「吱呀」作響
- 漏水的水龍頭不停滴水的聲音
- 管線發出的聲響
- 馬桶沖水時，發出的巨大聲響
- 房門外的腳步聲
- 暖氣或空調「喀噠喀噠」作響
- 汽車旅館外面傳來的電線「滋滋」聲
- 霓虹燈壞掉，發出斷續的「嗡嗡」聲
- 蚊子「嗡嗡」聲

嗅覺

- 霉味
- 食物或建築物的霉味
- 灰塵
- 濕掉的香菸煙味
- 老舊的地毯
- 外帶食物或外送食物的香味（披薩、漢堡、薯條）
- 動物的毛皮

味覺

- 油膩的外帶食物或外送食物
- 窒悶有霉味、味道令人不舒服的空氣
- 自動販賣機販賣的垃圾食物或零嘴

觸覺

- 蓮蓬頭不夠涼或不夠熱的水流
- 凹凸不平的堅硬床墊
- 布料扎刺的床單或枕頭套
- 無法放鬆或睡不著，不停地翻身
- 被臭蟲咬而發癢
- 空調故障，流了滿頭大汗
- 暖氣停了，挨在一起或蜷起身體取暖
- 質料粗糙的毛巾
- 被蚊蟲咬的痕跡
- 從無法密閉的門窗縫吹進來的風

・光腳踩踏地毯時，黏黏的感覺
・頭撞到吊掛位置低矮的照明燈具

引領故事發展的情境與事件

・遭到暴力攻擊、強姦或偷窺
・有嚴重的潔癖
・辦理好入住手續後，才發現身無分文
・妓女上門拉客
・房門無法上鎖
・偷偷把動物帶進禁止攜帶寵物的汽車旅館
・隔壁房間很吵
・熱到或冷到不舒服的房間
・沒有熱水，必須洗冷水澡
・在各種噪音下，難以入睡
・在從事違法行為的汽車旅館工作
・必須保護自己的孩子，避免他們接觸經常出入汽車旅館的可疑人物

登場人物

・清潔人員
・櫃台人員
・藥頭
・可疑人物
・汽車旅館房客
・披薩外送員
・妓女

編劇小技巧

設定時的重點與提示

汽車旅館和飯店不同，原本是專門提供汽車駕駛的住宿設施，因此大部分都位在幹道或觀光勝地附近。可以想成是比旅館規模大、有客房服務或游泳池等，設備及服務更加充實的住宿設施。

例文

約翰滿身大汗地醒了過來。整個房間充滿了帶著霉味的暖意——事實上，室內比起春季潮濕的戶外來得溫暖太多了。他把彈簧床壓出令人皺眉的吱嘎聲，爬下床鋪。陰暗的房間裡，名為空調機的古代巨龍無聲無息地鎮坐在地上。約翰走過去按按鈕，扳動旋鈕，甚至踹了它的側面，然而空調機依舊無動於衷，反而噴出大量的灰塵來。約翰忍不住大打噴嚏，被驚嚇到的蟑螂從牆壁一口氣爬進暖氣鬆脫的出風口後面。看來他抽中大獎，住到汽車旅館界的泰姬瑪哈陵了。

運用的寫作技巧

對比、隱喻法、多種感覺的描寫

創造效果

醞釀氣氛

7畫

車禍現場
Car Accident

關連場景
田園篇——鄉間小路
都會篇——救護車、都市街道、急診室、病房、警車、小鎮街道

視覺

事故發生當下
- 車子或柵欄接近自己的車道
- 撞擊前一刻，對向車內的人滿臉驚恐的表情
- 汽車引擎蓋壓扁了
- 玻璃被破壞
- 乘客被推到座位前方
- 在一陣白煙當中啟動的安全氣囊
- 意識中斷，對於當下只有片段的記憶

事故發生後
- 破掉的玻璃
- 事故車以奇怪的角度停住
- 故障且撞扁的車輛
- 脫落的車門橫躺在車道上
- 警車的警示燈
- 煙或蒸氣
- 扭曲變形的金屬片或塑膠片
- 碎落的擋風玻璃
- 救難車輛（警車、消防車、救護車、拖吊車）
- 救難隊員或消防員跪在受困車內的人旁邊，或固定車禍傷患以利搬運
- 身穿顏色鮮明防彈背心的警察（用黃色膠帶保留現場、設置路障、指揮交通、詢問目擊者並作筆錄）
- 大群的旁觀者
- 高舉手機想要拍攝現場的好事者
- 髒汙的血跡或繃帶
- 流出的液體積成水窪（冷卻水、汽油、油類）
- 急救包或擔架
- 沿著道路停放的車輛
- 啟動過的安全氣囊
- 搭乘直升機的救難隊員
- 被泡沫滅火器熄掉的火焰
- 手電筒搖晃的光線或車燈照亮現場，或是後方照明投射出晚上的煙霧
- 壞掉的護欄或折斷的樹木
- 散落地面的樹枝

聽覺

事故發生當下
- 輪胎的嘰嘰聲
- 喇叭聲大響
- 剎車產生的摩擦聲響
- 倒抽一口氣的聲音或大叫聲
- 啪地斷裂的安全帶
- 劈哩啪啦碎裂的金屬
- 砰一聲破掉的玻璃
- 人或物品被拋擲出去咚地一聲
- 啪地折斷的樹木或看板
- 金屬沿著路障滑過去的嘰嘰聲

事故發生後
- 液體從炙熱的引擎流出發出咻地一聲
- 相撞的車輛打滑的聲音，或踩剎車而停下來的聲音
- 引擎冷卻當中發出爆音
- 車禍傷者稍微移動身體時，破掉的玻璃掉在地上的聲響
- 敲窗戶詢問裡面的車禍傷者是否安好
- 車禍傷者一直耳鳴而聽到嘰嘰聲
- 驚慌導致呼吸很喘
- 哭聲
- 呻吟聲
- 叫聲
- 火焰啪啦啪啦地燒起來
- 外裝塗料或金屬遇熱膨脹發出砰一聲
- 有毒的氣體飄進駕駛座讓人咳嗽
- 拚命想逃出車外的人發出的聲響
- 車禍傷者從橫躺的車輛車窗滑出來時，金屬片掉在柏油路上的聲響

嗅覺
- 漏出的汽油
- 燃燒的橡膠
- 油類或其他機油類液體
- 煙
- 血

味覺
- 血
- 淚水

觸覺

事故發生當下
- 兩手握住方向盤、背部緊靠座位
- 緊箍住胸部或腰部的安全帶

・身體左右搖擺
・頭部或身體側邊用力撞向車門
・腦袋快速地前後晃動
・撞到車內的東西（包包、皮包、寵物、其他沒固定好的東西）而痛得不得了
・全身用力以因應撞擊
・安全氣囊啟動時，裡面的化學粉塵噴到臉上
・被安全氣囊的威力衝擊向後倒

事故發生後

・慢慢知道自己身在何處，但因為太震驚記憶一片空白
・時間慢慢經過而思考變得模糊
・意識混亂
・漸漸感受到身上多處割傷或瘀青，以及受重傷的部位（腦震盪、讓人無法動彈的手腳骨折、車子一部分零件貫穿皮膚）很痛
・非常害怕且擔心車內的其他人
・想動也動不了
・開始不耐煩或驚慌
・流到身上或從動脈湧出的血
・伴隨著震驚而來的顫抖

引領故事發展的情境與事件

・有一輛車冒出火焰
・駕駛座充滿有毒氣體
・身上多處骨折的生還者無法動彈
・後座心愛的人（小孩）受傷，卻沒辦法伸手過去或確認狀況
・在車內清醒過來時，乘客已死亡
・在杳無人煙、沒有目擊者可幫忙的地方碰到車禍

登場人物

・剛好在現場的人
・消防隊或搜救隊
・醫療人員
・救難隊員
・警察
・車禍傷者

編劇小技巧

設定時的重點與提示

如果是小型車禍，應該不需要警察或救難隊員。他們通常只會在有人受傷或車禍波及到特定場所時才會過來。針對感官上的細節，別忘了要從故事主述者或登場人物的角度來描述。根據在場人物的不同，登場人物注意到的事情也會有所改變。例如剛好在現場的人，有可能會留意車禍傷者也沒注意到的事故細節。就工作性質而論，警察也比較可能觀察深入，或許會發現其他人沒注意到的事。

例文

梅亞莉在黑暗中醒了過來，不但耳鳴，思考也模模糊糊的。「這裡是哪裡？」煙從擋風玻璃破掉的洞口飄進來，類似汽油的臭味讓她呼吸困難。她想要轉動身體逃出車外，但某個東西把她壓住。肩膀和腰部發出陣陣疼痛，一瞬間腦海閃過——一輛卡車打滑，拖車左右搖晃著衝向了她的車道。卡車接近的時候，司機的恐懼完全寫在臉上。她當時拚命踩剎車。耳邊傳來震耳欲聾的叫聲。「我出車禍了啊。」她開口想呼救，發出的卻只是啜泣聲。

運用的寫作技巧

光與影、隱喻法、多種感覺的描寫、營造緊張感與糾結的心情

創造效果

醞釀氣氛、告知背景、強化情緒

刺青店
Tattoo Parlor

關連場景
都市街道、購物中心、等候室

視覺

- 門口的霓虹燈
- 供客人等待的等候室
- 外套衣架
- 展示刺青樣本相片的活頁本
- 牆上的刺青圖畫
- 各種形態的藝術商品（繪畫、陶瓷器、寶石、雕刻、雜貨）
- 刺青店的原創商品（T恤、馬克杯、鑰匙圈、保險槓貼紙）
- 牆上的鏡子
- 電視
- 放有素描用品（桌子、素描本、畫筆或鉛筆、簽字筆）的設計室
- 櫃台
- 以布簾隔開，反映各刺青師個性的房間（透過室內裝飾、紀念品、相片、播放的音樂等）
- 貼在牆上的營業執照
- 坐在椅子上或躺在床上的客人
- 用圖釘釘在牆上的刺青素描
- 裝拋棄式手套的盒子
- 刺青機
- 墨水容器和墨水
- 針
- 整疊的毛巾
- 用來擦拭墨水而變色的毛巾
- 用來轉印圖案的熱感應紙
- 軟膏和繃帶
- 刺青師在作業時為了看清楚刺青而戴的頭燈
- 可調整亮度的照明
- 用來盛裝有毒物質或尖銳物品的容器
- 用來消毒工具的高壓滅菌器
- 洗手台
- 販賣的術後保養用品
- 休息區

聽覺

- 音響傳來的音樂聲
- 電視機的聲音
- 刺青機發出的「嗡嗡」運轉聲
- 周圍的雜音
- 櫃台人員接待客人的聲音
- 被帶往裡面房間的客人腳步聲
- 客人在椅子或是床上變換姿勢的聲音
- 刺青師靠近仰躺的客人時，移動滾輪椅的聲音
- 從衛生包裝取出工具時的聲音
- 員工洗手時，水噴濺在洗手台上的聲音
- 客人參考刺青圖案的翻頁聲
- 客人「沙沙」打開畫有原創藝術圖案的紙張，作為刺青樣本
- 脫衣服的聲音
- 收銀人員列印收據的聲音
- 坐到套有紙罩的椅子上時，發出的「沙沙」聲
- 開始刺青，客人忍不住痛得倒抽一口氣的聲音
- 客人看到成品，興奮不已或發出喜悅的歡呼

嗅覺

- 消毒水
- 沉澱的香菸煙霧
- 塗料
- 休息室飄來的微波爐加熱食物，或外送餐點的香味

味覺

- 在設定中，除了登場人物帶進這個場景的東西（口香糖、薄荷糖、口紅等），可能沒什麼特別的東西跟味覺有關，像這種不會描寫到味覺的場景，可以專心描寫其他四種感覺。

觸覺

- 翻頁或是觸摸樣本冊挑選想要的圖案
- 在有彈性的椅子或床墊往下沉的感覺
- 想到接下來的疼痛，肌肉緊繃，心情不安
- 刺青師調整椅子的高度，使得自己的腳或頭往上升或往下沉
- 戴著手套的手觸摸自己的皮膚
- 接觸皮膚的除毛刀片及除毛慕絲的冰涼感
- 接受刺青時，自己撩起衣物等待
- 以不習慣的姿勢或坐或躺
- 疼痛
- 深呼吸
- 用毛巾擦拭刺青的部位
- 黏答答的軟膏

・扭動身體想要看完成的刺青
・用膠帶固定的繃帶拉扯的感覺

引領故事發展的情境與事件

・遇到態度不好或是沉默寡言的刺青師
・前來刺青，成品卻不如預期
・刺青師剽竊同行的設計圖案
・刺青店被指控違反衛生規定
・未成年的客人跑來想要刺青
・客人因為害怕或緊張而昏倒
・必須為超級怕痛的客人刺青
・優柔寡斷的客人
・刺青刺到一半，需要的消耗品卻用光了
・為了轉移疼痛，喝得爛醉才跑來刺青的客人
・客人的身體狀況有可能會出現某些併發症（懷孕、正在服用抗凝血劑、最近使用過某些藥物），卻隱瞞不報
・想要刺一些禁忌圖案的客人（納粹十字鉤、針對特定人種的辱罵言詞等）

登場人物

・實習生
・客人
・陪伴刺青客人的親友
・衛生指導員
・來推銷自己作品的當地藝術家
・刺青店老闆
・刺青帥

編劇小技巧

設定時的重點與提示

對於身上有刺青的絕大多數人來說，刺青是一門藝術，因此刺青店應該會反映出各個老闆的哲學或個人品味。有些刺青店以藝術家自居，也有些刺青店散發出大膽的黑暗氛圍。但不管是什麼樣的環境，擁有營業執照的刺青店，都必須嚴格遵守標準衛生規定，定期接受檢查，確保衛生方面安全無虞。但遺憾的是，許多無照營業刺青師經營的店，因爲不需注意衛生，因此可壓低價格，或是幫未成年人刺青、前往個人住家或派對等活動爲人刺青，藉此牟利。有時由於這類刺青師疏於遵守衛生規定，使得人們曝露在危險當中。

例文

梅西坐在沙發角落，努力不要捏起手中的紙。這是她的男友親自爲她設計的蜂鳥圖案，精美而纖細，作爲她的第一個刺青，再適合不過了。她的胃痙攣起來，她用拳頭頂住腹部。吉克保證不怎麼痛，但是一想到那無數的細針……梅西閉上眼睛，深深吸氣，忽然注意到消毒水的氣味。是清潔的味道。這裡很安全。每個人都在刺青，不是嗎？所以我應該也不會有問題的。

運用的寫作技巧

多種感覺的描寫、象徵

創造效果

賦予登場人物特徵、強化情緒

夜店
Nightclub

關連場景
田園篇——海灘派對、家庭派對
都會篇——酒吧、酒館

視覺

- 外面等待入場的人龍
- 聚在外面無所事事或抽菸的人
- 停在路緣石旁邊讓客人下車的計程車
- 查看身分證或拒絕入場的魁梧私人警衛
- 收取服務費，在客人手上蓋夜店章的年輕女工作人員
- 舞廳射出來的閃燈照明
- 有顏色的燈光
- 喇叭
- 舞台
- 設有吧台椅的吧台
- 高腳椅圍繞的小圓桌
- 端著發光的托盤送飲料或調酒，衣著暴露的女服務生
- 吧台上盛裝各種酒類的小酒杯
- 正在為客人調酒的酒保
- 吧台後方鏡面牆上陳列的酒瓶
- 檸檬片或萊姆片
- 五顏六色的吸管
- 空啤酒罐或空瓶
- 啤酒柱或啤酒機
- 普施咖啡調酒
- 馬丁尼酒杯
- 咖啡杯
- 潑到地上的飲料
- 排隊上廁所的人
- （在舞池、音箱上、舞台上）跳舞的人
- 黑色或暗色系的牆壁
- 符合主題（鄉村、搖滾、好萊塢、重金屬等）的各種裝飾品
- 被醉漢糾纏的女服務生
- 遞現金交換飲料
- 提款機
- 廁所邊的保險套販賣機
- 霓虹燈照明
- 舞台上的鋼管
- DJ台
- 客人（不客氣地打情罵俏、用手機拍照、交換連絡方式、喝太多而站不穩、口齒不清、撞到人、跌倒、激烈熱舞想引人注目、找碴、泡妞）
- 結伴來找樂子的一群朋友
- 告別單身派對
- 遞出現金交換藥物

聽覺

- 震耳欲聾的音樂
- 為了壓過其他聲音，在彼此的耳畔扯著嗓子說話的人聲
- 笑聲
- 「來嘛」的勾引聲
- 噓聲
- 叫聲
- 罵聲
- 玻璃碎裂聲
- 口哨聲
- 互相叫囂
- 拍手聲
- 音箱傳來的DJ聲音
- 玻璃杯碰撞桌子的聲音
- 吧台在杯中注入碳酸飲料的「咻咻」聲
- 從飲料機倒蘇打水或水的聲音
- 手機鈴聲或震動聲

嗅覺

- 汗味
- 散發啤酒味的呼吸
- 古龍水
- 香水
- 定型噴霧或髮蠟
- 體香噴霧
- 混濁的空氣
- 嘔吐物
- 衣服散發的菸味或大麻味
- 果汁或調酒
- 體臭
- 過熱的電子儀器（音箱、音響系統、照明）

味覺

- 啤酒
- 調酒
- 馬丁尼
- 自由古巴
- 琴通寧
- 柯夢波丹
- 莫希多
- 咖啡
- 水
- 盛裝在小酒杯裡的調酒（鹽狗、胡椒博士、蛇吻、B52轟炸雞、愛爾蘭汽車炸彈）
- 能量飲料

・碳酸飲料
・水果調酒
・斯普瑞茲（Spritzer）
・檸檬片
・鹽巴
・萊姆片
・鮮奶油
・口香糖
・薄荷糖

觸覺

・悶熱的空氣
・滋潤乾渴喉嚨的啤酒或其他冷飲
・咬碎冰塊
・觸摸對方引起注意
・撥開耳朵和臉上的髮絲
・塗抹口紅或唇蜜
・用手對自己搧風
・流過脖子或背部的汗水
・汗濕的衣服貼在皮膚上
・穿高跟鞋跳舞，小腿或腳疼痛
・在人群中被踩到腳
・擠開人群前進
・指尖碰到冰涼的杯子
・把玩桌上的紙巾或杯墊
・不停地摸頭髮確定有沒亂掉
・擠出乳溝
・紙鈔薄紙的觸感
・手扶在女性纖腰上，領至熱舞區
・牽起對方的手，拉到安靜的地方說話
・手勢和肢體動作交雜對話（指示、揮手、點頭）
・有人在耳邊說話時的溫熱呼吸
・一下又一下撞擊胸口的重低音
・喝過頭或因藥物作用而頭暈目眩
・嘔吐的感覺讓胃部翻攪
・扶住牆壁或抓住扶手想要站好

引領故事發展的情境與事件

・被自我中心的詭異人物搭訕
・喝醉而與人發生爭執
・被人在酒裡下毒
・客人的飲料被摻入藥物
・未成年的客人想要進酒吧
・別人的嘔吐物噴到自己身上
・朋友勾搭上陌生的可疑人物
・飲酒過度，做出錯誤的判斷
・被說好不喝酒，要開車送自己回家的人拋下
・違反意願，被迫當司機
・被捲入爭吵
・私人警衛把自己的職務看得太重

登場人物

・酒保
・私人警衛
・專找幼齒男下手的熟女
・客人
・DJ
・毒販
・醉客
・脫衣舞孃、妓女或男妓
・持偽造身分證的未成年人客人
・服務生

編劇小技巧

設定時的重點與提示

夜晚的社交場所，彼此皆有著類似之處與相異之處。像夜店（Nightclub）是附有酒吧的大型空間，雖然提供酒精飲料，但比起喝酒，主要還是提供人們熱舞的空間。爲了娛樂客人，隨時炒熱店裡的氣氛，夜店有時會邀請人氣樂團現場演奏，或舉辦特別活動，並設置有特殊效果的機器（煙霧燈、泡泡機、閃燈、聚光燈），也可能會找來職業舞者在高台上熱舞。而酒吧（Bar）是專門提供酒類的地方，雖然有些酒吧有特定的客群（重機同好或紅酒同好等），但主要還是提供酒精飲品。相對地，酒館（Pub）則是與朋友交流、一起打撞球、享受大份量餐點、品嘗當地啤酒、在店內各處的電視機前觀看運動賽事的地方。

例文

閃燈打在客人身上，讓他們流暢而熟練的舞姿變成一頓一頓的停格動作。我掃視外圍，尋找湯姆和德瑞克的身影，但喇叭震天價響的音樂搞得我頭痛起來，而且左手邊的紅色出口標示看起來就像救贖的明燈。因此我拉拉艾莉的手，要她轉過來，然後指著出口的方向，做出抽菸的動作。她就像搞不清楚對方說什麼的人常做的那樣，呆呆地點了點頭，但我懶得再說明一次，搖搖頭離開了。

運用的寫作技巧

光與影、直喻法

創造效果

醞釀氣氛

8畫

拉斯維加斯秀
Vegas Stage Show

關連場景
都市街道、賭場、後台休息室、飯店客房、豪華禮車、劇院、計程車

視覺
· 階梯狀座位圍繞的舞台
· 多層舞台，有可登上各層的階梯
· 聚光燈
· 絢爛華麗的舞台裝
· 露出肌膚的舞者
· 歌手及音樂家
· 穿著金碧輝煌的舞衣，頭戴羽飾的舞孃
· 大膽的用色
· 閃爍不停的燈光
· 身穿亮片燕尾服，頭戴高禮帽的男舞者
· 像「太陽馬戲團」之類，由大批表演者演出的秀
· 只有一名表演者的秀（在煙霧中從舞台消失的幻術師、準備經典魔術戲碼小道具的魔術師、歌手、模仿藝人）
· 製造噴泉煙火等特殊效果的煙火裝置
· 配合音樂發亮的照明
· 精緻的小道具和背景
· 帶領客人入座的帶位人員
· 助手走下觀眾席，挑選上舞台的觀眾
· 起立鼓掌或安可

聽覺
· 開演前觀眾聊天的聲音
· 曳步走過一排排座位，尋找空位的腳步聲
· 通知開演時間的廣播聲
· 現場演奏的管弦樂團
· 歌聲
· 在舞台上舞蹈或走路時，鞋跟敲出來的聲音
· 音效
· 觀眾對表演秀的反應（屏息、大笑、驚呼、吹口哨、鼓掌）
· 小型煙火施放的聲音
· 動物吼叫等聲音
· 未轉成靜音的手機響起，立刻關掉
· 後方座位傳來鞋子摩擦地板的聲音
· 客人低聲交談的聲音
· 座椅被壓出來的聲音

嗅覺
· 乾冰的臭氧氣味
· 舞台火焰特效的煙霧
· 香水或古龍水
· 酒精
· 餐飲店飄來的氣味

味覺
· 可以飲食的情況下，在表演秀期間食用的餐飲店食物或飲料（爆米花、迷你甜甜圈、灑了砂糖的扭結餅、啤酒、塑膠杯裝的高球雞尾酒、瓶裝水）

觸覺
· 聚光燈太刺眼，瞇起眼睛
· 座墊有彈性的座椅
· 一隻腳發麻
· 場內氣溫太低，冷得打顫
· 迫不及待表演開場
· 看著大膽的特技表演，提心吊膽的感覺
· 感動落淚
· 用亮面紙印刷的表演宣傳單或節目表
· 鬆弛或傾斜的座椅
· 沒有軟墊的扶手卡進前臂
· 爆米花掉進雙峰間，必須拿出來
· 用紙巾擦拭油膩的手指頭
· 喝酒喝得微醺
· 明滅閃爍的刺眼照明讓人頭暈，或喝太多酒而噁心想吐

引領故事發展的情境與事件
· 遺失票券
· 坐在散發酒精味或古龍水等不愉快氣味的人旁邊
· 發現表演者不是自己想看的明星，而是別人代替演出
· 表演前因為在賭場中大輸一筆，心情不好
· 在觀眾席被挑中，不甘願地被請上台擔任助手
· 坐在距離舞台非常近的座位，成為喜劇演員捉弄的對象
· 看到低水準的演出，覺得白花錢
· 由於意外狀況，期待的表演取消（預定演出的藝人生病或猝逝、恐怖攻擊、會場發生問題）

- 別人坐在自己的座位上
- 表演中看到令人不舒服的狀況（舞台上的動物攻擊人類、特技表演人員從高處摔落、煙火裝置的火燒到人）
- 帶小孩一起去看秀，卻發現表演內容兒童不宜

登場人物

- 特技表演人員
- 馴獸師
- 觀眾
- 歌舞秀明星
- 編舞師
- 喜劇演員
- 舞者
- 頭牌紅星
- 催眠師
- 雜耍人員
- 魔術師或幻術師
- 老闆
- 製作人
- 舞孃
- 歌手
- 音響、照明人員
- 舞台人員
- 帶位人員
- 影片製作人

編劇小技巧

設定時的重點與提示

拉斯維加斯的表演秀，以非比尋常的精采和絢爛聞名。為了讓觀眾留下深刻的體驗，許多表演不只是依靠主角，亦是在照明、煙火裝置、音樂、服裝、特技、舞蹈等，各個要素天衣無縫的配合下，才能完美成功。

例文

從巨大的天鵝絨布幕拉開的瞬間，直到最後闔上，我都坐在座位上，徹底地被太陽馬戲無法形容的精采雜耍表演給震懾了。服裝、雜耍、肢體動作、音樂等，渾然一體地編織出一個完整的故事，因此每一個動作和舞蹈、姿勢，都更加引人入勝。目睹他們深愛藝術的強烈熱情，我感動到喉嚨都哽住了。要能夠如此舉重若輕地展現出美妙與精湛的技巧，背後一定經歷了無法想像的辛苦訓練。表演結束，演員在舞台上集合時，我和其他觀眾同時站了起來。場內被撼動胸口的熱烈掌聲所籠罩，為了感謝他們帶給我如此美好的體驗，我獻上歡呼和口哨，甚至叫到喉嚨都啞了。

運用的寫作技巧

多種感覺的描寫

創造效果

醞釀氣氛、強化情緒

法庭
Courtroom

關連場景
少年觀護所、警車、警察局、獨囚房

視覺

· 擦拭得光可鑑人的木材（護牆板、旁聽席、證人席、椅子、桌子、門、看書台）
· 法庭速記官及法庭書記官的桌子
· 柵欄（用來分開旁聽席與審理區的木柵或圍欄）
· 旁邊坐著陪審員的陪審團席
· 穿著黑色法袍敲木槌的法官
· 做出稍息姿勢，維護秩序的執行官
· 桌上的麥克風
· 記者
· 攝影人員（受到高度矚目的案子、除了非公開審理的案件外）
· 證人席
· 國旗等權威、公正象徵
· 牆上的時鐘
· 附標籤的證物袋
· 具體說明案情的海報或幻燈片
· 犯罪現場的照片
· 監視器
· 原告席與被告席
· 通往法官辦公室的門
· 旁聽席之間供證人行走的寬闊通道
· 嚴密封死的窗戶（也可能完全沒窗戶）
· 檔案或文件
· 投影機與螢幕
· 採取視訊方式詢問證人
· 用來展示證據的畫架
· 音響機器的遙控器
· 衣著光鮮亮麗，為當事人辯護的律師
· 旁聽席的家人或朋友（緊握雙手、抓緊皮包、掩著嘴巴、哭泣、毛毛躁躁地把玩飾品、專注地聆聽）
· 觀察審判的發展，寫下筆記的一般民眾或法律系學生

聽覺

· 送風機的聲音
· 冷氣或暖氣「咻」地吹出風來
· 牆壁內「咕波咕波」的管線聲
· 戶外往來的汽車或警笛聲
· 在座位上變換姿勢的聲音
· 木頭椅和座椅壓出的「吱嘎」聲
· 紙張的「沙沙」聲
· 作證的聲音
· 檢察官或被告律師在法庭上作證、質問證人時，在乾淨的地板上走來走去的聲音
· 清喉嚨的聲音
· 咳嗽聲
· 壓抑的啜泣聲
· 被告被戴上腳鐐時的「喀鏘」聲
· 麥克風的嘯叫聲
· 柵欄門口的「吱呀」聲
· 衣物摩擦聲
· 聲音證據（通話錄音、監視器影像、報警紀錄）
· 窸窣交談聲
· 法官的木槌「叩叩」敲打
· 速記官的座位上，鍵盤安靜地「喀噠喀噠」響
· 看到證據或證人，倒抽一口氣的聲音
· 門開開關關的聲音

嗅覺

· 保養過的木頭（亮光漆、研磨劑、清漆）
· 松木精油或檸檬去汙劑
· 窒悶的空氣、密閉房間的氣味（空氣中混合的汗味、香水、髮類造型霧或古龍水）
· 隔壁座位的人散發出咖啡氣味的口臭
· 過熱的電子儀器

味覺

· 水
· 淚水
· 薄荷糖
· 口渴
· 喉糖

觸覺

· 堅硬的木頭座位
· 與兩旁的旁聽人手臂相觸
· 握緊而變得皺巴巴的面紙
· 表現感情狀態的行動（握緊雙手、指甲掐進手中、抹臉、捏鼻子、拭淚、咬嘴唇、手腳發抖、因姿勢僵硬而造成肌肉疼痛或肩膀痠痛）

- 毛躁不安的舉動（把玩車鑰匙、拉鏈、手錶、飾品等）
- 前往證人席時，腳下堅硬的木質板地
- 摩擦手腕的金屬手銬
- 發現全法庭裡的人都看著自己而臉紅
- 拿取證物時，戴在手上的塑膠手套
- 翻找文件或檔案
- 用指頭轉筆
- 手中冰冷的杯子
- 在通風不良的法庭中，背部和腋下淌下汗水
- 蹺起二郎腿又打開
- 把玩口袋裡的重要物品
- 宣布判決時，握住心愛人的手
- 聽到有罪判決而垮下肩膀，腹部彷彿壓了塊石頭
- 因為心愛的人洗刷罪嫌而鬆了一口氣

引領故事發展的情境與事件

- 由於無法做出判決，導致審理無效
- 證詞彼此矛盾
- 心存偏見的法官
- 被害人認為被告沒有得到應有的懲罰，暴怒或出現激烈的反應
- 試圖逃亡
- 證人做出偽證
- 接到炸彈或化學武器恐嚇
- 停電

登場人物

- 法庭記錄人員
- 罪犯
- 法官
- 陪審團
- 法律系學生或一般民眾
- 律師
- 警察
- 受邀作證的精神科醫師或各領域專家
- 記者
- 被害人與其家屬
- 證人

編劇小技巧

設定時的重點與提示

會影響到這個設定的，是法庭的規模，以及該地平時審理的案件種類。譬如說，多半審理可能判處死刑的重大犯罪法庭，被告席可能設有防彈玻璃，並且戒備森嚴，與主要審理小規模輕犯罪的小鎮法庭景象應該不同。

例文

艾里斯拉索一走上被告席，旁聽席頓時陷入一片寂靜，窒悶的空氣中，送風機停止了運轉。他對著室內每一個人，露出媲美身上橘色囚衣的燦爛笑容。人們搖頭、掩住嘴巴克制嗚咽。這個年輕人——肯塔基州長的兒子——是個怪物，他居然在小學的飲水機裡下毒！

運用的寫作技巧

對比、直喻法

創造效果

賦予登場人物特徵、營造緊張感與糾結的心情

社區活動中心
Community Center

8畫

關連場景
田園篇——教會、體育館、婚宴
都會篇——戶外游泳池、戶外溜冰場、停車場、康樂中心

視覺
- 車子很多的停車場
- （可以踢足球、放風箏、捉迷藏的）廣大草原
- 雙開式的出入口大門
- 送小孩來上當期課程的爸媽（男童軍或女童軍的聚會、機器人社團、保母課程、青年團的活動）
- 有天窗或窗戶的大型房間
- 廚房設備
- 可配合相關活動（婚宴、社區會議、年輕人的舞會、聖誕派對、家族聚會、二手物交換活動）做場地調整的大型會議室（折疊桌、堆疊的椅子、音響設備、磁磚地板）
- 活動中心工作人員的辦公室（活動中心的營運、場地租借、會議安排）
- 未來活動或是募款餐會的宣傳單（社區二手用品拍賣、廢棄物回收、鬆餅早餐會、公園的露天電影）
- 青年團的休息室（老舊的沙發或扶手椅、撞球桌及桌上足球、電視、擺放在架上的桌遊）
- 更衣室
- 貼著社區公告的告示板
- 參加育兒社團集會的媽媽以及小嬰兒
- 排放著瑜伽墊在上面做暖身操的瑜伽班
- 工具間（折疊桌與折疊椅、保管物品、人造植物、收納整齊的音響設備）

聽覺
- 會議室裡熱烈的討論
- 男童軍組合木頭賽車時，榔頭敲打聲或木材倒下的聲音
- 小孩下課後聚在一起的講話聲或大笑聲
- 指揮幫忙布置舞會會場的人
- 婚宴主持人對著新郎新娘發言
- 更衣室裡的衣架在竿子上摩擦的聲音
- 辦公室響起的電話
- 噴水式飲水機的水流咕嘟咕嘟聲
- 在地上發出啾啾聲的鞋子
- 開門時吹進一陣風，使得告示板上的紙張飛起來
- 模糊的噪音（車子進出停車場的聲音、爸媽對著小孩怒罵的聲音、室外籃球場打球的聲音）

嗅覺
- 剛煮好的咖啡
- 食物（提供外燴餐點的活動，或活動主辦方利用廚房準備餐食的場合）
- 老舊建築的霉味

味覺
- 噴水式飲水機的水
- 借用場地的主辦單位提供的輕食
- 咖啡
- 紅茶
- 中心工作人員或義工在休息室加熱從家裡帶來的食物

觸覺
- 一邊看月曆確認場地空檔一邊把話筒拿到耳邊
- 風從打開的門縫隙吹進來，揚起衣角
- 金婚紀念的晚宴後，在裡面用掃把以規律節奏打掃
- 把桌巾揉成一團，準備拿去送洗
- 將桌子放倒，桌腳折疊起來準備收起來
- 下雨天，鞋子踩在濕漉漉的磁磚地上感覺很滑
- 靠在青年團休息室的老舊沙發上
- 從倉庫把裝飾品拖出來準備接下來的活動
- 因為老舊裝飾的灰塵而打噴嚏

引領故事發展的情境與事件
- 預訂了場地，但當天人沒來或拒付費用
- 由於他人的蓄意破壞（破壞窗戶、用噴漆在牆上塗鴉、破壞外觀）而必須拿出得來不易的活動中心經費來修理
- 因為財務問題導致活動中心的功能受限
- 強烈反應說要開課，有意願來當義工幫忙的人卻很少
- 場地被重複預定

・活動中心被當作緊急避難所，而無法確實提供全體社區居民充分的使用空間

登場人物

・活動中心員工
・社區居民
・小孩
・維修人員或清潔工
・辦活動或召開會議的特定團體主辦人或團體成員

編劇小技巧

設定時的重點與提示

社區活動中心的規模或狀況，根據當地居民的經濟狀況會大大不同。例如較貧困的地區其活動中心，跟位在房價上億的熱門地段的活動中心相比，規模會比較小，設備也比較少。不管規模是大是小，活動中心是用來舉辦社區活動，且能讓當地的人（即使不想碰面也會）三不五時見到彼此的熱門場所。帶著新女友的前夫、學校的小霸王，以及住在社區前頭的奇怪鄰居，無論誰都會被社區集會或活動吸引過來，進而引起人際關係間的衝突、毀滅或爆炸。選用這個設定時，要問問你自己是想讓其間的人們彼此團結還是敵對，以及你會如何活用這個大家共有的公共空間。

例文

在洛伊拿著工具箱離開後，卡拉從書桌前站起來，往「依凡伍德」那邊走過去，那裡是三個活動室中最小的租借場地。活動室內靜悄悄的沒有開燈，地板打掃得很乾淨。這裡之前是「蘭馨社」，那個一星期一次的瑜伽班很喜歡的場地。他們已經借用很久了，最近還熱中於熱瑜伽課程，把暖氣溫度調很高，弄得裡面跟火山口一樣。卡拉真不知道是暖氣的電費比較糟呢，還是裡面花了好幾天透氣才消掉的屁臭般味道比較慘。她微笑地看著洛伊替她做的東西。他裝了個透明塑膠盒蓋在溫度調節器上面，這樣就能解決這個小問題了。要是帳務結算也能這麼簡單解決就好了。

運用的寫作技巧

隱喻法、多種感覺的描寫

創造效果

賦予登場人物特徵、告知背景、營造緊張感與糾結的心情

空地
Empty Lot

關連場景
禁止進入的公寓、都市街道、建築工地、停車場、小鎮街道

視覺
・從馬路裂開的縫隙長出雜草或草
・散落垃圾的枯黃草叢
・（巧克力包裝紙、外帶餐點的容器、吸管、揉成一團的餐巾紙、菸蒂）
・被雜草半遮住的垃圾袋
・玻璃碎片
・散落的磚頭或裂開的路緣石碎片
・壓扁的紙箱或丟棄的三夾板到處散落
・曬到褪色的房屋看板
・附近建築物牆上的噴漆塗鴉
・沙子或塵土
・讓周圍添加黃色光彩、生氣勃勃的蒲公英
・扭成8字型的老舊單車橡膠輪胎
・下陷或壞掉的圍籬
・停止生長的樹木或矮樹
・丟棄的髮圈
・在格狀水溝蓋附近的筆蓋或口香糖包裝紙
・暴風雨過後積水的道路凹洞
・垃圾堆裡黏在地上的舊襯衫
・翻倒的購物手推車
・丟棄的保險套
・毒品的針筒或吸食管
・把空地當成遊樂場的小孩（跳格子、捉迷藏、跳繩、踢罐子、玩足球）
・有人為了抄近路穿過空地
・在草叢裡小便的狗

聽覺
・風把勾在矮樹上的塑膠袋吹得啪啪作響
・報紙碎片在馬路上滑動的聲音
・路上的噪音（車輛往來、走在步道上的行人、汽車防盜器、喇叭聲、嘰嘰作響的剎車、上空飛過的飛機）
・微風吹動樹葉的沙沙聲
・狂風中、啪噠啪噠、淅瀝嘩啦的雨聲
・田鼠或家鼠迅速跑過附近
・鳥的嘎嘎叫聲
・從公寓打開的窗戶可聽見的聲音
・和玩耍的小孩有關的聲音（講話、笑聲、揶揄聲、打球、踢罐子、跳繩的繩子打在地上的啪啪聲、用手玩的遊戲、跳格子時腳踩跳的聲音）

嗅覺
・熱騰騰的馬路
・腐臭的垃圾
・發霉的紙箱
・排泄物
・灰塵
・草
・遊民身上的體臭

味覺
・在設定中，除了登場人物帶進這個場景的東西（口香糖、零食、香菸等），可能沒什麼特別的東西跟味覺有關，像這種不會描寫到味覺的場景，可以專心描寫其他四種感覺。

觸覺
・阻礙腳步的凹凸不平地面
・跟人一般高的草戳到露出的腳踝
・鞋子被某種尖銳的東西刺到
・只鋪一片薄薄的紙箱板，在硬梆梆的地上還有馬路上睡覺
・等朋友時，坐著的水泥樓梯
・照在頭上彷彿要燒起來的陽光
・水泥地板上升的熱氣
・踩到水窪被溫水淋濕
・感到危險而使脖子後面的毛髮都豎起來
・跑者越過空地的沉重腳步
・遛狗時愛犬拉自己往空地方向走
・跳繩時，在地板上拍打的光腳
・要玩跳格子而在地上畫四方形格子時，粉筆碰到馬路的凹洞
・為了弄出玩耍的地方用腳踢開小石頭

引領故事發展的情境與事件
・人潮冷清的晚上，在黑暗的空地被攻擊或被搶走財物
・擁有空地旁的土地，但因為遊民或罪案的關係地價下跌
・為了買地正在存錢，但大企業另有目的而強占土地
・被約到孤立的空地上，遇到危難而被人所害

- 罪犯經常利用自家隔壁的空地進行違法的事
- 買毒品的時候被逮
- 在空地遇到惡名昭彰的人
- 住在空地結果被警察逮

登場人物

- 罪犯
- 遊民
- 聚集在那邊的不良少年
- 在那邊玩的小孩
- 抄近路的當地居民
- 遛狗的附近居民

編劇小技巧

設定時的重點與提示

位於人們幾乎不會靠近，警察也不太來巡邏的區域空地，有可能創造故事的衝突或無限有趣的劇情轉折。由於地方有些暗，有可能成為秘密碰面或交易的場所。不妨想像一下登場角色想要抄近路而通過空地時，可能無意間目睹或聽見的事，或醉後胡鬧的人在這裡醒來後可能看到了什麼。

例文

這條柏油路因雜草和歲月的流逝已經龜裂，變成細長的一小角同時還粉碎隆起，丹尼斯很討厭在這個無人地帶碰面。以前這裡是停車場，現在有時會變成危險的孤島，是個路燈不太能照到、警察也不管的地方。這裡一邊是雜草叢，一邊是沼澤林，還有一邊是完全塌陷的小學圍牆角落，有許多可以藏人的暗處，若要在這裡讓朋友跟相約的人就這樣失蹤的話，看來有許多可行的方法。

運用的寫作技巧

光與影、暗喻、時間流逝

創造效果

醞釀氣氛、伏筆

保齡球館
Bowling Alley

關連場景
電影院

視覺

- 在櫃台後面為保齡球鞋噴除臭劑的工作人員
- 塞滿了醜鞋子的小鞋櫃
- 球館販賣的商品（保齡球、球袋、保齡球衣）
- 陰暗的照明
- 讓保齡球在黑暗中發光的霓虹燈
- 有黑色球溝的光澤木板球道
- 供外行人或小孩子使用的充氣式保齡球或塑膠保齡球
- 塑膠貝殼椅、電子計分板
- 大理石花紋保齡球順序排列的送球機
- 地板上的箭頭或線，指示站立位置或瞄準位置
- 到處都有黑色擦傷的球瓶
- 商店區以及桌椅（放著塑膠飲料杯、啤酒瓶、瓶裝水、盛放著條或熱狗的速食店托盤）
- 有電玩街機和乒乓球機的遊戲區
- 廁所
- 噴水式飲水機
- 垃圾桶
- 緊急逃生口
- 玩保齡球的人（試穿球鞋、挑選保齡球、為輪到上場的人加油）
- 換瓶機故障，手動整理球瓶的工作人員
- 穿同款球衣，擊出高分時彼此擊掌的保齡球隊友
- 牆上張貼的廣告
- 參加派對，戴著生日帽、臉上沾了蛋糕屑的孩童

聽覺

- 保齡球落到木板地上滾動的聲音
- 球瓶「匡啷啷」彼此撞擊的聲音
- 隨著「嗡嗡」聲，透過機械送回來的保齡球與其他的球「叩」地碰撞
- 遠處的換瓶機發出的「喀鏘」聲
- 人們的笑聲或叫聲
- 音箱傳來的音樂聲
- 跑來跑去，不停地問「輪到我了沒？」的小孩
- 擊出高分，開心地跳起來的人，以及垂頭喪氣地回到座位，等待下次上場的人
- 球鞋在地板上摩擦的聲音
- 發出吵鬧音樂聲的遊戲機
- 點心棒包裝紙發出的「沙沙」聲
- 用吸管吸汽水
- 吃洋芋片發出的「卡茲卡茲」聲
- 在慶生會上對小孩子唱歌的家庭
- 彼此較勁的朋友互虧玩笑的聲音

嗅覺

- 地板的光亮劑
- 皮革手套或提包
- 消毒水
- 抽菸者身上散發的菸味
- 香水或古龍水
- 熱狗鹹鹹的香味
- 炸薯條時油鍋冒泡的氣味
- 啤酒潑出來的酵母味
- 汗味
- 腳臭

味覺

- 薯條
- 灑上仿真乾酪的辣味玉米片
- 熱狗
- 洋芋片
- 水
- 汽水
- 披薩
- 啤酒
- 生日蛋糕
- 自動販賣機的糖果

觸覺

- 光滑的保齡球
- 手指插進保齡球冰冷的洞孔
- 噴在手上的烘手機的熱風
- 皮革手套束緊的感覺
- 手中握住的保齡球的重量
- 其他人剛穿過的球鞋濕悶的觸感
- 鬆脫的鞋帶
- 在木板地上容易打滑的鞋底
- 運作中的送球機震動
- 堅硬的塑膠椅
- 冰涼的飲料
- 擊出全倒時彼此擊掌
- 涼爽的空調
- 大音量播放的音樂重低音
- 皺巴巴的紙鈔
- 散落著食物碎屑的光滑桌面

- 新球衣的光滑質感
- 汗濕的頭髮
- 黏答答的糖果
- 鹹鹹的玉米片
- 披薩上面滾燙的起司燙到口腔上方，陣陣刺痛
- 噴水式飲水機冰涼的水噴到上衣
- 踩到犯規線，在光滑的地上跌倒

引領故事發展的情境與事件

- 比賽不服輸而發展成爭吵
- 有人亂搞，損害設備
- 高高揮起的手打到小孩子
- 食物中毒
- （尤其是比賽時）因為換瓶機故障，投出來的好成績化為泡影
- 玩家疏忽，在閘門升起前就投球，破壞機器
- 拇指卡在球洞裡拔不出來
- 球砸到自己的腳
- 玩電玩街機輸了很多錢
- 克服不了壓力，在重要的比賽中落敗

登場人物

- 慶生派對的參加者
- 保齡球俱樂部的成員
- 保齡球愛好家
- 員工
- 職業保齡球手

編劇小技巧

設定時的重點與提示

有些保齡球館利用黑光燈照射螢光塗料裝飾及發光的球瓶，打造出在黑暗中發亮的特殊球道。只要利用這類設定，平凡的保齡球館也能變身為不同於平時的特殊空間，還可以運用光影對比來進行描寫。

想要其他的登場人物與主角進行互動時，單戀對象、死黨、好的指導者，這類人物形象是不錯的選擇。不過無論什麼樣的場景設定，都有可能借用周邊人物，來製造出耐人尋味的特殊狀況，這就是場景設定的美妙之處。

那麼，保齡球館有可能遇到什麼樣的人？有可能是準職業級的選手，也可能是為兒子舉辦慶生派對的單身父親，又或是收拾球瓶，拿出兒童用傾斜台的男性維修人員。這些人都有可能與角色發生有意義的交流，為他們帶來衝突、自省及成長的機會。

例文

我握著沉甸甸的球，望向剩餘的兩支瓶子。雖然很難打，但我落後了五分，必須把兩支瓶子都擊倒才行。我將傳送出陣陣重低音的音樂、在隔壁球道吵鬧的小孩，以及明晃晃地照亮室內的燈光全部從心思中驅逐出去，視線只盯著目標位置：十支球瓶的右方，二十五公分的空隙。

運用的寫作技巧

多種感覺的描寫

創造效果

營造緊張感與糾結的心情

室內射擊場

Indoor Shooting Range

關連場景

田園篇──射箭場
都會篇──軍事基地

視覺

- 販賣部
- 牆邊或玻璃櫃中陳列槍枝的架子
- 合法的防身用品（防身胡椒噴霧、隨身警報器、電子哨、催淚噴霧）
- 皮套或槍袋
- 清潔用具組
- 槍枝收納盒
- 腳架
- 彈藥箱
- 印有射擊場標誌的T恤或帽子
- 搬運槍枝用的旅行包或皮包
- 保護耳朵的耳罩
- 紙靶（只有一種顏色，一般來說都做成人形）
- 租借射擊用槍的櫃台
- 當地店家的宣傳DM或名片
- 休息室（沙發、桌椅、雜誌、電視、飲水機）
- 和規定或規範有關的告示牌
- 海報
- 廁所
- 飲料販賣機
- 視野可看到射擊場的雙層玻璃窗
- 射擊場
- 隔音材質的牆壁
- 射擊場後面設有防止流彈的橡膠牆壁
- 標有號碼的靶道
- 隔開靶道的防彈玻璃
- 靶道上方裝有金屬製的軌道可讓紙做的目標物（紙靶）移動
- 調整目標前後位置的按鈕
- 表示目標距離的電子顯示器
- 用來穩定擊發大型槍枝時的腳架
- 拿著槍並戴著耳罩或是護目鏡的常客
- 給想坐著射擊的人用的折疊椅
- 注意事項告示（規定或規範、安全資訊）
- 給射擊的人用來放槍袋或旅行包的桌子
- 滅火器
- 用來丟用過的目標物的垃圾箱
- 散落在地上的閃亮空彈殼
- 穿著工作服幫忙槍手並監看用槍方式的管理員
- 靠近槍手後面的牆壁或透過防彈壓克力板，目不轉睛看著的旁觀人龍
- 水泥地上標示禁止跨越的紅線
- 擊中目標物時，四周飛舞的硬紙板碎片或紙片
- 比較所擊目標物並稱讚對方槍枝的槍手
- 管理室內冷氣或空氣流動的大型空調系統

聽覺

- 擊發時音量大且尖銳的槍聲
- 金屬製的彈殼叮一聲掉在地上
- 目標物在金屬製的軌道移動時隆隆作響
- 通過耳罩所聽見周遭的模糊聲音
- 拉開槍袋或旅行包拉鏈的聲音
- 拉動滑套把子彈裝填到槍枝裡的聲音
- 彈匣填裝好子彈時的喀嚓聲
- 調整目標物的狀態或想把它帶回去時，捲紙的沙沙聲
- 水泥地上的腳步聲
- 用靴子把彈殼踢飛到旁邊的聲音
- 槍手彼此間大聲交談
- 射擊場入口的門開、關聲
- 管理員裝填射擊場所有的槍枝作好準備，或再次確認槍手的安全步驟時的聲音

嗅覺

- 空調
- 水泥
- 子彈
- 火藥

味覺

- 在設定中，除了登場人物帶進這個場景的東西（口香糖、薄荷糖、口紅、香菸等），可能沒什麼特別的東西跟味覺有關，像這種不會描寫到味覺的場景，可以專心描寫其他四種感覺。

觸覺

- 手拿著槍的沉重感
- 滑溜溜的木造槍托
- 塑膠或橡膠握把的格狀紋路
- 下定決心輕輕拉動板機

- 板機的反作用力
- 為了取得適當的平衡而移動重心
- 開槍前調整呼吸平靜下來
- 聽到槍聲在耳邊響起本能地眨眨眼睛
- 肩膀因壓力猛地往後拉且伴隨著疼痛感
- 聽到槍聲胸口感到強烈的衝擊
- 調整過溫度的涼爽空氣
- 擊發強大的槍枝時，全身充滿腎上腺素
- 看到自己射擊的準確度感到開心或失望
- 為了仔細近看而把滑溜溜的紙靶取下來
- 包住耳朵降低周遭聲音的耳罩

引領故事發展的情境或事件

- 不小心擊發機件老化或未妥善保管的槍枝
- 槍手彼此間吵架
- 常客和要求槍枝管制運動推動者之間的爭論
- 空氣清淨系統的缺陷導致槍手吸到子彈的餘燼
- 流彈
- 掉在地上的彈殼讓槍手滑倒
- 發現長期光顧的常客和槍擊事件有關
- 發現射擊場其實是罪犯經營的
- 不得不把用槍規矩不住的（拿槍四處揮舞、把槍對著別人、未妥善維護槍枝的）常客趕出去
- 用自己的槍自殺的客人

登場人物

- 退伍軍人
- 槍枝愛好者
- 持有槍枝的人
- 獵人
- 警察
- 隨時有所準備以防萬一的人
- 觀光客

編劇小技巧

設定時的重點與提示

射擊場有像這裡所講的室內場地，但也有在戶外射擊遠處目標的場地（這時候多半會使用火力比室內場地所用槍枝更爲強大的款式）。新的場地會有完善的空氣清淨系統，可以把餘燼帶離槍手並急速冷卻。相反的，老舊的場地則不具最新的保全設備或安全設備，不僅寒酸而且還很危險。一般來說可以租借的槍枝種類都是根據射擊場所在的國家、鄉鎮縣市或地方法令來規定的。非法槍枝當然沒在販售，且在場內應該也是禁止使用。

例文

我爲了取暖，邊搓揉著沒東西包覆的雙手，一邊靠在觀摩區的水泥牆上。空調一直在吐出冷氣，害我都凍僵了。隔板後面的地板上散著著彈殼，每次有誰開槍就又有新彈殼飛過去散開，打到隔板彈回來或從管理員的鋼頭靴子上彈起來。槍聲促使心臟重重地敲擊胸口，爲了消除這個聲音我緊壓著耳罩。湯姆笑得跟白痴一樣，因爲管理員剛拿給他一把叫作AR-15的槍，是他自己訂購，名爲「使命感」的組合包裡的其中一把武器。總之，我陪他來這邊，下次要求他陪我去美術行買畫具，他應該就沒什麼怨言了吧。

運用的寫作技巧

多種感覺的描寫

創造效果

賦予出場人物特徵、強化情緒

建築工地
Construction Site

關連場景
田園篇——垃圾掩埋場
都會篇——老舊小貨車

視覺
・從水泥凸出來的梁柱或鋼筋
・堆積如山的木材
・鋼骨結構的牆壁
・蓋住建材或圍住危險區域的防水塑膠布
・租來的大型垃圾箱
・工人（身著安全帶和鋼頭安全靴、護目鏡、耳塞、頭上戴著安全帽）
・移動式辦公室（大型建築工地）
・石膏板
・桌子
・袋裝水泥
・鋸木架
・堆積如山的PVC塑膠管
・捲成螺旋狀的水管或電線
・捲起來的橡膠管或塑膠管
・房子側邊的踏板上面油漆飛散
・通往大型垃圾箱且可伸展開來的垃圾通道
・（放著空心磚、水管、屋頂頂板的）木頭棧板
・推車
・小型堆高機
・上頭貼著保護膠紙的全新窗戶
・通風管線或通風系統
・梯子
・扶手
・瀝青紙
・水泥攪拌機
・打磨機
・鋸床
・空氣壓縮機
・手推車
・重型機具（起重機、翻斗車、運送建材的拖板車、推土機）
・流動廁所
・沙堆
・工具箱
・檢測用的機械裝置
・碎片（釘子、標籤、貼紙、破損的塑膠布、油毛氈、紙箱、裝水的寶特瓶、木塊、木屑）
・工地圍欄
・安全注意事項告示牌
・巡查工地並確認工人是否遵守施作順序的監工

聽覺
・發出咻咻聲的重型機具引擎
・倒車雷達發出嗶嗶聲
・空氣壓縮機或電鑽轟隆作響
・榔頭的敲打聲
・釘槍以一定的節奏進行作業發出咚咚聲
・長靴在金屬梯上跑的咚咚聲，以及踩在木頭踏板的砰砰聲
・工地內的工人打開收音機流瀉出來的音樂
・鋸子鋸木材發出尖銳的嘰嘰聲
・捲尺捲回去的聲音
・翻開及闔上設計圖的聲音
・塑膠布或防水布迎風飄揚的聲音
・工人大聲怒罵
・金屬之間敲擊的咚咚聲
・木材或水管掉下來的聲音
・石油燈點著後，裡面瓦斯咻地一聲跑出來的聲音
・鑽地機粉碎水泥的聲音
・主梁抬到空中時，木材或鐵絲的嘎吱聲
・耳鳴
・灌漿時的咕嘟咕嘟聲
・鏟子挖土的聲音

嗅覺
・切割好的木材
・土壤或灰塵
・燃燒中的塑膠
・煙
・車輛廢氣
・木屑
・類似切開的石膏板或粉筆的味道
・化學藥劑
・黏著劑或油漆
・二手菸
・過熱的電動工具或裝備
・金屬
・水泥

味覺
・在設定中，除了登場人物帶進這個場景的東西（口香糖、咖啡、香菸等），可能沒什麼特別的東西跟味覺有關，像這種不會描寫到味覺的場景，可以專心描寫其他四種感覺。

觸覺

- 撞到護目鏡而解體的耳機
- 護目鏡太髒需瞇著眼看東西
- 沾在身上的汗水或土壤
- 熱天戴安全帽感到炎熱
- 厚厚的手套摩擦著長著厚繭的手
- 不小心用榔頭打到自己的手指
- 操作鑽地機感覺全身都在震動
- 細長的傷痕
- 割傷或擦傷
- 擦掉眉毛和後頸的汗水
- 氣壓工具或電動車輛（起重機、堆高機、拖板車、翻斗車、拖板車）的震動及突然傾斜晃動
- 搬運又大又重的東西，感受到的重量
- 木屑蓋在切割好的木材上
- 在手指間滑動的捲尺
- 將測量機器設置在固定的位置
- 用鏟子挖泥巴或沙子時，彈回來的力道
- 劇烈體力勞動帶來的刺痛或疼痛
- 工具包綁在腰上的安定感

引領故事發展的情境與事件

- 工地現場發生竊案
- 工地有人受傷或死亡
- 設計不周全導致一部分崩塌
- 現場大雨氾濫毀掉了地基與備品
- 竄改帳目的行政人員被逮捕
- 工人彼此對立引起爭端或破壞
- 進行基礎開挖，在挖掘地基時發現人骨
- 發生會影響完工日的疏失

登場人物

- 建築工人
- 土地開發業者
- 工程師
- 流動攤販
- 進行公共安全檢查或查驗建築工程品質的安檢人員
- 卡車或重型機具的操作員

編劇小技巧

設定時的重點與提示

建築工地的現場狀態會依照所建造的建築物而有不同。例如新橋梁工地裡的備品或建材，就會和蓋房子的工地或蓋醫院的工地現場全然不同。另外如果工地範圍很廣大，有可能會因爲工程雜亂無章導致工地出現有如「蟲蛀」般的空缺區塊。相較下都會區的建築工地，則傾向於更重視空間節約。

例文

藍迪的咖啡熱氣瀰漫在空氣當中，他很早就到了。他早就料到那些做電氣工程的傢伙，爲了趕上完工日，前一晚急急忙忙的做工，結果一定會把電線還是塑膠布亂丟在現場。但是映入眼簾的不是這些，而是壓扁的啤酒罐、漆彈在石膏板上留下的紅色痕跡、兩大攤的嘔吐物，以及破掉裂開的流動廁所。他看到那個「藍色壯漢」側面下方破了一個大洞，手上那杯咖啡不禁掉到地上。廁所專用的排汙系統和化學藥劑溶解在沙子裡，藍色的塑膠片和排泄物的小山蓋在之後要裝上去的窗戶上。「不管怎樣我先扭斷誰的脖子再說。」藍迪邊這麼想邊扭著雙手。不只是因爲後續處理費用很貴的問題，還因爲勤奮工作的「藍色壯漢」，竟然被暴力對待。

運用的寫作技巧

多種感覺的描寫、擬人法

創造效果

醞釀氣氛、強化情緒、營造緊張感與糾結的心情、時間流逝

9畫

後台休息室
Green Room

關連場景
田園篇——豪宅
都會篇——郵輪、豪華禮車、閣樓套房、劇院、搖滾音樂會、拉斯維加斯秀、遊艇

視覺
- 乾淨又吸引人的裝潢
- 休息時坐起來很舒適的椅子或是沙發
- 抱枕
- 鮮花束
- 咖啡桌
- 好幾本熱門雜誌
- 供應開水或大眾款酒類的迷你吧台（萊姆酒、威士忌、蘇格蘭、伏特加、琴酒、紅白酒）
- 冰箱裡的汽水或雞尾酒
- 裝在碗裡的水果
- 冰桶
- 櫃子上陳列的大盤食物（蔬菜、水果、起司、蝦類）
- （上面放著一口大小的輕食或三明治、盤子和餐巾、咖啡、甜點、洋芋片、冰淇淋的）小型自助餐桌
- （播放著現場節目，或顯示棚內狀況預告下一場上場人員，給休息室的藝人看的）薄型電視
- 會場或攝影棚牆上，裝飾著在這裡演出過或是受訪過的裱框名人畫像或海報
- 廣播系統播放悅耳的音樂或背景音樂
- 重視營造悠閒空間的高格調藝術品裝飾
- 明亮的照明和附鏡子的化妝間
- 在上台前快速瀏覽提詞卡或流程表的藝人
- 整理藝人頭髮和妝容的造型師
- 電話

聽覺
- 悅耳的音樂（配合會場和在場者的音樂）
- 彎腰時和皮沙發摩擦的嘎吱聲
- 笑聲
- 工作人員準備藝人物品的聲音
- 打開甜點或洋芋片包裝的沙沙聲
- 咖滋咖滋地吃著零食
- 啵一聲打開香檳的木塞或汽水罐時，發出的噗哧聲
- 杯子裡的冰塊匡啷匡啷響
- 濃縮咖啡機器發出嗡嗡的運轉聲
- 造型師使用髮膠噴霧時的聲音
- 開場前去採訪藝人的記者聲音
- 閉幕後和粉絲碰面並答應簽名的藝人聲音

嗅覺
- 溫熱的食物
- 海鮮（蝦、貝類）
- 芳香劑
- 古龍水
- 香水
- 汗水
- 咖啡
- 柑橘類
- 啤酒

味覺
- 使用休息室的人帶來的食物及飲料（酒類、輕食、甜點、肉類、起司、水果切盤、鮮蝦冷盤、前菜或藝人特別要求的食物）

觸覺
- 斜靠著有柔軟座墊的位子
- 為了在正式演出時冷靜下來，把紙質光亮的雜誌捲來捲去
- 反覆從室內的這頭走到那頭
- 在受訪或登台前做伸展操或放鬆的習慣動作
- 給拿通行證來到後台的粉絲簽名時，緊握著原子筆或簽名筆
- 用餐後用軟布或餐巾輕輕點嘴唇
- 一邊調整絲質領帶，一邊用力拉平戲服或衣服
- 用手撥頭髮
- 用手撫平襯衫或裙裝的皺褶
- 為了消除緊張而習慣咬指甲
- 輕輕拍已經完妝的藝人的臉
- 造型師出手整理藝人頭髮
- 背上或腋下都是汗
- 手心發熱出汗
- 緊張到胃下垂
- 開始怯場

引領故事發展的情境與事件
- 藝人本身對於和別人共用休息室感到彆扭
- 藝人針對休息室不喜歡的地方提出要求（特定的裝飾、食物、飲料、營造氣氛的東西）
- 怯場

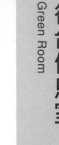

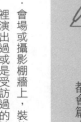

・樂團成員遲到、喝醉，或吸毒吸茫了
・爛醉或嗨翻的藝人把休息室搞得一團亂
・在休息室從事違法行為（吸毒、帶妓女來交易）
・未成年的粉絲或追星族試圖進入休息室
・警衛疏忽而讓瘋狂粉絲，或其他威脅闖入休息室

登場人物

・藝人及其跟班
・攝影棚或活動現場的總召集人
・追星族
・藝人找來的特別嘉賓（比賽優勝者、跟著來巡迴演出的家人、隨行人員）
・攝影棚或外景地當地的主持人
・前來採訪而受到藝人或音樂家款待的新聞記者

編劇小技巧

設定時的重點與提示

有些休息室內容非常簡單，就只是一個簡單的房間，供主持人和藝人等待正式演出或上台。如果是標準配備的休息室，會備有坐起來很舒適的沙發、播放攝影棚狀況的電視、放輕食的桌子，以及化妝間，方便在人們出入時還可進行短時間採訪的場地。然而，有些音樂人有時會在緊湊的演唱會，或演出當中安插休息時間，有時也會待在休息室度過翻唱樂團暖場演奏的時間，這些人或許對休息室會有特別的要求。有可能因爲音樂人提倡素食主義，就不用動物皮製品，或要準備輕食，甚至一定要準備特別品牌的進口礦泉水，這類的要求對休息室的負責人來說是一大考驗。採用這種設定來規畫故事時，想想看這些特殊要求會營造怎樣的人物樣貌，還有倘若沒達成這些要求時，有可能產生怎樣的衝突。

例文

馬丁拿了遙控器按下爵士樂，接著拍鬆那些放在白色靠背長椅上，還有同款白色扶手椅上的紫紅色枕頭。對方針對這間休息室的要求非常具體。裝潢只能有白色和紫色，三種義大利氣泡酒分開放在不同的冰桶，沉靜的爵士樂，以及味道很妙、萊姆口味的雷根糖。上網找了一下有沒有紫色或白色的萊姆味雷根糖，很不幸的，沒有。爲了避免對方失望，他把綠色的雷根糖放到紫色的玻璃瓶裡，祈禱一切順利。

運用的寫作技巧

對比、多種感覺的描寫

創造效果

賦予登場人物特徵、醞釀氣氛

急診室
Emergency Room

關連場景
救護車、車禍現場、病房、等候室

視覺

・通往裡面舊椅子緊靠並排的等候區的自動門
・各種不同傷勢或病況程度的患者（骨折流鼻血、割傷、擦傷、挫傷、因嘔吐而抱著器皿、用冰枕敷受傷地方、戴著醫療用口罩、哭泣、抓著旁邊的人撐住自己）
・關心病患的人等著聽取病況（看雜誌或書本、用行動裝置上網、提著包包、緊抓著蓋住手腕的上衣、睡在椅子上、在附近走來走去）
・垃圾箱
・喝剩的咖啡留在桌上
・堆得亂七八糟的報紙或雜誌
・身穿以顏色區分職責的醫院工作服的員工（護理師、勤務員、清潔工）
・將疑似有傳染病的患者與其他病人隔離開來的簾子或玻璃
・鑲有玻璃的住院櫃台、掛號櫃台
・看診中的醫院人員
・廁所
・放置乾洗手和消毒酒精的地方
・自動販賣機
・引導至醫院其他區域的方向指標
・救護員一邊處理傷者，一邊將擔架推得飛快
・身穿醫院工作服或白袍從旁邊經過的醫生
・坐輪椅的人
・大聲抱怨一直讓他等的中毒病人
・擔心不已的爸媽或朋友聚集在一個地方
・爸媽手中抱著小孩
・來接乘客的計程車司機
・堆放繃帶的推車
・掛在脖子上的聽診器
・悄聲講話的人們
・巡邏門診大樓的警衛
・檢傷分類站
・用夾板固定骨折處的診間
・X光室或電腦斷層（CT）室
・病人在裡面等候的單人病房拉門（有病人躺在床上、吊點滴、套著血壓計的袖套讓護理師測量、身上連著心電圖測量儀）

聽覺

・輕聲細語
・哭聲
・痛苦的呼吸聲
・有人在催吐並嘔吐
・呻吟聲或抽泣聲
・小小聲地為心愛的人祈禱
・沙沙作響的報紙
・人們的爭執聲
・翻閱雜誌的聲音
・玻璃門的開、關聲
・櫃台請病人辦住院手續的呼叫聲
・廣播系統呼叫某人
・警察以及警用無線電
・護理師冷靜沉著的聲音
・翻閱文件的沙沙聲
・有人在表格上振筆疾書的聲音
・罵人的聲音
・喝醉而口齒不清的聲音
・零錢從自動販賣機叮咚掉出來
・點心棒或碳酸飲料咚一聲掉到販賣機的出口處
・停在外面的救護車警笛聲
・急救車或擔架嘎嘎響的輪子
・給去顫器充電
・心電圖測量儀嗶嗶作響
・從包裝袋中拉出醫療器材（繃帶、針筒、管子）的聲音
・用力拉上簾子的聲音
・救護員簡潔扼要地向護理師報告病患生命跡象的聲音
・醫生大聲地下命令
・唰地一下拉出來或砰一聲關上醫療推車抽屜的聲音
・呼叫聲

嗅覺

・消毒劑
・清潔用品
・消毒液
・嘔吐
・體味
・酒臭味
・空調或過濾過的空氣
・血

味覺

・在設定中，除了登場人物帶進這個場景的東西（口香糖、薄荷

糖、口紅、香菸等），可能沒什麼特別的東西跟味覺有關，像這種不會描寫到味覺的場景，可以專心描寫其他四種感覺。

觸覺

- 不太舒服且座位狹小的塑膠椅或椅墊很薄的椅子
- 金屬扶手陷到手腕裡
- 在手腕上滑動的塑膠製住院病人識別手圈
- 刺進皮膚讓人痛了一下的點滴注射針
- 不安或擔心
- 升起或推動病床
- 護理師還有救護員移動自己的身體以便診斷傷勢
- 醫生仔細地檢查疼痛的地方
- 從病床上被搬到另一個病床時，身上的疼痛加劇
- 止痛藥生效時，有被解放的幸福感受
- 體溫升高到危險範圍而感到非常冷或非常熱
- 伴隨著休克狀態不由自主的顫抖
- 伴隨著某些傷勢而來的痛苦
- 各種病徵

引領故事發展的情境與事件

- 因吸毒產生被害妄想而變得暴力的人
- 超出急診室人員能力所及範圍的事故（客運翻車意外、公寓火災、恐怖攻擊）
- 人力不足
- 沒有治療所需的適當文件，也沒有保險
- 藉由空氣傳染的疾病一下子擴散開來，周遭受到感染
- 睡眠不足的醫生正在進行治療
- 對藥品起過敏反應
- 嘗試對未誠實告知病史的患者進行治療
- 在因輕微症狀而住院的病人身上發現嚴重的問題
- 病人（小孩）死亡

登場人物

- 管理人員
- 醫生
- 支持著病人的家人或朋友
- 護理師
- 勤務員
- 救護員
- 警察
- 病人或傷者

編劇小技巧

設定時的重點與提示

醫院的急診室主要處理的急診狀況，會就財政上的支援或所在地區的規模大小而有不同。例如犯罪率高的地方，醫院安檢就會很嚴格，警衛人數也會多一些，同時也較習慣於處理刀傷或槍傷的患者。反之，小地方的醫院會有很多嚴重到等不及醫生診療的小孩，或需要照顧骨折、心臟病、車禍，或突然發病的小孩，因此安全管理可能比較鬆散。

例文

當急診室的門一打開時，迎接貝琪的是咳嗽、乾咳與痛苦的喘氣聲等病徵，她一找到離自己最近的消毒液，就開始在手上猛塗，速度跟賭客狂按拉霸機的感覺差不多。

運用的寫作技巧

直喻法

創造效果

醞釀氣氛

洗車場

Car Wash

關連場景
便利商店、加油站、老舊小貨車、停車場

視覺

・隧道式洗車機
・洗車場內的波浪形金屬牆以及塑膠簾
・潮濕的混凝土地面
・閃爍的綠燈與紅燈
・人工售票處或自動結帳機
・挑高天花板和螢光燈
・一灘灘殘留在各處的泡沫水
・在長柄刷噴上肥皂水
・化學藥品流入地面排水溝或格柵時，閃閃發亮的七彩汙水
・清洗腳踏墊使用的牆壁掛勾
・霧氣瀰漫的空氣
・從車體剝落的泥土或泥塊
・鍍鉻部分變得暗沉無光的車頭燈恢復光亮
・清潔洗淨後的汽車烤漆上反射的陽光
・垃圾桶
・丟在地上或卡在排水溝的紙屑或沙子
・打蠟工具
・積在混凝土地面低窪處的水
・駕駛離開時亮起的煞車燈
・停在停車場外，等待清潔人員來擦拭車體或吸塵的車子

聽覺

・噴霧器的轟隆聲
・自動門的開關聲
・附高壓水槍的自助洗車機計時器告知洗車時間結束的聲音
・父母叫小孩關上車窗車門的回音
・泡沫或泥巴從車身滑落到混凝土地面的聲音
・水滴「滴滴答答」落下的聲音
・排水設備「咕嘟咕嘟」的聲音
・車子暫時停下，再次發動的聲音
・自助洗車機吐出收據的「嘎嘎」聲
・支付隧道式洗車機費用時，玻璃滑門打開的聲音
・車門或後車廂開、關的聲音
・車子輾過地板格柵時發出的「喀噠喀噠」聲
・人或車輛通過水窪時的水聲

嗅覺

・潮濕的空氣
・水
・含有肥皂的化學物質和熱蠟
・霉味
・潮濕的混凝土地面
・排出的氣體

味覺

・這個設定沒有相關的味道，但洗車場多半與加油站相鄰，因此車上的人進出洗車場時，可能會順道去一下加油站，買個飲料或是零食。

觸覺

・潑到皮膚的水
・濕掉的袖口
・流過手臂的清水或泡沫
・旋轉泡沫或車蠟供應器的計時器開關
・長刷柄的重量
・左右擺動長柄刷刷洗車體
・用刷子刷車窗
・（穿夾腳拖）濕掉的腳
・重新抓好易滑的握把
・站在車子旁邊，泡沫滴落腳上
・從車體滴落到手上的小團泡沫
・摸索口袋掏鑰匙或零錢
・打開潮濕的車門把手
・在旁邊洗車的人不小心把水潑到自己的臉或背部

引領故事發展的情境與事件

・由於化學藥劑作用或洗車技術拙劣，造成車子烤漆損壞或刮傷
・車洗好了，車子卻發不動
・用水管沖洗時，前格柵掉下可疑物體（沾滿血跡的狗項圈、一團頭髮）
・洗車的時候遇到死對頭
・忘記拿車鑰匙就把車門關上

登場人物

・員工（洗車人員、維修人員）
・洗車場老闆
・汽車車主和同行者

編劇小技巧

設定時的重點與提示

洗車場端看是當地老字號、自營店，還是加盟店，現場狀況都有所不同。其中有些是隧道式洗車場，先付完錢，等待場內正在洗車的車子離開，鐵門打開後再進去。也有些是許多洗車空間一字排開，直接把車子開進空位，或等正在洗車的人洗完後再進去。有些地方有洗車人員，有些則是自助式。此外也有許多投幣式洗車場，附近可能設有兌幣機。洗車場的描寫很自由，因此很容易安排一些事件在這裡發生，或是帶入衝突，可從這個角度來思考設定。

比方說，兩名死對頭在洗車場狹路相逢，就會發生衝突。特別是有許多洗車空間，以堅硬的塑膠布隔開的洗車場，比其他地方更容易接觸到別的車主，冤家聚頭的機會自然更高了。甚至有可能出現各種騷擾行爲，像是妨礙對方離開、激怒對方，或是趁著對方不注意時上鎖等。

例文

特雷弗停下駕駛中的Z-28，但洗車區已經有別的車子了，他打到空檔，調高音樂音量。前方有名上了年紀的男子正在用水槍噴射大量的清水沖洗悍馬。泥土剝落，露出隱藏在底下的鮮豔紅色烤漆。看見大塊泥沙從保險槓掉落，托雷弗點點頭，內心兀自佩服不已。他絕對有理由必須對這位老先生表達敬意。雖然不曉得這位把孩子送去托兒所之後，還得朝九晚五上班的老人家，在每天的空檔時間跑去了什麼地方，但是瞧瞧他，居然把半座山搬了回來！

運用的寫作技巧

對比、誇飾

創造效果

賦予登場人物特徵

9畫

美髮沙龍
Hair Salon

關連場景
購物中心

視覺
- 櫃台（電腦和收銀機、刷卡機、陳列髮飾的展示台）
- 時尚的等候室（沙發、堆滿流行雜誌的咖啡桌、放杯子與水壺的推車）
- 陳列美髮產品的玻璃櫃（洗髮精、潤絲精、修復受損髮質的髮油、髮膠、髮蠟、噴霧、慕斯）
- 各種假髮和髮片
- 牆邊一整排的水槽，掛著暗色毛巾的收納架
- 大型洗髮精和潤絲精供應器
- 垃圾桶
- 躺椅
- 剪髮區（鏡子、梳子等器具使用的抗菌清潔液、吹風機、離子夾、可調整高度的旋轉椅、各種產品、裝水的噴霧器、各種尺寸的剪刀、推剪、髮刷、梳子）
- 地面散落的頭髮
- 業務用烘髮機
- 靠放在牆邊的掃把
- 設計師作品的髮型模特兒海報
- 陳列的接髮髮束
- 染髮樣本
- 用來混合染髮劑的碗和刷子
- 移動式高腳推車（髮夾、梳子、扁梳、隨手黏滾輪、裝挑染用鋁箔紙的盒子）
- 全身上下黑衣，或穿著沙龍制服圍裙的設計師
- 最裡面有廁所

聽覺
- 吹風機的巨大聲響
- 剪刀「喀嚓喀嚓」的聲音
- 廣播音樂
- 水噴在水槽裡的聲音
- 撕下鋁箔紙的聲音
- 客人和設計師發出笑聲
- 電話鈴聲
- 噴霧器發出「咻咻」聲
- 大團洗髮精泡沫掉進水槽的聲音
- 理髮椅降低高度時，發出的「噗咻」聲
- 開、關工具抽屜的聲音
- 高跟鞋踩在地磚或木板地的聲音
- 等待客人上門時，設計師閒聊的聲音

嗅覺
- 洗髮精和潤絲精（薄荷、尤加利、花香、柑橘、香草）
- 過熱的吹風機馬達
- 有收斂作用的清潔劑或是抗菌清潔液
- 含有化學物質的染髮劑
- 染髮或燙髮藥劑

味覺
- 不慎噴進嘴裡的定型噴霧
- 咖啡
- 紅茶
- 檸檬水

觸覺
- 被拉扯修剪的頭髮
- 打濕臉或脖子的冷水
- 沖去多餘染髮劑或漂白劑的水，或泡沫冰涼滑溜的觸感
- 覆蓋身體的光滑塑膠理髮圍巾
- 讓吹風機的熱度吹著頭皮，隨意翻閱亮面印刷紙的雜誌
- 髮際感覺到染髮劑造成的搔癢或刺痛的感覺
- 在水槽洗淨頭髮時，跑進眼睛的洗髮精
- 後頸不適地躺在洗髮椅彎曲的陶瓷面上
- 搓揉頭髮的熱水和起泡的洗髮精
- 設計師剪髮時，把頭固定在僵硬的角度
- 離子夾按在頭皮上感覺到熱度
- 剪完頭髮時，垂落在臉上的潮濕髮稍
- 做完造型之後，頭髮光澤柔亮的質感

引領故事發展的情境與事件
- 頭髮被剪得很糟，或染得不好看
- 美髮沙龍之間的競爭
- 剪髮時，有人撞到設計師，或設計師扭傷腳
- 頭髮上的染髮劑放太久，導致頭髮受損
- 客人的頭皮對化學物質過敏，或是灼傷

・設計師過度自信，結果無法滿足客人的要求
・現金不夠，發現刷卡不受理加付小費
・設計師說著異國語言，無法溝通自己想要的造型
・設計師（或客人）愛說話，不停地傾吐自己的煩惱

登場人物

・顧客
・員工和實習生
・設計師

編劇小技巧

設定時的重點與提示

有些沙龍除了美髮，也附設日曬沙龍或美容皮膚科（電療或雷射治療）、眉毛沙龍、脫毛等服務。在美髮沙龍，顧客不容易接觸到其他人，因此有時設計師不得不擔任顧客的聽眾。換言之，顧客有可能聊起非常私密的事，或與設計師完全無關的事。如果顧客以爲自己說的事與說話的對象完全無關，而吐露某些秘密，結果不小心被不應該聽見的人聽見了，有可能演變成大麻煩。美髮沙龍的場景就可以安排這樣的橋段。

例文

我的頭髮被拉扯、戳刺了快一個小時，滿頭濕髮全被鋁箔片給固定住了。安娜領我到烘髮機那裡，我迫不及待地把頭往裡面塞。年約五十五歲的安娜體質容易燥熱，因此沙龍裡的溫度，總是調成幾乎要把人凍傷的低溫。安娜把一大疊雜誌丟到我的膝蓋上，打開烘髮機開關。至福的熱風猛烈地撲向我，吹乾我冰冷的鬢髮。在寒冷的美髮椅上忍耐了那麼久，總算值得了。

運用的寫作技巧

對比、誇飾

創造效果

賦予登場人物特徵

軍事基地
Military Base

關連場景
軍用直升機、潛水艇、坦克車

視覺

・刀片刺網或是刺刀蛇籠網等鐵網防禦線
・設有全自動路障及警衛的出入口
・監視器
・在旗桿上或屋頂上飄揚的旗幟
・警衛室
・設有規格一致的路標或街燈的十字路口
・行政中心
・基本的公共設施（發電廠、自來水廠、汙水處理廠）
・醫院
・各種醫療設施
・郵局
・加油站
・停車場（修車廠、四輪傳動車、悍馬車、卡車、重型機車、官方認可通行的車輛）
・商店
・品項豐富的陸軍或空軍商店（食材、香菸、運動用品、衣服、五金用品）
・輕食的專賣店（咖啡、冰淇淋、熱狗）
・在基地內巡邏的警車
・理髮店
・自助洗衣店
・乾洗店
・銀行
・休閒活動區（游泳池、桌球場、保齡球館、籃球場或排球場、高爾夫練習場、健身房）
・電影院
・圖書館
・公園或遊戲區
・學校
・宗教設施（佛堂、教堂或猶太教的禮拜堂）
・基地住宅區內獨棟房屋或雙拼式住宅並列
・宿舍餐廳
・軍人宿舍（雙層床、枕頭、床單、毛巾、放制服或私人物品的櫃子或置物箱、軍用帆布袋、筆電、書、心愛人的照片）

聽覺

・起床號或熄燈號
・鏈子撞到旗桿的匡啷聲
・車子的聲音（發動引擎、紅燈時的急速停等、煞車的尖銳聲、警笛聲）
・人們的談話聲
・走路的腳步聲
・電話響
・微風吹動旗幟的飄揚聲
・開、關門的聲音
・狗叫
・穿網球鞋慢跑的人的腳步聲
・從學校或遊戲區傳來孩群的笑聲或各種聲音
・休閒設施傳來的聲音（打球聲、游泳池的水花濺起、保齡球擊倒球瓶的聲音、健身房重訓機器發出嘎吱嘎吱的響聲）
・有人遛狗的牽繩發出叮鈴聲
・睡在雙層床上的嘎吱聲或衣服摩擦的聲音
・軍用飛機起飛和降落的聲音

嗅覺

・車子的廢氣
・開花的樹木或花朵
・食物
・咖啡
・烤肉架上烘烤的肉
・雨水
・濕答答的步道
・（割完草）青草的味道

味覺

・基地內的飲食有非常多的選擇。住在裡面的人可以在家料理食物，宿舍餐廳則提供住宿者各式各樣的餐點。另外也提供外食的小餐廳或店面，在商店能買到各種食物。

觸覺

・襯衫口袋垂下來的塑膠徽章
・燙妥的制服畢挺又順滑的質感
・戴得很深而遮住額頭的帽子
・行走在妥善維護的道路上的車輪
・在雜貨店裡推著車輪喀喀作響的推車
・在商店內將裝滿的籃子勾在手肘內側
・倒在雙層床的薄床墊上
・手穿過燙妥制服的畢挺袖子

引領故事發展的情境與事件

- 生長在軍人家庭裡的各種糾結（經常搬家、缺乏隱私或個人空間、反抗嚴格的家規或公約）
- 麻煩的鄰居
- 被排除在升遷名單外
- 得到不佳的考評或考核結果
- 被派遣到自己不願去的地方
- 和伴侶分開而擔心伴侶不能守貞
- 捲入會留下永久紀錄的麻煩（打架、被捕、酒後駕車、違抗命令）
- 懷有不切實際的期待
- 苦於自己的完美主義
- 身兼軍人和老百姓而在性格上產生衝突
- 陷入創傷症候群的煩惱中

登場人物

- 牧師或宗教相關人員
- 提供協助的民間人士或個人建築包商（草坪維護、學校授課、自動販賣機維護）
- 送貨員
- 醫生或醫院相關人員
- 軍人及其家人
- 重要人士或來賓

編劇小技巧

設定時的重點與提示

軍事基地如同小型的城鎮一樣，裡面存在許多在自給自足的社區內能看到的便利設施。依照基地的規模不同，可利用的設施也會有所不同。另外，依照各個基地所在的國家，及基地是位於國內還是國外的差別，基地的形式也有所不同。設定時要考慮到天氣、氣候、場所和季節變化會更替基地的外觀，同時還要考慮該國或該地的環保議題會影響建築物或住宅的外觀。

例文

搬家的卡車還沒停妥前，老爸就從卡車上跳下去大聲地開始指揮。我想吹風而打開車門，但我不打算從助手席上下來。固定間隔設置的路燈照著幽暗的街道。像新進員工排排站好的房子，無論哪個都是四四方方小巧玲瓏，前面還有庭院。這次眼裡看到的不是楓樹，取而代之的是修剪整齊的椰子樹。不過在基地裡生活就跟在不同的超市買東西一樣，沒什麼變化——總之，去到哪裡大概都不會有什麼不一樣的景色。雖說這麼晚了看不清楚小地方，但我可以用我的手機打賭，路邊不會有任何一個掉落的玩具，連一片落葉也不會有。我已經無聊到打哈欠了。

運用的寫作技巧

光與影、直喻法

創造效果

醞釀氣氛、強化情緒

修車廠
Mechanic's Shop

關連場景
田園篇——車庫、二手零件商品店
都會篇——車禍現場、洗車場、加油站、中古車行

視覺
- 集中在停車場的故障車輛
- 車輛在千斤頂或維修坡板上排成一排，占據修車廠的一角
- 員工（被潤滑油或油品染黑的手指、穿著長靴和油汙的連身服）
- 千斤頂或其他油壓機械
- 輪胎或鋼圈堆積如山
- 從天花板垂下來的管子
- 沿著牆壁排列的工作台
- 捲在牆上水龍頭上的灑水用水管
- 工具（板手、螺絲起子、套筒板手組、電鑽）
- 引擎吊架
- 裝有鑰匙或修車單的塑膠文件袋
- 怠速中的車子
- 堆疊起來的工作區三角錐
- 大型的油桶
- 壁掛式電風扇
- 油桶或汽油桶
- 注油器或油箱
- 安全標示
- 垃圾箱
- 揉成一團皺巴巴的擦手紙
- 擦拭油汙的毛巾丟在附近的工作檯上
- 汽車零件備品
- 工具箱或附輪子的工具推車
- 引擎蓋打開的車子
- 躺在車底下躺板上工作的技師
- 有油漬的水泥地
- 排放椅子的等候區
- 電視或咖啡機

聽覺
- 電鑽或是其他機器震耳欲聾的吵雜聲
- 收音機流瀉出來的音樂
- 員工吹著口哨
- 引擎蓋嘰地一聲打開來、砰一聲關上
- 怠速中的引擎聲
- 技師用在吵雜中也能聽見的大音量講話
- 廣播呼叫客人
- 車子引擎運作不順的聲音（咔啦咔啦聲、空轉、熄火、塞住）
- 發出達達聲，但無法啟動的引擎
- 皮帶發出吱吱聲
- 打開汽水罐咻地一聲
- 丟很重的東西到垃圾箱裡
- 維修坡板的升降聲
- 橡膠鞋底的腳步聲
- 汽車用的液體（水、油、煞車油、變速箱油）滴滴答答滴到地上飛散開來
- 堅固的電風扇發出嗡嗡聲
- 修車用的躺板在車底下嚕來嚕去
- 水管漏水的聲音
- 鑰匙匡噹作響

嗅覺
- 機油
- 潤滑油
- 汽油
- 汗水
- 金屬
- 塗料
- 鐵鏽

味覺
- 充滿汽油或油品的汙穢空氣
- 休息區自動販賣機賣的食物或飲料（零食棒、洋芋片、口香糖、水、汽水、咖啡）

觸覺
- 壞掉的車子發出嘎嘎聲、搖搖晃晃地開進停車場
- 等待修理中，身上累積的汗水
- 電風扇的涼風
- 因地上淤積的潤滑油或是其他油類而滑倒
- 誤踩到停車場的凹洞，走路歪了一下
- 握住金屬工具時，感受到的冰冷
- 用毛巾擦拭長繭的手上的潤滑油或油類
- 在車底下時，不小心用力撞到頭或膝蓋
- 硬要鬆開頑強的螺絲，結果割傷或敲到手指頭的關節

引領故事發展的情境與事件
- 壓在車底下
- 處理引擎時，燙傷或受重傷
- 抬起重物時，突然背痛
- 被某人用工具或危險的機械攻擊
- 在客人的車上找到被偷的東西

・不小心刮傷車子，結果隱瞞不講
・和態度隨便的技師打交道
・被懷有妒意或是氣沖沖的技師搞破壞
・讓技術不佳的技師修車

登場人物

・客人
・經理
・技師
・行政人員
・送必要零件來的業者

編劇小技巧

設定時的重點與提示

修車廠的內部樣式依裡面進行的工作種類而有所不同。除了這邊提到的修車廠之外，還有零件專賣店、輪胎店，以及更換車輛用油和進行全套保養的工廠。另外新車或高級車的車主就算需要保養車子，假使車子還在保固期限，大概會選擇送到車商那邊去，而不是送去修車廠。

將登場人物置於困境是寫作的手段之一，而且一旦讓登場人物不爽之後，接下來就得讓他更加不爽。比如說，在炎熱的夏天車子故障了，就是個不錯的開始。車開到了偏僻的地方，後座還有兩個幼童。炎熱天坐在臭呼呼的車裡讓拖吊車拖往隔壁鎮上後，接下來的狀況是被領到冷氣壞掉的休息區內等待。之後還發生修理作業規模比原先講好的還要大，費用大幅增加的狀況。如果是本身個性就容易激動的人物，這時候一定會被激到脾氣大爆炸，就可預期他等一下可能會做出錯誤的判斷了。

例文

喬伊的爸爸一直小聲抱怨，汗流得像隻猩猩一樣。相反地，喬伊笑咪咪的用手抓著塑膠椅背，對著玻璃窗噴氣讓窗戶起霧。雖然大型輪胎好像很重的樣子，但穿著藍色制服的男人輕而易舉地把它抬起來又放下。另一個男人一直在操作發出超大聲音的電鑽，他的夥伴則在老舊卡車的引擎蓋下面，不知道在敲敲打打些什麼東西。喬伊晃動著他的膝蓋，想著自己以後是否也能在這裡工作。

運用的寫作技巧

多種感覺的描寫、直喻法

創造效果

賦予登場人物特徵、強化情緒

消防隊
Fire Station

關連場景

田園篇——火災現場

都會篇——救護車、警察局

視覺

- 能停放多輛車的廣大空間（消防車、高規格救護車、救生艇、雲梯車、救護車）
- 在水泥地上用來標示臨時停車區及特定車輛集合處的標線
- 備好待命的消防員配備（長靴、防火長褲、安全帽、氧氣瓶、手套、上衣、頭盔和面罩、固定消防斧等工具的安全腰帶）
- 消防車在停車場待命中，排煙管排出廢氣
- 火災調查車
- 螢光燈
- 大型的上開式鐵捲門
- 雲梯
- 喇叭
- 滅火器
- 消防隊員的共用寢室（床和小桌子、放在旁邊方便馬上著裝的用具）
- 好幾根滑桿
- 大浴室
- 有置物櫃和淋浴間的更衣室
- 訓練室（重訓、肌力訓練、有氧運動）
- 全套廚具設備（多個冰箱、瓦斯爐和微波爐、食材庫房、流理台、咖啡壺煮鍋和平底鍋、放置長桌的用餐空間）
- 中控室及救災救護指揮中心（下指令的工作人員、電腦印表機、地圖、緊急無線電、電話總機）
- 訓練室（坐下去很舒服的椅子、電視、白板、手冊）

聽覺

- 聯絡員通知隊員有報案電話時的說話聲
- 鳴笛
- 厚重的長靴在地上跑過的聲音
- 引擎隆隆作響
- 消防車停車場的高牆間迴盪的聲音
- 鐵捲門的開、關聲音
- 庫房的金屬門開、關聲
- 氣瓶咚地一聲被放在水泥地上或架上
- 檢查消防水帶時的拖拉聲
- 將工具和連結器與消防水帶接妥時的喀擦聲
- 工具箱啪一聲關上

嗅覺

- 廢氣
- 正在煮的餐點
- 清潔用品
- 充滿煙味的制服和裝備
- 面罩的橡膠味
- 從氧氣瓶流出，帶有金屬味道的氣體
- 焦油
- 汗水

味覺

- 分裝好的愛心滿滿又健康的家常菜（馬鈴薯燉肉、義大利麵及千層麵、漢堡、馬鈴薯沙拉、番茄燉牛肉）

觸覺

- 穿上鋼頭的防火長靴
- 穿防火長褲時，吊帶在肩上啪一聲
- 裝載全套工具的安全腰帶有著妨礙身體動作的沉重感
- 背著的氣瓶的壓迫感
- 總算結束當班可以躺下時，舒適的床墊彈性
- 坐消防車時，椅子的反彈力
- 將消防水帶扛上消防車時的重量
- 工具箱冰冷的把手
- 長繭的手上滑過的手套
- 在消防車駕駛室感到的搖晃和彈跳力道
- 半夜接到報案電話，出勤結束後倒在床鋪上
- 沖澡洗淨打火作業帶來的汗水和灰塵時，感到滿足與成就感

引領故事發展的情境與事件

- 裝備功能無法完全發揮作用或車輛故障
- 同時發生火災和緊急事故，擠壓到現有資源
- 消防隊裡突然蔓延的疾病（感冒、食物中毒）
- 值勤中有消防隊員摔下來
- 消防隊員違規導致有人受傷或死

亡，因此接受調查

- 創傷後壓力症候群
- 消防隊內發生火災
- 消防隊員之間發生個人糾紛，導致工作上出問題

登場人物

- 消防隊長與訓練中心主任
- 督察員
- 行政人員和聯絡員
- 緊急狀況時，被要求而來支援的普通市民
- 消防員
- 救護隊員
- 警察
- 來參觀的學校團體
- 消防警察

編劇小技巧

設定時的重點與提示

大多數的消防隊都會分成好幾個分隊，或是以二十四小時輪班運作。小規模的消防隊不一定備有完善的緊急車輛，但大致上應該會有兩輛消防車和一輛高規格救護車，也可能有義消在這邊工作。在無需出任務的時候，消防隊員會在隊上維護裝備、煮食或打掃，輪流睡覺、運動或訓練熟習新裝備的使用法和滅火方法。

例文

宿舍裡響起刺耳的聲音，在這個一刻也不得延遲的時間裡，原本被黑暗包圍正熟睡的消防隊員們，瞬間睜開眼睛跳下床鋪，啪地開燈戴上眼鏡，迅速跑向門口。彷彿打到岸上的浪花般，七個隊員擠滿狹窄的走廊，目標朝向走廊一頭等待他們的滑桿，一條能通往樓下那放著齊備工具和用品置放處的捷徑。

運用的寫作技巧

光與影、多種感覺的描寫、直喻法

創造效果

伏筆、營造緊張感與糾結的心情

病房
Hospital Room

關連場景
救護車、電梯、急診室

視覺

・淡色牆壁
・機器裝置的插口
・螢光燈
・記載病人特有資訊的白板（負責的護士姓名、食物過敏或飲食限制、預定要做的檢查）
・牆壁櫃子裡的手套盒
・有百葉窗的大窗戶
・浴室（狹小的洗手台、有扶手的沐浴區、廁所）
・罩著塑膠床罩和醫院床單、旁邊有圍欄，可調整高度的醫院病床
・掛在牆上的電視
・吊著生理食鹽水袋的金屬點滴架
・LED心跳監視器
・血壓計的壓脈帶
・有滾輪的桌子
・有抽屜的床几
・放置私人物品的小衣櫃
・抗菌水槽
・垃圾桶
・回收針筒的塑膠容器
・許多慰問卡片和鮮花
・插著吸管的塑膠杯
・老舊的訪客椅
・預備枕頭
・插在牆壁溝槽裡的病歷
・圍住病床，或是隔出獨立空間的病床間隔簾
・掛在浴室門掛勾上的病人服
・插著點滴或胸腔管，躺在病床上的病人
・連接機器的監控儀器管線
・自動偵測病人脈搏的指夾式監測器
・巡診的醫生及護士
・打掃或配膳的助理人員
・探病的家人
・唸書給病人聽，或陪病人聊天的志工

聽覺

・找人的廣播
・各病房區之間的自動門「咻」地開、關的聲音
・病人推著點滴架行走時，拖鞋在地上「啪噠啪噠」響
・心跳監視器的「滴滴」聲
・需要檢查藥品或生理食鹽水點滴時，或是病人指頭的心跳計脫落時，響起的警告聲
・睡著的人平靜的呼吸聲或鼾聲
・電視傳來的罐頭笑聲
・用叉子壓碎煮爛的豌豆或馬鈴薯的聲音
・病人吸完水杯裡剩餘的水，發出「唏嚕嚕」的聲音
・戴上手術手套時發出「啪」一聲
・護士查看病人的點滴狀態和生理狀況，並詢問病人問題
・努力聊些積極正向話題的病人家屬
・調整時發出「嗡嗡」聲的病床
・固定在特定位置時，發出「喀」聲的兩側圍欄
・病人在床上挪動時，壓出的模糊「吱呀」聲
・流水聲
・供應器「嗡」地自動流出殺菌劑的聲音
・隔簾的金屬滾輪滑過桿子的摩擦聲響
・盛裝著無法引起食欲的餐點餐盤放到面前的聲音

嗅覺

・清掃用品
・有收斂作用的除菌洗手液
・肥皂
・橡皮手套
・口味清淡的食物難以形容的氣味
・鮮花
・咖啡和紅茶
・過度漂白的毛巾、病人服、床單

味覺

・藥錠和膠囊
・淡而無味的醫院餐（魚片、燉蘋果、沒抹任何醬料的吐司、硬梆梆的肉餅、煮爛的蔬菜、裝在杯子裡的水果、配上雞肉的飯、堅硬的圓麵包）
・水
・清淡的咖啡或紅茶
・果汁
・維生素或礦物質強化飲料
・果凍甜點

觸覺

- 醫院的枕頭或床墊的柔軟彈性
- 動作受到限制而扭傷肌肉
- 病人的傷勢或疾病引發的疼痛或刺激
- 冰涼的酒精棉
- 插入點滴針時的刺痛
- 從皮膚撕下膠帶的感覺
- 拿到口邊時扎到臉的吸管
- 乾燥脫皮的嘴唇
- 貼在額頭和脖子上的汗濕頭髮
- 把點滴架拉向自己時，摸到的冰冷金屬
- 穿著厚襪子在地上行走時，不平衡的感覺
- 量脈搏時，護士的手指溫柔地按在手腕或手肘內側
- 貼在皮膚上的聽診器冰涼的刺激
- 涼風吹來，發現自己病人服的背後沒繫好
- 因止痛劑的作用，頭昏腦脹

引領故事發展的情境與事件

- 由於藥物作用，病人出現被害妄想或變得暴力
- 對藥物產生過敏反應
- 誤診
- 發生葡萄球菌感染
- 被注射或提供錯誤的藥品
- 不停地有人來探病，累壞了
- 發生必須全醫院撤離避難的緊急狀況
- 點滴脫落
- 同房病友吵鬧或惹人厭，無法好好休息
- 和有一大群家人的病人同房，失去個人隱私

登場人物

- 清潔人員
- 醫生
- 家人和朋友
- 維修業者
- 實習醫生
- 護士
- 病人
- 專家
- 前來訪問的牧師

編劇小技巧

設定時的重點與提示

病房會依據房間種類（健保房、雙人間、單人房）及目的（生產、加護治療、一般治療）而不同，因此有特殊目的的病房，應該會有治療所需的監控設備。

例文

蕾妲被頭上的明亮燈光照得瞇起眼睛醒過來。有人正用冰涼的東西搓揉她的手背，但那濕滑的感覺隨即變成一道刺痛。她忍不住驚慌地轉頭看去，發現護士正用膠帶把點滴固定在她的手上。點滴？意思是我在醫院？疼痛滑行似地穿過太陽穴之間，一層迷霧籠罩了她的思考。床單散發的漂白水氣味也讓她噁心欲吐。她最後的記憶，是籃球比賽結束後她送凱倫回家。至於接下來的事，她什麼都不記得了。

運用的寫作技巧

多種感覺的描寫

創造效果

告知背景、時間流逝、強化情緒、營造緊張感與糾結的心情

破舊公寓
Run-Down Apartment

關連場景

田園篇——浴室、孩童房、廚房、客廳、青少年兒女的房間

都會篇——小巷、電梯、老舊小貨車、立體停車場、停車場

視覺

- 天花板低矮且有水漬的狹小房間
- 骯髒的窗戶
- 剝落的亞麻地板
- 剝落的壁紙
- 傾斜缺角的裝飾櫃櫃門
- 生鏽的水槽
- 屋內散亂
- 丟在家具上或散亂在地上的衣服
- 水槽裡堆積的碗盤
- 變色的牆壁或家具
- 沒法推到底的抽屜
- 不協調的家具或零星的裝飾
- 陳舊的家電
- 骯髒的踢腳板
- 布滿蜘蛛網的角落
- 扭曲變形或壞掉的百葉窗
- 窗型冷氣
- 不能用的暖氣
- （打不開、紗窗裂開、沒紗窗、用書本撐住讓它開著的）窗戶
- 寒酸的窗簾或床組
- 上頭結蜘蛛網的燈泡
- 裸露的水管或牆上的洞
- 浴室裡發黑的石灰牆
- 淋浴間的磁磚缺角
- 布滿水垢的淋浴間門
- 歪斜或變形的床鋪
- 天花板的裂縫
- 搖晃的樓梯
- 淡色或變色的地毯
- （曬著衣服或放有垃圾袋或回收物的）陽台
- 放著吃剩的東西、幾乎空無一物的冰箱
- 廚房的蟑螂或螞蟻
- 掉在地上的大老鼠或家鼠大便
- 東西收在堆放的舊箱子裡
- 散落在地上的垃圾
- 掛在牆上歪一邊的照片

聽覺

- 水龍頭的水滴滴答答作響
- 嘎吱響的地板
- 從薄薄的牆壁傳來很清楚的人聲或電視聲
- 鄰居怒罵或吵架的聲音
- 嬰兒的哭聲
- 狗叫聲
- 樓梯上啪噠啪噠的腳步聲
- 在走廊拖著腳走路的腳步聲
- 打開歪掉的門發出的摩擦聲，以及之後關上的碰一聲
- 警笛或車子經過的聲音
- 有人在走廊上，正在敲門
- 電話響
- 打開抽屜發出的嘰嘰聲
- 嗡嗡作響的老舊冰箱
- 在牆壁縫隙間跑來跑去的大老鼠或家鼠
- 空調啟動或關掉時，發出匡啷匡啷的聲音
- 迎風搖擺的窗簾發出沙沙聲
- 勉強打開老舊窗戶時，木頭發出的嘰嘰聲
- 發出砰一聲的水管
- 天花板吊扇發出嗡嗡聲和咔啦咔啦聲
- 床鋪的彈簧發出嘎吱嘎吱聲
- 一般而言音量不大，但因為在狹小的公寓中而變得很清楚的聲音（瓦斯爐上煮東西、有人打開抽屜窸窸窣窣找東西、刀叉在盤子上畫過、滴答作響的時鐘、有人在講電話、沖澡）

嗅覺

- 建築物或食物的霉味
- 灰塵
- 硬水的生鏽味
- 樓梯間的尿騷味
- 濕答答的狗
- 壞掉的食物
- 汗水
- 體味
- 正在煮的食物
- 從廚房傳來的油脂味
- 沒洗的衣服
- 非倒不可的垃圾
- 骯髒的尿布
- 陳年香菸的煙味

味覺

- 空氣很悶
- 廉價而容易料理的食物

- 香菸
- 酒類
- 自來水

觸覺

- 金屬製的沉重門鎖
- 水壓低而從蓮蓬頭滴滴答答滴下來的水珠
- 冷水澡
- 因自己的重量而凹下去或變形的地板
- 在傾斜的地板走動
- 要開抽屜時，非用力拉不可
- 陷在凹陷的沙發或床墊裡
- 室內沒冷氣導致一身汗
- 從天花板吊扇或電風扇三不五時吹來的陣風
- 粗魯的把卡住的窗戶推開
- 直接用手洗盤子
- 怕坐垮已經壞掉的椅子而小心翼翼地坐下去
- 感覺刺刺的毛巾
- 枕頭太薄導致脖子疼痛
- 因為老鼠或蟑螂從櫃子爬出來而跳起來
- 因為地毯很薄，走在上面可感覺到腳下地板硬硬的
- 光腳踩著冰涼的地板
- 叫鄰居安靜點而敲牆壁或天花板
- 因為灰塵或發霉而過敏

引領故事發展的情境與事件

- 電器壞掉，但房東不願意修理
- 重要時刻停電（正在用電腦輸入文件時、喜歡的電視節目正精采時、煮晚餐時）
- 有著可疑的鄰居或在公寓內從事非法行為
- 就算待在家也覺得不安全
- 沒辦法付房租
- 很跩的房東
- 欠缺防火灑水系統或避難裝置
- 因為病媒生物而致病
- 翻找錢財或毒品的小偷
- 車子行進當中開槍或飛出流彈
- 不可靠或危險的室友

登場人物

- 客人
- 房東
- 管理員
- 房客

編劇小技巧

設定時的重點與提示

破舊的公寓套房，很多是破敗不堪的整棟公寓一部分或一小塊區域（並不一定都是這樣）。大致上都是為生活所苦的人住在裡面，但並不是說住在這種環境的人就不具備獨特性。舉例來說，就算阮囊羞澀，也要以房間裡擺的東西、牆上掛的藝術品，或房子乾淨的程度來告訴讀者住在這裡的是怎樣的一個人。不管是怎樣的地方，只要謹慎挑選幾個登場人物所住的場所相關細節，就能確實告訴讀者是怎樣的人住在這裡。

例文

班一下子爬起來，努力眨著眼睛去除黑暗，然後踢飛了濕答答的床單。他的心臟撲通撲通跳得很大聲，讓他一直沒法確定醒來的原因。大概是警笛聲？或是三一二號房的男人對老婆怒吼的聲音？還是隔壁那隻沒水準的狗在陽台嗚嗚叫？不，不論是哪個都是外面傳來的聲音。這房間就是個墳墓，沒有時鐘滴答滴答的聲音，沒有蟑螂爬來爬去的聲音，也沒有辛苦轉動的電風扇聲音……他猛地抬頭看天花板，歪掉的天花板吊扇靜靜地順時針轉動，似乎要永遠轉下去的樣子，但搖搖晃晃轉完了最後一圈後，就死在那邊了。沒想到是這樣。班奮力把汗濕的T恤從頭上拉出來脫掉，稀哩呼嚕地擦臉。現在要再回去睡已經不可能了。

運用的寫作技巧

隱喻法、多種感覺的描寫、擬人法

創造效果

醞釀氣氛、伏筆、營造緊張感和糾結的情緒

馬戲團

Circus

關連場景

田園篇——農業園遊會

都會篇——遊樂園、遊樂園驚奇屋、停車場

視覺

帳篷外面

- 漆成五顏六色的貨車或大型拖車
- 直條紋帳篷上幾幅旗幟飄揚
- 堆滿遊戲或獎品的走道
- 旋轉木馬等小孩的遊樂設施
- 暖場藝人（留鬍子的女生、有刺青的男生、吞火的藝人、人體砲彈）
- 可愛動物區或珍禽異獸的集中展示區
- 商店
- 被土壤或草皮覆蓋的地方
- 圍有柵欄的禁止進入區域
- 燈光投射照明
- 滿出來的垃圾箱
- 掉在地上的小片垃圾（爆米花的玉米粒、揉成一團皺皺的紙巾、菸蒂、塑膠叉子）

帳篷裡面

- 中間的圓形或橢圓形地板
- 階梯式座位
- 為了凸顯聚光燈照射的地方而調暗的照明
- 對著觀眾講話的馬戲團領班
- 好幾個圍起來的綜合演出場地（高空鞦韆特技、雜耍、體操、動物表演、摩托車特技、人體大車輪）
- 操控馴養野生動物（老虎、獅子、馬、狗、鳥、象）的馴獸師
- 小丑或踩高蹺的表演藝人
- 閃亮亮的服裝
- 在跳床上跳躍的體操表演者
- 不停環繞照射全場的彩色聚光燈
- 使用高空設備的雜耍藝人（高空鞦韆、高空彈跳、從空中往下垂吊的絲帶、輪子）
- 走鋼索的表演者
- 煙或乾冰導致空氣中煙霧繚繞
- 跳舞的團體
- 騎單輪車表演雜技的人
- 使用霓虹燈的照明
- 煙火
- 飄在帳篷頂端已經消氣的氣球
- 一邊吃著爆米花或棉花糖，一邊眼睛睜得圓圓的孩子們

聽覺

- 從喇叭傳來的廣播聲
- 馬戲團的主題音樂
- 和動物講話的馴獸師
- 馬戲團領班大而響亮的講話聲在帳篷內迴盪
- 觀眾屏息以待的聲音
- 鼓掌聲
- 雜耍藝人彼此呼喚對方的聲音
- 動物的聲音（威嚇聲、咩咩叫聲、吼叫聲、咻咻聲、大象的響亮叫聲）
- 馬蹄在地板上踩踏的咚咚聲
- 表演特技時，播放的連續擊鼓聲或打鈸的鏘鏘聲
- 拖著腳在金屬製的階梯上走的鞋子聲音
- 大砲砰地一聲擊發出去
- 啪一聲破掉的氣球
- 小丑吹喇叭的叭噗聲
- 旋轉木馬上播放的管風琴曲
- 大聲播放的音樂
- 向路人搭訕的小販
- 人們的談話聲或笑聲
- 手機鈴聲
- 小孩的笑聲或哭聲

嗅覺

- 動物
- 汗水
- 馬戲團配備的食物
- 炸鍋
- 乾草
- 煙
- 小便
- 堆肥
- 灰塵

味覺

- 爆米花
- 花生
- 棉花糖
- 刨冰
- 披薩
- 薯條
- 玉米片與起司
- 冰淇淋
- 軟式蝴蝶脆餅
- 汽水

・水
・檸檬水

觸覺

・帳篷內運作的空調
・從明亮的陽光下移動到黑暗的帳篷裡，視線漸漸感到習慣
・前往自己的座位時，經過有止滑線的金屬階梯
・因為太擁擠身體無可避免的碰到左右兩邊的人
・硬梆梆的金屬或塑膠座椅
・因熱烈鼓掌而刺痛的雙手
・觀賞危險的技巧時，肌肉緊繃
・猛地屏住呼吸
・黏黏的棉花糖
・熱天喝的冷飲
・油膩膩的薯條

引領故事發展的情境與事件

・因為火車意外或車禍，導致器材被破壞或表演者、動物受傷
・帳篷倒塌
・動物發狂
・帳篷外頭有動物保護團體舉行抗議活動
・對待動物相當殘忍的飼育員
・高空鞦韆的表演者墜地死亡
・馴獸師被動物猛力攻擊
・被衛生部門下令關閉
・非常重要的表演者病倒而不能演出
・害怕小丑或特定動物的觀眾
・人潮洶湧，一不注意小孩就失蹤了

登場人物

・馬戲團團長
・馬戲團領班
・高空鞦韆的表演者
・馴獸師及飼育員
・小丑
・商店老闆
・觀眾
・舞者
・地主
・體操表演者
・雜技藝人
・在路上兜售的小販
・暖場藝人
・踩高蹺藝人

編劇小技巧

設定時的重點與提示

馬戲團至今已存在幾個世紀，正如大家所知的，馬戲團經過一番歲月後產生了極大的變化。很多馬戲團從使用每次都需要組裝和拆除的帳篷，到現在已變成在固定的場地進行表演。另外對馬戲團全團來說，利用聯結車或大型拖車作爲交通方式，比起利用火車要方便多了。以前馴獸師對待動物的方式一直很殘忍，但隨著抗議活動日漸受到矚目，現在很多表演現場已經禁止使用大象或熊這類野生動物。要完成具說服力的設定，一直持續保持一貫性並尋找矛盾之處是很重要的。

例文

吉米的眼神跟隨映照著一個又一個登場角色的紅色聚光燈四處移動，兩眼睜得像飛盤那麼圓。馬圍欄裡有匹馬左右搖擺著尾巴，馬蹄蹬起灰塵，繞著8字形來回奔跑。接著他伸長了脖子，往帳篷最高處正在表演高空鞦韆的人那邊看過去。他們配合著連續的擊鼓聲飛過空中，千鈞一髮之際勉強抓住了對方的手。接下來是左邊穿著亮片服裝的表演藝人，傑森和史密特正拿著兩個大盤子和香瓜表演雜耍特技。吉米手上拿的冰淇淋融化了，眼睛因爲拚命盯著看而感到疼痛。即使如此，他擔心如果眨一下眼或身體動一下，就會錯過最精采的表演。

運用的寫作技巧

光與影、直喻法

可獲得的效果

醞釀氣氛

10畫

高爾夫球場
Golf Course

關連場景
田園篇——森林、湖泊、池塘
都會篇——停車場、運動賽事觀眾席

視覺

・滿是車輛或高爾夫球手的停車場（換高爾夫球鞋、將高爾夫球袋放進後車廂或從後車廂拿出來、準備高爾夫球車、準備球座或球、塗很多防曬乳、袋子裡塞進裝水的寶特瓶、戴上並用力拉高爾夫球手套）
・行走於通道上或在周邊店門口並排停放的米白色高爾夫球車
・綠意盎然且仔細打理過的景觀
・練習場（裝有橡膠球座或高爾夫球的籃子放在一角、四周到處留下練習球痕跡的場地、設在遠處的標誌或目標、開著電動撿球車撿拾高爾夫球的員工）
・果嶺（利用小型果嶺四周球洞練習的人們）
・（販賣高爾夫運動服、名牌高爾夫用品或備品、規則手冊或指南、有高爾夫球場名稱或標誌的禮品或用品的）周邊商店
・（設有置物櫃或長椅的）高爾夫會所更衣室
・打完球後聚會的酒吧（古早的高爾夫用具、獎盃、過去錦標賽的紀念照、很多地方裝飾著比賽旗幟或徽章）
・有露天陽台和椅子的中庭
・乘坐高爾夫球車在場內巡視球賽狀況的巡場員
・背著球袋的高爾夫球手走向第一洞（可看到砂土內草皮四散痕跡的第一球揮桿區、草地旁蜿蜒的樹木、球洞的碼數和障礙區的標誌、遠處標明球洞位置的旗子）
・在球道上來來回回的球車
・獨立設置的廁所區
・蘆葦團團圍住的水塘障礙區
・鴨子或其他水鳥
・深度和寬度各有不同的沙坑
・在亂草區附近找球找得心浮氣躁的人
・跑過球場進到樹林裡的鹿
・開到球場上販售輕食或是冷飲的餐車

聽覺

・電動球車的嗡嗡聲
・在球道上邊走邊講話的人
・球咚一聲打中樹木
・咒罵或嘮嘮叨叨的聲音
・把球打太遠，對著前頭的人大叫「躲開！」的人
・和搭檔打出「Eagle」（老鷹球，低於標準桿兩桿）好成績時的大叫聲
・球車上的球袋彼此碰撞、球桿互相碰撞發出匡啷匡啷聲
・打開汽水罐或啤酒罐的咻一聲
・用耙子耙沙坑
・穿著釘鞋的人在林木間走動，發出很大聲的腳步聲
・維護場地的機器（割草機、吹落葉機）運轉的聲音
・自動灑水器依一定的節奏噴水的聲音

嗅覺

・剛修剪過的草皮
・古龍水
・汗水
・體臭或體香劑的味道
・令人窒息的啤酒酒臭味
・下過雨後的新鮮空氣
・停車場附近或維修用倉庫傳來的廢氣
・酒吧廚房飄散出做菜的味道（牛排、披薩、漢堡）

味覺

・冰涼的啤酒
・氣泡滿滿的碳酸飲料
・水
・從餐車那邊購買的熱狗或薯條
・在酒吧點的食物（披薩、薯條、炸花枝、雞翅、牛排、會所其他招牌料理）

觸覺

・適合自己雙手的高爾夫手套
・陷在柔軟草地上的鞋子
・從球桿上把針織球桿套拿掉
・等待發球時撥弄著球
・單手緊握高爾夫球桿的握把
・揮桿時雙腿打開
・打蚊子
・在球道上奔馳的球車搖搖晃晃地發出咯噔咯噔的響聲

・沿著林木擊球時，周遭的樹枝勾到身上
・使用GPS以確認距離球洞有多遠距離
・全部的人都上果嶺後，球洞的旗子拿了起來以利大家推桿
・沙坑的沙子跑到鞋子或褲腳裡

引領故事發展的情境與事件

・一起打球的人很沒品（無視於打球的順序、在別人揮桿中講話、打球作弊）
・酒後駕駛球車因而受傷或導致物品受損
・被雷打中
・到森林裡找球時，母熊帶著小熊跑出來
・在球場上和鄰居或同事起衝突
・在更衣室偷聽到球友炫耀自己把妹的戰績，結果發現女主角就是自己的老婆

登場人物

・巡場員
・職業高爾夫球手
・高爾夫愛好者
・球場負責人
・維修人員
・周邊商店的店員或經營團隊

編劇小技巧

設定時的重點與提示

一般標準的高爾夫球場都會備有碼數與難易度各異的十八洞球洞，但有的球場是適合全家大小或業餘人士的三桿短洞，有的球場則是二十七洞。很多高爾夫球場是一般大眾取向的，但也有球場是屬於會員制。這種球場將會費都花在添購新設備上，大致上場地的狀況都維護良好。至於高爾夫會所，有的只是讓人在打球前後聚會一下的小型場所，有的則是作爲豪華的康樂中心在經營，象徵著會員的雄厚財力。

例文

我的同事兼最佳比賽夥伴亞果豪邁地站上第一洞，他身穿黃色與粉紅色相間的格子針織背心和紅色長褲，讓翠綠的草地都爲之遜色。我和他彼此親切的打招呼，其實我現在好想哭。錦標賽上我們兩個搭檔，辦公室裡現在一定有人對此哈哈大笑。輪到我們打球時，我向亞果作了個手勢叫他先打，好準備因應接下來不得不面對的各種狀況。拜託，希望他只有服裝很爛然後給我打好一點。但是我看到他不是拿發球桿而是拿了沙坑桿，我相信接下來將會有很長很長的十八洞在等著我。

運用的寫作技巧

對比

創造效果

賦予登場人物特徵、伏筆

停車場
Parking Lot

關連場景

飛機場、美式賣場、立體停車場、購物中心

視覺

- 到處坑坑疤疤的黑色或灰色的鋪裝路面
- 黃色的擋車墩
- 顯示停車位的白線
- 塗成藍色，顯示身障者專用停車位的區域
- 停放的車子或卡車
- 停在路緣石旁邊，讓車上的人下車的車子
- 照明
- 圍繞停車場的樹木或綠地
- 標誌（身障者停車位、停止標誌、可停車半小時的標誌、卸貨停車處）
- 畫在柏油路上，指示車子行進方向的箭頭
- 落葉散布的人行道
- 被風吹而堆積在路緣石旁的有機覆蓋物或小樹枝
- 垃圾（揉成一團的包裝紙、踩扁的汽水罐、保麗龍杯、菸蒂、食物包裝袋）
- 草木區附近的消防栓
- 嵌在地面的灑水器
- 附近店鋪櫥窗上的霓虹燈
- 固定在行道路燈上的垃圾桶
- 促使車子減速的減速墊
- 購物推車
- 巡邏停車場的警衛車或是高爾夫球車
- 前往附近商店的人，或從店裡回來的人
- 站在人行道上，或聚集在車子附近的一群人
- 和孩子手牽著手的父母
- 將購物袋放進後車廂的客人
- 打方向燈準備停車的車子
- 把路緣石當作平衡木行走的小孩
- 把傳單夾在雨刷的人
- 收穫季節時，打開卡車後方，販賣新鮮作物或當地物產（玉米、蘋果、櫻桃、蜂蜜）的特定季節小販
- 待修的擋風玻璃在修理前暫時放上遮陽板

聽覺

- 鳥叫聲
- 車輛往來的噪音
- 人的說話聲
- 用遙控器為車子上鎖或解鎖的「嗶」聲
- 車門「砰」地關上的聲音
- 車子怠速的聲音
- 拐過彎道時，汽車輪胎發出的摩擦聲
- 喇叭聲
- 高跟鞋踩過柏油路的「叩叩」腳步聲
- 小孩奔跑的腳步聲以及父母大喊「不要跑！」的聲音
- 尖銳的煞車聲
- 公車倒車時的「嗶嗶」聲
- 購物推車在柏油路上「喀噠喀噠」前進的聲音
- 商店外面的喇叭傳出的音樂聲

嗅覺

- 鋪裝路面
- 潮濕的柏油路
- 附近餐廳的食物香味
- 草坪
- 汽車廢氣
- 雨水
- 菸味

味覺

- 在設定中，除了登場人物帶進這個場景的東西（口香糖、薄荷糖、口紅、香菸等），可能沒什麼特別的東西跟味覺有關，像這種不會描寫到味覺的場景，可以專心描寫其他四種感覺。

觸覺

- 強風用力拉扯衣服或頭髮
- 傾盆大雨
- 腳下堅硬的混凝土
- 柏油路面升起的熱氣，讓空氣熱到幾乎難以呼吸
- 從涼爽的車內走出炎熱的停車場時的溫差（或是相反）
- 手中的鑰匙圈重量
- 辛苦地拿著一堆東西（皮包、購物袋、車鑰匙）穿過停車場
- 將購物車推過凹凸不平的地面時，傳到手上的震動
- 鞋子踩到口香糖黏住

・避免撞到緊鄰旁邊的車輛，設法在狹窄範圍內打開車門下車

引領故事發展的情境與事件

・遇到車禍或撞到車門
・一直找不到停車位
・在等車位空出來，卻被別人捷足先登
・忘記把車停在哪裡了
・被倒車的車子撞到
・有人不小心反向開上單行道
・四處奔跑，沒注意周圍的小孩
・晚上遇到強盜或襲擊
・開車開到抓狂
・想要把車停在身障者停車位，卻被一般人占走了
・邊開車邊傳簡訊或講手機，不留意路況的駕駛
・踩到口香糖或踏到一片乾掉而黏答答的不明液體
・買的東西掉落在路邊
・丟在規定地點外的購物推車
・不小心把皮包或手機忘在購物推車裡
・車子被偷或遭到破壞

登場人物

・購物的客人
・商店員工
・父母和小孩
・停車場維修人員
・警察
・住戶（停車場與住家相鄰的情況）
・在特定季節擺攤的小販
・警衛
・青少年

編劇小技巧

設定時的重點與提示

停車場因爲過於平凡，經常受到忽略，不常拿來當作場景設定。但是停車場因爲隨處可見，具備容易運用的優勢。到停車場的人，通常目的只有回到自己的車子，或是前往商店，因此幾乎不會留意周圍。這樣的疏忽很可能讓人淪爲某些犯罪行爲的目標，此外幽會、青少年情侶在車內卿卿我我、綁架、破壞車子這類隱密的行爲，也難以被人察覺，因此停車場也是最適合引發衝突的地點。

例文

自動門「咻」的一聲打開，停車場的熱氣就像一記潮濕的巴掌般重重地拍在我身上，讓我的頭髮一下子鬈縮了起來。我將頭髮撩起，綁成馬尾，揮開有人剛吐出來的濃重菸味。下班後的倦怠午後，重新鋪裝過的停車場看起來格外開闊，正被一片熱浪所覆蓋。到處都是客人：把購物車推向車子的人、將購買的物品放進車子裡的人、把小孩塞進廂型車的人。購物車被推進歸還處的巨大金屬碰撞聲聽起來好刺耳。我加快腳步，爲了隔絕外界的喧囂，一心一意只想著車裡正等著我的涼爽空調，以及立刻就會從音響流瀉的舒適音樂。

運用的寫作技巧

多種感覺的描寫、天氣

創造效果

賦予登場人物特徵、強化情緒

停屍間

Morgue

關連場景

田園篇——墓地、陵墓

都會篇——救護車、急診室、殯儀館、病房、警察局

視覺

- 被運進來或被運出去蓋著白布的屍體
- 設有密碼鎖或讀卡機的堅固大門
- 放有金屬製備品或工具的無菌室
- 解剖台一邊被抬高，以免屍水濺出來
- 腳凳
- 身著各種標準作業服（工作服、短靴、手套、口罩、防護面罩、護目鏡、髮網）的專家
- 放置遺體的冷藏室（大型冷藏庫或將遺體放在推床上推進去的小型冰櫃）
- 死者的病歷
- 裝在袋內或蓋上白布的屍體
- 腳上掛著標牌的赤裸遺體橫放在桌上
- 裝有水管的水槽
- 放置已消毒工具的托盤
- 裝內臟或其他證物的金屬器皿
- 吊秤
- X光機
- 寫報告或是填寫文件用的架子或桌子
- 醫療廢棄物的回收袋
- 保管物品用的櫥櫃或抽屜
- 放滿活頁夾或相關書籍的架子
- 裝橡膠手套的袋子
- 牆上貼的注意事項印刷品（洗手方式、適當的處理方式）
- 寫有相關資訊的白板
- 電腦或印表機
- 電話
- 拍攝遺體相片的照相機
- 夾有相關資訊或文件的夾板
- 裝死者個人衣服或物品的袋子
- 要轉交給病理學家的化驗樣本的樣本架
- 噴到磁磚地上的血跡

聽覺

- 擔架的輪子嘰嘰響
- 開門時，發出的唰唰聲或嗡嗡聲
- 膠底鞋在磁磚地上走動
- 穿著短靴拖著腳步的走路聲
- 電話響
- 專家在解剖時，口頭敘述自己注意到的事情並錄音
- 翻閱板夾上夾著的紙張
- 室內播放的音樂
- 剪刀喀嚓喀嚓地剪開衣服的聲音
- 把東西放入塑膠袋的聲音
- 水槽的水流聲
- 洗手聲
- 手術器具在金屬托盤上匡啷匡啷作響
- 戴著口罩時有點模糊的講話聲
- 把東西放到托盤上咚地一聲，或吊秤的吊鉤拉開來的嘎嘎聲
- 物品掉到證物托盤上砰地一聲或鏘一聲
- 手術刀稍微切開皮膚的聲音
- 手術鉗或電鋸的聲音
- 拉上屍袋拉鏈的聲音
- 打開防護衣穿上去的沙沙聲
- 戴上或脫掉橡膠手套的聲音
- 專家用數位相機拍攝遺體相片的喀嚓聲
- 在紙上振筆疾書的刷刷聲

嗅覺

- 消毒劑
- 漂白水
- 血液
- 狀態變糟的甜膩腐臭味，以及「死亡」的味道
- 福馬林（保存標本的溶液）
- 自己口罩內側的吐氣
- 鼻孔處塗的薄荷膏

味覺

- 在設定中，除了登場人物帶進這個場景的東西（口香糖、薄荷糖、口紅等），可能沒什麼特別的東西跟味覺有關，像這種不會描寫到味覺的場景，可以專心描寫其他四種感覺。

觸覺

- 溫度調很低的房間
- 塑膠手套乾燥的觸感
- 摩擦著肌膚的拋棄式口罩
- 刺刺的髮網或髮帽
- 按密碼鎖的按鈕
- 摩擦著耳朵或頭皮的耳機
- 屍體的重量
- 戴著手套時感覺稍微遲鈍

- 用手術刀切入皮膚時感到的阻力
- 手上或腳下沾到的滑溜溜血液
- 軟趴趴的內臟
- 鼻孔下方塗抹薄荷膏的地方感到冰涼
- 緊握住手術刀
- 碰到身上的冷水
- 用力刷洗身上以去除殘留的臭味
- 進到冷藏室時，吹到身上的冷空氣

引領故事發展的情境與事件

- 把遺體弄丟
- 忘記將死者重要的私人物品擺到哪裡去
- 無法判定死因，或判定的死因受到周遭負面批評
- 陷入電力設備或備用電力裝置無法啟動的狀況
- 被困在停屍間
- 防護衣有缺損導致自己健康受損
- 不小心在遺體上貼錯標籤
- 接到或是不得不解剖知名案件的遺體
- 驗屍官或搜查單位受到政治壓力
- 很難將工作與個人的感情切割開來
- 自己選擇了處理屍體的工作，但家人基於道德或價值觀加以反對

- 對於在停屍間工作感到恥辱

登場人物

- 驗屍官
- 來確認遺體的家人
- 法醫專家
- 處理失落帶來悲痛的心理諮商師
- 法醫
- 來參觀的醫學院學生及搜查單位的人
- 護理師
- 病理學家

編劇小技巧

設定時的重點與提示

說到停屍間的業務範圍，大概會令人想到解剖、爲了檢驗而收集並寄送化驗樣本、保存遺體、確認心愛人的遺體這一連串事情。但不是所有的停屍間都會包含這樣的全套服務。依據規模或財務狀況的不同，有的醫院是將遺體運往法醫或驗屍官的辦公室以進行解剖，有的則是利用院內設備簡單的保管室權充停屍間（通常稱爲太平間）。有時也會在殯儀館內進行解剖（這時候的停屍間也稱爲解剖室）。此時負責的病理學家很多是單獨作業，相關的費用也會增加。另外，碰到家屬確認遺體的重要場面時，見到遺體的場景應該要根據該場景發生在故事裡的什麼情況來加以變化。因此描寫停屍間的場面時，要選擇在醫院、在法醫或驗屍官的辦公室，還是在殯儀館附設的場所，一定要仔細權衡之後再決定。

例文

茱莉亞打開門，陪著悲痛不已的死者先生進屋內，心中對管理員有好好把鉸鏈上油感到開心。一進去首先迎來的，一如往常是停屍間裡的味道——被大量的消毒劑掩蓋幾乎聞不到的，那種會讓人屏住呼吸的甜膩香味。因爲真的只有一點點淡淡的味道，除了自己以外，已經因處理作業感覺麻痺的專家或受到強烈打擊的家屬誰也不會察覺到。盯著放在金屬擔架上蓋著白布的遺體，那女人的丈夫強忍著哽咽。茱莉亞將手放在他肩上，等待他踏出痛苦的第一步。

運用的寫作技巧

多種感覺的描寫

創造效果

醞釀氣氛、強化情緒、營造緊張感與糾結的心情

健身中心
Fitness Center

關連場景
戶外游泳池、戶外滑冰場、康樂中心

視覺
·玻璃牆
·更衣室
·陳列商品的櫥窗（彈力帶、健身手套、健身用品、運動選手或知名健身教練代言的保健食品、健身DVD）
·有氧運動健身器材（跑步機、健身單車、踏步機、滑步機）前方牆面的電視
·划船機
·史密斯訓練機
·阻力帶
·黑色的安全墊
·私人教練正在指導會員有效率的器材使用法
·高拉滑輪機
·大腿外擴機
·健身球（藥球）或平衡球
·壺鈴和啞鈴的架子
·腿部彎舉訓練機或腿部推蹬機
·舉重區的自由重量訓練器材
·槓鈴和槓片
·彎曲槓鈴和三頭肌槓
·跳繩
·單槓
·團體有氧健身操教室
·瑜伽課和舞蹈課
·販賣營養補充食品和用品的專業用品店（護套、健身手套、止滑粉、舉重腰帶、運動服、水壺）
·毛巾和用來擦拭器材的抗菌噴霧或除菌濕紙巾
·掛在牆上的鏡子
·上斜及下斜啞鈴訓練椅
·平躺啞鈴訓練椅
·仰臥起坐椅
·體重計
·廁所
·張貼特別活動海報或鼓舞鬥志的同好公告板
·脖子上掛著毛巾，滿身大汗的會員

聽覺
·音樂
·激烈的喘息
·低吼或呻吟聲
·突然大力吐氣的聲音
·咒罵聲
·教練大聲鼓勵
·「鏘鏘」作響的金屬聲（硬舉時在地板上彈跳的槓鈴、將槓片嵌進原來的位置、將自由重量訓練器材放回架子）
·阻力訓練機噴出痛苦的空氣音
·在跑步機上以一定的節奏奔跑的腳步聲
·設定跑步機坡度時的「嗶嗶」聲
·電視機的聲音
·健身的空檔，會員閒聊的聲音
·遠處傳來的教練指示聲
·飛輪班或舞蹈班傳來的音樂聲

嗅覺
·汗味
·止汗劑
·除菌清潔液
·香皂、沐浴乳

味覺
·水
·高蛋白奶昔
·運動飲料
·能量飲料
·加入水中的咖啡因錠
·營養棒
·零嘴
·起司、水煮蛋
·香蕉、蘋果、其他水果

觸覺
·舉重的止滑粉粉塵
·槓片及槓鈴冰涼的金屬
·舉重腰帶束緊的感覺
·腳下的運動墊柔軟的彈性
·流過脖子、臉、腋下、背部、腰間的汗水
·用柔軟的棉質毛巾或T恤擦汗
·大口灌冷水，享受那股冰涼
·膝蓋不小心狠狠地撞到訓練椅
·在跑步機上持續全力奔跑的腳疲勞的肌肉在運動時抽筋
·肌肉或肌腱受傷時，撕裂般疼痛
·貼在背部的長椅軟墊
·在反覆進行成套動作的中間做伸展操
·運動過後肌肉舒適的疲勞感
·瀕臨極限時，抖個不停的肌肉

引領故事發展的情境與事件

- 為了器材的使用順序發生糾紛
- 責罵不把器材歸位的人
- 有人被槓鈴絆倒
- 自己放在置物櫃的東西被偷
- 其他健身房會員對自己擠眉弄眼
- 不停地聊天，不讓其他人安靜運動的會員
- 誤用器材，或是沒認清自己能耐而受傷
- 過度使用類固醇而變得暴躁易怒
- 教練很粗魯，或是很暴力
- 遭到教練或其他會員性騷擾

登場人物

- 健美愛好者
- 器材的專家
- 健身房員工
- 拚命減重的人
- 關心身體健康的人
- 健身房老闆和經理
- 教練

編劇小技巧

設定時的重點與提示

如果是連鎖大型健身中心，除了熱瑜伽或飛輪課專用教室之外，或許還有更完善的運動設施，例如游泳池、三溫暖、溫水浴池、壁球場、籃球板。相對地，規模較小的健身房，有時器材老舊、種類較少，人多的時候光是要做完全套訓練都很辛苦。如果器材損壞或是被人占用，會員之間就更有可能變得劍拔弩張，發生衝突了。

例文

亞曼達跳上空著的跑步機，旁邊是一名T恤上形成圓狀汗漬的啤酒肚男。他看起來已經精疲力竭，但健身房才剛開門不久而已。由此看來，他八成是新來的。每年一月，是人們下定決心回復曼妙身材的高峰期。不過接下來不到一個月，這些人有九成九都會消失無蹤。亞曼達裝作沒發現男人打量她全身的噁心眼神，輕輕頷首，將跑步機設定在輕度慢跑。「我賭這傢伙愛逞強，十美元。」結果不出所料，T恤先生配合她，逐漸加快跑步機的速度。亞曼達強忍笑意，把耳機塞進耳朵裡，隔絕男人的喘氣聲，接著調高坡度。看來有好戲可看了。

運用的寫作技巧

隱喻法、多種感覺的描寫

創造效果

賦予登場人物特徵

動物園
Zoo

關連場景
馬戲團

視覺

・蜿蜒的步道
・依動物棲地或種類區隔的園區
・竹林、樹木或樹叢
・周圍忙碌飛舞的昆蟲
・木板通道
・商店、禮品店
・廁所
・野餐桌和長椅
・設置在動物園區附近，供遊客餵食的飼料自動販賣機
・垃圾桶
・落葉
・乘坐高爾夫球車的員工
・推嬰兒車的父母
・校外參觀學生、帶隊老師或家長
・爬到圍欄上，想要看得更仔細的小孩
・讓小孩騎在肩膀上的父母
・在角落打開園區地圖的遊客
・園內咖啡廳
・出租嬰兒車或輪椅的櫃台
・骯髒的玻璃窗
・有小屋或柵欄的動物區
・有動物走來走去的老舊動物通道
・在隱密的地方睡覺的動物
・岩石或洞窟
・攀爬用的樹木
・有許多魚類和水鳥的池塘或小河
・動物區裡散落的動物玩具
・與動物互動，或清潔動物區的飼育員
・舉辦動物表演秀的圓形戶外舞台
・附有動物的介紹及照片的說明板
・學習中心、護理站
・動物醫院、動物新生兒室
・遊客動物互動區、爬蟲館
・提款機、飲水處
・舉辦派對活動的區域、遊樂區

動物園內的動物

・老虎、獅子
・犀牛、河馬
・大象、駱駝
・大猩猩、黑猩猩
・吼猴、蜘蛛猴、樹懶
・鬣狗、猞猁、豹、狼
・熊貓
・長頸鹿
・大角羊、羚羊
・斑馬
・袋鼠
・豪豬、疣豬
・熊（美洲黑熊、灰熊、北極熊）
・水獺、海獅
・鱷魚、龜
・孔雀、紅鶴
・安地斯神鷹、鷹、遊隼
・蛇、蝙蝠
・鴕鳥或鴯
・蠍子、蜘蛛等昆蟲

聽覺

・人們說話的聲音
・笑聲
・小孩子發問、鬧脾氣的聲音
・嬰兒哭聲
・奔跑聲
・乾燥的落葉被踩碎的聲音
・嬰兒車車輪輾過落葉或樹枝聲
・風吹過樹梢的聲音
・昆蟲「嗡嗡」飛舞的聲音
・鳥類的歌唱聲或啼叫聲
・鳥類拍打翅膀的聲音
・動物的各種叫聲
・動物激起水花的聲音
・導覽員用麥克風向大批遊客說明，或直接向一小群遊客說明的聲音
・咖啡廳店員向內場點餐的叫聲
・小孩子的運動鞋或涼鞋摩擦鋪裝路面的聲音
・食物包裝紙的「沙沙」聲響
・口袋裡「嘩嘩」作響的零錢
・在室內動物區或館內回響的聲音
・門的開、關聲
・隱密的音箱傳出的環境音（飛蟲聲、鳥叫聲、雨聲）
・小孩拍打玻璃圍牆
・父母罵小孩的聲音
・遊客讚嘆的聲音
・動物出現，小孩尖叫
・灑水器的運轉聲

嗅覺

・堆肥
・潮濕或油膩的動物毛皮
・水池動物區或人工池飄出水藻味

- 雨水
- 餐廳的食物、垃圾
- 防蚊液、防曬乳
- 香水、體臭
- 必須更換的尿布
- 泥土、野花
- 新鮮的草或乾草
- 快腐爛的水果
- 室內動物區的惡臭（爬蟲館或猴子園區）

味覺

- 瓶裝水、汽水
- 商店的食物
- 汗味
- 不小心吃到的防蚊液
- 冰淇淋
- 口嚼菸、口香糖、薄荷糖
- 餐廳或商店的食物（漢堡、披薩、熱狗、雞塊、薯條、爆米花、棉花糖、剉冰、冰淇淋、洋芋片）

觸覺

- 凹凸不平的木板步道
- 龜裂的步道
- 腳邊的落葉
- 柏油路升起的熱氣
- 強烈的陽光
- 涼爽的微風
- 淅瀝小雨
- 黏在皮膚上汗濕的衣物
- 鼻子貼在塑膠或玻璃牆上的感覺
- 寒冷的企鵝館
- 汽水瓶上的水滴
- 手指觸摸的圍板
- 手掌上像砂子般細碎的鳥飼料
- 觸摸到的動物柔軟或粗糙的毛皮
- 動物吃手上的飼料時，鼻子碰到手的搔癢感
- 黏答答的防曬乳或防蚊液
- 綁在腰間的外套拉扯的感覺
- 為了看到動物，遊客互相推擠
- 冰淇淋流到手臂上
- 相機的掛繩拉扯脖子
- 曬傷引起的刺痛
- 懷裡累壞了的孩子的重量

引領故事發展的情境與事件

- 動物逃脫
- 動物疾病傳染給人
- （反對動物園的）遊行隊伍或抗議團體
- 動物園預算遭到刪減，籌不到必要物資
- 殘忍或不人道的飼育員
- 飼育員遭到動物攻擊
- 孩童在動物園裡迷路
- 對飼養動物毫無知識、心態官僚的動物園管理者
- 想要看動物，卻又無法認同將動物關在一個地方，內心感到矛盾
- 受到大眾喜愛的動物死去

登場人物

- 飼育員、獸醫
- 商店員工、全家出遊的遊客
- 工友、維修人員、工匠
- 進行校外參觀的學生和教師

編劇小技巧

設定時的重點與提示

對許多人而言，動物園是值得矚目的場所。動物園讓許多人（特別是兒童）有機會看到平常看不到的動物，然而也有人對動物園的道德正當性感到質疑。人類可以為了觀賞動物的娛樂，把動物關在柵欄裡嗎？不論照顧得多麼妥善，這樣的行為能夠說是對動物好嗎？人類是很複雜的生物，有些人對於這樣的狀況及場所感到倫理道德上的疑問，卻也有人滿不在乎。加入讓主角產生道德矛盾的設定，是最適合用來加深故事衝突與深度的手法。

例文

我站在玻璃帷幕前踮起腳尖，尋找沒有被小孩子的指紋弄髒的地方。我終於如願在這麼近的地方看到獅子了！我依序看向倒下的樹幹、青翠的小丘和楊樹底下，尋找森林之王的蹤跡，終於在柵欄裡的泥巴小路上發現牠走動的身影。然而看著這偉大的生物一再地徘徊原地的模樣，我的興奮消失無蹤，胸口痛了起來。獅子不應該待在這種被鐵絲網包圍、由人類投食肉塊的地方。牠需要的是沒有柵欄、沒有境界的遼闊棲地。生活在完全沒有人類的地方，才是最適合牠的。我離開玻璃牆，原本的位置立刻被別人占據，對著獅子的龐然巨軀及光滑的鬃毛讚嘆不已。我覺得我已經看夠了，便往出口走去。

運用的寫作技巧

多種感覺的描寫

創造效果

強化情緒

動物醫院

Vet Clinic

關連場景
寵物店

視覺

・候診室及櫃台
・石磚地
・裝在外出籠裡的貓，或繫著牽繩的狗
・翻閱雜誌，或是安撫緊張寵物的飼主
・角落陳列寵物食品的架子
・地板上的汙漬或毛
・販賣的寵物用品（洗毛精、牽繩、項圈、名牌、玩具、皮膚保養用品、維生素、去汙劑、管教用品、指甲剪、寵物電剪）
・募款餐會或募款活動的宣傳單
・牆上以動物為主題的海報
・獨立診間（體重計、洗手台、電腦、在板夾上記錄的助理、檔案、診療台、醫療器具、垃圾桶、針筒回收箱、穿V領刷手衣，戴拋棄式手套的助理、穿白袍的獸醫、常見的動物消化器官及心肺等內臟構造的說明海報）
・院內檢查室（X光機、超音波掃描儀、輻射防護背心或圍裙、離心機、顯微鏡）
・藥局
・手術室（手術台、照明、擺放手術器具的盤子、麻醉機、點滴和導管、血壓計、蒸氣滅菌器、氧氣壓縮機）
・暫時收容狗的區域（疊疊放的籠子、毯子、餐碗和水碗、玩具、躺著、站著或叫個不停的寵物）
・洗衣機和乾衣機

聽覺

・動物叫聲（吠叫、喵喵叫、低吼、鳥叫、吼叫、「嘶」地威嚇、哼唧聲、尖叫）
・狗尾巴在桌子或地上用力拍打的聲音
・等待叫號的飼主聊天的聲音
・電話鈴聲
・助理呼叫患畜到診間
・動物爪子在石磚地上摩擦的聲音
・鞋子在地板摩擦的「啾啾」聲
・門開開關關的聲音
・取下拋棄式手套的聲音
・踩垃圾桶踏板，垃圾桶蓋子開、關的聲音
・關上的診間裡傳出的模糊話聲
・電剪發出的「嗡」聲
・水潑灑在金屬水槽裡的聲音
・爪子在診療台金屬台面上擦磨的聲音
・體重計上下起伏的水壓聲
・寵物舔碗裡的水發出的「嘖嘖」聲，水花濺到地板的聲音
・擺放裝食物的金屬碗的「鏘鏘」聲
・寵物大口咀嚼堅硬點心的聲音
・寵物不停地舔受傷的部位，直到挨飼主的罵

嗅覺

・消毒水
・漂白劑
・動物皮屑
・尿騷味
・糞便
・血
・潮濕的毛
・寵物食品
・寵物的體臭

味覺

・在設定中，除了登場人物帶進這個場景的東西（口香糖、薄荷糖、口紅等），可能沒什麼特別的東西跟味覺有關，像這種不會描寫到味覺的場景，可以專心描寫其他四種感覺。

觸覺

・緊張的狗蜷縮在飼主的雙腿間，或是爬到膝上
・手中粗糙的繫繩
・貓發出呼嚕呼嚕聲響
・貓踩踏飼主穿著長褲的大腿，尖銳的指甲扎刺上來
・在飼主膝上發抖的狗
・外出籠沉甸甸的重量
・填寫文件時，小心抱好容易興奮的寵物
・纏住腳的牽繩
・黏在皮膚上的寵物毛
・滴落在腳上和手上的狗的口水
・狗用力拉扯牽繩

- 看到其他動物進來時，小型寵物發出低吼聲
- 被小型犬輕咬
- 撫摸寵物安撫牠
- 神經質的狗不停地舔飼主
- 剛拖過而清潔光亮的地板
- 拋棄式手套粉粉的感覺
- 狗零嘴粗糙的質感
- 等待診斷時，心中被大石壓住的感覺

引領故事發展的情境與事件

- 寵物在候診室互咬起來
- 飼主任由寵物亂跑
- 被緊張的寵物尿在身上
- 寵物在麻煩的地方大便
- 歇斯底里的飼主
- 必須告知關於寵物的噩耗，或是必須接受噩耗
- 看到院方列出的治療收費單，暴跳如雷
- 擅長與動物相處，卻不擅與人打交道的獸醫
- 診療的寵物有可能遭到虐待或不當的對待
- 寵物得了怪病，遲遲查不出病因
- 診療中被動物咬
- 對寵物皮屑過敏的客人必須在診間等待

- 發情的狗對著飼主的腳做出交配的動作
- 接下來必須參加重要會議或重要會面，身上卻沾滿了動物的毛
- 必須做出是否讓寵物安樂死的困難決定

登場人物

- 在動物保護團體工作的人
- 助理
- 小孩
- 寵物的飼主
- 櫃台人員
- 獸醫

編劇小技巧

設定時的重點與提示

就和醫療機關一樣，每一家動物醫院的規模、清潔程度、提供的服務、裝潢等不盡相同。比方說，有些動物醫院可能牆壁色彩單一，設備也全是金屬製的，十分單調。但也有些動物醫院就和一般的醫師診間一樣，溫暖而舒適。應該也有些動物醫院的牆壁貼滿了壁畫和海報，甚至附有寵物遊樂區，徹底以動物爲第一優先。動物醫院多半反映出經營者的品味，因此從環境及服務的水準，便可相當程度地了解到在那裡工作的獸醫特色。

注意：登場人物飼養的如果是特別的寵物，如天竺鼠、蜥蜴、雪貂、蛇等，一般動物醫院沒有診療這類動物的執照，因此必須帶去給特殊的寵物專門獸醫看診。

例文

我設法抱好塡寫文件的板夾、自己的皮包和吃得太肥的可卡犬，一屁股坐到最近的座位上。我想讓昆西坐在旁邊的椅子，牠卻爬上我的膝蓋，開始用牠的毛沾滿我的整件毛衣。我嘆了一口氣，把板夾放到牠的背上，設法維持平衡。昆西全身抖個不停，害我漂亮的字跡變得歪七扭八。我忍不住咬牙切齒。只不過是來剪個指甲而已，幹嘛搞得像是來聆聽醫生宣判死期！

運用的寫作技巧

多種感覺的描寫

創造效果

醞釀氣氛

11畫

康樂中心
Rec Center

關連場景

田園篇——體育館、更衣室

都會篇——社區活動中心、健身中心、戶外游泳池、運動賽事觀眾席

視覺

- 戶外籃球場
- 足球場或奪旗式美式足球草皮區
- 一般遊樂器材齊全的遊樂場（溜滑梯、盪鞦韆、爬格子鐵架、吊單槓、攀岩用的牆壁）
- 網球場
- 戶外游泳池
- 人行道旁的單車停車架
- 柏油路面熱氣搖曳
- 通往正面玄關的寬闊混凝土道路
- 門口附近的櫃台，可報名課程或活動
- 有階梯式觀眾席的室內體育館
- 小型重量訓練室
- 更衣室及公共廁所
- 飲水機
- 管理室
- 牆上鼓舞人心的海報
- 參加各種課程的兒童及大人（舞蹈、繪畫、陶藝、翻滾、空手道、體操、皮拉提斯、瑜伽、護身術、游泳教室）
- 從事各種課後活動的孩童（寫作業、吃點心、玩桌遊或運動）
- 奔跑的小孩
- 來接小孩的家長
- 一個人或是和朋友一起去上課的大人
- 經過建築物離開的游泳者在地面留下的水滴
- 在櫃台支付學費的人
- 自動販賣機
- 有沙發和椅子的等候室

聽覺

- 體育館傳來的回音
- 運動鞋在地面「啾啾」摩擦聲
- 人們大聲呼喊的聲音
- 球彈跳的聲音
- 裁判吹哨的聲音
- 孩童大喊大叫聲
- 用力踢蹬的腳步聲
- 門開開關關的聲音
- 微風從打開的門吹進來，吹動公告欄上紙張的聲音
- 邊聊天邊走去教室上課
- 鑰匙「嘩啦啦」作響
- 講手機的聲音
- 辦公室的電話響起
- 有人詢問地點的聲音
- 舞蹈課傳來的音樂聲
- 講師做出指示的聲音
- 游泳池傳來的水花聲
- 水跑進耳朵裡，周圍的聲音變得模糊
- 「鏘咚」一聲從自動販賣機掉出來的汽水罐
- 人們為運動比賽加油或拍手
- 家長對教練怒吼
- 哨子發出刺耳的聲音
- 沉重的門「砰」地一聲關上
- 戶外網球場上球拍擊中球的聲音
- 球場鐵絲網被球擊中，「鏘鏘」搖晃

嗅覺

- 游泳池的氯
- 濕掉的毛巾
- 滿身大汗的孩童
- 顏料
- 灼熱的柏油路面
- 殺菌劑
- 除菌洗手液
- 清掃用品
- 地板蠟
- 橡皮

味覺

- 自動販賣機的食物
- 水
- 課後點心
- 舉辦慶生會時的披薩或蛋糕

觸覺

- 空調的風過強，起了雞皮疙瘩
- 游泳的人身上流下的水導致磁磚地板濕滑
- 觀眾席的金屬面貼在腳的後方
- 照射戶外籃球場的陽光
- 在健身教室劇烈活動而痠痛不已的肌肉
- 在體育館運動後，全身疲勞
- 以一定的節奏在手上反彈的球
- 在畫布上揮動的畫筆
- 在有彈性的運動墊上翻滾
- 潮濕的泳衣滴落的水滴
- 流過皮膚的水滴

- 泳帽和泳鏡帶子勒住頭部的感覺
- 用力甩上置物櫃的門
- 手中瓶裝水的重量
- 肩上的背包帶子拉扯的感覺
- 坐在柔軟的椅子上，等人來接

引領故事發展的情境與事件

- 學生之間彼此較勁
- 教室重複借用
- 講師沒有出現
- 用品損壞或老舊劣化
- 應該來接小孩的家長遲到
- 置物櫃的私人物品遭竊
- 對講師的不滿
- 裁判不盡責
- 問題兒童
- 在運動中受傷
- 雇用的講師身分有問題
- 家長控告機構
- 講師對機構的規定不滿
- 喜歡八卦或挑剔別人缺點的家長
- 偏心的講師
- 小眾課程被更受歡迎的課程排擠
- 因資金不足而解聘人員或刪減預算，影響到機構的品質和安全性

登場人物

- 管理員
- 大人
- 小孩
- 教練
- 講師
- 其他工作人員（課後輔導人員、工友、維修人員）
- 安檢員
- 家長

編劇小技巧

設定時的重點與提示

康樂中心各有不同的經營方針，有些幾乎完全以孩童為對象，有些則是向整個社區提供服務。服務的內容亦是五花八門，比方說開設各種課程、課後兒童俱樂部、有附設的運動競技場或設施、可以舉辦派對或會議的出租空間等。這類機構幾乎都仰賴政府的行政支援才能成立，因此設備的種類與品質，會受到資金狀況所左右。清潔程度與維修狀態亦是如此。

例文

傑利盡可能快步走上沒有人的樓梯。體育館傳來的聲音響徹整條走廊：球彈跳的聲音、啾啾摩擦的鞋聲、教練嚴厲的哨子聲。一想到必須解釋自己為何遲到，傑利忍不住嘆了一口口水。而且這不是第一次了。他的腳步從快步變成了慢跑。

運用的寫作技巧

多種感覺的描寫

創造效果

賦予登場人物特徵、伏筆、告知背景、營造緊張感與糾結的心情

都市街道
Big City Street

關連場景
小巷、藝廊、銀行、書店、休閒餐廳、市公車、咖啡廳、建築工地、熟食店、速食店、遊行、立體停車場、警車、酒館、計程車

視覺

- 多車道馬路
- 交通號誌
- 擠滿行人的人行道（趕著開會的上班族、提了許多購物袋而重得吃不消的人、推著購物推車的老婦人、代客遛狗業者、背著背包的學生、結伴去喝咖啡的朋友）
- 凹陷的垃圾桶
- 交通工具（按喇叭的汽車、計程車、送貨廂型車、警車、公車）
- 乞丐
- 設有防盜鐵門，或窗戶有警報器的店鋪
- 塗鴉
- 堆積在排水溝的垃圾或菸蒂
- 停在路緣石旁邊的車子
- 公車站
- 為公寓住戶或高級飯店客人開門的制服門房
- 防火栓
- 計程車招呼站
- 路燈
- 店鋪遮陽棚
- 大型連鎖店
- 五顏六色的餐車或攤販
- 高級店及專門店
- 狹窄的小巷
- 設有緊急逃生梯的磚牆高層大樓
- 公車或是建築物上的服務宣傳和商品廣告
- 貼在路燈或變電箱的娛樂海報，為特別的活動做宣傳
- 工程（占據人行道的鷹架、防盜圍籬、防止靠近的木板或防水布、搬運沉重資材的吊車、圍繞工地的木板通道）
- 深夜的馬路清掃員
- 人行道上種植的樹木
- 吊在高處的裝飾燈
- 以音樂和表演娛樂行人的街頭藝人
- 店頭的菜單、在店頭攬客的店員

聽覺

- 警笛
- 喇叭
- 路人講手機的聲音
- 斑馬線有聲號誌的警告聲
- 送貨卡車發出「嗶嗶」倒車警示聲
- 緊急煞車尖銳的聲音
- 人的罵聲或叫聲
- 高跟鞋「叩叩」地踩過人行道的聲音
- 工程噪音（削岩機、發出令人心神不寧噪音的氣動工具、大量木材或管子掉落的聲音）
- 市區公車加速「咻」地通過的聲音

嗅覺

- 汙染（汽車廢氣、潤滑油）
- 速食店的油炸機散發出來的食用油味
- 咖啡香
- 汗味或體臭
- 香水
- 被暴風雨打濕的混凝土地面

味覺

- 在路邊攤買的食物或飲料
- 餐廳
- 咖啡
- 紅酒吧

觸覺

- 結束漫長一天的工作，拖著疲倦的腳步
- 人行道上其他行人不悅地撞上來
- 鞋跟卡到人行道的凹坑或格柵
- 輾過水窪的車輛激起的冰冷水花濺到身上
- 硬是擠進擁塞的咖啡廳門口
- 計程車光滑的門把
- 坐上計程車感覺到座椅的彈性
- 用力抓住皮包，免得成為搶匪下手的目標
- 用頭和肩膀夾住手機，空出雙手
- 忘了帶傘時，從衣領滲進來的冰冷雨水
- 突來的強風颳起工地的灰塵，粗糙的沙土撲上臉頰
- 汽車廢氣讓喉嚨發癢，難受欲咳
- 穿過高樓建築之間的冷風

引領故事發展的情境與事件

- 皮包被搶
- 在大都市迷路

・被計程車載錯目的地
・扒手
・吃到不衛生或處理不當的路邊攤食物而中毒
・被撞到時，手機或鑰匙掉進路面排水溝格柵裡
・和陌生人發生爭吵
・目擊犯罪或突發暴力事件
・在大馬路的匆促人群中，和孩子走散
・違停而吃了罰單
・停在路邊的車子外側被停了別的車子
・其他車子在旁邊排成一排，自己的車子開不出去

登場人物

・老闆
・員工
・遊民
・當地居民
・警察
・計程車司機
・觀光客

編劇小技巧

設定時的重點與提示

大馬路所在的地點和時期，會讓街景以及氣氛截然不同。大都市裡，也有總營收排行全美國前五百大的大企業或高級公寓等高樓大廈林立的街道。這類大樓附近的人行道，高雅的遮陽棚底下有門房駐守服務，協助顧客或公寓住戶進出。也有一些地區並非商業區或高級不動產地區，這類街區的建築物可能很老舊，犯罪率也比較高。此外，應該也有特定人種占了多數的區域。這類地區應該有不少因應特定人種的需求而開設的專門店或餐廳，並納入他們的文化特色及生活習慣，作爲賣點。

例文

在三小時的會議中徹底討論過規格後，我需要休息。我朝著人潮眾多的拉頓街購物區附近的拿鐵咖啡攤走去。陽光在辦公室窗上反射著，但由於先前的暴風雨，人行道仍一片潮濕，我被迫像小孩子一樣跳過水窪。孩子們還小的時候，他們會穿著同款的紅色長靴，在雨後的水窪裡跳來跳去，踩水嬉戲。我忍不住露出微笑。那已經是遙遠的過去了，然而深深地吸著清澈的空氣，它們一瞬間似乎又重回腦中。

運用的寫作技巧

對比、多種感覺的描寫、天氣

創造效果

告知背景、強化情緒

12畫

博物館
Museum

關連場景
田園篇——遺跡
都會篇——骨董店、藝廊

視覺
- 長長的通道
- 從柱子撐起的挑高天花板
- 明亮的照明
- 玻璃櫃裡展示的歷史古物
- 以紅龍柱圍起來，避免參觀者觸摸的展示品
- 放置在高出一層的壇上或檯子上的物品
- 記載作品資料的說明文
- 牆上裱框的藝術作品
- 象形文字（刻在石板上的實品，或使用照片的說明）
- 褪色的壁毯
- 占據了整個房間的恐龍骨骼模型
- 雕刻或雕像
- 歷史人物的胸像
- 玻璃棺裡的木乃伊
- 部落的面具
- 古代的玩偶或玩具
- 古老的飛機或其他車輛
- 古代的書籍或卷軸
- 服裝或頭飾
- 全套鎧甲
- 特定文化或時代的武器展示
- 寶石及首飾
- 龜裂或缺了一角的盤子
- 重現滅絕動物的展示
- 裝飾用的壺或陶瓷器
- 王冠或冠狀頭飾
- 小型擺飾物
- 靠近展示品閱讀說明文，認識藝術品的參觀者
- 坐在長椅上休息的人
- 校外觀摩團體
- 跟隨導覽員參觀館內的觀光團
- （關掉閃光燈）拍照的人
- 藝術家速寫從展示作品得到的靈感（素描、寫下關於作品的文章或筆記）

聽覺
- 細語聲
- 小聲討論展示品的聲音
- 走在石磚地或大理石地板上的腳步聲
- 導覽員嘹亮的聲音
- 做筆記時，筆和紙張摩擦的聲音
- 孩童笑著跑來跑去的聲音
- 播放室在固定時間播放的短片旁白聲
- 特定主題展示區或房間的喇叭傳出環境背景音（二次大戰主題的展間，有戰鬥交火聲；古代美索不達米亞主題的展間，有砂漠的風吹聲）
- 老師叮嚀年幼的學生保持安靜的聲音
- 嬰兒車的車輪「吱咯」作響。
- 嬰兒嗚嗚欲哭的聲音
- 吸塵器或是地板打蠟機的「嗡嗡」聲
- 打開或折起館內導覽地圖的「沙沙」聲

嗅覺
- 清掃用品
- （保存得當的）老東西的氣味
- 霉味
- 灰塵
- 皮革
- 石頭
- 老書的紙張氣味
- 緩慢地逐漸腐朽的布料

味覺
- 在設定中，除了登場人物帶進這個場景的東西（口香糖、薄荷糖、口紅、香菸等），可能沒什麼特別的東西跟味覺有關，像這種不會描寫到味覺的場景，可以專心描寫其他四種感覺。

觸覺
- 腳下堅硬的地板
- 指頭摸到的光滑玻璃
- 想要看清楚展示品，身體往前探，大腿碰到紅龍柱繩的感覺
- 坐在堅硬的長椅上
- 館內導覽地圖光滑的觸感
- 供參觀者觸摸體驗的恐龍骨骼展示，或化石的光滑感覺
- 手中握住的孩子的手

引領故事發展的情境與事件
- 不小心絆到而撞到展示品
- 不慎損傷了展示品
- 必須顧好什麼都想摸的小孩

・在展示中發現錯誤，內心湧出必須糾正的衝動
・一起逛博物館的朋友非要看完每一樣作品和每一則解說
・一起逛博物館的人批評每一件作品，或誇張地埋怨不想待在這種地方
・爲了某樣作品而前往博物館，卻發現沒有公開展示
・覺得無聊，又不能離開
・遭人入侵或作品遭竊
・接到炸彈恐嚇
・接到報告說發生物品自行移動等超自然現象
・碰上強盜，或被關在館內
・灑水器故障造成展示品受損

登場人物

・狂熱藝術愛好者
・博物館管理員
・策展人
・理事
・導覽員
・參觀者
・歷史學家
・博物館捐贈者
・田園篇觀摩團體（學生、教師、陪同的家長）
・觀光團、遊客

編劇小技巧

設定時的重點與提示

這裡列出的細節，是最爲常見的歷史博物館及科學博物館裡可看到的東西。不過現在有越來越多各種類主題的專門博物館，像是運動、特定嗜好、兒童喜好、美術工藝、原住民、名人或惡名昭彰的歷史人物、特定地區、時代、軍事相關、娛樂、外科醫學之類的古怪東西、超自然現象等。此外，展示的方式也逐漸朝向虛擬、互動的模式演進，因此在描寫時，必須把這些都納入考量。爲了更完善地描寫以博物館爲舞台的場面，可以考慮別於一般主題的博物館，或作家自行想像出來的虛擬物品的博物館。

例文

我們盡可能不發出聲音地曳步而行，踏進了以古代艾菲索斯雕像技術爲焦點的小展示間。我仔細觀察沒有頭部的雕像，努力理解雕刻家是如何創造出長袍的皺褶及完美的四肢那無懈可擊的細節。就在導覽員的聲音逐漸遠離時，我的手指開始蠢蠢欲動，想要觸摸雕像的手指或涼鞋，感受一下石面上龜裂細紋的觸感。

運用的寫作技巧

多種感覺的描寫

創造效果

強化情緒

等候室
Waiting Room

關連場景

田園篇——校長室

都會篇——銀行、急診室、美髮沙龍、警察局、心理師辦公室

視覺

- 咖啡桌，上面擺放著亮面紙的雜誌或旅行雜誌
- 厚紙展示架上陳列著主題引人興致的小冊子
- 牆上的海報
- 裱框的藝術品
- 服務內容或限時特別服務的公告
- 櫃子上的冷水飲水機
- 櫃台人員的辦公桌
- 櫃台登記簿
- 夾著填寫表單的板夾
- 空白表格
- 插著筆的筆筒
- （臨時會有顧客上門的行業）發出號碼牌，以LED燈顯示號碼的機器
- 座墊很薄的一整排座椅
- 有玩具（積木、書、畫畫圖的桌子、卡車）的兒童遊戲區
- 穿制服的員工（穿刷手服的護士、穿西裝的銀行員）
- 放置員工名片的名片盒
- 等候的人（玩手機、看電視、翻雜誌或看書、哄嬰兒、安撫小孩、看著半空中）
- 牆上正播放新聞或連續劇的電視
- 桌上的面紙盒
- 廁所標示
- 提醒留意貴重物品的告示
- 角落或桌角的人造觀葉植物
- 垃圾桶
- 免費咖啡機
- 通往房間的門或走廊

聽覺

- 小心翼翼地翻閱雜誌的聲音
- 壓按傳統手機按鍵的聲音
- 遊戲機的聲音
- 細微的低語聲
- 咳嗽
- 清喉嚨
- 喘息
- 衣物摩擦聲
- 事務所的電話「嗶嗶」叫的聲音
- 門打開、關上的聲音
- 櫃台人員呼叫名字
- 用釘書機釘紙的聲音
- 手機鈴聲響起
- 訪客填寫文件時，筆在紙上「沙沙」作響
- 訪客抱怨等很久的聲音
- 椅子壓出「吱嘎」聲
- 鞋跟在地板上敲出「叩叩」聲響
- 列印機或傳真機吐出紙張的聲音
- 小孩子發問或抱怨很無聊的聲音
- 空調或暖氣「咻咻」吹出風來
- 櫃台人員打開玻璃隔門，請下一位顧客入內的聲音
- 電視的聲音或有線廣播音樂
- 椅子在地板上壓出或拖出聲音
- 工作人員在休息室討論工作的聲音或笑聲

嗅覺

- 古龍水
- 香水
- 灰塵
- 芳香劑
- 清掃用品
- 除菌洗手液
- 櫃台桌上的花束
- 老舊的地毯

味覺

- 水
- 糖果
- 喉糖
- 藥品
- 口香糖
- 薄荷糖
- 免費咖啡

觸覺

- 乾燥的喉嚨
- 蹺起二郎腿又鬆開
- 壓住大腿內側的椅子座墊
- 變換姿勢想要坐得輕鬆一點
- 手中的筆
- 甩動斷水的筆
- 紙張乾燥的質感
- 剛影印好的溫熱的紙
- 皺巴巴的糖果包裝紙
- 轉動脖子解除僵硬
- 手肘撞到隔壁座位的人
- 用腳跟輕敲金屬椅腳
- 在狹窄的空間有人經過旁邊時，手提包或皮包稍微擠壓到自己

・心神不寧地撫摸頭髮
・冰涼的黃銅門把
・鞋子在地毯或石板地上摩擦
・等待被叫到名字，緊張得胃痛
・看手機確定時間或上網
・雜誌亮面紙光滑的觸感
・室內溫度冷得令人不舒服，起雞皮疙瘩
・手中溫暖的咖啡

引領故事發展的情境與事件

・等太久
・前往櫃台報到，對方卻說沒有預約
・等候室太熱或太冷，令人不舒服
・小孩子奔跑吵鬧
・等待期間無事可做
・因為接下來要面對討厭的狀況，而遷怒等候室裡其他的人
・必須和煩人的長舌公或長舌婦，或喜歡探人隱私的人一起等候
・沒禮貌或無能的櫃台人員
・插隊的客人
・大聲講手機的其他客人
・（因為健保或付款問題、遺失文件、設備損壞而必須重新預約等理由）無法依約會面
・等了很久，預定見面的對象卻因急事而離開，必須重新預約

登場人物

・宅配業者
・送貨員
・陪同前來，加油打氣的朋友或是家人
・櫃台人員或其他辦公人員
・客人（案主、病患、顧客）

編劇小技巧

設定時的重點與提示

不同的場所，等候室的景象也不盡相同，不過大部分都有個標準形態。花在等候室的建材裝潢費用，一般來說也反映出持有人的特質。不過等候室的水準，有時所反映的可能是完全相反的意義。譬如說，雖然候診室很破舊，並不代表醫生的醫術就很糟糕，反而有可能暗示醫師將所有的收入都用在追求病人的福祉上。或是法律事務所豪華的接待室，與其說是任職該處的律師的實力，所反映的更是才華洋溢的一流裝潢業者的功夫。場景設定背後隱藏的意義，就和會話一樣管用。可以穿插各種事實，來傳達出登場人物的特殊之處。

例文

母親在接受醫師診療時，我從櫃台附近的壁架上拿了一本雜誌，卻立刻發現根本無法專心。在這種環境，有誰能夠專心？我不想無所事事，便翻著雜誌，偷偷掃視坐在藍色塑膠椅上的眾多病人。有個包頭巾的女人和把棒球帽帽簷壓得極低的男子，我一眼就看出他們是爲了什麼來看這位醫師。再看看其他的病人，我心痛如絞。像是那個緊緊地握住光滑的繪本邊緣，卻沒翻開的小女孩，或是削瘦的身上套著寬鬆衣物，一臉走投無路、表情虛弱的青少年。我眨眨眼睛，強忍淚水。一切都是癌症害的。

運用的寫作技巧

象徵

創造效果

賦予登場人物特徵、強化情緒

飯店客房
Hotel Room

關連場景
田園篇——熱帶島嶼、婚宴
都會篇——舞廳、正式服裝場合、電梯、豪華禮車、計程車

視覺

- 配置房卡感應器、標示著房號的房門
- 貼在牆上的避難路線圖
- 衣櫃及裡面無法取下的衣架
- 折好收在櫃子裡的預備毛毯和枕頭
- 有霉斑的花紋地毯
- 附有基本設備的浴室（淋浴間、廁所、洗臉台和鏡子）
- 角落灰泥骯髒的磁磚地板
- 擺著蓬鬆白色毛巾的架子
- 預備廁紙
- 牆壁的凹痕或刮傷
- 淋浴區和洗手台之間僅供容身的狹窄空間
- 盛裝免費盥洗用品的淺盤
- 面紙盒、用紙包起來的水杯
- 固定在牆上，可以使用或已經損壞的吹風機
- 頭頂明亮的照明
- 門板掛勾上的浴袍
- 一張床鋪（或兩張，同款的寢具和枕頭）
- 放著鬧鐘或檯燈的床頭櫃
- 矮櫃上的電視
- 電話和電話簿
- 列出服務項目的紙（客房服務、洗衣價格、飯店設備介紹）
- 可外帶的附近餐廳小冊子
- 自動調溫器
- 融入房間的美術品
- 有文具或筆的書桌
- 供使用筆電或充電的牆壁插座
- 小椅子或雙人沙發
- 補充品齊備（咖啡、紅茶、砂糖、奶精粉、馬克杯、湯匙）的咖啡機
- 水杯和冰桶
- 放有價格表的迷你酒吧或冰箱
- 垃圾桶
- 電視遙控器
- 窗邊厚重的窗簾
- 有抽屜的櫃子
- 邊几抽屜裡的《聖經》
- 掛在門把上「請勿打擾」的牌子

聽覺

- 空調或暖氣「嗡」的低吟聲
- 水在牆壁裡的管線「咕嘟咕嘟」流動的聲音
- 門的開、關聲
- 有人經過走廊時的對話聲
- 淋浴聲或馬桶沖水聲
- 水「滴滴答答」滴落洗臉台的聲音
- 咖啡壺發出的「咕嘟咕嘟」聲
- 附近電梯「叮」的鈴聲
- 喝醉的房客大聲說話，搖搖晃晃地走向房間的聲音
- 樓上房間小孩子奔跑的聲音
- 打開的窗戶傳來車聲或工程噪音
- 晨喚服務的鈴聲
- 電視節目的笑聲或爆炸聲
- 用力拉開冰箱門的開、關聲
- 冰箱門的玻璃瓶飲料碰撞「鏘鏘」作響
- 「叩叩」敲門聲
- 結束漫長的一天，小孩子疲累得哭鬧
- 隔壁房間傳來的情侶爭吵聲
- 牆壁另一頭傳來的模糊人聲
- 購物袋「沙沙」作響
- 打開、拉上行李袋拉鏈的聲音
- 吹風機高速運轉的轟隆聲

嗅覺

- 漂白水、清潔劑、除臭劑
- 老舊的地毯
- 布料
- 漂白的毛巾
- 香味宜人的洗髮精、潤絲精、香皂、沐浴乳
- 沖泡的咖啡
- 酒精
- 衣服上的菸味
- 香水
- 鬍後水
- 髮型定型噴霧
- 汗味
- 味道濃烈的垃圾食物（墨西哥玉米片、起司泡芙、爆米花）
- 客房服務的餐點

味覺

- 咖啡
- 紅茶
- 水
- 漱口水

・牙膏
・帶進房間或客房服務的餐點（漢堡、薯條、三明治、義大利麵、沙拉、湯）
・自動販賣機的碳酸飲料或是零嘴（巧克力棒、穀物棒、軟糖、糖果、洋芋片）

觸覺

・將光滑的塑膠房卡滑過感應器後抽出解鎖
・挖冰桶尋找未融化的冰塊，手指碰到冰涼的冰塊
・吹涼灼熱的咖啡時，罩上臉龐的蒸氣
・床墊的彈性
・脫下鞋子，汗濕的腳接觸到冰涼的空氣
・光腳踩進浴室地磚時的冰涼刺激
・接觸皮膚的清潔毛巾
・淋浴時，流過背部的泡沫
・用柔軟的毛巾擦拭濕臉
・用手摸索行李箱裡的物品
・翻閱護貝加工的客房服務菜單
・把鞋子擺在門口附近
・把購物袋重重地放到床上
・伸手在黑暗的牆上摸索，尋找電燈開關
・拉上厚重的窗簾
・吹風機突然噴出來的熱氣
・掀開沉重的蓋被
・接觸皮膚的硬挺床單
・鑽進被子裡
・自己吹在枕頭上的溫熱呼吸

引領故事發展的情境與事件

・隔壁房間太吵（吵架、尖叫的小孩、嬰兒哭聲、電視音量太大）
・深夜回到客房的酒醉房客（用力搖動門把、敲錯房間門、惡劣的態度）
・房間未經打掃（堵在排水孔的頭髮、馬桶座墊上的尿液）
・發現臭蟲或蟑螂
・糟糕的客房服務
・外遇或分手
・因為工程噪音，一早就被吵醒

登場人物

・清潔人員
・房客
・雜工

編劇小技巧

設定時的重點與提示

飯店的種類五花八門，從優雅的飯店到老飯店都有，其中也有十分破舊的地方。先問問自己，筆下角色的財務水準，供得起他投宿哪一種飯店？在投宿飯店的狀況中，飯店內部景象的比重有多重要？接著再加入引發問題的狀況或事件，讓設定變得生動。

例文

我瞪著天花板，下定決心以後再也不要下榻這家家族聚會舉辦的飯店。首先，電梯門每隔十分鐘就響一次，送出一名醉漢。當然，這些醉漢不會搖搖晃晃地直接回去他們的房間，而是身體挨著牆壁前進，把卡片插進每一個房間，發現房門不開，就髒話連篇。不光是這樣而已，在我這一樓走出電梯的三名老婦人，扯著嗓門彼此大喊：「和家人團聚真是太美好了！」「琳達的未婚夫好像有點喝醉了」「李一直找不到工作，真是太可憐了」——關我屁事！她們再不閉上那三張聒噪的嘴巴，我的腦袋就要爆炸了。

運用的寫作技巧

誇飾

創造效果

賦予登場人物特徵、時間流逝、營造緊張感與糾結的心情

搖滾音樂會
Rock Concert

關連場景
田園篇——豪宅
都會篇——後台休息室、飯店客房、豪華禮車、劇院、錄音室、拉斯維加斯秀

視覺

後台
- 更衣室或休息室
- 服裝室
- 將器材搬運到會場的樂團管理員
- 依據規畫放置在後台的器材
- 安排特殊效果的火藥技師
- 指揮物品搬運的負責人
- 做伸展操的音樂家
- 圍繞在歌手身邊的狂熱追星族
- 桌上的食物或飲料

舞台
- 被各種顏色的聚光燈照亮的舞台
- 從天花板打到觀眾席的燈光
- 鷹架
- 背景幕
- 巨大的音箱
- 擴音器
- 麥克風架與麥克風
- 身穿狂野服裝演奏樂器的樂手
- 放在各個表演者附近的瓶裝水
- 投射在舞台後牆的句子或圖案（樂團名、最新專輯的封面、巡迴演唱會LOGO）
- 雷射光
- 乾冰或煙霧
- 火藥或煙火
- 鋼管舞孃
- 電子螢幕
- 破壞樂器、向觀眾席投擲吉他彈片或鼓棒的樂手

觀眾
- 擠得像沙丁魚群的人潮
- 穿著樂團T恤的粉絲
- 騎在男友肩上的女人
- 從舞台跳下觀眾席的人
- 最前排發生推擠
- 舞台附近的女粉絲向歌手撩起身上的衣物
- 喝酒或抽菸的人
- 跳躍喊叫的粉絲
- 在風中搖晃的打火機火焰
- 高舉手機錄影音樂會的人
- 甩頭
- 互毆
- 爛醉或嗑藥嗑茫的人

周邊
- 並排設置的臨時廁所（戶外會場的情況）
- 商店（販賣瓶裝水、汽水、甜食、口香糖、啤酒、紅酒等）
- 演唱會商品攤位（販賣唱片或CD、T恤、手冊、頭巾、飾品、帽子、海報、鑰匙圈、馬克杯等）

聽覺
- 震耳欲聾的音樂
- 聽眾在彼此的耳邊大聲說話
- 對演奏的歡呼
- 歌手透過麥克風對話
- 吉他獨奏或鼓手獨奏
- 踏步聲
- 掌聲
- 粉絲尖叫或大叫
- 耳鳴
- 粉絲全力大聲與樂團一同合唱

嗅覺
- 大麻
- 香菸的煙霧
- 體香劑
- 汗味
- 體臭
- 沒氣的啤酒
- 嘔吐物

味覺
- 香菸
- 口乾舌燥
- 啤酒或其他酒類

觸覺
- 會場太擠，和其他粉絲肩膀挨在一起
- 重低音震動胸腔
- 音量大得震耳欲聾
- 用肩膀擠開人群前進
- 渾身是汗
- 喝醉而走路東倒西歪
- 喉嚨極渴
- 別人的飲料潑到身上
- 被人踩到腳
- 身體被湧上來的人潮壓在扶手或舞台邊緣

引領故事發展的情境與事件

- 遺失入場券
- 無法參加演唱會，只能聽別人炫耀有多精采
- 在會場和朋友走散
- 停在停車場的車子遭人洗劫
- 買太多周邊商品
- 演唱會表演中和其他聽眾爭奪位置
- 過度興奮的粉絲做出破天荒的行動來
- 混亂中遭踩踏
- 遭到暴力攻擊
- 雖然拿到後台通行證，卻無法見到樂團
- 被人嘔吐在身上
- 不停地遭人用手肘撞擊或推擠
- 暖場表演很糟
- 前面站了很高的人，視線受阻
- 很多人高舉手機錄影，視線受到遮蔽
- 粉絲意見對立而失控（樂團裡最有才華的成員是誰、哪一首歌最棒、哪一張專輯最爛）

登場人物

- 代理人
- 雜工
- 活動企畫師
- 粉絲
- 狂熱追星族
- 經紀人
- 音樂家（主唱、貝斯手、鼓手、鍵盤手、和聲歌手）
- 助理
- 樂團管理員
- 音響、照明技術人員
- 觀眾
- 販售區工作人員

編劇小技巧

設定時的重點與提示

比起其他的音樂活動，搖滾音樂會更熱鬧狂野。不過也和其他的設定一樣，個別演唱會的情形，會依據幾項條件而有相當大的不同。請先思考一下以下的問題：會場是室內，還是戶外？規模有多大？登台表演的是最近的樂團嗎（客群是對流行敏感的現代聽眾嗎）？還是過去的流行樂團復活演唱會，聽眾年齡層也較高？只要掌握這些問題的答案，不僅有助於決定參加演唱會的聽眾客層，也可以更正確、更精細地描寫場面。

例文

我大口灌進比崙遞給我的水。八月豔陽熾烈地照耀著，天空看不見半片雲朵，無限地明亮。考慮到擠滿會場的數千名聽眾散發出來的體溫，我猜這裡的氣溫起碼也有三十八度。脖子被太陽曬得好痛，加上剛才灑水車朝這裡噴水，鞋子沾滿了濺起的泥濘。而且前兩個樂團演奏時，我的腳一直被人踩踏，幾乎麻痺了。不過這些我都不在乎。再兩個樂團結束，就輪到「酸性巴茲」登場了。我把汗濕的頭髮往後甩，朝著登上舞台的「僵屍太陽」全力尖叫。

運用的寫作技巧

多種感覺的描寫、天氣

創造效果

醞釀氣氛、強化情緒

新聞編輯室
Newsroom

關連場景
車禍現場、法庭、急診室、後台休息室、警察局

視覺

辦公樓層

- 櫃台
- 辦公區（辦公桌、電腦、檔案櫃、電話、便條本、筆等辦公用品、瓶裝水和杯子、堆積如山的文件和檔案、參考書籍和檔案夾、報紙）
- 貼著便利貼的電腦螢幕
- 在自己的辦公桌用午餐的記者
- 掛在椅背上的外套
- 固定的電視機螢幕
- 警方無線電
- 有隔板的辦公桌，供許多記者聚集在一處工作
- 寫有預定和今後活動的白板
- 擺滿伺服器，保存電腦及收發資訊的資訊中心
- 會議室（室內裝飾、好幾排樣式簡單的椅子、演講台）
- 控制室（混音器、控制台、麥克風、數個螢幕、耳機、音響設備、擴音器）
- 列印機
- 盆栽植物
- 休息室（桌椅、微波爐）

播放室

- 坐在長桌後面的主播
- 未裝訂的紙張和筆
- 有滾輪的辦公椅
- 鋪上吸音板以提升音響效果的牆壁
- 雙向薄型螢幕
- 綠幕或藍幕
- 提字機
- 攝影棚攝影機
- 照明
- 反光板
- 在地板交錯的各種電線
- 主播用螢幕
- 電子鐘

聽覺

- 電腦鍵盤的「喀噠喀噠」聲
- 手機或公司電話鈴響
- 掛電話的聲音
- 翻文件的聲音
- 許多人小聲說話的雜音
- 警察無線電傳來模糊難辨的聲音
- 檔案櫃拉門開、關的聲音
- 報紙的「沙沙」聲
- 列印機列印的運作聲
- 椅子「喀啦啦」滑動或「嘰」的聲響
- 腳步聲
- 攝影機準備運轉，播放室安靜下來
- 製作人下指示的聲音

嗅覺

- 咖啡
- 從家裡帶來，經加熱的食物
- 帶進來的外送食物

味覺

- 家裡做的便當
- 外帶或外送的食物
- 生日蛋糕
- 甜甜圈
- 咖啡
- 汽水
- 能量飲料
- 礦泉水

觸覺

- 長時間坐在辦公椅上，腰痠背痛
- 邊思考邊轉動椅子
- 一整天盯著電腦螢幕看，視野變得模糊
- 列印機剛吐出來溫熱的紙
- 邊思考邊用筆敲打桌子或腳
- 狼吞虎嚥吃東西
- 在截稿期限壓迫下趕工，腎上腺素飆升
- 用耳朵和肩膀夾著電話，扭傷脖子
- 在地板上走來走去
- 把裝了熱咖啡的馬克杯貼近嘴唇
- 選錯餐點，吃了反胃

引領故事發展的情境與事件

- 沒有確實查證事實就發出報導
- 手指被紙割傷
- 頭條被其他記者或電視台搶走
- 寫好的採訪報導遭到有力人士施壓反對
- 無法信任消息來源

・對於被指示撰寫的報導，內心感到天人交戰
・接到殺害恐嚇
・陷入低潮
・不管怎麼想都來不及的截稿時間
・害怕自己的職位受到更年輕或更有魅力的同事威脅
・因為某些疾病，難以背誦稿子或閱讀畫面的文字
・因受傷而導致外貌受損，危及自己主播的職位
・在鏡頭前出糗
・在直播中回答不出被問到的問題

登場人物

・攝影機操作員
・編輯人員
・平面設計師
・化妝師
・氣象專家
・新聞導播
・攝影師
・製作人
・製作助理
・櫃台人員
・記者
・音響、照明技術人員
・電視新聞主播

編劇小技巧

設定時的重點與提示

記者這個活力十足的職業能夠帶給故事許多衝突，但新聞編輯室裡還有許多其他有趣的角色，像是帶給主角影響的人物，或是表現得宛如他才是主角的人物等。撰寫故事時，別忘了新聞編輯室這個設定裡，包含採訪記者、主播、氣象播報員、導播、編輯人員、攝影機操作員、攝影師、化妝師等各種角色。

例文

艾拉用耳朵和肩膀固定住電話，一手記下要點，另一手用電腦查證事實。電子鐘鮮血般的大紅色數字吶喊著四點四十二分。她的心臟猛烈地跳動。她距離播放時間只剩下整整三分鐘。她匆促地丟下一句「謝謝」，直接扔下話筒，抓起便條，火速衝向編輯台。

運用的寫作技巧

直喻法

創造效果

營造緊張感與糾結的心情

會議室
Boardroom

關連場景 電梯、辦公室個人隔間

視覺

- 單色的牆壁（展示著公司決策高層的照片、商標、獎狀、裱框、其他顯示公司業績與創辦歷史的物品）
- 進行簡報及視訊會議用的電視和多媒體螢幕
- 筆記型電腦
- 電子裝置的傳輸機器
- 內線電話及視訊會議電話
- 橢圓型或長方形桌子，以及周圍舒適的椅子
- 放杯子及冰水的容器
- 刻印有公司商標及企業理念的筆或便條本
- 資料文件夾、檔案夾中整理好的會議資料
- 用來進行腦力激盪、企畫發想的白板或玻璃板
- 天花板上明亮的照明
- 景觀良好的大片窗
- 坐下來準備開會的董事會成員及助理
- 麥克風（大會議室的情況）
- 符合各公司行業的巧思細節（象徵繁榮的竹子盆栽、畫有特別景色或現代藝術的醒目繪畫）

聽覺

- 音箱傳出的大音量
- 筆電或多媒體機器的風扇發出的「嗡嗡」聲
- 空調規律地發出低頻噪音
- 椅子壓動的聲音
- 交頭接耳低聲討論附帶事項的談話聲
- 出席者毫不保留的發言
- 紙張發出的「沙沙」聲
- 麥克筆在白板上摩擦，發出細微的聲響
- 手機響起，立刻切換成靜音模式
- 往杯中倒水的「咕嘟咕嘟」聲
- 熱烈討論時，語調激動和拍桌聲
- 走來走去的腳步聲
- 參加者站起來作伸展操的聲音
- 椅子調整高度時，「咻」的聲音
- 外送餐點或宅配送到的「叩叩」敲門聲

嗅覺

- 古龍水
- 香水
- 除臭噴霧或清潔用品
- 帶進會議室的溫熱食物（白天的會議期間）
- 咖啡

味覺

- 水
- 預防口臭的薄荷糖
- 口香糖
- 咖啡
- 口紅
- 長時間開會時，帶進來的食物（三明治、披薩、義大利麵、沙拉、盛放起司和水果的盤子）

觸覺

- 將會議資料分類
- 手指觸摸平滑的紙張
- 靠在豪華的椅子上
- 空調或暖氣吹過桌子的風
- 杯子或水壺上冰涼的水滴
- 簽約時，在紙上滑動的筆
- 操作手機或平板電腦，設定計時器或看日曆
- 腳下的吸音地毯
- 坐太久而肩頸痠痛
- 前後滾動椅子
- 午後的陽光從窗戶射進來，十分刺眼
- 坐在陽光直射的位置，熱得流汗

引領故事發展的情境與事件

- 財政問題
- 內線交易曝光
- 開除一名董事
- 對公司方針意見相左
- 將私人恩怨帶進職場
- 辦公室戀情生變
- 處心積慮想得到好職位的員工
- 被迫贊同有違理念的事
- 辛苦地設法維持工作與生活間的平衡
- 必須進行重要的簡報，卻覺得準備不夠充分
- 遭到對手卑鄙的攻擊

登場人物

・會計師
・老闆及股東
・經理人員
・實習生及助理人員
・製作報告書的人或顧問（部長、律師、公司聘雇的經營顧問）

編劇小技巧

設定時的重點與提示

會議室的風格、樣式，多半配合該公司的行業。譬如重視創造性的公司，會議室應該富有設計感，氣氛輕鬆，而法律事務所這類承攬嚴肅業務的公司，會議室有可能忠於傳統樣式。必須考慮的一點是，會議室是同時供客戶使用，或只有公司內部員工使用。如果是前者，爲了贏得客戶的信賴，室內裝潢應該會反映出專業意識及成功的氛圍。

例文

每一張椅子前，都以分毫不差的間隔筆直地擺放著藍色檔案夾、筆和杯子——一看就知道是有點強迫症的葛倫準備的。再說，這空氣中刺鼻的古龍水香味，教人不發現也難。應該有人好好地提點葛倫一下，香水要若隱若現才有效果——不過那個人可不會是安德莉亞，她才不想跟沒常識的人打交道。眼前就有個好例子：部長以及他所企畫的、全員義務參加的荒謬安全會議。不動產管理公司會有什麼必要需針對聖誕節燈飾的安全性進行討論，或聆聽有關超速造成的車禍相關統計？用不著討論，查一下google就有了。每次碰上這種會議，安德莉亞就好想直接從窗戶跳樓。

運用的寫作技巧

誇飾、多種感覺的描寫

創造效果

賦予登場人物特徵、強化情緒

13畫

滑板公園
Skate Park

關連場景
公園、停車場、康樂中心

視覺

・設有可改變配置的障礙物或難關（碗池、半管、牆、坡面、滑板台、金字塔、四分之一管坡道、滑桿、階梯、長椅）組合起來的廣闊設施
・水泥和木頭的結構
・幾個障礙物頂端的平坦空間
・外圍柵欄
・滑板手或直排輪運動員
・騎極限單車的人
・騎三輪滑板車的小孩
・在平坦的地方眺望的人
・戴耳機或身著安全配備（護肘、護膝、安全帽）的滑板手
・碗池裡映照的長長影子
・牆上畫的塗鴉
・純灰色的水泥塊，以及上面畫有像塗鴉般圖案的水泥塊
・夜間滑板用的照明
・垃圾箱
・設置讓人學滑板的簡易障礙物的初學者區
・讓人即使摔倒也很安全的海綿池
・公園周遭裝飾的植物或步道
・固定障礙物兩頭而拉的線
・設有廁所或滑板用品租借櫃台的小型建築物
・鐵絲網柵欄
・坐在障礙物上眺望景色的滑板手
・商店或自動販賣機
・有割傷、擦傷的單車手
・處理好割很深而流血的傷口，再次往外走的滑板手
・為了上傳影片到網路上，而拿手機拍溜滑板過程的朋友

聽覺

・滑板的輪子滾動轟隆隆響
・穿輪鞋的人以一定的節奏溜過去的聲音
・順著滑桿滑過去後，板子著地的砰一聲
・輪子發出喀喀響聲
・單車手往下墜並滑下來時，發出咚地一聲
・滑板發出喀喀聲
・鳥的啾啾聲
・人的說話聲
・有人完成經典高難度技巧時，揚起的讚嘆聲或歡欣鼓舞聲
・沙子上面輪子轉動的沙沙聲
・滑板滑過水泥塊接縫時，發出的咚咚聲
・附近街道的聲響（車子開過去、狗叫聲、門砰一聲關上的聲音）
・手機響
・某人的耳機流瀉出來的音樂

嗅覺

・濕答答的水泥塊
・香菸或大麻菸
・汗水
・體味
・熱騰騰的馬路或融化的柏油
・剛噴的噴漆

味覺

・口香糖
・糖果
・香菸
・水
・汽水
・外帶的食物

觸覺

・輪子在水泥塊上轉動時，震動的感覺
・輪子滑過木製場地或在水泥塊接縫上撞擊出咚咚聲
・身體被拋到地上
・身體與粗糙的水泥塊摩擦
・滑板從鐵桿上滑下來又彈跳到階梯上滑下去
・跳躍時，心跳加速的感覺
・用兩腳緊抓住滑板
・水泥塊上升起的熱氣
・為了不撞到別的滑板手而在步道上猛力變換方向
・寬鬆的衣服勾到障礙物
・風拍打頭髮並拉扯衣服
・被風吹拂的頭髮拍打在臉上
・在肘關節或膝關節緊綁護具的壓迫感
・滿是汗水的安全帽
・把從腰間快要滑落的褲子拉上來
・查看疼痛的擦傷或瘀青，包上繃帶又開始回去滑滑板

・調整滑落的護具位置

引領故事發展的情境和事件

・身體受傷
・同儕壓力
・不正當的競爭心
・沒有確實穿安全裝備就玩滑板
・在某事妨礙自己的判斷力時玩滑板（發怒或火大，被某事影響，發生了造成心理障礙的事情之後）
・使用有瑕疵的裝備
・在未經維護的滑板公園玩滑板
・公園內從事非法行為及吸毒
・毒販在周遭徘徊，想籠絡沒戒心的小孩
・受限於刻板印象或其他人接近自己時，抱有先入為主的觀念
・附近的店家、公司常叫警察來，或向市政府請願要求關閉公園
・父母的過度保護讓自己很丟臉
・在某事情上投注滿腔熱情，但實力不夠
・明明是初學者或對這運動不感興趣卻比自己有天份的朋友

登場人物

・騎極限單車的人
・朋友
・塗鴉藝術家
・直排輪運動員
・滑板手
・滑板愛好者
・九到十四歲左右的孩子

編劇小技巧

設定時的重點與提示

滑板公園幾十年前就已經存在了，種類也很豐富。大部分設置在戶外，但在氣候寒冷的地區也有室內場地，這類室內場地提供多種服務設施，例如商店、免費wi-fi、周邊用品店、孩童用餐暨遊戲區等。大部分是政府出資建造的標準場地，裡面也有些是地方上的滑板手，自己以手邊能取得的材料盡其所能地建造出來的。公共的滑板公園基本上是免費，任何人都能進來使用，但也有要收入場費的私人場地。不管哪個地方都是白天開放，不過依據場地的不同，有些可能在晚上也能使用。

例文

凱伊把滑板倒放在膝蓋上，穩坐在熱氣蒸騰的地上。後面有三個青少年在碗池裡玩滑板，像金屬做的蜂群一般，讓板子的輪子滾動發出隆隆聲響。她不用回頭看也知道他們在幹嘛，畢竟自己也在碗池那邊玩了好幾個月了。不過，她還有一樣沒學會——還沒試過——就是街式賽道。她的眼神追逐著一個滑板手的身影，他正沿著滑桿滑過去，飛越了幾個階梯。她用大拇指按著自己滑板的輪子，並試著平撫從胃裡湧上來的緊張感。

運用的寫作技巧

直喻法

創造效果

賦予登場人物特徵、醞釀氣氛

滑雪度假村
Ski Resort

關連場景
田園篇——北極冰原、森林、山
都會篇——戶外溜冰場

視覺

滑雪小屋

・暖爐
・放有坐起來很舒服的椅子或沙發的休息區
・設有桌椅的用餐區
・點菜的地方、調味料放置台
・自動販賣機、廁所
・租借滑雪用具的櫃台、置物櫃
・不習慣穿雪靴或厚雪褲走路的人
・排隊等著點菜的人龍
・拿著裝有食物托盤的人
・地板上的雪痕、融雪
・丟在椅子上用來占位子的小東西（帽子、手套、圍巾、護目鏡）
・小屋內的裝飾（看得到木頭梁柱的天花板、牆上掛著的經典款滑雪用具或是長角動物的頭、石造暖爐）
・鑲有可眺望滑雪場美景的玻璃窗的牆
・播放運動節目或天氣預報的電視配備

滑雪場

・鋪滿雪的斜坡
・山腳下大間的滑雪小屋
・戶外溜冰場
・放滑雪板和雪杖的架子周圍岩石陡峭、有些許樹木點綴的山岳
・上山的吊椅或纜車
・一邊畫著大圓弧一邊滑下來的滑雪客或玩雪板的人
・排隊等坐吊椅的人龍
・掃描吊椅票券的滑雪場員工
・在新手區滑雪的小孩
・圍著教練的滑雪初學者
・以顏色區分滑雪道難度的標誌
・標示危險區域的警告標示或橘色的網狀圍欄
・雪墩或跳台
・積雪縫隙處處可見咖啡色地面
・傾斜的滑雪道和相交的斜坡
・繼續通往森林裡的越野滑雪道
・下雪、鏟雪車
・低垂的雲層
・各個滑雪小屋的煙囪都冒著煙
・穿著橘色背心的滑雪場巡邏員滑過去
・用雪地摩托車上的雪橇載運受傷滑雪客的搜救隊
・群聚在斜坡頂端、穿著色彩鮮明滑雪服的滑雪客
・起霧的護目鏡
・戴上護目鏡視野變窄

聽覺

・穿著雪靴的人在滑雪小屋棧板上走過的腳步聲
・暖爐燃燒的火焰發出劈哩啪啦聲
・有人窸窸窣窣地在穿滑雪外套並拉拉鍊
・人們成群回滑雪小屋的聲音（滑雪客互相講述豐功偉業的吵雜聲、笑聲、引人入勝圍觀的談話聲、通話設備、拍攝的影像）
・靴子在固定器上固定好的「咖答」一聲
・咻一聲從雪堆中間滑過去
・吊椅的機器嘰嘰作響
・發出嗡嗡聲的纜車
・朝向山頂前進的吊椅上清楚傳來人們的談話聲
・搭吊椅的滑雪客把腳上的雪板蹭來蹭去弄掉雪的啪啪聲
・雪砰一聲掉到地上
・降落到地面的滑雪客在雪上滑起來的聲音
・雪板撞擊冰塊並在冰塊上滑動的尖銳聲
・吹向斜坡讓樹木沙沙作響的風聲
・從耳機傳來模糊可聞的音樂
・跌倒的滑雪客大叫
・一邊大笑一邊叫朋友的聲音
・小孩大叫的聲音
・靴子踏在雪地上發出嘎吱嘎吱的聲音
・滑過來的人停下來時，咻地一聲雪花飛濺開來
・在隆起的地方飛躍的雪橇
・滑雪客或玩雪板的人在附近快速通過的聲音

嗅覺

・咖啡、溫熱的食物
・燒柴火冒出的煙
・濕答答的毛衣、汗水
・防曬乳、乳液
・有香味的護唇膏

- 透過面罩或圍巾呼吸時悶熱的空氣
- 冰冷的空氣、冰雪的新鮮空氣
- 悶在面罩裡又臭又熱的洋蔥味吐息

味覺

- 護唇膏
- 滑雪小屋的食物（普通的速食、餐廳賣的餐點）
- 咖啡、水、汽水
- 熱巧克力、蘋果酒、熱紅茶

觸覺

- 因硬梆梆的衣服而感到動作受限
- 沉重的雪靴、很難搬運的雪板
- 戴著很厚的手套或連指手套導致動作不靈活
- 不習慣穿著雪靴走路的感覺
- 在冰上滑倒
- 辛苦地搬運雪板和雪杖在雪板上保持平衡
- 雪靴裡融化的雪
- 身體被吊椅舉起來
- 晃動穿著雪板的腳時，沉重的感覺
- 吊椅搖晃
- 被風吹得發麻的臉頰
- 白雪太刺眼導致頭痛
- 手指、腳趾感到寒冷、流鼻水
- 濕掉的襪子
- 毛帽底下汗水浸濕的頭髮
- 停不下來的那種無法控制的感覺
- 撞到別的滑雪客，纏在一起產生的疼痛感
- 在冰上滑過去並加速
- 打橫讓自己停下來
- 冷風吹在臉上使得眼眶含淚
- 在滑雪小屋裡脫外套
- 從滑雪場踏進滑雪小屋時的溫差
- 乾裂的嘴唇
- 乾燥的肌膚
- 大雪如針般落下
- 鼻子和手指在滑雪小屋裡漸漸暖和起來
- 凍得半硬的圍巾摩擦著臉龐
- 緊緊護目鏡的帶子

引領故事發展的情境和事件

- 初學者在對他們來說太難的斜坡上滑雪
- 就算滑雪場很擁擠，還是隨興亂滑的滑雪客
- 滑雪季期間有陣子氣溫上升導致可能毀了滑雪假期
- 身體受傷
- 住宿的地方不符合自己的期待
- 偏離有標示的滑雪道而迷路
- 碰到暴風雪
- 把全部的滑雪道都滑一遍後，了解到這個滑雪場的難易度對自己來說太簡單了
- 搭乘吊椅時，雪板脫落打到人
- 因為機械故障有一個吊椅不能用
- 在危險的滑雪道滑雪時，雪杖斷掉了

登場人物

- 滑雪小屋的員工
- 場地維護的工作人員
- 滑雪場的巡守員
- 搜救隊
- 滑雪客
- 教練
- 玩雪板的人

編劇小技巧

設定時的重點與提示

有的滑雪場是鎖定富有的客群，但有的則提供親民的價格給單純的度假客，或喜歡白天來的當地滑雪客。滑雪度假村的規模、氣氛與住宿設施和所在地點當然有關係。例如，在美國北卡羅萊納州滑雪和在洛磯山脈滑雪感覺完全不同。阿爾卑斯山脈和安地斯山脈自然也不能一視同仁。要選擇適合登場角色和故事的滑雪場，最好仔細調查一下各個地區特色。

例文

布萊恩從載他上山的滑雪吊椅上，看到了夜晚的斜坡全貌。螺旋狀的燈光映照著斜坡，描繪出如地圖般點點相連的輪廓。底下有時傳來人聲，但距離太遠只能聽見細微的聲音，跟白天滑雪的時候不一樣。他注意傾聽，吐息在空氣中形成霧氣。他聽到的，只有自己坐的椅子的喀吱聲和吹過松林間的風聲。

運用的寫作技巧

對比、光與影、隱喻法、多種感覺的描寫

創造效果

醞釀氣氛、強化情緒

13畫

禁止進入的公寓
Condemned Apartment Building

關連場景
小巷、救護車、遊民收容所、警車、破舊公寓

視覺

・變硬的油漆或剝落的壁紙
・形形色色的塗鴉（簽名、種族歧視的言論、隨便亂寫的號碼或數字、留言）
・垃圾散落的地板（破損的石牆或玻璃、啤酒空罐、空酒瓶、碎渣、破布、老舊髒汙的床墊、菸蒂、用過的針）
・牆壁上凹凹凸凸的洞穴，老鼠啃咬過的隔熱材都已外露
・壁癌
・鉸鏈壞掉的門
・快速地從瓦礫堆中跑過的大老鼠
・在這邊睡覺或開趴的非法入侵者
・滿布垃圾的樓梯
・門口附近生鏽或凹凹凸凸的信箱
・罩在老舊燈具上的蜘蛛網
・壞掉的電梯
・裸露的水管或從天花板的洞垂下來的螺旋狀鬆脫電線
・剝落的地板
・老舊破爛的毯子或地毯
・骯髒的窗戶（沒有玻璃、窗框生鏽、上頭釘板子）
・保險套外包裝
・粉碎的磚頭或其他瓦礫
・發黃變色的報紙或破碎的鏡子
・骯髒的廁所
・堆滿廢棄物的浴缸
・以前的住戶踹牆壁留下的汙漬或腳印
・壞掉的家具
・丟棄的私人物品（不能用的吸塵器、粉碎的電視、馬克杯、電器、掛得歪歪的或掉在地上的平庸畫作、雜誌、沒了座墊的舊沙發或椅子）
・布滿灰塵的通風口
・餐具櫃敞開的櫃門
・布滿老鼠大便或死蒼蠅的架子
・可窺看隔壁房間的洞穴
・樓梯間布滿汙痕
・裸露的鋼筋
・電燈開關或門把不見了
・抽屜敞開或是只剩下外框
・蟑螂
・被破壞的書架或流理台
・動物的屍體
・被棄置的鳥巢
・腐蝕的牆壁或黑色的霉斑
・窗台或陽台長出雜草

聽覺

・推開時發出嘰嘰聲的門
・風從破掉的窗戶吹進來時，發出咻咻聲
・蒼蠅飛過來的嗡嗡聲
・啃咬隔熱材或在牆壁裡跑過去的家鼠或大老鼠
・腳下的玻璃或瓦礫碎裂的啪啪聲
・裡面有人的聲音
・房子嘎吱嘎吱作響
・在樓上走動的腳步聲
・附近的人打碎牆壁或拖動家具的聲音
・暴風雨來襲時，滴水的聲音
・外面傳來的車子噪音

嗅覺

・腐壞的地毯
・房子的霉味
・發霉的地毯或布料
・土壤
・大麻
・排泄物
・體味
・死掉的東西
・濕濕的狗毛
・從冰箱傳來的惡臭

味覺

・喝下便宜的酒喉嚨刺刺的感覺
・把大麻菸吸進肺裡
・為了嗨一下而吸食毒品或安非他命時，嘗到辣味與苦味
・便宜的速食
・在垃圾桶找到的食物
・充滿灰塵的空氣

觸覺

・一邊留意地上家具或壁癌的碎片，一邊往裡面走
・腳下的玻璃啪啪啪地碎裂
・流理台的汙痕沾到手指或衣服上
・為了確認有沒有什麼東西在裡面做窩，而用木頭或管子敲打老舊的沙發

・睡在鋪有毯子或是舊墊子的老舊床上
・用肩膀粗魯的撞開門
・部分的地板踩下去會有點凹陷、變軟
・經過風吹雨打而濕答答的地毯發出噗哧噗哧聲
・逃生梯生鏽的扶手
・因為自己的重量而晃動的逃生梯
・冷風從破掉的窗戶縫隙吹進來而覺得冷

引領故事發展的情境與事件

・房子的狀況變得危險（塌陷的地板、破破爛爛幾乎壞掉的樓梯）
・在裡面發現危險的東西（血跡、屍體、血祭儀式留下的痕跡）
・房子是敵對幫派的地盤，住戶因此陷入危機
・在裡面被某人襲擊
・聽到嬰兒的哭聲
・跌倒而受傷，但沒辦法呼救
・在裡面體驗到靈異現象
・警察頻繁巡邏，以趕走非法侵入房子裡的人

登場人物

・建築結構安檢人員
・吸毒的人
・消防隊員
・幫派份子
・救難隊員
・警察
・非法侵入者

編劇小技巧

設定時的重點與提示

這種建築物的腐壞程度，會依據多少年沒人使用，還有禁止進入時，有無確實封鎖（窗戶釘上板子、門口用鏈子封鎖、水管清空）這兩點而有所不同。雖然裡面值錢的東西大概都被搶走或先拿走了，但很難說不會有什麼奇怪的物品藏在裡面的某個房間。這類房子大多會變成古柯鹼的秘密交易場所。彼此不認識的人會在這邊買賣、分享毒品，以及一起嗑藥嗨一下。把已經一無所有且自暴自棄的人集中在這裡，可以創造出一個對登場人物來說極其危險的環境。

例文

沾有紅茶汙漬的電燈，那微弱的燈光照在樓梯間和我腳下的碎片上。破牆上的電線看起來像從屍體跑出來的內臟，我一邊避開它們，一邊在垃圾和老鼠糞便散落各處的地方之間前進。走了幾步我停下來再用耳朵仔細聽，暗自祈禱除了房子嘎吱嘎吱和紙張飛舞的聲響外，不要聽到其他什麼聲音。空蕩蕩的老房子最適合休息一晚了，但實際上幾乎沒有真的沒人的房子。其他傢伙有時也會過來，不睡覺而在房間裡大肆洩憤，或者脅迫待在房間裡的某人發洩。

運用的寫作技巧

光與影、多種感覺的描寫、直喻法

創造效果

醞釀氣氛、營造緊張感和糾結的心情

遊民收容所
Homeless Shelter

關連場景
小巷、市公車、禁止進入的公寓、公共廁所、難民營、地鐵隧道、地下道

視覺
- 有工作人員協助的住宿手續櫃台
- 提供用餐和會客的餐廳區（裸露的牆壁、石磚地、一整排附有折疊椅的桌子）
- 工作人員為住宿者提供營養均衡的自助餐
- 住宿者端著餐盤，排成長龍等待領取食物
- 裝有熱湯，冒著蒸氣的多個深鍋，以及盛放肉類及蔬菜的盤子
- 角落的盥洗物品自動販賣機
- 擺滿舊書的書架
- 可連接免費無線網路的老舊電腦，供住宿者尋找工作
- 公告欄（遺失物公告、招募義工或志工活動通知、免費教育或求才訊息）
- 穿圍裙或戴髮網的義工（回收盤子清洗、邊擦桌子邊與住宿者聊天、協助行動不便的人）
- 放有塑膠杯的冷水飲水機
- 營業用咖啡機
- 大通鋪區（男女分開的大房間、多張雙層床、放置私人物品的垃圾袋或圓筒旅行袋、不成套的捐贈毯子及床單）
- 相較下隱私更好的房間（每個房間有三、四張雙層床，很可能分配給在收容所從事義工活動的住宿者）
- 簡單的共用浴室（洗臉台、淋浴間、廁所）
- 談話室（用螺絲鎖住的電視、桌子和塑膠椅、撲克牌或桌遊）

聽覺
- 人們說話的聲音
- 電視機傳來的笑聲
- 住宿者之間的爭吵
- 鼾聲
- 床的「吱嘎」一聲
- 義工把剛洗好的餐盤堆疊起來的聲音
- 食物「咚」地舀到盤子上
- 笑聲
- 歌聲或哼歌
- 喃喃自語聲
- 敲門叫住宿者起床
- 電話鈴響
- 在床上或折疊床上翻身時，樹脂床墊發出「沙沙」聲響
- 背包拉鏈開、關聲
- 淋浴的水聲
- 水滴落浴室洗臉台的聲音
- 椅子在地板上拖拉的聲音
- 吼著要廁所裡的人出來的聲音
- 在混凝土地面曳步而行的腳步聲
- 為了房間或私人物品爭吵的聲音
- 小孩子的哭聲

嗅覺
- 湯
- 義大利麵
- 餐廳烹煮的肉汁及蔬菜
- 令人不舒服的體臭
- 菸味
- 散發酒精味的口臭
- 汗味
- 沒洗的衣物惡臭
- 塑膠製的床罩或睡墊
- 咖啡
- 床單或毛巾散發的強烈漂白水味

味覺
- 慈善廚房典型的餐飲（圓麵包、湯、可供許多人食用的義大利麵、漢堡、烘肉捲、熱狗、燙蔬菜、新鮮水果）
- 牙膏
- 漱口水
- 香菸
- 小點心
- 自動販賣機的碳酸飲料

觸覺
- 老舊床墊的彈性
- 扎背的彈簧床墊
- 爬上去就搖搖晃晃的破爛折疊床
- 輕盈而光滑的塑膠餐具
- 洗過許多次而布滿毛球的寢具
- 堅硬的塑膠餐盤
- 在口中嚼爛的食物
- 躺在薄睡墊時，感覺到底下堅硬的地板
- 手中滑溜的肥皂
- 因用廉價洗髮精或固體肥皂洗頭，梳理時頭髮打結

- 淋浴過後皮膚變乾淨而發癢
- 裝個人物品的老舊旅行袋硬梆梆的質地
- 為收容所進行打掃或維修時，雙手浸入充滿泡沫的水
- 刷完牙後用舌頭舔過乾淨牙齒的快感
- 緊緊抱在腋下的塑膠垃圾袋

引領故事發展的情境與事件

- 與其他住宿者發生爭執，驚動警方
- 受傷
- 空間、資源（床位、飲食）不足
- 有傳染病的住宿者
- 由於精神疾病或使用藥物，變得偏執或暴力
- 因為不遵守規定，被趕出收容所
- 住滿規定時間，必須離開收容所，卻無處可去
- 偷偷把狗帶進收容所

登場人物

- 遊民住宿者
- 警察或急救人員
- 收容所工作人員和警衛
- 義工

編劇小技巧

設定時的重點與提示

遊民收容所的規模根據它的收容人數而不同。有些男女皆收，也有些只限男性或女性。有的收容所是先到先服務，也有些地方只要支付少許金額，或是在所內從事義工活動，就可延長住宿期限。收容所內沒有隱私，人多的時候，可能連餐廳等公共區域都必須睡人。由於許多住宿者患有精神疾病或藥物成癮，因此也經常引發戲劇性的事件或騷動。

例文

只要氣溫一下降，人們總是早早便排起隊伍來。收容所「新希望」的對開門同時湧入臉龐被凍得皸裂、包裹著被雪覆蓋的外套的人潮。每一個領到湯品的人，都用發抖的雙手捧著溫熱的杯子，尋找可坐下的地方。我一面舀湯，一面計算人數，對於一下子來了這麼多人、桌子比預期更快地坐滿，感到難過極了。很快的天就要黑了，大門必須關上，如此一來，被留在外頭的人——母親、小孩、因關節炎而行動不便的老人——就必須另覓其他過夜的地方了。

運用的寫作技巧

多種感覺的描寫、天氣

創造效果

伏筆、時間流逝、強化情緒

遊行
Parade

關連場景
遊樂園、都市街道、停車場、小鎮街道

視覺
- 聚集在馬路沿街的大批群眾
- 觀眾（擠得水洩不通、排隊站立、坐在路緣石上、坐在戶外折疊椅上，或是坐在卡車車斗上看遊行）
- 遊行隊伍前方的警車或消防車
- 有巨大氣球拱門的花車
- 鬆脱的氣球飛向天空
- 吉祥物或符合主題的展示
- 行進樂隊
- 有裝飾的卡車或汽車
- （貨運）馬車
- 攝影人員和記者
- 打著閃光燈的攝影機
- 用手機錄影遊行的觀眾
- 載著向群眾揮手的遊行主角（政治家、藝人、選美小姐冠軍）的古典汽車或敞篷車
- 施放的煙火
- 在天空飛舞落向地面的紙花
- 服裝華麗的遊行參加者
- 在花車上迎風招展的旗幟
- 裝設在車上的橫布條或看板
- 騎馬的人
- 舞蹈團體
- 停在路中央表演熱舞的啦啦隊
- 倒立行走或是連續後空翻的街頭藝人
- 逗笑觀眾的小丑
- 軍人
- 踩高蹺的人
- 監視群眾，負責維安的警察
- 指示遊行路線的管制線或並排的A字架
- 向群眾丟糖果的人
- 讓小孩坐在肩膀上看遊行的父親
- 嬰兒車
- 繫著牽繩的狗
- 清掃馬糞的清潔人員
- 堆積在路緣石旁邊的糖果或飾品碎片

聽覺
- 消防車或警車的警笛聲
- 行進樂隊的演奏
- 花車播放的錄音音樂
- 人們的叫聲、喧嘩聲
- 透過麥克風或擴音器説話的主持人聲音
- 嬰兒叫聲
- 孩童發出叫聲或笑聲
- 汽車引擎聲
- 喇叭聲
- 馬蹄發出「喀噠喀噠」聲
- 氣球「啪」地破掉
- 汽笛喇叭刺耳的聲音
- 花車上唱歌的人們
- 舞蹈團體的隊長或指揮下達指示的聲音
- 旗子隨風拍動的聲音
- 遊行大隊同時出發，曳步而行的聲音
- 機車引擎發出的轟隆聲
- 狗叫聲
- 警察的哨子聲
- 緩步行走的馬鼻子噴氣的聲音
- 小丑坐的車子發出的微弱馬達聲
- 煙火「咚」地施放的聲音
- 飛越上空的媒體直升機螺旋槳的聲音

嗅覺
- 車輛廢氣
- 糖果零嘴
- 咖啡
- 濕濕的柏油路
- 汗味
- 動物排泄物的臭味
- 路邊攤賣的食物

味覺
- 在路邊攤買的食物（爆米花、花生、柔軟的扭結餅、星星糖、棉花糖、熱狗）
- 水
- 汽水
- 咖啡

觸覺
- 身體被擠得動彈不得
- 撞到站得太近的人，或遭到推擠
- 腳下凹凸不平的柏油路
- 飛到皮膚上或黏在頭髮上的紙花
- 大鼓陣陣撞擊胸口的聲音
- 不聽話的狗用力拉扯牽繩
- 坐在肩膀上的孩子的重量
- 沾濕頭髮，沿著皮膚流下的汗水

- 膽小或害怕的孩子鑽進自己的膝蓋間
- 黏答答的棉花糖
- 抓著溫熱或冰涼的飲料，手變得溫熱或冰涼
- 照射著後頸的陽光熱度

引領故事發展的情境與事件

- 在大混亂中遭到攻擊或綁架
- 遇到扒手
- 對小丑心生恐懼
- 被暴衝的汽車或花車撞傷
- 被丟過來的糖果狠狠地砸中
- 狂風暴雨
- 孩子走失
- 遲遲找不到停車位
- 感官同時受到太多刺激，恐慌症發作
- 發生火災或爆炸，許多人衝到馬路上，陷入大混亂
- 狗兒逃脱，衝進遊行隊伍

登場人物

- 街頭藝人
- 主持人
- 舞棒者和舞旗者
- 孩童
- 小丑
- 想利用遊行趁機犯罪的歹徒
- 舞者
- 司機
- 花車上的人或藝人
- 馬上的騎士
- 行進樂隊的成員
- 採訪媒體
- 遊行觀眾
- 攝影師
- 警察
- 攤販店員
- 踩高蹺的人
- 率領遊行的總指揮官

編劇小技巧

設定時的重點與提示

遊行可以是非常活潑積極的設定。遊行這個場面充滿了各種噪音及視覺性渾沌，提供了許多自然且生動的背景，可以補充故事當前的狀況或凸顯對比。由於遊行時，人們的注意力集中在一處，因此角色可利用人們的心不在焉，潛入禁區，或是不被人發現地行動。但是把遊行的設定運用在某些老套的狀況時，比方說逃離追兵（電影《絕命追殺令》）或引起注意（電影《蹺課天才》），必須要小心。如果要納入這類要素，務必以嶄新的手法來描寫角色的行動。

例文

燈光打亮發出刺耳音樂經過眼前的花車輪廓。馬路另一頭，人們站在路緣石上，發光的手環和閃爍的霓虹燈照亮了他們大喊或配合音樂擺動的臉和手。每當煙火升空，坐在椅子上的祖母就用雙手摀住耳朵，但她的眼睛睜得老大，雙頰隆起，面露淡淡的笑容。傍晚的微風捎來涼意，我閉上眼睛，感謝能夠和祖母一起來到這裡。祖母與祖父共度的人生中，遊行一直是重要的活動。這是祖父過世後第一次的遊行，我事前並不知道祖母會有什麼樣的反應。但我的直覺沒有錯，這事對祖母來說，的確有幫助。

運用的寫作技巧

對比、光與影、多種感覺的描寫

創造效果

醞釀氣氛、告知背景、強化情緒

遊樂園
Amusement Park

關連場景
田園篇——農業園遊會
都會篇——遊樂園驚奇屋、馬戲團、水上樂園、動物園

視覺

・遊樂設施（旋轉的巨大摩天輪、繪有五彩繽紛輪子的雲霄飛車、漆上陰暗色彩的二層樓鬼屋、在金屬軌道上滑行並噴出高高水花的圓木船、旋轉咖啡杯、在藍天下宛如蹺蹺板前後搖晃的海盜船、緩緩移動的兒童小飛機、機器小馬、遊船）
・排隊等著玩遊樂設施的長長隊伍
・在人工池坐碰碰船的人，朝其他人發射水槍
・碰碰車的金屬滾輪接觸金屬網天花板，噴出火花
・旋轉木馬
・有高低起伏的滑水道
・兒童用遊戲球池或攀爬區
・一整排的迷你遊戲（天花板吊著巨大布偶獎品的套圈圈、釣水面小鴨的遊戲、籃球機、打槌子測肌力的遊戲機、射擊飛過來的目標或閃爍燈光的遊戲機、用美式足球的球丟過懸吊的輪胎中心的遊戲、射飛標、射氣球）
・拿著獎品（長長的蛇布偶、亮片帽、巨大的熊布偶、廉價玩具或小布偶）走來走去的人
・在迷宮裡的趣味小房間哈哈大笑的青少年
・穿著制服、笑容可掬地駕駛遊樂器材的員工
・食物攤販（販賣披薩、大火雞腿、冰淇淋、冰沙、漢堡和薯條、巧克力蘋果等）
・附設用餐區的速食店
・掉落路旁水溝的垃圾（包裝紙、玩具標籤、菸蒂、收據）
・販賣遊樂園相關商品的禮品店（布偶或娃娃、書、相框、鑰匙圈、咖啡杯、原子筆或鉛筆、玩具、撲克牌）
・滿出來的垃圾桶
・清掃垃圾的清潔人員
・售票處或提款機
・抱著鬧脾氣的幼兒、推著嬰兒車的人
・丟在長椅上的瓶裝水
・丟在回收桶附近壓扁的汽水罐
・吹過傳單等垃圾的風
・飛上天空的氣球
・團團圍繞食物攤的人
・樹蔭下坐滿休息者的長椅
・突然衝下來啄食地面食物的鳥

聽覺

・震耳欲聾的音樂
・叫聲
・笑聲
・歡呼聲
・通知遊戲結束的鈴聲
・遊樂設施「喀鏘」作響的鐵鏈
・發出「咻」聲的空氣煞車
・發出「咻咻」聲的機器
・「嘰嘰」作響的煞車
・跑過灼熱鋪裝路面的腳步聲
・遊客呼叫彼此的聲音
・在大油鍋裡「嗶嗶」油炸的薯條或甜甜圈
・彈珠台不停地「叮鈴鈴」作響
・彈珠滾動，掉進洞裡或環裡，撞到內板的聲音
・氣球破裂聲
・零錢「鏘啷啷」作響
・收銀機打開的聲音
・印刷收據的聲音
・舞台表演秀結束後的掌聲和歡呼
・坐上遊樂器材扣好安全帶的聲音
・門「砰」地關上，安全桿降到固定位置「喀」的聲音
・鬼屋傳來的恐怖效果音（邪惡的笑聲、「吱吱」啼叫的蝙蝠、幽靈的呻吟）
・疲倦的嬰兒哭聲
・嘔吐物濺了一地的聲音
・用掃把集中垃圾時，掃把摩擦地面的聲音
・遠方的演唱會傳來的音樂聲
・夜間施放的煙火聲

嗅覺

・香菸
・油炸食物的油
・灼熱的鋪裝路面
・上了油的機器
・嬰兒更換的尿布
・被陽光曬熱的垃圾
・體臭
・汗味

・口臭
・防曬乳
・嘔吐物

味覺

・遊樂園的食物（漢堡、美式熱狗、甜甜圈、冰淇淋、巧克力、薯條、爆米花、洋芋片、冰糖、甜筒冰淇淋、炸麵包）及飲料（碳酸飲料、冰沙、水、檸檬水、剉冰、奶昔）

觸覺

・塗漆剝落的遊樂設施安全桿
・座墊龜裂處摩擦皮膚，很不舒服
・緊緊勒住大腿的安全帶
・用力踩碰碰車的油門
・扔出去之前握在手中滑溜的球
・多汁的漢堡油脂沿著手流下來
・一團冰冷的冰淇淋流過皮膚
・用乾紙巾擦拭沾到衣服的番茄醬
・把漢堡的包裝紙或是薯條袋揉成一團
・握著幾乎結凍的冰水或是汽水瓶時，手幾乎麻痺的感覺
・握住孩子汗濕或黏答答的手，免得走散
・在擁擠的遊樂設施或隊伍和陌生人輕微碰撞
・摸摸後口袋，確定錢包還在
・玩完水上圓木船等遊樂設施後，濕漉漉的衣服黏在皮膚上
・被水槍擊中，頭髮和臉滴下水來
・坐雲霄飛車時，胃往下墜的感覺
・曬太多太陽，或乘坐過快的遊樂設施，頭暈腦脹

引領故事發展的情境與事件

・在人群中和孩子走散
・目擊賄賂或犯罪
・錢包被扒
・每一樣遊戲都輸給對方，自覺不如人
・發現走失的小孩
・覺得有人在看自己、被跟蹤
・被朋友丟下
・還想留下來玩，但一起來的朋友不舒服，必須送他回去

登場人物

・遊樂園設施及遊戲的操作員
・遊客
・駕駛及維修人員
・雜工
・園區管理員
・藝人
・警衛
・表演秀表演者

編劇小技巧

設定時的重點與提示

有些遊樂園有特定的主題（迪士尼樂園等），或是有自己的吉祥物，也有些廣納各個年齡層都能享受的各種遊樂設施及遊戲。遊樂園的場地是固定的，與移動式遊樂園不同。受到所在地及當地氣候的影響，有些遊樂園僅在特定期間營業，或是全年開放。

例文

喬埃揮動掃把掃過骯髒的混凝土地面，揉成一團的紙巾、菸蒂、瓶蓋被集中掃到一處。遊樂設施停止運轉，音樂也消失之後，遊樂園開始露出真正的面貌來。幾乎沒有人可以像他一樣，看見被風捲起的炸熱狗包裝紙滾過被泥土弄髒的帳篷入口，以及脫落的塗漆沐浴在月光下閃閃發亮的景象。不過正因爲如此，才不愧爲一般人絕對不會知曉的神秘世界。笑聲消失，抹去妝容的遊樂園，它的素顏實在稱不上美麗。

運用的寫作技巧

對比、擬人法

創造效果

醞釀氣氛

遊樂園驚奇屋
Carnival Funhouse

關連場景
遊樂園、馬戲團

視覺

- 五彩繽紛的招牌周圍閃亮的燈泡
- 在門口一臉無聊的驗票工作人員
- 朝著奇怪方向扭動的地板
- 會搖晃或傾斜的階梯
- 油漆剝落的安全扶手
- 一定要踩上去才能前進的扭轉盤
- 一有人進去就開始旋轉的巨大木桶
- 以噴漆描繪的漫畫圖案（小丑、氣球、欣賞音樂的兒童）
- 牆上炫酷的塗鴉
- 每一階高度都不同、歪七扭八的梯子
- 安全網
- 彎彎曲曲的溜滑梯
- 腳下搖晃的木板橋
- 應該往上卻往下移動的電扶梯
- 突然搖晃起來的地板
- 狹窄的通道
- 設置在屋內各處的陽台，可呼吸戶外新鮮空氣，或俯瞰底下的遊樂園情景
- 有刮痕或缺損、倒映出扭曲鏡像的鏡子
- 閃爍的燈泡
- 引起頭暈或錯覺的旋轉板
- 發出笑聲的孩童（包含幼兒到青少年）
- 地上的垃圾
- 閃光燈
- 翻倒的飲料
- 從洞孔噴出來製造視覺效果的蒸氣或煙霧

聽覺

- 大聲播放的音樂
- 錄音的小丑笑聲
- 在金屬地板踩出「喀喀」聲響的腳步聲
- 高速旋轉、「嘰嘰」作響的機器
- 電力供應設備的馬達發出沉悶爆音
- 遊樂園的喧鬧聲
- 鐵鏈「鏘鏘」作響或搖晃
- 朋友對彼此大喊大叫
- 在旋轉木桶裡掙扎著想爬起來的人鞋底滑過地面的聲音，或彼此碰撞的聲音
- 在狹窄的通道裡回響的聲音

嗅覺

- 遊樂園的油炸食物（美式炸熱狗、迷你甜甜圈、炸奧利奧餅乾、炸薯條）
- 爆米花
- 剛出爐的棉花糖
- 汗味
- 泥土
- 沒氣的啤酒
- 被太陽曬熱的塑膠
- 灼熱的機器
- 汽油廢氣

味覺

- 遊樂園的食物或飲料（汽水、棉花糖、薯條、巧克力蘋果、杯子蛋糕、熱狗）
- 糖果
- 口香糖
- 薄荷糖
- 直接就口，大口飲用的瓶裝水

觸覺

- 夾在指間薄薄的入場券
- 抓著油漆剝落的安全扶手前進
- 地板搖動起伏時，設法保持平衡
- 驚奇屋中運轉的馬達震動從腳底傳到手上
- 為了維持平衡而扶住牆壁，再用褲子把手抹乾淨
- 在旋轉木桶中四肢跪地
- 屋子裡很擠，撞到前面的人，或是被後面的人撞到
- 為了支撐身體，抓住朋友溫熱的手
- 經過搖晃的地面時，被朋友推擠說「走快點」
- 手指摸到黏答答的東西，或是被弄髒

引領故事發展的情境與事件

- 機關故障
- 在驚奇屋裡遇到死對頭或惡霸
- 不小心聽到其他人在談論自己
- 不是那麼要好的朋友，在驚奇屋中拋下自己離開了
- 跌倒受傷

・身上的衣物被地板上的活動金屬板夾住
・在黑暗中被粗暴地推擠

登場人物

・遊樂園管理員
・遊客
・維修人員
・安檢人員

編劇小技巧

設定時的重點與提示

如果是移動式遊樂園，由於每一樣遊樂設施都必須用貨車搬運，因此規模會小很多，所以驚奇屋裡面應該總是擠滿遊客。如果是建在一個地方的固定式遊樂園，全年開放，裡面的遊樂設施應該會分成好幾個階段擴增，變得越來越複雜。無論如何，遊樂園爲了獲得最大的收益，都會盡量招攬更多的遊客。有些驚奇屋會有特定的主題（吸引幼兒的流行遊戲、僵屍、外星人、恐怖的小丑、天方夜譚等），也有傳統的形式。這類驚奇屋，迎接遊客的入口應該會做成巨大的小丑或怪獸的嘴巴。

例文

梅根很快速地穿過黑暗的通道，丟下我一個人走了。擴音機傳來小丑瘋狂的笑聲，壓縮的空氣冷不防噴上我的臉，嚇得我壽命縮短了好幾年。地板突然起伏扭動起來，我立刻抓住扶手。妹妹明知道我最害怕夜晚來這種鬼地方，卻故意拋下我。如果她打算像在剛才的鬼屋那樣突然撲上來抓住我，我一定會趁她晚上睡覺的時候把她給掐死。

運用的寫作技巧

誇飾、多種感覺的描寫

創造效果

醞釀氣氛、伏筆、營造緊張感與糾結的心情

運動賽事觀眾席
Sporting Event Stands

13畫

關連場景
田園篇——農業園遊會、體育館、牛仔競賽
都會篇——賽馬場

視覺

- 手上拿著雨具或塑膠杯裝的啤酒、穿著隊服或是戴著棒球帽的粉絲
- 觀眾席上臉上塗有彩繪的粉絲
- 爆米花散落一地的階梯觀眾席
- 硬梆梆的金屬長椅或塑膠椅
- 水泥或金屬階梯
- 揮舞著大手指加油棒的人
- 優勝旗幟或隊旗飄揚
- 舉著手作看板或揮舞彩球的粉絲
- 相機閃光燈閃爍
- 丟在垃圾桶或留在長椅上的皺巴巴糖果紙，或鋸齒狀開口的洋芋片包裝紙
- 賣食物的小販
- 向小販揮手招呼的粉絲
- 飲料灑出來導致地板濕濕的
- 並肩或坐或站的人們
- 和不認識的人產生夥伴交情
- 戴上活動相關物件的人（棒球手套、橄欖球頭盔、曲棍球面罩）
- 攜帶型座墊
- 上衣披在長椅或椅背上
- 傘
- 一群胸前畫著號碼的半裸男生
- 紀念品
- 忘在那邊的太陽眼鏡
- 啤酒空罐或碳酸飲料空罐
- 壓扁的花生殼
- 金屬扶手
- 大型螢幕
- 巨大的喇叭
- 和觀眾互動的吉祥物
- 鎖定啦啦隊的男生們
- 對著觀眾發射T恤的T恤槍
- 飛撲過去接高飛球或飛起來的曲棍球選手
- 四周有少數幾群穿著敵方隊服的人們
- 爆發爭吵
- 激烈的辯論
- 金錢交易
- 電視台的攝影機
- 贊助商標誌
- 橫幅廣告
- 玩波浪舞的粉絲們
- 中場時間占據賽場的儀隊
- 盤繞上空的飛船

聽覺

- 喇叭傳出主播的說話聲
- 尖叫或嘶吼聲
- 歡聲雷動
- 口哨
- 嗆聲
- 嘮叨或嘆息
- 捏扁啤酒罐的聲音
- 座位發出的嘰嘰聲
- 笑聲
- 噓聲或咕噥聲
- 人聲鼎沸下大聲交談的人們
- 喇叭播放的音樂
- 裁判吹哨的聲音
- 咒罵聲
- 食物包裝紙的沙沙聲
- 吃爆米花或洋芋片的咖滋咖滋聲
- 喝飲料的聲音
- 選手接受訪問的聲音
- 暫停時間撥放的廣告旁白
- 手機響
- 觀眾一起反覆呼喊的聲音
- 放煙火的聲音
- 搖滾區響起的儀隊演奏
- 有人興奮地跳起來，爆米花嘩啦啦灑了一地的聲音
- 彩球發出的刷刷聲
- 加油喇叭的響聲
- 警察與警用無線電
- 揮舞紙板時的刷刷聲
- 腳踩扁爆米花或花生殼時啪啪作響
- 用塑膠加油筒怒罵的人
- 兩隊粉絲互相叫陣的爭吵聲
- 飲料打翻的聲音
- 主場隊得分時的炮聲或鳴槍聲
- 跺腳的咚咚聲

嗅覺

- 爆米花
- 熱狗
- 汗水淋漓的身體
- 香水
- 打翻的啤酒
- 肉桂、糖
- 調味料（芥末醬、番茄醬）
- 水泥或金屬的清新味道（特別是下雨天或冷天）

味覺

- 水、啤酒
- 碳酸飲料、果汁
- 迷你甜甜圈、吉拿棒
- 薯條、漢堡、熱狗
- 巧克力棒
- 冰淇淋、糖果
- 熱花生
- 蝴蝶脆餅
- 油、美式熱狗、洋蔥圈
- 雪泥冰、剉冰
- 爆米花
- 棉花糖
- 玉米片、起司
- 辣醬
- 墨西哥辣醬、肉醬
- 打嗝有洋蔥味

觸覺

- 硬梆梆的座位
- 腰痛
- 一下坐一下站而全身痠痛
- 撞到別人
- 黏黏的東西灑在腳下
- 和某人擊掌
- 興奮的剎那隔壁的人抓住自己的手腕
- 被潑啤酒
- 在狹窄的通道上絆倒
- 有人拍背或拍肩
- 坐到口香糖上面
- 不小心踢飛垃圾或空瓶
- 踩到別人的腳
- 油膩膩的爆米花
- 冷飲杯上的水滴
- 有人不小心打翻爆米花使其從肩膀上像瀑布般流下來
- 有人靠過來大聲講話，結果口水噴到臉上
- 抵到手肘
- 碰到油而黏答答的手指
- 用紙巾擦手或臉
- 想上廁所但不想錯過比賽，結果在位子上扭來扭去
- 冰淇淋順著手指滴到衣服上
- 因為熱氣而暈倒
- 怕跟人碰撞而用身體遮住自己的食物和飲料
- 粉絲們在混亂的隊伍中默默前進

引領故事發展的情境和事件

- 裁判不公
- 因為激烈的敵對心態在觀眾席上開吵
- 喝醉的粉絲辛苦的爬著金屬樓梯
- 口無遮攔的家長們怒罵教練或是選手
- 全裸橫越賽場的人
- 有賭癮而陷入財務危機
- 開心時，隔壁卻坐了個掃興的人（不停抱怨、個性激烈、使用很吵的加油物品、在自己小孩面前恣意罵髒話、撞過來或推擠、講話時噴口水）
- 吵架後遭誤會而被趕出賽場
- 敵隊得分時，他們的粉絲表現出得意洋洋

登場人物

- 運動員、啦啦隊、粉絲
- 教練、醫生
- 球探、記者
- 賽場的工作人員

編劇小技巧

設定時的重點與提示

運動賽事的觀眾席，無論是哪種競賽其實都很類似，但仍有些許不同。例如國高中的運動賽事規模就很小，會有和當地社群緊緊相連的感覺。另一方面，若是小鄉鎮的活動，雖然觀眾少，但粉絲發聲和投入熱情的程度可說是最激烈的。設定中也會有北美職業冰球聯盟（ＮＨＬ）的延長賽，或超級盃、ＮＢＡ、大聯盟這些在幾萬人大都市的大型會場中舉辦的賽事。需要哪種運動賽事是根據故事的走向來決定的，氣氛如何營造就得靠寫作者發揮創意了。

例文

既然說是球季首場比賽，當然就是座無虛席。體育館裡滿滿紅色與白色的一片旗海，是對卡加利牛仔隊的盛讚。懷抱著幹勁和緊張感的足球選手們大步走進會場，看台席上湧起了熟悉的大合唱，一下子加入了幾千人的聲音，音量漸漸大到足以開始震動座椅。唱到最後一個音符後，煙火陸續出現在微暗的天空，大家瘋狂地歡聲雷動。

運用的寫作技巧

多種感覺的描寫、象徵

創造效果

醞釀氣氛

電梯

Elevator

關連場景

會議室、辦公室個人隔間

病房、破舊公寓

視覺

- 金屬製的門
- 夾在玻璃板內的廣告海報或特殊活動的公告
- 搭乘人數限制的標示
- 最新安檢報告
- 裝有塑膠蓋板的天花板照明
- 牆上的汙痕或指紋
- 掉在地板上的微小垃圾（皺巴巴的口香糖包裝紙團、塵土、細礫砂石）
- 緊鄰出入口的潔手液消毒機
- 按下去按鈕會發光的操作面板
- 鑰匙孔
- 扶手
- 裝在天花板和側邊牆壁的喇叭
- 緊急通話鈕
- 裝飾用格板及金屬網狀天花板
- 緊急逃生口
- 裝作無視他人的搭乘者（看手錶或是手機、一直盯著樓層電子顯示板、要去的樓層快到時往前一步）
- 推著嬰兒車的母親或拿著行李箱的旅客
- 最大載重的標示
- 紅色的緊急停止鍵

聽覺

- 金屬間的摩擦
- 尖銳的高音嘰嘰聲或喀吱聲
- 藉由水壓關上電梯門的聲音
- 啪啪作響的對講機按鈕
- 喇叭播放的音樂
- 給電梯纜線加壓的煞車裝置發出嘰嘰聲
- 電梯搖晃後咚地一聲停下來
- 機械的金屬嗡嗡作響
- 人的咳嗽聲
- 衣服或外套的摩擦聲
- 請別人幫忙按樓層鈕
- 閒談
- 要出電梯而向門邊的人道歉
- 按下緊急按鈕而響起的警報聲
- 搭乘者為了進來的人騰出空間時，移步的聲音
- 到達樓層時叮地一聲

嗅覺

- 地上潮濕且骯髒的踏墊
- 狹小空間內籠罩著清潔用品混雜的味道（香水、體香劑、髮膠、鬍後水）
- 抽菸的人衣服上的薰人菸味
- 嬰兒車裡的寶寶尿布臭味
- 喉糖或薄荷糖
- 口臭或啤酒味
- 某人手上抹了潔手液後那種去不掉的香味
- 汗臭或體味
- 清潔劑
- 外送食物的容器傳來的香味和油煙味
- 搭乘者拿在手上的外帶咖啡

味覺

- 口氣清新噴霧
- 咖啡
- 口嚼菸
- 口香糖
- 糖果
- 喉糖
- 碳酸飲料
- 冷飲
- 帶到電梯裡的果汁或水
- 有人正在電梯裡吃點心

觸覺

- 滑溜溜的按鈕
- 為了空出位置而靠在牆上
- 為了在擁擠的電梯裡至少保有一點空間而屏氣凝神，或雙手腋下夾緊
- 金屬扶手
- 碰到髒汙的牆壁感到嫌惡
- 要看樓層數字顯示的變化而將頭向後仰
- 隨著電梯的搖晃咚一下失去平衡
- 對於和其他搭乘者的距離過分敏感
- 感覺他人的呼氣吹動自己頭髮，或他人的吐息吹到自己的後頸
- 坐車時間很長，因手提行李的重量手腕感到疲憊
- 為了安撫不開心的寶寶，前後推動嬰兒車
- 要阻止電梯門關上，用手輕碰門的膠條

引領故事發展的情境與事件

- 因為停電，電梯停在樓與樓之間
- 電梯故障
- 建築內發生火災
- 與讓人無法安心的人一起共乘（大小聲、變得暴力、盯著人看、站得太近、亂問問題、喃喃自語）
- 在電梯裡卿卿我我的人
- 尖聲大叫的小孩
- 粗魯的小孩
- 和不尊重個人空間的人共乘
- 進到電梯後巧遇刻意避開的人

登場人物

- 大樓警衛
- 上班族
- 清潔工
- 顧客
- 送貨員
- 住戶或暫住的人

編劇小技巧

設定時的重點與提示

如果是安檢高規格的建物，電梯內會設置監視器，這種監視器有些會有錄影功能，有些就只具備簡單的監看功能。電梯內壁有的是玻璃做的，可想而知依據用途不同大小也有所差異。有的大型電梯乘載量高，有的電梯就很小且一次只能容納幾個人。多數患有幽閉恐懼症的人都會在電梯裡發作，你可以根據描繪的登場人物的耐受性，考量電梯的空間大小如何設定。如果要營造不安的氣氛，電梯內的情況設定可提升這類氣氛。

例文

電梯突然搖了一下停下來，艾瑪抓緊黏乎乎的金屬扶手。門打開來，一個推著嬰兒車的女人笑臉迎人的進入電梯。電梯一邊匡噹匡噹地搖晃，一邊向下抵達大廳。艾瑪搖搖頭，怎麼想都覺得這裡就是個不乾淨且通風不好的爛棺材，而且這棺材看來似乎是醉醺醺的電梯維修員負責保養的，爲什麼這女的能夠這麼一派輕鬆，笑嘻嘻的逗著寶寶呢？難道她不知道這其實是個死亡之地嗎？

運用的寫作技巧

對比、比喻

創造效果

強化情緒、營造緊張感與糾結的心情

電影院
Movie Theater

關連場景

立體停車場、停車場

劇院、購物中心

視覺

- 上映中的電影名稱以黑體字寫在白板上
- 貼在建築物外牆的電影海報
- 小孩被車子載到人行道邊
- 四邊裝設玻璃的售票處、工作人員坐在裡面待命
- 進電影院的幾個出入口大門
- 大廳鋪磁磚的地板
- 顯示上映中的電影名稱和場次時間的液晶螢幕
- 自動售票機
- 排隊買票的觀眾人龍
- 照明明亮的大廳
- 放置遊戲機和代幣兌換機的電玩機台區
- 表示地板濕滑的黃色警示牌
- 演員的人形立牌
- 即將上映的電影宣傳展示
- 區分售票處和商店的分隔繩
- 設置霓虹燈和價格標示的商店櫃台
- 爆米花機或碳酸飲料機
- 各式各樣的糖果
- 吸管架或餐巾紙抽取盒
- 調味料取用台
- 垃圾桶
- 兒童座椅集中放置
- 噴水式飲水機
- 廁所
- 派對包廂
- 確認客人電影票並引導至影廳的工作人員
- 裝3D眼鏡的容器
- 通往影廳的微暗通道
- 各影廳外設置的上映中電影名稱看板
- 戲院內鋪地毯的階梯
- 兩側有布幕的大螢幕
- 壁掛式喇叭
- 階梯上裝設引導燈
- 在黑暗中發亮的手機
- 鋪有座墊的階梯式座位
- 杯架
- 掉在地上的爆米花或吸管包裝紙
- 散落在階梯上的各色糖果
- 掉在地上揉成一團的餐巾紙
- 並排坐著並緊盯螢幕的客人

聽覺

- 針對正在看的電影爭論的人聲
- 人們在人行道旁下車並砰一聲關上車門
- 透過售票處麥克風聽見工作人員小小聲講話
- 鞋子在磁磚地上叩叩作響或拖行的腳步聲
- 工作人員的談話聲
- 爆米花砰一聲彈出來
- 汽水倒進杯子裡的聲音
- 機器鏟起爆米花的沙沙聲
- 電影院內響亮的人聲或腳步聲
- 沒停過的遊戲機聲音或鈴聲
- 小孩笑聲或跑步聲
- 掃帚掃地的聲音
- 戲院內椅子嘰嘰作響
- 等待電影開始放映時，小小聲講話的人
- 窸窸窣窣地打開糖果包裝紙
- 嘎吱嘎吱嚼著爆米花或玉米片的聲音
- 電話鈴響
- 大聲播放的電影預告
- 笑聲
- 輕聲細語
- 隔壁滿口食物並發出咀嚼聲的人

嗅覺

- 爆米花
- 鹽
- 有霉味的地毯

味覺

- 水、汽水
- 爆米花、奶油、玉米片
- 蝴蝶脆餅
- 熱狗
- 糖果

觸覺

- 從敞開的門口吹進來的強風
- 空調很冷
- 金屬製的階梯扶手
- 座椅搖晃
- 似乎會往前傾的座椅，或感覺好像壞了的靠背太過後傾的椅子
- 座位扶手上手腕碰到彼此
- 飲料杯上的水滴

- 吃爆米花而黏答答的手指，或因巧克力融化而弄髒的手指
- 靜不下來的小孩踢自己的椅子
- 用餐巾紙擦掉嘴巴或手指沾到的奶油
- 座位扶手有一塊地方因打翻的汽水而黏黏的
- 黏答答的地板
- 被突然的巨大聲響嚇一跳
- 忍著不哭
- 戲院裡太熱或太冷
- 憋住咳嗽而使得喉嚨刺痛

引領故事發展的情境與事件

- 在黑暗裡絆倒
- 巧克力或其他糖果堵住喉嚨
- 看了自己不想看的電影而生氣
- 十幾歲的小情侶，在小孩面前卿卿我我
- 鄰座破壞看電影氣氛的人（打呼、占據扶手、吃東西弄得很髒、講話、在奇怪的時機發出笑聲、開演前和播放中從椅子站起來好幾次）
- 戲院客滿，落到坐最前排的下場
- 打翻自己的輕食或飲料
- 黑暗中財物被偷
- 一起來看的人從頭到尾一直批評電影

- 觀眾吵架
- 有人踢自己座位的椅背
- 放映中一直大聲講話的人
- 嗆聲阻礙電影放映
- 第一次電影約會或跟爸媽去看電影時，看到床戲很尷尬
- 因為人潮洶湧、一片漆黑、巨大聲響，和可能接觸到細菌的關係感到不安

登場人物

- 收銀員
- 工友
- 維護人員
- 客人
- 電影院老闆
- 其他工作人員
- 清潔人員

編劇小技巧

設定時的重點與提示

大部分電影院的大小和場內構造都很類似，但也有例外。影廳多的戲院很受歡迎，但還是有規模很小的電影院，而且只放映一定數量的電影。有的電影院是走餐廳形式，不設置整排座位，改讓觀眾坐在餐桌邊，優雅地邊享用晚餐邊看新片，而不是大口大口地吃著零食。各地方應該還有已瀕臨絕種的露天電影院，可以直接開車進去看電影。另外還有以藝術迷爲客群的迷你戲院，在歷史建築或裝飾藝術風格的空間內，以放映重拍的名作或獨立製作電影爲主。

例文

其他的女生窩在下陷的座椅內，像瘋狂的鵝一樣嘎嘎大笑，而賈奈兒則是盡量努力不要陷入恐慌。地板上累積了十年都沒清的汽水汙漬，她感覺自己的鞋子就踩在上面。爆米花的碎渣被滿是噁心奶油的手指碰過還沾著口水，塞在椅子看不到的空隙間。這個臭味到底是什麼？食物的霉味？還是房子的霉味？她盡可能地不要碰到任何東西，邊惶恐地坐到椅子上，打從心底討厭這座電影院。

運用的寫作技巧

誇飾法、多種感覺的描寫、直喻法

創造效果

賦予登場人物特徵、強化情緒、營造緊張感和糾結的心情

圖書館
Library

關連場景

田園篇——小學教室、高中走廊、大學演講廳

都會篇——書店

視覺

- 堅固的書架（沿著牆邊、或豎立在地面一排排的書架、或圍繞閱覽區或閱讀區呈漩渦狀設置）
- （負責大略查閱書籍、借書還書登記、收取逾期歸還罰款、為讀者查詢等業務的）圖書館館員及助理所在的櫃台長桌
- 存放送給兒童的貼紙及書籤的收納盒
- 宣傳特別活動或介紹書香俱樂部的小手冊
- 書推車
- 原子筆或鉛筆
- 資料區（有厚重的辭典、百科全書、地圖集、歷史文獻等）
- 在桌邊讀書的學生
- 坐在舒適的椅子上翻閱報紙的老人
- 使用圖書館電腦搜尋資料或上網的讀者
- （供舉辦特別活動、讀書會、書香俱樂部聚會的）讀書室
- 通往二樓的階梯
- 各排書架兩端的分類號碼
- 各種封面光亮的定期刊物齊備的雜誌區
- 宣導識字及閱讀重要性的標語橫幅布幕或海報
- 頭頂的明亮燈光及桌上的檯燈
- 書架上陳列繪本、地板上有靠墊的兒童區
- 請館內讀者保持安靜的告示
- 文件整理架
- 供借閱的影音作品開架區
- 影印機或護貝機
- 熱門作家作品以及到館新書的展示區
- 口袋書的旋轉式書架
- 保護隱私有隔板的獨立座位
- 桌上殘留揉成一團的紙張或橡皮擦屑
- 閱覽區的布沙發或扶手椅

聽覺

- 安靜地翻頁的聲音
- 時鐘「滴答」聲，列印機或影印機的「嗡嗡」聲
- 咳嗽或清喉嚨的聲音
- 手機響起，立刻關掉
- 打開空調的聲音
- 手機收到訊息的「叮」一聲
- 學生一起做作業或討論資料的窸窣說話聲
- 朗讀會上，幼兒的笑聲或歌唱聲
- 圖書館館員為學齡前兒童說故事的聲音
- 書掉下來的聲音
- 「啪」地闔上書本的聲音
- 撕破紙張的聲音
- 噴嚏聲
- 有人一屁股坐下，椅子發出「吱呀」聲或沙發彈簧聲
- 鞋子「叩叩」走上樓梯的聲音
- 頭頂傳來樓上的「咚咚」腳步聲
- 鉛筆「沙沙」聲，原子筆「喀嚓」按壓聲
- 煩躁的嘆氣或呻吟
- 青少年在口中嚼動口香糖的聲音
- 鉛筆在桌上或書上敲打的聲音
- 從讀者的耳機傳出來的音樂聲
- 整理或折疊報紙的「沙沙」聲
- 敲打鍵盤的「喀噠喀噠」聲
- 按壓滑鼠的聲音
- 開、關背包拉鏈的聲音

嗅覺

- 新的紙張
- 散發霉味的地毯（尤其是雨後）
- 灰塵味
- 除濕機造成室內空氣乾燥
- 為了避免吵到別人，圖書館館員靠近讀者身邊說話時，帶著薄荷香的呼吸
- 抽菸者身上散發的菸味
- 皮革
- 刺激的古龍水
- 香水
- 芳香劑
- 清潔用品
- 削鉛筆機

味覺

- 口香糖
- 預防口臭的薄荷糖
- 口嚼菸
- 咬鉛筆時的木頭味
- （從報紙移到手上，再從手移到

嘴巴的）墨水味
・公共噴泉的水

觸覺

・光滑的紙張
・粗糙的皮革裝幀
・摸上去又冰又滑的桌子
・質地扎刺的椅墊，或坐起來不舒服的塑膠椅
・拂開沾在作業簿上的橡皮擦屑
・手指按在塑膠借書證邊緣上
・手指敲打鍵盤搜尋書籍
・手指被紙割傷
・指頭撫過書本封面隆起的地方
・走樓梯時，抓住磨得光滑的扶手
・冰涼的門把
・黏在一起很難撕開的書頁
・閱讀時，窗外射進來的溫暖陽光
・離開時，推開冰涼的玻璃門

引領故事發展的情境與事件

・不小心汙損書籍（潑到咖啡、撕破書頁）
・被同學逼迫幫忙寫作業，或讓他抄作業
・遺失借書證，或找不到借閱的書
・去圖書館想借某本書，卻已經被借走了
・占用電腦區電腦的人
・圖書館館員使命感過盛，連一點細微的噪音都不容許
・水管破裂，損害藏書
・不小心聽見有人小聲說出秘密，為聽到的內容煩惱不已

登場人物

・歷史學家
・圖書館員
・帶著學齡前幼兒的父母
・愛書人
・學者
・學生
・教師

編劇小技巧

設定時的重點與提示

一般來說，圖書館規模越大藏書數量也就越多。絕大多數情形，市內的圖書館都已統合，可以跨館借書，讀者的選擇更多了。此外，圖書館也是受到非營利團體喜愛的地點，經常在此舉辦各種在地交流活動，因此也是適合登場人物遇到朋友或對手的好地點。

例文

我總覺得哪裡不太對勁，停止查閱手中的書，抬起頭來。平時總是人多頗為熱鬧的這個樓層，這時卻不見半個人影。沒看到有人邋里邋遢地坐在椅子上，背包丟在地上；總是隨時有人占用的電腦螢幕也是一片漆黑。毫無動靜的狀況，更加凸顯了寂靜。平常的話，樓上的開架區總是燈火通明，到處都是找書的人，現在卻成了黑影聚集之處，身影模糊的外來者在黑暗中彼此依偎。桌上的台燈發出呻吟，我把鉛筆擱到筆記本上。我本來想清個喉嚨，好聽聽熟悉的人聲，卻沒有這麼做。一股黏稠的恐慌逐漸爬上胸口。感覺就像是跑到了描寫世界末日的電影世界般，醒來一看，全世界的人事物全都消失了。

運用的寫作技巧

多種感覺的描寫、擬人法

創造效果

醞釀氣氛、伏筆、時間流逝

精神病房

Psychiatric Ward

關連場景
救護車、急診室、病房、警車

視覺

病房整體

- 牆壁和地板都很單調，充滿醫院風格的走廊
- 病房之間必須輸入密碼才能開啟的對開門
- 掛有名牌的房間（洗衣間、領藥室、心理師治療室、餐廳）
- 公共咖啡廳（書架上的雜誌和書本、桌椅、遊戲）
- 輪椅
- 檢查及監視病人的病房護佐
- 巡診發藥的護士及醫師
- 巡視病房，或是在警衛室待命的警衛
- 設置在走廊交叉口的多面反射鏡，讓工作人員可以看到每一條走廊
- 托盤上盛裝藥丸的紙杯
- 上鎖的門
- 固定的抽屜和餐櫥櫃
- 嵌入或牢牢地固定在裝飾位置的畫作或藝術品
- 病人佩戴以顏色分類的腕帶的。只需掃描腕帶條碼，即可得知服藥資訊及危險性（曾經攻擊他人、攝食障礙、有逃亡危險等）
- 以塑膠容器供應的餐點
- 準備在監督下進行動物療法而被帶來的動物
- 供病人使用的簡易健身房或戶外娛樂區
- 個別心理諮商
- 病人（在走廊徘徊、哼歌、自言自語、目不轉睛地看著窗戶、寫日記或畫圖、對其他病人大吼大叫、動粗而被護佐壓制）

病房

- 有小窗的門
- （光線調整為微亮，以利於夜間監視）有保護罩的照明
- 病床（塑膠床罩、白色床單、毯子，必要情況下備有附軟墊的拘束帶）
- 簡易抽屜及桌子
- 非線圈日記本
- 避免被用來破壞或自殘、特別粗的鉛筆
- 嵌死的窗戶上的窗簾
- 浴室（淋浴間、磁磚地、洗臉台和鏡子、馬桶，有些附有用來監視高風險病人的反射鏡）
- 檢查抽屜確認是否有違禁品或危險物品的護佐
- 剛住院的前幾天，護士會在夜裡用手電筒查看狀況，或帶著針筒叫醒病人，抽血檢查

聽覺

- 房門開、關的聲音
- 拳頭「咚咚」敲門聲
- 迴響的腳步聲
- 裝滿髒衣物的推車經過走廊發出「嘰嘰」聲
- 監視裝置的「嗶嗶」聲
- 血壓計壓脈帶發出「噗咻」聲
- 就寢時翻身導致塑膠床罩壓出「沙沙」聲
- 螢光燈的「嗡嗡」聲
- 人的聲音（自言自語、哼歌、唱歌、嘟嘟噥噥、大哭大叫）
- 病人之間的爭吵聲
- 在特定活動（藝術治療等）中播放，使病人安靜的音樂
- 布料發出的細微摩擦聲（禁止穿鞋的病房中）
- 空調發出「喀嚓」或「噠噠」聲
- 沖澡時，灑在磁磚地上的水聲
- 水龍頭流出的水聲
- 馬桶沖水聲
- 咳嗽聲
- 廣播呼叫病人編號的聲音
- 護士、護佐、心理治療師安撫的聲音
- 某些病人由於特殊疾病，反覆發出相同的聲音（不停地清喉嚨、咂舌頭、咒罵）
- 護士經過森嚴的隔離門時，刷卡發出的「喀嚓」開門聲

嗅覺

- 用餐時的食物香味（肉汁、油、麵包、香料、肉脂）
- 消毒水
- 汗味
- 體香劑
- 床單和毛巾散發出來的漂白水味

- 有收斂作用的抗菌清潔泡泡慕斯
- 尿騷味
- 嘔吐物
- 酒精棉片
- 有霉味的空調

味覺

- 清淡的醫院餐（有營養，但沒味道的餐點）
- 果汁
- 水
- 自動販賣機的碳酸飲料或巧克力（只有症狀改善或守規矩的病人才能特別獲得允許購買）
- 粉粉的藥粉或是苦澀的藥錠

觸覺

- 柔軟的毛巾
- 浴室給紙機提供的粗糙紙巾
- 摩擦手腕的醫院手腕帶
- 厚實的棉襪
- 在監督下運動時，不停地脫落的無鞋帶鞋子
- 太無聊而摳東西（摳桌子、用鉛筆摳油漆）
- 吞下藥錠時想吐的感覺
- 自殘時感受到解放感
- 冰涼的酒精棉片及刺痛地扎入的針筒
- 醫院人員戴手套檢查身體是否有自殘痕跡
- 沖完澡後必須吹乾的濕髮黏在頭上的不適感
- 指頭不停地搓弄衣角，想要得到安心感
- 藝術治療中摸到柔軟粘土或冰冷的顏料

引領故事發展的情境與事件

- 領錯藥
- （實際發生過，或認定發生過）為了院方人員偏心而發生爭吵
- 藥物副作用（神智不清、食不知味、睡不著、看到幻覺）
- 拒絕服藥，或是有約束、隔離的必要
- 因為有自殺疑慮而受到監視，失去一切自由
- 想上廁所，但廁所因特殊預防措施而被鎖上（避免病人把吃下去的東西吐出來）

登場人物

- 牧師
- 醫師
- 工友
- 精神病人
- 護士
- 病房護佐
- 心理治療師
- 訪客（法定監護人、家人、親近的朋友）

編劇小技巧

設定時的重點與提示

精神醫療機構有時設在一般醫院內，或為獨立機構。病人有些是自行住院，或因為有自殘或傷害他人的危險，而被精神科醫師或法定監護人強制送進醫院。有些精神病院也對低危險性的病人提供院外治療。由於情況不同，各機構的狀態、規則與作風應該都會不同。

例文

惡臭盤踞的走廊上，三十四號病房前散發出最強烈的臭味，卡姆對此一點都不驚訝。威廉長年罹患思覺失調症，大家都知道他每次都把藥吐出來丟掉，還會把自己的穢物塗抹在房門的保護玻璃上。不出所料，威廉的窗戶被彩繪得琳瑯滿目，這次還多了笑臉塗鴉。卡姆一陣噁心欲吐，衝到工友室的洗手台前。他已經受夠了。得快點找新的工作才行。

運用的寫作技巧

多種感覺的描寫

創造效果

醞釀氣氛、伏筆

舞廳
Ballroom

關連場景
田園篇——豪宅、舞會、婚宴
都會篇——正式服裝場合、豪華禮車

視覺

- （以波浪飾框、石膏圓形花紋、特別訂製的裝飾板條、彩色藝術作品點綴的）穹頂
- 適合舞蹈的光亮木質地板或大理石地板
- 對開落地窗上厚重的天鵝絨窗簾
- 有頂冠裝飾板條的高聳牆壁
- 樓上的弧形觀景陽台
- 在柔和的照明中閃閃發亮、有多層水晶的巨大水晶燈
- 有金葉或是渦狀裝飾及直溝的室內柱
- 拱形入口
- 平面飾條
- 造型壁面燈具，或牆上的燭台
- 通往二樓的螺旋梯及扶手
- 小型交響樂團或現場演奏樂隊
- 小型平台鋼琴
- 身穿燕尾服或長禮服的賓客
- 挽起頭髮，佩戴昂貴珠寶的女客
- 圓形晚宴桌（有白色桌巾、折出花樣的酒杯餐巾、擦拭得纖塵不染並擺放整齊的銀製餐具、金邊陶磁器皿、蠟燭以及中央的鮮花擺飾）
- 在人群中穿梭，招待開胃餅乾、換下空杯放上新杯的服務生
- 香檳杯冒出金色泡沫
- 旋轉跳舞的人們
- 優雅的盆花及高架花籃
- 裝飾華美的大門由戴白手套的侍者為賓客服務
- 樓梯上的深紅色地毯
- 沿著牆壁設置的金屬邊框鏡子
- 寶石、亮片、高級腕錶耀眼的反射光
- 擦拭得閃閃發亮的黑色皮鞋

視覺

- 演奏出調和旋律的樂器
- 各種聲音交織而成的喧鬧聲
- 玻璃酒杯與餐具彼此敲擊的輕脆聲響
- 笑聲
- 跳舞時，禮服布料發出的摩擦聲
- 走在大理石地板或上樓的鞋音
- 人們彼此寒暄的聲音
- 環繞的回音（尤其是室內人不多的時候）

嗅覺

- 食物的香味
- 香水
- 古龍水
- 熱舞之後的汗味
- 家具蠟與木家具保養油
- 抽菸者的口臭，或是身上的菸味
- 新鮮的盆花香味

味覺

- 活動上招待的食物（菲力牛排、海鮮、義大利麵、精緻沙拉、野味料理、多層點心架上滋味濃郁的甜點）
- 飲料（起泡的香檳、餐前酒、紅酒、水）
- 口紅
- 薄荷喉糖

觸覺

- 階梯光滑的扶手
- 陷進大廳厚地毯的高跟鞋跟
- 推開沉重的門進入舞廳
- 用腋下夾住晚宴包
- 和朋友臉貼臉親吻時，只發出聲音，以免沾上口紅
- 手指捏住香檳杯的杯腳
- 身上長禮服的質感宛如絲綢
- 跳舞時與舞伴握手
- 搭在背部的手的重量
- 手中握住銀製餐具的冰涼感
- 在人多混雜的室內穿著燕尾服，熱得滿臉通紅
- 鞋子太小磨腳
- 使用髮型定型噴霧和髮夾固定住頭髮
- 穿著緊身的晚禮服，小心翼翼地坐下
- 脖子上感覺到沉甸甸的昂貴項鍊
- 高跟鞋或新鞋咬腳
- 勒緊脖子的領結

引領故事發展的情境與事件

- 酒喝多了脾氣變差或站不穩的人
- 碰上死對頭，展開激烈爭論或吵起來
- 遊走人群中扒竊的扒手
- 遺失邀請函，被拒絕入場

・在舞廳遇到倒楣的事
・不小心把飲料潑在別人身上，或弄掉食物，害別人踩到滑倒
・兩名女客撞衫
・由於服裝結構，不小心春光外洩
・上樓或下樓時跌倒
・腳踏兩條船，兩名交往對象同時出現在同一場合中
・在立場相異的對立關係中，與對方做出危險的政治妥協
・借來的珠寶飾品失竊
・說出不該說的話，傳進不希望聽見的人耳裡

登場人物

・活動企畫人員
・賓客
・獲邀的重要人士或名人
・飯店或場地人員（服務生、音樂家、酒保、廚房人員、外燴業者）

編劇小技巧

設定時的重點與提示

通常在豪華飯店、富豪私人住宅，或舉辦特定儀式的建築物中都設有舞廳。如果建築物年代古老，為了保存室內歷史原貌，應該會經過仔細的修復。若是較新的舞廳，也許會依照特定的建築樣式來設計。

例文

這個夜晚，燭光左右搖曳，舒適的音樂迴盪，中央擺設著藍玫瑰花飾、裝飾得極盡優雅的桌子整齊排列；人們等待著宣布捐款最後總金額，戴著白手套、動作俐落的服務生高舉托盤，運送著泡沫升起的香檳酒杯穿梭其間。同時這個夜晚，也是馬克米蘭藝術中心的慈善晚會主辦人，四十多歲的貝琳達發現自己的衣服尺寸不是九號的夜晚。其實也不是十號，而是接近十二號，也可能是十四號。然而對於熟悉她、深愛她的人們來說，尺寸並不是什麼大問題。唯一在意這件事的，似乎只有她身上光亮的綠色緞面布晚禮服。當貝琳達走上講台準備宣布活動開始時，她的晚禮服對她吃下的第二塊黑莓塔甜點產生了排斥反應。衣服裂開的巨大聲音響徹了整個室內——那是完全貼身的衣服所發出的盛大宣告，主張它再也承受不了了。臀部正上方的縫線整個綳開，曝露出貝琳達完全不打算向人展示的部位，同時也曝露出她喜歡衣服底下不穿內衣褲的癖好。

運用的寫作技巧

隱喻法、多種感覺的描寫

創造效果

賦予登場人物特徵、醞釀氣氛、營造緊張感與糾結的心情

銀行
Bank

視覺

・裝有玻璃的出入口
・鋪在光亮地板上的墊子
・周遭有警衛布署
・監視器
・設置引導顧客到隊伍最前列的紅龍柱，或以繩子引導顧客沿著牆壁排隊的營業窗口
・桌子放置用彈簧繩繫住的筆，方便存款戶填寫存款單或表格
・營業窗口（正在操作計算機或電腦、放現金或旅行支票的抽屜、文件櫃、印表機與傳真機、印章和印台、放碎紙機的地方、上鎖的抽屜、轉帳用的機器）
・出入口附近或外面設置的提款機
・牆上的房屋貸款利率公告
・顯示匯率的告示牌
・呼籲大家謹慎投資的海報
・等候大廳（紙杯飲料販賣機、雜誌、塑膠椅）
・坐在辦公桌後面的銀行經理
・洽談貸款或投資的包廂
・通往金庫或保管箱的走廊
・磁磚地板
・大型玻璃窗
・垃圾箱
・排隊的人龍（換腳以支撐身體的顧客，或是拿著錢包、零錢包或存款袋的人）

聽覺

・數鈔票的啪啪聲
・行員有條不紊地說明金額的聲音
・印章在文件上蓋章砰地一聲
・行員呼叫下一個排隊客人的聲音
・銀行內小小聲播放的音樂
・咳嗽
・人們小聲談話
・發出咕嘟咕嘟和咻一聲的紙杯飲料販賣機
・隊伍拖著腳前進的腳步聲
・開、關門或抽屜的聲音
・叩叩叩打鍵盤的聲音
・振筆疾書的聲音
・打開錢包或裝有存款袋子的聲音
・啪一聲把提款卡放在櫃台上
・收據從機器印出來的聲音
・高跟鞋踩在地上的叩叩聲
・冷氣或暖氣轟然作響

嗅覺

・清潔劑（松木精油、檸檬、阿摩尼亞）
・紙張
・發熱的電子設備（近似灰塵的臭味）
・飄散空氣中的香水味或古龍水味
・口臭
・後面休息室的溫熱食物
・護髮用品

味覺

・裝在碗裡的廉價糖果
・薄荷糖
・口香糖
・水
・咖啡
・紅茶
・員工買來要在休息時吃的三明治或從家裡帶來的食物

觸覺

・推開沉重的或黏答答的門
・等待中移動著身體的重心
・心不在焉地捲著支票或存款單
・陷到肋骨下面或手腕上的尖銳櫃台桌角
・固定在櫃台上的筆，因繩子太短使用時很辛苦
・新鈔
・黏在一起很難數的鈔票
・滑溜溜的收據
・為了遮太陽或不讓其他人看到輸入畫面，用身體擋住提款機
・被紙割傷

引領故事發展的情境與事件

・銀行的疏失造成錢不見了
・銀行的機器吃掉顧客的卡
・急躁而插隊的顧客
・搶匪
・緊急醫療狀況（顧客暈倒或疾病發作）
・手握大權的警衛
・一天交易下來營業窗口的行員抽屜裡錢不夠
・忘記密碼或帳號

・行員強迫推銷顧客信用卡或其他業務
・因為停電，顧客在重要時刻沒法提錢
・打開保險箱時，發現裡面的東西不見了

登場人物

・銀行搶匪
・行員
・顧客
・送貨員
・警衛
・製作庫房或補鈔機的安全專家

編劇小技巧

設定時的重點與提示

各家銀行的規模和提供顧客的服務有所不同。例如大規模的銀行，手邊會有大量的現金，比一般銀行更重視安全管理。另外，現在已有設置得來速的銀行，可以讓顧客坐在車裡就能存支票或提領現金。

例文

我帽子戴得低低的，拿起桌上的白信封，像是要找筆一樣慢慢拍打著上衣。監視器有七台……不，八台是吧。營業窗口的行員有四個人，總共有六個櫃台，所以大概有二人去休息了。銀行襄理在玻璃辦公室裡，旁邊那間有一個負責放款的人，正在整理那彷彿喘得很痛苦的印表機印出來的文件。我轉身背對離我最近的監視器，彎腰假裝在寫東西。動手之後警察一定會調閱監視器，只要裝得跟旁邊的顧客一樣，誰也不會覺得我很可疑。我在紙上隨便亂寫，突然注意到門口附近的警衛，撫摸看似正痛著的胸口。「原來如此。」他正三不五時盯著左邊走廊看。根據配置圖，那邊是廁所的方向。我想他應該是午餐後典型的火燒心吧。我微微一笑。這個男的大概剛剛去喝了點酒，還不知道他已經替我這樣的傢伙創造出絕佳的機會。所以說我沒問題的，又不是第一次幹這種事。耐心會開創前往自由的道路。總之今天的任務有兩個——比對銀行內部和我的配置圖是否一致，還有掌握正確的行員人數。

運用的寫作技巧

多種感覺的描寫、擬人法

創造效果

伏筆、告知背景

閣樓套房
Penthouse Suite

關連場景
正式服裝場合、電梯、豪華禮車

視覺
・專用電梯及專用入口
・有人體移動感測器的保全系統
・通往寬闊客廳（配合住戶生活樣式的客製化家具、最新款的音響系統和電視、豪華暖爐、可從高樓瞭望景色的玻璃牆）的寬敞通道（挑高天花板、大理石地板、鏡面、裝飾）
・從主客廳延伸而出的各個房間（客房、洗衣室、三溫暖、備有高級器材的健身房、辦公室或書房、優雅的飯廳、浴室）
・擺飾的藝術品（住戶喜愛的藝術家作品、塑像或玻璃雕刻、住戶感興趣的收藏品）
・具有歷史價值、特色十足的骨董或家具（白宮的床、埃及製的手工紗窗）
・可自動將溫度和照明亮度維持在最舒適範圍的高機能人體感測器
・私人陽台的電動羅馬簾或遮陽棚
・最高級的廚房家電及大理石檯面
・罕見的進口地板
・特製的裝飾板條
・櫥櫃和用品
・紅酒專用冰箱或可調節溫度的儲藏庫
・（有高級地毯和寢具，有時有專用樓層的）寬闊主臥房
・小地毯或枕頭
・剛剪下來的鮮花
・工作人員（女傭、女僕、奶媽）
・通往石板地露台的對開玻璃門（長沙發、陽傘、小型私人泳池或SPA、酒吧和戶外客廳、烤肉架、防盜柵欄、營造氣氛的照明燈具）

聽覺
・音響系統傳來的安靜音樂
・專用電梯「叮」的聲音
・走在大理石或木板地上的鞋聲
・滑門的開、關聲
・羅馬簾啟動時的「嗡嗡」馬達聲
・天然氣暖爐「波」地一聲點燃
・廚房的聲音（準備餐點、玻璃碗盤或金屬餐具碰撞的聲音、盤子擺到桌上、軟木塞「啵」地拔開、醒酒器「咕嘟咕嘟」倒出紅酒、招待客人的話聲或笑聲、水龍頭流出水的聲音）
・私人游泳池或SPA傳來的水聲
・露台的家具發出「嘰嘎」的聲響或拖動
・直升機或飛機偶爾飛過附近的聲音
・風吹過戶外陽台盆栽枝葉的聲音
・遙遠的下方傳來的街道聲音（車輛往來聲、警笛、音樂）

嗅覺
・芳香的木材或精油
・剛剪下來的鮮花
・清潔用品
・烹飪中的香味
・住戶的鬍後水或香水味
・芳香劑
・洗淨的床單

味覺
・高級紅酒或其他酒類
・瓶裝水（碳酸飲料、礦泉水）
・在自家烹煮的餐點，或是招待客人時訂的外燴餐點

觸覺
・高級寢具的光滑質感及重量
・腳陷進奢華的地毯或裝飾地毯裡
・陽台吹來的夜風撫過肌膚的感覺
・結束漫長一天後，品嘗鍾愛的紅酒滑順的口感
・腳擱在柔軟的扶手椅或長沙發上看書或看電視
・游泳池的水沿著皮膚流過
・曬熱露台地磚的強烈陽光
・總是擦拭得光可鑑人的各種表面

引領故事發展的情境與事件
・遭人入侵
・財政陷入困難，無法支付房租
・預約了知名飯店閣樓套房，卻因飯店重複預定，無法下榻
・因為建築物失火，電梯全部停止運作
・客人喝得爛醉，毀了昂貴的骨董或寶貴的家具
・舉辦派對時，發生令人尷尬的竊盜事件（賓客的物品被偷等）

登場人物

- 廚師
- 門房
- 女傭
- 奶媽
- 外燴業者
- 清潔人員
- 裝潢設計師及員工
- 維修人員或送貨員
- 房東及房客

編劇小技巧

設定時的重點與提示

閣樓套房是建築物最頂樓的房間，可俯瞰都會區特有的天際線絕景。閣樓套房向來被視爲尊榮奢華的代表，空間寬闊奢侈，設備一應俱全。有些是短期或長期出租，有些是買下套房的屋主（若出租就是大樓屋主，若非大樓屋主，則是該單位的持有人）以自己的品味改造室內。如果是飯店最頂樓的閣樓套房，便無法對家具等進行太大的更動，樣式應該會更「樸素」一些，不過室內的用品仍會是最新最好的，無論用於休閒或娛樂，都非常適合。使用閣樓套房作爲設定時，可以思考該如何透過家具與角色的關連，活用比較與對比，來凸顯人物的個性。

例文

娜妲和兩名大肚腩男士聊著暖爐上父母送給她的畫作，向我揮了揮手輕輕微笑著。娜妲指著蠟筆風格的藝術作品說明，我看見她父親的胖朋友頻頻偷瞄她的禮服，於是把她的揮手解讀爲「我等一下就過去避難」。那幅畫作似乎是一名叫賈斯通的畫家作品，不過坦白說，我覺得我姪子畫得比他還好，但是打開包裝看到這幅畫的瞬間，娜妲的喜愛之情溢於言表。不管怎麼想，這幅畫作與其說是送給娜妲的禮物，更可能是她洞察力十足的父親給我的警訊：你配不上我的女兒。我啜飲著辛辣的白酒，心想這要是拉格啤酒就好了，這個念頭讓我不得不贊同他說的一點都沒錯。白色的訂製沙發、時下流行的海草柔軟靠墊、抱著水壺的大理石女人塑像……我不屬於這些物品圍繞的這個世界的任何一處。這整間公寓裡，充斥著我絕對無法企及的高級品。

運用的寫作技巧

對比、象徵

創造效果

賦予登場人物特徵、強化情緒

劇院

Performing Arts Theater

關連場景　藝廊、正式服裝場合、後台休息室、電影院、拉斯維加斯秀

視覺

劇院外

- 劇場的明亮看板寫著表演名稱和演員的名字
- 表演海報
- 售票處
- 人行道上的黃牛
- 排隊處的紅龍柱
- 等待入場的人龍
- 開演前先抽根菸的觀眾

劇院內

- 人來人往的大廳
- 販售節目單和周邊商品的員工
- 寄物櫃台
- 賣輕食和飲料的吧台或專櫃（糖果、水、汽水、酒精飲料、三明治、餅乾）
- 洗手間
- 通往看台席和包廂席的樓梯
- 眾多通往劇院的入口
- 設置軟墊的座位列
- 看節目單並和旁人聊天的觀眾
- 坐在兒童用椅上的小孩
- 鋪著地毯且光線微弱的走道
- 頭頂上的看台席和包廂席
- 拿著手電筒帶領觀眾到位子上的帶位員
- 交響樂團樂隊席
- 一部分隱藏在沉重簾幕後的舞台
- 負責照明和混音的中控室
- 劇院頂層的通道
- 從劇院頂垂吊下來的燈光器材
- 身穿黑色服裝的舞台工作人員
- 燈光閃爍提示即將開演
- 開演同時變暗的燈光
- 布幕的啟閉
- 舞台上的背景布幕和配合布景的小型道具
- 站在舞台上的明星（唱歌、跳舞、獨白、演戲）
- 配合表演曲目的服裝
- 照亮舞台各處的聚光燈
- 帶位員手電筒在黑暗中上下擺動的光芒
- 觀眾使用手機時發出的亮光

聽覺

- 人們小聲談話
- 走在鋪地毯的樓梯上發出模糊的腳步聲
- 到達自己座位前，邊經過邊小小聲向座位上的人道歉
- 打開零食包裝的沙沙聲
- 椅子發出嘰嘰聲
- 喇叭傳來提醒注意事項的廣播
- 表演開始時，所有的聲音一下子消失
- 布幕拉開時發出嗡嗡聲
- 交響樂團演奏的音樂
- 觀眾的笑聲和屏息聲
- 拍手
- 在位子上變換姿勢的聲響
- 演員在舞台上對詞和肢體動作發出的聲響
- 音響效果
- 觀眾要去上廁所而站起來的聲音
- 手機響起後馬上關掉
- 欣賞表演中途睡著，並且發出鼾聲

嗅覺

- 香水、古龍水
- 不知是誰吐氣時飄出的酒味
- 口腔芳香劑或薄荷糖

味覺

- 商店賣的糖果
- 水
- 碳酸飲料
- （有提供酒類的情況）酒或啤酒
- 口香糖

觸覺

- 冷氣太冷，為了取暖縮在外套或披肩底下
- 手上拿著光滑的傳單或節目單
- 觀眾席軟綿綿的座墊和微弱的震動
- 手肘放在扶手上、稍微碰到隔壁觀眾的手肘
- 鋪著地毯的樓梯
- 在昏暗的光線中小心翼翼的上下樓梯
- 看到台上感人的場面，眼淚幾乎奪眶而出
- 鼓聲在胸中迴盪
- 被突然響起的音樂或音響效果嚇一跳
- 開演時的期待感

引領故事發展的情境與事件

・踩空樓梯
・從包廂席或看台席摔下來
・劇院倒塌
・（喝醉的、喋喋不休的、像揮刀一樣揮手的、來找人吵架的）麻煩人物坐在隔壁
・近視太深幾乎看不到台上演出
・感官十分敏銳，被各種場景和音效所震撼
・（坐在高個子觀眾後面或坐在欄杆或柱子後面）從位子上幾乎看不到舞台
・表演中一直出現干擾（因為哭鬧的小孩、舞台設備不斷出狀況、旁人一直跑廁所等）
・花了高價金額買票，演出內容卻讓人失望透頂

登場人物

・演員
・售票員
・寄物櫃台負責員工
・舞者
・導演
・商店店員
・音樂家
・觀眾
・黃牛
・歌手
・舞台工作人員
・星探
・交響樂團指揮
・帶位員

編劇小技巧

設定時的重點與提示

劇院是音樂劇、歌劇、芭蕾舞、演唱會、舞台劇和單口相聲等的藝術表演場地。有高檔壯闊的劇院，也有不拘泥形式氣氛輕鬆的小型劇院。劇院可以是在百老匯這種受歡迎的地方，也可以隱藏在偏僻的地點。有些劇院會限制表演中禁止飲食，但這種劇院通常會安排中場休息時間，讓觀眾可以去大廳的吧台吃點輕食或點心。

例文

我的鞋跟在人行道上發出叩叩叩的聲響，此時風抓住了我的頭髮。發亮的劇院看板照亮了黑暗的夜空，遠達三個街區之外。我綁好了圍巾便急速奔跑起來。之前爲了拿到這張票，有如要獵捕瀕臨絕種的動物般困難。我絕對不會錯過這場演出。

運用的寫作技巧

光與影、多種感覺的描寫、直喻法

創造效果

營造緊張感與糾結的心情

撞球場
Pool Hall

關連場景
酒吧、夜店、酒館

視覺

- 牆上或是酒吧屋頂上的啤酒霓虹燈飾
- 店鋪正面貼有防窺膜的玻璃窗
- 上面有撞球的成排撞球台
- 放置木製撞球桿的壁架
- 放在撞球台角落的方型巧克（粉塊，藍色是最常見的）
- 吊在撞球台下，或擺在桌台下地板的三角球框
- 放有吧台椅的吧台
- 環繞店內外圍狹窄邊桌上的飲料（小酒杯、啤酒瓶、高球雞尾酒、碳酸飲料）
- 掛在椅子或吧台椅椅背上的外套
- 立靠在牆上的撞球桿
- 端給客人的酒館餐點
- 穿著緊身衣物，收拾空飲料杯、送上新飲料的一兩名女服務生
- 點唱機或音響系統
- 用螺絲固定在室內各個角落的電視
- 門口附近的提款機
- 店內深處的電玩街機或彈珠台
- 牆上的飛鏢盤
- 足球機
- 廁所
- 小型廚房
- 沿著酒吧後方的鏡面牆擺放的各種酒瓶
- 萊姆片或檸檬片
- 人們給錢和收錢的手
- 謝絕未成年人入內的標示
- 掛在酒吧附近的餐飲店營業許可證（酒類販賣執照）
- 販賣的酒類品牌商標
- 廣告和運動相關商品
- 啤酒機
- 放杯子的架子
- 丟在桌上皺巴巴的鈔票
- 桌上喝光的空杯
- 各張撞球台上的吊燈
- 朝撞球台探出上半身，就推桿位置的人
- 知名撞球手的海報或裱框照片
- 角落的沙發或布面扶手椅

聽覺

- 撞球彼此撞擊的聲音
- 球入袋的聲音、撞到台邊的聲音
- 球跳出撞球台掉到地上的聲音
- 塗巧克時，改變球桿方向而發出「啾啾」聲
- 擊球失敗發出不甘心的叫聲
- 咒罵聲
- 打出好球時的興奮尖叫或歡呼
- 沒有惡意的調侃
- 觀賽的人邊喝酒邊大聲說話，蓋過吵鬧聲
- 酒杯和酒瓶放到桌上的聲音
- 椅子或吧台椅的腳發出尖銳的聲音拖過地板
- 小酒杯「鏘」地碰杯
- 電視聲
- 音響傳出的音樂
- 笑聲
- 把賭金「啪」地放在撞球台絨布上的聲音
- 飛鏢射中飛鏢盤的聲音
- 女服務生向酒吧或廚師告知點單
- 收銀機列印收據的聲音
- 廚房傳來的聲音
- 投幣式撞球台，球急速滾落盤中的聲音
- 廁所門「吱呀」的開、關聲

嗅覺

- 啤酒和其他酒精飲料
- 巧克
- 絨布
- 廚房烹煮的食物
- 汗味
- 古龍水
- 香水
- 體臭
- 散發啤酒味的呼吸
- 附著在衣物和頭髮的菸味
- 皮革
- 上油的木材飄散松木精油香氣

味覺

- 啤酒
- 碳酸飲料
- 伏特加
- 蘭姆酒
- 不摻任何東西飲用的純酒（純麥威士忌、威士忌、龍舌蘭酒）
- 水
- 咬碎的冰塊

・酒館的食物（玉米片、薯條、雞翅、披薩、漢堡）
・咖啡
・鹽巴
・萊姆
・扭結餅

觸覺

・在彎曲的手中滑動的撞球桿柄
・用立方體巧克摩擦撞球桿皮頭
・服務生運送多杯飲料的沉重托盤
・指頭觸摸到絨布
・撞球桿皮頭擊中球時，令人滿意的一擊
・粗糙或缺損的桌子
・將金屬硬幣塞進投幣孔
・捏得皺巴巴的鈔票
・手中的啤酒瓶或杯子的冰涼感
・沾濕嘴唇，流入喉嚨的冰涼啤酒
・光滑的撞球
・母球洗袋後，讓白球滾過絨布
・和其他玩家擊掌
・轉動夾在指間的撞球桿
・靠在撞球桿上等待輪到自己
・為了擊出困難的一球，趴在桌上拉長身體
・旋轉吧台椅時身體左右扭轉
・桌上的燈具發出熱度

引領故事發展的情境與事件

・想要把其他人當肥羊宰的玩家，被抓包耍詐
・在等撞球桌空出來，但一群門外漢遲遲不結束遊戲
・與水準不及自己的人搭檔
・下注自己付不起的金額
・被人潑啤酒
・被人勾引或找碴
・頭重重地撞到吊燈
・被人從背後用撞球桿猛戳
・撞球砸落在手指上
・店裡的音樂吵得人心煩
・有人不停地用點唱機點同一首曲子

登場人物

・酒保
・經理
・撞球玩家
・想要靠撞球狠敲別人一筆的人
・服務生

編劇小技巧

設定時的重點與提示

撞球場是擁有撞球這個共同興趣的同好聚集之處，大部分都是熱熱鬧鬧地進行交流。任何運動設施皆是如此，會同時有水準及投入程度不一的人，有聚集在熟悉撞球台的半職業人士，也有只想輕鬆打一局的大學生團體。其中不限年齡的撞球場並不提供酒類，而會提供某程度酒類的地方，通常都有入場年齡限制。因此如果以撞球場爲背景，在決定角色時，必須留意這一點。

例文

我看見亞倫用力拉扯牛仔夾克領子，若無其事地靠在牆上，掃視陰暗的店內，最後朝角落的撞球台邁步走去，忍不住露出微笑。亞倫特別能分辨出那些只會在週末扮演硬漢、爲了逃離妻子一晚，跑來低級娛樂場所的牙醫或會計師。只要我們輕鬆地邀請對方打一局，他們絕對不會說「不」，而當他們灌了滿肚子啤酒準備回家時，錢包也已經空空如也。

運用的寫作技巧

光與影

創造效果

賦予登場人物特徵、伏筆

賭場
Casino

關連場景
郵輪、賽馬場、拉斯維加斯秀

視覺

- 設有球型監視器的圓拱狀挑高天花板
- 燈光閃爍或內部打光的拉霸機
- 無論哪個角落圖案都一成不變的地毯
- 坐在高腳凳上的玩家（正在按按鈕、喝酒、抽菸、印現金兌換單）
- 讓賭博機台的反光亮度加倍的鏡面牆
- 身穿制服的員工
- 服務生或荷官
- 二十一點或其他撲克賭桌
- 輪盤
- 骰桌
- 放籌碼或骰子的托盤
- 西裝畢挺的警衛
- 以繩子圍住的高賠率賭桌或是賭博區
- 線上賭博的大型電視螢幕
- 用來公告中大獎的跑馬燈
- 提款機
- （販賣高級珠寶、包包、雪茄、手錶、服飾的）精品店
- 時尚的餐廳或酒吧
- 裝有防彈玻璃的現金兌換處
- 把喝剩的飲料放在桌上或賭博機台旁邊就走了的人
- 華麗的海報或藝術作品
- 爛醉的常客
- 妓女
- 戴著墨鏡的撲克牌玩家
- 正在拍照的觀光客
- 高額獎品的展示（平台上轉動的汽車或特製款機車）
- 發送和賭場合作的自助餐或表演折價券的員工
- 通往飯店其他樓層的電梯

聽覺

- 出入口的自動門發出咻咻的聲音
- 電動拉霸機轉動的聲音
- 用力按按鈕的聲音
- 自言自語或是對著賭博機台咒罵的人
- 有人贏錢時，機器發出噹噹聲傳遍四周
- 大笑或講話的人
- 客人賭博中點飲料的講話聲
- 機器洗牌的聲音
- 撲克牌玩家在講出下注多少前，撥弄著籌碼發出嘩啦啦的聲音
- 輪盤的小球滾動的喀喀聲
- 荷官請玩家下注的講話聲
- 員工的無線電傳來有雜音的回應
- 骰子在毛氈上滾動的聲音
- 高腳凳發出嘰嘰聲
- 飲料裡冰塊融化發出的匡啷聲
- 音樂或從別的房間傳來的現場演唱歌聲
- 螢幕上傳來荷官事先預錄的聲音
- 手機響
- 有人贏了一大把時，四周歡聲雷動

嗅覺

- 香菸或捲菸
- 老舊的地毯
- 香水
- 古龍水
- 鬍後水
- 汗水
- 食物的味道
- 錢
- 發熱的機器
- 體香劑
- 空調
- 啤酒味的吐息

味覺

- 水
- 汽水
- 酒精飲料
- 口香糖
- 薄荷糖
- 菸絲
- 有味道，但不會冒煙的電子菸

觸覺

- 腳底下薄薄的地毯
- 涼爽的空調
- 有填充物的凳子或椅子
- 滑溜溜的撲克牌
- 塑膠製的籌碼
- 鋪有毛氈的桌子
- 木頭桌子的邊緣
- 拉霸機的金屬製響鈴

・滑溜溜的塑膠按鈕
・太專注賭博而流下汗水
・衣服太暖和
・滑到鼻尖的墨鏡
・人潮的喧嘩聲
・踩到打翻的啤酒
・黏答答的拉霸機
・伸手拿自己的籌碼時，袖子勾到毛氈
・手上或杯子裡喀啦喀啦響的骰子
・把汗濕的手往自己的褲子上擦
・冰涼的飲料碰到嘴邊
・為求好運對著骰子吹氣
・籌碼的重量造成上衣口袋往下垂
・準備換現金時，從拉霸機將兌換單扯下來

引領故事發展的情境與事件

・喝醉的人打牌輸了很激動
・對服務生動手動腳的男客人
・扒手
・打翻飲料
・因爛醉需要人陪他回房間的人
・吃完自助餐後身體不舒服
・保護名人的私人保鑣防衛過當做出攻擊舉動
・一個晚上在賭場賭輸掉一週份的生活費
・被朋友丟下
・未成年人嘗試去賭博
・避開警衛的耳目在算牌
・違反賭場規定偷偷組成團隊的賭徒
・有賭癮的人與愛他且希望他懸崖勒馬的人爭論不休
・不知情的狀況下搭訕一個妓女

登場人物

・酒保或服務生
・名人
・罪犯
・有賭癮的人
・飯店或賭場員工
・常客
・警衛或警察
・趁休假來玩的人

編劇小技巧

設定時的重點與提示

如果賭場是屬於飯店的一部分，那無論什麼地方的裝潢應該都會和飯店同款式且富麗堂皇。天花板有的低垂、有的挑高，而依據建築年份和空調系統的效能狀況不同，室內的空氣品質會有所差異。一般人即使去了多間賭場，也會覺得無論哪間賭場，樣式或給人的印象看起來都一樣，但對於愛賭的人來說，其中必有一間讓他直覺就是這一家了，並深信這間和自己的運勢大有關係。如果是空間廣大而雜亂無章的賭場，大概很容易讓人迷路，因爲不管走往哪個方向，周遭的事物都很相像。因此，設置幾個地標（作爲撲克牌賭局頭獎的汽車在展示台上旋轉、曾在賭場演出的知名樂手蠟像、自助餐或大廳的指示標誌從天花板垂下）不僅可以作爲登場人物掌握方向的工具，也能讓讀者感覺登場人物的體驗彷如眞的一樣。

例文

我努力盡量不要露出鄙視的眼神開始發牌。這些身上噴一堆古龍水的倒楣鬼，之前在線上賭場贏了一點，就暈頭轉向以爲自己是一流的玩家，每天晚上都到我的牌桌來。到了深夜，這些傢伙就變得像警察抓來排隊給人指認的嫌疑犯一樣……駝背，眼神陰鬱，以及拜他們尊嚴所賜的口袋空空。

運用的寫作技巧

多種感覺的描寫

創造效果

賦予登場人物特徵

16畫

獨囚房
Prison Cell

關連場景
救護車、法庭、警車、精神病房、心理師辦公室

視覺
- 發光的鐵欄杆到處有犯人握過的痕跡
- 水泥牆
- 穩穩固定在牆壁和地板的家具
- 單層床、雙層床
- 金屬製的置物櫃
- 書桌和椅子
- 鐵窗
- 薄床墊和枕頭
- 舊床單
- 粗糙的毛巾
- 馬桶和洗手台
- 牆上的塗鴉或刻在牆上的字
- （之前因為走來走去，做伏地挺身導致處處破舊後）粉刷完的水泥地板
- 配給的衣服和鞋子
- 好幾樣清潔用品（牙膏、梳子、肥皂）
- 鐵製欄杆包覆的燈泡
- 看書用的桌子
- 書或雜誌
- 貼在牆上的照片
- 藏在暗處的違禁品（香菸、毒品、刀子、錢、針筒、電子儀器、打火機、食物、切割工具）
- 受刑人（在兩端走來走去、看書、睡覺、盯著牆壁、練腹肌或伏地挺身、寫信）
- 睡在雙層床下鋪的受刑人，把照片夾在上鋪的彈簧墊下

聽覺
- 在通道迴響的腳步聲
- 咳嗽
- 受刑人對隔壁房間小聲搭話
- 吹口哨或哼歌
- 咒罵
- 受刑人自言自語
- 鞋子嘰嘰響的腳步聲
- 翻頁聲
- 開和關水的聲音
- 沖馬桶的聲音
- 做運動時的低沉呻吟和喘息聲
- 床墊的嘎吱聲
- 監獄官對受刑人講話並發怒大罵
- 房門的蜂鳴警報器響起
- 搖晃有欄杆的鐵門開門的聲音
- 電動門滑動關上的聲音、開啟或解除電子鎖的聲音
- 從喇叭聽到的聲音
- 警報器響
- 暴動與吵架的噪音
- 手銬腳鐐的鎖匡啷作響，在房內維持一定節奏，從這頭走到那頭的腳步聲

嗅覺
- 汗
- 金屬
- 建築物的霉味
- 清潔用品
- 肥皂
- 空調
- 餐廳煮的食物
- 灰塵
- 泥土

味覺
- 水
- 違禁品
- 在監獄商店買的合乎規定的東西（餅乾、洋芋片、即溶咖啡、巧克力）
- 餐廳用餐的嚴格規定

觸覺
- 冰冷的金屬棍棒和不鏽鋼洗手台
- 凹陷的水泥牆上有挖除的痕跡，或幾個塗寫文字的地方
- 完全沒法支撐背部的凹陷床墊
- 陷到背裡的彈簧
- 凹凸不平的枕頭
- 扎手的毛巾
- 布滿刮人毛球的床單
- 用手指觸碰照片上所愛的人的臉
- 光滑的雜誌頁面
- 緊握著筆寫信
- 和受刑人或監獄官打架導致瘀青且肌肉痠痛
- 硬梆梆的水泥地板
- 在房內運動時，臉上流下汗水
- 從高處窗戶照進來的陽光
- 手銬腳鐐刮到皮膚
- 磨腳難穿的鞋子
- 褲子經常滑下來，不得不提起來用皮帶好好綁住

・額頭貼在冰冷的鐵欄杆上

引領故事發展的情境與事件

・受刑人和監獄官對立
・抱持著絕望想自殺的念頭
・厭倦
・決定讓受刑人生活不好過，有不當歧視心態的監獄官
・和麻煩的受刑人同房間（不斷打呼嘮叨的、亂給意見的、不時找麻煩的、暴力的、偷別人東西的、有怪癖的）
・監獄官或同房受刑人發現自己藏起來的違禁品
・恐懼其他受刑人的暴力或報復，不敢離開牢房
・馬桶故障
・房內的受刑人太多
・捲入監獄內的暴動
・認識相信自己是無罪的受刑人

登場人物

・監獄官
・受刑人
・到裡面參訪的工作人員

編劇小技巧

設定時的重點與提示

隨著時代的演進，監獄的形貌變化很大，因此很難訂定一個統一的場景設定標準。最新的監獄會將鐵欄杆汰換成堅固的牆壁和門，不鏽鋼家具也替換成陶瓷製的生活用品，通常還會設置電動門，按按鈕就能以蜂鳴警報器控制開關。匡啷作響的整串鑰匙已成過去。不過要達成這種嶄新的設備需要大筆預算，所以有的監獄已改良成上述的風貌，但有的監獄仍同時兼具新舊兩種設備。根據監獄種類不同，牢房的形貌也不一樣。如果是警備森嚴的地方，可以想見受刑人並不是處於共用的牢房，而是關在獨囚房（單人牢房），裡面的家具也是最低限度的等級。

例文

警衛站在門邊等待時，我最後一次環顧這蕭條的牢房，七年來禁錮我的地方。我把房內弄得很整齊——將裂開的洗手台邊沾到的牙膏洗乾淨、桌子收拾整潔、床鋪好。已經沒必要這麼做了，但沒辦法一下子改掉這習慣。我帶走三樣東西：喬治・歐威爾所著的《1984》，妻兒的照片，還有牙刷。帶牙刷感覺很瞎，但我不想在這兒留下任何私人物品。背對牢房，跟著警衛走向迷宮般的通道和大門，這些地方將引領我到正在等我的家人身邊。一種不可思議的感覺在心中蔓延開來，是我長久以來不曾感受的，幾乎讓我想不起來的感覺，那就是：希望。

運用的寫作技巧

比喻、象徵

創造效果

賦予登場人物特徵、強化情緒

辦公室個人隔間

Office Cubicle

關連場景　會議室、電梯

16畫

視覺

- 柔軟的隔間牆
- 桌上或牆上留下的名牌
- 電腦和耳機
- 桌邊垂下來的電線
- 垃圾桶
- 辦公椅
- 座墊
- 辦公用品（釘書機、剪刀、筆、螢光筆、筆記本）
- 裝在相片架裡的個人照片
- 電話
- 馬克杯或瓶裝水
- 輕食
- 上面有磁鐵或是貼著重要筆記的書架
- 放有書本或檔案夾的公文架
- 凌亂的小東西或私人物品
- 隔間牆上用圖釘固定的小孩蠟筆畫作
- 大學母校的旗幟
- 隔間牆上貼的明信片或海報
- 貼在桌上或電腦螢幕上的便利貼
- 面紙盒
- 放活頁夾或說明書的架子
- 種在花盆裡的植物
- 應景裝飾
- 貼有照片或紀念品的告示板
- 月曆
- 白板

聽覺

- 從其他隔開的辦公區傳來交談聲
- 其他員工聚在一起講話時的笑聲
- 電話鈴響或嗶嗶聲
- 打鍵盤的嗒嗒聲
- 印表機列印紙跑出來的聲音
- 椅子轉來轉去的嘰嘰聲
- 釘書機的啪啪聲
- 有人的耳機傳出刺耳的音樂
- 打開零食包時，發出沙沙聲
- 汽水罐打開時咻地一聲
- 書櫃門滑動關上的聲音
- 捲紙或撕碎筆記紙的聲音
- 從電腦傳來小小聲的音樂
- 有人敲筆的叩叩聲或嗒嗒聲
- 按計算機按鈕的聲音
- 電風扇的嗡嗡聲
- 翻書的聲音
- 有輪子的推車經過通道的聲音
- 腳步聲
- 電梯發出叮地一聲
- 吸塵器的運轉聲
- 維護人員打掃地毯的聲音
- 給花盆澆水的聲音

嗅覺

- 麥克筆或螢光筆
- 舊檔案夾
- 乾燥花或芳香劑
- 香氛蠟燭
- 地毯
- 清潔用品
- 抗菌洗手液
- 香水或古龍水
- 髮膠
- 紙
- 紙箱
- 微波加熱的午餐
- 咖啡
- 生日蛋糕

味覺

- 舔郵票或信封的膠水味
- 原子筆
- 咖啡
- 紅茶
- 汽水
- 水
- 自動販賣機賣的零食
- 從家裡帶來的午餐（三明治、水果、優格、起司與蘇打餅、沙拉、便當）
- 甜甜圈
- 慶祝生日的杯子蛋糕
- 外送披薩
- 外帶餐點

觸覺

- 隔間牆粗糙的填充物
- 後仰時椅子的彈性
- 軟硬適中的椅子
- 打字打太多，手腕或手指關節疼痛
- 電話夾在耳朵和肩膀間，扭到脖子
- 背痛
- 換姿勢以免腳麻

・冰冷的手和腳趾
・桌子底下的電暖爐傳來熱氣
・吊扇斷斷續續吹來的陣風
・坐立難安的舉動（用筆叩叩叩地敲桌面、手指打節奏、抖腿）
・為了伸展一下而站起來
・用愛筆在紙上順順的滑過去那種滿足感
・冰冷的瓶裝水或汽水罐上滑下來的水滴
・為了取暖把毛衣蓋在身上
・被紙割傷
・用來暖手的現煮紅茶或咖啡

引領故事發展的情境與事件

・不尊重他人空間的同事
・阿諛諂媚的同事拍主管的馬屁，並趁機批評不奉承的人
・公司同事的權力鬥爭和衝突
・權威或無能的上司
・隔壁的同事產生影響他人的臭味（大蒜味、古龍水、體味）或讓人不快的聲音（按筆的咔咔聲）
・搶走自己創意和客戶的同事
・和無能或沒責任感的同事同組
・惱人或傷人的惡劣玩笑
・性騷擾
・只能用品質糟糕或有瑕疵的東西來完成工作
・工作和家庭間產生的糾結心情
・偷聽到附近在談論自己

登場人物

・客戶
・送貨員
・員工和上司
・律師或公關
・維護人員
・清潔工
・來開會的其他公司員工

編劇小技巧

設定時的重點與提示

公司員工在隔開的辦公區度過很長的時間，因此這個地方是展現濃厚個人色彩的空間。這個人留著怎樣的紀念品？空間內有好好整理還是散亂無章？清冷單調或相反的裝飾過頭？或是對私人物品十分執著？想得出這些問題的答案，應該就能決定登場人物工作空間的樣貌，也能創造出符合登場人物獨特性格的辦公環境。

例文

日光燈突然熄了，只能倚賴電腦的光線和桌燈的微暗照明。輪子好好上過油的清潔推車從旁邊經過，漂白水和玻璃清潔劑的氣味讓麥克的鼻子抽動，但還是不能讓他停下工作中的雙手。有如洪水來襲前急切地蓋出一座山的白蟻，他的手指在鍵盤上快速的來回跳動。

運用的寫作技巧

光與影、多種感覺的描寫、直喻法

創造效果

賦予登場人物特徵

16畫

錄音室
Recording Studio

關連場景
後台休息室、豪華禮車、劇院、搖滾音樂會

視覺

錄音室
- 陰暗的房間
- 放置麥克風架，用來錄音的小房間
- 擺了樂器的寬闊演奏空間
- 好幾個小房間用來為不同樂器或其他用途錄音
- 耳機
- 堆放器材（外接前級擴大機、壓縮器、殘響效果器、延遲模組等）的架子
- 擴大機
- 揚聲器
- 樂器架或盒子
- 樂譜或音符表
- 瓶裝水
- 預備器材（各種樂器、麥克風、螢幕、吉他效果器等）的倉庫
- 有紋路的牆壁
- 鋪地毯的地板
- 音響技師與演奏者之間的玻璃帷幕
- 屏蔽線纜
- 穿過地板插在牆壁插座的線路
- 顯示錄音進行中的「ON AIR」或「錄音中」燈光
- 正在進行發聲練習的音樂家或是歌手
- 朗讀劇本的配音員

控制室
- 有滾輪的椅子
- 電腦
- 耳機
- 布滿按鈕和推桿的多個控制桌或混音座
- 連接麥克風的界面
- 插線板和不同色彩的跳接線
- 螢幕
- 音箱
- 擺放皮革家具或燈具的座位區
- 板夾或便條本
- 原子筆或鉛筆
- 掛在牆上的許多金唱片或是白金唱片
- 收藏在盒子裡的獎牌或其他獎座
- 桌上的雜誌
- 盆栽
- 速食或外帶食物
- 裝咖啡或汽水的杯子
- 吸食大麻的工具
- 酒精類

聽覺
- （吉他、鍵盤、鋼琴、鼓等的）器樂演奏
- 音樂家為樂器調音的聲音
- 歌手的歌聲或哼唱聲
- 樂譜掉落地板的聲音
- 音響技師請音樂家中斷演奏或重新演奏
- 控制室裡的人聊天的聲音
- 訪客坐在會客區聊天
- 電話鈴響
- 播放錄音的音樂
- 錄音順利結束時的掌聲和歡呼聲
- 音樂家之間的爭吵
- 敲打東西打節拍
- 聽見自己清唱的聲音或是演奏清晰得驚人
- 開、關門的聲音
- 吸塵器的聲音

嗅覺
- 外帶食物（三明治、漢堡、披薩、中華料理）
- 咖啡
- 芳香劑
- 焚燒的蠟燭
- 清掃用品
- 大麻
- 口嚼菸
- 啤酒

味覺
- 外帶食物
- 自動販賣機的食物（三明治、點心棒、洋芋片、營養補充磚）
- 瓶裝水
- 咖啡
- 熱紅茶
- 酒精類

觸覺
- 完全罩住耳朵的耳機
- 握住樂器
- 旋轉的高腳椅或椅子

・麥克風上方的金屬網
・錄音小房間粗糙的牆壁
・吉他光滑的塑膠彈片
・手指夾著鼓棒旋轉
・用鼓棒敲鼓時的震動
・演奏弦樂器
・鋼琴光滑的琴鍵
・上下調整混音器的推桿
・將電線插進插口
・腳絆到電線
・用腳輕踩節拍
・雙手按住耳機歌唱

引領故事發展的情境與事件

・音樂家為了創作而發生衝突
・樂團的成員受到他人（狂熱追星族、伴侶）影響
・自尊心太高
・樂團成員彼此嫉妒
・錄音器材品質不佳，錄音成果不符預期
・歌手喝得爛醉，或嗑藥嗑茫
・樂團成員沒有現身，或是遲到
・錄音室經理不顧預算，任意揮霍或是野心太大
・歌后對錄音室工作人員做出不切實際的要求
・錄音室工作人員和歌手變得過度親密
・必須和沒有才華，或錄音經驗不足的歌手合作
・錄音室重複預約，或前一組的演奏尚未結束

登場人物

・經紀人或代理人
・櫃台人員或辦公室經理
・演員或配音員
・管理員
・清潔人員
・指導者
・跟班
・音樂家
・陪同未成年歌手的家長
・餐廳外送員
・製作人
・作詞作曲家
・音訊工程師及音響師
・歌手
・歌唱訓練師

編劇小技巧

設定時的重點與提示

錄音室有許多種類，設備高級的地方，多半是職業音樂人或藝人在使用。這類錄音室是計時出租，擁有各類高級器材和樂器。規模較小的錄音室雖然也提供錄音服務，但設備較少，因此價格也不會太高。此外，由於音樂界在器材、設備上業已全面數位化，對於想要錄製專輯的音樂家或錄製旁白的人來說，在自家打造錄音室，已逐漸成爲實際而且有效率的選擇。

例文

約翰閉上眼睛，將兩根手指放在滑桿上，只留下耳機傳來的克拉麗莎那渾厚富質感、略帶尖銳的嗓音，其餘的聲音全部消除。約翰輕柔地推動桿子，就像對待剛出生的嬰兒那般，克拉麗莎的音高變得穩定。約翰微笑，一屁股坐到椅子上，壓出吱呀聲響。他隔著玻璃窗，向克拉麗莎比了個勝利手勢。

運用的寫作技巧
直喻法

創造效果
醞釀氣氛

賽馬場
Race Track Horese

關連場景
賭場、停車場

17畫

視覺

戶外

‧被圍牆包圍的橢圓形賽場
‧順風飄揚的旗幟
‧裝在賽場內柵欄上的廣告
‧賽場周邊以一定間隔設置的條紋圖案柱子
‧夜間賽事的燈光照明
‧鋪有草皮的賽場內側
‧標有號碼的柵門
‧大型影像設備
‧排在賽場和看台間草坪席區域上的長椅
‧野餐桌式的座位
‧為想在戶外觀戰的人設置的階梯式看台席
‧披著馬鞍墊或馬鞍的賽馬
‧身著色彩繽紛的比賽服裝和帽子的騎師
‧顯示賠率資訊的賠率板
‧和賽場比鄰的各式區域（馬廄、宿舍、馬匹亮相圈、給在馬廄工作的人使用的廚房或休息區）
‧清楚標示出終點線
‧比賽前備妥場地的灑水車或是整地機
‧奔跑的馬蹄揚起的塵土
‧拿著賽程表搧風的觀眾

室內

‧接受投注的售票櫃台
‧視野可遠眺賽事的玻璃牆
‧賭間或賭桌
‧整排的室內觀眾席
‧依照一定間隔設置的桌椅
‧需額外付費才能使用的俱樂部會所或包廂
‧賽事轉播和投注螢幕牆
‧拿望遠鏡觀賽的觀眾
‧比賽前為想吃點輕食的人設置的餐飲店
‧電梯或手扶梯
‧廁所
‧自動販賣機
‧提款機
‧拿著賽馬快報低頭研究的人

聽覺

‧人們的講話聲或賭馬聲
‧打開啤酒咻地一聲
‧食物包裝紙的沙沙聲
‧喝汽水的聲音
‧開、關門的聲音
‧觀眾翻閱賽程表的聲音
‧從喇叭傳來的廣播
‧喇叭或其他管樂器吹奏的開場樂
‧宣告賽事開始的鐘聲
‧柵門咚地一聲打開
‧馬蹄的雜沓聲
‧訓練師的怒罵聲
‧賽馬跑到賽場另一頭，聲音逐漸變小，繞回來後聲音又漸漸變大
‧從喇叭傳來的實況轉播
‧觀眾大喊大叫或咒罵
‧拍手
‧隨著比賽開始觀眾的聲音也越來越大
‧觀眾急著去投注的匆忙腳步聲
‧比賽結束時，跳上跳下的人們歡喜聲或怒吼聲
‧把賭輸的馬票揉得皺皺的

嗅覺

‧正在烹煮的食物
‧汗水
‧防曬乳
‧被陽光曬熱的土壤
‧二手菸
‧馬
‧馬糞
‧修剪過的草
‧得勝的騎師身上花圈的鮮花香味

味覺

‧商店的食物（熱狗、蝴蝶脆餅、爆米花、漢堡、玉米片）
‧餐廳賣的高級餐點
‧汽水
‧啤酒
‧酒類
‧水
‧零食

觸覺

‧賭馬時湧現的期待感
‧緊握住馬票
‧腳底碰到金屬或木製的長椅
‧坐在椅子的一頭
‧比賽中突然站起來

- 陽光照在身上
- 流下汗水
- 微風吹起頭髮
- 在頭上嗡嗡叫飛來飛去的蒼蠅
- 冷卻手心的罐子或瓶子
- 待在室內時，輕拂過身上的空調
- 陽光太亮而瞇起眼睛
- 因流汗而使墨鏡滑到鼻子下面
- 把賽程表舉到眼前遮住陽光
- 硬梆梆的望眼鏡壓在眼睛上

引領故事發展的情境與事件

- 喝太多酒
- 賭了很大一筆錢，但輸了
- 輸了不認帳而大鬧特鬧
- 發現比賽作弊
- 喜愛懷舊風格賽馬場的粉絲，排斥新建的馬場
- 比賽中馬匹受傷
- 蓄意破壞
- 騎師間引發騷動
- 無法接受只有些微差距的比賽判定結果
- 吃太多商店賣的食物
- 扒手竊取觀眾的財物
- 抗拒對賭馬上癮的心裡糾結

登場人物

- 收銀員
- 馬夫
- 有賭癮的人
- 馬主
- 訓練師
- 行政人員
- 騎師
- 維修人員
- 實況轉播員
- 觀眾
- 獸醫

編劇小技巧

設定時的重點與提示

賽馬場的種類相當廣泛，從破破爛爛的小型賽馬場、到像加州薩拉托加賽馬場或邱吉爾莊園（美國三大賽馬場之一）這種歷史悠久的大型賽馬場都有。然而其間的共通點在於觀眾的多樣化。無論哪個賽馬場都有職業賭徒、賭性堅強的人、來約會的夫妻和情侶、老派賭馬賽事的粉絲，和只是來隨便看看的觀眾，每個人都懷抱著各式各樣的理由。在規畫關於賽馬場的戲劇化表現時，最好不要簡單地想說鎖定賭徒或是有賭癮的人就好，眼光也要放在其他人身上才好。想想看這些人會是怎樣的人物，以及這些人會做出哪些事讓主人公產生困擾。穿插意想不到的人事物，讓他們在故事中加入有說服力的大逆轉，是確保故事精采度的好方法。

例文

我跟著晨悅（馬名）橫越過賽馬場，腳下扎扎實實地踩著溫熱的土壤。微風吹過，把好幾塊烏雲集結一側，我的直覺告訴我暴風雨應該不會來。其他柵門裡，夥伴們正各自對自己的馬匹輕聲細語，但晨悅沒什麼問題，我不想講話嚇著她。進到二號門，她有如剛出生的小馬一樣安靜沉穩，我幾乎不發出一點嘎吱聲響地關上了門。

運用的寫作技巧

多種感覺的描寫、直喻法

創造效果

賦予登場人物特徵、醞釀氣氛

殯儀館
Funeral Home

關連場景

田園篇——教堂、墓地、陵墓、守靈

都會篇——停屍間

視覺

・修剪過的草坪
・矮木或高樹
・美輪美奐的庭園
・停車場
・後門的車庫（停放用來搬運遺體的靈車、禮車、廂型車）
・倉庫（搬運遺體的箱子、冷凍設備、用來消毒及進行屍體防腐處理的用品、將骨灰放入骨灰罈的作業場）
・防腐室（桌子與流理台、防腐液注射機、裝防腐劑的塑膠桶、手術刀、主動脈瘤鉤、眼罩、換氣設備、紫外線燈）
・靈堂（柔和的照明與後方的木牆、棺木周圍的寬闊空間、台子上裝飾著高雅的百合花切花、用來吸收腳步聲的花紋地毯、椅子或長椅）
・展示間（各種尺寸和樣式，表面光滑的棺木、各種骨灰罈、鮮花目錄、特製品、木製鑲嵌工藝品及各種設計、低調地在稍遠處待命的殯葬人員、討論區的沙發和桌子、面紙盒、花柱或棺木上裝飾的百合花、葬禮當天分發的追悼印刷小冊子樣品）
・告別式會場（椅子與信徒席、講台和舞台、攝影機和媒體設備、音響系統、鋼琴或風琴、麥克風、參加葬禮的人、帶領家屬到前排的人員）
・安靈室（備有食物及飲料的桌子、擺放故人物品，供參加者緬懷的桌子）

聽覺

・細微的音樂或聖歌
・人們小聲交談的聲音
・衣物摩擦的聲音
・靜默的拭淚聲
・吸鼻涕的聲音
・擤鼻涕的聲音
・麥克風傳出的演講聲
・儀式中的現場演奏或歌唱聲
・信徒席椅子被壓動的聲音
・有人的手機響了，立刻關掉
・咳嗽聲
・提到故人風趣的往事，人們發出笑聲

嗅覺

・過濃的香水和古龍水混在一起，形成難忍的氣味
・鮮花
・燃燒的蠟燭
・地毯
・家具蠟

味覺

・淚水
・為了避免在儀式中咳嗽而食用口氣芳香錠或喉糖
・大廳供人自取的食物及飲料（甜餅乾、起司和鹹餅乾、小蛋糕、咖啡、紅茶）
・葬禮結束後，停車場繚繞的香菸煙霧
・喉嚨的痰

觸覺

・擁抱心愛的人時，對方的頭髮觸碰到臉頰
・握住別人的手時，柔軟虛弱或是有些汗濕的感覺
・在手心揉成一團的面紙
・在堅硬的信徒席上端正地坐好，導致背部僵硬
・用手指搓揉眼睛下方拭淚
・撫摸喉嚨或是心窩處，試圖緩和緊繃
・不合身的衣服勒緊身體或太小的鞋子磨腳疼痛的感覺
・撫摸悲泣的孩子柔軟的頭髮
・為了安慰年老的親戚，撫摸對方浮出血管的手
・手中緊握多刺的玫瑰莖
・棺蓋光滑的觸感
・鞋子沉入厚地毯的感覺
・把程序表捲起又打開
・手中皺巴巴又汗濕的演講稿

引領故事發展的情境與事件

・家族齊聚一堂，發生爭執
・被錯誤宣告死亡的遺體（在搬運中）復活
・擔心該如何籌措喪葬費用

・大刺刺地討論故人的財產或遺囑
・由於情緒過於激動，在停車場發生車禍
・家族的秘密被揭露
・家屬討厭的人物出現在葬禮上
・名人的葬禮出現大批媒體
・低估了參加人數，會場空間不足

登場人物

・殯葬人員
・祭司或牧師
・工作人員
・參加者（家屬、朋友、鄰居、同事、廠商客戶）
・停車人員

編劇小技巧

設定時的重點與提示

有些殯儀館附設火葬場，有些沒有。不過要記住，顧慮到沉浸在哀傷的家屬及親友的心情，不會在當天或是在葬禮中就把故人的遺體火葬（編註：台灣的情形，多在出殯當天火化）。

例文

推開深色的木門，我感謝殯葬人員貼心地選擇了柔和的長笛旋律作爲背景音樂。我踏入告別室，當吉姆唯一的家人、也是家族中僅存的妹妹向他道別之後，這個房間陷入讓人難以承受的寂靜中。聚光燈打在裝飾棺木的絲絹玫瑰上，看到那虛假的白花，我胸口一陣抽痛。爲什麼不爲他準備鮮花呢？但是，看見穿著漿得筆挺的襯衫、打著領帶的吉姆那張骨感的臉，我的疼痛緩和了。因爲他即使離世，仍帶著那抹慧黠的笑，彷彿隨時都會開口調侃爲了區區花朵的問題而憂傷煩惱的我。我都忘了，吉姆對鮮花過敏啊！我流淚微笑，從來沒有這麼強烈地想念他。

運用的寫作技巧

對比、多種感覺的描寫

創造效果

賦予登場人物特徵、醞釀氣氛、強化情緒

難民營
Refugee Camp

視覺

- 有安全閘門的柵欄圍起來的一區
- 布滿乾燥沙土的地面
- 隨風飄揚的旗幟
- 配合該地區的住宅樣式（用防水布覆蓋屋頂的茅草屋、土角厝、像迷宮般排列的臨時帳篷、鐵皮組合屋、紅磚屋）
- 登記處（裡面有桌子、電腦、事務用品）
- 保管糧食的大帳篷
- 分發配給品（衣服、寢具、保暖用品）的其他保管區
- 醫院（裡面有折疊床、蚊帳、寢具、裝醫療用品的大容器）
- 遊樂場或狹窄的空地
- 公共廁所
- 在地面挖出來的洞裡熊熊燃燒的火堆
- 裝在塑膠儲水容器或寶特瓶的水
- 空桶子或籃子
- 用來洗衣服和食物的大盆子
- 深鍋和平底鍋
- 晾在屋頂或矮樹上的衣物
- 供難民裝水的打水幫浦
- 行人和騎單車的人
- 難民在營內搬運物資使用的板車
- 載著堆積如山糧食（麵粉、米、小麥、小扁豆）及醫療用品抵達的卡車
- 大排長龍等待登記或領取配給品的難民
- 只有一間教室（有學生書桌、課本、黑板等）的學校
- 把大包東西頂在頭上搬運的女人
- 肩上扛著麻袋行走的男人
- 聯合國的卡車或車輛
- 載著軍人的吉普車
- 一堆堆的廢棄物（裝水的容器、空麻袋、碎布塊、碎木材、白鐵杯）
- 用就地取材的玩具（石頭、金屬片、漏氣的皮球）玩耍的孩童
- 供有錢的難民購物的小型市場
- 忙著準備食物、以物易物、做東西出售的難民
- 和父母一起工作的孩童
- 牆上的塗鴉
- 閒晃的孩童
- 由於住處漏水，地面形成一灘灘的水
- 蒼蠅
- 修理物品，或把無法修理的東西挪作他用的人

聽覺

- 擴音器或喇叭傳出的廣播聲
- 被人抓住搖晃而發出「鏘啷鏘啷」聲的鐵絲網
- 被風吹動的防水布屋頂或掛著簾子的門口
- 人的說話聲
- 咳嗽聲
- 怒吼聲
- 歌聲
- 嬰兒哭聲
- 小孩遊戲聲（玩兒童足球、追逐遊戲）
- 狗叫聲
- 在遍布沙土的地面曳步行走的聲音
- 將生米或生豆子「嘩嘩」倒入深鍋的聲音
- 炊火發出的微弱「啪滋啪滋」聲
- 「咻」地吹過小屋或是破房子的風聲
- 帳篷入口的布受風吹拍動的聲音
- 輪胎輾過砂礫前進的聲音
- 「吱呀」作響的單車，在凹凸不平的路面「喀噠喀噠」地輾過
- 蚊子「嗡嗡」飛舞
- 汙水排放聲
- 從儲水桶或瓶子裡裝水
- 湯匙敲擊調理鍋發出「鏘啷」聲
- 麻袋丟到地面的聲音
- 許多人在狹窄的區域生活產生的噪音
- 通知配給卡車抵達的煞車聲
- 在學校上課的小孩同聲背誦或合唱
- 廣播播報的新聞

嗅覺

- 汗味
- 體臭
- 未清洗的身體和衣物
- 排泄物
- 炊火

・在燒熱的石頭上烘烤無酵母薄餅
・沸騰的水

味覺

・沒味道的食物（米、豆子、麵包、營養口糧）
・溫水
・汗味

觸覺

・用不乾淨的水洗過而變得堅硬的衣服
・一陣子沒洗，變形並沾滿汗漬的衣服
・被蚊蟲叮咬
・沾黏皮膚的灰塵
・在沙土中曳步行走
・在炎熱或酷寒當中，躺在堅硬的地面睡覺
・長期吃不飽造成的胃痛，或強烈的口渴
・摻雜了泥沙、味道混濁的水
・無所不在（衣服、寢具、食物裡）的沙土
・不停地流汗
・用打濕的破布把身體擦乾淨
・扛在肩上的配給糧食麻袋，或是放在頭頂上保持平衡的小包物品重量
・特定的疾病（霍亂、瘧疾、黃疸、肝炎、結核、愛滋、傷寒、寄生蟲）引發的症狀
・（由於住處的狀態、憂慮及恐懼、創傷後壓力症候群等）夜裡輾轉難眠
・用儲水容器裝水時，水潑到手腳
・從陽光灼熱、颳大風的戶外進入小屋
・背靠在小屋粗糙的牆面坐下
・解渴的水
・吃到食物獲得的安心感
・坐在岩石或木材上
・令頭皮搔癢的細軟頭髮
・倦怠感
・無聊
・因絕望而變得麻木

引領故事發展的情境與事件

・生活環境惡劣
・糧食和民生物資不足
・暴動
・遭到難民營外的暴力人士攻擊
・文化或宗教相左的難民之間發生爭吵
・為了配給品和糧食發生爭執
・發生強暴婦女的惡行
・不知如何打發時間的孩童
・生病
・失眠
・創傷後壓力症候群
・應該保持中立的負責人卻心存偏見，或做出偏頗的決定
・由於政治情勢變化，難民營可能無法維持
・資金不足，財政受到壓迫
・因絕望，做出輕率的行動

登場人物

・管理者、武裝警衛隊
・前來進行親善訪問的名人
・醫生及護士、教師
・精神科醫生或心理醫師
・難民
・記者或報導人員
・聯合國代表

編劇小技巧

設定時的重點與提示

全世界有超過七百處以上的難民營，收容累積數千萬名流離失所的人。其中有些地方因爲援助資金充裕，環境比其他地方舒適，並提供較多（更好）的物資。但不論是什麼樣的設施，總有一天一定會擠滿了希望搬去其他地方生活，卻無處可去的人。居住在這類難民營的人，多半曾經歷過慘無人道的暴行或苦難，卻幾乎無法得到妥善的心理治療，因此容易陷入情緒不穩、魯莽行事，個人的內心衝突很可能隨時升溫爆發。

例文

隊伍稍微前進了一些，我跟在眾人後面，伸長脖子查看到底還要排多久。蒼蠅在眼睛周圍飛來飛去，但我的雙手都提著裝滿水的儲水桶，只能搖晃肩膀試著驅趕。我從天亮就開始排隊，然而現在太陽都已經高掛頭頂了。把納塔莉雅和嬰兒留在小屋，令我憂心忡忡。我在沙塵中不安分地跺踏雙腳，希望看不見終點的隊伍快點前進。

運用的寫作技巧

天氣

創造效果

醞釀氣氛、時間流逝

藝廊
Art Gallery

關連場景
工作室、正式服裝場合、博物館

視覺

- 展示幾幅用來吸引贊助人的代表作，充滿著平易近人氣氛的開放式入口
- 裝飾著藝術風插花的小型迎賓桌
- 桌子上擺放的名片或簽名簿
- 刻意促使人專注於藝術作品的素面牆壁
- 仔細考量過光線投射方式的照明配置
- 讓贊助人能自由地來回走動欣賞的隔間配置
- （特定主題、樣式、和藝術家相關的）作品集中展示
- 放在聚光燈映照下的主要作品對面的、普通長椅或椅子
- （經常鋪上隔音薄地毯的）乾淨地板
- 擺設（吹製玻璃作品、雕像、石雕等的）小型作品的桌子
- 和（標示作家名字和價格的）卡片一併展示的裱框畫作或材質表現的作品
- 被作品感動而查看價格的贊助人
- 通往各個展示間，沒有門板的出入口
- 作品之間預留的寬廣空間
- 有幾個窗戶的展示間或沒有窗戶的展示間
- 挑高的天花板
- 和正在考慮下手購買的顧客商討作品，或正在看新進藝術家個人資料的藝廊老闆或收藏家
- 展覽期間向受邀賓客致意的藝術家

聽覺

- 人們低聲談論作品
- 適合畫廊氣氛的悅耳背景音樂，或契合主題的背景聲音（流水聲、鐘響、鈴聲）
- 咯噔咯噔的模糊腳步聲，或拖著腳在地板行走的聲音
- 在開放式牆壁或挑高天花板迴盪的聲音
- 人們在入口或迎賓處聊天的聲音
- 桌上的電話響起
- 贊助人對藝術家表達讚賞其作品的聲音
- 小型噴水或流水裝飾的悅耳聲音

嗅覺

- 畫具
- 消毒劑
- 木材清潔劑
- PU（聚氨酯）材料
- 雪松
- 石膏
- 皮革
- 帶來讓贊助人享受特別嗅覺體驗的香氛用品（香茅混合物、鼠尾草、薰衣草、柑橘類、精油）

味覺

- 這個設定沒有什麼相關的味道，但特別展覽或舉辦活動時另當別論。這類的藝廊活動中，多半會設宴款待，提供酒類、氣泡水、進口啤酒、輕食、一口大小的前菜（上頭放著高級起司的食物、包著香草或柑橘的橄欖、醃牛肉串）等。

觸覺

- 藝廊本身會要求參觀者不要碰觸作品，因此這個設定內描寫感覺的機會很有限。活動當中可能會拿著酒杯的杯腳，或用手拿著或托著碗，大概還會取用前菜而感覺到紙巾和盤子的重量。設定裡沒有這樣的場合時，可以想想登場人物在這裡會產生的相關感覺，例如一直注視作品時，撫摸著身上戴的項鏈，或從名片架上挑選著名片以記住藝術家的名字。

引領故事發展的情境與事件

- 不小心撞到作品而使作品受損
- 地震或水管破裂等狀況毀了某人的作品
- 贊助人嚴詞批評自己的作品時剛好在場
- 拜訪藝廊老闆並請他展覽自己的作品，但被拒絕
- 為了讓自己的作品展出而考慮要去拜訪，但那邊有個員工和自己私底下是敵對關係

・某個作品的競標戰
・自己的作品展在觀眾冷清的狀況下落幕
・以贗品當作真跡欺騙客人的藝廊老闆
・受到藝術評論家嚴厲的批評
・自己的作品被攻擊是模仿名家之作

登場人物

・藝術家的贊助人或顧客
・藝術家
・組裝藝術作品的工人或送貨員
・藝廊的員工或老闆

編劇小技巧

設定時的重點與提示

藝廊有各式各樣的類型。有的是藝術家共同經營，也有的是屬於美術相關企業或設計業。根據種類和資金狀況的不同，有的藝廊裡面是空間狹小光線幽暗且照明稀稀落落，但有的則是寬敞且光線充足、專為吸引上流社會高端階層的客人而打造。很多時候藝廊內會進行裝框作業，並設置裱框材料完備的作業室或儲藏空間。因此這裡除了有購買新的藝術作品的客人之外，也會有帶著作品來要求重新裱框的客人。

例文

瑞德啜飲著笛型杯裡的香檳，沿著引導賓客從這個展間到下一個展間的移動式隔板走來走去。他來到打光的作品前停了下來，注意到自己只被裡面那個最妙的作品，那個特別用金屬和鐵絲做成的東西所吸引。一想到此他就噗嗤笑了出來。怎麼會這樣。即使是這種地方他也只注意和自己專長有關的東西嗎？周遭都是有錢人的身影。他們出席了這場展覽會，身上昂貴香水讓展間裡充斥著甜甜的味道，炫耀著鑲滿亮片的名牌包、高級鞋，看著材質厚重的畫作高聲發出「喔喔」，還有「嗯嗯」的聲音。但這些作品在他這種沒素養的人看來，無論哪個都像是嘔吐物。不過這種事情隨便怎樣都可以啦。瑞德的專業技巧只有一種。所以，他展開他最拿手的行動。目標是聚在一塊的人們，微笑、交談個一兩句話、摸一下手腕……他的口袋增加了兩個錢包、勞力士錶、珍珠項鏈而變得越來越重。

運用的寫作技巧

多種感覺的描寫

創造效果

賦予登場人物特徵

警察局
Police Station

關連場景 法庭、警車、獨囚房

視覺

・（設置有椅子、旗幟、雕像、本市和國內地圖、扶輪社送的匾額、廁所、進去前表明來意的玻璃隔板、喚人鈴、電子鎖或密碼鎖的門的）等候區
・調度室（電腦、電話、電視）
・接見室（桌椅、手銬、筆和筆記紙）
・拘留室（水泥牆、設有監視窗的門、固定在地板上的不鏽鋼桌和凳子）
・偵訊室（針對偵訊內容和目擊證詞錄影的電腦、顯示偵訊室內部情況的電視螢幕、紙筆、桌椅）
・筆錄室（有隔間的房間、針對錄音機的內容逐字寫稿的警察、利用電腦將錄音內容打成報告的警察）
・為促使目前的案件得到解決而集結員警的會議室（大型桌椅、白板、告示板、幾個裝檔案夾的箱子、筆和筆記紙）
・證物室（證物袋、放有貼好標籤袋子的推車、裝滿東西的架子、放證物的置物櫃、裝空證物袋的箱子、取用證物或問話筆錄的警察）
・（偵查隊長或刑警、特勤組組員及其裝備、地區性業務部門的）辦公室
・為了蒐證而進行車輛內部搜查或臥底搜查車輛的準備（工具、汽車用品），或是讓囚犯坐上警備車並確保囚犯安全往返而使用的車庫
・放武器的保管庫房
・放置沒收單車的鐵籠
・作證的目擊證人
・接受偵訊的嫌疑人
・在等候區等待的小孩或家人
・等待或接見用的兒童區（沒有鋭角的家具、著色本和蠟筆、桌遊、積木、書本、玩具）
・處理文書作業的警察
・休息室

聽覺

・人們在等待室發出的聲響
・警察在玻璃的另一邊談論案情的聲音
・電話響起
・門上蜂鳴器的聲音
・鑰匙匡啷匡啷地響
・電子鎖喀嚓一聲打開
・調度員小小聲對著耳機講話
・警察和嫌疑人講話的聲音
・嫌疑人回答問題時，手銬鋃鐺作響
・叩叩叩地敲著鍵盤
・啪啪啪地快速翻著紙張
・播放器流瀉出來的音樂
・鞋子在磁磚地上發出嘰嘰聲
・書櫃門滑開的聲音
・警察無線電的吵雜聲
・爭吵
・嬰兒的哭聲
・外面傳來的警笛聲
・局內廣播的講話聲
・吹口哨或哼歌
・開、關門的聲音
・警察在休息室聊天説笑的聲音
・印表機印出犯罪紀錄的聲音
・從休息室傳來電視或微波爐的吵雜聲響

嗅覺

・放太久的咖啡
・清潔用品
・金屬
・汗水
・抽菸的人衣服上飄散的菸味

味覺

・咖啡
・汽水
・外送餐點或從家裡帶來的午餐

觸覺

・被趕進上鎖的地方後，因幽閉恐懼症而感到害怕
・在狹窄的拘留室裡走來走去
・銬在手腕上的冰冷手銬
・堅硬的塑膠椅
・背上流下的汗水
・採集證物而戴上橡膠手套時，手套粉粉的感覺
・在電腦前打字打太多導致手腕或手指疼痛

- 因長時間埋首於檔案夾或鍵盤中，伸展一下或站起來在四周走一走
- 耳機摩擦著耳朵
- 掛在腰間的槍枝的沉重感
- 一邊靠在椅背上一邊傾聽著簡報

引領故事發展的情境與事件

- 不配合的嫌疑人
- 嗑藥後飄飄然或醉醺醺的嫌疑人
- 因公文作業或官僚作風導致案情進展變慢
- 目擊證人說謊或不能信賴
- 警力不足
- 不道德或無能的警察
- 局內的政治生態
- 受到上司的壓力
- 警察弄丟了鑰匙或通行卡
- 咄咄逼人的律師讓事情變的很麻煩
- 因停電導致電子鎖失效
- 證物放錯地方
- 利益衝突（家人或朋友被找來問話）
- 空調故障

登場人物

- 想報案的一般市民
- 送貨員
- 刑警
- 調度員
- 嫌疑人的朋友或家人
- 律師
- 警察
- 媒體
- 嫌疑人或嫌疑犯

編劇小技巧

設定時的重點與提示

和《安迪・格里菲斯秀》（六〇年代美國知名警匪喜劇）的時代比起來，警察局已經改變很多。和當時一樣的小警局現在還有，但也有警局是好幾層樓的辦公室構成的大型建築物。預算和業務管轄範圍大小都會左右警局的辦公環境。人煙稀少的警察局裡可能會接近乾淨無菌的狀態，但犯罪率高的地區其警局的髒亂就會明顯許多。比方拘留室，有的會擠滿焦慮的人群，有的剛好相反，只會有幾張椅子，而且裡面空空如也。有的警局裡會有好幾個寬敞拘留室並排，可容納很多人，但有的警察局就只有一兩個僅能拘留單一嫌犯的房間。

例文

米納斯太太用力抓緊包包，坐在塑膠椅的一端。從他們打電話來說布萊恩的事情之後，已經過了兩小時，當中有九十分鐘都是一直坐在這裡。屋內被勳章得主與笑容滿面露出酒窩的警員海報團團包圍，裡面似乎沒有人會關心她的孫子被逮捕了，還不顧本人意願被拘留在玻璃隔板後面的某個地方。

運用的寫作技巧

對比

創造效果

強化情緒

都會篇

餐飲店

休閒餐廳
Casual Dining Restaurant

關連場景 美式餐廳、停車場

視覺

- 寫著餐廳推薦菜單的黑板
- 坐在外面長椅等待的客人
- 門口接待區，放有菜單，或用來包不鏽鋼餐具的餐巾
- 提供給兒童的蠟筆或著色本
- （從樸素到最前衛）符合餐廳主題或料理，營造氣氛的照明及裝潢（義大利餐廳：裝飾油瓶、乾燥的義大利麵條或辣椒；海鮮餐廳：船艙風格裝飾、海水水族箱、大水槽裡的龍蝦；日本料理：壽司、絲絹扇子、屏風、浮世繪、酒瓶）
- 掛在牆上的照片或繪畫
- 後方牆壁鑲嵌鏡面的吧台
- 放在紙巾或杯墊上的飲料
- 紅酒或威士忌酒瓶
- 懸吊式照明
- 坐在高腳椅上左右轉動的人
- 椅子有軟墊的雅座
- 以隔板隔開的座位，或擺放著一般高度桌椅的用餐區
- 較高的桌子
- 桌面裸露的桌子，或鋪有紙餐墊的桌子
- 桌上的調味料（鹽巴和胡椒罐、番茄醬、芥末醬、小包砂糖）
- 放置有附餐麵包的籃子
- 穿著圍裙，口袋裡插著筆和便條本，忙碌穿梭的男女服務生
- 盛著熱騰騰餐點的托盤
- 就坐的客人
- 爬上椅子往後看的小孩
- 杯盤狼藉的無人餐桌
- 店內深處的廁所
- 放在結帳單上的薄荷糖
- 實習生搬運著高高疊起的餐盤
- 停下腳步交談的老闆
- 貼在櫃台處告知可接受哪些信用卡的標示
- 客人看到昂貴的結帳金額，表情垮了下來

聽覺

- 人們的呢喃細語或說話聲
- 吧台傳來的大笑或大叫
- 電視播放的運動賽事實況轉播或主播播報新聞的聲音
- 銀製餐具發出「鏘鏘」敲擊聲
- 盤子摔破的聲音
- 門前後搖晃打開的聲音
- 服務生為客人點菜的聲音
- 小孩子哭鬧的聲音
- 小孩子開門進出廁所的奔跑聲音
- 旋轉吧台椅發出「嘰嘰」聲
- 吧台倒飲料的聲音
- 刀子在盤子上摩擦
- 用吸管吸飲料的聲音
- 「啪」地闔上菜單
- 服務台列印收據的聲音
- 服務生與廚師大聲交談
- 食物「滋滋」烹煮的聲音
- 在食物上灑起司或胡椒時，內容物靜靜地被磨碎的聲音
- 人們坐進座位的聲音
- 員工為生日的客人唱歌
- 服務生背誦推薦菜單
- 椅子摩擦地板
- 生啤酒或碳酸飲料發出「咻嘩」聲倒入杯中
- 堅硬的麵包在桌上發出「啪啦啪啦」聲被切成一片片
- 切牛排的聲音
- 客人離開餐廳時，「嘩啦啦」掏出鑰匙的聲音

嗅覺

- 上桌的餐點
- 蒸氣
- 香料
- 酵母
- 啤酒
- 芳醇的紅酒
- 香水
- 古龍水
- 肉脂
- 芳香劑
- 清掃用品
- 大蒜
- 口臭
- 有薄荷味的呼吸

味覺

- （符合該餐廳種類的）端上桌的餐點
- 咖啡
- 紅茶

- 水
- 紅酒、啤酒、其他酒類
- 碳酸飲料
- 冰塊
- 薄荷
- 口香糖
- 口紅或唇蜜
- 大蒜
- 奶油
- 油
- 肉脂
- 鹽巴
- 胡椒

觸覺

- 咀嚼沙拉
- 貼在腳上的塑膠或布製椅套
- 在桌子底下碰到別人的膝蓋，或踩到別人的腳
- 桌腳不等長，搖搖晃晃不穩定
- 堅硬的地磚或木板地
- 冰冷的銀製餐具或盤子
- 粗糙的紙巾、柔軟的餐巾布
- 光滑的桌面
- 吊掛在低矮位置的燈具散發出來的熱度
- 雅座過於狹小，肩膀或腰部與對方相觸
- 溫熱的麵包
- 熱湯的盤子
- 食用滾燙的料理，口腔上方燙傷
- 溫度調得太冷的空調
- 天花板的風扇將頭髮吹得微微飄動
- 濺到膝蓋上的醬汁
- 沾到手指的麵包屑
- 卡在齒縫的食物

引領故事發展的情境與事件

- 餐廳弄錯點單，送來自己最討厭的菜色
- 小氣不願意付小費的客人
- 態度不佳的服務生
- 在餐點裡發現令人不舒服的異物
- 負責服務的服務生明顯身體不適
- 帳單價格驚人
- 令人非常失望的餐點
- 被約好共進晚餐的對象放鴿子
- 與疲倦的服務生發生衝突，被潑了食物或飲料
- 以為已訂位了，餐廳卻說沒預約
- 小孩子害自己丟臉
- 必須與不道德或懶散的員工共事的服務生
- 粗魯或要求一堆的客人
- 性騷擾

登場人物

- 櫃台人員
- 外場人員
- 生意應酬的商務人士
- 約會的情侶
- 客人
- 慶祝特別日子的朋友或家人（紀念日、生日、訂婚、告別單身派對、升遷）
- 老闆
- 侍者

編劇小技巧

設定時的重點與提示

外食是許多文化共通的生活享受，因此餐廳是很適合故事角色交流的地點。休閒餐廳比速食店更高級一些，服務周到，因此店內會發生的事，應該也和速食店有些不同。不過無論是在哪裡聚會，只要有個自尊心特別強、意圖製造良好印象的人在場，就無法避免產生某些衝突，因此也提供了作家在故事中安排事件的無數良機。

例文

我坐進雅座，對於勞勃挑選這家餐廳的品味更加賞識了。桌上點著蠟燭，照明暗得恰到好處。服務生端著散發出剛出爐麵包香味的籃子，安靜地走過來。剛刨下來的大量奶油和籃子一放到潔白的桌巾上，我的肚子立刻有了反應。我早到了一些，不過如果勞勃再不快點出現，搞不好麵包會連一塊都不剩。終於可以見到他本人了……只要他放在交友網站上的照片是眞的，我就可以認出他來。

運用的寫作技巧

多種感覺的描寫、直喻法

創造效果

賦予登場人物特徵、醞釀氣氛

冰淇淋店
Ice Cream Parlor

關連場景
田園篇——海灘
都會篇——便利超商、公園、購物中心、小鎮街道、都市街道

視覺
・掛在牆壁高處的黑板菜單，標示著推薦甜點與價格
・興奮地挑選商品的顧客長龍
・宣傳店內人氣商品的花俏醒目的海報
・收銀機
・桌子和椅子
・擺設許多冰淇淋容器的玻璃冰櫃
・貼在玻璃上，或插在容器裡的冰淇淋口味標示（巧克力、香草、草莓、咖啡、杏仁棉花糖巧克力、生日蛋糕、薄荷巧克力片、奶油餅乾、香草牛奶糖、花生醬奶油巧克力、奶油核果、焦糖榛果、開心果、櫻桃）
・雪酪（橘子、檸檬、覆盆子、萊姆、櫻桃、彩虹）
・疊在一起的脆皮甜筒
・備用的盛冰淇淋的碗或杯子
・裝奶昔的空杯
・色彩明亮的塑膠湯匙或花紋吸管
・紙巾供應盒
・裝配料的有蓋容器（堅果碎粒、巧克力米、小粒星星糖、碎果乾、棉花糖、碎餅乾、水果丁、巧克力碎片、軟糖、椰子碎片、鮮奶油）
・糖漿機（香草、巧克力、焦糖、覆盆子）
・用冰淇淋挖杓裝冰淇淋的店員
・泡著許多支冰淇淋挖杓的水槽
・調理機和幾塊砧板

聽覺
・調理機發出轟轟聲響
・用菜刀切香蕉等配料的聲音
・用冰淇淋挖杓輕敲水槽邊緣，甩去水分
・塞太多冰淇淋，甜筒裂開的聲音
・用吸管「滋滋」吸取剩餘的奶昔
・前面的客人點太久，後面的客人等得嘆氣
・收銀機「叮」地打開
・用湯匙「嘩啦啦」舀起巧克力米的聲音
・糖漿機流出一堆糖漿的聲音
・小孩子拿到裝著冰淇淋的甜筒，發出歡呼
・冰淇淋挖杓在幾乎空掉的容器裡挖取冰淇淋，敲出聲響
・硬幣丟進收銀機的聲音

嗅覺
・煎過的脆皮甜筒散發的甜膩香氣
・溫熱的巧克力
・新鮮的草莓或香蕉
・冷凍設備飄來的臭氧味道
・烤過的堅果類
・焦糖醬
・掀開低溫冰櫃時，散出冰冷空氣

味覺
・又冰又甜的冰淇淋
・在口中散開來的莓果酸味
・半結凍的香蕉塊
・焦糖或巧克力醬
・烘烤香脆的堅果類
・酥脆的威化餅甜筒
・綿密的奶昔
・和朋友或家人分享不同口味的冰淇淋
・碳酸飲料
・水
・起泡的冰淇淋蘇打

觸覺
・舌頭上的冰淇淋冰涼滑順的口感
・舔掉流到手腕上冰冷的冰淇淋
・手指摸到凹凸不平的脆皮甜筒
・紙巾太薄，光是擦拭滴下來的冰淇淋就整個濕軟
・黏答答的手指
・咬碎表面堅硬的巧克力，品嘗底下柔軟的冰淇淋
・在口中化開的滑順冰淇淋及有嚼勁的碎堅果和碎餅乾
・在溫暖的太陽底下，坐在擺著野餐桌的露天座
・用吸管吸奶昔
・太冰而引起頭痛
・塑膠湯匙摩擦碗底
・用力挖冰淇淋，把塑膠湯匙折斷

引領故事發展的情境與事件
・冷凍設備故障
・原料延遲送達，導致冰淇淋不夠
・天氣太熱，客人變得沒耐性

- 翻倒冰淇淋而哭鬧的小孩
- 已經在製作客人點的冰淇淋了，客人卻改變心意
- 必須為討厭的客人製作冰淇淋
- 減肥中陷入天人交戰
- 遇到工作時舔湯匙或搔頭的店員
- 因為店員偷吃商品，導致材料費增加
- 工讀生免費請朋友吃冰淇淋
- 雖然對乳製品過敏，卻依舊堅持要吃冰淇淋

登場人物

- 客人（帶小孩的父母或祖父母、約會中的情侶、觀光客）
- 送貨員
- 員工
- 店老闆

編劇小技巧

設定時的重點與提示

冰淇淋店有些走五〇年代風格，也有些會有特定主題，並根據這個主題來裝潢。也有一種冰淇淋店是只設置了長長的玻璃冰櫃和櫃台，只能外帶，不提供客人內用。連鎖店的話，大部分店員都會穿制服，且杯子、餐巾、海報等都印有連鎖店商標。冰淇淋店經常出現在觀光勝地附近或購物中心裡，在寒冷的地區，有些店僅在特定季節營業。這類冰淇淋店向來是學生暑期打工的首選。

例文

女兒踮起腳尖，綁成辮子的黑髮在背後搖晃，目不轉睛地注視著一字排開、五顏六色的冰淇淋和雪酪。櫃台接單的少年調侃說，她那副認真的模樣，就好像這是關乎世界存亡的大事，我聽了哈哈大笑。他說的完全沒錯。但是不管再怎麼煩惱，芮娜每次選的口味都一樣。排在隊伍後面的客人不耐煩地騷動著，聊天的聲音顯然變少了。我清了三次喉嚨催促，芮娜用呼吸吹霧玻璃，拚命敲打櫃子。我擦掉潮濕的霧氣看看標示，不出所料，這次又是棉花糖口味勝出。

運用的寫作技巧

多種感覺的描寫

創造效果

賦予登場人物特徵

咖啡廳
Coffeehouse

關連場景
麵包店、都市街道、美式餐廳、停車場、小鎮街道

視覺

- 電鍍義式濃縮咖啡機與奶泡機
- 磨豆機
- 盛裝芳香的特調咖啡的咖啡壺
- 咖啡香料及配料（鮮奶油的銀色噴罐、焦糖醬及巧克力醬、用來灑碎堅果的容器）
- 攪拌器
- 金屬溫度計
- 吧台底下冰箱裡的牛奶壺
- 咖啡手沖壺
- 剛從洗碗機裡取出，疊在托盤上的濕熱馬克杯
- 疊放的紙杯和杯蓋
- 收銀台旁邊的小費罐
- 陳列輕食的玻璃櫃（早餐馬芬、三明治、糕點、餅乾）
- 拉出間隔並排、有座墊的流行熟鐵椅和歐式酒館桌
- 咖啡桌周圍許多張舒適的皮革椅
- 丟在座位上的報紙或雜誌
- 客人（使用筆電或平板電腦、看書、和朋友閒聊）
- 掛在椅子後方的購物袋或手提包
- 陳列販售商品的壁架（職人製作的馬克杯、鐵罐裝餅乾、磨豆器、隨行杯、咖啡豆或茶包、咖啡機、茶壺、放滿禮品的籃子）
- 可從大馬路看見店內的大玻璃窗
- 等待結帳的隊伍
- 寫有推薦品項的黑板（冰沙、紅茶、凍飲、拿鐵、卡布奇諾、義式濃縮咖啡）
- 牆上一排貼有標籤的咖啡豆抽屜
- 盤子、餐具
- 三明治或三明治捲
- 丟在桌上的垃圾
- 盛放調味料（小包砂糖、代糖、奶油）的小盤子
- 攪拌匙、預備蓋子、餐巾、灑肉桂的小瓶子
- 垃圾桶及資源回收容器

聽覺

- 磨咖啡豆的聲音
- 服務生向櫃台傳達點單的聲音
- 人們的喧鬧聲
- 笑聲
- 敲擊盤子的聲音
- 奶泡機發出低沉的聲音
- 金屬彼此擦磨的聲音
- 收銀機「叮」地響起
- 收據「嘰嘰嘰」地列印聲
- 咖啡師輕敲用過的濾紙，倒出咖啡渣的聲音
- 零錢「叮鈴」投進小費箱的聲音
- 空掉的鮮奶油噴罐發出的空氣聲
- 啜飲飲料，讚嘆「好好喝」的聲音
- 取出餅乾或丹麥麵包時，包裝紙發出「沙沙」聲
- 拆開裝咖啡豆的鋁箔包的聲音
- 攪拌器攪碎冰塊的聲音
- 機器發出的「噗噗」聲
- 廣播節目播放的背景音樂
- 店門開、關時響起的鈴聲
- 拖地板的聲音
- 將還沒喝完的咖啡連紙杯「咚」地投進垃圾桶的聲音

嗅覺

- 剛沖泡好的咖啡或剛磨好的豆子
- 芳香的義式濃縮咖啡
- 炭燒咖啡香
- 溫熱的焦糖或巧克力
- 刺激的香料（肉桂、印度奶茶、溫熱的蘋果酒）
- 剛出爐的餅乾或馬芬
- 冒著熱氣的花草茶杯子散發出來的水果香
- 摻雜了香水的氣味
- 香草

味覺

- 甜的咖啡
- 苦的咖啡
- 加了許多牛奶的拿鐵
- 加香料的印度奶茶
- 紅茶
- 淋了巧克力醬的鮮奶油
- 溫熱的堅果餅乾
- 加入許多芥末醬或美乃滋、份量十足的三明治
- 香氣十足的湯
- 冰到幾乎讓人感覺麻木的特調冷飲或冰咖啡
- 檸檬或薄荷
- 焦糖醬
- 糖漿

觸覺

・拿著溫熱的馬克杯
・被熱咖啡或熱紅茶燙傷舌頭
・滲透全身的暖意
・舔掉沾在嘴唇的食物殘渣或泡沫
・沾到食物碎屑或溢出來的咖啡，變得黏答答的吧台
・在潮濕的地板滑跤
・蒸氣溫熱臉部，眼鏡變得霧白
・朝溫熱的飲料吹氣
・炎熱的日子用來潤喉的冰涼冰沙
・咖啡濺到手腕，一陣刺痛
・喝了滿肚子咖啡，精神滿點
・用紙巾擦拭嘴唇
・把雜誌放在膝蓋上翻閱
・手指觸摸光滑的筆電鍵盤
・坐起來舒適的閱讀椅
・背靠在酒館椅堅硬的金屬靠背
・放開灼熱的紙杯，手指陣陣發痛

引領故事發展的情境與事件

・身上帶的錢不夠
・有人撞過來，害自己的咖啡打翻
・團體客人上門，大桌子卻被獨自喝咖啡的人占據
・送來的飲料不是自己點的
・無線網路不能使用
・喝太多咖啡，變得暴躁易怒
・被約會的對象放鴿子
・想要坐下來享受氣氛，卻發現店裡客滿

登場人物

・老闆
・咖啡師
・服務生
・廚房人員
・客人
・送貨員

編劇小技巧

設定時的重點與提示

如果是連鎖咖啡店，每一家店的裝潢和氣氛都相去不遠，不過如果是個人經營的店鋪，店面風格便會獨特許多，應該也有一些咖啡廳會配合特定的顧客，融入某些樣式或主題，像是摩登高級的氣氛、復古美式餐廳風格、能吸引文青的氣氛，或是以「環保」爲焦點，招攬關心環境議題的客群。

例文

我喝光杯中剩餘的黑咖啡，打手勢請服務生續杯。幾對青少年情侶朝時尚的電鍍酒館桌探出上半身，喝著卡布奇諾。裡面的雅座被一群笑聲不絕的團體占據。我唯一的陪伴對象，眼前的空椅，安靜地勸我別再賴著不走，差不多該讓座給其他客人，讓他們坐在這裡放鬆聊天了。

運用的寫作技巧

對比、象徵

創造效果

醞釀氣氛

美式餐廳

Diner

關連場景

麵包店、咖啡廳、熟食店、速食店、休息站

視覺

- 可以透過骯髒的窗戶看到馬路或停車場的雅座
- 長長的吧台，以及沿著吧台擺放的吧台椅
- 列有美式餐廳主食（培根蛋、鬆餅、漢堡和薯條、烘肉捲、烤起司三明治、漢堡肉三明治）的護貝菜單
- 陳列在玻璃蛋糕盤裡的幾種水果和蛋白派
- 每張餐桌都擺著鹽巴瓶及胡椒瓶、番茄醬、金屬餐巾紙盒
- 缺角、桌底黏著口香糖、表面嚴重刮傷的桌子
- 叉子前端有些彎曲、褪色的金屬餐具
- 老舊的窗簾或布滿灰塵的百葉窗
- 白色咖啡杯及碗盤
- 穿制服的臭臉女服務生將肉汁四溢的餐點或裝薯條的籃子放上桌
- 女服務生到各處倒咖啡或接受點餐
- 黑白格紋的地板
- 收銀台
- 寫有今日推薦特餐的白板
- 負責炸物的廚師穿著沾滿汙漬的白色圍裙，在鐵板上翻漢堡肉
- 收銀台旁邊的小費箱
- 廁所不乾淨
- 丟在吧台上的報紙
- 灑在桌上的鹽巴
- 無聊的客人（堆疊桌上的奶精、折紙墊、小口小口喝咖啡）
- 一群戴著有油汙的棒球帽、穿著格紋襯衫的卡車司機，狼吞虎嚥地吃著份量十足的早餐
- 小孩子等不及食物上桌而吵鬧，父母感到不耐煩

聽覺

- 桌上的餐具在盤子上碰撞出聲響
- 擠出番茄醬的聲音
- 女服務生對廚師用只有該餐廳才通用的代號唸出點單
- 抽菸者帶痰的咳嗽聲
- 吧台椅被壓動的聲音
- 卡車司機啜飲提神的咖啡
- 忙碌送餐，粗魯地把餐點放到桌上的女服務生
- 加滿水杯的倒水聲
- 零錢掉在桌上的聲音
- 用湯匙攪拌咖啡杯裡的砂糖「叮叮」作響
- 鐵板煎烤漢堡肉、薯條沉入熱油裡的「滋滋」聲
- 廚師大喊「餐好了」的聲音
- 門前後搖晃打開時，瞬間聽見的戶外汽車噪音
- 通知有客人光臨的鈴聲
- 在停車場發出轟隆巨響的大卡車
- 廣播傳來的大聲音樂
- 將咖啡壺推回爐座的聲音
- 咖啡機研磨咖啡時，製造的各種聲音
- 客人要求續杯的聲音
- 客人談笑的聲音
- 客人埋怨價格或服務的聲音
- 父母斥責弄翻番茄醬的孩子

嗅覺

- 煎烤的肉
- 炒過的洋蔥
- 炸物鍋灼熱的油
- 鹹鹹的熱狗
- 培根的油脂
- 芳香的咖啡
- 香料
- 剛做好的高麗菜沙拉刺鼻的醋酸味
- 融化的奶油
- 肉汁
- 剛擦過的地板散發出松木精油的清潔劑味道
- 體臭或汗味

味覺

- 咖啡
- 油膩的薯條
- 漢堡
- 熱狗
- 早餐（牛排和蛋、培根、香腸、鬆餅、磨得像燕麥粥的玉米、抹奶油的吐司、歐姆蛋）
- 辛辣的辣豆醬
- 番茄醬
- 芥末醬
- 辣醬
- 胡椒

- 派（藍莓、蘋果、草莓、南瓜、桃子、檸檬蛋白）
- 烤起司三明治
- 湯
- 灑了鹽巴的蘇打餅
- 香料
- 水
- 碳酸飲料
- 果汁
- 牛奶
- 沙拉
- 奶昔

觸覺

- 摸到吧台黏答答的地方
- 沾滿油漬的菜單
- 灑在桌上的鹽巴或砂糖顆粒
- 剛從洗碗機裡取出的溫熱餐具
- 冷天裡喝著熱咖啡
- 吹涼咖啡時籠罩臉龐的蒸氣
- 想要從塞到幾乎滿出來的紙巾盒抽出一張，結果弄破
- 被射進窗戶的明亮陽光曬得瞇起眼睛
- 用指甲摳下黏在刀子上乾掉的食物殘渣
- 沾在嘴角的食物殘渣
- 用力旋轉裝調味料的瓶子
- 握在掌心的冰涼玻璃杯或汽水罐
- 用薯條集中擴散在盤中的肉汁
- 用刀子切牛排
- 溫熱的盤子
- 想要扳正變形的叉子前端而感受到的金屬硬度
- 吃得太飽，慵懶地靠在椅背上
- 合成皮座墊貼在腳的皮膚上

引領故事發展的情境與事件

- 有客人吃霸王餐
- 在夜間約會時吵起來的情侶
- 自己的小費被其他女服務生偷走
- 還在值班期間，廚師卻走人了
- 有人大聲抱怨餐點，打擾其他客人
- 抓住女服務生想要泡妞的客人
- 即使有找零錢，也不肯留在桌上當小費的客人

登場人物

- 客人
- 洗碗工
- 負責炸物的廚師
- 警察
- 店老闆
- 女服務生

編劇小技巧

設定時的重點與提示

大部分的美式餐廳營業時間都很長（許多都是二十四小時營業），因此客層非常廣，像是來吃喜歡的餐點的當地居民、值勤中的警察、卡車司機、通勤路線會經過餐廳的上班族、逛完酒吧後想吃點油膩食物當消夜的年輕人、想要暫時逃離街頭生活的遊民等，五花八門。美式餐廳裡可能會出現的各種對話、不同個性的人會在這種環境發生什麼樣的衝突，都是可以好好研究的細節。

例文

凌晨三點多的時候，一名男子腳步蹣跚地走進店內，全身散發出一股啤酒桶打翻般的酵母味及酸臭味。他搖搖晃晃地走往左側吧台，好不容易抓住吧台旁邊的吧台椅，掙扎著想要坐上去。失敗了兩次之後，他總算放棄與吧台椅格鬥，倒坐在椅子上。真不應該跟貝妮莎換班的！我內心萌生出不知道第幾次的後悔，抓起裝著濃得要命的咖啡的咖啡壺。

運用的寫作技巧

多種感覺的描寫、直喻法

創造效果

賦予登場人物特徵、強化情緒

酒吧
Bar

關連場景
田園篇——酒窖、酒莊
都會篇——夜店、酒館

視覺

- 高高的吧台桌，以及與黃銅橫木連結的木製吧台椅
- 人多混雜的桌子或雅座
- 常客（和朋友談笑、搭訕陌生的對象、看著牆上的電視、盯著自己的飲料）
- 捲起袖子，更換新的飲料，或製作服務生傳達的點單的酒保
- 堆在灰綠色洗碗機架上的高球杯
- 裝有花灑式水龍頭的水槽
- 放在淺盤或水槽的袋裝冰塊
- 乾燥的托盤
- 從啤酒機倒出啤酒
- 吸管或攪拌匙
- 塑膠叉子或吸管
- 發出轟隆聲響混合五顏六色飲料的調理機
- 有許多按鈕的多台汽泡水機
- 一字排開的酒瓶
- 倒掛在酒保頭頂架子的紅酒杯
- 存放切片萊姆或檸檬的塑膠容器
- 冰果汁的冰箱
- 放在吧台底下的牛奶或奶油
- 全自動咖啡機
- 擺放收銀機供服務生結帳的狹窄區域
- 栓頭上印有品牌商標的生啤酒機
- 吧台後方反射著啤酒商標霓虹燈的鏡面牆
- 為了避免衝撞，高舉托盤，悠然穿梭店內的服務生
- 沿著吧台，放在四方形餐巾紙或厚紙杯墊一字排開的各類調酒杯
- 被水滴沾濕的綠色或褐色啤酒瓶
- 昏暗的照明
- 玻璃杯留在桌面的一圈水滴
- 厚紙菜單架上立放著店內飲品單
- 擺放在各處的扭結餅碗
- 通往角落化妝室的陰暗走廊
- 燈光閃爍不停的賭博遊戲機
- 放滿各種小酒杯的桌子
- 喝到一半的調酒或紅酒杯
- 牆上專供呼叫計程車的電話
- 特別活動的海報或宣傳單
- 廁所（滿出來的垃圾桶、掉落地面的擦手紙、被撞凹的廁所門、保險套或衛生棉販賣機、沾到座墊的尿液、塗鴉、有人在嘔吐）

聽覺

- 客人的聲音（說話聲、為運動賽事爭吵、埋怨工作或伴侶）
- 笑聲
- 喝高球雞尾酒時杯中冰塊敲擊的聲音
- 不想被人聽見而悄聲交談的聲音
- 向酒保傾訴私事的常客
- 拖動時摩擦地板的吧台椅
- 電視播放運動等比賽的聲音
- 有線廣播或現場演奏的音樂
- 瓶裝啤酒發出「咕嘟咕嘟」聲
- 紙鈔「沙沙」作響
- 酒瓶或杯子「叩」地放到吧台上
- 偶爾傳來的玻璃破碎聲
- 開、關門時，鉸鏈發出「嘰」的聲音
- 飲料機即將空掉，管子發出漏氣的聲音
- 調理機的轟隆聲
- 喝醉的常客咒罵或大聲怒吼
- 有人在店裡吵架，翻桌或丟椅子的聲音

嗅覺

- 啤酒
- 刺鼻的香水
- 鹽巴
- 汗味
- 柑橘類
- 酒吧的輕食（玉米片、雞翅、豬肋排、迷你漢堡、淋上肉汁與起司的馬鈴薯、溫熱的蘸醬、炸醃小黃瓜）

味覺

- 辛辣的純酒（龍舌蘭酒、威士忌、伏特加）
- 啤酒或麥芽酒的酵母香味
- 水果味的雞尾酒
- 泡沫豐富的汽水或蘇打飲料
- 瞬間讓口中充滿酸味的切片萊姆或檸檬
- 沾在杯緣的鹽巴或砂糖
- 咬下馬拉斯奇諾櫻桃時，在口中擴散的甘甜
- 酒喝太多導致口腔變酸，忍不住嘔吐

・嗆辣的血腥瑪麗

觸覺

・被水滴覆蓋而變得易滑動的啤酒標籤
・酒吧堅硬的吧台椅
・邊想事情邊轉動手中高球雞尾酒的杯子
・腦袋放空地摳下啤酒標籤
・因為不想摸到把手，用奇怪的動作打開廁所門或沖水
・說話時上身往前探，手肘撞到木製吧台
・餐巾紙或砂糖包薄薄的質感
・為了表達好感，在吧台用膝蓋觸碰對方
・用手指捏起變得凹凸不平的萊姆切片
・檸檬或萊姆汁噴到眼睛，痛極了
・用薄薄的餐巾紙擦潑出來的飲料
・喝太多而感到飄飄然或天旋地轉

引領故事發展的情境與事件

・在酒吧爭吵
・喝醉的常客糾纏服務生，或表現出攻擊性
・戀情破局
・身上的錢不夠付帳
・有人醉倒
・被當作未成年人，要求出示證件
・被舉報攜帶毒品
・酒吧因為向未成年人提供酒品而遭到警方勒令停業
・門口的私人警衛打傷人或打死人
・醉客不聽勸阻，堅持要開車

登場人物

・酒保
・私人警衛
・計程車司機
・常客
・酒吧店長
・服務生

編劇小技巧

設定時的重點與提示

有些酒吧環境骯髒，氣氛可疑，有些是人們觀看運動賽事流連的地方，更有些是充滿時尚氣氛的話題地點。也就是說，某些酒吧是作品角色可以像自家一樣寬坐的老窩，有些則完全相反。可能也有一些酒吧設有舞池，特定日子會請來樂團現場演奏。必須深入思考筆下角色的個性與經驗，仔細研究想要利用這個場所來達成什麼樣的目的？會產生衝突與緊張，或角色想要來放鬆一下的地點，分別會是哪種氣氛的酒吧？

例文

蜷著背坐在吧台角落的上班族，呻吟著懇求再來一杯。羅素回應男子的要求，目不轉睛地觀察他，就彷彿他是某種難解的拼圖。剛才他試著與男子攀談，但得到的回應只有沉默。再說，這家酒吧雖然有不少獨自來喝酒的客人，但是像男子這樣一襲訂製西裝，搭配繫得一絲不苟的絲質領帶的外表，怎麼看都不適合這裡。這一整晚，男子對於插進他旁邊點酒的其他客人漠不關心，即使濃妝豔抹的中年婦人接連過來搭訕，他也視若無睹。看來他的目的，是羅素已經司空見慣的景象，也就是想要盡快麻痺內心的痛苦。既然如此，身爲一名能幹的酒保，就有個無法不去面對的疑問：究竟是爲了什麼？

運用的寫作技巧

多種感覺的描寫、直喻法

創造效果

賦予登場人物特徵、伏筆

酒館
Pub

關連場景
酒吧、夜店、撞球場

視覺

- 木製護牆板
- 掛在吧台牆上或店內各處牆上的電視
- 有時會有特定國家（愛爾蘭、蘇格蘭、德國）相關主題的裝潢
- 象徵文化的裝飾（照片、骨董、旗子、顏色、象徵物）
- 沉重的木桌
- 長條狀的座椅和堅固的桌子
- 掛在低處的照明
- 嵌著彩色玻璃的窗戶
- 身穿黑色短裙，別著腰包，帶著筆和便條本的女服務生
- 木製長吧台，設有當地生產精釀啤酒的啤酒機，或世界各地的精選啤酒
- 輸入點單的終端機
- 吧台上的架子倒掛著紅酒杯
- 擺放飲料用品的盤子（吸管、攪拌匙、塑膠叉、小雨傘叉、柳橙片、萊姆片或檸檬片、一口大小的鳳梨、橄欖、珍珠洋蔥）
- 盛啤酒的滴水盤
- 製冰盒
- 放置待洗調理機或攪拌器的水槽
- 酒瓶
- 大量的菜單
- 遞出盛裝飲料的托盤或接受點單的酒保
- 放滿飲料的凌亂桌子（瓶子、馬克杯、高球杯、小酒杯）
- 杯墊或皺巴巴的餐巾紙
- 盛裝食物或前菜的盤子
- 女服務生用抹布擦拭整理桌子，提供下一位常客使用
- 搖搖晃晃地走向廁所的客人
- 牆上的飛鏢盤

聽覺

- 客人的說話聲或笑聲
- 隨著酒酣耳熱，越來越大的聲音
- 對著電視大喊或聲援的運動迷
- 杯子互相碰撞的聲音
- 啤酒杯「咚」地放到木桌上
- 叉子或刀子擦刮盤子的聲音
- 椅子在地上拖拉的聲音
- 一屁股坐到塑膠椅上時，座墊發出「咻」一聲
- 廁所門「嘰」地打開
- 即將空掉的啤酒桶開關「咕嘟咕嘟」流出泡沫
- 剛做好，從廚房端出來的熱呼呼餐點（有肉與青椒的法西塔墨西哥烤肉等）發出「滋滋」聲
- 咬一口墨西哥玉米片發出酥脆聲
- 手機收到簡訊的通知聲
- 為了強調說話內容「砰」地拍桌

嗅覺

- 漢堡肉或網烤牛排
- 油炸鍋
- 香料
- 酵母香氣濃郁的啤酒
- 古龍水或香水
- 抽菸者衣物散發的香菸味
- 帶有啤酒味的呼吸
- 汗味
- 體臭
- 柑橘系的冰涼飲料
- 甘草氣味濃烈或是堅果風味的利口酒
- 咖啡

味覺

- 啤酒
- 各種酒類（龍舌蘭酒、蘭姆酒、威士忌、紅酒、伏特加）
- 鹽烤肋排或香辣雞翅
- 咀嚼炸過的醃小黃瓜時，在口中擴散的醋酸味
- 起司蘸醬或抹醬
- 碳酸飲料
- 咖啡
- 有味道的唇蜜或口紅
- 甜味調酒
- 酸檸檬片或萊姆片
- 杯緣的砂糖或鹽巴

觸覺

- 有彈性的座椅
- 粗獷的木桌隆起的地方
- 在雅座和其他人擠在一起
- 吃油膩的雞翅，手指變得滑溜
- 有人搭住自己的肩膀時感覺到的重量
- 盛放食物的溫熱盤子
- 起司蘸醬的滑順口感

・手掌沾到杯子的水滴
・若有所思，緊張地咬住光滑的塑膠攪拌匙或長槍造型調酒叉
・乾的餐巾紙
・拍掉沾在手指上粗糙的鹽巴粒
・因為毫無節制地喝酒，用手肘輕撞對方等肢體接觸越來越多
・坐在沒靠背的吧台椅，腰痛加劇
・稍微旋轉吧台椅
・沿著喉嚨辛辣滲透體內的酒液
・雖然手頭拮据，卻為了給其他人留下好印象而請客

登場人物

・酒保
・廚師
・客人
・送貨員
・經理
・常客
・警察
・酒廠業務員

引領故事發展的情境與事件

・喝醉的常客
・上錯其他客人的餐，或是遲遲沒有上餐
・食物中毒或過敏
・目擊前任跟新的交往對象在一起
・飲料太淡或太濃
・電視轉播的運動賽事引發爭吵或互毆
・被醉漢或是缺乏魅力的對象搭訕
・舉止詭異的客人一直盯著自己看，令人坐立難安
・陌生人一路尾隨到停車場
・攔不到計程車，雖然喝了酒，但忍不住想要自己開車回去
・上廁所時，朋友撇下自己離開
・特地為了某樣餐點前來，卻發現已經不供應了

編劇小技巧

設定時的重點與提示

酒館與酒吧十分類似，但有幾項特別不同的地方。酒館著重在享受喝酒，食用份量十足的油膩餐點，與朋友交流；而酒吧主要是喝酒並搭訕中意的對象，或是觀賞運動賽事。酒館有樂團現場演奏時，常客比較不會起身跳舞，而是會坐在座位聆聽演奏。

例文

我環顧人滿爲患的店内，想要快點找到喬琪和其他人，否則我會被當成沒有朋友的孤獨女人，更糟糕的情況，還會被無聊男子盯上，跑來說要請我喝一杯。炫耀曲線美的女服務生捧著有小型飛行船那麼大的大盤玉米片經過，我的肚子咕咕叫了起來。我見她走上只能看到半截的樓梯，想起麗莎提過樓上比較安靜。我來到二樓的樓梯平台，不出所料，聽見一陣盛大的歡呼。朋友們坐在角落的高桌，正舉手向我招呼，她們的身邊擺滿了數量驚人的空啤酒壺和空杯。我好不容易坐下來，點了咖啡。畢竟總得有人開車送這群喝醉的「足球媽媽」（譯注：Soccer mom，北美中產階級的賢妻良母）回家才行。

運用的寫作技巧

誇飾、多種感覺的描寫

創造效果

賦予登場人物特徵、醞釀氣氛

速食店
Fast Food Restaurant

關連場景
熟食店、購物中心

視覺
- 有員工點餐結帳的正面櫃台
- 後面的廚房
- 得來速的窗口
- 寫有商品和金額的菜單板
- 遞出現金或信用卡的客人
- 端著放食物和飲料托盤的客人
- 調味料取用區（小包番茄醬和芥末醬、餐巾紙、塑膠餐具）
- 與容器（杯子、吸管、杯蓋）放在一起的碳酸飲料機
- 兒童遊樂區
- 牆上各種商品的宣傳海報
- 速食店吉祥物或標誌的塑像
- 為了美觀而藏在櫃子裡的垃圾桶
- 用過的一大疊托盤
- 隔著一定間隔擺放的桌子或雅座
- 旋轉式高腳椅
- 堆疊的兒童座椅
- 掉在地上的包裝紙或收據
- 被食物殘渣或番茄醬汙漬弄髒的桌子
- 提醒地面濕滑的黃色警示立牌
- 廁所
- 擦桌子或拖地板的員工
- 監督店務的經理
- 衝向廁所的孩童

聽覺
- 煎漢堡或炸薯條的「滋滋」聲
- 客人點餐的聲音
- 結帳人員向廚房員工修正點單的聲音
- 收銀機列印收據的聲音
- 油炸鍋或烤爐發出「嗶」一聲
- 在薯條上灑鹽巴的聲音
- 從炸物保溫機集中舀出一杓薯條的聲音
- 對著頭戴式耳麥向得來速人員說話的聲音
- 飲料機「咕嘟咕嘟」地流出汽水
- 關冰箱的聲音
- 用玻璃紙「沙沙」密封塑膠餐具的聲音
- 將餐點放入袋子的聲音
- 撕破吸管包裝紙的聲音
- 往杯子裡倒冰塊的聲音
- 旋轉椅發出「嘰嘰」聲
- 椅子在地磚上拖拉的聲音
- 奔跑的腳步聲
- 孩童的笑聲和喊叫聲
- 嬰兒的哭聲
- 小孩太吵，父母破口大罵的聲音
- 客人彼此打招呼的聲音
- 講手機的聲音
- 吃東西時發出的聲音
- 用吸管吸飲料的聲音，或是搖杯子裡冰塊的聲音
- 遊戲區傳來的慘叫或尖叫聲

嗅覺
- 烹調中的肉類
- 油、肉脂
- 帶酸味的沙拉淋醬
- 濕紙巾
- 番茄醬

味覺
- 漢堡和薯條
- 炸雞或烤雞
- 洋蔥圈
- 水果
- 三明治或三明治捲
- 沙拉和沙拉醬
- 奶昔
- 冰淇淋
- 餅乾
- 汽水
- 水
- 咖啡
- 果汁
- 美乃滋
- 芥末醬
- 番茄醬
- BBQ等各種口味的蘸醬
- 冰塊

觸覺
- 油膩膩的手
- 舔掉沾在手指上的醬汁
- 拂掉桌上的鹽巴
- 用吸管吸取冰涼的飲料
- 脆皮甜筒邊緣融化的冰淇淋
- 黏答答的番茄醬
- 拿杯子時沾到手掌的水滴
- 小心端好放滿食物和飲料的托盤
- 滿出來淋到手的汽水
- 食物太燙，燙傷嘴巴

- 用餐巾紙擦嘴巴
- 將三明治的包裝紙揉成一團丟在托盤上
- 努力用塑膠刀子替小朋友切肉

引領故事發展的情境與事件

- 優柔寡斷，或要求特別多的客人
- 人手不足，櫃台大排長龍
- 點餐之後，等了好久才送上來
- 店員送錯餐
- 廚房材料不足，無法提供特定餐
- 廁所很髒
- 沒禮貌或無能的店員
- 丟著小孩不管教的家長
- 小孩子互毆打架
- 發現食物裡面摻了噁心的東西
- 雖然不喜歡這家速食店，但是在別人要求下進去
- 喜歡供應的餐點，但是對熱量或食材不滿意
- 進入得來速的車子在車道上故障
- 兒童的慶生會太吵，干擾到店裡的客人
- 遊樂區裡發生嬰兒的尿布內容物滲漏的意外

登場人物

- 參加慶生會的小朋友
- 帶著小孩的全家人
- 活動後聚集在店裡的運動隊伍成員
- 到速食店喝咖啡吃早餐、找人聊天的退休人士
- 午休中的馬路施工人員或是工地工人
- 獨自用餐的老人

編劇小技巧

設定時的重點與提示

不論在現實生活還是故事當中，人們都花費許多時間在用餐上，因此描寫餐桌上的場景是很自然的。不過用餐的場景往往缺乏動感，人們坐下之後，就沒什麼動作了，因此容易拖慢故事節奏，或流於大量背景敘述。不管是在家中廚房還是餐廳，在描寫坐下用餐的場面時，可以加入一些動作來維持節奏。像是跑來跑去的小孩、起身離席的人、去倒續杯飲料的人等，在對話之間插入這些動作，可以讓場面有動感，不致於死氣沉沉。至於這忙碌混亂的速食店適合發生什麼樣的重大事件，必須想好足以說服讀者的理由，再拿來當作設定。

例文

愛德幫忙占了角落的桌子，不過坦白說，這種店坐在哪裡都一樣。擠滿店內的客人就像要跟遊戲區裡尖叫的小孩較勁一樣，吵鬧不堪。小腳丫在地面蹬蹬跳跳，震動地板，我開始頭痛起來，就像有槌子跟著一起敲打腦袋似的。我站在櫃台瀏覽了一下菜單，但孩童濃濃的汗臭味令我食欲全失。懶洋洋的店員問我決定了沒，我搓揉眼睛，想要驅逐眼底的疼痛，然後不抱期待地問：「有啤酒嗎？」

運用的寫作技巧

多種感覺的描寫

創造效果

醞釀氣氛、強化情緒

熟食店
Deli

關連場景
麵包店、美式餐廳、速食店

視覺

・陳列鹽漬加工肉品（燻牛肉、義式臘腸、莎樂美腸、蒜味烤牛肉、燻雞、燻火雞、火腿、西班牙香腸、棒狀義式臘腸）的昂貴玻璃櫃
・三明治的內餡（萵苣、各種起司、醃小黃瓜、洋蔥、番茄、辣椒、橄欖）及調味料（顆粒芥末或辣芥末、墨西哥辣椒美乃滋、蒜味美乃滋、辣醬、油、醋）
・吧台後面的冰箱或冰桶
・不鏽鋼秤
・切肉機
・盛放法式長棍麵包或剛出爐三明治麵包的淺盤
・鋪著蠟紙的塑膠托盤
・陳列熟食的櫃子（高麗菜沙拉、菠菜沙拉、馬鈴薯泥、炒青椒、烤豆子）
・盛裝各類湯品的有蓋深鍋
・以玻璃紙包裝的一人份甜點（餅乾、布朗尼、切片蛋糕）
・裝著醃蛋或醃香腸，顏色混濁的瓶子
・醃小黃瓜的瓶子
・裝在外帶容器裡的厚三明治
・陳列飲料（汽水、水、果汁、冰紅茶）的玻璃門冰箱
・陳列各種洋芋片的架子
・排隊的客人
・收銀機
・正在結帳的客人與店員
・垃圾桶
・放有調味料和餐巾紙盒的小桌子和椅子
・面對店面玻璃窗，設有吧台椅的用餐吧台

聽覺

・店門打開時鈴鐺響起
・客人點餐或與朋友聊天的聲音
・店員通知客人某些商品剩下數量不多的聲音
・玻璃門滑開的聲音
・微波爐「叮」一的聲音
・麵包出爐時，烤爐的定時器響起
・從烤爐取出灼熱的薄板，放在台子上冷卻的聲音
・溫柔地用刀子切麵包的聲音
・蠟紙發出的「沙沙」聲
・平底鍋在火爐上發出「滋滋」聲
・製作三明治溫熱的內餡時，用鏟子在平底鍋上翻炒的聲音
・調味料的瓶子「咕嘟嘟」或「嘩」地倒出內容物的聲音
・廣播節目播放的音樂聲
・切肉機的刀子發出轟隆聲響
・把切下來的肉「咚」地放到磅秤上
・收銀機「叮」地作響
・零錢丟進小費箱的「噹啷」聲
・為了保持展示櫃裡肉類鮮度「咻、咻」的噴水聲
・覆誦點單的聲音
・嘴巴裡塞著食物說話的聲音
・撕開玻璃紙的聲音
・打開洋芋片袋子的聲音
・咀嚼清脆的醃小黃瓜聲音

嗅覺

・鹽醃肉
・嗆辣的芥末醬或紅辣椒
・醋
・胡椒
・剛出爐的發酵麵包香味

味覺

・燻肉
・胡椒和其他香料
・口感外脆內軟的麵包
・嗆辣的芥末醬
・辣椒
・美乃滋
・醋醃泡菜
・冒著蒸氣的熱湯
・甜點
・醃小黃瓜

觸覺

・探出上半身點餐，胸口頂住櫃台邊緣的感覺
・放著沉甸甸三明治的塑膠托盤
・沾在嘴角的一團芥末醬
・咀嚼清脆的醃小黃瓜
・舌頭被辣醬刺激到發麻
・揉起餐巾紙
・外酥內軟的麵包
・抱著裝滿食物的袋子

・巧妙地把一大堆食物一字排開在狹窄的桌面
・手指沾到洋芋片的鹽巴
・享用溫熱的湯
・有嚼勁的麵包
・肉與新鮮的內餡、香料完美融合，在口中散發出各種風味

引領故事發展的情境與事件

・為了點餐而與熟食店老闆爭吵
・遇到不想見的人（前男女朋友、一夜情的對象、痛恨的前上司）
・短暫的午休時間客人大排長龍
・有客人點餐點很久
・發現衛生或安全方面違反規定
・肉散發出惡臭，或是很難吃
・搶劫
・想要向勉強維持生計的店老闆強索保護費的地痞流氓
・應付不講道理的保健衛生稽查員
・房東無預警地調漲房租
・熱門的連鎖熟食店要在附近開張，威脅到店裡的生意
・雇用懶散又無能的親戚，卻又無法開除

登場人物

・經理
・客人
・送貨員
・店員
・衛生及安全稽查員
・批發業者
・店老闆

編劇小技巧

設定時的重點與提示

不管是位在寬闊的購物中心，還是身處大都市街道上的狹窄租賃店面，熟食店都是極受歡迎的地方。與其他餐飲店不同，熟食店光是放進一張長吧台，空間就十分擁擠了，因此客人多半不是在店裡吃，而是外帶三明治回家享用。有些熟食店不只販賣現做三明治，也會秤斤販賣調理好的肉類，也有一些只販賣生鮮食品和切好的肉類。將場景設定爲熟食店時，必須考慮該如何活用這個狹小空間的優勢。比方說，或許會有角色利用這裡的人潮藏身。另外，由於熟食店可以輕易在旁人不注意的情況下收受物品，因此也可以和往來對象約在這裡碰面。

例文

我拉開大街上的小店「艾德熟食店」玻璃門。門鈴作響，緊接著剛出爐的裸麥麵包和燻肉、嗆辣的芥末香撲鼻而來，肚子裡湧出一陣歡喜。人們沿著吧台大排長龍，擠得肩膀都要撞在一起了，店內沒有座位，但我一點也不在意。同事們都在中午時間把這裡的三明治帶回自己的辦公桌大快朵頤，讚不絕口，而我已經厭倦聆聽他們幸福的讚嘆了。我也要來見識一下這裡的三明治究竟有多美味。

運用的寫作技巧

多種感覺的描寫

創造效果

醞釀氣氛、強化情緒

麵包店
Bakery

關連場景
田園篇——廚房
都會篇——咖啡廳、熟食店、美式餐廳

視覺
- 陳列甜甜圈的高玻璃櫃（淋上糖漿、砂糖、糖粉、堅果或巧克力，以及包裹著糖衣，內含奶油餡等各種品味）
- 紙包的馬芬（紅蘿蔔、香蕉堅果、巧克力碎片、藍莓、麩粉口味等）
- 放在紅色塑膠托盤上的各種餅乾
- 裝在容器或袋子裡，尚未切片的麵包
- 五顏六色的水果塔或灑上砂糖的焦糖布丁
- 丹麥麵包
- 巧克力
- 馬卡龍或閃電泡芙
- 裝在白色盒子裡的許多蛋糕
- 放置收銀台或簽帳卡感應器的不鏽鋼櫃台
- 牆上寫著今日推薦商品的黑板
- 存放玻璃瓶裝或寶特瓶裝飲料的小冰箱（碳酸飲料、果汁、牛奶、冰紅茶）
- 由小桌子或小隔間構成的內用區，可食用甜膩的甜點
- 通往廚房（散落麵粉的工作台、從大型烤箱取出的貝果、切面完整的派皮滲出果汁、正在放涼的莓果派）敞開的門
- 刷洗得十分乾淨的磁磚地
- 忙碌工作的員工穿著沾滿巧克力醬或麵粉的白色制服或圍裙
- 發出轟隆聲響攪拌麵團的麵包機
- 抹上油，準備放上麵團的數個金屬盤
- 不鏽鋼大水槽
- 沾上麵包屑的髒盤子堆疊起來，準備要放入營業用大型洗碗機
- 放置酵母罐的架子
- 砂糖袋、存放各種粉類的容器
- 走入式冷藏櫃

聽覺
- 攪拌麵團的商業用攪拌機運作聲
- 收銀機彈開的聲音
- 烤箱計時器「嗶」地響起
- 客滿的店內客人邊吃邊聊的聲音
- 抓起甜甜圈或馬芬時，蠟紙發出「沙沙」聲
- 餐具或盤子碰撞的聲音
- 咬下外皮堅硬的麵包時，發出酥脆的聲響
- 客人此起彼落討論麵包的美味
- 開、關烤箱時鉸鏈「嘰」地作響
- 輕輕用刀子切開貝果或圓麵包
- 洗碗機的水發出「嘩啦啦」聲響
- 「咚」地把垃圾丟進垃圾桶
- 店門打開時響起的鈴聲
- 手機鈴聲
- 「沙沙」折起紙袋封口交給客人

嗅覺
- 膨脹後烘烤的發酵麵團
- 砂糖
- 融化的奶油
- 咖啡
- 出爐的麵包
- 烘烤過的堅果
- 楓糖或蜂蜜
- 紅茶
- 芳香的香料
- 大蒜
- 肉桂
- 小豆蔻
- 薑
- 檸檬
- 巧克力
- 在烤爐裡烤出焦黃色的起司牛角麵包或貝果

味覺
- 滴下融化的奶油、剛出爐的柔軟麵包
- 辛辣的薑
- 在舌頭上融化的糖漿
- 酥脆的堅果
- 穀類或種子
- 滿滿柔軟內餡的甜甜圈
- 勾出曲線的鮮奶油
- 濃郁的巧克力
- 苦澀的咖啡
- 水
- 有種子的果醬
- 滑順的奶油起司
- 裝飾麵包的檸檬皮
- 楓糖
- 紅茶
- 鹽巴

・上面有甜莓果類，或是蘋果的酥脆派皮

觸覺

・從麵包擠出來，沾在臉頰的冰涼果醬或檸檬酪
・指頭沾上砂糖粒
・乾掉的糖粉黏在嘴唇上
・黏在手指上的黏稠糖漿
・用餐巾紙擦嘴巴
・沾上水滴的杯子
・從馬克杯傳到手上、有點燙手的咖啡熱度
・把從洗碗機裡取出來的溫熱餐盤送到桌上
・將濕潤的圓麵包切成兩半，抹上厚厚的奶油
・咬住派皮或有嚼勁的麵包酥脆輕薄的外皮
・在舌頭上融化的奶油，或半融化的果醬
・搖晃糖包之後再撕開
・從餐巾紙盒裡取出餐巾紙
・用手指將盤子上的麵包殘渣集中起來，不放過一丁點的美味麵包
・在圓麵包上塗抹奶油時，手中刀子的重量
・經過烘烤變薄的馬芬包裝紙觸感

引領故事發展的情境與事件

・搶劫
・在潮濕的地板滑跤
・廚房失火
・員工在使用烤爐或油炸鍋時燙傷
・在人多混雜的內用區碰到死對頭，被當眾指責不希望被別人聽到的事
・害蟲肆虐
・發生細菌恐怖攻擊（特工在糖粉摻入炭疽桿菌，企圖殺害大量民眾）
・臨時衛生抽查
・提出需要改進之處的保健衛生稽查員
・不知道吃到什麼，發生過敏反應
・食物裡摻進頭髮

登場人物

・麵包師
・客人
・送貨員
・員工
・保健衛生稽查員

編劇小技巧

設定時的重點與提示

麵包店裡販賣的麵包種類，會根據它是大型商業店鋪或是家族經營的小店而有不同。有些只賣麵包，沒有內用區，也有一些就像咖啡廳，提供讓人坐下來享用咖啡，或是與朋友小聚的空間。一些麵包店專賣蛋糕或甜甜圈，也有販賣各式麵包或生日蛋糕的店。如果想在故事中加入多元文化要素，也可以設定成販賣德國或日本、瑞士等獨特飲食文化圈甜點的麵包店。

例文

吉娜用圍裙擦了擦手，將許多環狀麵團放進大油鍋裡。短短幾秒鐘內，甜甜圈便膨脹成兩倍大，像金黃色的小救生圈一樣，漂浮在閃閃發亮的熱鍋裡。吉娜在腦中計算著熱量，撈出這些甜甜圈，小心別去觸摸那勾引食欲的糖粉，將它們丟進倒滿砂糖的大盆子裡。她正在測試自己的決心，看來它堅定得可媲美阻擋一切敵人的城牆。如果可以一邊在這裡工作，同時達成減肥的目標，世上還有什麼事情是她做不到的？

運用的寫作技巧

直喻法

創造效果

賦予登場人物特徵

都會篇

商店賣場

二手商店
Thrift Store

關連場景
骨董店、遊民收容所、當鋪

視覺

- （按照尺寸、種類、顏色）分類好的衣服在架上堆積如山
- 牆上掛帽子或包包的架子
- 鞋況各異的鞋子和涼鞋並排在架子上
- 堆積如山的電影DVD或錄影帶
- 排滿各種類書的書架
- 試穿間門上設有全身鏡
- 毛巾或床單堆積如山
- 家具（書桌、文件架、書架、椅子、長型沙發或雙人沙發、餐桌與餐椅、燈、床頭板、咖啡桌、邊几、折疊桌）
- 不成對的抱枕
- 掛在牆上或是立起來疊放的藝術作品
- 鳥籠
- 水晶吊燈
- 零散的小東西
- 舊電視或其他電子設備
- 行李箱
- 疊起來的籃子
- 運動用品（網球拍、飛鏢靶、單車安全帽、溜冰輪鞋、高爾夫球桿、羽球拍）
- 拐杖
- 放有相片架的箱子
- 唱片堆積如山
- 二手的人造花裝飾
- 玩具（布偶娃娃、木馬、桌遊、公仔）
- 嬰兒用品（兒童餐椅、嬰兒遊戲圍欄、嬰兒床、玩具）
- 排列擺放著家庭用品的金屬架（盤子、花瓶、煮鍋或平底鍋、有蓋的罐子、食譜、分裝餐點的工具）
- 小家電（微波爐、小冰箱、鬆餅機、咖啡機、食物調理機、攪拌機、起司鍋、烤麵包機）
- 俗氣的節慶裝飾品
- 推著購物車或拎著購物籃的人潮擠滿狹窄的通道
- 在濕濕的地板上擺放的立牌
- 將東西上架或把衣服歸位的店員
- 放在附近的衣架
- （人力銀行、老人日間看護、職訓課程等）其他服務的宣傳單
- 戴著護腰的店員
- 讓人放置捐贈物資的大型容器區
- 推著推車載運沉重的箱子或家具的店員
- 卸載家具的車輛或卡車

聽覺

- 購物推車的輪子喀喀作響
- 鞋子在磁磚地上發出啾啾聲
- 人們把衣服拿到眼前時，衣架在金屬架上摩擦的聲音
- 開、關門的聲音
- 人們的講話聲
- 店員的笑聲
- 客人翻閱書本或拿起煮鍋蓋子的聲音
- 開、關書桌抽屜時，滑動的聲音
- 挪動購物推車內物品的聲音
- 進去試衣間的客人彼此出聲講話
- 架上空衣架搖晃的聲音
- 顧客把手上拿的東西左右晃動，發出喀啦喀啦的聲音
- 塑膠袋的沙沙聲
- 等朋友買東西時，坐在辦公椅上滑來滑去的咕嚕咕嚕聲
- 手機鈴響
- 把鞋子碰一聲丟在地板上試穿

嗅覺

- 有霉味的衣服或裝飾材料
- 地板清潔劑
- 灰塵
- 舊紙張

味覺

- 設定中出場人物帶到現場的東西（口香糖、薄荷糖、口紅、香菸等東西），除此之外，可能沒什麼特別的東西跟味覺有關，如果沒有特定的味覺登場，建議專心描寫其他四種感官會更好。

觸覺

- 在狹窄的通道上輕輕推開別人
- 沒法往前直走而發出喀喀聲的購物推車
- 柔軟的衣服
- 二手舊鞋
- 為了確認舒適度而坐上雙人沙發

- 滑溜溜的木製品
- 凹凸不平的抱枕
- 破爛的玩偶
- 東西塞滿箱子的沉重感
- 抬起並搬運至少需要兩個人才能移動的沉重家具
- 衣架沿著金屬架子滑動
- 四角捲起的平裝書
- 看上去都是灰塵的唱片封套

引領故事發展的情境與事件

- 時間不夠沒找到想要的東西
- 隨意收納物品的店家
- 一直找不到符合自己尺寸的衣服
- 對於在二手店買衣服感到羞愧
- 把應該妥善保存的東西不小心拿去捐給二手店
- 客人圍著商品喧嘩吵鬧
- 遇到不想碰到的人
- 商品擺放得很不牢靠，好像手一碰就會倒下來
- 一直在二手店買東西因而被嘲笑
- 某個客人獨占唯一的試衣間

登場人物

- 店員
- 帶物資來捐贈的人
- （自己或全家一起過來）買東西的客人

編劇小技巧

設定時的重點與提示

二手商店的定義是販賣已經用過物品的小型商店，很多是由慈善團體所經營。由於商品大多是他人捐贈的東西，購物的時候往往會伴隨著丟臉的感覺。不過也有店家是轉賣名牌商品，可說是比較容易讓社會大眾接受的商店。二手服飾店的性質很接近二手商店，兩者的不同處在於，一個是專賣服飾，另一個則是販售骨董風格商品。二手服飾店的商品不僅只是用過的東西，還被視爲懷舊又帥氣的物品。

例文

賈姬想辦法從一個手推車內商品堆得像山一樣高的婦人旁邊通過，在磁磚地上踩著涼鞋啪搭啪搭地走向禮服區。雖然有的衣服已經發出霉味，但是好好洗過的話應該去得掉。她移動著金屬棒上的洋裝衣架，從自己的候選名單中剔除掉一件又一件的商品。當選擇變少時，她深切地感受到，現在不是能照自己喜好來挑選的時候。這都是因爲原本爲了高中最後這場舞會的禮服所存的錢，全拿去買鄰居那輛破爛的福特車了。她下定決心要在被別人搶到手之前，先買下那台車。那台車要完全修好，看起來不花上一年的時間應該沒辦法，不過修好的話，成果應該會讓眼下這種省吃儉用的窘迫生活變得可期。某件藍色無肩帶絲質禮服啪地掉到地上，她拿起那件禮服仔細檢查，怎麼看都應該要改短。不過，想到那遠大的目標，這件搞不好很適合自己也說不定。

運用的寫作技巧

多種感覺的描寫

創造效果

賦予登場人物特徵

中古車行
Used Car Dealership

關連場景
田園篇——二手零件商品店
都會篇——修車廠、停車場

視覺

- 各種不同顏色與形狀的車輛（汽車、貨車、迷你廂型車）排成一列一列
- 夾在雨刷上或貼在車窗上的標價
- 被太陽照射時微微發光的閃亮烤漆與電鍍
- 隨風飄揚的彩色塑膠旗
- 用繩子綁在天線或支柱上的整束氣球
- 為了引人注意，放置在較高處的稀有車與骨董車
- 隨風翻飛的充氣跳舞人
- 為了吸引路過車輛的注意，安置在店鋪上方的充氣人偶
- 整面牆都是落地玻璃窗的建築
- 落地窗玻璃上用螢光塗料寫著廣告詞（「本市最低價！」「超低特價，立即出遊！」等）
- 在停車場帶著客人介紹和協助試車的業務員
- 告知買到賺到的大型特價標示
- 地面有鋪裝的出入口
- 洗車區
- 修車技師使用的維修區
- 客人使用的停車場
- 盆栽花卉與簡單的造園裝飾
- 沾在路面上的汽油汙漬

聽覺

- 各種情況的引擎發動聲（緩緩與悶悶的爆炸聲、嘰嘰地擠壓聲音到噗嚕嚕穩定下來的聲音、怠速時隔熱片小聲地喀噠喀噠作響）
- 旗幟與風向袋被吹得冽冽作響
- 相鄰的路上傳來呼嘯而過的車聲
- 顧客與業務在討論車輛的說話聲
- 門上的鉸鏈發出「嘰嘰」聲
- 把大門或是後車廂「砰」地關上
- 行駛中的輪胎壓在車道或碎石路上的聲音
- 「噗」地排出廢氣
- 店內的喇叭傳出音樂
- 「……請到櫃台」店內在找人的廣播
- 金屬「鏘鏘」作響
- 維修區傳來氣動機具的尖銳聲與千斤頂的升降音

嗅覺

- 車輛的廢氣
- 溫度上升的焦油
- 被太陽曝曬的油漬
- 業務員與顧客的汗水與古龍水
- 香菸的煙

味覺

- 在設定中，除了登場人物帶進這個場景的東西（口香糖、薄荷糖、口紅、香菸等），可能沒什麼特別的東西跟味覺有關，像這種不會描寫到味覺的場景，最好專心描寫其他四種感覺。

觸覺

- 照在頭上的陽光
- 從鋪裝路面湧上的熱氣
- 開車門時，熱氣一股腦地湧出
- 伸手觸摸引擎蓋或擾流板的邊緣
- 用指尖去撥撥看生鏽的部位是否能清乾淨
- 摸摸看是刮傷還是灰塵的痕跡
- 打開引擎蓋
- 拍一拍雙手以清掉灰塵
- 十分老舊的車前座彈性
- 為了確認手感，握住駕駛盤試試按鈕，拉拉把手
- 車內空調呼地吹出冷風與暖風
- 車晃得很厲害，必須更換緩衝擊的材料

引領故事發展的情境與事件

- 對於車輛的狀態很有意見的客人
- 要買車，卻發現引擎號碼被磨掉與其他違法行為
- 發現自己買的中古車是銀行的抵押品
- 自己的車送去保養時，才知道這輛車在購買前曾出過車禍
- 開出去試車時故障
- 停車場有人蓄意破壞車輛（朝車身噴漆塗鴉、擋風玻璃整個被敲碎）
- 遇上夾帶冰雹的暴風雨或龍捲風等天候因素，導致車輛被破壞
- 被說服要支付超出預算的金額
- 打翻飲料在販售中車輛的布質椅墊上

・必須應付過度積極的業務員
・雖然在車行買了車，但發現裡面有令人不舒服的痕跡（附著在後車廂上的血跡）

登場人物

・行政職員
・汽車業務員
・顧客
・修車技師
・助手

編劇小技巧

設定時的重點與提示

一般提到中古車行，經常會被描寫成很可疑，或是經常有業務員試圖詐欺，但如果所有店都是這樣的話，這個業界一定早就垮掉了。所以在運用這個設定時，不要落入常見的窠臼。但也不是完全不能把這間店設爲洗錢的舞台，或是參與詐欺。創作自己的故事應加入逼眞的細節，而不是老套地讓微微禿頭、身穿皺皺西裝、抽著雪茄的業務登場。

例文

崔西開著店裡最近收購的車子進入維修區時，我並不需要停下手邊工作從工具箱抬起頭來，光是聽到引擎尷尬地喀噠喀噠喘著氣，我就知道這個週末必得耗費在讓車起死回生上了。

運用的寫作技巧

擬人法

創造效果

有時也必須用乾淨俐落的方式來表現。這裡因爲運用了特定的詞彙與鮮明的修辭技巧，所以能很有效率地用簡潔的方式描寫這個設定。

5畫

占卜店
Psychic's Shop

關連場景 購物中心、小鎮街道、停車場

視覺

店內

- 成串燈飾掛在天花板四周
- 桌上擺著傘狀燈罩桌燈
- 點燃的蠟燭
- 裝飾房間一角的盆栽
- 貼在牆上的星辰圖
- 角落裡擺放著沙發及扶手椅
- 栽培植物的生態瓶
- 在店內自由來去的狗和貓
- 放置招待客人的紅茶和水果飲料的托盤
- 底部沉著硬幣的小型許願池
- 收銀機
- 籌備中的課程或講座的宣傳單
- 訪客留言簿
- 占卜的房間
- 展示商品（寶石、水晶、捕夢網、龍和獨角獸擺設、天使與聖人的塑像）的玻璃櫃
- 放茶具和藥草茶的架子和桌子
- 裝藥草（康復力草根、甘菊、牛膝草、金盞花）的小袋子
- 鏡子
- 護身符
- 香精油
- 蠟燭
- 紓壓音樂CD
- 撼動人心的浮雕銘言框
- （財運、人緣、友情、健康、工作等）祈願用的各種蠟燭
- 書籍
- 塔羅牌
- 魔法棒
- 符石
- 線香
- 擺錘
- 宗教性物品與收納重要私人物品的祈禱箱
- 裝香灰與藥草的隨身瓶
- 研磨缽與研磨杵
- 磬

包廂

- 保護隱私用的拉門
- 鋪著流蘇桌巾的圓桌
- 有椅墊的椅子
- 收納用的櫥櫃
- 燈
- 攤開在桌上的塔羅牌
- 放在碗內的水晶球
- 茶杯
- 香爐
- 面紙
- 雕像
- 盆栽
- 從天花板或牆壁垂下的窗簾
- 掛在牆上的畫
- 名片
- 筆與紙
- 蠟燭

聽覺

- 店裡播放著靈性音樂
- 客人低聲交談
- 小型泉水在「咕嘟咕嘟」地起泡
- 店門開啟時響起鈴聲
- （店內有寵物狗時）狗的腳掌「咚咚咚」跑來跑去的聲音
- 紅茶倒入杯裡的聲音
- 把藥草裝進塑膠袋裡時，袋子沙沙作響
- 電話鈴響
- 硬幣投入泉水時「匡啷」的聲音
- 滑動展示櫃的玻璃門，打開來拿東西的聲音
- 收銀機抽屜彈出的聲音，還有「喀」地關起來的聲音
- 「唰唰唰」地印出收據的聲音
- 點蠟燭時擦火柴的聲音
- 把塔羅牌或天使牌攤開在桌上的聲音
- 從房間裡傳出微微的說話聲
- 水晶球彼此「喀啦」碰撞的聲音
- 吸鼻子的聲音與哭聲
- 從盒子「咻」地抽出面紙的聲音

嗅覺

- 線香
- 藥草
- 香味蠟燭
- 香精油

味覺

- 藥草茶
- 水
- 口嚼菸
- 口香糖

觸覺

- 線香的味道讓鼻子癢癢的
- 暖手的茶杯
- 在等待占卜結果時掌心捏出冷汗
- 事到如今仍想掉落的眼淚
- 窩在有彈性的椅子裡
- 滑溜溜的水晶球
- 來蹭腳的店內寵物
- 有許多羽毛裝飾的捕夢網
- 金屬或玻璃製的擺設
- 裝茶葉的薄薄小袋子
- 喝紅茶時，從杯子傳來的蒸氣

引領故事發展的情境與事件

- 占卜師告知壞消息
- 碰到騙子
- 被人監視，或是因故招致反感的占卜店
- 聽了矛盾的說法而陷入混亂
- 弄壞店裡的商品，怕因此發生不好的事情
- 被疑心很重的人要求說出心裡在想什麼
- 因為迷信而心胸狹窄或不講道理的客人
- 想要占卜師直接指示或是代為下決定的客人
- 家人反對自己以占卜為業
- 暫時或是永遠失去感應力
- 因為喜歡客人，而不願告訴客人壞消息
- 有困惑的人進到自己的靈裡，消耗自身的能量
- 為客人占卜時耗神過度，而疲累不堪

登場人物

- 收銀員
- 正在做替代療法的人
- 想要為自己煩惱的事情找答案的客人
- 送貨員
- 必須做出重要決定的人
- 想要讓失去所愛而陷入悲痛的人振作精神的人
- 通靈者
- 迷戀精神世界的人

編劇小技巧

設定時的重點與提示

占卜師進行的占卜，包括紅茶占卜、手相、靈光、塔羅與天使牌、占星術、符文占卜、數字占卜、水晶（利用私人物品）接觸感應等各種不同的方式。占卜師通常專精其中一項或多項。除了占卜之外，也有不少占卜店會同時販售相關商品。因此造訪占卜店的人，不只是要找人進行占卜，也有可能是打算購買自用的相關用品。

例文

進到店裡時，門上的鈴噹叮鈴叮鈴作響，讓我悄悄進門的計畫立刻失敗了。店內燃燒著線香，刺鼻的味道令我不由得狂咳了幾聲。音響喇叭流出令人不易忘記的鈴聲與輕輕的長笛音色，似乎有誰正在占卜，隔間後方傳來低低的說話聲。我在店內邊逛邊等，水晶球、許願蠟燭、捕夢網、塔羅牌……祖父母篤信天主教，如果他們知道我的意圖，大概會立刻去預約除魔儀式吧。我雙手插進口袋內，已經管不了這麼多，爸爸失蹤二十二天了，比之前的紀錄還多一個星期，他到底會不會回來，不管怎樣我一定要想辦法知道。

運用的寫作技巧

對比、多種感覺的描寫

創造效果

告知背景、營造緊張感與糾結的心情

市場 Bazaar

關連場景
田園篇——農產品市集

視覺

- 略微損壞的木製攤位上方，蓋著曬到快褪色的條紋布以及藍色塑膠布
- 掛著腰包、滿臉堆笑的店員從店內急急出迎
- 攤販為了降低溫度，開著電風扇讓客人舒服一點
- 沿著凹凸不平、沒有鋪裝的道路擺攤的攤販
- 在人潮中乞討，或是邊走邊兜售廉價小物的孩子
- 數百名購物的人潮，到處比價和討價還價
- 叫住來逛街的人，想要拉客進店的老闆
- 在附近徘徊，想伺機討食的野狗
- 吃著裝在袋子裡的堅果、甜食和肉類串燒的人
- 坐在桌子旁喝飲料的人（紅茶、啤酒、水、風味飲品）
- 從烹調中的鍋具和茶壺冒出蒸氣
- 在市場內巡邏監視的警察與民兵
- 手寫的外文標示
- 擺滿各種獨特商品的桌子和架子（服飾、旗幟、帽子、地墊、鍋具、鞋子、桌巾、蕾絲、未加工布料、壁貼、陶瓷器、樂器、兒童玩具、大貝殼、香爐、宗教性遺物、具收藏價值的書、燈、蠟燭、燈籠）
- 象徵特定文化的細緻商品與手工製品（漆器的盒子、寶石及串珠飾品、枕頭套、手縫袋子與皮件、雕刻）
- 食物（當地產的香料、特產果醬、奶油、蜂蜜、紅茶、咖啡、甜點、煙燻魚、堅果、新鮮水果與蔬菜）

聽覺

- 把客人叫住，邊介紹商品邊保證價格非常划算的店員
- 狗叫聲
- 幫顧客用袋子或報紙包裝商品時，發出「沙沙」聲
- 「滋——滋——」地煎肉聲
- 從小型收音機傳出的當地民謠
- 客人進入攤位時電風扇變大聲
- 窗上的風鈴被微風吹拂而「叮鈴叮鈴」響
- 被風颳得啪啪作響的塑膠布
- 拖著腳走在泥土地上的聲音
- 客人輕輕地撥弄樂器的聲音

嗅覺

- 本地產的香料
- 煮熟的肉
- 傳出異國香味的麵包
- 汗味
- 體臭
- 塵埃
- 發出霉味的布
- 線香
- 咖啡豆
- 煙霧
- 不流通的空氣
- 大蒜
- 薄荷
- 發散香味的肥皂與乾燥花瓣包

味覺

- 大熱天立即潤喉的冷飲
- 當地攤商販售的特殊風味食物
- 大口咬下熟透的水果
- 油炸麵包與蛋糕
- 把手上沾到的糖霜舔乾淨
- 吃到珍奇但不愛的料理時，味道令人不悅
- 在路邊攤試喝剛泡好的紅茶，嘗到苦澀的滋味

觸覺

- 上釉的茶壺與裝飾品的重量
- 各種織品的質感
- 微風吹乾了脖子後方的汗水
- 曬傷的部位感到刺痛
- 電風扇吹動迎面而來的涼風
- 光滑的銀製品
- 在陽光下曬到發燙的金屬深鍋
- 吃完東西後，用手拍掉衣服上的食物碎屑
- 附著在冰過寶特瓶飲料外的水滴
- 為了涼快一點，把冷飲貼在額頭
- 縫了米珠與刺繡的衣服和布料，手感凹凸不平
- 猶如會從指尖滑落，絲絹般柔軟的流蘇

・用手撥開成堆的項鏈與其他寶石
・想要涼快一點，把衣服拉鬆、啪噠啪噠地搧風
・不小心撞到桌角或是狹窄的地方
・頭撞到懸掛的貝殼製風鈴吊飾
・在凹凸不平的地面走久了，腳開始痛
・腳上穿了新的拖鞋或是鞋子而磨出水泡
・袋子往下墜的重量讓雙手感到疲勞
・被太陽曬到出現脫水症狀，走路搖搖晃晃

引領故事發展的情境與事件

・扒手
・對文化的誤解（無意間比出下流的手勢而激怒對方）
・迷路
・語言不通
・算錯匯率而多付了錢
・跟趣味不相投的人一起購物（自己討厭購物，卻得一整天陪愛逛街的人壓馬路）
・有東西非買不可，卻找不到

登場人物

・乞丐
・罪犯
・當地的警察
・當地居民
・商人
・孤兒
・觀光客

編劇小技巧

設定時的重點與提示

如果要描寫實際存在的市場，請去調查當地平常製作與販售的大眾化商品都是些什麼。如果要描寫完全是虛構的市場，就必須好好規畫當地知名的特產、本地種植與採收的食物、該國的文化與假期、具有藝術性象徵的色彩等細節。

例文

我在這個市場最前排的攤位之間徘徊，各種繽紛的色彩以及流動的大批逛街人潮，都令人不由得爲之驚嘆。每個攤位都擺著大批布料與手工製的枕頭、繡了米珠的包包、綴了流蘇的袋子和銀製的小首飾。儘管有攤桌陳列的枕頭套繡有令我心動的刺繡圖案，但是店主用著不熟悉的語言不停推銷，弄得我只好迅速離開。隨著人潮繼續往前進，在某個角落轉彎，聞到一股舒服的芳香撲鼻而來。這一排的攤位較爲安靜，每個攤桌上都放著許多木盆，盛裝了堆成小山的香料。顧店的女店員雖然沒開口，但都露出了溫柔的笑容，讓我下定決心要在不同攤位各買一點東西，於是在某間店買了香草種子，又去了另一間店買了番紅花。

運用的寫作技巧

對比、多種感覺的描寫

創造效果

醞釀氣氛、營造緊張感與糾結的心情

居家用品賣場
Hardware Store

關連場景

田園篇——工具間、工作室

都會篇——停車場、小鎮街道

視覺

- 隨著季節或主題展示園藝用具（種子包、灑種用的工具組、土壤、園藝用手套、園藝鏟子、澆花器）以及塗裝相關用品（油漆色卡、塗漆用的托盤或滾筒）或室內裝飾（壁貼、飾板樣本、已經上色的兒童椅或桌子）等商品的櫥窗
- 狹窄走道兩側擺放著居家用品的高大架子
- 噴漆
- 填縫劑或其他防漏材料
- 捲起來並排擺放的膠帶
- 部分蟲害使用的農藥或捕蟲器
- （裝有墊片、螺帽、螺栓、螺絲、扣件的）小型塑膠箱
- 廚房用品或材料
- 露營用品（塑膠盤、熱狗叉、錫箔紙容器、烤肉爐、除蟲噴霧或防曬乳、瓦斯罐、手電筒、防水地墊）
- 電池區
- 入口附近堆放著各種園藝材料（草皮種子、肥料、盆栽用土、防凍劑）
- 捲成滾筒狀的庭園水管
- 捲起來擺放的繩子或麻繩
- 各種噴槍或灑水器
- 裝有不同大小木釘的容器
- 一般居家工具區（鑽頭、螺絲起子和套筒板手組、砂紙、榔頭、水平儀）
- 汽車用品（清掃工具、潤滑油、油品、液體類、芳香劑）
- （通往休息室、廁所、倉庫、辦公室的）後門或通道
- 陳列各種鑰匙的板子或打鑰匙機器等相關工具的櫃台
- 放在收銀機旁各式各樣的工具（迷你捲尺、黏著劑、鑰匙圈型手電筒、打火機）
- 設在戶外的瓦斯罐陳列架
- 成捆堆放的木柴
- 花卉或樹木盆栽
- 庭園造景材料

聽覺

- 顧客出入時入口的鈴響
- 收銀員親切的招呼
- 打鑰匙時發出的金屬吵雜音
- 店員用銼刀處理過鑰匙後，吹走上面沾到的金屬粉的聲音
- 收銀機叮一聲打開
- 掃條碼的嗶嗶聲
- 搖動種子包的嘩啦嘩啦聲
- 把一把釘子裝袋發出的匡啷聲
- 用美工刀切開紙箱的聲音
- 商品裝袋時，塑膠袋的沙沙聲

嗅覺

- 土壤或肥料
- 金屬
- 從除蟲容器傳來的化學藥品味道
- 香茅蠟燭或蚊香
- 橡膠
- 切好的木材
- 各種清潔用品（洗衣粉、洗衣精、馬桶清潔劑、通樂、廚房去汙劑、松木精油地板清潔劑）

味覺

- 設定中出場人物帶到現場的東西（口香糖、薄荷糖、口紅、香菸等東西），除此之外，可能沒什麼特別的東西跟味覺有關，如果沒有特定的味覺登場時，專心描寫其他四種感官較佳。

觸覺

- 購物籃把手陷入手腕肌肉感到沉重
- 打好的鑰匙凹凹凸凸的缺口
- 沉甸甸的土壤袋或袋裝鹽巴
- 全新園藝手套的棉質柔軟觸感
- 容器內有翻倒的潤滑油或油品
- 剛切下來的木屑散落在腳邊

引領故事發展的情境與事件

- 把裝土壤或是肥料的袋子提起來時，袋子破掉
- 開卡車的顧客倒車時，沒抓準距離，撞到店門口
- 順手牽羊
- 顧客想把用過的商品退掉
- 客人所買的商品組合，讓店員擔心他到底想幹什麼
- 沉重的工具砸到自己腳上
- 想拿高處的商品，結果把架子整個弄倒弄壞

登場人物

・顧客
・送貨員
・店員
・店老闆

編劇小技巧

設定時的重點與提示

連鎖的家居用品賣場跟小規模的自營商店比起來寬敞許多，陳列的品項種類範圍也較廣。小店的顧客大部分是當地人，店長是熟人且講人情，因此在店內購物的時間應該會很久。

登場人物如果是爲了犯罪而買東西（混製爆裂物所需的化學藥品）的話，爲了自保會分別到多家店購買，或跑去誰都不會注意的大型店鋪。但另一方面，可以試試設定一個登場人物單純去購物時，因爲買的東西變成眾矢之的，不得不一直辯解以求脫身，這類狀況說不定會很有趣。

例文

我跟結帳櫃台那個有氣質的紅髮女生詢問擺放的地方，她指向油漆櫃台後面的那條通道。購物推車有個輪子鬆脫了，在水泥地上歪歪扭扭的前進，發出喀喀聲響，好像對要去的地方猶豫不決。展示區在店員說的地方，這就像是爲我量身訂做一樣，有著到目前爲止我所看過最豐富的種類。我摸著一條條繩子體驗不同的質感，一邊品頭論足，興奮感傳遍全身。長度就算打結也游刃有餘，只要曉得長度夠就沒什麼好說的了。我用力拉著藍色的尼龍繩，感動於它的結實。太棒了。不管什麼顏色都沒差。通常女生很在意這方面，但這次不一樣，因爲看著繩子女生就知道要拿來做什麼事，只要能辦好事情，女生對於繩子樣式什麼的完全不在意。

運用的寫作技巧

多種感覺的描寫

創造效果

賦予登場人物特徵、伏筆

花店
Flower Shop

關連場景

田園篇——農產品市集
都會篇——都市街道、美式賣場、小鎮街道

視覺

· 亮色搭配讓人看了十分舒服的擺設法
· 人造花裝飾在籃子或花瓶裡
· 架上的室內植栽
· 印有可愛家居風文字的裝飾盤
· 卡片展示架
· 零碎的小東西
· 盒裝巧克力
· 存放鮮花束的高大玻璃冷藏展示櫃
· 儲存大量鮮花的冰箱
· 插花的工作區（捲起來放在那裡的幾捲緞帶、蕾絲、鐵絲、綠色的花藝膠帶、包裝紙、裝有保存切花鮮度維持劑的水晶花瓶、打蝴蝶結的緞帶、金蔥噴漆、插在細棍子上的空白卡片、配合特殊節日或活動的季節性裝飾品）
· 裝飾用氣球與氦氣瓶
· 放在水桶裡的耐寒花卉
· 邊欣賞花束邊翻閱婚禮用花目錄的顧客

聽覺

· 塑膠包裝紙和薄葉紙的沙沙聲
· 收銀機叮一聲打開
· 打開展示櫃的門時，冷卻馬達的吸力變弱，發出嗖一聲運轉聲
· 氦氣瓶發出的嘶嘶聲
· 顧客和店長的談話聲
· 剪開成束的包裝紙的聲音
· 用剪刀喀嚓剪下花莖的聲音
· 從裝有水合劑的桶子裡拿出花束時，水滴滴落的聲音
· 往花瓶內倒水
· 花莖周圍葉子的沙沙聲
· 訂花的電話響起
· 用掃帚掃花莖或葉片的聲音

嗅覺

· 鮮花
· 綠色植物
· 從窗戶照進來的陽光溫暖了植物土壤時，產生的泥土味
· 漿糊
· 亮光漆
· 塑膠
· 金蔥噴漆或漿糊的化學藥劑

味覺

· 員工帶來的咖啡、冰沙、水、碳酸飲料
· 午餐速食或從家裡帶來的便當

觸覺

· 脆弱花瓣的光滑觸感
· 不小心手指戳到花刺時的刺痛感
· 把顧客買的花綁成一束時，包裝紙很滑不好抓
· 試著折出各種角度，確認插花的成品外觀後再作決定
· 打開冰箱時，吹在手上或臉上的冷氣
· 把花束放在水桶時，為確保不要散開，用橡皮筋把枝幹束在一起
· 在室內生長的熱帶植物盆內的濕潤土壤
· 擦拭清理散落在櫃台上的蕨類植物葉片或剪下來的花朵
· 打烊後開始以具律動感的動作打掃店內

引領故事發展的情境與事件

· 冰箱故障
· 花卉的配送延誤
· 因為不能掌控的供應問題，導致無法讓顧客訂想要的特定花卉
· 送錯地址
· 忘記訂單
· 在婚禮或紀念派對等大型活動前夕員工辭職不幹
· 被破壞
· 很長一段時間冷藏裝置沒電
· 送來的訂購花卉生病或受到蟲害
· 店長過了幾年後對花卉過敏
· 自己店裡的花藝作品被用在恐怖攻擊

登場人物

· 營業用材料的配送員
· 送花的司機
· 員工
· 店長
· 婚禮顧問或活動企畫

編劇小技巧

設定時的重點與提示

有的花店爲獨立的店面，也有的是作爲大型店鋪的一部分（連鎖超市裡的花卉販售區之類）在經營。大部分的店面都會販售各種觀葉植物、肥料或花瓶，除此之外也兼營禮品店。

例文

格雷最後再把一朵迷你蘭花拆封，擺在收銀機旁。太完美了。他後退一步，認真凝望著色彩繽紛的插花作品及生氣勃勃的盆栽、架子，還有讓櫃台光彩奪目，樣式豐富的周邊禮品。總之明天的開店已經準備好了。他深吸一口氣，吸進從十年前開第一間店以來，擄獲自己的那種綠意、土壤與花瓣混雜的甜香味。終於走到這一刻，他想著，胸中湧起一股熱流。那個有閱讀障礙，在教室裡不敢舉手的少年——被大人們認爲長大後大概沒什麼成就的他——即將要開第三間店了。

運用的寫作技巧

多種感覺的描寫

創造效果

醞釀氣氛、告知背景、強化情緒

9畫

美式賣場

Grocery Store

關連場景

田園篇——農產品市集

都會篇——市場、便利商店、停車場

視覺

・排成一排、塗上米黃色油漆的金屬架
・明亮的日光燈
・暢銷商品或是特價商品的展示架（湯罐、洋芋片、烤肉醬、營養麥片）
・特價品的標示牌
・懸掛宣示本店工作目標的布條
・標示每一列架子擺放品項的牌子
・家庭用品區貨架（衛生紙、清潔劑、洗碗精、洗衣精）
・罐頭（湯罐、鮪魚、豆子、番茄、玉米、高湯）
・成箱或整袋的商品（管狀義大利麵與起司、炊飯調味料、洋芋片、砂糖、麵粉、營養麥片）
・新商品的試吃處
・堆著待補貨商品的推車，擋在路中間
・掃視著貨架的顧客
・趴在媽媽推的推車上，或是推著兒童用推車的小孩
・放著包裝好的花束與禮物的鮮花販售區
・（擺著包好的麵包、蛋糕、甜甜圈、其他糖果餅乾的）麵包店
・陳列加工肉品和廚師現做沙拉的櫃台
・（排在托盤裡販售的牛排、漢堡肉、豬肉、雞肉等）肉類販售區
・（擺著蟹腳、蝦、鮭魚和旗魚切片、大比目魚、鱒魚、一隻隻食用魚、帶殼的蠔、養著新鮮小龍蝦的水槽、已經煮好的現成海鮮的）鮮魚販售區
・（排在冰櫃裡的冰淇淋、冷凍蔬菜、披薩、容易處理的餐點等）冷凍食品區
・各式各樣的新鮮水果與蔬菜（柳丁、哈密瓜、蘋果、青椒、袋裝馬鈴薯、洋蔥、葡萄、香蕉、莓果類），放在籃子或容器中堆成小山的蔬果販售區
・將商品裝在四方形大型容器內、以量計價的販售區（水果乾、堅果、穀物、烘培材料、糖果）
・結帳區（黑色的輸送帶、正在幫客人結帳的店員、提醒客人可以加買電池和薄荷糖等小東西的貨架、糖果販售區、雜誌架、環保袋的販售區）
・拿著板夾，在店內巡視的經理
・借用蒸氣清潔機的架子
・店鋪沿街側的落地玻璃窗
・顧客服務中心
・自動提款機

聽覺

・店內播放的輕音樂
・袋子「沙沙」作響
・收銀員為了確認金額，用擴音器呼叫其他店員的聲音
・結帳掃商品條碼時的「嗶」聲
・推車的輪子「嘰嘰」作響
・空調吹風的聲音和自動門開閉的聲音
・在蔬果販售區和計量販售區拔下捲筒型塑膠袋的聲音
・罐頭在金屬製的推車內「喀唧」作響
・乾燥義大利麵的盒子發出的「沙沙」聲
・拿滿手的碳酸飲料與其他重物「咚」地放在黑色輸送帶上
・從傳單上撕下優惠券的聲音
・買東西買太久，小朋友開始不安分或哭泣的聲音
・一邊買東西一邊講電話的說話聲

味覺

・從麵包店傳來熱烘烘麵包的酵母香味
・剛出爐的肉桂麵包
・香氣四溢的烤雞肉串燒
・鮮魚販售區的鹽水
・刺鼻的番茄藤蔓
・剛剪好的鮮花
・空調
・試吃人員正在烤加香料的香腸
・從日用品的貨架飄出乾燥機用柔軟精的香味與洗潔精的清新味道
・剛拆開的紙箱味道
・金屬製的貨架
・冷凍櫃結霜或乾冰的臭氧刺鼻味
・店員還沒處理丟棄的腐爛水果與蔬菜

味覺

・試吃的食物（香腸、牛排、肉桂麵包與各式甜點、糕點、飲料、優酪乳）
・購物中打開洋芋片或是蘇打餅乾來吃
・口香糖
・薄荷糖
・各種糖果
・咖啡

觸覺

・購物推車冷冰冰的金屬質感
・用手試捏整塊的麵包
・仍有泥土附著的馬鈴薯
・為了確認水果熟了沒，輕輕地按壓水果
・從冷凍庫取出冷凍豆子的袋子
・打開冷凍庫時冷氣撲面而來
・柔軟劑專櫃的香味讓鼻子發癢
・裝著滿滿狗糧的袋子
・推動沉重的購物車
・推著裝得滿滿的購物車沿著通道前進
・有皺折的香草植物（芫荽、九層塔、薄荷）
・摸了剛噴了水的農產品導致手濕濕的
・黏住的金屬托盤
・新鮮、有彈性的香菇
・一摸就皺的玻璃紙袋子
・把購物袋勾在手上或手臂上

引領故事發展的情境與事件

・搶劫
・興奮不已的幼兒在店內尖叫
・結帳隊伍很長，但收銀員很少
・陳列的商品崩塌並砸到人
・為了價格而吵起來
・已經把商品打包才發現沒帶錢包
・沒禮貌或無能的店員
・結帳人員不太會打包，導致麵包被壓扁了
・購物袋在停車場裂開
・汽車車門被丟在一旁自行滑動的購物車撞到，凹了一塊
・找不到想買的東西

登場人物

・顧客
・送貨員
・盤點存貨的專員
・在店外販售公益彩券與餅乾的人
・從其他連鎖店來查訪價格的人
・裝成顧客的調查員
・店員與經理

編劇小技巧

設定時的重點與提示

美式賣場有許多是大型連鎖店旗下的店鋪，因此每家店的規畫大多十分雷同。雖然陳列的商品會因店而異，但自營的小規模商店也一定會提供基本的生活所需。一般人都是在家附近購物，很容易安排喜歡八卦的鄰居與前男友之類的人物出現在這種地方，以增加登場人物的緊張感與情緒波動。

例文

如果美式賣場裡有地獄，就只會賣一種東西。沒錯！就是糖果。爲什麼會有這樣的結論呢？因爲無論何時，只要走進店裡，推著堆滿東西的購物車，經過擺滿各式各樣甘草糖和雷根糖的展示櫃時，都會見到同樣的情景：抓住媽媽的褲管，歇斯底里尖叫著想要軟糖或巧克力的小鬼。多虧他們讓我失去想要攝取糖分的心情，而且，也完全失去生小孩的意願。

運用的寫作技巧

多種感覺的描寫

創造效果

賦予登場人物特徵

便利商店
Convenience Store

關連場景
加油站、美式賣場、休息站

視覺

- （陳列著牛奶、奶油、其他乳製品、維他命飲料、果汁、水、能量飲料的）靠牆的大型冷藏櫃
- 磁磚地
- 醫藥品專櫃（止痛藥、胃腸藥、感冒藥）
- 衛生用品（衛生棉條、保險套、止汗劑、洗髮精、護手霜、抗菌濕紙巾、旅行用小包裝尿布）
- 罐頭（豆子、義大利餃子、湯）
- 戶外活動所需的外用藥（防蚊液、防曬乳）
- 馬達潤滑油與芳香劑等汽車用品
- 各種零食（糖果、口香糖、巧克力棒、洋芋片、穀物棒、甜甜圈、玉米片）
- 自助式飲料機（碳酸飲料機、咖啡機、咖啡的調味品、杯子、杯蓋、吸管、紙巾）
- 還沒切片的麵包
- （放咖啡、熱巧克力、冰沙的）飲料櫃台
- 填單式的彩券
- 放單個包裝的新鮮水果和三明治的開放式冰櫃
- 店內各處設置的防竊鏡與攝影機
- 放報紙和雜誌的書報架
- （放著收銀機、打火機、刮刮樂、成人雜誌、義式臘腸與牛肉條的容器、瓶裝保健飲料、月曆、其他會令人衝動購買的小東西）櫃台
- 排在牆上的香菸與菸草
- 彩券販售機
- 貼在牆上或從天花板吊掛下來的廣告
- 標示特價商品的手繪小海報
- 通往倉庫和員工休息室的走道
- 辦公室
- 洗手間

聽覺

- 門鈴響起後自動門「噗——」地打開
- 開啟密閉冷藏櫃的聲音
- 飲料寶特瓶「咚」地相撞的聲音
- 拿走前方的飲料之後，後方的寶特瓶或鐵罐自動往前方滑動
- 吵著要買糖果的小朋友
- 冰塊「喀啦喀啦」地掉入杯子裡
- 從飲料機流出汽水的聲音
- 有人為了打開包裝，而在櫃台拿吸管輕輕戳的聲音
- 冰沙機發出很吵的聲音
- 泡咖啡的聲音
- 洋芋片的袋子沙沙作響
- 顧客跟店員交談的聲音
- 零錢掉到櫃台上的聲音
- 收銀機「叮——」地一聲
- 開、關抽屜的聲音
- 塑膠袋發出「沙沙」聲
- 刷卡機吐出收據的聲音

嗅覺

- 空調
- 正在沖泡的咖啡
- 松木精油與檸檬味的地板清潔劑
- 汽油
- 旋轉式熱狗機的油沾到櫃台
- 清潔用品

味覺

- 很甜的冰沙
- 一邊排隊等結帳，一邊大口喝水或碳酸飲料
- 在把咖啡攪拌均勻前，先喝一口確認是否已經加夠糖和奶精

觸覺

- 為了確認是否新鮮，用手按壓麵包時，感受到的微微彈性
- 喝冰沙時冰涼的刺激感
- 冰在冰箱的飲料表面凝結的水滴
- 光亮的雜誌封面
- 在撕破砂糖外包裝前，先用手指敲一敲再搖一搖
- 等待付帳時，用手觸摸儲值卡表面凹凸不平的號碼
- 要一次拿很多東西時，得彎著手臂取得平衡
- 踩到地板黏黏的地方
- 飲料杯裝太滿，汽水泡泡溢出來

引領故事發展的情境與事件

- 小偷
- 在門口徘徊的青少年與看起來很可疑的人

- 一個人看店時，察覺到有顧客怪怪的（一直在觀察周圍，或是偷偷做什麼事）
- 搶劫
- 不得不帶著幼童去骯髒的廁所
- 店裡太多客人，無法留意所有人的行動
- 交接班時店員辭職
- 吃太多甜食而吐了一地的小孩
- 有未成年的青少年試圖買香菸和啤酒
- 把小孩或狗留在車上，忘記拔鑰匙卻把車門鎖住
- 有人在停車場把別人的車開走

登場人物

- 成年的一般顧客
- 送貨員
- 店員
- 青春期的少年少女與孩童

編劇小技巧

設定時的重點與提示

有些加油站附設的便利商店內，會有外帶的小櫃台，或是迷你吧餐點供應處。雖然供應的品項不會太多，但是開車的人可以及時充飢，或是讓長途旅行的人能進行必要的補給。有些店也會提供數量有限的酒精類飲料（各種不同品牌的啤酒與雞尾酒等）。讓便利商店這個地點更爲醒目的方式，是放當地會用到的必需品或是想要的東西。例如靠近湖泊的店鋪，就設一個專門放釣魚用具的展示櫃，或是放可以裝新鮮釣餌的保冷箱。如果是露營或登山客會路過的店，就可以賣準備好，但容易忘記帶上的露營用品，或是登山時方便吃的食品。另外在海濱公園之類的觀光區附近的便利商店，應該也會放防曬乳、充氣泳具、墨鏡、帽子，甚至連印上公園名稱的土產都有。便利商店這種很常見的設定，只要稍微加上這類要素，就可以從普通的地點變身爲令人驚豔的獨特地方。

例文

藍德用力推開門，被大汗濕透的上衣瞬間變得冰涼。他閉上眼睛把頭往後仰，這冷氣吹起來還眞是舒服。雖然手上只有幾塊錢，但他仔細地逛了每一列的商品，最後終於在冰櫃選了飲料到櫃台結帳。好不容易從巴士站走到這裡，在頂著烈日走回家之前，想先讓身體涼快一下。

運用的寫作技巧

對比、隱喻法、天氣

創造效果

醞釀氣氛

書店
Bookstore

視覺

- 立在地上或是貼著牆壁，齊肩高的書櫃
- 貼著暢銷書封面或是作家簽名會的海報
- 擺滿書的圓桌
- 暢銷書並陳展示，排滿整個書架
- 書店集點卡的宣傳廣告
- 坐在桌前正在為新書簽名的作家
- 有桌椅的書店附設咖啡座
- 看書用的椅子與沙發
- 射進戶外陽光的窗戶
- 各式各樣的書背
- 令人耳目一新的禮品（卡片、迷你書、書簽、CD、DVD、巧克力、筆、糖果、季節性禮物）
- 以整面牆展示貼上折扣貼紙的暢銷書
- 在櫃台幫客人結帳的店員
- 電腦與收銀機
- 色彩繽紛的兒童專區擺著很多奇怪的書
- 有很多桌遊、拼圖和布偶
- 角落展示著店員推薦的書籍
- 旋轉架上放置禮物卡
- 月曆
- 店面展示板
- 雜誌陳列架
- 顧客（目光掃過排在架上的書、排隊等結帳、從架子上拿下來看封面寫些什麼或是快速翻閱、站定了從第一頁開始看起、坐在有彈性的閱讀椅上、在不同列的書櫃間徘徊、默默走近特價書展示區、坐下來品嘗咖啡和司康餅）
- 兩個青少年一起看雜誌並交頭接耳討論內容
- 背靠著書架獨自坐在地板上，沉浸於書中世界的客人
- 幫客人找書和推薦書的店員

聽覺

- 顧客發出的聲音（講話聲、喃喃自語、問店員問題）
- 被翻動或是被風吹時，一頁頁翻過的書頁
- 翻閱光滑的雜誌書頁的聲音
- 附設咖啡座的聲音（混合豆子、研磨豆子、打奶泡、啵啵啵的聲音、輕敲、蒸氣的聲音）
- 吹氣讓咖啡變涼一點
- 從顧客的耳機傳出微微的音樂聲
- 鞋子在地板上踩出「喀喀喀」的腳步聲
- 有人很認真地在「喀啦喀啦」打字寫東西
- 收銀機的條碼掃描器掃條碼時「嗶」地一聲
- 收銀機印收據的聲音
- 信用卡滑過刷卡機的聲音
- 再拿一本書「啪」地跟原本手上的書疊在一起
- 把書放回到書架時，後悔地重重嘆一口氣
- 找到想要買的書，興奮地吞口水的聲音
- 店內的擴音器播放著輕音樂
- 長時間坐著或盤腿，結果站起來時膝蓋喀喀作響
- 從兒童區傳來的孩童聲音
- 店員打開紙箱，幫架子補貨的聲音

嗅覺

- 紙張與紙箱乾燥的香味
- 附設的咖啡座飄來的咖啡與香料（肉桂、肉荳蔻、可可）味
- 髮膠
- 古龍水與香水
- 雜誌油墨
- 空調像是臭氧般的刺激味
- 門打開時從外面飄進來的味道（草、香菸的煙味、汽車廢氣）
- 松木製的書架
- 清潔劑（檸檬、氨水、松香）

味覺

- 外帶厚紙杯裝的熱咖啡與紅茶
- 用吸管喝水果與咖啡冰沙
- 邊看書邊吃甜食（大塊餅乾、馬芬、司康、蛋糕捲、義式堅果餅乾）
- 砂糖做的糖霜
- 水
- 口香糖
- 薄荷糖
- 拿鐵咖啡上的肉桂粉

關連場景
圖書館

觸覺

・皮革或紙質的書背
・用手從上方把書拉出，以便從書架上拿出來
・彎身去看書架下方擺放的書名
・坐進閱讀沙發時椅墊下陷
・啪啦啪啦地翻閱書籍和雜誌
・伸手觸摸書籍封面打凸的部位
・為了看封面上的立體雷射或燙金圖案而斜斜的拿著書
・小心翼翼地拿著整疊的書
・裝著書的沉重購物籃，在手臂上壓出凹痕
・站在書架前找書時，撞到其他客人或是勉強錯身而過
・打開份量只有一口的食物包裝袋，把食物放入口中
・拿著咖啡杯暖手
・用餐巾紙擦嘴
・把桌上的殘渣掃入吃完的袋中清乾淨
・拿出錢包付帳

引領故事發展的情境與事件

・性子很急或要求很多的客人
・暢銷書缺貨
・不小心在店裡打翻飲料
・來開簽名會的作家心情不好或態度傲慢
・放假期間人手不足
・已經到關店時間，客人仍無動於衷，催促也不理會
・抓到小偷

登場人物

・辦簽名會的作家
・出版經銷商的業務員
・顧客
・送貨員
・清潔人員（如果不是店員負責打掃，而是另請清潔公司處理）
・店主與店員

編劇小技巧

設定時的重點與提示

如果是大型連鎖書店，通常每間店的氣氛都很相似。但獨立經營的書店即使規模很小，大多都有極具特色的細節，例如有店貓、蒸汽龐克風格裝潢、有療癒效果的水晶球與凱爾特符號、擺著線香之類的東西……店主到底是用什麼樣的方式、放了哪些特殊的物品以營造出獨特氣氛，一定可以從這些東西看出蛛絲馬跡。建議先考量自己想當作舞台的書店要呈現怎樣的氣氛，再思考店內使用怎樣的裝飾與象徵才能營造出某種氣氛和情感。

例文

宛如興奮的六歲孩子在耶誕樹底下發現禮物一般，我急忙奔向閱讀區有扶手的空椅，窩進柔軟的天鵝絨刷毛椅墊中。對面有點年紀的女性，從情色羅曼史小說的封面後方驚訝地探頭出來，眼光停留在我鼓得高高的購物袋上。她踢踢自己座位旁的袋子向我示意，我們交換了一個會心的微笑。選了個舒服的姿勢，喝一口倫敦霧奶茶，拿出剛買的哥德小說（Gothic fiction），取下書皮，吸了吸那有點像灰塵的味道，埋頭闖入推理小說的世界。

運用的寫作技巧

對比法、多種感覺的描寫

創造效果

賦予登場人物特徵、醞釀氣氛、強化情緒

10畫

珠寶店
Jewelry Store

關連場景
骨董店、當鋪

視覺
・明亮的照明
・上鎖的展示櫃
・名牌珠寶代表作海報
・長形櫃台
・閃亮的玻璃展示櫃
・訂婚、結婚戒指
・手環
・高級寶石製的耳環（紅寶石、鑽石、綠寶石、貓眼石、藍寶石、黑鑽石）
・手錶或袖扣
・墜飾
・水晶飾品
・電子收銀機
・顧客放寶石的小型絨布墊
・擦寶石的布
・衣冠楚楚的店員
・掛滿黃金或是純銀耳環的旋轉展示架
・打磨寶石的工具
・錶帶展示
・諮詢櫃台
・昂貴的時鐘
・各種素材製成的名牌珠寶
・擺飾（放在絲巾上的裝飾用手環、散落或鑲嵌在絨布上的亮片或半寶石）
・警衛坐在出入口附近的凳子上或站著值勤

聽覺
・平靜的店內音樂
・店員走動時高跟鞋在地板上發出叩叩聲
・開、關抽屜的聲音
・店員打開展示櫃時，鑰匙發出的匡噹聲
・現金卡的刷卡機印出收據的聲音
・美容過的指甲敲打著玻璃展示櫃發出叩叩聲
・顧客彼此討論購買事宜
・店員說明各個商品的品質和重要注意事項的聲音
・店外車子疾駛而過的噪音
・手機鈴聲
・（如果店面位在室內購物中心時）商場內人們往來的噪音
・手環相碰發出的叮噹聲

嗅覺
・芳香劑
・玻璃清潔劑的阿摩尼亞味
・店員的香水或古龍水

味覺
・設定中出場人物帶到現場的東西（口香糖、薄荷糖、口紅、香菸之類的東西），除此之外，可能沒什麼特別的東西跟味覺有關，如果沒有特定的味覺登場時，建議專心針對其他四種感官來描寫較好。

觸感及其衍生之感覺
・金戒指戴在手指上的冰冷以及光滑感
・一邊看商品一邊靠在冰涼的展示櫃上
・高級項鍊戴在脖子上，有一點癢癢的觸感
・安裝妥當的吊墜盒重量
・手腕上的手環或錶帶纏在一起
・對著鏡子把垂墜式耳環放在耳朵旁邊比對
・在包包或錢包內窸窸窣窣的找信用卡

引領故事發展的情境和事件
・對購買的商品感到失望並且發怒的顧客
・順手牽羊或搶劫
・店員收到解雇通知，情緒大爆發，老闆在眾目睽睽之下感到很丟臉
・發現寄送的商品被動過
・為了爭奪佣金而從同事手上搶走客人的店員
・發現從店內買到的寶石是假貨
・店長發現店內陳列的商品原來是贗品或是藉由非正當手段取得的東西
・已經訂婚的情侶在店裡因戒指的事情吵架而解除婚約
・拿珠寶到店內清潔，結果在過程中造成損傷
・求婚後去訂做訂婚戒指，後來才知道上面的鑽石是合成鑽石

登場人物

- 出入口的警衛
- 顧客
- 送貨員
- 寶石鑑定師
- 店員
- 店經理

編劇小技巧

設定時的重點與提示

依據珠寶店品質的不同，每間店的樣式或布置及接待顧客的服務方式都會大不相同。若是一間針對中低收入客層的店；由於價格往往是客人決定是否購買的關鍵，店員有可能對寶石不太了解。這種店裡的寶石多半都是品質不佳或是沒牌子的商品。爲了以低價吸引顧客，應該會把特價標示得很明顯。另一方面，若是一間針對非常了解珠寶的高端客層，裡面就會廣進讓人一目瞭然的名牌商品，店員也都受過扎實的訓練，應該能詳細地描述商品的品質和製造方式。這種店的商品都有一定的價格，店內陳列的商品數量也不多。如果客人想看和架上商品不太一樣的款式，大概只能藉由目錄來了解。

例文

展示櫃裡的鑽石閃閃發亮，有如映照在狗仔隊跟拍名人的絢爛閃光燈下。可愛的店員將頭髮撥到耳後以便秀出那垂墜式的紅寶石耳環，並且微笑地對著展示絨布上那一組戒指點點頭。湯尼緊握著我的手，此刻才眞實感受到，我們要結婚了。

運用的寫作技巧

直喻法

創造效果

強化情緒

酒品專賣店
Liquor Store

關連場景
田園篇——酒窖、酒莊

視覺
・店內陳列的酒桶
・放著刮泥門墊的木地板
・標明特價品的白板
・宣傳銘酒品牌的海報
・購物用提籃
・標價卡
・（寫著「隨時享受美酒好時光」之類句子的）流行語招貼
・排著酒瓶的展示櫃
・從地板到天花板的棚架，排列著整齊的瓶子（威士忌、波本酒、伏特加、葡萄酒、啤酒、龍舌蘭酒、以烈酒為基酒的雞尾酒、蘭姆酒、琴酒、波特酒、干邑白蘭地、利口酒）
・拿棚架上方的商品時，所使用的移動式樓梯
・放著一手裝啤酒的冷藏櫃
・放著酒瓶，但蓋子打開的木箱
・堆積如山的展示用葡萄酒箱
・根據特定原則（品牌、酒莊地點、葡萄酒種類）擺放的葡萄酒瓶
・牆上貼著葡萄園世界地圖
・試飲葡萄酒的桌子（葡萄酒瓶、裝了冰塊的冰桶、開瓶器、葡萄酒杯、接待試飲的店員、搖晃著杯子鑑定酒香的客人）
・在店內深處的結帳區
・（開瓶器、氣密香檳瓶塞、酒杯用標籤、注酒器、長條形禮物袋、可冷凍的發光冰塊、凝膠蠟燭玻璃杯等）販售相關用品的櫃台
・與酒相關的書籍

聽覺
・打開店門時的門鈴聲
・客人在問問題
・辦公室電話鈴響
・鞋子走在地板上的托托聲
・客人旋轉瓶子確認標籤，或是從架子上把酒瓶拿下來時「鏘啷」碰撞的聲音
・木箱摩擦地板的聲音
・往冷藏室的感應門「咻」地打開
・店內音響播放的音樂
・移動式樓梯在軌道上滑行的聲音
・葡萄酒注入酒杯的聲音
・店員介紹試飲的葡萄酒
・塑膠袋「沙沙」作響
・收銀機「叮——」一聲
・從店外走道上傳入的聲音（滑板經過的聲音、走在人行道上的腳步聲、休息時出去抽菸的店員對話、小孩子的驚叫）

嗅覺
・倒進醒酒瓶的葡萄酒
・瓶子摔破時飄出的啤酒酸臭味
・清潔用品
・下雨天沾滿泥巴的地墊

味覺
・在設定中，除了登場人物帶進這個場景的東西（口香糖、薄荷糖、口紅、香菸等），可能沒什麼特別的東西跟味覺有關，像這種不會描寫到味覺的場景，可以專心描寫其他四種感覺。

觸覺
・鞋子咚咚地踩在磁磚或木質地板上的腳步聲
・購物籃拉扯著手臂的重量
・光滑的酒瓶
・試飲時轉動葡萄酒杯
・球根形狀的干邑白蘭地酒瓶
・沉重的葡萄酒箱
・在移動瓶子時，抓著葡萄酒瓶脖子較細之處
・一次搬好幾瓶酒，小心翼翼地抱著酒瓶
・小心翼翼地從打翻的液體旁邊走過
・拉把手打開冰櫃，拿出一手啤酒
・失手打破葡萄酒瓶，液體與玻璃碎片四處飛散

引領故事發展的情境與事件
・摔破昂貴的葡萄酒或波本酒
・把陳列的商品整個打翻
・由於正在治療酒精中毒，在罪惡感作祟下感到心情糾結
・負責準備某個活動所需的酒品，但買錯種類
・有武裝的搶匪

- 店員擅自試飲商品
- 發生地震，導致許多商品破損
- 店員偷酒卻假裝是瓶子破損
- 未成年人出錢要大人幫忙買酒被抓到

登場人物

- 老闆
- 客人
- 送貨員
- 酒商的業務員
- 店員
- 店東

編劇小技巧

設定時的重點與提示

酒品專賣店也有各種不同的規模與種類。像是有些專賣店只販售高單價的商品，店內裝潢也很有格調，但也有一些是店面窄小擁擠的破舊小店，卻什麼酒類都賣。有些店專門賣葡萄酒或當地特產的蒸餾酒，也有店是專門批發便宜酒。有些酒坊會集中在特定地區，有些則是開在怪怪的路上，但也有會舉行特別活動的店（例如葡萄酒或波特酒的試飲、自製水果酒、調製雞尾酒等）。可以嘗試多種設定，但實際上要在故事中放入什麼樣的店，幾乎都是視登場人物而定。選擇酒坊當場景時，應考量登場人物的需求，以及登場人物可能會經常光顧什麼樣的店。

例文

隨著門鈴響起，我抬頭看到一個沒見過的客人衝進店來，只看到那人有著一頭栗色捲髮。一瞬間眼前一片亮片布的光芒，以及讓人不舒服如鑽孔機般，喀喀喀地踩在磁磚地上的高跟鞋腳步聲。不久聽到冰櫃門似乎被滑開，卻立刻又被「砰」地關上，旁邊放梅洛紅酒的架子被震得搖搖晃晃。隨著越來越清晰的腳步聲和碎唸，她再度現身，把一箱啤酒和一瓶金快活龍舌蘭酒從櫃台的那端滑到我面前。她滿臉通紅，眼線已完全被淚水暈開。我本來想開口關切一下，卻被瞪了一眼，話又縮了回去。

運用的寫作技巧

多種感覺的描寫、直喻法

創造效果

醞釀氣氛、營造緊張感與糾結的心情

骨董店
Antiques Shop

關連場景
藝廊、當鋪、二手商店

視覺

- 寫著「歡迎光臨」的老舊招牌
- 兩側擺了好幾排陳列物品的桌子，通路變得十分狹窄
- 銀製品和水晶製品微微地反射著陽光
- 牆上掛著裱褙精細畫框的油畫
- 隨著歲月流逝，一部分的鍍膜已經剝落的金屬框鏡子
- （內有細緻的擺設、具收藏價值的盤子、陶瓷杯子、各種頂針）古老的木製櫥櫃
- 放在家具上的各種零碎物品與古老的假寶石
- 用夾子吊掛起來，手工製造、做工繁複的墊子
- 懸在天花板上閃閃發光的水晶製吊燈
- 成為時代象徵的知名企業過去使用的褪色招牌（可口可樂、百事可樂、戈博刀具）
- 不同國家與不同文化圈的人像、面具與雕刻
- 嵌著平滑的寶石，極具異國情調的木製珠寶盒和雪茄盒
- 手工雕刻，但抽屜已經有點變形的梳妝台
- 已裝框的精選黑白照
- 金屬製卻有著凹痕的油燈
- 上漆的雕刻椅子
- 不完整的彩色玻璃窗
- 玩偶
- 珍藏的鈕扣
- 古硬幣以及戰爭相關的物品（獎章、口號的海報、手槍、衣服、貝雷帽）
- 銀或銅製的燭台
- 有蓋的古老大箱子，並附有已經磨損的皮繩
- 骨董髮梳
- 刮鬍刀片
- 折刀
- 時鐘
- 衣服
- 蕾絲
- 古舊的農具和洗衣板
- 木製家具的腳
- 縫紉機
- 大批黑膠唱片
- 手工製有打折邊的絲質座墊
- 花瓶
- 樂器
- 鐘擺式掛鐘
- 堆積如山的舊書和漫畫
- 手錶
- 古老的相機
- 各種不同的鹽罐收藏品
- 暖爐上方的裝飾品及擺在書架上的宗教性雕像及象徵物
- 塞滿珍奇物品的玻璃展示櫃台
- 收銀機旁放置的手寫用收據簿
- 裝筆的瓶子
- 熱情地說明某項物品歷史的老闆

聽覺

- 店門開閉時隨之響起的門鈴聲
- 客人在討論某個商品的狀態
- 古舊的唱片被拿來當店內背景音樂播放
- 客人拿起古老的吉他試音時用指甲撥弦的聲音
- 鋼琴走音
- 地板發出「嘰——嘰——」聲
- 發出「碰」「咚」的聲音，默默地取出或移動東西
- 在打開櫃子或是貨車時，鉸鏈發出「嘰——」的聲音
- 拉出書桌已變形的抽屜時，摩擦的聲音
- 驚訝或感嘆而深吸一口氣的聲音
- 掛鐘「滴答滴答」地響著
- 把客人購買的物品用紙仔細包裝的沙沙聲

嗅覺

- 油畫
- 木材
- 漆
- 有霉味的布
- 乾燥花瓣包
- 皮革
- 紙張
- 灰塵

味覺

- 櫃台上的瓶子裝著招待客人用的薄荷糖
- （雖然大部分店內都禁止飲食）

・客人帶進店裡的口香糖或是其他點心、飲料

觸覺

・塗裝剝落、凹凸不平的復古風樹櫃與鏡框的質感
・用漆塗裝的木材
・家具附的墊子，用滑順的織錦緞與其他布料製成的墊子
・漿得硬挺的蕾絲
・鑄造品的粗糙凹痕
・摸起來冰冰涼涼的上釉瓷器
・腰撞到桌角或矮櫃
・從堅硬的木質地板移動到長絨毛的地墊上
・付錢時手拿著薄薄鈔票的感覺
・想要確認質感，而伸手觸摸蕾絲與布料
・用指尖碰觸托盤或雪茄盒上的鑲嵌裝飾
・手拿著銅製燭台時，感受到重量與冰涼感
・觸摸有雕花的面具邊緣
・伸手摸手工製的棋盤與雪茄盒的木紋

引領故事發展的情境與事件

・竊盜案
・發現被詛咒的物品
・因為地震或附近施工造成的震動，導致貴重品搖晃而破損
・發現與自己的身世有關的物品，但老闆卻不肯出售
・尋找有收藏價值的物品時，被人捷足先登
・不小心撞到或是打翻非常昂貴的物品
・電線走火而導致火災
・發現藝術品的贗品
・經過仔細修理過且保存狀態良好，以假亂真的騙人當骨董賣
・想要出售納粹的軍服，或是犀牛角雕刻品之類有爭議的物品

登場人物

・骨董商
・客人
・送貨員
・店員
・想把傳家寶盡快脫手套現的人
・老闆或經理
・純逛街的人

編劇小技巧

設定時的重點與提示

骨董店的類型也各有不同，有些是所有東西都堆在一起，當然也有只販售特定年代和某類型物品的專門店。有些店會把商品分別按類型整理（例如有關廚房的骨董就放在鑄鐵爐與餐桌上），或是按主題布置（例如二次世界大戰的相關物品等）。想要在情節中活用骨董時，可以根據登場角色要面對的課題與個人的問題，選擇能賦予象徵意義的物品。

例文

那是一個完全與這裡不搭的人偶。雖然她確實是十九世紀初的德國製品，但跟櫥櫃上其他戰前製作、被玩到磨損的玩具相較，顯然完全不同。那蒼白的面龐與藍色玻璃的雙眸，飄散著生人勿近的冷淡氣質。本來是把愛麗絲擺放在積木與手工雕刻的傀儡之間，但她卻像是遠離眾人，獨自坐在角落。以往客人走到櫥櫃附近時，都一定會問起那股奇妙的味道——布被燒過的味道。有的客人甚至問了之後，覺得被人偶盯著，而在胸前畫十字。所以才把她移到玻璃櫃。當然，這樣做似乎有點蠢，而且愛麗絲擺在那邊，還是感覺到微微的煙燻味飄散出來。我甩了甩雙手，試著回想一下自己爲什麼會有那樣的念頭。討厭，難道被老太婆的迷信給影響了嗎？臉上的笑容有點顫抖。或許，我應該把人偶的價格訂低一點，看有沒有人要買，應該是個不錯的辦法。

運用的寫作技巧

對比、多種感覺的描寫

創造效果

醞釀氣氛、伏筆、告知背景、營造緊張感與糾結的心情

當鋪
Pawn Shop

關連場景
骨董店、二手商店

視覺

・貼了深色遮陽貼紙的窗戶
・室內明亮的燈光
・後方牆壁上安裝的長條形鏡子
・狹窄的通路
・擺著各種商品的貨架（收音機、電視、微波爐、烤箱、加濕器、縫紉機、吸塵器、手提袋、皮衣與毛皮大衣、硬碟、筆記型電腦、DVD播放器、堆積如山的舊唱片）
・掛在牆壁釘子上的商品（太陽眼鏡、望遠鏡、耳罩式耳機）
・放著高價物品的玻璃展示櫃（手錶、戒指、項鍊、錶鏈、手機、相機、平板電腦、電子書閱讀器、遊戲機）
・樂器與音響器材（吉他、鼓、擴大機、電子琴、等化器、銅管樂器、口琴）
・有裱框與簽名的紀念品
・劍與軍刀
・遙控車
・各種體育用品（釣竿、衝浪板、射箭用的弓、直排輪、單車與安全帽）
・裝在收藏箱裡的玩偶
・大型商品（汽車鋁圈、車胎與輪圈、電鋸、割草機與吹風機、汽車音響）
・工具（鋸子、電鑽、研磨機、空氣壓縮機）
・（筆記型）電腦
・櫃台後面上鎖的保險庫
・用來仔細看物品狀態的放大鏡
・寶石清潔劑與擦拭布
・為了讓各種物品方便插電，釘在各處牆壁上的延長線
・監視攝影機

聽覺

・店內播放的背景音樂，或是櫃台後方店員正在看的電視發出的模糊聲音
・人的說話聲
・客人與店員討論的聲音
・電話鈴響
・門打開時響起的鈴聲
・腳步聲
・鍵盤「喀噠喀噠」的打字聲
・走在磁磚地上會「嘰嘰」作響的鞋子
・店員在裡面的房間處理商品時的聲音
・為了要陳設新的物品，推開其他商品清出空間的聲音
・打開櫃子時，鑰匙唰啦啦地作響
・為了給客人檢視物品狀態，從架子上取下沉重的商品並放在地上的聲音
・幫客人測試機器（打開電視、演奏電子琴、用指甲撥吉他弦、測試微波爐的開關）

嗅覺

・灰塵
・（在工具或機械附近的）潤滑油和機油
・有霉味的空氣

味覺

・在設定中，除了登場人物帶進這個場景的東西（口香糖、薄荷糖、口紅、香菸等），可能沒什麼特別的東西跟味覺有關，像這種不會描寫到味覺的場景，可以專心描寫其他四種感覺。

觸覺

・滿布灰塵的盒子
・骯髒的除草用具
・電器製品突出的開關
・為了仔細確認物品狀態，把沉重的物品搬入裡面的房間
・用手指觸摸櫃台玻璃的傷痕
・手中握著稀皺紙鈔的觸感
・用手撥弄繃好的吉他弦
・撫過外套柔軟的毛皮
・握著釣竿時感到的重量
・為了確認大小，騎上單車並試圖維持平衡
・柔軟的皮質上衣與手套
・為了確認長度，拿起包包掛在肩膀上
・啪啦啪啦地翻過整疊的唱片
・試穿溜冰鞋確認大小

引領故事發展的情境與事件

・不擅長討價還價

・不小心收了贓物，又在不知情的狀況下出售，而遭到責難
・跟騙子交易
・雖然非常需要現金，但出售的金額不到物品應有的價值
・有怪怪的人在，讓人很難在店裡逗留
・雖然東西賣掉，但是發現有故障
・硬是把有瑕疵（不能使用之類）的東西賣給人，而且希望對方不會發現
・本想偷偷典當東西，卻遇到認識的人
・不小心失手摔了商品，或是弄倒架子
・搶劫
・在當鋪發生的犯罪事件
・店東從客人手上買下東西，卻發現是贓物
・憤怒的客人衝進來，在沒有講好的情況下，要把配偶典當的東西贖回

登場人物

・顧客
・店員

編劇小技巧

設定時的重點與提示

當鋪是提供需要現金的人能迅速入手的服務業者。主要是顧客把狀態不錯的物品照雙方說好的價格賣給當鋪，再由當鋪在自己店內販售，但是也可選擇把東西當擔保品借錢的方式。也就是說，顧客先將物品交給店方，業者同時支付一定金額的現金，如果要拿回物品，必須在說好的期限內連利息一起歸還。如果沒有還錢的話，就會失去典當的物品。

例文

傑克穿過擺著寶石但傷痕累累的櫃台，以及放DVD的架子，從口袋裡拿出一張紙來。每間當鋪都一樣，充滿了混著舊窗簾、潤滑油和外帶食物的味道。後者的香味，是從邊由監視器確認客人動靜，邊在櫃台後面拚命想把凳子解體的大漢那裡傳來。傑克繼續往裡面走，當經過一台剪草機和兩把吉他旁邊時，此行的目標物出現了，那就是音響器材。一台一台迅速掃過，眼睛最後定在角落有撞凹痕跡、小型黑色的BOSE WAVE音樂系統上。他把機器轉過來，跟手上的小抄比對產品編號。中了，就是這台。他咬牙切齒。「混帳波爾，我要殺了你！」

運用的寫作技巧

隱喻法、多種感覺的描寫

創造效果

賦予登場人物特徵、告知背景

購物中心 Shopping Mall

17畫

關連場景
書店、咖啡店、熟食店、電梯、速食店、美髮沙龍、冰淇淋店、珠寶店、電影院、立體停車場、停車場、寵物店

視覺

- 提購物袋，喝外帶咖啡的人們
- 色彩鮮明的商店招牌
- 玻璃門與窗戶
- 掃得很乾淨的公共廁所
- 中央設置用餐區的美食街
- 坐在長椅上休息或是滑手機的人
- 知名土產的販售店
- 掛著巨大特賣會海報的櫥窗
- 鋪磁磚的地板
- 盆栽
- 電扶梯與樓梯
- 兩側是玻璃電梯
- 提款機
- 店員
- 推著嬰兒車的家長
- 各種商品的專門店（服飾、家庭用品、雪茄、咖啡、家具、書籍、皮包與皮箱、藝術作品、家電與影音媒體、遊戲機與玩具、珠寶、健康食品、孕婦用品、兒童用品、小玩意、化妝品）
- 銀行
- 旅行社
- 在櫃台等結帳的隊伍
- 試衣間旁放著堆積如山、被人試穿過的衣服
- 擺著色彩繽紛服飾的花車
- 擺滿商品的貨架
- 垃圾箱
- 雕塑與藝術作品
- 噴水池
- 出口的標示
- 自動販賣機
- 詢問處
- （有舒服的椅子、電視、各種電器充電插座的）休息室
- 明亮的燈光
- 天窗
- 玻璃與銅製的扶手
- 掉在地上的收據
- 正在示範商品使用方法的店員
- 正在換垃圾袋的清潔人員
- 在開放空間舉行的特別活動（慈善抽獎、時裝秀）
- 坐下休息並傳手機簡訊的青少年
- 邊走路邊講電話的人
- 拉著家長到店內陳列架前的小孩
- 適合小孩子的扭蛋玩具（球形口香糖、裝在圓形塑膠殼內的公仔、假寶石、刺青貼紙）
- 大型停車場或是立體停車場

聽覺

- 靴子或皮鞋走在磁磚地上的聲音
- 人的笑語聲
- 回音
- 許多聲音混在一起的喧嘩聲
- 在人潮中呼叫朋友名字的聲音
- 手機鈴響
- 收銀機印收據的聲音
- 保全的無線對講機傳出「劈哩劈哩」的聲音
- 塑膠袋「沙沙」作響
- 拉包包或衣服拉鏈的聲音
- 用吸管喝飲料的聲音
- 問問題或吵著買東西的孩童聲音
- 店內播放的背景音樂
- 空調與全熱交換器的運轉聲
- 店內防盜鈴響起
- （促銷活動、示範活動的地點、通知來接走散的孩子等）店內播音系統的聲音
- 收銀員用店內廣播呼叫主管的聲音
- 用條碼掃描器掃條碼時「嗶」一聲
- 衣架「喀啦喀啦」「喀嚓喀嚓」互相碰撞的聲音
- 布料發出「咻」地一聲
- 用熱封膠膜包裝的盒子發出「唰唰」的聲響
- 電梯門打開時發出「叮」一聲
- 到處奔跑的小孩子發出的聲音
- 還剩下一半的咖啡容器「咚」地被默默丟進垃圾桶
- 有人在購物袋中找東西時發出的沙沙聲
- 家長在叫小孩的聲音
- 噴水池噴出水花的聲音
- 商場內播放著聽起來很舒服的背景音樂

嗅覺

- 美食街的食物（正在烹調的肉類、油脂、剛烤好的麵包飄來的發酵香味、肉桂、鹽、辛辣的食物、烤肉、香腸、漢堡）

- 口臭
- 體味
- 香水
- 髮膠與髮臘
- 美容櫃台傳來的濃烈香水味與體香劑的味道
- 爆米花
- 清潔用品
- 咖啡
- 下雨時打濕的鞋子與靴子
- 芳香劑
- 地板蠟

味覺

- 水
- 咖啡
- 碳酸飲料
- 薄荷糖
- 口香糖
- 在美食街可供選擇的各式餐點
- 在店裡或自動販賣機購買的零食（餅乾、糖果、巧克力、洋芋片、冰淇淋）
- 止咳糖漿
- 口嚼菸

觸覺

- 小心翼翼地搭電扶梯
- 與其他購物的客人錯身而過
- 努力擠進美食街的人潮中
- 手上拿著冰涼的冷飲
- 用吸管喝飲料
- 沉重的購物袋勒著手臂
- 購物袋打到自己的腳
- 把收據揉成一團
- 坐在美食街硬梆梆的椅子上休息
- 柔軟的布料
- 熱咖啡與熱食
- 走累了腳很痛
- 沉重緊繃的手臂
- 用指尖輕敲玻璃櫥窗
- 握著滿手是汗的小孩的手
- 找尺寸時推開展示桿上的衣架
- 一隻手在拿手機或抓著小孩的手，另一隻手勉強抱著購物袋

引領故事發展的情境與事件

- 商品的價格比標籤上寫的還高
- 買了東西之後店員不給退貨
- 喜歡的商品沒有自己的尺寸
- 不好好約束小孩任其亂跑的家長
- 要求很多的客人
- 暢銷商品賣完
- 買了東西之後非常後悔，或是覺得自己太浪費
- 想要離開現場，但不得不陪著熱愛購物的人
- 人潮洶湧，大排長龍
- 必須帶著過度興奮的小孩和不耐煩的大孩子迅速買好東西
- 扒手和小偷

登場人物

- 送貨員
- 商場的職員
- 帶著小孩的家長
- 店員
- 保全人員
- 購物的顧客
- 十幾歲的青少年
- 逛商場當運動的人

編劇小技巧

設定時的重點與提示

購物商場的狀態會隨著購物的客層而有所不同。如果是以富裕階級為對象的商場，就可能會整排都是精品店與高級餐廳。如果是針對年輕客層設計的商場，通常會有電影院、小朋友的遊樂場，以及兒童相關用品的店鋪。也可能為了讓顧客能以較低的價格購入設計師的商品，而引入名牌暢貨中心。另一方面，如果是快要倒閉的商場，通常都不是某天早上突然結束營業，而是裡面的店鋪接連歇業之後才關閉。若是在這種狀況下的商場購物，一定會為顧客帶來別開生面的體驗。

例文

瑪西跑上電扶梯直奔二樓。隨著電扶梯上升，樓下的人逐漸縮成蟲子般的大小。十多歲的孩子們，一邊在走廊上跑跑跳跳，一邊像爆米花般撞來撞去笑個不停。有點年紀的情侶，很明顯是沒趕上耶誕節次日的大拍賣，急急忙忙地往前走。雖然還很早，也有不少推著嬰兒車的人，大部分人手裡都拿著咖啡杯，把不可或缺的咖啡因灌入體內。瑪西拍拍牛仔褲口袋，確定五十美金的禮物卡有確實放在裡面。接下來，就是往CD店衝了。

運用的寫作技巧

對比法、直喻法

創造效果

賦予登場人物特徵、醞釀氣氛

寵物店
Pet Store

關連場景
獸醫院

視覺

・寵物飼料或寵物零食展示架
・玩具
・貓砂
・衣服
・整理牙齒和毛髮的用具
・牽繩或其他訓練用具
・各種尺寸且色彩繽紛的狗床堆在一旁
・籠子或寵物提籃
・貓咪的磨爪柱
・側邊設有玻璃窗供人觀看的外圍展示牆裡的小狗（正在睡覺、滾成一團、向玻璃窗這邊跳過來、搖尾巴）或小貓（正在喵喵叫、和塑膠球打架、撲到對方身上）
・兔子或雪貂（正在吃飼料、正鑽到木屑裡、一直躲在小橋下或隱密的窩裡）的圍欄
・觀賞魚用品區（水槽或金魚缸、燈泡、引水裝飾品或人工植物、染色石頭或玻璃石、水質調整劑、鹽巴、網子、馬達或水管）
・（裝飼料或水盆、運動用滾輪、木屑或玩具的）各種動物的小型玻璃容器
・可以讓客人和小狗小貓一對一面對面的附門柵欄
・嘰哩呱啦講話的玄鳳或毛色鮮豔的鳳頭鸚鵡等大型鳥專用籠子
・綠色或藍色的虎皮鸚鵡等外來種小型鳥專用的籠子
・（蛇、蜥蜴、蜘蛛等）爬蟲類的水槽
・和水族箱並排、照明調至微暗的區域（金魚、黃金猛魚、燈魚、鯰魚、獅魚、小丑魚、食人魚）
・鬥魚的小型水槽並列的架子
・有海馬或烏龜的水槽
・狗狗洗澡、剃毛或是整理毛髮的區域
・特別展示商品或應景的商品
・鮮豔的特價展示牌
・收銀台
・帶著沒有牽繩的狗狗（或其他種類寵物）的客人
・刻製狗狗名牌的機器

聽覺

・狗狗吠叫或嚎叫
・爪子碰到地板的叩叩聲
・把狗罐頭或狗食放到推車裡的嘩啦嘩啦聲
・動物碰撞金屬柵欄的聲音
・客人對動物溫柔的講話聲
・在店裡興奮地跳來跳去或跑來跑去的小孩
・水槽裡泡沫像瀑布般流下的聲音
・動物鑽到木屑裡的沙沙聲
・放置魚類的水族箱角落傳來馬達的嗡嗡聲
・鳥兒的吵雜鳴叫聲
・咬著籠子的金屬柵欄的鳥
・老鼠或天竺鼠在滾輪上跑嘎啦嘎啦響
・門鈴
・鞋子在地板上發出啾啾聲
・購物推車的輪子發出喀喀聲
・結帳櫃台的嗶嗶聲或鈴聲
・結帳櫃台印收據的聲音

嗅覺

・松木屑
・狗毛
・（在寵物美容區附近時）有香味的洗毛精
・乾狗糧或零食
・水藻
・動物的糞便或尿液

味覺

・這個設定中，基本上沒有具關連性的味道。不過，有的寵物店裡會有小孩在店內開生日派對，這個時候過生日小孩的爸媽，可能會準備送給派對賓客的蛋糕或帶其他餐點。

觸覺

・小貓或兔子柔軟的毛
・被興奮的小狗舔或親
・溫柔地抱起動物並用手心感受其脈搏
・小狗不停的扭來扭去
・被小狗或小貓輕輕地咬
・狗狗打噴嚏而把霧狀的泡沫噴在自己身上
・從動物腳上或毛上掉下來的木屑

・滑溜溜很難拿的狗食或是寵物零食包
・罐頭冷冷的金屬材質
・麻花狀的牛皮零食
・打著很多結、凹凸不平的繩子玩具
・有彈性的球或滑滑的尼龍牽繩和項圈
・橡膠玩具
・冷冰冰的金屬水盆
・魚兒放在裝滿水的袋子裡的重量

引領故事發展的情境與事件

・動物（例如蛇、蜘蛛、鳥）從柵欄逃出來
・動物間蔓延的疾病
・停電導致嬌弱的魚有致命危險
・顧客有意傷害動物結果被發現
・來參加生日派對的客人有動物恐懼症
・未確實打預防針的動物咬了客人
・動物保護團體的抗議活動
・店長知道店裡進貨的小狗，其實是從只爲了賺錢而以惡劣環境繁殖小狗的業者那邊來的，因此心中感到糾結

登場人物

・顧客
・送貨員
・寵物美容師
・店員

編劇小技巧

設定時的重點與提示

對大部分的人來說，寵物店是能帶給人快樂的場所，特別是很多人即使沒想要養寵物，爲了開心也會常到店裡走走，這種情況相當普遍。大型的店家會引進很多種類的動物，而小型的店家大多數是展示狗和貓，至於其他的特殊動物，店家就只會提供最低限度的種類了。要注意的是，由於針對幼犬幼貓量產的批判或社會壓力，很多店家已經停止販售幼犬或幼貓。這類店家擔心引來社會的反彈聲浪，因此不會販售小型動物。不過，也有店家支持地方的動保團體而致力於推廣認養活動，讓人們有可能來飼養被棄養的動物。

例文

雷維抓著我的手，走過了賣牽繩和狗狗毛衣與嘴咬器具的區域，迫不及待地要秀給我看上次他爺爺帶他來時看到的東西，但是我沒法走那麼快。我還在氣我爸，因爲他和這個四歲小孩約好買寵物給他，「如果你媽媽爸爸說可以的話」。每次都把責任推給別人，我爸就是這樣的人。好在雷維沒有走向在牆邊玻璃展示隔間裡面的貓狗區。我會過敏，所以沒辦法接受這樣的動物。接著他走過兔子還是鼠類的區域，木屑或尿尿的阿摩尼亞臭味刺激著我的鼻子，讓我更緊張了，但雷維沒有停下腳步。我開始抱著一線希望，或許事情沒我想像的那麼糟。我正在想我們該不會要走到色彩繽紛的熱帶魚，還是什麼東西的地方時，我被拉到左邊的爬蟲類區域了。

運用的寫作技巧

多種感覺的描寫

創造效果

賦予登場人物特徵、伏筆、告知背景、強化情緒

都會篇 交通工具及設備

市公車
City Bus

關連場景
都市街道、小鎮街道

視覺

- 上車階梯與折疊門
- 坐在駕駛座的司機
- 座位分隔兩側的狹窄通道
- 車子前段地板上提醒乘客站在後方的黃色警戒線
- 車頂垂下的吊環
- 扶手
- 長條座椅或塑膠靠背座椅
- 汙穢的玻璃窗
- 座位上方的行李架
- 貼在公車內的海報或廣告
- 車內到處都是麥克筆或原子筆塗鴉（插畫、犯罪集團標記、訊息、幽默或諷刺性格言、愛的告白、種族歧視字眼）
- 前傾彎腰坐的乘客（讀書、滑手機、聽音樂、玩手遊、避免人身接觸）
- 椅子座墊破裂、海綿體跑出來
- 掉在地板上的垃圾（衛生紙、糖果包裝紙、紙張碎片、餅乾零食碎屑）
- 窗外迅速通過的街景或車輛
- 開門用的按鈕
- 下車鈴
- 提醒乘客遠離門邊的標示
- 抓著扶手站立的人
- 乘客（跟著公車行進而搖晃、把購物袋或背包夾在兩腿間或放在旁邊空位上坐著）
- 遺留在座位上的報紙
- 開心聚在一起交談的十幾歲青少年團體
- 貼在壁面的口香糖
- 表面有燒焦的痕跡、孔洞或被刀子刺破而外觀受損的椅子

聽覺

- 投幣處的硬幣發出叮噹噹聲
- 綠燈時，踩下油門或換檔時提升轉速的引擎聲
- 煞車「唧—」的聲音
- 氣動煞車「咻—」的聲音
- 門板拖過地板滑開時，發出嘎吱聲
- 拖著腳在通道上前進的腳步聲
- 乘客坐下時購物袋窸窸窣窣、上衣沙沙作響的聲音
- 公車車身通過坑坑疤疤的道路，金屬嘎吱作響
- 乘客的交談聲
- 從乘客的耳機隱約傳出音樂
- 孩子大聲吵鬧
- 笑聲
- 不耐煩的聲音
- 報紙沙沙聲
- 手提包或背包的拉鏈開、關聲
- 塑膠袋沙沙作響
- 咳嗽或清喉嚨的聲音
- 由敞開的窗戶傳進道路的噪音
- 下車鈴聲
- 下車時，踩著靴子咚咚急忙跑下階梯的聲音

嗅覺

- 腳
- 體臭
- 香水
- 古龍水
- 髮膠
- 皮革
- 油膩膩的頭髮
- 泥土
- 冰冷的金屬
- 混濁的空氣
- 溫熱的塑膠
- 從窗戶縫隙飄進新鮮空氣

味覺

- 口香糖
- 薄荷
- 咖啡
- 瓶裝水
- 帶到公車上的午餐剩菜

觸覺

- 硬梆梆的座椅
- 隨著公車移動而搖晃
- 減速或加速時車體上下左右晃動
- 身體輕輕碰觸到其他乘客
- 為了走到門邊而努力擠過他人身旁
- 肌膚碰觸到冰冷金屬扶手
- 穩穩抱著手提包或背包
- 抱著小孩子的身體、牽著滿是汗水的孩子的手
- 不想用手碰而用袖口或肩膀推門

- 不想把包包放在骯髒的地板上而抱在膝上
- 為了讓其他人搭上車而努力擠出空間

引領故事發展的情境與事件

- 爛醉而妨礙秩序的乘客
- 有服藥習慣的乘客開始產生幻覺
- 搭車沒帶錢或者弄丟儲值卡
- 搭錯公車
- 被告知今晚的終點在此，而被強迫在陌生地方下車
- 眼神令人不舒服的人一直盯著自己看
- 公車故障或意外
- 偷藏了刀或其他武器的人
- 合力攻擊其他乘客或司機的集團

登場人物

- 公車司機
- 乘客

編劇小技巧

設定時的重點與提示

決定公車內氣氛的關鍵，通常是司機。比如非常親切的司機，隨時保持著笑臉、會關心乘客，也會與乘客閒聊地方上的話題。另外也有徹底執行公務，只專心開車的司機。這類司機會避免與人互動，只在必要的情況下以平淡的口氣回答乘客的問題，或者用手指指放在附近的公車路線圖及時刻表等以作爲回答。

乘客們搭車的原因各式各樣，例如家裡沒車的人、車子送修或駕照被吊銷的人，甚至是根本無法申請駕照的非法居留者。另外也可能會有正計畫進行爆炸行動的恐怖份子，或是低調行動的逃犯等，這類惡意的情況也有可能發生。每個人都有自己的故事，雖然不需知道小說裡每一個登場人物的背景細節，但在公車場景設定中，若能準備一些人物角色爲何會出現在這裡的描述、又是何等人物等細節，應該就能看出他在故事中所扮演的角色。

例文

安娜剛將身子靠往窗戶，一個肥胖的男性上班族便一屁股坐在旁邊的位子，座墊瞬間跳了起來。男人占據了座位剩下的所有空間，對著手機不斷大聲說話。一嘴洋蔥的腥羶口臭，難聞到令人覺得大概連細菌都被分解了。太慘了，特別選了沒人坐的空位坐，竟遇上這種事。

運用的寫作技巧

誇飾、多種感覺的描寫

創造效果

賦予登場人物特徵、強化情緒

休息站
Truck Stop

關連場景
便利商店、美式餐廳、速食店、自助洗衣店、停車場

視覺

- 被大型車輛（半拖車、露營車、巴士、曳引車拉著拖車或旅行拖車、聯結車、大貨車）淹沒的寬廣停車場
- 在建築物屋頂上飛揚的旗幡
- 販賣卡車司機常用品的便利商店（咖啡機、電視或DVD播放器等小型電器、攜帶型電暖器、線上影片、音響設備、線上音樂、地圖、CB無線電、衛星廣播收音機、清潔劑）
- 可供內用的美式餐廳
- 速食店
- 洗手間
- 淋浴設施
- 自助洗衣店
- 卡車或汽車的洗車場
- 遊樂場
- 附近有汽車旅館
- 霓虹燈或明亮的照明
- 休息站服務區入口處標示上畫了餐廳和設施圖
- 在加油區排隊的卡車行列
- 穿過停車場的卡車司機
- 濕答答的水泥上映照出卡車車燈
- 沾染潤滑油或機油的髒汙道路
- 在狹窄綠地上遛狗的司機
- 引擎蓋敞開的大型拖車
- 晚上亮著燈的卡車
- 通過附近幹道或高速公路的車輛
- 聚集在外頭吸菸的卡車司機們
- 拿著外帶食物袋或塑膠杯步出餐廳的司機
- 掉在停車場的垃圾（菸蒂、點心包裝紙、捏爛的汽水罐、隨風飄落的樹葉）

聽覺

- 大型引擎轟隆隆作響（空轉、加速、減速）
- 卡車引擎發出「噗嚕」的斷斷續續聲
- 「嘰——」的煞車聲
- 碰一聲關上卡車車門
- 警笛鳴響
- 車輪壓過沙子或沙石地發出劈哩啪啦聲
- 附近高速公路或幹道傳來車輛往來的聲音
- 卡車司機們互相打招呼
- 鏈子喀鏘喀鏘作響
- 開、關車體外側收納空間的門
- 在水泥地上拖行的鞋子聲
- 旗子被風吹動的聲音
- 店門被推開時，從地面拖行，及門鈴或鈴鐺的聲響
- 幫浦噴頭喀嚓一聲滑進汽油桶內
- 加油幫浦喀一聲止住
- 停車場照明燈嗡嗡作響
- 從擴音器或附近卡車傳來音樂
- 遊樂場傳來手遊背景音或鈴聲

嗅覺

- 汽車廢氣
- 汽油
- 潤滑油或機油
- 濡濕的道路
- 溫熱的食物
- 新鮮空氣
- 香菸的煙

味覺

- 速食
- 餐廳的食物
- 便利商店的食品
- 香菸
- 口香糖
- 汽車廢氣

觸覺

- 大型拖車停止時的震動
- 因長時間開車導致身體疲勞而肌肉痙攣
- 以勉強鑽出的姿勢爬出車外
- 用僵硬的腳走路
- 關節疼痛
- 吹在臉上的涼爽微風
- 高速公路吹來的風扯著衣褲
- 腳下堅硬的水泥
- 坐在餐廳的座位上伸展手腳
- 吃了許多溫熱的食物而脹起來的肚子
- 床鋪柔軟的床墊
- 冰涼的加油幫浦
- 兩手對向伸展地伸懶腰
- 皺巴巴的衣服或細細的髮絲
- 溫暖的淋浴間

・滾燙的引擎
・因汽車廢氣導致鼻子發癢
・檢查引擎後用手帕或紙巾擦手
・不斷眨動疲累的眼睛

登場人物

・妓女
・服務區的員工（加油站工作人員、服務生、廚師、管理部門的員工）
・卡車司機

引領故事發展的情境與事件

・有人闖入自己的卡車裡
・在停車場買賣藥品
・接受夜晚的邀約
・卡車內不光彩的事被人看見
・離家很遠時，發現信用卡被鎖卡
・在附近的高速公路上被逃亡中的汽車或卡車撞上
・孤獨感
・因睡眠不足而搖搖晃晃的狀態
・工作引發健康問題（頭痛、腰痛、眼睛疲勞、膝關節疼痛、全身僵硬）
・吃太多速食導致體重增加
・在停車場內開得很快的卡車
・道路上的坑洞過深而使車輪受損
・其他卡車司機作出令人無法預測的行動
・因對手公司司機的關係害自己的全聯連車遭到破壞
・對於低薪長工時感到不滿
・必須休息一晚，但服務區關閉或已無空位

編劇小技巧

設定時的重點與提示

卡車的休息站比起其他休息站，相異處在於後者通常是針對家用車輛，前者的服務對象則爲大貨車或聯結車。卡車休息站通常設置在高速公路沿途或少數幹道邊。若是鄉下的休息站設備比較少、場地也窄；若是在大都市附近，則服務內容十分豐富。當中也有提供如賣春或藥品交易等多餘的服務，使得氣氛相對其他休息站更爲險惡。這類不光彩的行爲，過去相當普遍，但現今已不太常見到。大多數休息站都是爲了長途開車的司機和乘客而設，提供他們一些民生必要的服務，基本上應是一個便利且安全的場所。

例文

我呼吸著夾帶雨水氣味的空氣，靠在磚牆邊慎重地啜飲著低咖啡因的咖啡。牆壁另一邊的遊樂場傳來鳴笛聲，還能聽見廣播說著十分鐘後電影室就會上映《銀翼殺手》。若是以前，我可能會走過去看電影。總比待在沒有其他人的飯店房間裡轉著電視頻道要來得好。但今天晚上不知爲何猛然思念起孩子們，我情願在外頭冷冽的空氣中想念他們。

運用的寫作技巧

多種感覺的描寫

創造效果

醞釀氣氛、強化情緒

老舊小貨車
Old Pick-Up Truck

關連場景

田園篇——鄉間小路、農場、農產品市集、車庫、垃圾掩埋場、果園、採石場、牧場、牛仔競賽

都會篇——酒吧、便利超商、加油站、修車廠、小鎮街道、休息站

視覺

- 龜裂凹陷的擋風玻璃
- 灰濛濛的儀表板
- 壞掉的手搖柄
- 沾滿泥巴的地墊
- 調鈕脫落的收音機
- 卡帶播放器
- （故障的）冷氣或暖氣
- 布滿灰塵的送風口
- 掉在地上的垃圾（漢堡的包裝紙、汽水杯、外帶咖啡杯、巧克力棒的包裝紙、甜甜圈盒）
- 儀表板上壓扁的面紙盒
- 折起來破掉的地圖
- 關不起來的前座雜物箱
- 磨損或破裂，露出裡面填充物的布套座椅
- 金屬隨行杯
- 堆滿零碎物品（工具、用品、雜物、報紙）的後車座
- 側後視鏡附近可斜開的楔型小窗
- 吊在後照鏡上可看出車主個性的物品（吊襪帶、玫瑰念珠或宗教標誌、木頭裝飾的芳香劑、嬰兒襪、狗牌）
- 引擎蓋上的裝飾標誌脫落
- 車體生鏽的地方
- 油箱蓋上生鏽的鐵圈或護蓋
- 刮傷、擦傷
- 生鏽的輪胎蓋
- 磨損或不成套的輪胎
- 凹凸不平的保險桿
- 後方的滑動式車窗
- 用來掛槍的架子
- 沒有確實關好的後車門
- 車斗上的各種物品（氯化鈣、砂袋、乾草袋、工具、大量的柴薪與木頭）
- 損壞的後車燈
- 吐出濃濃黑煙的排氣管
- 彎曲或是折斷的廣播天線
- 塞滿菸蒂或皺巴巴口香糖包裝紙的菸灰缸
- 點菸器
- 座椅上某些液體翻倒乾掉的痕跡或汙痕
- 骯髒的踏腳台
- 沾到車門內側的泥巴痕跡
- 掉落後沒有裝回去的雨刷

聽覺

- 引擎轟隆隆作響，快停的時候發出「噗噗」聲
- 隔熱板因為扭曲，發出「喀噠喀噠」的金屬聲
- 車門「嘰嘰」作響
- 煞車發出尖銳的聲音
- 引擎回火的聲音
- 引擎發動前「吱吱」的聲音
- 馬達沉悶的爆炸聲或斷斷續續的運轉聲
- 用力打檔發出的聲音
- 踩離合器時發出的「嘰嘰」聲
- 座椅彈簧被壓動的聲音
- 卡車輾過車轍時，箱子裡的東西滑動或跳動的聲音
- 卡車急轉彎時，空容器「喀噠喀噠」移動的聲音
- 車子裡播放的鄉村音樂或搖滾樂
- 司機哼歌或歌唱
- 用吸管吸飲料的聲音
- 敲打儀表板祈禱卡車發動
- 咒罵
- 上下搖動手搖柄，車窗發出「嘰嘰」摩擦聲
- 車門「砰」地關上
- 打開引擎蓋時發出的尖銳摩擦聲
- 鬆脫的旋鈕或把手發出「喀噠喀噠」的聲音
- 從打開的車窗吹進來的風聲

嗅覺

- 汽車廢氣
- 機油
- 潤滑油
- 放太久的食物
- 灰塵
- 鐵鏽
- 泥土
- 座椅破掉露出的發泡填充物
- 腳臭味
- 之前在車子裡打翻的飲料（酸掉的牛奶、碳酸飲料、咖啡）
- 發熱的皮革或塑膠
- 香菸
- 芳香劑
- 汗味
- 體臭

味覺

・冰咖啡
・水
・口香糖
・香菸
・外帶食物
・加油站買的食物（牛肉乾、巧克力棒、洋芋片、熱狗、花生）
・碳酸飲料
・能量飲料或營養補充飲料

觸覺

・用手抹擋風玻璃拭去霧氣
・撞得凹凸不平的儀表板
・用力旋轉手搖柄
・從壞掉的空調吹出來的暖風
・腳底下被踩扁的垃圾
・沒有杯架，小心地把飲料杯夾在大腿中間
・手排車光滑的排檔桿
・搖晃的座椅
・緊急煞車時的反作用力
・調整收音機的音量鈕
・從內側開門時，用肩膀把門推開
・用力拉扯門把，以便將車門完全關上
・引擎發動，車身猛地一震
・經過凹凸不平的道路時，身體在車子裡撞來撞去
・輪胎「啪啦啪啦」地輾過砂礫或石頭
・用力踩下不靈的煞車
・方向盤粗糙的質感
・配合音樂節奏拍打方向盤
・急速時感覺到的卡車震動
・灼曬手臂的炎熱太陽
・車窗吹進來的微風
・把手伸出打開的車窗，垂在外面
・調整鏡子
・用手掌按喇叭
・外面的灰塵跑進喉嚨
・狠狠地咒罵壞掉的冷氣
・汗濕的腳貼在塑膠座墊上

引領故事發展的情境與事件

・車子在不便的地方故障
・對自己的小卡車發出的噪音或臭味感到沒面子
・自己開的卡車被拒絕進入有大門圍繞的住宅區等特定區域
・想要給對方留下好印象，卻被風吹得狼狽不堪，滿身大汗地抵達
・雜物從車斗掉落砸壞他人的物品
・貨車掉落的東西引發事故
・乘客從車斗摔下來
・需要駕駛漫長的路程，卻覺得卡車禁不起這麼長的行駛
・行駛長距離時，和許多乘客一起擠在車子裡
・趕時間卻不得不小心緩慢地駕駛

登場人物

・沒錢的青少年或倒楣鬼
・工地工人
・農戶
・搭便車的人
・卡車車主的朋友

編劇小技巧

設定時的重點與提示

小型卡車（暱稱小卡）司機通常會在車裡待很久，因此車子多半可反映出駕駛的個性。車子的款式、整體狀態、有多簡單樸素，或是經過多少改造、吊掛車內的小物和裝飾品等，都能透露出關於登場人物的某些事跡。任何設定皆是如此，角色駕駛的車子，不僅可以作爲事件發生的舞台，更可充分反映出角色的個性和爲人，建議盡可能地發揮這兩種效果。

例文

不遜於任何高級空調的涼風從車窗外吹入，松木芳香劑高速打起轉來。未經鋪裝的道路上坑坑洞洞，震得我牙齒上下撞擊，毀了口中哼唱強尼凱許的〈Ring Of Fire〉，但這些都妨礙不了我現在的好心情。再說，貼貼補補的彈性座墊也幫我減輕了震動。我咧嘴微笑，調高收音機的音量。這輛卡車一定會比我更長壽。

運用的寫作技巧
多種感覺的描寫

創造效果
強化情緒

地鐵
Subway Train

關連場景 都市街道、地鐵隧道、車站

視覺

- 長椅式座椅
- 反射車廂內景物的骯髒玻璃窗
- 折疊式或滑動式車門
- 天花板上垂吊的手拉環
- 從地板垂直延伸到天花板的扶桿
- 欄杆扶手
- 換氣口
- 牆上的海報或廣告
- 公告
- 塗鴉
- 刻意不和別人目光接觸的乘客們
- 聊天的朋友
- 用手機傳訊息或是和旁人一起看影片
- 貼在座椅破裂處的膠帶
- 把皮包或公事包放在膝蓋上，或抱著小孩的通勤者
- 地板上的垃圾或沙石
- 車廂間狹窄的門
- 偶爾閃爍，瞬間熄滅後再次亮起的照明
- 陰暗的隧道
- 掠過窗外、月台上站著人的地鐵車站
- 呼叫警衛的緊急電話
- 開門鈕
- 「請勿緊靠車門」的告示
- 音箱
- 告知下一個停車站的電子顯示板
- 貼在牆上的地鐵路線圖或停車站地圖
- 形形色色的乘客（穿西裝的上班族、戴耳環有刺青，頭髮染成粉紅色的青少年、推嬰兒車的母親、躺在座椅上睡覺的遊民、牽著購物推車的老人或老婦人）

聽覺

- 空氣煞車發出「咻」的聲響
- 車門發出「嘰嘰」摩擦聲打開
- 告知停車站的廣播聲
- 高速行駛的金屬車輪前輪異常震動，發出的擠壓聲或「嘰嘰」聲
- 外面的電燈「啪滋啪滋」作響
- 轉彎時金屬尖銳的摩擦聲
- 乘客聊天的聲音
- 耳機傳來的音樂聲
- 笑聲
- 咒罵聲
- 翻報紙的「沙沙」聲
- 書本翻頁的聲音
- 塑膠袋的窸窣聲
- 乘客變換姿勢時，布料或皮革摩擦的聲音
- 車門打開時，傳來擠滿人潮的月台喧囂聲

嗅覺

- 腳臭
- 體臭
- 香水
- 體香劑
- 髮型造型霧
- 皮革
- 油膩的頭髮
- 沙土
- 冰冷的金屬
- 窒悶的空氣
- 溫熱的塑膠
- 尿騷味

味覺

- 設定中，除了登場人物帶進這個場景的東西（口香糖、薄荷糖、口紅等），可能沒什麼特別的東西跟味覺有關，像這種不會描寫到味覺的場景，可以專心描寫其他四種感覺。

觸覺

- 堅硬的座椅
- 地鐵搖晃或一跳一跳的震動
- 努力縮起身體，避免接觸其他乘客
- 為了下車，設法鑽過別人的腋下
- 抓住冰冷的金屬扶桿
- 用力抱緊皮包或背包
- 把孩子揣在身邊，免得打擾到其他乘客
- 因為不想用手摸，就用袖口或肩膀把門推開
- 覺得有人在看自己，但害怕目光接觸，克制住想要抬頭的衝動

引領故事發展的情境與事件

・在幾乎沒有其他乘客的時間帶搭上地鐵
・目擊有人被騷擾，但知道如果干涉，只會惹禍上身
・為了勒索乘客財物而上車的一群惡霸
・乘客爭吵不休時，有一方亮出武器，導致情況惡化
・有人一直在看自己，心生恐懼
・被陌生人一路跟蹤到車廂裡
・地鐵行駛中，發生需要緊急醫療的狀況
・由於故障，乘客被迫停留在危險區域
・地鐵出軌
・由於嫌犯與警衛直接槓上，讓周圍的乘客陷入危險

登場人物

・乘客
・警衛
・地鐵員工

編劇小技巧

設定時的重點與提示

毫不知情的乘客，被關在什麼事情都有可能發生的高速移動箱子裡——這讓地鐵成爲電影中震撼性十足的場景設定。不過不僅是電影，現實中這個封閉的空間裡，確實發生過太多駭人聽聞的事件。由於地鐵可以一次造成大量死傷，或是剝奪許多人的移動，因此經常成爲恐攻的目標。畢竟（不論是眞的付諸實行，或只是製造恐慌的威脅）只要破壞地鐵系統，就能有效癱瘓大都市的機能。

一般來說，地鐵被視爲骯髒危險的地方，但現在已不再是如此了。任何設定都會這樣；設定地點的所在地以及維護狀態，決定了它的外觀。比方說紐約市的地鐵曾經是犯罪的溫床，但市長大力掃蕩犯罪，全力將它改造成安全的交通工具，讓它徹底改頭換面了。在描寫實際存在的地鐵系統時，爲了安排精確的細節，務必實際走一趟現場仔細調查。但如果描寫的是想像中的地鐵，當然就可以天馬行空地自由發揮。

例文

地鐵分毫不差的停在月台邊，過熱的煞車「咻咻」作響，就像是準備好射向天空的煙火。我瞧瞧，這個時間帶會遇上哪些人？我懷著這樣的期待踏入車廂——是頭髮亂翹、雙足赤裸，典型瘋過一晚正要回家的男大學生？還是躺在座椅上睡覺的遊民？希望可以遇見那個戴著海盜帽子，宣揚世界末日的女人。清晨搭車的乘客中，我最喜歡她了。因爲她說她家後院有自己的太空船。啊，我眞是愛死這個城市了！

運用的寫作技巧

多種感覺的描寫、直喻法

創造效果

醞釀氣氛

地鐵隧道
Subway Tunnel

關連場景
下水道、地鐵

視覺
- 沿著軌道，隔著固定間隔設置的藍色螢光燈
- 黑暗
- 混凝土牆壁
- 塗鴉
- 沿著牆壁一邊或兩邊設置的狹窄突出處
- 沿著牆壁水平裝設的管線
- 動作感測器
- 軌道（包括供電軌道）
- 自己搭乘的地鐵逐漸靠近車站，亮著燈的隧道出口在視野中越來越大
- 沿著金屬軌道發亮的地鐵車頭燈
- 軌道附近的垃圾（紙袋、餐巾紙、壓扁的塑膠杯、吸管）
- 有顏色（紅、黃、綠）的號誌燈
- 員工使用的特別設備（電話、滅火器、警報器）
- 通往其他隧道的軌道分岔口
- 顯示有人擅自住在空地的證物（毯子、報紙、壓扁的紙箱、垃圾、舊衣物）
- 從遠方逐漸靠近的地鐵燈光
- 高速通過而輪廓模糊的地鐵車輛
- 溝鼠
- 蟑螂
- 地鐵經過後，被風捲起的垃圾
- 水窪
- 飛舞的蛾
- 廢棄的車站

聽覺
- 地鐵轟隆隆地駛過
- 高速行駛的車輛拐過陡急的彎道時，煞車「嘰嘰」作響
- 滴落的水聲
- 低沉作響的供電鐵軌
- 溝鼠尖細的叫聲，或爬上混凝土地面的聲音
- 隱約傳來的附近車站廣播聲
- 被吹走的垃圾在地面滾動的聲音
- 曳步行走的腳步聲
- 回音
- 地鐵警笛發出巨響
- 依通過的地鐵車輛速度而大小不一的噪音
- 風猛烈颳過的「咻咻」聲
- 踩在平緩碎石路上的腳步聲
- 周圍的作業員或警衛交談的回音

嗅覺
- 灰塵
- 尿騷味
- 冰冷的混凝土
- 沉澱的水
- 溝鼠
- 建築物牆壁
- 泥土
- 機油、潤滑油

味覺
- 設定中，除了登場人物帶進這個場景的東西（口香糖、薄荷糖、口紅、香菸等），可能沒什麼特別的東西跟味覺有關，像這種不會描寫到味覺的場景，可以專心描寫其他四種感覺。

觸覺
- 地鐵經過，捲起的風撲面而來
- 手掌底下冰涼的混凝土
- 沿著牆壁前進，衣服被粗糙的混凝土突起處勾到
- 地鐵經過時，小石子或砂礫擦過皮膚
- 在腳底下被踩碎的小型垃圾
- 靠近的地鐵車頭燈燈光刺眼
- 溝鼠迅速地跑過腳上
- 蛾在頭頂飛來飛去
- 從附近的隧道出口飄進來的冰冷空氣
- 地鐵經過時，垃圾飛到腳上
- 把身體緊貼在牆上，好閃避疾駛而來的地鐵
- 水滴從頭頂滴落
- 走在水窪上，牛仔褲或鞋子濕了
- 在牆壁或突出的地方滑倒，或是為了跳過去，造成擦傷或撕裂傷

引領故事發展的情境與事件
- 差點被對面衝過來的列車撞到
- 掉落供電軌道
- 碰到毒蟲、黑幫、占地為王的人等危險人物
- 迷路找不到出口
- 幽閉恐懼症
- 對黑暗的恐懼

- 牆壁上的步道壞了，必須走在附近的軌道上
- 為了逃離危險，逼不得已走進隧道
- 被地鐵作業員或警衛逮到，遭到追趕
- 在遠離有人的地方跌落高處，或扭傷腳
- 切換軌道時，褲子被軌道夾住
- 發現屍體
- 地鐵駛近時，人還在隧道裡無處可躲
- 在軌道上無法動彈（骨折、遭到重擊而昏迷）

登場人物

- 遊民
- 地鐵作業員

編劇小技巧

設定時的重點與提示

地鐵隧道禁止一般人進入，但眞有心也並非無法侵入。有許多廢棄隧道成爲遊民的住處，在地下自成一個完整的社會。在狹小的隧道中前進，有時會來到更開闊的空間，或通往不再使用的車站。地鐵隧道的黑暗與隔絕等要素，可以爲故事增添神秘與詭譎的色彩。

例文

馬丁的腳步聲在潮濕的空氣中迴響，規律的微風吹進工作服領口，帶來涼意。他聽見有東西吱吱作響，把手電筒轉向軌道之間的碎石路。皺巴巴的麥當勞紙袋、幾根用過的針筒、被踩扁的汽水罐一一出現，最後照到了一隻老鼠。老鼠抽動鼻子，目不轉睛地注視著馬丁，接著快步消失在黑暗中。馬丁重重吁了一口氣。幸好不是僵屍。

運用的寫作技巧

光與影、多種感覺的描寫

創造效果

醞釀氣氛、伏筆

車站
Train Station

關連場景
飛機、飛機場、都市街道、汽車旅館、市公車、飯店客房、地鐵隧道、計程車

視覺

・有遮蔭處的水泥區域
・沾附許多口香糖的地板鋪石
・用柵欄區隔開來的上下行鐵軌
・月台邊緣的黃色警戒線
・停在支架上的單車
・連結不同路線通道的樓梯或是手扶梯
・報紙回收籃
・垃圾桶
・長椅
・售票機
・坐在長椅或睡在長椅上的人
・（禁止溜滑板等）告示
・噴水式飲水器
・貼在牆上的列車時刻表及班次
・放了紙本時刻表的架子
・顯示下班列車抵達時間的電子看板
・時鐘
・機械房、電機房
・洗手間
・自動販賣機
・掉在地面的垃圾（吸管包裝紙、揉成一團的紙屑、寶特瓶蓋、香菸蒂）
・戳著食物殘渣的鳥
・拖著行李箱走的乘客
・生鏽的鐵軌
・進站的列車
・拿著身邊行李排隊的乘客
・與所愛之人打招呼或離別的乘客
・在附近跑來跑去的孩子
・在等車時吃外帶食物的乘客

聽覺

・人潮往來的腳步聲
・鳥叫或振翅聲
・腳步聲
・站外的公車或計程車空轉的聲音
・有人說話的聲音
・電梯發出「叮！」一聲
・行李箱發出喀噠喀噠聲
・廣播公告
・咻一聲吹進通道的風
・報紙沙沙作響
・用手機講話的人聲
・由耳機隱約傳來悶悶的音樂
・售票機發出「嗶——」的聲響
・車票「喀」一聲穿過票閘
・水由屋頂上滴滴答答落下
・列車門滑開的聲音
・列車喀鏘喀鏘或轟隆轟隆通過的聲音
・列車減速時，因剎車而發出高頻的「唧——」聲
・響徹雲霄的警笛
・乘客上車時，鞋子在地面拖行的聲音
・出發的列車緩緩搖晃並逐漸加快速度的聲音
・父母大聲警告孩子「離鐵軌遠一點」的聲音
・雨水打在屋頂的聲音
・自動販賣機喀噹一聲掉出飲料
・糖果包裝紙發出沙沙聲

嗅覺

・雨
・新鮮空氣
・外帶食物
・報紙
・塵埃或沙子

味覺

・坐在長椅上快速扒著午餐
・自動販賣機的食物
・汽水
・水
・外帶的咖啡

觸覺

・行李箱輪胎咚地撞上水泥裂縫
・陷入肩膀肌肉的沉重背包
・爬樓梯時小腿痠痛
・堅硬的金屬長椅
・吹進車站裡的風
・油墨暈開來的報紙
・刺痛而疲累的雙眼
・手裡緊握著車票及收據
・飲水處濕答答的水
・翻著紙本時刻表確認班次
・在自動販賣機前煩惱要買什麼，轉著口袋裡的硬幣
・手裡拿著冰涼的飲料，掌心感受到涼意
・牽著小孩子的手
・過站不停的列車掀起的風使頭髮

飛揚
・必須離開所愛之人身邊，流淚使雙眼刺痛
・難分難捨的擁抱
・從溫暖的空氣中往冷氣涼爽的車內移動

引領故事發展的情境與事件

・（因身體被推等）跌落鐵軌
・行李被偷了
・售票機壞了
・沒搭上應該要搭的車
・發現預定搭乘的班車延遲或根本沒開
・父母盡力安撫好動的孩子不要在月台上亂跑
・踩到口香糖
・令人感到不安的可疑人物
・身體不方便，但仍必須使用無障礙設施不完善的車站
・孩童或年輕人占據長椅，使得老人家或身體虛弱的人必須站著
・無視安全告示的人們（在月台上溜滑板或騎單車繞來繞去）
・必須搬運損壞的行李箱
・餓了但沒有銅板可投入自動販賣機買東西
・坐上長途車之前想去趟洗手間，但列車即將到站

・對於即將啟程的旅途感到不安

登場人物

・通勤、通學者
・來送行或等待自己抵達的心愛人們
・維修人員
・乘客
・保全人員

編劇小技巧

設定時的重點與提示

已經有很長歷史的火車，經過不斷地開發，直到今日，不管是長距離移動，或者往來居處與商務機構辦公中心的區間車，都是非常重要的交通工具。對許多人來說，利用區間車和搭公車沒什麼兩樣。但是比起公車，火車的舒適度與其設備之便利性，更能使旅途放鬆，甚至因爲行走平穩，還能利用搭車時間，處理零碎的工作而使旅程兼具生產性。大型區間車所停靠的車站結構也很雄偉，早晚總是人潮絡繹不絕。當然並非所有車站都宏偉美麗，也有那種月台和售票機都在戶外的小車站。但無論規模大小或移動距離，若其他移動方式不方便、或者會花上許多費用時，所有的車站都有明確的目的，那就是確保人們有前往目的地的自由。

例文

我跌坐在長椅上。郵差包由肩上滑落，掛在長椅邊。由於工作了十六小時，我的眼皮就像是壞掉的百葉窗一般，不規律的上上下下。撐起身體坐正些，我環顧四周，有兩位男性，一位坐在稍遠的長椅上，另一位則靠著售票機。兩人看起來都不像是凶神惡煞，但爲了保險起見，我還是將包包放到膝頭，心裡渴望著快點回到家。

運用的寫作技巧

直喻法

創造效果

醞釀氣氛、營造緊張感與糾結的心情

計程車
Taxi

關連場景

田園篇——家庭派對

都會篇——飛機場、酒吧、都市街道、賭場、汽車旅館、飯店客房、夜店、小鎮街道、車站

視覺

- 老舊的座椅
- 有汙漬或骯髒的地墊
- 車內地板上的垃圾（糖果或口香糖的包裝紙、收據、揉成一團的餐巾紙）
- 放在後車座上方，有一半壓扁的面紙盒
- 放在醒目地方的司機證照
- 骯髒模糊的車窗
- 電子式計程車計費表
- 提醒乘客行為及免責事項的告示
- 手機或無線電
- 駕駛座飲料架上的飲料（水、咖啡、汽水）
- 用繩子吊在儀表板上的筆
- 掛在後視鏡上的芳香劑
- 地板的沙土或灰塵
- 龜裂或凹陷的擋風玻璃
- 丟在儀表板上夾著筆的板夾
- 信用卡刷卡機
- 塞滿收據和小費的信封
- 「感謝您的小費」的標示
- 前方副駕駛座上的雜誌或報紙
- 食物外帶容器
- 雨傘
- 在後車座抓住把手的乘客

聽覺

- 廣播傳來的當地民謠
- 用手機或無線電對話的司機與派車人員的聲音
- 座椅彈簧被壓動的聲音
- 乘客前後調整座椅，想讓空間寬敞些的聲音
- 馬路上的交通噪音
- 計程車經過馬路上的小洞或減速墊時「喀噠喀噠」的震動聲
- 哼唱聲
- 閒聊的聲音
- 繫安全帶時發出的「喀嚓」聲
- 計費表發出的「嗶」「喀嚓」等聲音
- 司機按喇叭
- 馬達安靜地運轉，或發出「轟隆隆」巨響
- 引擎回火的聲音
- 變速桿發出「吱嘎」聲響
- 煞車發出「嘰嘰」聲
- 司機邊開車邊「咚咚」地敲打方向盤
- 咳嗽、清喉嚨
- 乘客間彼此愉快地對話
- 向司機提問的聲音
- 紙鈔發出的「沙沙」聲
- 車門「嘰嘰」地打開
- 後車廂門「砰」地關上
- 駕駛中司機向朋友打招呼
- 司機說明路上的名勝小知識
- 從打開一半的車窗吹進來的風聲

嗅覺

- 老舊的地毯和內部裝潢
- 沙土
- 灰塵
- 司機的呼吸飄散午餐食物的氣味
- 殘留車內的咖啡或食物味道
- 古龍水或香水
- 努力蓋過其他味道的芳香劑

味覺

- 設定中，除了登場人物帶進這個場景的東西（口香糖、薄荷糖、口紅、香菸等），可能沒什麼特別的東西跟味覺有關，像這種不會描寫到味覺的場景，可以專心描寫其他四種感覺。

觸覺

- 彈性良好的座椅
- 將安全帶拉到膝蓋上
- 抓住把手
- 金屬硬幣或皺巴巴的紙鈔
- 在皮革座椅上滑動
- 座椅皮革破裂，刺痛皮膚
- 車內空氣溫熱而混濁
- 空調吹風強勁地撲面而來
- 從打開的車窗吹進來的空氣猛地擦過皮膚
- 設法在擠滿人的車子裡確保自己的空間，只能以僵硬的姿勢坐著
- 計程車開在坡道或彎道上，導致暈車
- 沿著背部淌下的汗水
- 急轉彎時努力撐住身體免得倒下
- 抓住前座椅背維持平衡
- 一直緊緊地握著自己的皮包或瓶裝水
- 拿穩咖啡紙杯，免得潑出來

引領故事發展的情境與事件

・車資意外的昂貴
・設法和語言不通的駕駛溝通
・暈車
・計程車司機故意繞遠路
・司機是新手，不熟悉周邊道路
・性情火爆的司機，在駕駛中突然發飆
・態度消極，開車極慢的司機
・遇到車禍
・抵達目的地，發現身上的錢不夠付車資
・和朋友分攤車資，但自己付得比較多
・同乘的人太多，車子裡擠得像沙丁魚罐頭

登場人物

・計程車司機
・乘客

編劇小技巧

設定時的重點與提示

任何地方的計程車，都有一個標準樣式。由於計程車載越多客人就賺得越多，因此有時司機會把車子的清潔視爲次要，加上每一位乘客的搭乘時間都比較短，所以可能會不在乎車內的清潔與美觀。換句話說，破掉的車椅、骯髒的車窗、剝落的烤漆、生鏽的車頂這些外觀問題會很常見。計程車司機多半傾向於快點抵達目的地，好運送下一名客人，因此有可能車速過快或駕駛方式粗魯。如果想要讓角色搭乘外觀整潔舒適的車，或許應該租借豪華禮車，或是雇用附帶駕駛的租賃車。

例文

坐上柔軟的座椅，關上「嘰嘰」作響的車門瞬間，我聞到宮保雞丁的味道。倒楣透了，居然碰上愛吃四川料理的司機！我大聲指示目的地，深深地坐進車椅中，調整姿勢，這時腳踢到了東西——流出宛如嘔吐物黃色醬汁的外帶容器。我抽出面紙，擦掉那黏答答的玩意兒。「你的小費泡湯了，司機。」我心想。他透過後視鏡對著我微笑，將外帶餐點附送的糖果丟進嘴裡。對他來說，這想必是非常值得開心的事。我把領巾拉到鼻子上，努力憋住呼吸。

運用的寫作技巧

多種感覺的描寫

創造效果

醞釀氣氛、強化情緒、營造緊張感與糾結的心情

9畫

軍用直升機

Military Helicopter

關連場景

田園篇——北極冰原、沙漠、森林、山、熱帶島嶼

都會篇——飛機、飛機場、軍事基地、戰車

視覺

- 飛行員坐的兩腳桶式座椅
- 包覆駕駛艙整體的玻璃窗
- 電子顯示儀器
- 陳列著許多高度、速度、方向等數值或測量儀器的儀表板
- 指南針
- 飛行員座位的天花板設有各種旋鈕及控制裝置
- 安全帽上裝有耳麥，即使戴著安全帽也能對談的飛行員們
- 放在座位上的手套
- 直升機起飛時所使用的兩支操縱桿
- 腳邊的踏板
- 每個座位上設置的安全帶
- 以繩索或網子固定堆積如山的貨物
- 裝備用品的保冷箱或大型容器
- 滅火器
- 急救箱
- 望遠鏡
- 滑軌式側門
- 門邊備有槍
- 坐在座位上的部隊人員
- 在醫護兵進行檢傷分類時，躺在擔架旁的受傷士兵們
- 在側門邊架好武器的狙擊手

聽覺

- 引擎發動之後越來越大的聲音
- 聽見機翼在空中高速旋轉斷斷續續的聲音
- 發射飛彈的聲音
- 機關槍喀喀喀喀的發射子彈
- 飛行員透過耳麥說話的聲音
- 從擴音器傳出混有雜音的聲音
- 飛行中金屬到處鏗鏘撞擊的聲音
- 沉重的靴子在金屬地面拖行的腳步聲
- 彈藥鏘一聲掉在地面
- 喀一聲扣上安全帶
- 滑軌式側門開、關聲

嗅覺

- 燃料
- 汗
- 金屬
- 血
- 槍
- 機油
- 酒精棉片

味覺

- 設定中，除了登場人物帶進這個場景的東西（口香糖、薄荷糖、口紅、香菸等），可能沒什麼特別的東西跟味覺有關，像這種不會描寫到味覺的場景，可以專心描寫其他四種感覺。

觸覺

- 傾斜或搖晃的直升機
- 胃猛然下沉的感覺
- 撞到肩膀的安全帶卡榫
- 穿著制服的身體被汗水浸濕
- 直升機忽然轉換方向，因而抓緊椅子或扶手
- 操縱桿或踏板傳來些微震動
- 堅硬的金屬座椅
- 撞到坐在旁邊的士兵
- 強烈的風從打開的門窗吹進來
- 裸露的肌膚被沙子或沙粒擦過
- 在移動中的直升機裡站著試圖維持平衡

引領故事發展的情境與事件

- 被擊落
- 由直升機上跌落
- 堆積的貨物掉下來或者有人受傷
- 心中對於被分派的任務有所糾結、不滿
- 直升機損壞，影響飛行
- 在完成援救任務前被迫撤離
- 雖然眷戀在家中等待的愛人，但努力克制避免耽誤任務
- 害怕會失去生命
- 飛行員罹病或者受傷的情況下繼續飛行
- 由於情況越來越糟，因此責怪飛行員的判斷
- 必須仰仗沒用或者無法相信的人
- 資源或彈藥用盡
- 未經許可下必須於敵軍陣營著陸
- 由於強烈搖晃而暈機

登場人物

- 狙擊手

・維修人員
・醫護兵
・飛行員
・部隊
・受傷士兵

編劇小技巧

設定時的重點與提示

直升機是萬能的交通工具，能夠使用於許多目的，不管是運送部隊、搬運資材前往戰地、提供醫療支援、參加戰鬥等。根據用途不同，裝載的物品內容也會有所更動。要謹記此交通工具在近年已有大幅進化，若描寫舊時代的直升機時，要特別注意。

軍隊的直升機長年來也是場景設定的常客。說到軍用直升機相關的故事，各位腦海可能會浮現出《前進高棉》《黑鷹計畫》或《現代啓示錄》等。這些電影是成功將該場景放進故事的典範，但若要表現不同的設定手法，就要試著別被侷限在第一印象的思考框架中，效果更優。比方不在典型的沙漠或海上，而是將舞台設在風雪中的北極，如何？又或者不要在明亮的白天執行任務，而是在夜黑風高的夜晚呢？若能架構一個別開生面的主線，就能幫自己的故事添加獨特的觀點或曲折性。如此應該也能帶出新的意象、恐怖或糾結。

例文

儘管身體遭到嚴重割傷，外帶骨折引起劇烈的疼痛，但直升機離地時我們卻靠在金屬座椅上微笑著。辦到了！控制板的燈光閃閃爍爍，飛行員似乎在喊叫什麼，卻被一連串撞擊聲蓋過。機體晃動後向下墜，我的心也少跳了一拍。身體往一旁滑去，受傷的大腿咬住了金屬鉚釘，我迅速抓住繩圈並綁住手腕。不久機體再恢復穩定，遠離射程往南飛去。盤旋時我往下瞄了瞄，原本全隊堅守的那座山丘，已經被炸成一個大洞、冒著黑煙。這世界的一部分正遭到抹消——而我們也差點一併被抹去。

運用的寫作技巧

多種感覺的描寫

創造效果

強化情緒、營造緊張感與糾結的心情

飛機
Airplane

關連場景
飛機場、飯店客房、計程車

視覺

- 鋪有地毯的狹窄通道
- 向乘客打招呼或帶位的空服員
- 頭等艙（寬闊的躺椅、特製的毯子和枕頭、艙內娛樂設備、服務無微不至的空服員以骨瓷餐具提供食物及飲料）
- 隔簾
- 經濟艙的座位
- 頭頂放東西的白色行李架
- 有遙控器可調整音量或廣播頻道的座椅扶手
- 安全帶
- 有遮陽板的機艙窗戶
- 服務鈕及調整頭頂空調和燈光的按鈕
- 正在把行李塞進頭頂的行李架，擋住通道的人
- 機體中央處的緊急逃生門（開啟方式的說明、開門用的把手、醒目的紅色或黃色警戒線）
- 折疊式桌子
- 翻得破破爛爛的機上雜誌
- 插在前方座椅椅背的安全指引
- 設在前座後方的小螢幕（觸控式螢幕，或以扶手的遙控器操作）
- 嘔吐袋
- 旅客（敲打筆電鍵盤、看書、用隨身裝置聽音樂或打電動、把嬰兒抱在膝上安撫、用餐、調整小型填充粒靠枕的位置）
- 飲料推車（塑膠杯、咖啡、碳酸飲料、水、紅茶、一人份酒精飲料、袋裝餅乾或扭結餅等零嘴）
- 緊急時亮燈的通道
- 座椅下的救生圈
- 機艙內氧氣不足時，從上方落下的氧氣罩
- 準備餐點或飲料的廚房區
- 多間小化妝室（廁所、鏡子、不鏽鋼水槽、煙霧偵測器、擦手紙、肥皂機）
- 顯示第幾排或座位的英文字母
- 固定在牆上的滅火器或醫療用品
- 假裝乘客，監視艙內的空中武裝警察
- 通往駕駛艙，上鎖的門

聽覺

- 離陸時點火加速的引擎巨響
- 飛行中引擎穩定的運作聲
- 推車上的飲料容器「喀啷喀啷」作響
- 頭頂的行李架「啪」「喀嚓」地關上
- 乘客的說話聲、笑聲、鼾聲
- 大聲抱怨的客人
- 父母安撫哭泣的嬰兒
- 變換姿勢時，座椅壓出來的聲響
- 皮包或袋子開、關拉鏈的聲音
- 食物包裝紙發出的「沙沙」聲
- 桌子「喀嚓」固定的聲音
- 報紙或雜誌發出的「沙沙」聲
- 翻開亮面雜誌的聲音
- 打鍵盤的聲音
- 空服員說明或進行服務的聲音
- 空調「咻咻」作響
- 咳嗽
- 清喉嚨
- 遇到亂流時，行李在頭頂的架子裡搖晃或撞擊出聲
- 真空式馬桶的聲音
- 化妝室的門「喀嚓」一聲關上
- 在廚房區「啪」地關上大型容器
- 安全帶指示燈熄滅時，發出「叮」地一聲
- 擴音器傳來的機長廣播

嗅覺

- 鄰座的人身上濃濃的古龍水味
- 高雅的香水味
- 食物氣味
- 剛沖好的咖啡
- 窒悶的空氣
- 薄荷味的口香糖
- 口臭
- 啤酒
- 除菌洗手液淡淡的香味
- 汗味
- 體臭
- 散發霉臭味的布料（機體老舊的情況）
- 髮型造型霧
- 有人脫鞋子的腳臭味
- 坐在附近的嬰兒或是幼兒的尿布臭味
- 有人使用嘔吐袋時，嘔吐物的酸臭味

味覺

・水
・咖啡
・碳酸飲料
・果汁
・紅茶
・砂糖
・酒精飲料（紅酒、白酒、啤酒、威士忌）
・機上餐或機場買的食物（三明治、巧克力棒、洋芋片、燕麥棒、貝果、馬芬、三明治捲、餅乾、綜合堅果）
・止咳糖漿
・嗽口水
・薄荷糖
・口香糖
・口乾舌燥的嘴裡擴散出酸味或苦味

觸覺

・卡進皮膚的扶手
・變換姿勢或拿東西時稍微撞到隔壁的人
・想要前往通道時，頭撞到相對低矮的行李架
・彈性十足的座椅
・腳在悶熱的鞋子裡抽筋或浮腫
・手在包包裡翻找書或隨身裝置
・用手撥開東西（領巾、雜誌、瓶裝水）
・腳在地板打滑
・直起身體想要伸腿時，背部碰到座椅
・扭到脖子
・柔軟的枕頭
・靠在堅固的牆上排隊等廁所
・後座的小孩踢椅背
・安全帶太緊，勒得肚子很痛
・用手指按壓扶手上的遙控器按鈕
・翻動書頁薄紙的質感
・把餐巾紙揉成一團
・拿掉機上餐的餅乾包裝紙
・啜飲灼熱的咖啡，嘴巴碰到蒸氣
・用餐巾紙輕拍嘴唇擦拭
・拂掉掉落上衣前襟的食物殘渣
・上下開關窗戶的遮陽板
・感受著機內毯舒適的重量入睡

引領故事發展的情境與事件

・暈機
・出現過敏症狀（對香水、機內的輕食、藥品）
・隔壁座位的人很沒禮貌，或是舉止粗魯
・酒醉的乘客
・飛行中發生醫療方面的悲劇（盲腸炎或心臟病發作）
・機械故障

登場人物

・機長及副機長
・空中警察
・空服員
・座艙長
・乘客

編劇小技巧

設定時的重點與提示

飛機內部的狀況，會依據機體大小、機齡和機型而有所不同。小型飛機（特別是短程飛機）在航程中幾乎沒有機上服務，也是很常見的事。這類飛機可能出現機體狹小，禁止在機上走動，托運行李重量有上限，座位也只有經濟艙的情況。如果使用特定的航空公司作爲場景設定，爲了正確地描寫，必須確實調查空服員的服裝樣式及服務內容等細節。

例文

我調整過小的枕頭位置，瞄了一眼隔壁靠窗座位的乘客。那張蒼白的臉布滿了汗珠，雙手緊緊地抓住扶手，力道大到讓人疑惑他的手指骨怎麼還沒握斷？而且他的呼吸斷斷續續，就好像剛吃過全世界最糟糕的一餐後又跑完馬拉松。眞是太慘了。我丟開枕頭放棄睡覺，打開電視開關。拜託，可千萬別遇上亂流。我的直覺告訴我，這傢伙很可能會嘔吐，而且一旦要吐，絕對不可能撐到廁所再吐。

運用的寫作技巧

誇飾、多種感覺的描寫

創造效果

賦予登場人物特徵、伏筆、營造緊張感與糾結的心情

飛機場
Airport

關連場景
飛機、休閒餐廳、汽車旅館、速食店、飯店客房、公共廁所、計程車

視覺

・玻璃自動門
・通往不同航空公司報到櫃台，連結成長形空間（有貨物計重器、螢幕、登機證列印機、行李掛牌或貼紙、航空公司員工、拿著登機證和護照的乘客、將託運行李送往飛機貨艙的輸送帶等）
・將行李放在推車上排得歪歪扭扭的乘客隊伍
・電子機票用終端機
・保全人員
・機場職員
・各航空公司大門（有企業代表色、穿著制服的工作人員、顯示出公司商標及資訊的螢幕）
・天花板上的機場內部指示標示
・提交行李區
・洗手間
・詢問台
・行李提領區
・顯示飛機降落、離地時間的大型電子看板
・租車洽詢櫃檯
・放著表格紙的桌子（隨身行李用標籤及筆、攜帶品申報單、關稅文件）
・關於登機手持行李的說明要點
・推著清潔用品車走過的清潔人員
・自動販賣機
・安全檢查處（人龍、戴著橡膠手套且身穿制服的員工、脫掉鞋子的乘客、輸送帶及掃描機、放置口袋內的小東西及手提包的籃子、和小東西放在不同籃子的筆記型電腦、身體掃描器、手持的金屬掃描器）
・有大片玻璃可以放眼望向停機坪（可看到飛機貨物裝卸的樣子、運送行李的小型車、地勤人員）的候機室
・設置於各候機室的大量椅子
・可用來幫手機或筆記型電腦充電的插座
・載著身體不方便或者移動時負擔較大者的電動式小型車
・乘客推著行李往來的寬闊通道
・販賣商品的店家
・餐廳或小型酒吧
・吸菸室
・裝設有插座或連接媒體機器的付費制Wi-Fi環境空間
・登機門流程（工作人員確認登機證、帶座位、呼喚還沒登機報到的乘客姓名）

聽覺

・自動門開、關聲
・呼叫乘客姓名的廣播聲
・告知飛機抵達的廣播聲
・廣播告知出發或延遲
・行李輪子在地板上喀噠喀噠轉動的聲音
・父母告知孩子要遲到了，快過來的聲音
・呼叫下一位乘客的工作人員聲音
・開、關拉鏈聲
・將柔軟的行李（運動背包或後背包）碰一聲放在地上
・靴子或高跟鞋在地板叩叩叩走過的腳步聲
・文件發出沙沙聲
・終端機列印電子機票的聲音
・在文件上蓋章的聲音
・小聲對話的聲音
・等待搭乘的乘客發出的聲音（打電話、咳嗽、變換姿勢、跟隊伍裡的其他乘客說話）
・保全人員的無線電發出吱吱聲
・聽見異國語言的對話

嗅覺

・咖啡
・髮膠
・古龍水
・香水
・薄荷或漱口水
・紙張
・金屬
・清潔用品
・餐飲區的加熱食物
・汗水
・口臭
・塑膠
・橡膠

味覺

・咖啡

- 水
- 薄荷
- 口香糖
- 自動販賣機的零食
- 方便拿在手上的食物（貝果、瑪芬、三明治捲、餅乾）
- 在店裡購買的食物

觸覺

- 長時間排隊等待時，坐在堅硬的行李箱上
- 撞到其他人
- 行李箱的輪子輾過自己的腳
- 維持隊伍的繩子粗糙的質料
- 為了減輕壓迫感而將掛在肩上的行李換到另一邊肩膀
- 剛列印出來的光滑登機證
- 小本的護照
- 為了解除疲痛而轉動脖子或肩膀
- 伸長脖子閱讀方向指示
- 用力拉上塞到已經要滿出來的行李箱拉鏈
- 進行個別身體檢查時，檢查員用手小心且仔細的碰觸身體
- 將身體蜷在候機室裡坐起來不舒適的椅子上
- 手上拿著熱騰騰的咖啡
- 等待出發前往最後一段航程，疲勞感蜂擁而上
- 將腳放在行李上

引領故事發展的情境與事件

- 看錯飛機離地時間而遲到
- 在巨大的機場裡迷路
- 因為第一次自己一人旅行，有些畏縮不安
- 偷竊
- 發現重要的東西不見了（錢、信用卡、護照）
- 自己預定搭乘的班機被取消，或遇到座位超賣
- 由於天氣太糟糕，所有班機都在地面上等候
- 被發現行李裡有違禁品（藥物、武器、肉類、超過規定金額的現金）

登場人物

- 管理階級人員
- 外送員
- 空服員及航空公司勤務人員
- 地勤及行李員
- 維修人員或事務人員
- 警察及機場內急救醫療隊員
- 保全人員
- 旅客

編劇小技巧

設定時的重點與提示

大多數機場的建築都相當宏偉且占地寬廣，要在各航廈間移動必須搭乘接駁車或電車。不過也有設置在城鎮的地方機場，只提供最低限度的設施，甚至沒有一個完善的候機室。乘客並非經由連接登機門的空橋登機，而是得走到航廈外，經由移動式階梯登上飛機，這樣的情況也不少。由於機場必須遵守各國法令規範，因此警衛體制也會有所不同。

例文

我還以為長到見鬼的美國航空報到隊伍終於動了起來，結果只前進半步。原來，要掛個行李得像根木頭一樣呆站生根，難怪會要求旅客提前好幾個小時報到。瞟了一眼另一側大韓航空的櫃台，乘客就像通過八十歲老人消化器官的梅乾一樣，隊伍順暢前進著。說不定我下次該重新思考，選擇其他長途航班了。

運用的寫作技巧

對比、直喻法

創造效果

強化情緒

救護車

Ambulance

關連場景

田園篇——鄉間小路、火災現場

都會篇——都市街道、車禍現場、急診室、病房、小鎮街道

視覺

- 移動式擔架
- 兩腳式附皮帶的扶手椅，或可收納物品的長椅（必要時可作為輔助擔架）靠牆擺放
- 牢牢固定的棚架及櫥櫃
- 抽屜（放有繃帶、醫療藥品、針筒、Ⅳ型溶液及投藥器具、醫療用手套、備用電池、冰枕、洗淨傷口用的液體等）
- 維持氣管通暢工具
- 氣管插管
- 攜帶式氧氣筒
- 診斷工具（血壓計、心電圖螢幕、心臟去顫器）
- 輸液幫浦
- 搬運病人的工具（背板、頸椎維持器、夾板、吊環）
- 插座
- 壓力計及換氣口
- 進行檢查或治療的急救人員
- 蓋在擔架上的白色床單或薄毯子
- 裝了基本用品的醫療箱
- 裝了醫療藥品或維持氣管通暢器具的重度醫療箱
- 固定擔架位置的金屬零件
- 金屬平開門
- 設置在頭上的明亮照明
- 電纜
- 瓶裝水
- 用來丟棄感染性廢棄物的容器
- 清潔用品
- 電子病歷
- 用於GPS及通訊，而放置在駕駛座旁的電腦
- 穿著制服的急救人員（穿著裝了剪刀或醫療藥品隨身包的工具組皮帶、肩膀上背掛著無線電和麥克風、穿著防彈衣、戴著聽診器等）

聽覺

- 加壓空氣發出「咻——」的聲音
- 心電圖螢幕或是輸液幫浦嗶嗶訊號聲
- 引擎噗嚕嚕聲
- 急救人員的聲音（安撫病人、詢問問題或協商治療方式、透過無線電與醫師對話）
- 進行說明的指令室工作人員聲音
- 呻吟聲或哭泣聲
- 急促的病人呼吸聲
- 開、關櫥櫃或抽屜的聲音
- 要鬆開血壓計腕套時，撕開魔鬼氈的聲音
- 響徹雲霄的警笛
- 警笛或其他交通相關聲響
- 通過起伏不平的道路時，抽屜或櫥櫃裡的東西搖晃的聲音
- 撕破裝有繃帶或殺菌用品塑膠包裝的聲音
- 無線電發出「吱—吱—」噪音

嗅覺

- 消毒水
- 血
- 尿
- 糞
- 嘔吐物
- 清潔用品
- （若是病人為火災受害者時，會有）燒焦的煙味
- 汗
- 乾淨的床單
- 汽車廢氣
- 古龍水或鬚後水
- 病人的酒臭味

味覺

- 氧氣面罩的塑膠味
- 血

觸覺

- 塞了緩衝物的擔架靠枕
- 碰到自己手臂的冰冷金屬柵欄
- 固定自己身體的繩子或零件綁太緊或摩擦不適
- 衣服被割破
- 由傷口流出血來
- 壓在較深傷口上的彈性繃帶
- 乾燥的繃帶逐漸濡濕，最後沾滿血液
- 受傷的部分被挪動後以夾板固定時，反而增加局部的疼痛
- OK繃拉動肌膚
- 衝擊太大導致認知障礙
- 感覺身體裡有什麼東西遠離了
- 無法停止顫抖

・冰冷的消毒藥水擦在肌膚上
・打針的疼痛感
・胸口蜷曲纏繞的管線
・微微壓迫臉頰的氧氣面罩
・塞進鼻子裡的氧氣管
・傷口上用膠帶固定的紗布
・為了尋求安心或因疼痛而蜷著身子、隔著擔架的柵欄握住急救人員的手
・止痛藥生效，強烈的不適感逐漸消退

引領故事發展的情境與事件

・車子經過較深車轍或起伏不平的道路時喀噠喀噠的搖晃，身體撞到擔架而增加疼痛
・救護車動彈不得或必須變更路線，導致重傷病人陷入危急狀態
・備品有瑕疵
・病人對於醫療藥品發生無法預期的過敏現象
・前往醫院的路上，救護車被捲入汽車意外
・治療患有傳染性疾病的病人
・利害輕重相關的心情糾結（治療殺人者、性虐待兒童者、酒駕意外受傷者）
・有先入為主的觀念，因此照顧病人時懷有個人偏見
・無法與被抬上救護車的所愛之人同行
・病人狀態忽然迅速惡化
・應付對於醫院或醫師抱持恐懼心態的患者

登場人物

・陪伴所愛之人的家屬
・急救人員
・病人（患者）
・實習急救人員

編劇小技巧

設定時的重點與提示

救護車的種類與外觀各式各樣，但共同點就是有完善的救人必需品。一般會在醫院或急救醫療中心、消防署等處待命。也有些是考量急救人員可能要支援火災現場相關救援，而在車輛外側備有消防服裝（防火服、頭盔、自給式呼吸器）放置空間。

例文

門「砰」地一聲關上，眩目的電燈光線刺痛著里亞姆的眼睛。全身上下無一處不痛，在急救人員將氧氣面罩壓在水腫的肌膚上時更難以忍耐。吸進冰冷空氣的瞬間，燒焦的肺部得以安心的顫抖。救護車猛地開動，倏地遠離了飄盪著煙霧、已成廢墟的家，而他腦中正盤旋著接下來的事情。急救人員為了使他安心，微笑著對他說話，但已然混亂的腦袋無法集中聽取她的安慰，只覺得自己燒傷的身體惡臭得令人不適。有什麼東西在手上刺了一下，緩和刺痛的冰涼麻痺感逐漸擴散到全身，眼淚也跟著滾了下來。他奇蹟似的獲救了。

運用的寫作技巧

多種感覺的描寫

創造效果

對比、營造緊張感與糾結的心情

郵輪

Cruise Ship

關連場景

田園篇——海灘、海洋、熱帶島嶼

都會篇——酒吧、賭場、休閒餐廳、速食店、冰淇淋店、電影院、戶外泳池

視覺

甲板上

· 被金屬扶手圍繞的露天甲板
· 可供夜晚表演的小型圓形劇場
· 附滑水道的泳池
· 攀岩用的牆壁
· 游泳池內有波浪
· 放著運動用品的兒童區域（桌球台、迷你高爾夫、塑膠泳池、籃球或排球場）
· 船身外圍的運動跑道
· 疊放的緊急救生艇
· 閃亮的扶手或亮晶晶的玻璃門窗
· 在上空飛揚的旗幟
· 數百張海灘椅（乘客橫躺其上、睡覺、看書、談話、曬太陽）
· 聚集一處以播放器聽音樂的十幾歲孩子們
· 孩童（跑、游泳、玩水、大叫）
· 因炎熱而附著水滴的飲料容器
· 一望無際的寬闊海洋與白浪
· 遠遠可見小型船隻或帆船
· 在上空飛翔的海鳥

船艙內

· 穿著泳衣及海灘拖鞋的乘客
· 穿著整齊制服的郵輪員工
· 高級餐廳或速食店
· 零售店
· 休閒酒吧
· 賣雜貨或零食的店家
· 賭場
· 兒童遊戲間
· 多台電梯及多座樓梯
· 放有乾洗手液的角落
· 沿著船外圍，其中一邊為船艙門的狹窄走廊
· 放到客艙門外的托盤上放著吃剩的餐點
· 門把掛著「請勿打擾」的牌子
· 打掃中的牌子
· 為了表示正在打掃中而打開的客艙門
· 雖然狹窄但高效率的放了所有必要用品的客艙
· 毛巾被折成有趣形狀（猴子、鳥、小狗）放在床上
· 通往陽台的門蓋著厚厚窗簾
· 打開玻璃門可通往放著小桌椅的陽台
· 攤開鋪在椅子上的濕毛巾或泳衣
· 在陽台的人們（喝酒、靠在扶手上、看書、眺望地平線）
· 在大宴會場為了正式晚餐而穿著正式服裝的乘客們

聽覺

· 船身在海面上「咻——」的靜靜移動
· 風吹過耳邊的聲音
· 旗子啪噠啪噠翻飛
· 鳥兒吵鬧的鳴叫
· 員工帶有腔調的說話聲
· 自動門滑開的聲音
· 從兒童區域傳來叫聲或水花聲
· 奔跑的腳步聲
· 從船上擴音器流洩出音樂
· 從擴音器傳來船上廣播的聲音
· 籃球彈跳的聲音
· 起波浪的泳池中傳來歡呼聲
· 桌球在桌上彈跳的聲音
· 船內通道寂靜無聲
· 從船內房間隱約傳來電視聲或是人聲
· 開、關門的聲音
· 員工邊打掃船艙邊唱歌或吹口哨
· 電梯發出叮地一聲
· 乘客手提購物袋，袋子發出沙沙聲
· 從餐廳傳來用餐中的各種聲音
· 白天時聽見海灘拖鞋啪噠啪噠的腳步聲，晚上聽見叩叩叩的高跟鞋聲
· 從俱樂部或酒吧流出音量很大的音樂
· 走過鋪了地毯的樓梯時，悶悶的腳步聲

嗅覺

· 海洋鹹水
· 防曬劑
· 乳液
· 汗水
· 熱狗
· 披薩
· 啤酒
· 漢堡
· 地板清潔用品
· 家具亮光劑

・乾洗手
・髮膠
・肥皂
・雨

味覺

・汗
・冰水
・汽水
・果汁
・啤酒
・熱帶風味飲料
・冰淇淋
・口香糖
・糖果
・自己想吃也吃到的東西

觸覺

・照在肩上的太陽熱度
・流過肌膚的汗水
・風吹髮絲碰過臉頰或貼在肩上
・濡濕而緊貼在肌膚上的泳衣
・海灘椅的塑膠薄板陷入肌膚
・粗糙的毛巾
・消除疲勞的泳池水（直接引用海水，而非加氯）
・塗在肌膚上厚厚的防曬油或防曬乳液
・日曬而感到刺痛
・曝曬在太陽下過久而感到暈眩
・從泳池濺出的水花
・流汗而必須沖澡的肌膚沙沙質感
・為了遮擋外在聲音而塞進耳朵裡的耳塞
・杯子或玻璃杯的水滴弄濕手
・用嘴叼著塑膠吸管
・從炎熱的室外移動到涼爽的室內走廊
・腳邊柔軟的地毯
・黃銅扶手
・起泡泡的乾洗手液
・洗掉汗水或防曬劑的冰涼沖澡
・為了晚餐宴會穿上超合身的服裝
・怕夜晚變涼而提著外套或披肩
・柔軟的床鋪及枕頭
・從打開的陽台門吹進室內的溫暖微風

引領故事發展的情境與事件

・機械故障
・停電
・粗暴或爛醉的乘客
・遭到汙染的食物或飲水
・將疾病帶上船
・臭蟲
・出軌或分手
・（通過危險海域或無警備巡邏的國際公海）遇到海盜或恐怖份子
・傳染性極高的疾病肆虐
・發生心臟麻痺等醫療緊急事件的乘客
・航行中有乘客死亡

登場人物

・船長、船員
・廚師
・藝人
・活動企畫
・乘客
・保全人員
・服務員或清潔人員
・店面或SPA設施的員工
・船內醫療人員

編劇小技巧

設定時的重點與提示

對大多數人來說，郵輪是個如夢似幻的場所，但對某些人來說，這很難說是個理想的休閒環境。比如說個性較爲內向的人；或是不想把孩子交給對教養問題指手畫腳的公婆，就來旅行的新手媽媽；不擅處於人群或密閉空間的人；或者怕水的人等，對這些人來說，有許多理由都能讓郵輪成爲累積壓力的地方。在編寫故事情節時，應該將焦點放在顯而易見的觀點後方，評估如何扭轉才能有嶄新的意外發展、如何安排對登場人物來說有些艱困的狀況等。

例文

從最上層的甲板看過去，海面映照的月光，就像是破碎的鏡子般閃耀著。乘著雨夾帶鹹味的海風，像是要吐出什麼猛獸般，捲起我的髮絲、撼動著我的身體。我一步也不退讓、緊抓著鐵欄杆，將已揉得七零八落，布拉德里給我的分手信，扔進了海裡。

運用的寫作技巧

擬人法、直喻法、天氣

創造效果

醞釀氣氛、告知背景、強化情緒

遊艇

Yacht

關連場景

田園篇——海邊、海灘派對、海洋、熱帶島嶼

都會篇——正式服裝場合、豪華禮車、遊艇碼頭

視覺

・好幾個甲板
・繩索
・船頂飄揚的旗幟
・主客廳（長椅或沙發、靠枕、掛有厚窗簾的環景窗、電視、地毯、吧台與吧台椅）
・廚房（水槽、冰箱、冷凍庫、烤箱、吧台、櫃子）
・餐廳（桌椅、盤子、杯子、花飾品、餐巾）
・駕駛台（皮革椅、舵輪、操作桿、節流閥控制桿、杯架、螢幕、按鈕、袖珍鍵盤、旋鈕、地圖、導航裝置或工具、通訊設備）
・連接各樓層的樓梯
・甲板下方的多個艙房（床鋪與枕頭、電視、鏡子、將遊艇布置得更加舒適的個人物品或家具）
・設置在許多樓層，有遮陽棚及椅子的甲板
・簡易酒吧設備與溫水浴缸
・船員室（床鋪與枕頭、收納架、浴室、洗衣機和乾衣機）
・引擎室
・健身房
・劇院
・桅杆及索具（帆船）
・穿制服的船員（維修遊艇、向船長報告、準備餐點、招呼客人）
・急救箱、放在規定位置的救生衣
・各樓層的滅火器
・收放在船體深處的娛樂用品（水上摩特車、游泳圈、小艇）
・放置休閒椅的一樓甲板

聽覺

・引擎聲（怠速、加速、減速）
・船身破浪前進的聲音
・波浪拍打船身的聲音
・飛過上空的水鳥啼叫聲
・流瀉的音樂聲
・人們的談話聲或笑聲
・小孩子大聲喊叫
・打赤腳走在甲板上發出的「啪噠」聲
・小孩子跳進海裡的聲音
・沖馬桶時的機械聲
・拋下金屬錨的聲音
・充斥耳中的風聲
・水灑進水槽裡的聲音
・打開汽水或啤酒罐的「噗哧」聲
・飲料倒進杯子的聲音
・冰塊在杯中碰撞的聲音
・船員彼此小聲交談、或對乘客小聲說話
・屋外的旗幟大聲拍動的聲音
・窗簾或衣服被風「沙沙」吹動
・廚房傳來的烹飪聲響
・銀製餐具在盤子上摩擦的聲音
・穿著潛水服爬上甲板時，水滴落的聲音
・乘客騎著水上摩特車在海上馳騁，引擎發出呼嘯聲

嗅覺

・海風
・濕毛巾
・烹煮的食物
・皮革
・木材亮光劑
・咖啡、啤酒、其他飲料
・清潔的床單
・清潔用品

味覺

・現撈現捕的海鮮
・蘇打水
・水
・檸檬水
・咖啡或紅茶
・酒精飲料
・沾在皮膚上的鹽巴

觸覺

・頭髮在風中飄揚
・波浪濺起的水花
・腳下的木頭甲板
・厚厚的地墊
・柔軟的長椅
・有彈性的甲板椅
・造型纖細的高腳杯
・沾上水滴的玻璃杯
・木製或不鏽鋼扶手
・厚厚的床罩
・光滑的床單
・潤喉的冷飲

・滑落鼻樑的墨鏡
・曬黑的皮膚
・停留在皮膚上的汗水
・水滴從潮濕的比基尼繫帶滑到背部
・跳入鹹鹹的海中
・鹽水刺痛眼睛
・以冷水沖去覆蓋皮膚的汗水或是鹽分

引領故事發展的情境與事件

・跌落船外或被推下船
・遭到排擠的船員挺身反抗
・嫉妒的朋友或家人進行破壞
・船隻開到離家很遠的地方時，突然故障
・在海上迷失，誤闖敵區
・遭遇海盜
・乘客與船員發生衝突
・小孩子躲開大人監視，在危險的地方遊玩
・邀請的賓客因食物中毒或生病而陷入危機
・能操縱遊艇的人猝死，或是從船上消失
・遭遇鯊魚攻擊
・在海上空調失靈
・必須品耗盡（糧食、藥品、飲用水）

登場人物

・廚師
・船長
・水手
・家人
・租賃遊艇的團體
・乘客
・朋友
・服務員
・遊艇船東

編劇小技巧

設定時的重點與提示

遊艇有各種大小，定義也不統一，一般來說，二十五英呎以上的叫小型遊艇，超過一百六十四英呎的是豪華遊艇，介於中間的則稱爲超級遊艇。如果是小型遊艇，有時候船東自己就是駕駛；大型遊艇大部分都會雇用船員。船上的設備，以及游泳池、電梯、停機坪等設施豪華的程度，會依遊艇大小而異。

例文

水又黑又溫暖，就好像在墨水中悠遊。母親如果知道我在夜裡跑到這麼遠的地方一定會嚇壞，但是我不可能迷路。因爲遠方的遊艇就像遊行隊伍中的巨大花車，燈火通明，即使身在數公里外，也絕對能聽到它的音樂聲。當然，母親眞正擔心的不是夜黑或是怕我迷路。結實的手臂環住我的腰，同時以唇瓣輕觸我的後頸，我的身子在溫暖的水中一顫。我面露微笑，回過頭迎向迪克。

運用的寫作技巧

光與影、多種感覺的描寫、直喻法

創造效果

賦予登場人物特徵、醞釀氣氛

遊艇碼頭
Marina

關連場景
田園篇——海灘、湖泊、海洋、熱帶島嶼
都會篇——漁船、停車場、遊艇

視覺
- 通往開闊水域的水路
- 沿著水路設置的混凝土步道
- 延伸至水中的碼頭、木製的狹窄棧橋
- 沿著步道或碼頭並排著大小不一的小船
- 將船繫在碼頭上的尼龍繩
- 平靜的波浪
- 水邊的大岩石
- 纏繞著橡皮護舷的木樁
- 棲息在水線木樁上的蔓腳類（藤壺等）
- 從棧橋伸向水中的金屬梯
- 塑膠浮筒
- 灑水用的水管和水龍頭
- 垃圾桶
- 裝機油或潤滑油的容器
- 救生衣
- 滅火器
- 身穿海灘服，打點小船準備出海的人（將各種用品搬上船、清理棧橋、上蠟）
- 漁業用品
- 將小船開回棧橋的人
- 在水面閃爍的陽光
- 閃閃發亮的電鍍或銀製表面
- 高高地跳出水面，又消失在水中的魚
- 沒有揚帆，伸向天空的桅杆
- 靜靜地倒映在水面的遊艇
- 在周圍飛行的鳥
- 碼頭入口的餐廳或店鋪
- 用來從拖車放下遊艇的船台
- 加油設備

聽覺
- 鐵鏈被風吹動，撞擊桅杆發出「鏘鏘」聲響
- 波浪拍打船身或是支柱的「嘩嘩」聲
- 水從小船流向海灣的聲音
- 繩索放鬆或拉緊時的吱嘎聲
- 船身輕撞支柱的聲音
- 在小船上工作時，產生的機械工具聲（棘輪扳手、電鑽、緩衝裝置）
- 隨風飄揚的旗幟拍打聲
- 小船或附近店鋪傳來的音樂聲
- 引擎發動的低吼聲
- 小船朝水面駛去的馬達聲
- 人們開心交談的說話聲
- 笑聲
- 海灘鞋走在小船甲板或棧橋上的「啪噠啪噠」聲
- 膠底的甲板鞋發出「啾啾」摩擦聲
- 樹枝或樹葉隨風「沙沙」作響
- 鈴聲「鈴鈴鈴」作響
- 小船的喇叭大聲回響
- 水管噴水的聲音
- 水鳥的啼叫聲
- 昆蟲發出「嗡」的聲音飛來飛去

嗅覺
- 天然水的氣味（海水或淡水）
- 馬達油
- 魚
- 地板蠟
- 汗味
- 啤酒
- 防曬乳
- 濕衣物
- 附近餐廳的食物

味覺
- 海水
- 汗水
- 飲料（水、汽水、啤酒）
- 在遊艇上食用的輕食（垃圾食物、洋芋片、水果、三明治、輕食、餐廳外帶食物）

觸覺
- 風拉扯衣物，讓頭髮糾纏在一起
- 曬得刺痛的皮膚
- 易裂的木頭支柱
- 粗糙的尼龍繩
- 電鍍表面或玻璃纖維光滑的質感
- 柔軟的毛巾
- 船身的搖晃
- 爬金屬梯時，手指摸到的熱度
- 曬在身上的太陽熱度
- 水花
- 蟲咬
- 濕衣物摩擦皮膚
- 潮濕沉重的鞋子
- 沿著皮膚流下的汗水

- 摸到碳酸飲料的水滴，手指變冰
- 航行時，捕獲的魚滑溜的觸感
- 將冰桶或用品搬到船上，累得腰痠背痛

引領故事發展的情境與事件

- 在狹窄的棧橋遭人攻擊，必須挺身對抗
- 差點溺死
- 自己的小船受損，或是發現遭人破壞
- 水面發現屍體
- 小船被沒收
- 與度量無比狹窄的碼頭老闆們起衝突
- 在水中發現鯊魚或河口鱷之類的危險生物
- 準備出海度過愉快的一天，卻因為某些原因被迫取消（小船漏水、油箱空了、引擎發出怪聲）

登場人物

- 小船租賃業者
- 小船的主人及家人
- 準備出海的客人
- 碼頭老闆及員工
- 維修員
- 船長

編劇小技巧

設定時的重點與提示

小型碼頭最適合小船或想要把船隨時停泊在水上的人，但卻無處保管。小船也可以保管在陸地上的乾塢，再自行拖到水上。如果是遊艇主人專用的碼頭，應該也會有遊艇同好俱樂部之類的組織。也有人會把小船保管在家裡，需要時再放上拖車，開車拉到水邊。此外，或許有人將小船停泊在棧橋或海邊的私人土地上。

碼頭是人們放鬆心情，散心解悶的地方，大部分環境都很悠閒安靜，不過當然也有可能發生緊張的狀況。比方說在棧橋發生爭吵、酒醉打架、溺死、物品損壞、破壞行爲、竊盜等，有無限的可能。我們不應該誤以爲要描寫凶惡的行爲，就一定要設定在惡劣的環境。有時乍看之下幸福的地點所發生的衝突，更能爲讀者帶來莫大的驚奇與滿足。

例文

許多小船占據了碼頭，無數細長的桅杆伸向陰沉的天空。每當船舶前後搖晃，鐵鏈使「鏘鏘」作響，繩索「吱吱」尖叫，但海風又熱又乾，一點都無助於消暑。

運用的寫作技巧

隱喻法、多種感覺的描寫、天氣

創造效果

醞釀氣氛

漁船
Fishing Boat

關連場景
田園篇——海灘、燈塔、海洋、熱帶島嶼
都會篇——遊艇碼頭

視覺

- 水面反射的陽光
- 水中迅速通過的魚群
- 在上空盤旋的海鷗群
- 在港口岩石上曬太陽的海獅
- 從甲板往上延伸的帆桅
- 絞盤及繩索
- 堅固的扶手
- 堆積的木箱
- 掛在船艙壁面上的釣鉤與針
- 梯子或網子
- 用來清洗魚類或打掃甲板的水管綁成一束
- 固定好的錨
- 棒狀投射燈
- 收放於圓形容器中的救生衣
- 固定好的燃料桶
- 掛在鉤子上的雨具及防水服
- 狹窄的通道
- 收納固定釣竿的竿架
- 小型烤肉爐
- 通往船艙的防水門
- 堆疊式、折疊式椅子
- 冰魚的大容量上掀冷凍櫃
- 狹窄擁擠的船員用艙房
- 在各個角落或縫隙都設置收納空間
- 小型烹調室（有冷凍櫃或冰箱、簡易櫃台、放在網子裡保存的水果或蔬菜、菜刀或其他餐具、廚房紙巾、垃圾桶、傷痕累累的砧板、狹窄的桌子、流理台、上鎖的有門櫥櫃、瓦斯爐）
- 衣櫃大小的洗手間（廁所、洗手台、換氣用舷窗）
- 引擎室（發電機、各種工具、預備用零件、冷卻馬達、船的引擎、冷卻劑、電纜、壓力計、滅火器）
- 操舵室或船長室（有船長椅子、量測儀器、舵或手輪、電腦、密閉窗戶、偵測魚群位置的魚探機及雷達、速度計、深度計、聲納、氣閥扳手、會發出魚鳴的笛子、船內廣播系統、咖啡壺、地圖或海圖、海上無線電、探照燈開關、安全用扶手、有門的收納櫃等）
- 寢室（雙層床、毯子、電燈、小型收納衣櫃、掛勾）

聽覺

- 引擎啟動聲
- 波浪啪沙啪沙打在船身的聲音
- 船長廣播的聲音
- 長靴在濡濕的甲板上走動發出唧唧聲
- 魚兒在網子裡啪達啪達的聲音
- 拉上網子時，絞盤發出高分貝的嘰嘰聲
- 天氣不好時，較輕的行李在甲板上滑動的聲音
- 繃緊的繩索嘎吱聲
- 螺旋槳轉動時，水花飛散的聲音
- 雨水打在船上的聲音
- 快速放出釣線時，捲線器急速發出喀噠喀噠聲；放出決定長度的釣線時，捲線器以規律頻率發出喀噠喀噠聲
- 將工具放進工具箱時，金屬互擊發出「鏘」的聲音
- 捕獲超大魚，漁夫發出開心的叫聲
- 雷聲轟隆
- 海鷗鳴叫聲
- 魚從水裡啪一聲躍出水面
- 鯨魚微微露出海面，噴出空氣的聲音
- 烹調室烹煮食物的吵雜聲音
- 銀製刀叉在餐盤上滑動的刮盤聲
- 在臥床上窸窸窣窣挪動姿勢的聲音
- 從頭上傳來腳步聲

嗅覺

- 魚的內臟
- 鹽水
- 汽油味
- 馬達用油或潤滑油
- 汗
- 體臭
- 烹調的氣味（漢堡、烤全雞、佐香草或奶油的魚）
- 咖啡
- 啤酒

味覺

- 鹹鹹的海水

・平底鍋快炒海鮮
・塗上奶油的溫熱司康餅
・燉煮餐點
・炭烤雞肉
・牛排
・漢堡
・沙拉
・熱狗
・炒蔬菜
・馬鈴薯
・玉米
・粥
・蛋包
・水
・碳酸飲料
・啤酒
・咖啡
・蒸餾酒（蘭姆酒、威士忌）
・熱巧克力
・巧克力棒
・洋芋片
・爆米花

觸覺

・加厚的防水橡膠長褲或雨具
・滑溜難抓住的魚
・水花從衣襟流下
・打在臉上的強勁雨水或冰雹
・日曬而感到刺痛
・船用纜繩從長繭的手掌上滑過
・在暴風雨中撞來撞去的身體感到疼痛
・身體撞到扶手或者槽桶
・抓起滑溜的餌食丟到船外
・不小心被釣針刺到
・滑溜的釣線
・將魚從釣線上拿下時，水滴落在腳上或腳邊
・為了消暑而跳進水中感受到涼意
・從髮絲滴落或流過臉頰的水滴
・全身濕透地換班後，手中馬克杯的熱度

引領故事發展的情境與事件

・機械故障
・由於過度捕魚而幾乎釣不到魚
・船員間互相感染疾病
・冷卻系統故障，補到的魚腐爛了
・海盜（常在沒有警備巡邏的海域出沒）
・壞天氣
・導航系統短路
・發現海面上漂浮著人體（死活皆可）
・拉上捕獲的東西，卻發現網子裡有奇怪或令人不舒服的東西
・發現遇難船隻的碎片，必須找出生還者
・航行中有位船員死亡

登場人物

・船長
・海岸巡防隊
・漁夫
・艦長

編劇小技巧

設定時的重點與提示

漁船的基本設備都大同小異，但在專門設備（加工處理區或冷凍裝置）上，則根據捕捉的魚種類或船隻大小而有不同（概略分成遠洋和近海漁業）。商業用漁船比小型個人漁船要來得大許多，設備也較爲完善。另外，作業規模也會因爲船員人數而異動。

例文

哈山再一次確認了雷達後關上電燈。離開操舵室走到船欄邊，深吸了一口帶著鹹味的海風。除了隱約可以聽見甲板盡頭下方引擎傳來的咻咻聲響外，幾乎沒有任何聲音。海面很難得的非常平靜，完美映照出貼著水面浮泳的滿月姿態。想要冷靜思考一些瑣事，這是再好不過的背景了。

運用的寫作技巧

隱喻法

創造效果

醞釀氣氛

豪華禮車
Limousine

關連場景

田園篇——豪宅、舞會、婚宴

都會篇——正式服裝場合、賭場、後台休息室、飯店客房、閣樓套房、劇院

視覺

・圍繞車內的皮革沙發
・放有免費瓶裝水的冰箱
・像霓虹燈般照亮天花板和地板的LED可動式照明燈具
・音響系統的遙控器
・分隔座位與駕駛座，貼有霧面膜的隔板
・天窗
・興高采烈準備前往派對的乘客
・分享瓶裝蒸餾酒，或把酒倒入碳酸飲料罐
・將照明調暗的開關
・放在車內凸出部分的空瓶或啤酒空罐
・貼有霧面膜的閃亮車窗
・光亮的銀色門把
・有杯子和杯架的迷你吧台設備
・電視及DVD播放器
・USB插座
・電鍍的細節裝飾
・天窗周圍的鏡面天花板
・從音響機器後方射出五彩光纖
・協助乘客上下車的司機
・被照明照亮的每一名乘客的臉
・調情的情侶
・嗑藥的乘客

聽覺

・震耳欲聾的音樂
・笑聲
・前往參加派對的乘客製造出來的聲音（隨著音樂發出叫聲、站起來從天窗伸出上半身、用螢幕看電影、喝酒）
・車子外面的喇叭聲
・調整廣播頻道發出的噪音
・車窗「嗡」地自動開、關的聲音
・乘客向司機指示方向的聲音
・車門「喀嚓」關上的聲音
・飲料杯裡冰塊碰撞的聲音
・外面熙來攘往的車輛聲
・輪胎穩定行駛在柏油路上的聲音

嗅覺

・酒精
・汗味
・悶在狹窄空間的刺鼻香水或鬚後水氣味
・皮革
・空調

味覺

・酒精
・水
・碳酸飲料或雞尾酒
・帶進轎車裡的輕食

觸覺

・光滑的皮革座椅
・冰涼的水
・在車子裡撞到彼此
・飲料潑出來，身體突然濕掉
・車子轉彎或停在十字路口時，轎車的震動或晃動
・重低音音波震動透過座椅傳到身體
・站起來從天窗伸出身體，讓涼爽的晚風拂過臉頰

引領故事發展的情境與事件

・乘客喝太多酒，車子被迫必須停靠路肩
・塞車害忙碌的乘客遲到了
・故障或爆胎
・超速被警察攔下
・有人暈車嘔吐，後座充滿酸臭味
・身上沒帶現金，無法給司機小費
・乘客是知名罪犯，或是黑幫老大的朋友
・駕駛豪華禮車時，目擊到乘客做出嚴重的違法行為

登場人物

・豪華禮車的司機
・乘客（參加畢業舞會的青少年、參訪中的政要、藝人、參加婚宴的新人）

編劇小技巧

設定時的重點與提示

豪華禮車多半備有玻璃酒杯，供乘客飲酒，但考慮到如廁問題，幾乎所有人都會避免飲用。另外，豪華禮車的大小並不一定，通常是指加長型禮車，但也包括大型休旅車及悍馬在內。

汽車的設計有許多目的，但共通的首要之務，就是把乘客從一地載送到另一地，因此汽車也是適合將焦點放在「變化」這個主題的環境。譬如說，故事中的角色從A地移動到B地，但這個移動不一定是物理現象。即使行進距離不長，也可以帶來心理上移動的機會，像是反省自己的個性、做出決定、審慎思考往後的目標等。在這樣的設定中，可以思考如何讓角色在兩地之間實際移動的同時，雙線描寫他所踏上的自我實現之路，以及往後要前進的方向。

例文

我盡力克制興奮，避免驚訝地張大嘴巴，跟隨在丹尼斯後面坐進豪華禮車，臀部滑過皮革座椅，靠到旁邊。前方是放滿了飲料的迷你酒吧和兩台電視，牆上有可以自由變換方向的綠色燈具，讓我的淡色晚禮服染上了沉穩的綠寶石色彩。丹尼斯轉動音響旋鈕，震耳欲聾的音樂響起，重低音音波透過彈性十足的座椅陣陣撼動著身體。更厲害的是，燈光還會隨著節奏一閃一閃，車裡變成了我們專屬的鏡球舞廳。哇！我完全沒想到居然能搭乘這樣的交通工具去參加高中最後一場舞會。等我們的車子抵達會場，蘿拉和史蒂芬一定會瞠目結舌，嫉妒死我們了。

運用的寫作技巧

誇飾、光與影、多種感覺的描寫

創造效果

醞釀氣氛、強化情緒

潛水艇
Submarine

關連場景
田園篇——海灘、海洋
都會篇——軍事基地

視覺

・舷窗或通往潛水艇內部的梯子
・來往於艦內的樓梯及附扶手的狹窄通道
・被各種裝置覆蓋的牆壁（扶手、水管及配線、閥門、水管、測量儀器、開關、按鈕、顯示燈、數位測量儀、各種盒子、滅火器、救生衣、文件夾、電話、標示）
・控制室（內有被許多按鈕或裝置覆蓋的大量控制面板、艦長及副艦長）
・控制面板被亮綠色的輸出紀錄覆蓋，聲納室的工作人員正用此控制面板搜尋特定物體的位置
・放有暗號解讀裝置或者暗號化訊息接收裝置的通訊室
・魚雷室（魚雷、飛彈、人滿為患的床鋪、正在維修或執行動作確認的機械工人）
・飛彈保存倉庫
・核反應爐管制區
・引擎室（引擎、發電機、蒸餾裝置、幫浦）
・操控室
・醫務室（狹窄的床鋪、診斷及監控裝置、點滴、止痛或一般藥物、除顫器、其他醫療儀器）
・為艦長及船員們烹調食物的廚房（放置有金屬托盤、咖啡機、裝了飲料的壓罐、船員享用餐點的自助餐區、長官用的食堂座椅區、架設了電視等）
・給艦長及船員們使用的浴室或洗手間
・狹窄的淋浴間
・船員床鋪（雙層床、毯子與枕頭、周圍有窗簾的床鋪、用來收納制服的小櫃子、放私人物品的箱子、分別設置於各床鋪的照明、耳機插孔）
・艦長及副艦長的專屬個室
・小型健身房或休閒活動區（非執勤中的船員在打牌或玩桌遊、穿著連身服及軟底鞋的士兵、打掃中的船員）

聽覺

・下命令及複誦命令的聲音
・艦內廣播
・警鈴或警笛
・機械振動聲
・聲納運作聲
・船員談話聲或笑聲
・由餐廳區傳來電視聲
・上下金屬樓梯的聲響、或走廊上的腳步聲
・按鈕或扳手發出喀的一聲
・在艦內不同場所的各種機械聲（「嗡嗡」低鳴、引擎異常燃燒聲、「喀噠喀噠」響、轟隆聲）
・鍵盤喀噠喀噠作響
・椅子發出嘎吱聲
・筆在金屬文件夾上喀喀敲著
・通訊室傳出摩斯電碼振動聲
・鯨魚或鼠海豚的鳴叫聲
・烹調室傳出刀叉和餐盤的喀鏘聲

嗅覺

・體臭
・汗
・屁
・機油
・機械
・柴油引擎
・油壓油
・廢氣排除系統傳來胺臭味
・烹調室製作的餐點

味覺

・烹調室製作給很多人吃的食堂大鍋飯
・口香糖
・水
・咖啡

觸覺

・登艦之後習慣各種強度的光線
・在狹窄的空間中，肩膀或膝蓋撞到各種東西
・與其他船員擦身而過
・金屬梯子或地板
・睡在被窗簾包圍的狹窄床鋪上
・洗戰鬥澡
・連穿了好幾天、非常髒的連身服
・長時間看著畫面而感到眼睛疲憊
・與其他船員並肩而坐
・潛水艇下潛或上浮時的震動
・船身橫向搖擺上浮時失去平衡

- 幽閉恐懼症
- 拉低帽沿
- 手上拿著裝了咖啡的溫熱杯子
- 搞不清楚是白天或晚上的混亂感

引領故事發展的情境與事件

- 缺乏隱私、幾乎沒有個人的空間
- 長時間無法與所愛的人取得聯繫
- 無法看見太陽或天空
- 在人滿為患的狹窄空間內輾轉難眠
- 希望升官，但評價不是太好
- 潛水艇設備發生異常
- 糧食或必須品耗盡
- 航行中有船員死亡
- 任務中染上重病
- 船員間發生傳染病
- 在艱難的狀況中出發，必須離開所愛之人身邊（疾病時、嚴重意外後、懷孕的妻子臨盆之際）
- 擔心自己出海期間伴侶不能守貞
- 船員間發生衝突

登場人物

- 艦長
- 船員

編劇小技巧

設定時的重點與提示

潛入海中的潛水艇可打造一個封閉性的小型溝通空間。旁觀者對於艦內狹窄程度及嚴重的特殊臭味一清二楚，但長期在此度過的船員可能不會發現。作家可以把這類事情都寫進來，但若以某人物的觀點來描寫時，必須打造該人物的正面觀點，也就是只將他感受到的細節寫出來，這點非常重要。

例文

強森用力按住鼻梁，但左眼深處的偏頭痛仍舊沒有改善。轉了轉脖子坐正，將眼睛從亮綠色的畫面移開，望向牆壁上的時鐘。還有四十分鐘就能換班了。由於雷達上有奇怪的動靜，必須從一早執勤整天，實在嚴峻。一口氣喝下已經冷掉的咖啡，試著想想接下來的預定行程。先吃點東西，休息一下後，稍微運動身體，再用超快速度淋浴，然後睡覺。

運用的寫作技巧

多種感覺的描寫

創造效果

時間流逝、營造緊張感與糾結的心情

戰車
Tank

關連場景
田園篇——沙漠、森林、草原
都會篇——軍事基地、軍用直升機

視覺

坦克外觀
・為了隱身而塗裝成與周遭景色類似的金屬裝甲（綠、棕、黃褐色、灰色及多種顏色的組合）
・前方頭燈
・後方尾燈
・車牌
・大砲或機關砲
・各種掀門（司機用的掀門、狙擊手用的掀門）
・天線類物品
・保管箱（收藏糧食、彈藥、急救用品、工具等）
・從戰車內部窺視外部的小窗
・不同窺視窗上的雨刷
・設置於兩邊的掛鉤
・多個輪子組成的坦克履帶輪
・後方拖拉用掛勾
・附在車體上結塊的泥巴、土壤、塵埃
・車輪與車輪間卡著雜草
・覆蓋在戰車車身上的偽裝材料（網子、青苔、布料）
・站在砲塔裡的士兵
・挺進時揚起的灰塵或塵埃痕跡
・煙霧彈形成的煙霧
・發射大砲所吹出的風壓
・大砲發射時，從車體四散的塵埃

坦克內部
・不同掀門下被各式各樣機器包圍的座位
・油門
・煞車踏板
・電子儀表板
・望遠鏡用窺視窗
・用來升起外側裝備或使其迴轉的手動式轉盤
・切換武器的開關
・點火裝置
・控制及監控裝置
・電源裝置
・追加備量用的儲藏空間
・攻擊材料（多次用量的武器、子彈、機關槍）
・另外裝上的換氣控制裝置
・機關槍為了避免跳彈傷及戰車內人員而有發射保護裝置
・全副武裝帶著耳麥的所有士兵

聽覺
・坦克履帶發出「喀鏘喀鏘」「嘎吱」聲響
・機械嗡嗡作響
・各種金屬製零件喀鏘作響
・油壓裝置發出如同啜泣般的聲音
・幾個彈藥掉落在金屬地面的聲音
・在戰車內宣告命令的聲音
・機關槍咚咚咚地擊發
・隔著耳機聽見悶悶的外界聲音
・從耳機傳來清晰的說話聲

嗅覺
・潤滑油
・汗
・煙
・燃料
・滾燙的金屬

味覺
・設定中，除了登場人物帶進這個場景的東西（口香糖、薄荷糖、口紅、香菸等），可能沒什麼特別的東西跟味覺有關，像這種不會描寫到味覺的場景，可以專心描寫其他四種感覺。

觸覺
・站在被許多電燈或機器包圍的狹窄空間內
・戰車移動時的晃動
・將眼睛靠緊潛望鏡
・沾附在雙手的塵埃
・包覆耳朵的耳機
・沉重的制服
・滑溜溜的按鈕或板機
・操縱桿握柄
・後躺式駕駛座
・準備發射武器時七上八下的感覺（心中的緊張感、喉頭一緊）
・戰車通過凹凸不平的地面時，身體撞到內側某處
・旋轉手動轉盤
・彈藥沉重感
・掠過腳的空彈殼溫熱感
・金屬製收納容器
・費盡力氣打開鎖緊的機關
・從窺視窗觀察狀況而瞇起眼睛

- 身體與其他士兵輕碰
- 用身體推開掀門；或者好不容易從掀門爬出
- 由敞開的掀門吹進來新鮮的空氣輕撫臉龐

引領故事發展的情境與事件

- 不假辭色的敵人
- 友方誤炸
- 缺乏萬全準備的搭乘組員（因睡眠不足、濫用藥物、疾病或受傷、精神不穩定等）
- 由於溝通狀況混亂，有一位組員沒收到指示
- 硬體或軟體異常
- 缺氧
- 達成任務必須的物品用罄
- 幽閉恐懼症
- 思鄉
- 歇斯底里
- 機器或箱子掉落導致受傷
- 猶豫是否該服從收到的命令

登場人物

- 指揮官
- 操縱員
- 砲手
- 裝填手
- 維修兵

編劇小技巧

設定時的重點與提示

戰車隨著時代演進而有顯著的變化。由於其速度、重量、大小、衝擊吸收性、噪音等級、裝甲及內部機器等，幾乎都已合理化或改良，因此搭乘現今的戰車與一九四〇年代的戰車體驗大相逕庭。爲了保持一貫性及眞實感，最重要的是，必須掌握自己故事中引用的戰車種類，且對其特性要非常了解不可。

例文

等待已久的寂靜終於來到砲手耳中——沒有喀啦喀啦的履帶聲、也沒有砲塔移動時，發出咻咻聲響的油壓機器聲。連耳麥中原本的交談也已中斷，取而代之的是蠢蠢欲動的寂靜。金屬與機油的氣味使他爲之一振，打起精神透過夜視裝置，從窺視窗看著外頭的光景，環視這一片綠色，找尋埋伏其中的敵人身影。

運用的寫作技巧

多種感覺的描寫

創造效果

醞釀氣氛、時間流逝

警車
Police Car

關連場景
田園篇——鄉間小路、火災現場、家庭派對
都會篇——都市街道、車禍現場、小鎮街道、法庭、遊行、警察局、獨囚房

視覺

前座

・方向盤、儀表板設備
・正確測量對向來車速度的固定式或攜帶式雷達
・行車記錄器
・可以放進口袋的隨身麥克風
・安裝在副駕駛座的筆電
・失竊車輛追蹤系統
・警笛或警示燈的開關鈕
・放置記錄工具（文件夾、紙張、筆、便條本、板夾）的整理盒
・固定在位置上的步槍或散彈槍
・冬季禦寒衣物（夾克、帽子、手套）
・無線電
・備用手銬和束帶
・螢光色的安全背心和手套
・擴音系統
・杯架上的飲料

後座

・什麼都沒有的單調車內裝潢
・幾乎沒有伸腳空間的硬梆梆塑膠座椅
・安全帶
・防彈玻璃窗
・無法從內側打開的門把
・車窗上的鐵格
・隔開前後座的透明樹脂板或金屬格網
・堅硬的地板（移送囚犯的車輛幾乎都沒鋪地毯）

聽覺

・廣播發出破音或雜音
・警察透過擴音系統向外面大聲說話的聲音
・前座的警察說話的聲音
・嫌犯發出的聲音或製造的聲音（在後座堅硬的塑膠座椅移動姿勢、不安地用腳「咚咚」敲打地板或駕駛座後方、怒吼、哭泣、嘔吐、喃喃自語、「叩叩」或「啪啪」敲打窗戶或前後座之間的隔板）
・外面的行車噪音
・路人的說話聲或腳步聲
・外面傳來的聲音
・測速器的「嗶嗶」聲
・搜尋紀錄時，手指敲打筆電鍵盤的「喀噠喀噠」聲
・警車加速或減速製造的聲音
・警笛鳴響

嗅覺

・咖啡
・在車內食用的速食
・嫌犯或拘留犯的氣味（汗味、尿騷味、體臭、嘔吐物、酒精、香菸或大麻菸）
・老舊的布面（有些警車車種的座椅是布面的）
・催淚瓦斯噴霧

味覺

・設定中，除了登場人物帶進這個場景的東西（酒精類、漱口水、口香糖等），可能沒什麼特別的東西跟味覺有關，像這種不會描寫到味覺的場景，可以專心描寫其他四種感覺。

觸覺

・警察制服硬挺的布料
・警笛作響，警車出發時，腎上腺素飆升
・堅硬的塑膠後車座
・腳在沒鋪地毯的地板上滑動
・被推進警車狹窄的後車座
・必須彎身才能坐進車子裡
・雙手被金屬手銬或束帶銬住，陣陣發痛
・幽閉恐懼症
・以雙手被扭到身後的不舒服姿勢坐著
・警車加快速度，身體在塑膠座椅上滑動
・徒勞地想用力撞開車門
・噁心想吐
・暈車
・由於腎上腺素飆升或藥物作用，變得神經質或麻木

引領故事發展的情境與事件

・嫌犯試圖從前後座之間的隔網向警察吐口水
・暴力的嫌疑犯

- 喝醉酒而不知道會做出什麼舉動的嫌犯
- 虐待狂的警察
- 把無辜的人當作嫌犯逮捕
- 遭到逮捕，卻沒人可求救
- 因體質容易暈車，在車後座嘔吐
- 體格龐大的人必須擠進狹窄的車後座
- 警察因虐待嫌犯而遭到指責
- 警察的濫權行為被記錄下來
- 與搭檔的警察道德觀相牴觸
- 來自高層的政治壓力
- 由於預算遭刪減，警車裝備不全，或是沒得到良好的維修保養
- 車後座的嫌犯疾病發作或昏迷

登場人物

- 歹徒
- 被許可共乘的朋友或家人
- 警察及實習警員
- 嫌犯

編劇小技巧

設定時的重點與提示

被銬上手銬，推進警車後座時，人們的反應形形色色，讀者可從他們的態度看出許多事實。比方說，嫌犯有可能會出現以狀況來說過度誇張的恐慌發作，但相反地也可能完全不表露感情，平靜得近乎冷漠。如果看到神色愉快地說個不停的人，或是躺在警車堅硬的塑膠座椅上呼呼大睡的人，讀者會怎麼推測？這類危急狀況，最能反映出一個人的本性。描寫的時候，務必讓角色的行動符合他原本的個性。

例文

潔娜的膝蓋顫抖，不停地敲打著座位間的強化隔板，發出聲響。座椅又硬又冰冷，如果不想坐在雙手上，就必須把身體打橫側坐。但是如此一來，每當警車轉彎，車窗的鐵柵格就會像敲打皮納塔娃娃（Piñata紙紮的娃娃）的球棒一樣朝她撞過來。這些殘忍的警察！金屬手銬拉扯皮膚，逼迫她的雙手扭曲成古怪的角度，痛楚直達肩膀。警察想要和她攀談，但她可沒那麼傻。她覺得可以聽見父親的警告：律師到場之前，要三緘其口。潔娜目睹父親被捕的情景，所以知道程序，但是看著別人被帶走，與自己真的被逮捕，根本是兩碼子事。

運用的寫作技巧

多種感覺的描寫、直喻法

創造效果

賦予登場人物特徵、告知背景、強化情緒、營造緊張感與糾結的心情

結語

邀請您一同進入快樂的創作世界！

全書不管是「田園篇」或「都會篇」，我們已盡全力收錄在一般的虛構設定中最具說服力的表現，但就算如此也還不到完美的程度。大家能夠想到的場景設定一定非常多，應該也有和本書內容極為類似的其他設定。本書收錄的選擇基準，即是從這些無限多的場景設定裡，挑選出可作為描寫基礎的項目。如果各位在利用本書時，找不到完全符合你所需要的場景，請翻開關連的項目，或許就能發現足以提供參考的描寫細節。

在參考這些項目時，或許會看到一些矛盾之處。比方說「遊艇碼頭」的項目裡有「波浪」，同時卻又有「平靜的水面」。有沒有風、水量多寡、附近的海洋生物，或是其他因素，都會影響水面是否有「波浪」或是「平靜」，因此兩者都有可能。設定的狀況在不同的季節與時間帶也會不同。本書盡可能網羅更多的可能性，以提供讀者各種參考選項。

我們進行了大範圍的調查，不過本書記載的內容，僅能發揮基礎作用。不論任何設定，都有著在本質上共通的設定——無限多卻又彼此迥異的設定。像是阿拉斯加的森林與南加州的森林便有不同的動植物和樹木種類，如果是印尼婆羅洲和紐西蘭等地，差異就更大了。如果預備寫作的主題是以真實存在的特定地點為舞台，最好仔細調查一下有哪些部分與書中列舉的不同。

項目中記載的所有細節，不一定是該地點普遍存在的事物現象。在調整設定的時候，角色的

行為模式、宗教信仰、個性、教育水準、財務狀況等，也都會有影響。比方說同樣是「鄉村」，地點、天氣、季節，或是人為影響的多寡，都會造成景象和氣氛的重大差異。如果以實際存在的地點作設定，建議各位讀者可親自徹底調查該地環境，以期描寫能確實符合該地情景。

還有，不能忽略從觀點人物或敘述角色的視點來描寫設定的重要性。在熟讀各項目的資訊時，也必須留意這一點。故事中，比如說「賽馬場」的騎士提到馬的氣味是當然的，但遠處觀眾席上的觀眾如果同樣提到馬的氣味，就無法說服讀者了。或是「警車」的項目，雖然同時囊括了駕駛座、副駕駛座與後車座看到的細節，但如果筆下的角色是警察，他即便可以談到駕駛座的儀表板，視野中應該也不包括被拘束在後車座的角色細節。必須小心挑選採用的細節，確定是否符合登場人物的角色觀點。

不論好壞，情緒都會造成角色對所在地點的偏見。將這樣的偏見傳遞給讀者，也有助於讓讀者感受到角色與所處環境的連結。藉由描寫偏見，讀者可以透過與角色相同的觀點來看世界，從而與角色建立起更緊密的關係。

我們為各個設定加上了所能想到的各種細節，但並非該地點的任何時候，都可以看到這些細節。比方說，不是所有的當鋪都擺放了園藝用品和工具，也不是每一家麵包店都有內用區。不過本書還是在清單中盡可能地保留最多選項，供讀者決定是否使用某些必要的細節。

如果選擇實際存在的地點，也必須留意天氣。描寫的季節是一年當中的什麼時期？該地方距離赤道有多遠？季節如何變換？這些要素，都對設定有著重大的影響。譬如說，在加拿大的部分地區，十二月的時候下午四點天就黑了，但是在夏季，要到晚上十點左右才會完全天黑。與山脈或海岸線的距離等地形條件，也會大大地左右氣候及天氣。所選擇的地點，是龍捲風或

地震頻繁的地方嗎？是乾燥地區還是潮濕地區？居民在日常生活中多半穿著海灘鞋，還是必須穿登山長靴？想要掌握這些細節，可以利用Google搜尋，或乾脆實際走訪當地一趟。

最後我們建議，可以對照活用「都會篇」與「田園篇」。同時參照兩邊不同傾向的項目群，便能更深入地巧妙運用上面記載的要素，得到更進一步讓讀者融入場景的技術。

僅在此獻上我們深切的謝意，並邀請您一同進入快樂的創作世界！

如果您覺得本書有所助益，請務必拜訪我們的網站「Writers Helping Writers」。在這個網站，您可以看到本系列其他書籍的資訊、提升寫作技巧的文章，以及許多肯定有助於您未來寫作生涯的出版、行銷相關內容。

如果您想要收到我們的出版相關最新訊息、必要的寫作資料、實用的寫作靈感等，請務必訂閱我們的電子報。如果您想要查閱可以作為寫作工具獨一無二的資料，可以來看看我們的特別書庫「One Stop For Writers」，這裡集中保管了關於文字描寫與故事設定的各種材料。

我們會很樂意收到您坦率的書評或分享文章。

安琪拉・艾克曼＋貝嘉・帕莉希

●網頁

Writers Helping Writers （文字創作者互助網）

www.writershelpingwriters.net

One Stop For Writers（作家小站）

www.onestopforwriters.com

●臉書

www.facebook.com/DescriptiveThesaurusCollection

●Twitter帳號

@angelaackerman （安琪拉．艾克曼）

@beccapuglisi（貝嘉．帕莉希）

作者簡介

安琪拉·艾克曼（Angela Ackerman）
貝嘉·帕莉西（Becca Puglisi）

暢銷作家兼寫作指導，也是享譽國際的講者，兩人的著作已翻譯成多國語言、收入全美各大學圖書館，是世界各地小說作家、編劇、編輯、心理學家必備的參考書。兩位作者共同創立提供作家和文字創作者磨練寫作技巧的網站，其中「寫作者互助網」（Writers Helping Writers）介紹大量的同義、類義表現；另一個「寫作者小站」（One Stop for Writers）爲概念創新的線上圖書館，主要在幫助作家加強說故事的能力。兩人對於文字創作者的提攜和幫助，獲得各界的肯定和讚賞。

值得一提的是，才華洋溢的安琪拉·艾克曼主要以年輕世代爲對象，創作晦暗心靈爲題的小說，同時是SCBWI（童書作家與插畫家協會，台灣也設有分會）會員。童心未泯的她對於床底下躲著怪物深信不疑，會把薯條加進冰淇淋一起享用，而且很努力地以各種形式回報從別人身上得到的恩惠。現與丈夫、兩個可愛的孩子，在愛犬及長得像僵屍的寵物魚圍繞下，定居於洛磯山脈附近的加拿大亞伯達省卡加利市。

附錄

接著，透過從未造訪過此地點的角色觀點，描述一段該場景設定的短文。請試著把光線、時間帶或季節也寫進去，至少要運用到五感當中三種以上的感官。並且要告訴讀者這名角色是什麼樣的人物，以及他在這裡感覺到什麼。

接下來，請改寫這段文章，加上伏筆，暗示可能將發生不好的事。請專注於建構若有似無的不安氣氛，或是與這個場景設定格格不入的細節，以引發讀者的好奇心。或是加入新的感官描寫，也是一個方法。

最後，再改寫一次，這次需試著提升緊張感。請嘗試描寫角色正在逃跑、對抗或是藏匿時，與這個設定地點發生了怎樣的互動。在提示角色的情緒與氣氛之餘，也要一併寫下該場景正在發生的事情。為了營造緊迫感，記得盡量讓句子精簡化。

附錄1

場景設定練習

請透過以下的練習，來進行寫作的五感訓練。首先選擇一個設定地點，各別舉出與視、聽、嗅、味、觸等五感有關的兩項感官細節。

視覺	
1：	2：

聽覺	
1：	2：

嗅覺	
1：	2：

味覺	
1：	2：

觸覺	
1：	2：

觸覺感受	天氣、溫度	光線、 時間帶	情緒、氣氛	象徵事物

附錄2

場景設定規畫練習

設定的描述是多面向的，不能單純地只將讀者帶入場景中，還必須發揮更多的功能。在下筆之前，若能針對「五感」「光線」「天氣、季節相關要素」「需要的氣氛」「必備的象徵」等做出縝密的計畫，便可帶出角色的故事、必須做出的抉擇、對於過去的恐懼，以及所懷抱的未來希望等。

地點和場合	看到的景象	聽到的聲音	嗅覺	味覺

試著在場面中穿插各種觸發情緒的人物或象徵等設定細節，促使角色做出某些決定、抉擇及行動，或是激發情緒、回想起過去、提示未來的選擇等。

這個設定象徵著過去的什麼事，或是現在的什麼問題？安排觸發相關情感的細節。

角色正面對什麼樣的內心掙扎？在這個場面，什麼樣的事件或自然而為的行動有助於顯示她的心境？

角色被激起了什麼樣未化解的情緒？是角色身邊的「哪一種人」觸發了這種情感（如果角色身邊有人在的話）？

什麼樣的天氣或環境因素塑造了氣氛？場景的設定如何撼動角色，令角色最後做出什麼樣的決定？

附錄3

情感價值的設定練習

有說服力的設定，不管是對主角，甚至是其他角色都具有特殊的意義。這樣的情感價值，有賴於創作者透過角色的個性塑造或是情緒氣氛的建構來融入設定中。請試著填寫下面的表格，以打造出充滿情緒張力的場面。

範例

地點

瑪麗出生長大所居住的老家廚房。她已經有好幾年沒回家了。

觸發事件的象徵

掛在牆上的十字架
童年使用至今的餐墊
曾經被迫坐在上面好幾個小時的木椅

這個設定象徵著過去的什麼事，或是現在的什麼問題？安排觸發相關情感的細節。

角色正面對什麼樣的內心掙扎？在這個場景，什麼樣的事件，或是自然而為的行動有助於顯示她的心境？

事件

瑪麗安靜地吃著晚餐，想起小時候只要在用餐時開口說話就會被懲罰，甚至連要一杯水都不被允許。

內心衝突

瑪麗很想對父親說出自己小時候遭受肉體虐待的事實，但是父親近乎瘋狂的虔誠信仰，以及自己內心抱持的自卑感，令她裹足不前。

角色的情緒

瑪麗的心情，處在罪惡感、憤怒、懦弱、憎恨、羞恥各種情緒交錯。

觸發事件的人物

瑪麗的父親（瑪麗憤怒的焦點）象徵著讓她童年痛苦萬分，至今仍支配著她的虐待行為。

角色被激起了什麼樣未化解的情緒？是角色身邊的「哪一種人」觸發了這種情感（如果角色身邊有人在的話）？

什麼樣的天氣或環境因素塑造了場景氣氛？場景的設定如何撼動角色，令角色最後做出什麼樣的決定？

觸發事件的天氣或環境

廚房刺眼的明亮燈光，促使瑪麗陷入受辱的情緒（認為自己罪孽深重，毫無價值）。

結果

瑪麗抑制住不能開口的壓力打破沉默，向父親控訴她所受到的身心虐待，以及父親利用上帝之名對她做出的殘忍行為。

附錄4

場景設定檢視清單

地點：	場景或章節：

為什麼這個設定最適合接下來的故事發展？

我想透過這個設定的描寫達成的目的：（可複選符合的項目）

- □ 製造角色的衝突或緊張感
- □ 為接下來的發展安排伏筆
- □ 安排情緒性的行動或選擇
- □ 讓角色回想起（好的或壞的）往事
- □ 揭開舊傷疤
- □ 讓角色面對自己的恐懼
- □ 重現造成主角心靈受傷的場面，讓主角順利克服試煉，放下過去的傷痛
- □ 積極地傳達關鍵背景
- □ 塑造一名以上的角色個性
- □ 展現象徵或主題，以強調更深層的訊息或意義
- □ 傳達特定的氣氛
- □ 透過障礙或挫折來進行考驗
- □ 賦予設定的情感價值，鋪陳觸發情緒的人事物

用來象徵往事、激發情感、強調訊息的設定細節：

觀點角色如何與這個設定互動：

Eurasian Publishing Group
圓神出版事業機構
用心與你對話・視野無限寬廣
如何出版社
Solutions Publishing

www.booklife.com.tw reader@mail.eurasian.com.tw

Happy Learning 163

場景設定創意辭海——225個故事舞台，創作靈感一翻就來

作　　者／安琪拉・艾克曼、貝嘉・帕莉西
譯　　者／王華懋、呂雅昕、林巍翰、黃詩婷、鄭玉凱（依姓名筆劃排序）
發 行 人／簡志忠
出 版 者／如何出版社有限公司
地　　址／台北市南京東路四段50號6樓之1
電　　話／（02）2579-6600・2579-8800・2570-3939
傳　　真／（02）2579-0338・2577-3220・2570-3636
總 編 輯／陳秋月
主　　編／柳怡如
專案企劃／賴真真
責任編輯／柳怡如（田園篇）・張雅慧（都會篇）
校　　對／柳怡如・張雅慧・尉遲佩文
美術編輯／林韋伶
行銷企畫／張鳳儀・曾宜婷
印務統籌／劉鳳剛・高榮祥
監　　印／高榮祥
排　　版／陳采淇（田園篇）・杜易蓉（都會篇）
經 銷 商／叩應股份有限公司
郵撥帳號／18707239
法律顧問／圓神出版事業機構法律顧問　蕭雄淋律師
印　　刷／祥峯印刷廠
2018年2月　初版
2024年7月　11刷

定價 580 元　ISBN 978-986-136-503-9

毫無疑問的，設定非常重要。
理解設定能達到的各種效果，以少量的描寫達到最大的效益，
學會這樣的技巧，才能掌握讓讀者投入虛構世界的關鍵。
透過「田園篇」與「都會篇」廣納的詞目範例，
相信各位創作者一定能學會如何運用設定將讀者拉進故事中，
與角色彼此連結，開闢出產生共鳴之道。

——《場景設定創意辭海》

國家圖書館出版品預行編目資料

場景設定創意辭海——225個故事舞台，創作靈感一翻就來／
安琪拉．艾克曼（Angela Ackerman），貝嘉．帕莉西（Becca Puglisi）作；
呂雅昕等譯. -- 初版 -- 臺北市：如何，2018.02
592面；17×23公分 --（Happy Learning；163）

譯自：The rural setting thesaurus: a writer's guide to personal and natural places
The urban setting thesaurus: a writer's guide to city spaces

ISBN 978-986-136-503-9（平裝）
1. 寫作法

811.1 106023460